हिन्द पॉकेट बुक्स

बदलें विचार बदलेगा जीवन

डॉ. वेन डब्ल्यू डायर, सेल्फ डेवलपमेंट गुरु व मोटिवेशनल स्पीकर हैं। *यॉर एरॉनियस जोन्स* उनकी बेस्टसेलर किताब है। अब तक वे 30 से ज्यादा किताबें लिख चुके हैं। उन्होंने हजारों ऑडियो कार्यक्रम एवं वीडियो तैयार किए हैं और हजारों रेडियो एवं टेलीविजन कार्यक्रमों में भाग लिया है। डॉ. वेन डब्ल्यू डायर वायेने स्टेट यूनिवर्सिटी से शैक्षिक परामर्श में डॉक्टर उपाधि धारक हैं और न्यूयार्क में सेंट जोंस, यूनिवर्सिटी में सहायक प्रोफेसर रह चुके हैं।

बदलें विचार बदलेगा जीवन

डॉ. वेन डब्ल्यू. डायर

हिन्द पॉकेट बुक्स
पेंगुइन रैंडम हाउस इम्प्रिंट

हिन्द पॉकेट बुक्स

यूएसए | कनाडा | यूके | आयरलैंड | ऑस्ट्रेलिया | सिंगापुर
न्यू ज़ीलैंड | भारत | दक्षिण अफ्रीका | चीन

हिन्द पॉकेट बुक्स, पेंगुइन रैंडम हाउस ग्रुप ऑफ़ कम्पनीज़ का हिस्सा है,
जिसका पता global.penguinrandomhouse.com पर मिलेगा

पेंगुइन रैंडम हाउस इंडिया प्रा.लि.,
चौथी मंजिल, कैपिटल टावर 1, एमजी रोड,
गुरुग्राम 122002, हरियाणा, भारत

पेंगुइन
रैंडम हाउस
इंडिया

प्रथम हिन्दी संस्करण हिन्द पॉकेट बुक्स द्वारा 2009 में प्रकाशित
यह हिन्दी संस्करण हिन्द पॉकेट बुक्स में पेंगुइन रैंडम हाउस द्वारा 2023 में प्रकाशित

10 9 8 7 6 5 4 3 2

ISBN 9789353492540

मुद्रक : मणिपाल टेक्नॉलजीस् लिमिटेड, भारत

www.penguin.co.in

This is a legitimate digitally printed version of the book and therefore might not have certain extra finishing on the cover.

मेरे पिता मेलबिन लायेले डायर के लिए।
यद्यपि मैं कभी आपको समझ नहीं सका,
ताओ को भलीभांति आत्मसात करने के बाद,
अन्ततोगत्वा मैंने इसे समझ लिया है।
यह है—और सदैव था, समस्त परिपूर्ण।
मैं आपको प्रेम करता हूं।

अनुक्रम

1. रहस्य को जीना 19
2. विरोधाभासी एकता को जीना 25
3. सन्तुष्टि में जीना 30
4. अनन्तता पूर्वक जीना 35
5. निष्पक्षता को जीना 39
6. रचनात्मकता को जीना 44
7. अहम् से इतर जीना 49
8. प्रवाह में जीना 54
9. विनम्रता को जीना 58
10. एकत्व को जीना 63
11. शून्यता से जीना 68
12. आन्तरिक अभिमत के साथ जीना 72
13. एक स्वतन्त्र मष्तिष्क के साथ जीना 76
14. आकार के परे जीना 80
15. जल्द बाजी बिना जीना 85
16. स्थिरता के साथ जीना 89
17. भौतिक मृत्यु के खतरे से मुक्त 94
18. बिना नियमों के जीना 100

19.	आसक्ति के बिना जीना	105
20.	बिना प्रयत्न जीना	110
21.	अप्रगट विरोधाभास जीना	115
22.	लचीलेपन के साथ जीना	119
23.	प्राकृतिकता को जीना	124
24.	अधिकता के बिना जीना	129
25.	महानता से जीना	134
26.	शान्ति पूर्वक जीना	139
27.	अपने आन्तरिक प्रकाश से जीना	143
28.	सच्चरित्रता से जीना	149
29.	प्राकृतिक नियमों से जीना	154
30.	शक्ति के बिना जीना	160
31.	शस्त्रें के बिना जीना	165
32.	ताओ की सम्पूर्ण उत्तमता को जीना	170
33.	स्व. प्रभुत्व को जीना	175
34.	महान तरीके से जीना	180
35.	सांसारिक आनन्द से परे जीना	184
36.	अप्रसिद्धता में जीना	190
37.	सरलता में जीना	195
38.	अपनी स्वयं की प्रकृति में जीना	200
39.	सम्पूर्णता को जीना	205
40.	वापस लौटने और समर्पण करने के जरिए जीना	209
41.	दिखने से (आकृतियों से) परे जीना	214
42.	एकरूपता में घुलने के जरिए जीना	219

43.	कोमलता से जीना	224
44.	इस ज्ञान के जरिए जीना कि कब रुक जाना है	229
45.	अल्पज्ञताओं से परे जीना	234
46.	शान्तिपूर्वक जीना	239
47.	होने से जीना	244
48.	घटाने के जरिए जीना	249
49.	निर्णय से परे जीना	254
50.	एक अनिवाशी की तरह जीना	259
51.	गुप्त सामर्थ्य से जीना	264
52.	मां की ओर वापिसी के जरिए जीना	269
53.	सम्मान पूर्वक जीना	274
54.	ऐसे जीना कि आपका जीवन एक अन्तर उत्पन्न करे	279
55.	जाने देने के जरिए जीना	283
56.	मौन ज्ञान के जरिए जीना	287
57.	प्राधिकारवाद के बिना जीना	292
58.	अच्छे या बुरे भाग्य से परेशान हुए बिना जीना	296
59.	मितव्ययिता और संयम के जरिए जीना	300
60.	बुराई से प्रतिरक्षित होकर जीना	304
61.	नीचे रहते हुए जीना	309
62.	ताओ के खजाना-घर में रहना	314
63.	बिना कठिनाइयों के जीना	319
64.	अभी यहां होने के जरिए जीना	324
65.	सरल हृदय रहने से जीना	329
66.	सागर से प्रतिस्पर्धा करते हुए जीना	333

67. तीन सम्पदाओं के जरिए जीना 337
68. सहयोग करने के जरिए जीना 342
69. शत्रुओं के बिना जीना 347
70. एक ईश्वर अनुभूत जीवन जीना 351
71. अस्वस्थता के बिना जीना 356
72. श्रद्धा और स्वीकृति के साथ जीना 361
73. स्वर्ग के जाल में जीना 366
74. मृत्यु से निर्भयता के साथ जीना 371
75. अत्यन्त कम मांगने के जरिए जीना 377
76. झुकने के जरिए जीना (लचीलेपन से जीना) 382
77. अतिरिक्त को अर्पित करने के जरिए जीना 387
78. जल जैसे जीना 392
79. बिना नाराजगियों के जीना 397
80. अपने स्वयं के कल्पना लोक को जीना 402
81. अम्बार लगाने के बिना जीना 407
उपसंहार 411
अभिस्वीकृतियां 414

प्रस्तावना

"परिवर्तन के बिना प्रगति असम्भव है और जो अपने विचारों को नहीं बदल सकते वे किसी चीज को नहीं बदल सकते।"

–जार्ज बर्नार्ड शॉ

"बदलें विचार बदलेगा जीवन" ताओ ते चिंग पर शोध, ध्यान और अमल की मेरी वर्षों लम्बी यात्रा का निर्णायक (अन्तिम) प्रतिफल है और यह (ताओ ते चिंग) प्रज्ञान की एक ऐसी पुस्तक है जो बाइबिल के अतिरिक्त विश्व की किसी भी पुस्तक से अधिक अनूदित हुई है। अनेक विद्वान इस चीनी शास्त्र (उत्कृष्ट ग्रन्थ) को अस्तित्व की प्रकृति का अन्तिम व्याख्यान मानते हैं और यह जीवन जीने का ऐसा तरीका प्राप्त करने के स्रोत के तौर पर बरकरार है, जो पवित्रता, आनन्द और शान्ति को सुनिश्चित करता है। अभी हाल में मैंने किसी के बारे में पढ़ा, जो इस प्राचीन शास्त्र के 81 वें श्लोक को पढ़ने और बार-बार पढ़ने के जरिए जीवन के लिए खतरनाक व्यसनी व्यवहारों को दूर करते हैं। जरा कल्पना कीजिए, 100 से कम छोटे (संक्षिप्त) अध्यायों (अंशों) में यह जीवन जीने के ऐसे तरीके के बारे में वर्णन करता है, जो सन्तुलित, नैतिक और आध्यात्मिक है और जो पृथ्वी पर मौजूद जीवन के सभी पक्षों के लिए कार्य करता है।

पौराणिक कथाएं हमें बतलाती हैं कि ताओ ते चिंग को एक पैगम्बर लाओ त्ज़ू, जो कि लुओयांग की एक पुरानी राजधानी में शाही पुरालेखागार के रक्षक भी थे, के द्वारा दीक्षित (Authored) किया गया था। युद्धरत राज्यों के काल के दौरान हो रही अनवरत गिरावट को देखकर लाओ त्ज़ू ने रेगिस्तान में पश्चिमी किले की ओर घोड़े से जाने का निश्चय किया। हान्कु दर्रे पर यिन हसी नामक एक द्वार रक्षक ने, जो लाओ त्ज़ू के महान विद्वान होने की प्रतिष्ठा के बारे में जानता था, उनसे अपनी शिक्षाओं का सार–तत्व दर्ज करने की प्रार्थना की। इस तरह 5000 चीनी चरित्रों में ताओ ते

चिंग का उदय हुआ।

चिंग के मूल पाठों के अपने समस्त अध्ययन में मैंने उनके लेखन का निर्णायक ऐतिहासिक ब्योरा नहीं पाया।

ताओ ते चिंग के उद्भवों पर अपने समस्त अध्ययन में मुझे उनके लेखन का कोई निश्चयात्मक ऐतिहासिक ब्योरा कभी नहीं प्राप्त हुआ, फिर भी वस्तुतः सभी भाषाओं में हजारों पाठान्तरों (अनुवादों) में यह जीवित है। वस्तुतः एक सुबह इस शास्त्रीय मूल ग्रन्थ को पढ़ने के बाद और इसके बाद उसी दोपहर को इसकी एक अन्य व्याख्या देखने के बाद मैं बंध गया। मैंने और अधिक अनुवादों के लिए आदेश किया जिनमें से पांच काफी पुराने थे और पांच अत्याधुनिक थे (आप आभार-प्रदर्शन में उनके नाम पाएंगे)। क्योंकि न तो लाओ त्जू और न ही उनके पदों (अनुवाक्यों) के उद्गम ऐतिहासिक तौर पर सुनिश्चित हैं, इसलिए जिन संस्करणों को मैंने पढ़ा, उनके विद्वानों द्वारा 5000 चरित्रों को दुभाषित किए जाने के विभिन्न तरीकों से मैं अभिभूत हो गया। खास कर तब जब आप यह ध्यान रखें कि इन प्राचीन चीनी प्रतीकों में से कई लम्बे समय से प्रयोग में नहीं हैं और स्वयं ही अनुवादों में भिन्नता को आमन्त्रित करते हैं।

तब मैंने स्वयं को प्रत्येक कविता के लिए एक ऐसा निबन्ध लिखने हेतु प्रेरित महसूस किया जो इक्कीसवीं शताब्दी में लागू हो सकने वाले इसके मूल्यवान प्रज्ञान को प्रदर्शित करे। जिन 10 अनुवादों का मैंने अध्ययन किया उनसे, जैसे वे मुझे प्रतिध्वनित हुए उस आधार पर, ''अपने विचारों को बदलें, अपने जीवन को बदलें'' में 81 अंशों को एक साथ एकत्र किया। यह पुस्तक ताओ ते चिंग की मेरी निजी व्याख्या है जिसकी हर कविता ने मेरे जीवन और स्वभाव को अन्तर्दृष्टि प्रदान की है। जैसा कि आप पढ़ते हुए जानेंगे कि 10 भिन्न-भिन्न अनुवादों के जिन्हें मैंने पढ़ा, जो पहलू मुझे निजी तौर पर सबसे अधिक उपयोगी लगे उनसे इन पृष्ठों को एक साथ जोड़ा गया है और यदि कुछ छूट गया हो तो उसके लिए मैं क्षमा प्रार्थी हूं (अगर जोड़ा जाना कहना पूरी तरह ठीक न लगता हो)।

ताओ ते चिंग के कई उपहारों में से एक है इनका मस्तिष्क को विस्तारित कर देने का गुण, विशेषकर आपको अपने जीवन पर नजर डालने के लिए प्रेरित करने हेतु लाओ त्जू के व्यंग और विरोधाभास के प्रयोग। यदि आप सोचते हैं कि शक्तिशाली होना ही एक प्रक्रिया है तो लाओ त्जू आपसे विनम्र होने का महत्त्व देखने का आग्रह करते हैं। यदि कर्म बुलाता हुआ लगता है तो वो आपसे अकर्म को अवसर देने को कहते हैं यदि आपको लगता है कि समझने से आपको वह प्राप्त करने में सहायता मिलेगी जिसकी आपको आवश्यकता है या जो आप चाहते हैं तो वो जाने देने और धैर्य रखने की सलाह देते हैं।

और फिर, यह क्या चीज है जिसे ताओ कहा जाता है? जैसा कि पहली कविता में बतलाया गया है कि इसे नाम देना इसे खोना है तो वहां सबसे बेहतर जो मैं समझ सका हूं वह यह है कि ताओ सर्वोच्च वास्तविकता है, प्रत्येक चीज का सर्वव्यापक स्रोत है। ताओ कभी प्रारम्भ या समाप्त नहीं होता, कुछ नहीं करता, और तब भी रूप और सीमाओं के इस संसार में हर चीज को रचता है जिसे हम ''10,000 चीजों का संसार कहते हैं।''

ताओ ते चिंग पर किए गए भाष्य सामान्यतः ''ताओ को मार्ग के तौर पर'' ते को ''आकार और शक्ति के तौर पर'' (यह कि ताओ कैसे प्रगट होता है) और चिंग को ''ग्रन्थ'' के तौर पर भाषान्तरित करते हैं। प्रत्येक अनुवाद जो मैंने पढ़ा, न ताओ को कैपिटल डबलू के साथ वे (way) के तौर पर और ते (Te) को Way में प्रकाश या रंग शामिल करने के तौर पर उद्धृत किया है। हां, तो जब मैंने अपने नाम वेन डायर (Wayne Dyer), जिसे मैंने 65 से अधिक वर्षों तक वहन किया है, पर नजर डाली तो मुझे एहसास हुआ कि वह क्या हो सकता है जिसने मुझे पढ़ने और इन निबन्धों को लिखने के लिए आकर्षित किया होगा। जैसा कि आप देख सकते हैं कि मेरे नाम से पहले तीन अक्षर way शब्द का निर्माण करते हैं जब कि डायर (Dyer) वो है जो रंग या प्रकाश मिलाता है। इसमें कोई आश्चर्य नहीं कि क्यों मैं इन 81 कविताओं को पढ़ने, लिखने, भाषान्तरित करने और सबसे अधिक महत्त्वपूर्ण तौर पर इनको अभ्यास में उतारने के लिए पूरी तरह डूब गया।

''विजडम आफ चायना एण्ड इण्डिया'' में डा. लिंग यूटांग कहते हैं कि सम्पूर्ण पूर्व देशीय साहित्य में यदि कोई एक ऐसी पुस्तक है जिसे सबसे बढ़कर पढ़ा जाना चाहिए तो मेरी राय में वह (लाओ त्जू की) ताओ की पुस्तक है।...''दर्शन शास्त्र के संसार में यह एक गहनतम पुस्तक है।...'' जैसे कि आप ''अपने विचारों को बदलें, अपने जीवन को बदलें'' पढ़ते हैं, आप आज के आधुनिक संसार में अपने जीवन में इसे लागू करने का आनन्द उठाने के साथ-साथ लाओ त्जू के गहन और व्यावहारिक दर्शन के जरिए अपना मार्ग प्राप्त करने जा रहे होते हैं।

इस पुस्तक का लेखन उन विचारों के समक्ष पूर्ण आत्म समर्पण था जो लकीरी व्यावहारिक दृष्टिकोण में सदैव सुसंगत बैठते नहीं लगते और इसने मुझे ठीक उसी तरह बदल दिया जैसे कि स्वयं ताओ को बदल दिया था। कुछ इस तरह जिसे न तो व्याख्यायित किया जा सकता है और न ही कोई नाम दिया जा सकता है। जैसे ही पता चला कि मुझे इस प्रकल्प पर एक वर्ष लगाना है वैसे ही इसकी रचनात्मकता निम्न तरीके से प्रगट हुई और उसको मैंने आपके लिए दर्ज कर लिया :

मैं सुबह 4 बजे के पहले उठा, ध्यान किया फलों के रस और साथ में कुछ नाश्ता लिया और पवित्र लेखन की जगह में प्रविष्ट हुआ। एक मेज पर, मेरे पास लाओ त्जू

के कुछ मढ़े हुए रेखाचित्र हैं। एक में वे साधारण वस्त्रों को पहने हुए हैं, दूसरे में वे अपने कर्मचारियों के साथ खड़े हुए हैं और तीसरे में एक बैल की सवारी किए हुए हैं। मैं अपने कार्य में तल्लीन हो जाता हूं और शब्दों को अपने पास ठहरने देने और मुझको सम्प्रेषित करने के लिए, बाहरी व आन्तरिक जीवन, दोनों की शक्तियों को आमन्त्रित करते हुए ताओ ते चिंग के एक श्लोक को पढ़ता हूं।

कुछ अंशों में ऐसे विचार शामिल हैं जो राजनैतिक नेताओं को निर्देशित प्रतीत होते हैं। तब भी, सभी मामलों में मैंने आम (औसत) पाठक को ध्यान में रखा है। दूसरे शब्दों में, मैं प्रत्येक के लिए प्रज्ञान चाहता हूं, केवल उनके लिए नहीं जो राजसत्ता या व्यवसाय में उच्च स्थानों पर हैं।

मैंने संक्षेप में कुछ टिप्पणियां लिखी और फिर अगले तीन दिनों तक मैं इसके बारे में सोचता रहा कि लाओ त्जू क्या देना चाह रहे हैं। इस पुस्तक के शीर्षक की पृष्ठभूमि के तौर पर मैंने ताओ को सभी गतिविधियों में दिन भर के लिए आमन्त्रित किया। मैंने अपने आप से कहा, ''वेन अपने विचार बदलो और देखो कि कैसे तुम्हारा जीवन बदलता है।'' ओर मेरे विचार बदले।

मैं ताओ को अपने साथ महसूस करता हूं, हमेशा अपने साथ, हमेशा कुछ न करते हुए और ऐसा कुछ भी नहीं छोड़ते हुए जो बिना किए रह गया हो। जैसे कि अब जब मैं कैपिटल एस (S) के साथ देख रहा हूं तो मुझे भूदृश्य अलग तरह का दिखता है। मैं देखता हूं कि लोग वह ईश्वरीय रचना हैं जो अपनी स्वयं की उपेक्षा कर रहे हैं या और भी तीखे शब्दों में अनावश्यक तौर पर दूसरों के मामलों में दखल दे रहे हैं। अब मेरे पास एक अलग परिप्रेक्ष्य है। मैं अधिक शान्तिमय व धैर्यवान महसूस करता हूं। मैं 10,000 चीजों के संसार की चक्रीय व्यवस्था के बारे में याद कराया जाता बना रहता हूं और मेरे पास शक्तिशाली अन्तर्दृष्टि हैं जो उसे परिवर्तित कर देती है जो मैं देखता हूं। मैं जानता हूं कि हम मनुष्य शेष प्राकृतिक जगत की ही तरह हैं और यह कि दुखः, भय, निराशा, या अन्य कोई कष्ट पहुंचाने वाली भावना नष्ट नहीं हो सकती। प्रकृति ऐसा तूफान नहीं उत्पन्न करती जो कभी न समाप्त होता हो। दुर्भाग्य के अन्दर ही सौभाग्य छिपा रहता है।

अपने चिन्तन के दिनों से गुजरने और फिर विशिष्ट कविता के प्रज्ञान को प्रयोग करने के बाद मैं जल्दी सुबह लाओ त्जू के चित्र की आंखों में देखता हूं, और मुझे आश्चर्य होता है, **आपका क्या तात्पर्य है? (मैं जैसे उनसे कह उठता हूं कि यह कैसे हो पाता है) यह कैसे यहीं, आज और उस प्रत्येक पर लागू हो जाता है जो इन रहस्यमयी शिक्षाओं के अनुसार जीना चाहता है।**

इसके बाद जो होता है वह मस्तिष्क (मन) को बहा ले जाने वाला होता है कि वह

केवल आता है। युगों के जरिए, वातावरण के जरिए, मेरे बैंगनी पेन के जरिए और मेरे पृष्ठों पर जो बहता है उसे मैं केवल स्वचालित लेखन कह सकता हूं, मैं जानता हूं कि इस पर मेरा अधिकार नहीं है। मैं जानता हूं कि इसे छू नहीं सकता, महसूस नहीं कर सकता, और यहां तक कि नाम नहीं दे सकता, लेकिन 10,000 चीजों के संसार में शब्द आते हैं। मैं कृतज्ञ हूं, व्याकुल हूं, चकित हूं और अति आनन्दित हूं। मैं अपने को अत्यन्त भाग्यशाली, सम्मानित और इन शब्दों के मुझ पर पड़े व्युत्पन्न प्रभाव से पूरी तरह प्रभावित महसूस करते हुए 2,500 वर्ष पहले चीनी गुरु द्वारा अंकित किए गए प्रज्ञान के साथ अगले चार दिनों के साहसिक अभियान को प्रारम्भ करता हूं।

यह मेरा अनुमान है कि इस इक्कीसवीं सदी में हमारा विश्व निश्चय ही भविष्य के ऐसे नेतृत्व कर्ताओं को लाएगा जो लाओ त्जू के शब्दों के महत्त्व में सराबोर होंगे। हमारा अस्तित्व इस समझदारी पर निर्भर कर सकता है कि 'शत्रु' और 'युद्ध' की अवधारणाएं ताओ केन्द्रित जीवन के जरिए बाहर रोके रखी जा सकती हैं। सरकार हमारे जीवन को नियन्त्रित करने, हमारी आय पर आवश्यकता से अधिक कर लगाने और हमारी निजता का अतिक्रमण करने से पीछे हटने की आवश्यकता महसूस कर सकती है।

तो भी ताओ की शिक्षाएं और सत्य व्यक्तियों द्वारा अवश्य ही खोजे और लागू किए जाने चाहिएं। इस तरह से यह आपके स्वयं के होने के बहुत से आश्चर्यों को आप तक ले आ सकता है। हां, आप कार्यरत ताओ हैं। आपका होना, न होने से आया है और वहीं जाएगा। अतः अधिकतम आनन्द और लाभ के लिए इस पुस्तक के अध्ययन को निजी यात्रा बनाइए। पहले ताओ ते चिंग के अंशों में से एक को और उसका अनुसरण करते निबन्ध को तल्लीनता पूर्वक पढ़िए इसके बाद जिस तरह से सोचने के आप आदी हो चुके हैं उसको बदलते हुए और इन विचारों को आत्मसात करने के नए तरीकों के लिए स्वयं को खुलने दीजिए। अन्त में, लिखने, रिकार्ड करने, रेखा चित्र बनाने या जिस भी तरीके से स्वयं को अभिव्यक्त करने के लिए आप प्रेरित महसूस करें, उस कविता को अपनी बना लें। और जो तारतम्य (लय) आपकी प्रकृति के अनुकूल बैठता हो, उसके साथ नई कविता की ओर बढ़ें।

निम्नलिखित अंश देंग मिंग दाओ लिखित "ताओ : डेली मेडीटेशन्स" के पृष्ठ 365 से लिया गया है जिसे मैं प्रतिदिन दोहराना पसन्द करता हूं। इस उदाहरण को पढ़िए और देखिए कि ताओ का आप में साक्षात आगमन हो रहा है :

यदि आप समय का एक लम्बा हिस्सा अध्ययन करने और आत्मोन्नति में लगाएं तो आप ताओ में प्रवेश कर जाएंगे। ऐसा करके, आप असाधारण विचारों की दुनियां में भी पहुंच जाएंगे। आप अकल्पनीय चीजों का अनुभव करेंगे, विचारों और अध्ययन को इस तरह ग्रहण करेंगे जैसे कि कभी कहीं से नहीं किया, ऐसी चीजें समझोगे, जिन्हें

भविष्य दर्शन के तौर पर वर्गीकृत किया जा सकता है। आपने जो अनुभव किया यदि आप उस पर चर्चा करने का प्रयास करेंगे तो आप पाएंगे कि कोई भी आपको समझने वाला नहीं है, कोई ऐसा नहीं है जो आप पर विश्वास करे। जितना आगे आप इस मार्ग पर चलते हैं उतना समाज के साधारण मार्ग से आप दूर होते जाते हैं। आप सत्य के दर्शन कर सकते हैं लेकिन आप पाएंगे कि लोग राजनेताओं, प्रदर्शकों और बातूनी वाचकों को सुनना अधिक पसन्द करते हैं।

यदि आप ताओ के अनुयायी के तौर पर जाने जाते हैं तो लोग आपको अलग-थलग कर दे सकते हैं, लेकिन वे उसके साथ शायद ही ऐसा कर सकें जो वास्तव में ताओ को समझ जाएगा। वे ऐसे लोग हैं जो ताओ को बैसाखी के तौर पर इस्तेमाल करेंगे। उनके साथ उन आश्चर्यों पर बात करना, जो आपने देखे हैं, कदाचित व्यर्थ के वार्तालाप के दौर में व्यस्त होना है। इसी कारण से यह कहा गया है कि जो जानते हैं वे बोलते नहीं हैं।

क्यों नहीं केवल चुप रह जाएं? ताओ का आनन्द लें जो आपको प्राप्त होगा। दूसरों को सोचने दीजिए कि आप गूंगे हैं। अपने अर्न्तमन में आप ताओ के रहस्यों का आनन्द महसूस करेंगे। यदि आप किसी ऐसे व्यक्ति से मिलते हैं जो आपके अनुभवों से लाभान्वित हो सकता है तो उसके साथ आपको अपने अनुभव बांटने चाहिएं। लेकिन यदि आप अनजान लोगों की भीड़ में अकेले आवारा हैं तो चुप बने रहना ही प्रज्ञान है।

सम्भवतः ताओ ते चिंग का थका देने वाला सन्देश यह जानना है कि कैसे सरलता का आनन्द उठाया जाए, जिसके बारे में इस प्राचीन आक्रामक शास्त्र में शुरू से आखिर तक आपको बताया जाता रहा है। जैसे ही आप इसके विचारों को अभ्यास में उतारते हैं आप यह खोज पाएंगे कि यह सब कितना गहन है। लेकिन तब आप इसकी सरलता और प्राकृतिकता से स्वयं को भयभीत पाएंगे। इस प्राचीन गुरु की सलाह लागू करने में इतनी सरल है कि आप निश्चय ही इसे कठिन करने का प्रयास करेंगे। केवल अपने आपको अपनी प्रकृति के साथ लयबद्ध रहने दीजिए जो कि निश्चय ही किया जा सकता है यदि आप केवल सुनें और उसके अनुसार कार्य करें।

मैं आशा करता हूं कि आप लाओ त्जू और उनके आश्चर्यजनक ताओ ते चिंग के साथ आनन्दपूर्वक प्रेम में आबद्ध महसूस करेंगे और यह कि इस महान मार्ग में अपना प्रकाश और रंग शामिल करेंगे। ताओ केन्द्रित संसार के लिए प्रतिबद्धता के साथ मैं आपको अपना प्रेम भेंट करता हूं। आपके लिए, अपनी पृथ्वी के लिए या अपने ब्रह्मांड के लिए मैं इससे बेहतर दृष्टिकोण के बारे में नहीं सोच सकता।

डॉ. वेन डब्ल्यू डायर

चिड़ियों के बारे में
मैं जानता हूं कि
उनके पास पंख होते हैं उड़ने के लिए।
मछलियों के बारे में कि उनके पास सुफने होते हैं
तैरने के लिए; जंगली पशुओं के बारे में कि
उनके पास पैर होते हैं दौड़ने के लिए।
पैरों के लिए यहां फन्दे हैं। सुफनों के लिए जाल।
पंखों के लिए तीर।
लेकिन कौन जानता है।
कैसे ड्रैगेन जीतता है
हवाएं और बादल स्वर्ग में?
इस दिन मैंने देखा (लाओ त्ज़ू) और वह है एक ड्रैगन।

—द वे ऑफ लाइफ एकोर्डिंग टू
लाओ त्ज़ू, विट्टनेर बायेनर द्वारा अनूदित से

(शिष्टाचार के नियमों पर सलाह प्राप्त करने के लिए अपने से वरिष्ठ लाओ त्ज़ू से भेंट करने के बाद यह उद्धरण कन्फ्यूशियस द्वारा कहा गया।)

पहली कविता

ताओ, जिसे व्यक्त किया जा सकता है,
नहीं है शाश्वत ताओ
दिया जा सकता है जो नाम
शाश्वत नाम नहीं है वो

दोनों है ताओ, नामधारी और अनाम
उद्गम है यह सभी चीजों का, अनाम के रूप में
नामधारी के रूप में हैं मां, 10,000 चीजों की

दर्शन कर सकता है वह रहस्य का, जो है इच्छा मुक्त सदैव
सदैव इच्छुक रहने वाला देख पाता है केवल प्रगटीकरण
और देहरी है रहस्य स्वयं ही
सभी समझदारियों की

रहस्य को जीना

ताओ ते चिंग के इस प्रवेश श्लोक में लाओ त्ज़ू हमसे कहते हैं कि ''ताओ नामधारी और अनाम दोनों है।'' यह हमारी पश्चिमी बुद्धिमत्ता को विरोधाभासी प्रतीत होता है और है भी। विरोधाभासी चिन्तन पूर्वी अवधारणाओं में अन्तर्निहित है जैसे कि यिन और यांग स्त्रीलिंग है और पुल्लिंग भी। यहां चीजें 'इस' या 'उस' तौर पर आराम से विश्लेषित की जाती है। पश्चिम में हम विषमता के कारण विपरीतों को ऐसी असंगत अवधारणाओं के तौर पर देखने की प्रवृत्ति रखते हैं जो एक दूसरे का खण्डन करते हैं। तभी यह पुस्तक चाह रही है कि हम चिन्तन के अपने स्थापित तरीकों को बदल दें और देखें कि, परिणाम स्वरूप, कैसे हमारा जीवन परिवर्तित हो जाता है।

ताओ एक अज्ञेय, अदृश्य सत्ता है जहां हर चीज उत्पन्न होती है, जबकि उसी क्षण ताओ हर वस्तु में अदृश्य तौर पर उपस्थित रहता है। जब हम इस अगोचरता (रहस्य) को जानने की अभिलाषा करते हैं तब हम इसे रूपों की बाह्य दुनिया के सन्दर्भों में व्याख्यायित करने का प्रयत्न करते हैं जिसे लाओ त्ज़ू ''10,000 वस्तुऐं'' कहते हैं। वह हमें परामर्श देते हैं कि रहस्य को देखने का प्रयास करना वस्तुतः स्वयं को इसके दर्शन करने की अनुमति प्रदान करना है। या जैसा कि मैं सोचना पसन्द करता हूं कि ''हम जाएं और ईश्वर हो जाएं।'' लेकिन हम यह कैसे कर सकते हैं? एक तरीका यह है कि इसे दिक्-काल के रहस्यमय अन्तों के तौर पर लेने के बजाय यह स्वीकारते हुए कि 'चाहत' (इच्छा करना) और 'चाहत मुक्ति' (अनुमति प्रदान करना) भिन्न है और एकसमान भी है, स्वयं को विरोधाभासी चिन्तन का अधिक से अधिक अभ्यास करने दिया जाए।

चाहना उन परिस्थितियों को उत्पन्न करने की भौतिक अभिव्यक्ति है जो हमें ग्रहण करने योग्य होने की अनुमति प्रदान करती है अर्थात यह ग्रहण करने की तैयारी

की दुनिया में शामिल है। लाओ त्जू के अनुसार जानने की इच्छा या ताओ के रहस्य को देखने या जानने की इच्छा विभिन्न प्रकार की अभिव्यक्तियों में इसके प्रमाण प्रस्तुत करेगी लेकिन स्वयं रहस्य को नहीं। लेकिन यह बन्द रास्ता नहीं है। चाहत की इस पृष्ठभूमि से ही रहस्यमय ताओ की फुलवारी विकसित होती है। यह ऐसे होता है कि चाहत, प्रयास रहित स्वीकृति में रूपान्तरित हो जाती है। चाहना प्रगटीकरणों को देखना है और चाहत रहित होकर स्वयं रहस्य के दर्शन किए जा सकते हैं।

जब हम उससे तादात्म्य स्थापित करते हैं जो लाओ त्जू हमें बता रहे हैं तो यह जल्द ही दिखलाई पड़ने लगता है कि हमारा संसार इस विरोधाभासी प्रक्रिया के प्रचुर उदाहरण प्रस्तुत करता है। बागवानी के बारे में सोचना और घर में विकसित हुए टमाटरों या बसन्त के पीलेपन की कामना करना; अन्ततोगत्वा उनको विकसित होने की अनुमति प्रदान करना है। अब जीवन में होने वाली चीजों, उन चीजों के बारे में सोचिए जिनमें चाहत समाहित है और वे किस तरह होने देने से भिन्न हैं। उदाहरण के तौर पर सोने के लिए जाने के बजाय सोने की इच्छा करना। मिताहार करने के बजाय मिताहार करने की इच्छा करना। प्रेम करने के बजाय प्रेम करने की इच्छा करना। इस सन्दर्भ में ताओ के अनुसार इच्छा मुक्त होने का अर्थ है विश्वास करना, अनुमति प्रदान करना और होने देना। चाहत, चाहत-रहित होने का प्रारम्भ और आधार दोनों ही है। वे एक समान हैं और वे भिन्न हैं।

उन क्षणों को ध्यान दीजिए जब आप चाहने और होने देने (या कोशिश करने और करने) के मध्य अविच्छिन्नक अवस्था (अलग-अलग न किए जा सकने की अवस्था) को अपने शरीर में महसूस कर सकते हैं। पियानो बजाने की कोशिश करना, कार चलाने का प्रयास करना या साईकिल की सवारी का प्रयास करना एक जैसा है और वास्तव में पियानो बजाने, कार चलाने और साइकिल की सवारी करने से भिन्न है। एक बार जब बाह्य जगत की गतिविधियों की कामना कर ली गई और उनको समझ लिया गया तब वह समय आ जाता है जब आप यह करते हैं कि होने देते हैं। यहां पर 'कोशिश करने' और 'होने देने' की भिन्नता को अपने शरीर में पहचानना और फिर बाद वाले की प्रयास रहित अनुभूति के बारे में सजग होना महत्त्वपूर्ण है। यह अभ्यास अदृश्य रहस्य की महान चेतना की ओर ले जाएगा और उन 10,000 चीजों की ओर भी जो कि हमारे जगत के गोचर पदार्थ हैं।

10,000 चीजें वो हैं जिनको लाओ त्जू जगत के श्रेणीबद्ध, वर्गीकृत, और वैज्ञानिक तौर पर नामित की गई वस्तुओं का प्रतिनिधित्व करने के लिए सन्दर्भित करते हैं और जो हमें उनके बारे में सम्प्रेषण करने और पहचानने में सहायता करते है जिनके बारे में हम बातें और चिन्तन कर रहे होते हैं। अपनी समस्त प्रौद्योगिकीय विशेषज्ञता और

वैज्ञानिक श्रेणीबद्धता के बावजूद हम उस पदार्थ से एक मानवीय आंख या अनाज के एक दाने तक का सृजन कभी नहीं कर सकते। उस अवशेष सहित जिसमें ज्ञात या जगत के नाम से जाना जाने वाला समाहित है, ये सभी वस्तुएं, उस रहस्य, सनातन ताओ से प्रगट होती हैं। ठीक वैसे ही जैसे कि जगत के नामधारी हिस्से जगत नहीं है, हम केवल त्वचा, अस्थि, और तरल पदार्थों की नदियां, जिनसे भौतिक तौर पर हमारा निर्माण हुआ है, नहीं हैं। हम भी शाश्वत ताओ हैं जो अदृश्य तौर पर हमारी जीभों को बोलने के लिए, कानों को सुनने के लिए और आंखों को देखने और प्रगट व रहस्य का अनुभव करने के लिए प्रेरित करते हैं। इस अनाम रहस्य को सचेत तौर पर होने देना ही अन्तत्तोगत्वा ताओ का अभ्यास करने की विधि है।

क्या इसका अर्थ यह है कि स्वयं को नुकसान के मार्ग पर रखना है? बेशक नहीं। क्या इसका अर्थ है कि जब आप मूर्ख बनाए जा रहे हों या दुर्व्यवहार के शिकार हो रहे हों तो उस क्षण रहस्य पर विश्वास करें, सम्भवतः नहीं। क्या इसका अर्थ है कभी भी चीजों को बदलने की कोशिश न करना? नहीं। इसका अर्थ है रहस्य में होने के अभ्यास को उगाना और इसे अपने द्वारा अबाधित तौर पर प्रवाहित होने देना। इसका अर्थ है कि जब आप रहस्य को प्रगट होने देते हैं उसी समय रूप में होने के अन्तर्विरोध को होने देना।

ताओ कीजिए, रहस्य में जीने के अपने निजी मार्ग प्राप्त कीजिए। जैसा कि लाओ त्ज़ू इस पहली कविता में कहते हैं "और रहस्य सभी सज्ञानता का प्रवेश द्वार है।"

यहां मेरी सलाह है कि इस अध्याय को आप इस इक्कीसवीं सदी में अपनी दिनचर्या में रूपान्तरित करें।

पहला और सबसे महत्त्वपूर्ण, रहस्य का आनन्द लें!

हमेशा इसको समाप्त हुआ मानते रहने की कोशिश करते रहने के बजाय जगत को प्रगट होने दीजिए। उदाहरणार्थ सम्बन्धों को सिर्फ होने दीजिए क्योंकि हर चीज दैवीय व्यवस्था में समाहित होने को है। किसी चीज को काम का बनाने के लिए इतनी कड़ी मेहनत मत कीजिए, सिर्फ होने दीजिए। हमेशा अपने सहायकों, अपने अभिभावकों, अपने अधिकारी या किसी को भी समझते रहने की कोशिश में मत रहिए क्योंकि ताओ हर समय कार्यरत है। जब उम्मीदें धराशायी हो गई हों तो जैसा हो रहा है वैसा होने देने का अभ्यास कीजिए। शान्त होइए, जाने दीजिए, होने दीजिए और पहचानिए कि आपकी कुछ इच्छाएं इसके बारे में हैं कि आपका संसार कैसा होना चाहिए बजाय इसके कि इस क्षण आपका संसार कैसा है। आप एक दक्ष पर्यवेक्षक बनिए, निर्णय कम लीजिए और सुनिए ज्यादा। चित्ताकर्षक रहस्य और अनिश्चितता, जिसका हम सभी को अनुभव होता रहता है, को महसूसने के लिए अपने मस्तिष्क को तैयार होने दीजिए।

हमेशा नामकरण और श्रेणीबद्ध करने से मुक्त होने का अभ्यास कीजिए

वर्गीकरण प्रक्रिया वह है जो हम में से अधिकांश को विद्यालय में पढ़ायी गई थी। वह हासिल करने के लिए, जिसे हम 'उच्च श्रेणी' कहते हैं हमने चीजों को ठीक तरह से व्याख्यायित करने योग्य बनने के लिए जमकर अध्ययन किया। अधिकांश शैक्षणिक संस्थान एक श्रेणी प्रदान करने के लिए, जो हममें विशिष्ट श्रेणियों के ज्ञान के साथ स्नातक के तौर अन्तर उत्पन्न करता है, प्रत्येक चीज को पहचाननें पर जोर देते हैं। जब बिना किसी के बतलाए हम यह जानते हैं कि ऐसी कोई उपाधि, डिग्री या भिन्नता कारक श्रेणी नहीं है जो सचमुच हमारी व्याख्या कर सके। ठीक वैसे ही जैसे जल, शब्द जल नहीं है इससे कही अधिक यह अगुआ (agua) वासेर (wasser) या एच टू (H2O) ओ है। इस ब्रह्मांड में कुछ भी वह नहीं है जो उसे नाम दिया गया है। हमारी अन्तहीन श्रेणीबद्धता के उपरान्त भी एक भी पशु, पुष्प, खनिज या मानव कभी भी वास्तविकता से विश्लेषित नहीं किया जा सकता। इसी तरह ताओ हमें बतलाते हैं कि नाम जो नामित किया जा सकता है वह सनातन नाम नहीं है।

अब ताओ कीजिए

आज इसी क्षण आप किसी अन्य व्यक्ति या परिस्थिति के द्वारा तंग किए जाने या खिझाए जाने की एक घटना पर ध्यान दीजिए। इस उत्सुकता के साथ कि क्या आप चाहने और होने के बीच अविछिन्नक (विभाजित न हो सकने वाली) की स्थिति पर हैं, अन्तस्थ होते हुए उसी क्षण ताओ करने (या मार्ग का अभ्यास करने) का निश्चय कीजिए। खिझाने वाले के नष्ट हो जाने की चाहत के विरोधाभास को अनुमति प्रदान कीजिए और जो है वो होने देने की स्वीकृति प्रदान कीजिए। इसके लिए आप अन्दर में अपने विचारों पर दृष्टि डालिए और जहां कहीं हो और आप के शरीर में जैसे भी घूम रहा हो उसको स्वयं को महसूस करने दीजिए।

स्वयं में अन्तर्निहित रहस्य के प्रति सहयोग करने का अनुमोदन करने को अनुमति प्रदान करते हुए अपने सम्पूर्ण ध्यान को मुक्त मस्तिष्क होने की दिशा में लगाइए। महसूस कीजिए कि अनुभूति स्वयं को कैसे अभिव्यक्त करती है। यह करने के दौरान कदाचित आपके पेट में ऐंठन दर ऐंठन होने लगे, आपके शारीरिक ढांचे को कड़ापन महसूस हो, आपका हृदय बन्द होने लगे या आपका गला कड़ा हो जाए। जो भी हो, इसका अपने अन्तर्निहित गूढ़ संदेश वाहक के रूप में होने दीजिए और इस पर अनिर्णयात्मक ध्यान दीजिए। अन्तर्धान होने की अभिलाषा को महसूस कीजिए और

इसे कृपापूर्वक स्वयं के द्वारा निर्देशित होने दीजिए। जो भी आता है उसे स्वीकार कीजिए। बिना श्रेणीबद्ध किए, बिना विश्लेषण किए अन्तर्निहित रहस्य का सामना कीजिए। सबसे पहले यह एक सूक्ष्म भेद है जिसको पहचानने की आपको स्वयं जिम्मेदारी लेनी होगी। आप अकेले ही रहस्य जीने के अनुभव योग्य होने के लिए आधार तैयार कर सकते हैं।

दूसरी कविता

सभी देख सकते हैं सौन्दर्य को सौन्दर्य जैसा, स्वर्ग में
केवल इसलिए क्योंकि वहां मौजूद है असौन्दर्य
सभी जान सकते हैं अच्छे को अच्छा, केवल इसलिए क्योंकि वहां मौजूद है बुरा

होना और न होना उत्पन्न करते हैं एक दूसरे को
कठिन है उत्पन्न होना सहजता में
दीर्घ परिभाषित होता है लघु से, उच्च-निम्न के द्वारा
पूर्व और पश्चात् चलते हैं साथ-साथ

इसीलिए सन्त उन्मुक्त हो जीते हैं प्रगट द्वैतता
और विरोधाभासी एकता के साथ
सन्त बिना प्रयास के कर सकते हैं व्यवहार
और कर सकते है बिना शब्दों के शिक्षित

चीजों का पोषण करो, बिना उनको अधिकृत किए

वह कर्म करता है लेकिन पुरस्कार के लिए नहीं
वह करता है पूर्ण लेकिन परिणाम के लिए नहीं

भूल जाया जाता है कर्म, हो जाने के बाद
सदा कायम रहता है यह, इसी कारण से

विरोधाभासी एकता को जीना

किसी वस्तु या व्यक्ति का सुन्दर होना एक मान्य व्यवस्था पर आधारित है जो द्वैत और निर्णय को प्रोत्साहित करती है। चिन्तन का यह तरीका हमारी संस्कृति में हर किसी के बारे में प्रचलित है और एक समान महत्व रखता है कि कदाचित समाज में हर किसी का कुछ न कुछ महत्व है। ताओ ते चिंग के इस दूसरे श्लोक में मैं आपको विरोधाभासी एकता की अवधारणा को खोजने के लिए प्रोत्साहित करता हूं। अपने विचारों को बदलकर आप अपने जीवन को परिवर्तित कर सकते हैं और सच्चे अर्थों में एकत्व (अद्वैत) के परमानन्द को जी सकते हैं।

क्या आप को कभी ऐसा लगा है कि सुन्दरता किसी चीज के कुरूप (असुन्दर) मान लिए जानें पर निर्भर करती है! इसलिए सुन्दरता का विचार कुरूपता के विचार को उत्पन्न करता है और कुरूपता का विचार सुन्दरता के विचार को उत्पन्न करता है। जरा सोचिए कि इस ''द्वैत विश्वास व्यवस्था'' में कितनी अवधारणाएं विपरीतों पर निर्भर करती हैं। एक व्यक्ति तब तक लम्बा नहीं है जब तक कि ऐसी विश्वास व्यवस्था न हो जो नाटे को अपने में शामिल करती हो। हमारी जीवन की अवधारणा मृत्यु के बिना अस्तित्व में नहीं आ सकती है। दिन, रात का उल्टा है। पुरुष, स्त्री का विपरीत भाव है।

क्या हो यदि आप इसे सम्पूर्ण के तौर पर लेने के बजाय अद्वैत (एकत्व) की सम्पूर्णता के एक हिस्से (या एक झलक) के तौर पर ग्रहण करें! मैं सोचता हूं यही वह है जो लाओ त्जू महात्मा की अपनी व्याख्या के द्वारा सुझा रहे हैं जो ''प्रत्यक्ष द्वैतता और विरोधाभासी एकता के साथ उन्मुक्त होकर जीता है।'' कल्पना कीजिए कि परिपूर्ण अद्वैत प्रकट अद्वैतता और विरोधाभासी एकता में सहअस्तित्व रखता है, जहां विपरीतताएं केवल इस 10,000 चीजों के जगत में मानव मस्तिष्कों द्वारा निर्मित निर्णय मात्र हैं। निश्चित ही नरगिस नहीं सोचता कि गुलबहार उससे अधिक प्रिय या घृणास्पद है और

चील व चूहे को उन विपरीतताओं का कोई भाव नहीं है जिन्हें हम जीवन और मृत्यु कहते हैं। वृक्षों, पुष्पों और पशुओं को असुन्दरता या सुन्दरता के बारे में कुछ नहीं पता, वे सरलतापूर्वक हैं...अनन्त ताओं के साथ एकलय, निर्णय से पूरी तरह मुक्त।

जैसे कि सन्त (महात्मा) प्रत्यक्ष द्वैतता के साथ उन्मुक्त होकर जीते हैं, वे इसके बारे में कोई राय बनाए बिना **प्रगटीकरण से मूल कारण को संश्लेषित लेते हैं।** निर्णय के बिना और परिपूर्ण अद्वैत (एकत्व) में जीना ही है, जिसको करने के लिए लाओ त्ज़ू अपने पाठकों को आमन्त्रित करते हैं। वे हमारी बुद्धि को दिखने वाली विपरीतताओं को संयुक्त करने और एक रूप जीवन जीने के लिए आमन्त्रित करते हैं। ताओ की परिपूर्णता इसमें है कि प्रत्यक्ष द्वैतता को आने देना जबकि एकता के दर्शन करना जोकि वास्तविकता है। जीवन और मृत्यु अभिन्न हैं। सदाचार और पाप निर्णय हैं जिनको एक दूसरे के परिप्रेक्ष्य में पहचानें जाने की आवश्यकता है। ये एक रूप जीवन के विरोधाभास है। यह अनन्त ताओ में जीना है, एक बार जब विपरीतताओं के द्विभाजक या विपरीतताओं के जोड़े बढ़ते चले जाने लगे या कम से कम उन पर ध्यान दिया जाने लगे, जिसके लिए कि वो है, तो जीवन के अन्दर और बाहर लहरों की तरह बहने लगते हैं।

अपने जीवन के हर क्षण में विरोधाभास की सांस लेते हुए जीवित होने का अभ्यास कीजिए। शरीर की भौतिक सीमाएं हैं, यह प्रारम्भ होता है और समाप्त होता है और इसमें पदार्थिक तत्व हैं। इसी के साथ इसमें कुछ ऐसा भी है जो सीमाओं को नकारता है, जिसमें कोई तत्व नहीं है और जो अनन्त है और निराकार है। आप ठीक एक ही समय में ताओ और 10,000 वस्तुएं, दोनों हैं। एक ही समय में एक दूसरे के उलट और विपरीत विचारों को अपने अन्दर समाहित रहने दीजिए। उनको एक दूसरे को निरस्त करने दिए बिना स्वयं को उन विपरीत विचारों को बरकरार बनाए रखने दीजिए। अपने आस पास को प्रभावित करने की अपनी मुक्त अभिलाषा और क्षमता पर दृढ़ विश्वास रखिए और इसके साथ-साथ स्वयं में अन्तर्निहित ऊर्जा के प्रति सम्पूर्ण समर्पण कीजिए। जानिए कि अच्छा बुरा एकत्व के दो पहलू हैं। दूसरे शब्दों में, भौतिक जगत की द्वैतता को स्वीकार कीजिए जबकि ऐसा करते हुए भी अनन्त ताओ के एकत्व के साथ निरन्तर सम्पर्क बनाए रखिए। सही होने की आवश्यकता घटाने और दूसरों को इसके लिए तैयार करने से गलत स्वयं ही कम होता जाएगा।

मेरा विश्वास है कि लाओ त्ज़ू निम्नांकित की सलाह देते हुए ताओ ते चिंग को आज के संसार में प्रयोग करेंगे।

एकीकृत जीवन जिएं

अच्छा या बुरा, गलत या सही के तौर पर हर चीज को श्रेणीबद्ध करने की प्रवृत्ति की एक सचेतता के साथ एकत्व के संसार में प्रवेश करें। सुन्दर या भद्दा, ये भौतिक जगत के स्तर हैं, ताओ के नहीं। अन्तर्दृष्टि से चिन्तन कीजिए कि द्वैतता एक मानसिक खेल है। दूसरे शब्दों में, लोग उसी तरह देखते हैं जैसे कि वे देखते हैं, निर्णायक (अन्तिम) आलोचना हमेशा जरूरी या मददगार नहीं होती। स्वयं सहित हर किसी के अन्दर ताओ के प्रस्फुटन का अवलोकन कीजिए और जो आप महसूस करते हैं उसके साथ शान्ति को प्राप्त होइए।

इन विचारों से मुक्त होकर कि आपको कहां होना चाहिए और आपको कैसे व्यवहार करना चाहिए, एक अच्छे पशु होइए और उन्मुक्त विचरण कीजिए। उदाहरण के लिए, कल्पना कीजिए कि आप एक ऊदबिलाव हैं और केवल अपने "ऊदबिलावपन" को जी रहे हैं। आप अच्छे या बुरे, सुन्दर या भद्दे, परिश्रमी या आलसी नहीं हैं, ...उन्मुक्तता पूर्वक, शान्ति पूर्वक, खेलते हुए और बिना निर्णयों के जल पर या भूमि पर विचरण करते हुए आप एक साधारण ऊदबिलाव हैं। एकत्व के शुद्ध रहस्य में स्थान पाने की अभिलाषा के साथ जब शरीर छोड़ने का समय आए, आप उसे त्याग दीजिए। यह वह है जो लाओ त्जू के यह कहने का तात्पर्य होता है कि "जब काम पूरा हो जाता है तो उसे भुला दिया जाता है। यही कारण है कि यह हमेशा बरकरार रहता है।"

दूसरे शब्दों में अनश्वरता का अनुभव करने के लिए अपना शरीर त्यागने की आवश्यकता नहीं है। सशरीर अवस्था में भी अपने अन्तस्थ स्व को जानना सम्भव है। जब द्वैतता और निर्णय उग जाएं तो उनको परिपूर्ण एकता का अंग बन जाने दीजिए। जब अन्य व्यक्ति विभाजकों को उत्पन्न करते हों तो आप हमेशा ताओ के अभ्यास के जरिए एकत्व को जान सकते हैं।

कम प्रयास से अधिक प्राप्त करें

प्रयास सम्पूर्ण का एक भाग है, दूसरा भाग है प्रयास हीनता। इन द्विभाजकों को एकरूप कर दीजिए और परिणाम होगा प्राप्ति के प्रति किसी आसक्ति के बिना प्रयासहीन कर्म। यह ठीक उसी तरह है जैसे आप किसी के साथ नृत्य करते हैं। आप एक प्रयास करते हैं, स्थिति की कल्पना करते हैं, संगीत को सुनते हैं और अपने सहभागी के साथ सरलतापूर्वक विचरण की स्वयं को अनुमति प्रदान करते हुए यह सब एक ही समय में होने देते हैं। बिना निर्णय या भय के तथाकथित विपरीतों को घटित हो रहे के एकत्व के साथ संयुक्त कर दीजिए। कर्म पर "एक शानदार प्रयास" का ठप्पा लगाने में यह

विश्वास अन्तर्निहित है कि कठिन परिश्रम करना प्रयास न करने से अधिक अच्छा है। लेकिन स्वयं प्रयास का अस्तित्व इसलिए है क्योंकि प्रयास न करने का विश्वास मौजूद है। कूड़े-कचरे के केवल एक हिस्से को उठाना ही कूड़ा कचरा साफ करना नहीं है। एक बार आपने इसे हटा दिया तब प्रयास करना और न करना निरर्थक हो जाता है।

समझिए कि यत्न और प्रयास जैसे शब्दों के बोध को लागू किए बिना आप कार्यरत रह सकते हैं। प्राप्ति पर केन्द्रित किए बिना आप कार्य को सम्पन्न कर सकते हैं। विपरीतों को विरोधाभासिक तरीके से हरा देना उनको एकता बद्ध करता है इसलिए किसी एक पक्ष के साथ पहचान बनाना अनावश्यक है।

मैं कल्पना करता हूं। कि आज की भाषा में लाओ त्जू, ताओ ते चिंग के इस दूसरी कविता को केवल इन साधारण शब्दों में सहेजेंगे और वे शब्द हैं केवल होने दीजिए।

अब आप ताओ करें

इसे चुनाव करने के नहीं, स्वयं की रक्षा करने या व्याख्यायित करने के एक अवसर के तौर पर लेते हुए आज ताओ कीजिए। अपनी भौतिक (शारीरिक) व्यवस्था के द्वारा सभी तरीकों से इसे महसूस करने के बजाय अपने अन्दर मुड़िए और गलतफहमी के संजाल को महसूस कीजिए। व्याख्यायित करने या बचाव करने के बहारी दुनिया के मार्ग को शास्त्रार्थ के द्वारा शान्त करने को चुनने के बजाय केवल जो है उसके साथ होइए। गलत या सही होने के प्रगट द्वन्द्विता की पकड़ में मत आइए। विरोधाभासी एकता में होने को चुनने, एक ऐसे एकत्व में होने जहां स्पेक्ट्रम का सभी कुछ सामान्य तौर पर मौजूद है, के लिए स्वयं को बधाई दीजिए। अपने सन्तत्व के अभ्यास की अपनी अभिलाषा के साथ मौन रूप से इस अवसर को सराहिए।

तीसरी कविता

प्रतिष्ठा के महत्त्व में वृद्धि करना
जन्म देगा कलह प्रियता को
अति महत्त्व देंगें यदि धन-सम्पदा को
तो चुराने लगेंगे लोग उसे

प्रदर्शित न करके उसे, जो है चाहने योग्य
शान्त बनाए रखेंगे आप, लोगों के हृदयों को
सन्त करते हैं निर्देशित
खाली करने के जरिए दिलों और दिमागों को
कमजोर करके इच्छाओं को मजबूत करके जड़ों को
करें अभ्यास, न करने का
जब निस्स्वार्थ और शुद्ध होता है कर्म
स्थापित हो जाती है हर चीज अपनी उचित जगह

सन्तुष्टि में जीना

ताओ ते चिंग की तीसरी कविता सन्तुष्टि को सुनिश्चित करने के लिए प्राथमिकताओं को पुनर्व्यवस्थित करने की सलाह देता है। इच्छा की अधिकाधिक चीजों को प्राप्त करने पर ध्यान केन्द्रित करना बाह्य तत्वों को हम पर नियन्त्रण कायम करने के लिए प्रोत्साहित करता है। महत्व प्राप्त करने की प्रवृति, चाहे वो धन सम्बन्धी हो या शक्तिशाली होने की, जो सन्तोष जनक जीवन हमें प्राप्त है उसके सहित आत्मिकताओं के साथ हमारे सम्बन्धों के प्रति हमें अन्धा करती है। सम्पत्तियों, प्राप्तियों को अति महत्व देने की प्रवृत्ति हमारे अहं के धन, प्राप्तियों, स्तर, शक्ति या इसी तरह की चीजों को अधिकाधिक प्राप्त करने पर टिक जाने से उत्पन्न होती है। ताओ इस तरह के असन्तुष्टि के मार्ग के जीवन से बचने की सलाह देते हैं जो चोरी, कलह प्रियता, और उलझन की ओर ले जाता है। हमें निश्चय ही ताओ के इस प्रश्न से अपनी निजी इच्छा विस्थापित करना चाहिए कि "कैसे मैं सेवा कर सकता हूं?" मात्र इस तरह के विचारों को बदलकर हम यह देखना प्रारम्भ करेंगे कि हमारे जीवन में प्रमुख परिवर्तन हो रहे हैं।

"न करने" और विश्वास करने कि सब कुछ अपनी उचित जगह स्थापित हो जाएगा आलसीपन और असफल समाज के लिए दिया गया सुझाव प्रतीत हो सकता है, तो भी मुझे नहीं लगता कि ताओ यहां यह प्रस्तावित कर रहे हैं। वो आलसी या निष्क्रिय होने के लिए नहीं कर रहे हैं। बल्कि वो सुझाव दे रहे हैं कि ताओ में विश्वास का मार्ग आपके सृजन के स्रोत से निर्देशित होना होगा और आपकी अहं के द्वारा उत्पन्न हुई इच्छाओं के बजाय उच्चतर सिद्धान्त के द्वारा मार्गदर्शित होना होगा।

अहं ग्रस्त चाहतें दिव्य तत्व के मार्ग में पाई जा सकती हैं, अतः अहं को मार्ग से निकाल बाहर करने के लिए अभ्यास कीजिए और जो कुछ भी आप करते हैं उसमें ताओ से मार्गदर्शित होईए। क्या आप आलसपन की अवस्था में है? ताओ पर विश्वास

कीजिए। अहं के वर्चस्व से मुक्त होकर उसे सुनिए जो आपको आगे बढ़ने को प्रेरित करता है और आप विरोधाभासी तौर पर और अधिक उर्वर हो जाएगे। सांसारिक निश्चयों को स्थगित कर देने से जो अन्तर में आने को है उसे आने दीजिए। इस तरह यह होने में से ज्यादा समय नहीं लगेगा जब वह सिर्फ आप होंगे जो उस वृंदवादन का संचालन कर रहे होंगे जिसे आप अपना जीवन कहते हैं।

इससे भी अधिक तीसरी कविता में यह सलाह भी मौजूद है कि इसको कैसे संचालित किया जाए। मैं इसे एक राजनैतिक या प्रशासनिक राय के तौर पर नहीं देखता हूं बल्कि हमारी स्वयं की जिन्दगियों और अपने निजी परिवार, जिनको मार्ग दिखाना हमारा कर्त्तव्य है और व्यापक अर्थों में मानव परिवार, जिसमें वो सभी शामिल है जिनसे हमारे रोजमर्रा के सम्बन्ध हैं, से सम्बन्धित पाता हूं।

अपने सम्बन्धियों को सामाजिक महत्व और धन सम्पत्ति बटोरने से सम्बन्धित विचारों को अपने मस्तिष्कों से निकाल बाहर करने और इसके बजाय दूसरों की सेवा करने और सभी की शक्ति और स्वास्थ्य में सहायोग करने के लिए प्रेरित कीजिए। इस प्रवृति की भावना को आदर्श बनाइए। आखिरकार हर एक को प्रेरित किए जाने की आवश्यकता है। सृजन को धन-सम्पदा या सामाजिक स्तर में रुचि नहीं है। यह आपको दिशा देगा, प्रेरित करेगा और आपको व अन्य सभी को प्रभावित करेगा। यह वह सब कुछ प्रदान करेगा जिसकी आवश्यकता है। अहं (और आपकी बढ़ती इच्छओं की निरन्तर बढ़ती सूची) को कमजोर किए जाने की आवश्यकता है ताकि ताओ के सौन्दर्य की अनुभूति की जा सके। ईर्ष्या, क्रोध और प्रतिस्पर्धा का पोषण करने वाले अहम केन्द्रित प्रलोभनों को दूर करने वाले नेतृत्वकर्ता के तौर पर इसे दूसरों के समक्ष प्रस्तुत कीजिए।

यदि लाओ त्जू अपने 25,00 वर्ष पहले की अनुदृष्टि से हमारे सम सामयिक विश्व को देखने में सक्षम थे तो मेरा विश्वास है ताओ ते चिंग के इस तीसरे श्लोक पर आधारित निम्नांकित राय को उन्होंने प्रस्तावित किया।

रोज याद रखो कि प्रसन्नता का कोई रास्ता नहीं है, इसके बजाय प्रसन्नता स्वयं मार्ग है

आपके पास ऐसे लक्ष्यों की लम्बी सूची होगी जो, आपका विश्वास है कि, हासिल हो जाने पर आपको सन्तुष्टि प्रदान करेंगे। लेकिन यदि आप इस क्षण अपनी प्रसन्नता की स्थिति का परीक्षण करें तो आप पाएंगे कि पहले की कुछ अभिलाषाओं के पूरा हो जाने ने आनन्द का चिरस्थायी भाव नहीं उत्पन्न किया। इच्छाएं केवल चिन्ता, तनाव, और प्रतिस्पर्धात्मकता उत्पादित कर सकती हैं और आपको यह पहचानना चाहिए कि

वो यह करती हैं। बाहरी घटनाओं से आनन्द उत्पन्न करने की उम्मीद करने के बजाय जीवन के हर संघर्ष में प्रसन्नता का समावेश कीजिए। ताओ के पथ पर लयबद्धता के साथ टिके रहने से सभी तृप्तियां, जिनके बारे में आप कभी कल्पना कर सकते हैं, आपके जीवन में प्रवाहित होना प्रारम्भ हो जाएंगी। सही लोग, वित्त के लिए संसाधन जहां आप मात खा रहे हैं और अन्य आवश्यक घटक साथ-साथ आ जाएंगे। लाओ त्ज़ू कहेंगे कि ''स्वयं को धकियाना बन्द कीजिए और जो है उसके लिए कृतज्ञता और विस्मय का एहसास कीजिए। आपका जीवन आपकी हास्यास्पद लालसाओं के मामूली विवरणों के बजाय कुछ ऐसे से नियन्त्रित है जो बहुत बड़ा और अधिक महत्वपूर्ण है।''

अनन्त ताओ की परिपूर्णता का विश्वास करें, क्योंकि यह 10,000 चीजों का अन्तिम स्रोत है।

ताओ आपके लिए और आपके साथ कार्यरत हैं अतः अपनी याचना या जो आप समझते है कि वो भूल चुका होगा, उसे याद दिलाने की आवश्यकता नहीं है। ताओ के सौहार्द में विश्वास रखिए। यह हर उस चीज का ध्यान रखता है जिसकी आपको सृजन में आवश्यकता होती है, ठीक वैसे ही जैसे कि आपकी किसी सहायता के बिना आपके जीवन के प्रारम्भिक नौ महीनों के दौरान, और वह भी आपकी किसी भी मौजूद रही होगी इच्छा से पूरी तरह स्वतन्त्र होकर। ताओ यह करते रहना जारी बनाए रखेंगे यदि आप केवल इस पर विश्वास रखें और न करने का अभ्यास करें।

अपनी इच्छाओं की सूची बनाए और उन्हें बुरे से भी बुरे की ओर मोड़ दीजिए। हां, उन्हें मोड़ दीजिए और कुछ नहीं केवल विश्वास कीजिए। उसी समय मार्ग दर्शन के लिए सुनिए और इन्तजार कीजिए और तब स्वयं को उस परिपूर्ण ऊर्जा से जोड़िए, जो कुछ आपके जीवन के लिए आवश्यक है उसको प्रेषित करती है। आपको (अर्थात आपके अहं को) कुछ भी करने की आवश्यकता नहीं है। इसकी जगह अपने माध्यम से ताओ की अनन्त परिपूर्णता को कार्य करने दीजिए। अब हमारे विश्व के लिए लाओ त्ज़ू का यही सन्देश है।

हेनरी डेविड थोरो ने, जैसा कि वह 'वाल्डेन पौंड' में लिखते हैं, 19वीं शताब्दी के मध्य में निम्नांकित विचार बनाया और मैं यह महसूस करता हूं कि यह ताओ ते चिंग के इस तीसरी कविता को अभिव्यक्त करता है।

आइए एक दिन हम प्रकृति की तरह समझ बूझ के साथ बिताएं जैसे कि प्रकृति और पथ पर गिरने वाले प्रत्येक नारियल और मच्छर के पंख के द्वारा मार्ग से निकाल बाहर न फेंके जा सकें (मार्ग से विचलित न किए जा सके) हटाए जा सके।.....यदि इंजन सीटी बजाता है तो उसे तब तक बजाने दीजिए जब तक कि वह उसकी पीड़ा

का कर्कश स्वर है। यदि घंटी बजती है तो हमें क्यों दौड़ना चाहिए?...मुझे सदैव इस बात का पश्चाताप रहा है कि मैं वैसा समझदार नहीं हूं जैसा जन्म के समय था

अपने अपरिहार्य सन्तत्व में विश्वास रखिए। अपनी इच्छाओं को ताओ के प्रति अपने शाश्वत जुड़ाव को अन्धकार में मत होने दीजिए।

अब आप ताओ कीजिए

यह ध्यान देने के लिए, कि आप कुछ खरीदने की योजना बना रहे हैं, आज एक अवसर तलाशिये। ताओ करने को चुनिए और मार्गदर्शन के लिए सुनिए। इसके लिए आभारी होईए कि आपको खरीददारी कर सकने का अवसर प्राप्त हुआ और फिर स्वयं को सुनने और न करने का अभ्यास कीजिए। आपकी अनुभूतियों के माध्यम से, उस क्षण में ताओ आपके लिए मार्ग प्रकट करेगा। इस पर विश्वास कीजिए। आपको मार्गदर्शन प्राप्त हो सकता है कि आप सामान खरीदें और कृतज्ञता पूर्वक इसका आनन्द लें, इसको दान कर दें, एक अपने लिए रखें और एक किसी अन्य के लिए, सामान खरीदने के बजाय धन को किसी नेक काम के लिए दे दे, या यह सब प्राप्त करने से रुके रहें।

दिन प्रतिदिन की परिस्थितियों में ताओ का अभ्यास करने से आप तृप्ति को एक गहरें अर्थ में जान पाएंगे। जैसा कि इस पंक्ति (पद्य) में है, ''जब कर्म शुद्ध और निस्स्वार्थ होता है तो हर चीज अपनी उचित जगह स्थापित हो जाती है।'' अब यह मेरी तृप्ति की परिभाषा है।

चौथी कविता

ताओ खाली है
लेकिन अक्षय है
अतल है
और है इस सब का मूल जन्मदाता
इसमें, तीखी धारें हो जाती हैं मृदु
और ढीली पड़ जाती हैं कसी हुई गांठें
बादल सूर्य को मृदु कर देते हैं
और धूल आ बसती है धरती पर
यह है अदृश्य लेकिन सर्वदा उपस्थित
हमें नहीं ज्ञात इसका जनक
होता है प्रतीत यह सभी का जनक, सब कुछ का पिता।

अनन्तता पूर्वक जीना

यद्यपि यह शून्य और असीम है और इसे न तो वशीभूत किया जा सकता है, न तौला जा सकता है या मापा जा सकता है तो भी ताओ समस्त जीवन का स्रोत है। यह सृजन की जीवन प्रदान करने वाली ऊर्जा है जो आनन्द के एक ऐसे परम स्रोत को प्रदान करती है जिसे सदा अनुभव किया जा सकता है। यदि आप एक अनन्त दृष्टिकोण से जीते हैं तो विचार से मुक्त हो जाएंगे कि आपका परिचय केवल आपका भौतिक शरीर है जिसमें आप जन्म से मृत्यु तक प्रगति करते हैं। अपनी सम्पूर्णता में आप एक ऐसा अनन्त हैं जो तीखी धारों "और" पेचीदी गांठों के जगत में अस्तित्व रखने वाले व्यक्ति के तौर पर पहचाना गया है। यही इस श्लोक का तात्पर्य है। यह ताओ की अदृश्य जीवनदायी शक्ति है जो सदैव आपके अन्दर और आपके हर ओर मौजूद रहती है। यह अथाह है। इसे कम नहीं किया जा सकता।

ताओ की यह चौथी कविता आपको, इस बारे में कि आप क्या हैं, अपने विचारों को पुनर्व्यवस्थित करने पर विचार करने को आमन्त्रित करती है। यह कहती हुआ प्रतीत होती है कि स्वयं के अनन्त पहलू की चेतना को उगाना सृजनात्मक ऊर्जा के असीम स्रोत से सराबोर हो जाने का मार्ग है जो कि आप में होकर प्रवाहित होता है। उदाहरणार्थ आप कम भाग्यशाली व्यक्तियों की उनके दिन-प्रतिदिन के जीवन को विकसित करने में सहायता करना चाहते हैं लेकिन यह सोचकर कि ऐसा करने वाले कौन है या अपनी व्यस्तता के कारण आपको यह विश्वास नहीं होता कि ऐसा करने के लिए आपके पास पर्याप्त समय या ऊर्जा है। लेकिन जैसे ही आप काम जो आप कर रहे हैं, या जीवन जो आप जी रहे हैं, जैसे स्वयं के बारे में विचारों पर अपने नियन्त्रण को विश्राम देते हैं और उस असीम सृजनात्मक ऊर्जा से जो आपका ही अंग है, तादात्म्य स्थापित करते हैं, आपके द्वारा वांछित समय और ऊर्जा प्रगट हो जाएगी।

स्वयं की अनन्त भावना से निर्देशित होकर स्वयं को दूसरों की सहायता में रत होने की परिकल्पना उन व्यवहार व कर्मों को उत्पन्न करेगी जो ताओ के "समग्र जनक' के द्वारा आपके दृष्टिकोण को समृद्ध करेंगे। अन्ततोगत्वा आप ऐसे निरपेक्ष ज्ञान को उत्पन्न कर लेंगे जो हर उस सहयोग को जिसकी आपको आवश्यकता है आपके सामने, आपके पीछे, आपने नीचे अभी और यहीं उपलब्ध करेगा। यह शून्य है लेकिन पूरी तरह मौजूद है। जैसा कि लाओ त्जू आपको स्मरण कराते हैं यह अक्षय, 'असीम इन सब का जनक' है।

ताओ की सर्वव्यापकता की चेतना का अर्थ है कि कमी या अभाव के विचार टिकाऊ नहीं हैं। "यह किसी तरह नहीं होगा" या "यह मेरे भाग्य में नहीं है" या "मेरा भाग्य खराब होने के कारण मेरे काम कभी नहीं बन सकते" जैसे विचारों को मौका देना बन्द कर दिए जाने की आवश्यकता है। इसकी जगह आप यह उम्मीद करना प्रारम्भ कीजिए कि आप जो स्वयं के लिए चाहते हैं वह केवल होने की प्रक्रिया में नहीं है बल्कि वह पहले से यहीं है। अदृश्य ताओ की सहयोगात्मक उपस्थिति पर आधारित यह नई 'आत्म छवि' आपको एक उत्प्रेरित जीवन जीने के लिए ऊंचा उठा देती है और वह है आत्मोन्मुख होना या ताओ के साथ अनन्त सम्पर्क में रहना। जब आप अनन्तत्व पूर्वक जीते हैं तो शान्ति पूर्ण आनन्द की अनुभूति का उपहार प्राप्त होता है क्योंकि आपको ज्ञात होता है कि सब कुछ व्यवस्थित है।

हमारे आधुनिक युग में मेरे विचार से लाओ त्जू के प्राचीन शब्दों का यही तात्पर्य है–

उन सभी चीजों को जो समस्या लगती हैं, सनातन ताओ के दृष्टिकोण से देखिए

यह विश्वास करना कि सम्पन्नता की कमी है अक्षय स्रोत ताओ के सन्दर्भों में सोचने का संकेत है। हमारे गृह पर ठीक सभी अन्य वस्तुओं की तरह धन असीमित मात्रा में उपलब्ध है। इसको जानिए और इसको असीम आपूर्ति से जोड़ दीजिए। सबसे पहले इसे अपने विचारों में यह सुनिश्चित करते हुए कीजिए कि वह सब कुछ जिसकी मुझे आवश्यकता है, यहां मौजूद है। सम्पन्नता के विचार आपके अनन्त स्व को आंकने के ऊर्जामय निर्देश हैं अतः कर्म उनका पालन करेगा।

अपनी सभी समस्याओं के लिए, ताओ के साथ एकरूपता में रहते हुए, यही तरीका प्रयोग कीजिए क्योंकि इसका भागीदार बनने के लिए अब यहां अच्छाई की एक सम्पूर्णतः आच्छादित कर लेने वाली आपूर्ति मौजूद है। अतः कमजोरी और आमन्त्रित किए गए दुर्भाग्य को ऊर्जा देने के बजाय ताओ के साथ बने रहिए। उसके साथ बने रहिए जो कभी भी खर्च हो चुका, नहीं हो सकता। उसके साथ बने रहिए जो सभी चीजों का पिता है, सभी का सृजनात्मक स्रोत है। जैसा कि आपने इसे अपने विचारों में, फिर

अपनी अनुभूतियों में और अन्ततोगत्वा आपके कर्म में सक्रिय पाया, यह आपके साथ और आपके लिए कार्य करेगा।

जब इसे परिवर्तन के एक संकेत के तौर स्वीकार लिया गया तो फिर चिन्ता क्षणिक है। यह परिवर्तन के जगत का मात्र एक अंग है। यदि आप अपने जीवन को एक अनन्त पर्यवेक्षक के उत्कर्षित नजरिए से देखें तो सरोकार, आकुलताएं और संघर्ष अनन्त मिश्रण में घुलमिल जाते हैं। **इस शाश्वत नजरिए से जिन महत्वपूर्ण चीजों को लेकर आप कुंठित महसूस करते हैं उनकी छवि एक सौ एक हजार, एक मिलियन या वर्षों की एक अगणनीय संख्या हो जाएगी।** याद रखिए कि आप उस अनन्त ताओ की तरह, जिससे कि आपकी मूलरूप से उत्पत्ति हुई है, अनन्त वास्तविकता का अंग हैं।

ताओ के साथ एकरूप हो सोचने का अभ्यास करने के लिए अपने विचारों को पुनर्व्यवस्थित करिए। अनन्त ताओ की सहायता से जीवन की तीखी धारें मृदु हो जाएंगी, गांठे ढीली हो जाएंगी और धूल बैठ जाएगी। इसको करके देखिए।

अब ताओ कीजिए

आज आप किसी एक परिस्थिति का चुनाव कीजिए (कोई भी परिस्थिति ठीक रहेगी) और मौखिक प्रतिक्रिया व्यक्त करने के बजाय मौन हो जाइए और अपने विचारों को सुनिए। उदाहरण के लिए एक सामाजिक जमावड़े में या एक व्यावसायिक बैठक में अपने अनन्त स्व के बारे में जागरुक होने के लिए एकान्त में पाई जानेवाली रिक्तता (शून्य) को प्राप्त करने की आकांक्षा को चुनिए। कब और कहां प्रतिक्रिया देनी है यह जानने के लिए इसे आमन्त्रित कीजिए। यदि आप अपने संसारिक अहं को इसमें हस्तक्षेप करते हुए या मूल्यांकन करते हुए पाते हैं तो इसकी आलोचना किए बिना या इसको परिवर्तित किए बिना केवल उस पर नजर रखिए। आप अधिकाधिक ऐसी परिस्थितियों को प्राप्त करना प्रारम्भ कर देंगे जहां बिना प्रतिक्रिया के शान्ति और आनन्द की अनुभूति प्राप्त होती है।. ..केवल अनन्त में समा जाइए जो कि छुपा हुआ है लेकिन सदैव उपस्थित है।

आप मेरे अध्यापक निसर्गदत्ता महाराज की इस सलाह की प्रतिलिपि तैयार करना और याद के साथ प्रेषित करना चाहते हो सकते हैं ताकि आप इसे प्रतिदिन पढ़ सकें—

जानना ही पांडित्य है मैं कुछ नहीं हूं। प्रेम ज्ञान है मैं सब कुछ हूं और इन दोनों के बीच मेरा जीवन गतिमान रहता है।

और जीवन जीते हुए, प्रेम के उतने निकट बने रहिए जितना अधिक निकट हो सकते हैं।

पांचवीं कविता

स्वर्ग और धरती निष्पक्ष हैं।
वे देखते हैं दस हजार चीजों को तृण मूल
श्वानों के जैसा। प्रकृति नहीं है भावुक।
वह अपने सभी लोगों से व्यवहार करती है तृण मूल श्वानों जैसा
प्रकृति है स्वर्ग और धरती के जैसी
कोई नहीं है विशेष प्रिय उसके लिए
और न है कोई ऐसा करती हो जिसका अनादर वह, वह देती और देती है बिना शर्त
अपनी दौलत सबके लिए खोलते हुए स्वर्ग और धरती के बीच
है एक निर्वात फेफड़ों के जैसा
शून्य और अनन्त
जितना अधिक होता है प्रयोग यह, उतना अधिक कर देता है उत्पन्न
पकड़े रहो केन्द्र को
शान्त बैठने के लिए बनाया गया था इन्सान और पाने के लिए
अन्तर्निहित सत्य

निष्पक्षता को जीना

ताओ काल और काल में भेद नहीं करते, स्वर्ग और पृथ्वी की तरह यह निष्पक्ष है। ताओ सब का स्रोत है, महान अदृश्य प्रदाता है। यह किसी को ऊर्जा प्रदान करते और किसी को उससे वंचित रखने के जरिए वरीयता को प्रदर्शित नहीं करता। इसके बजाय वायु, सूर्य का प्रकाश, पर्यावरण, और वर्षा के बुनियादी जीवन आधार हमारे गृह पर सभी के लिए उपलब्ध कराए गए हैं। ताओ के इस सशक्त लक्षण के साथ अपनी आन्तरिक और बाह्य चेतना को समरूप करने का चुनाव करके हम सच्चे स्व की अनुभूति कर सकते हैं जो कि हम हैं। सच्चा स्व हमारी अभावुक प्रकृति का वह पक्ष है जो ताओ के साथ समरूपता पूर्वक जीता है। यह पक्ष जीवन के एक प्रकार को अन्य से अधिक उपयुक्त के तौर पर नहीं देखता और यह पक्षपात करने से इनकार करता है। या, जैसा कि लाओ त्ज़ू ने कहा है कि "वह" अपने सभी लोगों के साथ तृण मूल श्वानों जैसा व्यवहार करता है।

लाओ त्ज़ू इस शब्द का प्रयोग यह व्याख्यायित करने के लिए करते हैं कि ताओ (और उसी तरह से ज्ञानीजन) किस तरह से उन 10,000 चीजों से व्यवहार करते हैं जो इस प्रगट जगत का निर्माण करते हैं। ताओ ते चिंग के स्टेफेन मिचेल के अनुवाद में वह व्याख्यायित करते हैं कि "तृण मूल श्वान वो पारम्परिक रीति रिवाज थे जिनको समारोह से पहले बहुत श्रद्धा प्राप्त होती थी लेकिन बाद में त्याग दिया जाता था और पैरों तले कुचल दिया जाता था।" दूसरे शब्दों में जैसे कि एक भाटा और प्रवाह जिसका सम्मान किया जाता है और फिर छोड़ दिया जाता है। ताओवाद निष्पक्षता पूर्वक अस्तित्व को श्रद्धा करता है और उसका सम्मान करता है। निष्पक्ष चेतना के साथ प्रकृति उस समारोह में सभी तृणमूल श्वानों में न्याय पूर्वक पवित्रता को देखती है जिसे हम जीवन कहते हैं।

पांचवीं कविता हमें इस पक्षपात मुक्त स्रोत के बारे में जागरूक होने को प्रेरित करती है और अतिरिक्त लाभ (बोनस) के तौर पर ताओ की विरोधाभासी प्रकृति का आनन्द प्राप्त करने के लिए भी प्रेरित करती है। ताओ की ऊर्जा के साथ जितना अधिक तादात्म्य हम स्थापित करते हैं और अधिक हम इसकी सब कुछ का सृजन करने वाले दृष्टिकोण से जीवन जीते हैं, उतना ही अधिक यह हमें उपलब्ध होता है। इसके प्रयोग को पूरा कर चुकना असम्भव है। यदि हम अधिक ग्रहण करते हैं तो हम अधिक प्राप्त करते हैं। लेकिन यदि हम इसे जमा करने का प्रयास करते हैं तो थोड़ा सा भी ज्ञान प्राप्त करने में असफलता के साथ हम स्वयं के अन्दर कमियों का एहसास करेंगे। जब हम इसकी पक्षपात मुक्त प्रकृति से किसी को बाहर निकालने का प्रयास करते हैं तो ताओ और उसकी कभी समाप्त न होने वाली शक्तियां विरोधाभासिक तरीके से विलुप्त हो जाती हैं।

जहां तक ताओ का सवाल है, जीवन के विविध रूप भ्रामक हैं इसलिए कोई भी किसी से खास या बेहतर नहीं है। यह भावना ईसाई धर्मग्रन्थों में इस प्रकार प्रतिध्वनित हुई है कि, "(ईश्वर) पवित्र व अपवित्र के लिए लिए वर्षा भेजता है।" (Matt-5:45)

निष्पक्षता का अभ्यास करना अपने जीवन में ताओ ते चिंग के पांचवे श्लोक को शामिल करने और आज की दुनिया में इसके प्रज्ञान पर अमल करने का तरीका है। इसके अन्त में, अपने 2,500 वर्ष पुराने उत्कृष्ट नजरिए से लाओ त्जू जो हमें बांटना चाहते थे वह मेरे दृष्टिकोण से यह है :

अपने सभी विचारों और अपने सभी बर्तावों में ताओ के निष्पक्ष तत्व के साथ लयबद्ध रहिए

जब आप में एक विचार आया जो दूसरों को हटाता है तो आपने अपने आप को "विशेष" के तौर पर देखने का चुनाव कर लिया और इस तरह अपने अस्तित्व के स्रोत से असाधारण पक्षपात के अधिकारी समझने लगे। जिस क्षण आपने अपने को इस श्रेणी के लिए प्रोन्नत किया उसी क्षण आपने स्वयं के महत्व को उनसे ऊपर उठा लिया जिन्हें आपने कम उपयुक्त मानने का निर्णय किया था। इस तरह का सोच आपको ताओ की सभी आवृत कर रही शक्तियों को वंचित कर देने का कारण बन जाएगा। वो संगठन जिनमें धार्मिक संगठन भी शामिल है, जो अपने कुछ सदस्यों को "कृपा पात्र" का दर्जा प्रदान करते हैं, ताओ में केन्द्रीभूत नहीं है। वो अपने आध्यात्मिक पहुंच के बारे में स्वयं को और दूसरों को सहमत करने का चाहे जितना प्रयास करें लेकिन हटाने और अन्तर करने के तत्व उनके कर्म का उनके सच्चे स्व से सम्बन्ध विच्छेद

कर देते हैं। दूसरे शब्दों में यदि एक विचार हमें बांटता है तो वह ईश्वर का नहीं है, यदि एकताबद्ध करता है तो ईश्वर का है। इस ताओ पर केन्द्रित रहिए जो आपके अन्दर रहता है, लाओ त्जू सलाह देते हैं, और आप में कभी ऐसा विचार नहीं आएगा जो आत्मा के साथ समरूप न हो।

अपनी दौलत को सभी के लिए प्रस्तुत करे

सबको प्रस्तुत करना, सृजन के सम्पूर्ण प्रभामण्डल को, यही है जो ताओ हर क्षण कर रहे हैं। साधारण तीन चरणों की एक प्रक्रिया से इसे सोचिए :

1. अपने विचारों में दूसरों के निर्णयों को जितना हो सके हटा दीजिए। इसको करने का सबसे सरल और प्राकृतिक तरीका स्वयं को दूसरों में देखने का है। याद रखिए कि आप और जिनको आप परखते है उनमें एक चीज एक है और वह है ताओ। इसलिए बाह्य रूपों को देखने के बजाय, जो कि वास्तविकता में हाड़ मास के कुत्तों के अतिरिक्त कुछ नहीं है, आप जिनसे टकराते हैं उनमें ताओ के प्रगटीकरण के दर्शन कीजिए और इससे आपकी आलोचनाएं और ठप्पे घुल जाएंगे।
2. जब आप स्वयं को या दूसरों को सन्दर्भित करते हैं तो अपने शब्द कोष से विशेष शब्द को हटा दीजिए। यदि कोई विशेष है तो हम सब विशेष हैं। और यदि हम सब असाधरण हैं तो अपने को परिभाषित करने के लिए हमें इस तरह के किसी शब्द की आवश्यकता नहीं है क्योंकि यह स्पष्ट तौर पर यह स्थापित करता है कि कुछ अन्यों से अधिक कृपा पात्र है।
3. अन्ततोगत्वा, ताओ को निष्पक्षता पूर्वक जीने और ताओ होने के आन्तरिक निर्वात से सम्बद्ध होने के जरिए अपनी उदारता को विस्तारित करते हुए तीसरे चरण की इस प्रक्रिया को लागू कीजिए। इस अन्तराल में यह पहचानते हुए कि वे विशेष तौर से आपके नहीं हैं बल्कि समग्रता का एक अंग हैं—आप अपने अधिकृतों के बारे में पूर्व धारणा से मुक्त होने में समर्थ हो जाएंगे। बिना शर्त बांटने और देने के द्वारा आप ताओ को जीने और पूर्वधारणा से मुक्त होने के अनुभव से रोमांचित होंगे। ताओ आपका सत्य है। यह आपके अन्दर रहता है। अक्षय ताओ के साथ जुड़ने, चुपचाप अक्षय ताओ के साथ जुड़ने के आनन्द और शान्ति को प्राप्त होइए।

अब आप ताओ कीजिए

आज जितनी अधिक बार हो सके उतनी अधिक बार पूरी तरह से स्वच्छ मानसिक स्थिति के साथ उन अन्य लोगों को सम्बन्धित करने वाले अवसरों और परिस्थितियों पर ध्यान देने का निर्णय कीजिए जिन पर अपनी प्रतिक्रियाओं को निर्देशित करने के लिए विश्वास करते हैं और अनुमति प्रदान करते हैं। व्यक्तियों, समूहों, मित्रों, परिवार के सदस्यों, या अतिथियों को लेकर इसे पूरे दिन बार-बार इतना अधिक कीजिए जितना आप कर सकते हैं। मुझे अभी मार्ग दिखाओ, ताओ, पवित्र आत्मा, मुझे अभी मार्ग दिखलाओ, या पवित्र आत्मा, अब हमारी मदद करो जैसा कोई छोटा वाक्य रचिए, जिसे यह निरन्तर याद दिलाते रहने के लिए कि आप पूर्वाग्रह रहित प्रवृति से इस स्थिति को समझने का प्रयास कर रहे हैं, चुपचाप दोहराते रहें। इस संक्षिप्त वाक्य को अपने मस्तिष्क में गांठ बांध कर रखना आदतन उभरने वाले निर्णयों को रोकेगा लेकिन निष्पक्षता के उन क्षणों में जो कुछ होना चाहता है उससे होने वाले खुलेपन और राहत का **एहसास कहीं** अधिक चित्ताकर्षक है।

छठी कविता

आत्मा जो कभी नहीं मरती
कहलाती है रहस्यमयी स्त्री
यद्यपि वह हो जाती है सम्पूर्ण समष्टि
लेकिन कभी नहीं नष्ट होती है उसकी पवित्र शुद्धता
यद्यपि वह गृहण करती है असंख्य रूप
अखण्ड बनी रहती है उसकी सच्ची पहचान द्वार पथ, रहस्य स्त्री को
कहलाता है सृजन का मूल। सुनो उसकी वाणी
इसकी अनुगूंज सुनो, सृजन के द्वारा
वह प्रगट करती है अपनी उपस्थिति बिना अपवाद
बिना अपवाद वह हमें लाती है हमारी पूर्णता तक
यह रहती है सदा, यद्यपि है अदृश्य
नहीं समाप्त होगी यह कभी

रचनात्मकता को जीना

इस छठी कविता में लाओ त्जू सृजन की सनातन और अवर्णनीय शक्ति का उल्लेख करते हैं जो अनवरत नव जीवन को जन्मती रहती है। वह हमें बताते हैं कि यह "रहस्यमयी स्त्री" ऊर्जा स्वयं को अनवरत अपनी सम्पूर्णता में प्रगट करती है और वो हमें जीवन भर असंख्य मार्गों से अनुगूंजित हो रही सृजनात्मकता की ध्वनि के बारे में सजग होने के लिए आमन्त्रित करते हैं। मैं जैसा समझ पाता हूं "सृजनात्मकता को जीना" इस स्रोत सिद्धान्त की उपस्थिति की सजग चेतना के साथ अस्तित्व में रहना है।

यह रहस्यमयी स्त्री सदैव जन्म दे रही है और ताओ ते चिंग उसको जाने वाले द्वार पथ का "सृजन के मूल" के तौर पर वर्णन करते हैं। यह हमसे कह रहा है कि हम में इस असीमित क्षेत्र में प्राप्त करने और सहसृजन करने की क्षमता है या जैसा कि मैंने कहा ताओ के द्वारा सृजनात्मकता को जीने की क्षमता है। हमारी विरासत और हमारा भाग्य, दोनों ही कभी न मरने वाली ऐसी रचनात्मक ऊर्जा हैं जो चाहे हम सजग हों या नहीं, कार्य करती रहती हैं। ताओ का अभ्यास करने के जरिए चेतना जो निष्पन्न करती है वह यह है कि हम प्रक्रिया में हिस्सा लें जो प्रतिफल में हमें सम्पूर्णता (समग्रता) की ओर ले जाती है जो कि हमारा अन्ततोगत्वा दुनियावी स्वार्थों से रहित लक्ष्य है।

यद्यपि उनकी रचनाएं लगभग 3000 वर्ष पुरानी है, लाओ त्जू एक सन्देश के साथ कि यह वैसे ही समय रहित और कभी समाप्त न होने वाला है जैसे कि स्वयं ताओ यहां 21 सदी को सलाह भेंट कर रहे हैं। शब्द परिवर्तित हो सकते हैं, लेकिन वो आश्वस्त करते हैं कि स्त्रैण ऊर्जा आपको आपकी सम्पूर्णता तक ले जा सकती है और ले जाएगी। यदि आप उस अन्तर्निहित सृजनात्मकता के बारे में जागरूक होने का चयन करें, जो गहरे आपके अन्दर तरंगित होती है और जहां अदृश्य ताओ पंचम स्वर में गाते हैं, तो आप नए विचारों, नई सिद्धियों (प्राप्तियों), नए प्रकल्पों (प्रोजेक्टों)

और अपने जीवन को समझने के नए तरीकों को जन्म देने में सहायता करेंगे।

देंग मिंग दाओ के 365 ताओ 'डेली मेडिटेशनस में दिव्य स्त्रैण ऊर्जा की व्यापक प्रकृति पर ऊंचाई में बहते हुए उड़ते हुए पक्षियों की ध्वनियों के साथ बराबरी की गई है :

इसे आप अपने जीवन में महसूस कर सकते हैं। घटनाएं अपने परिपूर्ण क्षण में घटित होगी और यह भव्य मूर्छना का क्षण होगा। आप इसे अपने शरीर में महसूस कर सकते हैं। ऊर्जा आपके स्नायुतन्त्र को गरम करती हुई आप में एक उत्तेजक उत्तरोत्तर बढ़ती ध्वनि के रूप में विकसित होगी। आप इसे अपनी आत्मा में महसूस कर सकते हैं।आप एक ऐसे परिपूर्ण लालित्य की अवस्था में प्रवेश करेंगे जहां आप क्षणिक पक्षी गति की तरह वास्तविकता के भू दृश्य पर अनुगूंजित होंगे।

जब ताओ इस तरह आपके पास आते हैं तो आप जो पाने योग्य हैं उस सबके लिए अनुग्रह कीजिए। हस्तक्षेप मत कीजिए। रोकिए मत...इसको निर्देशित करने का प्रयास मत कीजिए। इसको प्रवाहित होने दीजिए और इसका अनुसरण कीजिए...जब तक गीत समाप्त नहीं होता, अनुसरण कीजिए। केवल अनुसरण कीजिए। सृजनात्मकता को जीने के लिए यहां कुछ विचार प्रस्तुत हैंः

जानिए कि आप अपने माता-पिता द्वारा नहीं बल्कि महान आध्यात्मिक दिव्य मां, ताओ के द्वारा जन्मे गए एक दिव्य सृजन है।

जब आप अपनी उत्पत्ति के मूल की ऊर्जा के सम्पर्क में रहते हैं तो आप संसार को अपना विश्वसनीय ज्ञान, बुद्धिमत्तता और व्यवहार प्रदान करते हैं। आप अपने सत्तत्व की भरपूर मात्रा के साथ उसको अपने साथ सहसृजित कर रहे हैं जो मूल रूप से ताओं में उत्पन्न होती है।

क्या सृजित करना है और इसको कैसे किया जाना है, इसके बारे में ताओ को कोई भ्रम नहीं है क्योंकि यह रहस्यमयी स्त्री से प्राप्त आपकी विरासत है ।अपनी आन्तरिक पुकारों को सुनिए, अन्य लोग आपकी जीवन ऊर्जाओं को कैसे निर्देशित करना चाह रहे होंगे, इसकी उपेक्षा कीजिए और जो आप अपने अन्दर इतनी गहनता और गहराई से महसूस करते हैं, स्वयं को उसे बाहर प्रकाशित करने दीजिए। आपके अन्तर में योग्यता, क्षमता और समझदारी का एक कुन्ड मौजूद है। वह उसी तरह अन्तहीन और कभी समाप्त न होने वाला है जैसे कि स्वयं ताओ। यह ऐसे ही होना चाहिए क्योंकि जहां से आप आए हैं आप वही हैं और जहां से आप आते हैं वह सब कुछ आवृत कर लेने वाली अन्तहीन दिव्य मां, ताओ की रहस्यमयी स्त्री है।

पुकार के तौर पर आप जो कुछ भी अपने अन्दर अनुभव करते हैं, जो कुछ भी

आपको जीवित होने की अनुभूति कराता है, इसे हृदय से जानिए कि यह उत्तेजना उसकी समग्र गवाह है जिसकी आपको अपने आन्तरिक भाव को वास्तविकता में रूपान्तरित करने के लिए आवश्यकता है। ठीक इसी तरह सृजन कार्य करता है...और यही वह ऊर्जा है जो ताओ के साथ समरूप होती है।

अपने विचारो, अपनी भावनाओं और अपने सभी कर्मों में सृजनात्मक होइए

हर उस चीज में जिसे आप अपने हाथों में लेते हैं, अपनी स्वयं की विशिष्टता का प्रयोग कीजिए

संगीत रचना करनी हो, साफ्टवेयर डिजाइन करना हो, पुष्पों की सजावट करनी हो, दांत साफ करने हो, या टैक्सी चलानी हो, जो कुछ भी करने के लिए आप बाध्य महसूस करते हों उसे अपने विशिष्ट कौशल के साथ कीजिए। सृजनात्मक होने का तात्पर्य है अपने अन्दर की पुकार पर विश्वास करना, आलोचना या निर्णय की उपेक्षा करना और अपनी प्राकृतिक बुद्धिमत्तताओं पर मौजूद प्रतिरोध को हटाना। इन शब्दों पर विशेष ध्यान देते हुए छठी कविता को फिर से पढ़िए, ''बिना अपवाद के वह अपनी उपस्थिति को प्रगट करती है। बिना अपवाद वह हमें हमारी परिपूर्णता तक ले जाती है।'' तब सृजनात्मक शक्ति एक ऐसी शक्ति जो न केवल आपके निजी जीवन से अधिक महान है बल्कि स्वयं जीवन है, के साथ समरूप होने की अपनी क्षमता के बारे में जो सन्देह और भय आपने अन्दर पाला हुआ है उसे निकाल बाहर करने का निर्णय कीजिए।

जैसा कि 14 वीं शताब्दी के महान सूफी संत हाफिज हम सभी को याद दिलाते हैं :

केवल बैठ जाओ अभी वहां
कुछ मत करो
केवल आराम करो
अपने अलगाव के लिए ईश्वर से
प्रेम से
यह है कठिनतम कार्य
इस दुनिया में

जब आप अपनी दिव्य मां से पुनः जुड़ जाएंगे तो आप सृजनात्मकता के साथ जी रहे होंगे। वस्तुतः आप ताओ को जी रहे होंगे।

अब आप ताओ कीजिए

आप शिशुओं और छोटे बच्चों पर ध्यान दीजिए। छोटे बालक और बालिकाओं में जिनके स्वत्व अभी छुपे होने के कारण जो अभी सांस्कृतिक और सामाजिक मांगों से अभी तक लयबद्ध नहीं हुए हैं, रहस्यमयी स्त्रैण प्रकृति के लिए नजर डालिए। क्या आप किसी ऐसे को देख सकते हैं जिसका प्राकृतिक स्वभाव बरकरार है, ध्यान दीजिए कि क्या उनका प्राकृतिक चरित्र या ताओ से प्राप्त हुआ उपहार प्रतीत हो रहा है। तब आप स्वयं को एक बच्चे के तौर पर याद करने का प्रयास कीजिए जब ताओ के द्वारा प्रदत स्व आत्माभिमान से अपरिचित था, उस समय के पहले जब आपने यह विश्वास किया कि सम्पत्ति और शक्ति महत्वपूर्ण थी। आप कौन थे? आप क्या हैं?

हां, आज आप एक छोटे बच्चे के साथ कुछ क्षण बिताइए और ताओ के साथ उसके जुड़ाव पर मनन कीजिए और इस पर मनन कीजिए कि बिना किसी हस्तक्षेप के कैसे यह पूर्णता के साथ उद्‌भासित होता है।

सातवीं कविता

स्वर्ग सनातन है, पृथ्वी स्थायी है। क्यों रहते हैं स्वर्ग और पृथ्वी सदैव अस्तित्व
मान? वे नहीं जीते केवल अपने लिए। यह है रहस्य उनके स्थायित्व का
इसी कारण ज्ञानी प्रस्तुत करता है स्वयं को अन्त में
और इस तरह पूरा करता है सबसे पहले
वह रहता है जीवन के साक्ष्य की तरह
इसलिए वह स्थायी है पूरी करो दूसरों की आवश्यकताएं
और हो जाएंगी पूरी तुम्हारी सभी जरूरतें
प्राप्त होजाती है तृप्ति, स्वार्थरहित कर्म से

अहम् से इतर जीना

ताओ ते चिंग की इस सातवीं कविता की पहली पंक्ति इसका स्मरण पत्र है कि पृथ्वी और स्वर्ग का स्रोत, ताओ, सनातन है। विस्तार के जरिए, जीवन की मौलिक प्रकृति कभी नष्ट न होने वाली और स्थायी है। इस स्थायित्व को एक गुण समर्थन प्रदान करता है, और वह गुण तब अनुकूल होता है जब हम अपने सांसारिक अहम् केन्द्र के बजाय अपने ताओ केन्द्र से जीते हैं। विशेष तौर पर जीवन की भौतिकता के जरिए पहचानना और अपने अस्तित्व को चीजों को अधिकृत करने और प्राप्त करने पर आधारित करना हमारी असीम प्रकृति का तिरस्कार करता है और हमारी ताओपन की चेतना को सीमित करता है। इस तरह की सीमित व्यवस्था में, इसीलिए किसी भी तरह से अधिकृत करने और हासिल करने की बात तर्कसंगत प्रतीत होती है।

अधिकांश संस्कृतियों में सभ्य होने से मुख्य तौर पर तात्पर्य है शक्ति और वस्तुओं को प्राप्त करने में सफलता प्राप्त करने के जरिए परिपूर्ण होना जो मान्यता के अनुसार सुख प्रदान करेगा और दुःख को रोकेगा। स्व का मुख्य विचार यह है कि जो नाम संस्कृति और जीव शास्त्रीय आधारों के साथ एक अलग शरीर में भिन्न हैं वे दूसरों से मूल्यों और मातृभूमि भक्ति में एक समान हैं। ताओ, इस सातवीं कविता में विशेष तौर से यह सुझाव दे रहे हैं कि उन प्रवृतियों को नवीनतम करें और स्वयं या अपनी जाति से आगे निकल कर अस्तित्व में रहने का निर्णय करें। यह अपने जीवन को बदलने के लिए अपने विचारों में आमूल चूल परिवर्तन लाना है।

लाओ त्ज़ू कहते हैं कि सनातन ताओ की अवर्णनीय प्रकृति का रहस्य यह है कि यह धन सम्पदा या अपने अन्तहीन सृजनों के बदले में कुछ चाहने से नहीं पहचाना जाता है। ताओ एक ऐसा प्रदान करने वाला यन्त्र है जो कभी भी उपहार देने की इच्छा से दूर नहीं भागते और इसके बावजूद यह बदले में कुछ नहीं मांगते। क्योंकि दूसरों

के लिए जीने की यह प्रवृति, ताओ शिक्षा देते हैं कि, कभी नहीं मर सकती। तब प्रदान करना और अमरत्व एक दूसरे की बाहों में बांह डाल कर चलते हैं।

ज्ञानी, जो ताओ के कभी समाप्त न होने वाले स्वभाव को आत्मसात करता है अहम् की झूठी पहचान से परे निकल जाता है और बदले में ताओ के साथ जीवन्त सम्पर्क प्राप्त करता है। यह व्यक्ति दूसरों को पहले रखता है, बदले में कुछ नहीं मांगता, और पूरी लगन से सेवा करता है। इस तरह से ज्ञानी ताओ के चरम विरोधाभास को जीता है। बिना चाहे देने के जरिए वह हर उस चीज को आकर्षित कर लेता है जिसको वहन करने में वह सक्षम है या जिसकी उसे आवश्यकता है। अपने को अन्त में रख कर ज्ञानी सबसे आगे हो जाता है। दूसरों को स्वयं के पहले रख कर वह ठीक ताओ की तरह बरकरार रहता है। ज्ञानी ताओ के प्राकृतिक मानव के प्रति प्रेम के लिए प्रतिस्पर्धा करता है और इस प्रक्रिया में उसकी सभी आवश्यकताएं पूरी हो जाती हैं। अहम् एक मांग करते रहने वाली शक्ति है जो कभी सन्तुष्ट नहीं होती। जो वह सोचती है कि इसे प्राप्त होना ही चाहिए, उसे ईंधन उपलब्ध कराते रहने के लिए यह अनवरत चाहती रहती है कि हम ज्यादा धन, शक्ति, धन सम्पदा, चमक-दमक और सम्मान चाहते रहें। अहम् केन्द्रित के बजाय ताओ केन्द्रित जीवन जीने वाला आन्तरिक शान्ति और सन्तुष्टि दायक पूर्ति के जरिए हमें उस चूहा दौड़ से दूर हटा देता है।

यही है जो, मेरा विश्वास है कि, ताओ ते चिंग के इस श्लोक का प्रज्ञान 21वीं सदी के लिए कह रहा है :

> अपने पर अहम् के नियन्त्रण को पीछे ढकेलने का प्रयास कीजिए
> ताओ की शिक्षाओं का अभ्यास करने के जरिए
> ''दूसरों की जरूरतों की सेवा कीजिए, और आपकी सभी
> जरूरतें पूरी हो जाएंगी।''

उदारता पूर्वक सोचना और दूसरों की सेवा करना आपके व्यवहारों को ताओ की सनातन लय के साथ समरूप होने की ओर ले जाएगा और फिर जीवन को परिपूर्णता की ओर ले जाती हुई इसकी शक्ति उन्मुक्त होकर प्रवाहित होगी। अहम् उल्टा चाहता है, बहरहाल, जैसे कि यह आप से अपने बारे में सबसे पहले सोचने और इसके पहले कि इसमें आपको पछाड़ दे, उसको हासिल कर लेने के लिए कहता है। अहम् की सुनने में सबसे मुख्य समस्या यह है कि आप हमेशा कोशिश करते रहने और कभी न पहुंचने के जाल में फंस जाते हैं। इस तरह आप कभी पूर्ण नहीं महसूस कर सकते।

जैसे ही आप विचारों और व्यवहारों में बदलाव लाते हैं, आप ऊर्जा प्रियता को सक्रिय कर देते हैं जो कि प्रदान करने का पर्यायवाची है। जितनी तरह से सम्भव हो उतनी तरह से दूसरों को इस निश्चय के साथ आगे रखिए कि'मैं सभी के अलौकिक

अदृश्य स्रोत को प्रदान करने और बदले में कुछ न चाहने की इसकी शाश्वत अवस्था में देखता हूं। मैं इसे अपने विचारों और व्यवहारों में भी लाने और यही होने के लिए शपथ बद्ध हूं।

जब आप अपनी व्यक्तिगत सफलताओं और पराजयों पर केन्द्रित करने का प्रयास कर रहे होते हैं तो उसी क्षण अपना ध्यान कम भाग्यशाली व्यक्ति की ओर मोड़िए, अपनी स्वयं की परिस्थितियों के बीच झूल रहे थे, उसकी तुलना में ज्यादा सन्तुष्ट महसूस करेंगे। कल्पना कीजिए कि यदि आप अपने पर से अहम् के नियन्त्रण को हटा दें तो इसके जैसा क्या हो सकता है। दूसरों की सेवा कीजिए और देखिए कि जो आपने दिया वह कैसे दस गुना होकर वापस आता है।

कवि हाफिज ने इस मनोदशा को सटीक तरह से व्यक्त किया है :

'हर कोई
है मुखर ईश्वर,
क्यों न हुआ जाय विनम्र और
सुना जाय
उसे?'

पीछा करना बन्द कीजिए और एक गवाह होइए

जितना अधिक आप इच्छाओं के पीछे भागेंगे उतना ही अधिक वो आपको चक्कर में डालेंगी। जीवन को अपने पास आने देने का प्रयास कीजिए और इस पर ध्यान देना प्रारम्भ कीजिए कि आप जिसकी याचना कर रहे हैं वह अपने मार्ग में हैं। वायु जिससे आप सांस लेते हैं, पानी जो आप पीते हैं, भोजन जो आप खाते हैं, सूर्य की रोशनी जो आपको गर्म रखती है, पोषक तत्व जो आपके शरीर को जीवित रखते हैं और यहां तक कि विचार जो आपके मष्तिष्क को भरते हैं, ये सभी सनातन ताओ के उपहार हैं। यह जानते हुए कि यह एक सब कुछ प्रदान करने वाले स्रोत से प्रवाहित हो रहा है, उस सबके लिए आभारी रहिए जो आप प्राप्त कर रहे हैं। पीछे भागना बन्द कीजिए और एक गवाह हो जाइए। और अधिक के पीछे लगातार भागते रहने से इनकार करने के जरिए अपनी मांग करती रहने वाली आदतों की शान्त कीजिए। जाने देने के द्वारा आप ईश्वर को प्राप्त करने लगेंगे और यहां तक कि अधिक महत्वपूर्ण तरीके से ईश्वर से दूर रहने को किनारे करने का जीवन भर अभ्यास करने के जरिए आप अहम् की तरह कम और ईश्वर जैसे और अधिक हो जाएंगे।

अब आप ताओ कीजिए

एक पूरे दिन अहम् की मांगों का निरीक्षण कीजिए। कदाचित उनको तीव्रता श्रेणी प्रदान करने के जरिए सुविधा पूर्वक उनमें से जितनों को शान्त कर सकते हैं, शान्त कीजिए अहम् की परिस्थितियों से इतर जीवन जीने में जिनको कम अंक प्राप्त होते हैं उनको पूरा करना आसान है जबकि जिन मांगों को शान्त करना मुश्किल है उनको अधिक अंक प्राप्त होते हैं।

उदाहरण के तौर पर हम कहें कि आपके पति या पत्नी एक कार चला रहे हैं जिसमें आप एक सवारी (सहयात्री) हैं। आप कार खड़ी करने के लिए एक उपयुक्त जगह देखते हैं लेकिन आपका साथी ठीक वहां से गाड़ी आगे चला ले जाता है, या जो रास्ता आप सामान्यतः प्रयोग करते हैं उसे उससे अलग रास्ते पर चलते हुए देखते हैं। कुछ न कहने के निर्णय के साथ शान्ति पूर्वक स्वयं को होने वाली असुविधा की तव्रिता के गवाह बनिए। क्या अहम् ने आपको इसके अधिमान को जानने दिया?

या यदि आपको अपने विशेषज्ञतात्मक ज्ञान को प्रस्तुत करने या ऐसी स्थिति का वर्णन करने जब आपको सफलता या सम्मान की प्राप्ति हुई थी, का वार्तालापीय अवसर प्राप्त होता है तो ध्यान दीजिए कि शान्ति को धारण किए रहने का आपका निर्णय कितना असुविधाजनक है। फिर, क्या अहम् ने आपको इसकी वरीपता जानने दी? जैसा कि लाओ त्जू अपने इस श्लोक में कहते है, कि ''स्वार्थ रहित कार्यों के द्वारा इच्छा पूर्ति की प्राप्ति होती है। अहम् की मांगों को कुछ क्षणों के लिए भी रोके रखने से आप स्वयं को अधिक से अधिक तृप्त अनुभव करेंगे।

आठवीं कविता

महानतम श्रेष्ठ है जल जैसा
जो करता है पोषण सभी का बिना प्रयास
यह बहता है सभी मनुष्यों द्वारा तिरस्कृत नीची जगहों की ओर
इसलिए यह है ताओ जैसा
चीजों की प्रकृति के साथ अनुरूपता में जियो
घर पर हो जाओ भूमि के सन्निकट
ध्यान में, गहरे उतर जाओ हृदय में
विनीत और दयालु रहो, दूसरों से व्यवहार करने में
वचन के पक्के रहो
धर्म से निर्देशित हो
सही समय को चुनने में, रहो समय बद्ध जो जीता है प्रकृति के अनुरूप रह कर
नहीं जाता चीजों के मार्ग के विपरीत
वह चलता है वर्तमान क्षण के साथ लयबद्ध हो
क्या करना है, इस सत्य को सदैव जानते हुए

प्रवाह में जीना

लाओ त्ज़ू की शिक्षाओं के अनुसार ताओ और जल पर्यायवाची हैं। आप जल हैं और जल आपमें हैं। गर्भ में आने के बाद के अपने जीवन के पहले 9 महीनों के बारे में सोचिए। आप अन्दर जिए और उल्विक द्रव (एमोनियाटिक फ्लूइड) के द्वारा आपका पोषण हुआ जो वास्तविकता से आप में प्रवाहित हो रहा बिना शर्त प्रेम है...आपकी तरह प्रवाहित होता हुआ। आप अब 75 प्रतिशत जल हैं (और आपका मष्तिष्क 85 प्रतिशत जल है) और शेष केवल मांस पेशी कृत जल है।

इस द्रव ऊर्जा की रहस्यमयी जादुई प्रकृति के बारे में सोचिए जिसे हम यह मान कर चलते हैं कि यह तो प्राप्त होती ही रहती है। इसे निचोड़ने का प्रयास कीजिए तो यह हम से भाग जाती है। इसमें अपने हाथों को विश्राम देते हैं तो इसको इसके लिए सहमत महसूस करते हैं। यदि यह अचल हो जाती है तो जड़ हो जाएगी। यदि इसे प्रवाहित होते रहने दिया जाय तो यह शुद्ध बनी रहेगी। यह सबसे ऊपर रहने के लिए ऊंचे स्थानों को नहीं प्राप्त करना चाहती बल्कि निम्नतम स्थान पर जा बसती है। यह नदियों, झीलों और स्रोतों में एकत्र होती है, समुद्र की ओर आगे बढ़ती है और फिर वर्षा के रूप में फिर से गिरने के लिए वाष्पीकृत होती है। यह किसी चीज का नक्शा नहीं बनाती और किसी का पक्ष नहीं लेती और पशुओं, पौधों को आहार उपलब्ध कराने का इसका कोई इरादा नहीं होता है। इसके पास खेतों को सींचने की, हमारी प्यास बुझाने की या तैराने, समुद्र की सैर कराने, बर्फ पर स्की कराने और डुबकी लगवाने की कोई योजना नहीं होती है। ये कुछ वो लाभ हैं जो स्वाभाविक तौर पर जल से प्राप्त होते हैं केवल वह करने से जो यह करता है और वह होने से जो यह है।

ताओ स्पष्टता पूर्वक आपसे आपके और प्राकृतिक तौर पर प्रवाहित हो रहे तत्व के बीच के समानान्तरों को देखने के लिए कहते हैं जो जीवन को स्वयं अस्तित्वमान

रहने देता है। जल जैसा जिएं क्योंकि आप जल हैं। ऐसे सन्तुष्ट होइए जैसे यह द्रव है जो आपको जीवित रखता है और आपकी सहायता करता है। अपने विचारों और व्यवहारों को सुगमता पूर्वक सभी चीजों की प्रकृति के अनुरूप होने दीजिए। आपके लिए सज्जन होना, दूसरों को वहां जाने देने की आजादी प्रदान करना जहां वो जाने के लिए आतुर हैं और वैसे होने देना जैसे वो आपके बिना किसी हस्तक्षेप के होना चाहते हैं, प्राकृतिक है। सनातन प्रवाह में विश्वास रखना, अपने आन्तरिक झुकावों के प्रति सच्चा होना **और अपनी बात का पक्का होना आपके लिए प्राकृतिक** है। सभी के साथ एक समान व्यवहार करना प्राकृतिक है। जल जो समस्त जीवन को कायम रखता है, कैसे व्यवहार करता है, इसका निरीक्षण करने से ये सभी शिक्षाएं प्राप्त की जा सकती हैं। यह केवल गतिमान रहता है और जो लाभ यह उपलब्ध करता है वह इसके वर्तमान क्षण के साथ लयबद्ध होने और विशेष तौर से इस सत्य से परिचित होने कि कैसे व्यवहार करना है के साथ यह जो है वह होने से उत्पन्न होते हैं।

ताओ ते चिंग की आठवीं कविता पर आलेखन के जरिए लाओ त्जू जो कहना चाहते होंगे वह शायद यह है :

जब आप जल की तरह प्रवाहित होने के लिए मुक्त हैं तो आप प्राकृतिक (स्वाभाविक) तौर पर संवाद करने के लिए मुक्त है। जानकारियों का आदान- प्रदान होता है और ज्ञान इस तरह आगे बढ़ता है कि सभी लाभान्वित हो।

किसी अन्य के ऊपर स्वयं को कोई महत्वपूर्ण जगह न तय करने के लिए सतर्क रहिए। प्रत्येक खासकर अशिक्षित, बेघर, या समाज के संकट ग्रस्त सदस्यों जैसे लोगों, जिनको रोजमर्रा के जीवन में सम्मान प्राप्त न होता हो, के प्रति उनको ग्रहण करने वाला (ग्राही) होइए।" सभी मनुष्यों द्वारा तिरस्कृत नीची जगहों पर जाइए और जब आप वहां हैं तो खुले दिमाग से होइए। जिनसे भी मिलते हैं उन सभी में ताओ को तलाशिए और अपने द्वारा दूसरों में स्वीकारने, सज्जनता, और दयालुता के विस्तार के लिए विशेष प्रयास कीजिए।

यदि आप उन्हें नहीं खिझाएंगे तो आपको सम्मान पूर्वक लिया जाएगा। दूसरों के जीवन को नियन्त्रित करने की उपेक्षा करने के सभी प्रयासों को करने के द्वारा आप ताओ की प्राकृतिक व्यवस्था के साथ शान्तिदायक लयबद्धता में हो जाएंगे। यह वह मार्ग है जिससे आप बिना प्रयास किए दूसरों का पोषण करते हैं। जल जैसा होइए, जो तैराकी, मछली का शिकार, लहरों से खेलना (सर्फिंग), प्यास बुझाना, पानी में चलना, छिड़काव करना और लाभों की एक अन्तहीन सूची के लिए, केवल प्रवाहित होते रहने के अतिरिक्त कुछ करने की कोई कोशिश न करते हुए, अवसर उत्पन्न करता है।

अपने विचारों को स्वतन्त्रता पूर्वक तैरने दीजिए

अपने जीवन से लड़ना या कुछ और होने की कोशिश करना भूल जाइए इसकी जगह स्वयं को उस पदार्थिक यौगिक की तरह होने दीजिए जिसमें आपके भौतिक अस्तित्व के समस्त पहलू समाहित हैं। ''हिडेन मैसेजस इन वाटर'' (जल में छुपे सन्देश) में मासारू इमोटो व्याख्यायित करते हैं कि हम जल हैं, और जल मुक्त होना चाहता है। इस पर ध्यान देकर कि इसको सम्मान करने और प्यार करने के जरिए हम इसकी क्रिस्टलीकरण की प्रक्रिया को शब्दश : बदल सकते हैं, लेखक ने पूरी तरह से उन तरीकों को खोज निकाला है जिनसे यह यौगिक प्रतिक्रिया करता है। यदि प्रेम, धन्यवाद, या आप सुन्दर हैं जैसे शब्द इस पर अंकित करके इसे एक बर्तन में रखा जाए तो जल सुन्दर प्रदीप्ति क्रिस्टलों के रूप में हो जाता है। और यदि बर्तन पर मूर्ख, पिशाच, या मैं तुम्हारी हत्या कर दूंगा जैसे शब्द अंकित हैं तो क्रिस्टल टूट जाते हैं या विकृत हो जाते हैं या भ्रमित दिखते हैं।

इमोटो के कार्य के निहितार्थ विस्मयकारी हैं। क्योंकि चेतना हमारे अन्दर स्थित है और हम अनिवार्यतः (निश्चय ही) जल हैं तो फिर यदि अपनी नियति को लेकर असन्तुलित हैं तो यह सम्भावना के साम्राज्य के अन्तर्गत है कि हमारी नियति विध्वसांत्मक तरीके से सम्पूर्ण गृह (और उससे आगे भी) को प्रभावित कर सकती है। जैसा कि हमारे रचयिता सनातन ताओ ने इसे प्रस्तुत किया होता है ''जीवन जल हूं मैं, प्यासे मनुष्यों के लिए मूसलाधार बरसता हुआ।''

अब आप ताओ करें

जैसे जल धाराएं पशुओं को और वर्षा पौधों को जल प्रदान करती हैं ठीक उसी तरह जीवन को विकसित करने के तरीके से हर घूंट के साथ स्वयं को यह याद दिलाते हुए कि दूसरों का पोषण करना है, आज आप शान्ति पूर्वक जल पिएं। ध्यान दीजिए कि प्राकृतिक तौर पर प्रवाहित होते हुए आपकी सेवा करते रहने वाला जल कितनी जगहों पर आपके लिए उपलब्ध है। इस जीवनदायी सदा प्रवाहित होते रहने वाले तत्व के लिए धन्यवाद ज्ञापन की प्रार्थना कीजिए।

नवीं कविता

भरते जाना
नहीं है रुकने जितना अच्छा
अति भरा हुआ, रिसता है कप थामें हाथों से
अधिक अच्छा है बन्द करना भरते जाना
एक ब्लेड की धार को करो बहुत ज्यादा तेज, और जल्दी ही नष्ट हो जाएगी
इसकी धार। भर लो अपने घर को सोने और रत्नों से
और यह ले आता है असुरक्षा
फुला लो स्वयं को
कीर्ति और अहंकार से
और नहीं बचा सकता कोई तुम्हें पतन से
अधिक अच्छा है बन्द करना भरते जाना
यही है रास्ता स्वर्ग का।

विनम्रता को जीना

क्योंकि ताओ निरन्तर सृजन की अवस्था में होते हैं इसलिए वह खास तौर से जानते हैं कि पर्याप्त, पर्याप्त है। अपने अन्तर की गहराई में हम यह महसूस करते हैं कि यह बिना शर्त आपूर्ति का संगठित करने का सिद्धान्त जानता है कि कब रोकना है, इसलिए जो ताओ हर ओर लाते हैं उसकी मात्राओं को लेकर प्रश्न करने की हमें कोई आवश्यकता नहीं है। ताओ ते चिंग की इस कविता में यह स्पष्ट किया गया है कि सृजनात्मक स्रोत विनम्रता के सिद्धान्त से सुन्दरता पूर्वक सन्तुलित है।

ताओ में प्रत्येक चीज को इतनी मात्रा में उत्पन्न करने की क्षमता है कि वह किसी प्रेक्षक को मूर्छित कर दे, लेकिन ऐसा लगता है कि इसकी भली विनम्रता को यह ज्ञात है कि कब यहां पर वृक्ष, पुष्प, मक्खियां, हिप्पो और हर अन्य जीवित वस्तु पर्याप्त मात्रा में हैं। अति को ताओ अपने से दूर रखते हैं। इसको सृजन करने की अपरिमित क्षमता का प्रदर्शन करने की आवश्यकता नहीं है। इसको पता है कि ठीक कब रोकना है। यह श्लोक हमें ताओ की इस विशिष्टता के साथ आध्यात्मिक रिश्ता बनाने के लिए आमन्त्रित करता है।

जीवन को धन-सम्पत्ति, सुखों, अभिमान और गतिविधियों से ठूंस-ठूंस कर भरने के जरिए जब हम स्वाभाविक तौर से एक ऐसे बिन्दु पर पहुंच गए हैं जहां अधिक कम हो जाता है तो यह हमारे अहम् के समरूप होने का संकेत है, ताओ के समरुप होने का नहीं। विनम्रता के साथ जीवन को यह ज्ञात है कि कब केवल रोक देना है, जाने देना है और अपने परिश्रम के फल का आनन्द उठाना है। यह श्लोक स्पष्ट तौर पर विश्लेषित करता है कि अधिक हैसियत, अधिक धन, अधिक शक्ति, अधिक स्वीकृतियों, अधिक पदार्थों की खोज में रहना उतना ही मूर्खतापूर्ण है जितना नक्काशी दार चाकू पर उसकी धार के अपने चरम पर पहुंच जाने के बाद भी, धार देते रहना। स्वाभाविक

तौर पर ऐसा करते रहने से केवल निराशा उत्पन्न होगी और यह स्वाभाविक है कि एक तीखी धार परिपूर्णता का प्रतिनिधित्व करती है।

लाओ त्जू हमें विशाल धन संग्रह और इसे कहीं जमा रखने के बारे में सतर्क रहने की सलाह देते हैं। यह अभ्यास हमें भविष्य को सुरक्षित व बीमित रखने पर जीवन को खर्चने में सहयोग करता है; जबकि उसी समय और अधिक प्राप्त करते रहने की जरूरत महसूस करने के लिए प्रेरित करता है। वह हमें एक ऐसे स्तर पर सन्तुष्ट होने की सलाह देता है जो मानवता के साथ जीवन का पोषण करने के लिए पर्याप्त हो। यदि धन और ख्याति की जरूरत है तो हमें ज्ञात होना चाहिए कि कब इस कैदखाने से सेवानिवृत होना है और ताओ जैसा हो जाना है। उस दुनिया के जिसमें हम रहते हैं व जो अधिक की आदी है, के विरुद्ध यह स्वर्ग का मार्ग है।

हम यह जान कर अपनी चेतना को ऊंचा उठा सकते हैं कि हमें इससे सहमत कराने के जरिए कि प्रसन्नता के लिए हमें कुछ खरीदने की जरूरत है, उत्पादों और सेवाओं की बिक्री करने के उद्देश्य से मुख्यतः विज्ञापन प्रारूपित (डिजाइन) किए जाते हैं। विश्लेषकों को निश्चय ही हम से यह कहना चाहिए कि यदि लगातार विकसित नहीं हो रहा है तो अर्थतन्त्र असफल हो रहा है, लेकिन हम यह महसूस कर सकते हैं कि अति विकास, कैंसर की तरह, अन्ततोगत्वा स्वयं को नष्ट कर देगा। अतिरिक्त उत्पादन के परिणामों को अधिकांश राजमार्गों पर ग्रिडलाक (छड़दार बन्द जाली) में अक्सर देखते रहने वाले हम स्वयं इसके साक्षी हो सकते हैं। आटो मोबाइल के आविष्कार के पहले लन्दन में एक सिरे से दूसरे सिरे तक जाने के लिए जितना समय लगता था, अब उससे अधिक समय लगता है। जब हम खरीददारी करते हैं तो भी इस सिद्धान्त को लागू होता हुआ पाते हैं। मैं इसे ''पसन्द का अतिभार'' कहता हूं। पीठ दर्द के लिए मासिक धर्म की ऐंठन, सर दर्द, जोड़ों के दर्द के लिए दवाएं, दिन में या रात में, कैप्सूल, द्रव या पाउडर के रूप में, हर दिन, हर वक्त दर्द और दवा? और यह तब भी सही है जब हम चाहे टोआइलेट पेपर, संतरे का रस या कुछ और खरीद रहे हों।

मैं समझता हूं कि अपने प्राचीन परिप्रेक्ष्य से लाओ त्जू हमें यह आधुनिक सलाह प्रेषित कर रहे हैं :

''बहुत, बहुत है'' के क्रांतिकारी (मौलिक) विचार से
आबद्ध होने के लिए आओ।

इसके बावजूद, कि आप एक ऐसे संसार में रहते हैं जो इस विचार का आदी है कि किसी के पास कोई चीज कभी भी काफी नहीं होती आप यह निश्चय कीजिए। लाओ त्जू को समझने के लिए, पहले अपना कार्य करिए फिर पीछे आइए। आडम्बर और अनियन्त्रित उपभोग करने के बजाय विनम्रता का अभ्यास कीजिए। पश्चिमी जगत,

विशेष कर अमेरिका में मोटापे की समस्या ताओ ते चिंग के नवे श्लोक के सरल प्रज्ञान को न समझने (और न जीने) का प्रत्यक्ष परिणाम है। खाइए लेकिन जरूरत पूरी हो जाने पर रुक जाइए। नाक तक ठुंसे हुए शरीर में भोजन भरते जाना, इस विश्वास में फंसना है कि किसी चीज को अधिकाधिक प्राप्त करते जाना आपकी प्रसन्नता का कारण है। और यह किसी कृत्रिम प्रतीक या सफलता से स्वयं को अधिकता पूर्वक भर लेने के मामले में भी सत्य है। इसके बजाय ताओ के सनातन प्रज्ञान के बारे में सोचिए, जो कहता है कि, "भरते रहना उतना अच्छा नहीं है जितना रुकना।" काफी केवल काफी नहीं है, यह सनातन ताओ की परिपूर्णता के साथ पंक्तिबद्ध होना है।

अपने अहम् के कार्यक्रम पर ध्यान केन्द्रित करने के बजाय अपनी गतिविधियों में आनन्द की खोज कीजिए

अहम् आपसे चाहता है कि आप अपने कार्यों के लिए अधिक से अधिक पुरस्कार बटोरें। यदि आप अपने प्रत्येक वर्तमान क्षण में प्रेम पूर्ण सराहना करने की अवस्था में हैं तो आप इस मूर्खतापूर्ण विचार को चले जाने देंगे कि आप यहां अपने प्रयासों के लिए पुरस्कारों व श्रेणियों के चिन्हों को बटोरने के लिए हैं। यह सोचने के बजाय कि कैसे यह अन्ततोगत्वा आपको लाभ पहुंचाए, आप जो कर रहे हैं उसमें आनंद तलाशिए। उस सनातन प्रज्ञान पर विश्वास करना प्रारम्भ कीजिए जिसने आपको इस भौतिक जगत में जन्म दिया। आखिर कार इसको आपके आने का ठीक समय ज्ञात था। इसने यह नहीं कहा कि, "यदि 9 महीने इतने सुन्दर शिशु का सृजन करेंगे तो मैं गर्भाधान काल को बढ़ा कर पांच वर्ष कर दूंगा और अब हम एक और भी अधिक परिपूर्ण सृजन को प्राप्त करेंगे।" नहीं, ताओ कहते हैं कि 9 महीने एकदम ठीक है। यही है जो आपको प्राप्त हुआ है, और आपको अधिक समय की आवश्कयता नहीं है।

अगली बार जब कभी आप और अधिक चाहने के दलदल में फंसें तो रुक जाइए और ताओ का चिन्तन कीजिए। यह सृजन सिद्धान्त इस विचार को पूरी तरह से ग्रहण करता है कि जब कार्य पूरा कर लिया जाय तो, ईश्वर के लिए, यह समय रुक जाने का है। जैसा कि लाओ त्जू सलाह देते हैं कि "यह स्वर्ग का रास्ता है।" क्यों हमेशा इसके साथ झगड़ने को चुना जाय?

अब ताओ कीजिए

अगली बार भोजन करते समय कई कौर खाने के बाद अपने से यह पूछने के जरिए कि क्या आप अभी भी भूखे हैं, आंशिक नियन्त्रण का अभ्यास कीजिए। यदि

नहीं, तो केवल रुक जाइए और प्रतीक्षा कीजिए। यदि भूख नहीं महसूस होती तो इसे पूरा हुआ समझिए। इस एक भोजन के द्वारा आपने ताओ ते चिंग की नवीं कविता के इस अन्तिम वाक्य का अभ्यास किया कि "जब (भोजन) पूर्ण हो जाय तो अवकाश गृहण कीजिए। यह स्वर्ग का मार्ग है।"

दसवीं कविता

शरीर और आत्मा के साथ चलते हुए। और करते हुए उन्हें एक/
क्या तुम बच सकते हो अलगाव से?
क्या तुम अपने शरीर को होने दे सकते हो/
नवजात शिशु के जितना कोमल?
खुलते और बन्द होते समय स्वर्ग के द्वार/
क्या तुम कर सकते हो अदा एक नारी की भूमिका?
क्या तुम कर सकते हो प्रेम अपने लोगों को/
और संचालित अपने साम्राज्य को/
स्व-महत्व के बिना?
जन्म देना और पोषण करना/
रखना फिर भी अधिकृत न करना।
कार्य करना लेकिन श्रेय न लेना/
करना नेतृत्व, बिना नियन्त्रण या प्रभुत्व के।
रखता है ध्यान जो इस शक्ति का/
ले आता है ताओ को ठीक इसी धरती पर/
यह है आदि धर्म।

एकत्व को जीना

ताओ ते चिंग की यह कविता धरती पर जीवन की विरोधाभासी प्रकृति का परीक्षण करती है। लाओ त्ज़ू शरीर और आत्मा के असंगत दिखने वाले विरोधों के साथ सुविधा की उपलब्धि को प्रोत्साहित करते हैं जो हमारे दैनिक जीवन के आधार का निर्माण करता है। हम सनातन ताओ की शक्ति के साथ जुड़े हुए हैं जबकि इसी के साथ-साथ नश्वर शरीर में रहते हैं। जैसे ही हम इस अस्पष्ट प्रतीत होने वाली स्थिति पर ध्यान देते हैं; हम इस संसार को निर्दोष के तौर पर देखना प्रारम्भ कर देते हैं। हर चीज जो निरपेक्ष जैसी दिखती है वह इसकी विरोधाभासी वास्तविकता (सच्चाई) को स्वीकारने का एक अवसर है।

यह अध्यापन प्रश्नों की एक श्रंखला का रूप लेता है। क्या कठोरपन, शारीरिक पीड़ा (फोड़ा-फुंसी, बीमारी-अजारी), जोड़ों के निरन्तर दर्द से पैदा होने वाली सीमाओं और ऐसी ही अन्य चीजों जैसी आयु प्रक्रिया में अनिवार्यतः सम्मिलित सभी स्थितियों के साथ एक वयस्क शरीर एक नवजात शिशु के जैसा कोमल हो सकता है? क्या यह सम्भव है कि कोई जो कार्य करता है और संघर्ष करता है और फिर भी सृजन को जन्मता हुआ स्त्री आत्मा हो? क्या कोई इन और ऐसे ही साधारण तरीकों से सफलता प्राप्त कर सकता है और इसके बाद भी स्व-महत्व की भावना से मुक्त है? क्या अहम् को हावी होने दिए बिना ताओ के प्रति सच्चा बने रहना और इसके बावजूद इस अहम् के वर्चस्व वाले विश्व में सफलता पूर्वक कार्य करते रहना सम्भव है?

जब द्वैतत्व का भ्रम अधिक शक्तिशाली दिखता है तो यह दसवीं कविता जीवन के तरीके का अनुमोदन करती है जो कि एक को स्वीकारने की शक्ति द्वारा निर्देशित है। ताओ ते चिंग के लिपिबद्ध किए जाने के हजारों वर्षों बाद इस विषय पर किए गए हाफिज के लेखन को पढ़िए :

केवल
वही एक
है द्युतिमान
जो करता रहता है आकर्षित
निराकार को आकार में
रखता है मन्त्र
जीत लेने का
मेरा हृदय
केवल एक परिपूर्ण
जो हंसता रहता है हमेशा
एक शब्द पर, जो है
दो
बना सकता है तुम्हें
जानकार
प्रेम का

हमारे मूल को विभाजित नहीं किया जा सकता तो भी हम एक ऐसी दुनिया में हैं कि सभी वह भी अक्सर परिपूर्ण एकत्व को, जो कि ताओ है, अस्वीकार करते हुए प्रतीत होते हैं। हम विपरीतों मे अपने विश्वास को स्थगित करके और इसकी एकता की अपनी चेतना को फिर से सक्रिय करने के जरिए व्यक्तिगत तौर पर ताओ के साथ जी सकते हैं। वह यह है कि हम अपने अहम् का समर्पण कर सकते हैं और इस दुनिया में रह सकते हैं बिना इसके हुए।

यह उनके 2500 वर्ष पुराने परिप्रेक्ष्य से लाओ त्जू की सलाह पर मेरी व्याख्या है

आप जिन से मिलिए उन सभी में अपने आप को देखने के जरिए
एकत्व को अंगीकार (स्वीकार) कीजिए

जिनको आप विशिष्ट या भिन्न के तौर पर सम्मान देते हैं उनके बारे मे निर्णयात्मक विचार रखने के बजाय दूसरों को अपने एक विस्तार की नजर से देखिए। यह स्व-महत्व को कम कर देगा और आपको उसके साथ एकताबद्ध करेगा जिसे लाओ त्जू "आदि धर्म" कहते हैं। अहम् प्रभुत्व के विचारों को जाने देने से आप एकत्व को महसूस करेगें और जिसे कि आप दूसरों में बांटेगे और इस प्रकार स्वयं को सबको आलिंगन बद्ध करने वाले ताओ का एक अंग महसूस करने का अवसर प्रदान करेंगे।

जब आप को यह लगे कि आप किसी व्यक्ति या किसी समूह की आलोचना

करने वाले हैं तो अपनी आन्तरिक जागरूकता का अभ्यास कीजिए। ऐसी समाचार रपटों को पढ़ने का समय जो दूसरों की तुलना में आपके अलगाव या श्रेष्ठता के भाव को प्रोत्सहित करने के लिए प्रारूपित की जाती हैं, इसके लिए सबसे उपयुक्त समय हो सकता है। स्वयं को उनमें से किसी एक जैसा मान लीजिए। ऐसी परिस्थितियों में जब आप एक कल्पित शत्रु से घृणा करने वाले हों तो ऐसे निर्णयों को लेने से स्वयं को रोकिए और उसके कदमों से एक काल्पनिक मील (या दो) घूमिए। ऐसा जीवन के सभी रूपों के साथ कीजिए, यहां तक कि पौधों के संसार के साथ भी। स्वयं को प्रत्येक और सभी सृजनों में देखिए, ताओ के इस सरल परिवेक्षण को ध्यान में रखते हुए कि हम संसार हैं।

इन चीजों के प्रति मोह रखे बिना जो आपके पास है उससे आनन्द प्राप्त कीजिए

अपनी धन सम्पदा और अपनी उपलब्धियों के साथ अपनी पहचान को अलग होने दीजिए। इसके बजाय जो आप करते हैं उसका आनन्द उठाने का प्रयास कीजिए और जो कुछ भी आपके जीवन में प्रवाहित होता है वह केवल करने और स्वयं प्रवाह का निरीक्षण करने का आनन्द उठाने के लिए है। आप शब्दशः किसी चीज़ और किसी व्यक्ति के मालिक नहीं हैं। वह सब कुछ जो संगठित हुआ है असंगठित हो जाएगा। जो कुछ भी आपका है, आपको छोड़ देगा और किसी अन्य का हो जाएगा। अतः थोड़ी देर के लिए पीछे हटिए और स्वयं को रूप के संसार का पर्यवेक्षक होने दीजिए। एक असम्बद्ध साक्षी होना आपको परमानन्द की अवस्था में ला खड़ा करेगा जबकि आपकी सभी अधिकृत प्राप्तियों (धन सम्पदा मान-सम्मान, पद, अधिकार आदि) पर आपकी सख्त पकड़ को ढ़ीला करेगा। इस खुलने की (मुक्त होने की) प्रक्रिया में यह होगा कि आपको उन्मुक्त जीवन जीने की स्वतन्त्रता प्राप्त होगी जिसकी कि ताओ हमेशा उदाहरण के जरिए शिक्षा प्रदान करते रहते हैं।

अब आप ताओ करें

आज आप वहां एकत्व के दर्शन करें जहां पहले द्वैतत्व (अलगाव) को देखा था।उस अदृश्य ऊर्जा को महसूस कीजिए जो आपके हृदय को धड़काती है और फिर उस पर ध्यान दीजिए कि यह प्रत्येक जीवित प्राणी के सभी हृदयों को एक साथ स्पन्दित कर रही है। अब आप उस अदृश्य ऊर्जा को महसूस कीजिए जो आपको सोचने देती है और इस वर्तमान में जीवित सभी के लिए यही करते रहने का एहसास कीजिए।

थामस के गोस्पल से लिए गए इन शब्दों पर विचार कीजिए कि उसके शिष्यों ने उससे कहा (कि) ईश्वर का राज्य कब आएगा? जीसस ने कहा कि यह बाहर की ओर देखते रहने से नहीं आएगा। यह नहीं कहेगा कि अरे देखो इस ओर "या अरे देखो उसे।" इसके बजाय, पृथ्वी पर पिता का राज्य फैला हुआ है और मनुष्य इसको देखते नहीं है। आज आप यह जानिए कि एकत्व के चिन्तन का अभ्यास आपको उस साम्राज्य के दर्शन करने में सहायता करेगा।

ग्यारहवीं कविता

बोलते हैं तीस लोग, एक मत हो, एक जगह से
धुरी के छेद पर है प्रयोग
गाड़ी की चूलों का एक बर्तन में दो आकार मिट्टी को
बनाती है उपयोगी इसे
अन्दर की खाली जगह
गढ़ो मोहक दरवाजों और खिड़कियों को
लेकिन कमरे का खालीपन ही बनाता है, इसे
उपयोगी
जो है, उसकी उपयोगिता निर्भर है
उस पर
जो नहीं है

शून्यता से जीना

ताओ ते चिंग की इस विचारोत्तेजक 11 वीं कविता में लाओ त्जू हमें खालीपन का महत्व प्रदर्शित करते हैं जो अक्सर अनदेखा बना रहता है। वो इस विचार को एक हब के केन्द्र में छेद, मिट्टी के बर्तन के अन्दर के स्थान और एक कमरे के आन्तरिक क्षेत्र के उदाहरणों के जरिए विश्लेषित करते हुए इस जगह को पूरा करते हैं कि जो हैं, उसकी उपयोगिता उस पर निर्भर करती है जो नहीं है। दूसरे शब्दों में अलग-अलग हिस्सों में उस उपयोगिता का अभाव होता है जिसका केन्द्र योगदान करता है। यह अध्याय हमें अदृश्य शून्य से जीने के लिए आमन्त्रित करता है जो हमारे होने की धुरी पर है। जरूरत इसकी है कि उसके बारे में जैसे हम सोचते हैं, उसे बदलें।

विरोधाभासी वाक्य ''न होना'' को उसी तरह लें जैसे आप अपनी अस्तित्वता पर (होने पन पर) विचार करते हैं। आप अस्थियों, अंगों और द्रवों की नदियों का संयोजन हैं जो आपको समेटे रखने के लिए सज्जित त्वचा के एक बहुत बड़े टुकड़े के द्वारा परिसम्पुटित है। यहां निश्चय ही ''होनेपन'' का एक खास गुण है जो कि शरीर के अंगों के संयोजन में आप हैं। लेकिन यदि आपको विघटित करना और आपके अभी भी कार्यरत सभी भौतिक अंगों को एक कम्बल पर फैलाना सम्भव रहा होता तो वहां आप नहीं होते। यद्यपि सभी अंग वहां मौजूद होंगे लेकिन उपयोगिता एक न होनेपन पर निर्भर करती है। या ताओ के शब्दों में ''जो नहीं है।''

आप इस समय जिस कमरे में हैं उसकी दीवालों को केन्द्र में स्थान के बिना, मौजूद सभी तत्वों के जरिए रेखांकित करने की कल्पना कीजिए। यह अब कमरा नहीं रहेगा इसके बावजूद भी कि सभी अन्य चीजें ज्यों की त्यों है। एक मिट्टी का बर्तन खालीपन के बिना एक बर्तन नहीं है जो कि मिट्टी में परिसम्पुटित है। एक मकान, मकान नहीं है यदि वहां बाहर को घेरने करने के लिए कोई आन्तरिक जगह नहीं है।

एक संगीतकार ने एक बार मुझे बताया कि निशब्दता, जिससे हर स्वर उभरता है स्वयं स्वर से कहीं अधिक महत्वपूर्ण है। उसने कहा कि स्वरों के बीच रिक्त स्थान ही है जो शब्दशः संगीत को संगीत होने देता है। अगर शून्य नहीं है तो वहां केवल अनवरत आवाज का शोर ही होगा। आप इस विलक्षण चेतना को हर उस चीज पर लागू कर सकते हैं जिसका आप रोजमर्रा की जिन्दगी में अनुभव करते हैं। अपने आप से पूछिए कि वृक्षों को वृक्ष क्या बनाता है। छाल, टहनियां या जड़? यह सब चीजें "हैं" जो हैं। और ये सब एक वृक्ष की रचना नहीं करती। एक वृक्ष होने के लिए जिसकी आवश्यकता है वह है, जो नहीं है। एक अव्यक्त, अदृश्य जीवन शक्ति जो आपकी पांचों ज्ञानेन्द्रियों को चक्कर में डाल देती है। आप एक वृक्ष को काट और खुरच सकते हैं और उसके कोषो की अन्तहीन खोज करते रह सकते हैं और आप इसे कभी पकड़ नहीं पाएंगे।

इस कविता की पहली पंक्ति, कि पहिए के चलने के लिए केन्द्र में छेद का होना जरूरी है, की उस रिक्तता से तुलना की जा सकती है जो अपने जीवन को जीने के लिए आपके लिए प्राण भूत (अपरिहार्य) है। अपने अन्दर आपके केन्द्र में आपके पास न होने की अवस्था मौजूद है। अतः उस पर ध्यान दीजिए जो देखा जा सकता है (आपका शरीर) और इसी प्रकार उस अदृश्य तत्व पर भी ध्यान दीजिए जिस पर आपका अस्तित्व निर्भर करता है...ताओ आपका हिस्सा है।

आज के संसार में रिक्तता में जीने की इस संकल्पना के बारे में लाओ त्जू को आपसे कहते हुए जो मैंने सुना वह यह है—

आपका अव्यक्त केन्द्र आपका प्राणभूत सार है

तथाकथित "कुछ नहीं पन", जो कि आपका सार है, की ओर आपका ध्यान मोड़ने के लिए कुछ समय लीजिए। वह क्या है जिसने आपको इसकी ओर संकेत किया? अन्तराल, अदृश्यता से उत्पन्न होता है जो कि सभी प्रकार के सृजनों के लिए जिम्मेदार है और जो विचार आपके अन्तर्मन से प्रगट होते हैं वे विशुद्ध प्रेम और दयालुता हैं।

आपका "आन्तरिक न होना पन" आपका एक अलग हिस्सा नहीं है इसलिए इस रहस्यमय केन्द्र की इच्छा कीजिए और इसे खोजिए। कदाचित इसको अपने भौतिक स्व के द्वारा समाहित अन्तराल के तौर पर सोचिए जिससे आपके सभी विचार और धारणाएं इस दुनिया में प्रवाहित होती हैं। सकारात्मक और प्रेम करने वाले भाव लेने का प्रयास करने के बजाय केवल अपने "होने पन" के सार के प्रति संवेदनशील होइए। ताओ प्रयास करने के बजाय "होने देने" के लिए है। अतः विशुद्ध प्रेम के उस अनिवार्य केन्द्र को अपनी विशिष्ट उपयोगितापने को सक्रिय करने दीजिए। उन विचारों को आने

दीजिए जो आपके भौतिक स्व में प्रवेश करने के लिए उत्पन्न होते हैं और फिर छोड़ दीजिए। आने दीजिए और जाने दीजिए, ठीक अपनी सांस की तरह। और अपने अव्यक्त प्राण भूत सार की विस्मयाकुल शक्ति के प्रति सजग होने के लिए प्रतिदिन कुछ समय खर्च करने की शपथ लीजिए।

मौन की शक्ति का प्रतिदिन अभ्यास कीजिए

इसको करने के कई व्यक्तिगत तरीके हैं। उदाहरण के तौर पर उस परमानन्द को महसूसने में मदद करने के लिए ध्यान एक आश्चर्यजनक साधन है जो आपके आन्तरिक शून्य, वह जगह जहां आप ताओ के मार्ग का अनुभव करते हैं, से आपके जुड़ाव के साथ रहता है। अपने अन्दर "स्थान रहित, स्थान" के बारे में और अधिक सजग रहने की प्रतिज्ञा कीजिए, जहां से आपके सभी विचार बाहर की ओर प्रवाहित होते हैं। अपने अन्दर मौजूद उस अन्तराल तक पहुंचने का अपना मार्ग खोजिए जो कि पवित्र, शुद्ध और प्रेम के साथ लयबद्ध है।

सन्तों और बाकी लोगों में अन्तर यह है कि उनके पास प्रेमपूर्ण, विशुद्ध विश्वास है और वस्तुतः हमारे पास नहीं हैं। वे पूरी तरह से अपने सत्व के अनुसार कार्य करते हैं जहां उनके भौतिक अस्तित्व के माध्यम से ताओ का मार्ग अदृश्य रूप से प्रवाहित होता है। अपने सत्व को प्रगट होने के लिए आमन्त्रित करते हुए और आपको रिक्तता (शून्य) में रहने देते हुए मौन रहने या ध्यान सीखने का यह प्राथमिक उद्देश्य है।

अब आप ताओ करें

आज आप कम से कम 15 मिनट शून्य में जो कि आप हैं, जीने पर व्यय कीजिए। अपने शरीर और आस पास को भूल जाइए। अपने नाम, उम्र, जातीय पहचान, रोजगार का नाम और इसी तरह की अन्य अपनी भौतिक पहचानों को हट जाने दीजिए और केवल अन्तर में मौजूद रिक्तता (शून्य) में स्थित हो जाइए उस शून्य में जो आपके अस्तित्व मान रहने के लिए पूरी तरह निर्णायक है। जो नहीं हैं उससे अपने संसार को देखिए और स्वीकारिए कि आपके एक भौतिक अस्तित्व की समस्त उपयोगिता इस शून्य पर पूरी तरह निर्भर है। आज आप इस "जो नहीं है" को अपना अभिन्न बनाने में अपनी सहायता कीजिए।

बारहवीं कविता

पांच रंग अन्धा करते हैं आंखों को
पांच स्वर बहरा करते हैं कानों को
पांच स्वाद करते हैं खराब स्वाद को
और मनुष्य के मष्तिष्क को पागल करता है पीछा करना और शिकार
विरल वस्तुओं को प्राप्त करना है ऊर्जा की बरबादी। केवल करता है बाधित,
विकास को गुरू निरीक्षण करता है संसार का
लेकिन करता है विश्वास अन्तर्दृष्टि पर
आने और जाने देता है चीजों को वह
वरीयता देता है वह उसे जो है अन्दर बजाय
उसके जो है बाहर के साथ

आन्तरिक अभिमत के साथ जीना

ताओ ते चिंग के इस अध्याय में लाओ त्ज़ू हमें यह याद दिलाते हैं कि अपनी आन्तरिक दृष्टि की कीमत पर अपनी ज्ञानेन्द्रियों के सुखों और अनुभवों पर बहुत अधिक ध्यान दिया गया है। ज्ञानेन्द्रियों के द्वारा प्राप्त किए गए तथ्यों पर विशेष तौर से केन्द्रित होना एक आभासों के संसार (दृष्टिगत संसार) का सृजन करता है जो कि अन्ततोगत्वा भ्रम हैं। क्योंकि हर चीज आती है और जाती है इसलिए स्वाभाविक तौर पर भौतिक जगत की प्रकृति स्वाभाविक तौर पर क्षणभंगुर स्तर तक सीमित है। यदि हमारी आंखें उनमें केवल रंगों को देखती हैं तो जो दृष्टि गोचरों के संसार में आगे मौजूद हैं, उसके लिए उनका अन्धी होना तय है। यदि हम उस पर विशेष तौर पर केन्द्रित हैं जो सृजित किया जा चुका है तो हम सृजनकर्ता को नहीं जान सकते। इसी तरह से यदि हम इससे अनिभिज्ञ हैं कि सृजन के सभी कार्यों के पीछे कौन है तो हम अपनी सृजनात्मकता खो देते हैं। दृष्टि, सूंघना, ध्वनि, स्पर्श और स्वाद ज्ञानेन्द्रियों का अधिकार क्षेत्र है। यदि आप एक ऐसी धारणा में बन्द हैं जो यह स्वीकारती है कि ज्ञानेन्द्रियों को सन्तुष्ट करना जीवन का लक्ष्य है तो आप उसके द्वारा उपभोग कर लिए जाएंगे जिसे लाओ त्ज़ू ''पीछा करना'' कहते हैं। पूजा-पाठ, पैसा और ताकत की खोज में रहना ऊर्जा को बर्बाद करना है क्योंकि इसका कोई अन्त नहीं है अतः अपने दैनिक आचार विचार को और अधिक सुस्पष्ट करने का प्रयास करिए। जब आपका सम्पूर्ण अस्तित्व ''पर्याप्त न पाने'' के द्वारा प्रेरित है तो आप शान्ति और सन्तोष की जगह नहीं पहुंच सकते। दरअसल लाओ त्ज़ू कहते हैं कि निर्दयता पूर्वक पीछा करना पागलपन (उन्माद) का नुस्खा है।

जो व्यक्ति ताओ के मार्ग के अनुसार जीता है उसको ऐसे सन्त (ज्ञानी) या एक गुरू, एक ज्ञान प्राप्त अस्तित्व के तौर पर जाना जाता है जो संसार का निरीक्षण कर रहा है लेकिन उसे खासतौर से उस रूप में नहीं पहचान रहा है जो संसार में दिखने

वाला अस्तित्व है जबकि उसी समय वह उसके बारे में सजग है जो इस संसार का गैर अस्तित्व (प्रति अस्तित्व) है। गुरू अन्तर में जाता है, जहां आन्तरिक विश्वास, पीछा करने को प्रतिस्थापित कर देते हैं। मौन की अवस्था में, स्वाद के आदेशों के परे आहार का आनन्द प्राप्त किया जाता है। एक आन्तरिक दृष्टिकोण से और कुछ की आवश्यकता नहीं है। उसके या उसकी अनन्त प्रकृति के बारे में सजग होइए, ज्ञानी को यह एहसास है कि यह भौतिक दृष्टिगतों का अस्थायी संसार है जिसमें वह शरीर शामिल है वह आएगा या आएगी और उसमें रहेगा या रहेगी। गुरू दृष्टि गोचरों की अज्ञानता को देखता है और धन-सम्पदा व ख्याति के मोहक प्रलोभन की उपेक्षा करता है।

जब उन्होंने ताओ ते चिंग की बारहवीं कविता को बोला तो मेरा विश्वास है, कि हमारे प्राचीन मित्र और शिक्षक लाओ त्जू हम तक यह सरल सत्य पहुंचाना चाह रहे थे।

अपने परिप्रेक्ष्य को इन्द्रियगत स्तर से परे ले जाइए

आपकी आन्तरिक अभिशंसा जानती है कि एक गुलाब एक पुष्प से बढ़कर है, क्योंकि यह आनन्द दायक महक व मखमली पंखडियां प्रदान करता है। इस ज्ञान को उस रचनात्मक, अदृश्य शक्ति को ग्रहण करने के लिए प्रयोग करें जो "कहीं नहीं से अभी यहीं" के गहन खिलते हुए चमत्कार को ले आता है। रचयिता के तत्व का अनुभव कीजिए जो एक नन्हे से बीज से इस प्रस्फुटित होती अति उत्तम रचना (शाहकार) को विकसित होने देता है। ध्यान दीजिए कि यह बीज जहां से आया उसे हम केवल निराकार 'कुछनहींपन' या आत्मा के संसार के तौर पर ही ले सकते हैं। देखिए कि आत्मा रंगों, महकों और पंच तत्वों का सृजन कर रही और जीवन की इस समग्रता को ज्ञानातीत दृष्टि कोण से देखिए। आप पीछा करने में शामिल होने के प्रति कम और अन्तः अभिशंसा के अनुसार जीवन जीने के लिए अधिक आकर्षित होंगे क्योंकि आपका वास्तविक तत्व यह संसार नहीं है।

स्वयं पर अनवरत और अधिक बटोरते रहने के लिए दबाव डालते रहना बन्द कीजिए

यदि वे पीछा करते रहने को चुनते हैं तो औरों को पीछा करने के जरिए नष्ट होने दीजिए जब कि आप विश्राम करना सीखिए। बाहर की ओर ध्यान केन्द्रित करने के बजाय अन्दर की ओर मुड़िए। अधिक पूजा-पाठ और धन सम्पदा एकत्र करने के एक बाहरी इरादे के बजाय आदर करने व सराहने को आन्तरिक निष्कर्षों के तौर पर उपजाइए। जब आप एक सुन्दर दृश्य देखते हैं या मन्त्रमुग्ध कर देने वाली ध्वनि सुनते

हैं या मुंह से पानी ला देने वाली (लार टपका देने वाली) कोमलता को स्पर्श करते हैं तो स्वयं को इन संवेदिक सुखों में मौजूद चमत्कार के बारे में सोचने दीजिए। उस गुरु के जैसा होइए "जो अन्दर है, को, उसे जो बाहर है," से अधिक पसन्द करता है। आने और जाने के इस क्षणिक संसार जुड़े रहने के लिए बिना किसी जल्दबाजी के चीजों को आने-जाने दीजिए।

अब आप ताओ कीजिए

एक बीज को बोईए और उसको उपजाइए और उसके जीवन भर उसकी आन्तरिक प्रकृति का निरीक्षण कीजिए। पता करो कि कोंपल के अन्दर क्या है और आदर युक्त विस्मय से टकटकी लगा कर देखिए कि उस बीज के अन्दर ऐसा क्या है जो एक दिन एक पुष्प का सृजन कर देगा। इसके बाद इसी आदर युक्त विस्मय को अपनी और उस बीज की ओर जिसे आपने अन्दर रखा हुआ है। इसको अपने अदृश्य आन्तरिक स्व की याद दिलाते रहने के लिए प्रयोग कीजिए जो कि कार्यरत ताओ है।

तेरहवीं कविता

पक्षपात और अपमान लगते हैं चेतावनी भरे। ऊंची हैसियत बुरी तरह करती है
दुखी तुम्हारे स्व को।
क्यों है पक्षपात और चेतावनी पूर्ण?
पक्षपात की चाहत गिराती है नीचे
जब मिल जाए तो करती है भयभीत
जब खो जाए तो भी करती है भयभीत
ऊंची हैसियत क्यों करती है बुरी तरह आहत तुम्हारे स्व को?
हमारी बहुत सी समस्याओं की वजह है। होना हमारा स्वार्थी
अगर नहीं होते स्वार्थी हम
तो क्या समस्या होती हमें?
मनुष्य का सच्चा स्व है शाश्वत
फिर वह है सोचता कि यह शरीर हूं मैं और मिट जाऊंगा जल्दी ही
अगर नहीं होगा शरीर
तो क्या विपत्तियां हो सकती हैं हमें? जो देखता है स्वयं को सब कुछ की तरह
वही है पालनहार होने लायक इस संसार का
जो करता है प्रेम स्वयं से वैसे जैसे सबसे
वही है गुरू होने लायक इस संसार का

एक स्वतन्त्र मष्तिष्क के साथ जीना

ताओ ते चिंग की इस 13 वीं कविता का तात्विक सन्देश यह लगता है कि दूसरे लोगों की सकारात्मक और नकारात्मक, दोनों तरह की सलाहों से स्वतन्त्र बने रहना कठिन है। इस पर ध्यान दिए बिना कि वे हमको प्रेम करते हैं या घृणा, यदि हम उनके मूल्यांकनों को अपने स्वयं के मूल्यांकनों से अधिक महत्वपूर्ण मानेंगे तो हम बुरी तरह पीड़ित होंगे।

दूसरों का पक्षपात प्राप्त करने की इच्छा रखना ताओ का मार्ग नहीं है। पद-प्रतिष्ठा (स्तर) को खुश करना आपके स्वतन्त्र मष्तिष्क की दिव्य ऊर्जा के प्राकृतिक प्रवाह को रोक देता है। आपके पास एक बुनियादी प्रकृति है जो विशेष तौर से आपकी है। उस ताओ प्रकृति पर विश्वास करना सीखिए और दूसरे व्यक्तियों की सलाहों से मुक्त हो जाइए। स्वयं को अपने तात्विक होनेपन, जो कि "प्राकृतिक आप" हैं, से निर्देशित होने दीजिए जो कि आपके स्वतन्त्र मष्तिष्क का पोषण करता है। इसके विपरीत, स्वयं के महत्व को प्रदर्शित करने के लिए पक्षपात के जरिए प्राप्त की गई हैसियत या हास्यास्पद उपाधियां एक ऐसे मष्तिष्क से जीने का उदाहरण है जो प्राकृतिक आन्तरिक आवाज के बजाय संकेतों पर निर्भर करता है।

ताओ चीजों पर दबाव नहीं डालते और न ही उन्हें बाध्य करते हैं यह उन्हें प्राकृतिक (स्वाभाविक) तौर पर परिणाम प्राप्त करने के लिए अपने तरीके से कार्य करने देते हैं। आपके मार्ग में जो भी अनुमोदन आने की उम्मीद की जाती है वह एकदम उपयुक्त अवसर पर आ जाएगा। जो असहयोग दिखलायी पड़ेंगे वो भी इस उपयुक्त अवसर का एक हिस्सा हैं। लाओ त्जू वक्रता पूर्वक चिन्हित करते हैं कि पक्षपात के लिए प्रयास करना खतरे की घन्टी है, परिणाम चाहे जो निकले। अगर आपको अनुमोदन प्राप्त हो जाता है तो आप बाहर के प्रशंसा सन्देशों के गुलाम बन जाएंगे। किसी और की राय आपके जीवन को निर्देशित कर रही होगी। यदि असहयोग प्राप्त हुआ तो आप उनके

मष्तिष्कों में बदलाव लाने के लिए और अधिक कठिन प्रयास करने के लिए बाध्य कर दिए जाएंगे और तब भी आप अपने बाहर की शक्तियों द्वारा निर्देशित हो रहे होंगे। दोनों ही से जो प्राप्त होता है वह निर्भर मष्तिष्क के हावी हो जाने का परिणाम देता है जो कि ताओ के मार्ग के विरुद्ध है जिसमें स्वतन्त्र मस्तिष्क उन्मुक्तता के साथ बहता है।

यह 13वीं कविता इस बात पर जोर देती है कि अहम् और महत्व प्राप्त करने की जरूरत समस्या जनक हैं और उनको आपके स्वयं के संसार में लिप्त रहने से ऊर्जा प्राप्त होती है। ताओ का मार्ग आपका अपनी सनातन प्रकृति के जागरूक होने और अपने स्वयं या शरीर को एक किनारे बाहर रख देने का मार्ग है। कोई अहम् नहीं अर्थात कोई समस्या नहीं। बड़ा अहम् बराबर है बड़ी समस्या के। ताओ ते चिंग अलंकारिता के साथ जानना चाहते हैं कि "यदि हमारे पास शरीर न हो तो हमें क्या कष्ट हो सकता है?" यदि आप स्वयं से यह प्रश्न करें तो आप उस दिव्य, अदृश्य आत्मा को खोज लेंगे जो इस सांसर की आबादी बढ़ा रहे कष्ट पाने के इच्छुक सभी लोगों के परामर्शों से मुक्त है। ताओ के प्रभाव में इस चेतना के साथ आपकी सच्ची प्रकृति बाहरी अतिकृपा (पक्षपात) प्राप्त करने की प्रवृति को प्रतिस्थापित कर देगी कि दूसरे जो आपके बारे में सोचते हैं, उससे आपका कोई लेना-देना नहीं है।

लाओ त्जू के सन्देश में अन्तर्निहित निम्नांकित सिद्धान्तों का अभ्यास कीजिए और अतुलनीय आन्तरिक शान्ति को प्राप्त कीजिए। ताओ के प्रभाव में एक स्व-तन्त्र मस्तिष्क के साथ जीते हुए आप सम्पूर्ण जगत के प्राकृतिक नियम के साथ सन्तुलित हो जाएंगे।

अपनी स्वयं की आन्तरिक प्रकृति पर विश्वास करने का अभ्यास करिए

आप कैसे जीवन का निर्वहन करना चाहते हैं इसके बारे हर वह विचार जो आपके पास है, इस बात का प्रमाण है कि आप अपनी विशिष्ट प्रकृति के साथ तारतम्य में हैं। आपको केवल अपने तीक्ष्ण विश्वास की आवश्यकता है। क्योंकि दूसरे आप से असहमत है इसलिए आप असुरक्षित महसूस करने के लिए बाध्य हैं तो याद कीजिए कि लाओ त्जू ने सलाह दी थी कि "पक्षपात की अपेक्षा करना अपने स्तर को नीचे गिराना है" और यह आपके सच्चे स्व के साथ आपका सम्पर्क तोड़ देगा।

अपने आप को यह याद करने दीजिए कि आप केवल आपका शरीर नहीं है और इसके बारे में दूसरों की सलाहें, कि आप को क्या करना चाहिए या नहीं करना चाहिए, सम्भवतः आपने सच्चे सनातन अस्तित्व को ध्यान में नहीं रख रही है। वे अन्य भी केवल उनके भौतिक शरीर नहीं हैं, इसलिए उनका अनुमोदन प्राप्त करने की इच्छा इस भ्रम को दुगना कर देती है हम बस भौतिक (शारीरिक) हैं।

आपका संसारिक स्व आपकी सही पहचान नहीं है इसलिए स्वयं से वार्तालाप करने के लिए अपने आन्तरिक स्व पर विश्वास कीजिए। यह आपकी आन्तरिक प्रकृति के द्वारा ऐसा करेगा, जहां आप एक स्वतन्त्र मष्तिष्क के जरिए इसका सम्मान करेंगे। अपने दृष्टिकोण का सम्मान करिए और अपने प्राकृतिक, (स्वाभाविक) आवेश पूर्ण विचारों का विश्वास कीजिए जो ताओ के प्रेमपूर्ण सत्व के साथ पंक्तिबद्ध है।

लाओ त्ज़ू ने इस 13 वीं कविता में जिसका वर्णन किया है वह व्यक्ति बनने का अभ्यास करे।

निम्नलिखित को सुनिश्चित कीजिए—"मैं इस संसार का अभिभावक हूं और इसका शिक्षक होने के लिए तैयार हूं।" क्यों? क्योंकि आप एक स्वतन्त्र मष्तिष्क के द्वारा, जिसका स्रोत प्रेम है, हर व्यक्ति और हर वस्तु के साथ अपने जुड़ाव को पहचानते हैं। अपने आन्तरिक स्व के द्वारा जीने के जरिए आप एक रहस्यमय (गुप्त) शिक्षक व अध्यापक हो गए हैं। यह अनुमोदन कीजिए कि आपके संसारिक स्व की चाहतें तब तक वैसी ही महसूस की जाएंगी, जैसी कि वो थीं, अर्थात् जीवन को सम्मिलित करने का गुलाम मस्तिष्क का संघर्ष, जब तक कि वो बाहरी अनुमोदकों पर निर्भर हैं।

अब आप ताओ करें

बिल्कुल अभी अपने आप से पूछिए कि यदि आपके पास यह बतलाने के लिए कोई बाहरी शक्ति नहीं है कि मुझे कौन या क्या होना चाहिए तो मेरी स्वयं की प्रकृति क्या है? फिर अन्य दबावों की उपेक्षा करते हुए अपनी स्वयं की प्रकृति के साथ पूर्ण लयबद्धता में एक दिन जीने का कार्य कीजिए। यदि आपकी आन्तरिक प्रकृति शान्ति, प्रेम और समरसता में से एक है, उदाहरण के लिए संगीत की प्रकृति की तरह, तो केवल उस आज पर अमल कीजिए।

चौदहवीं कविता

जो देखा नहीं जा सकता, कहलाता है अदृश्य
जो सुना नहीं जा सकता, कहलाता है अश्रव्य
जो पकड़ा नहीं जा सकता, कहलाता है अमूर्त
ये तीन नहीं किए जा सकते परिभाषित
इसलिए घुलमिल गए हैं वो जैसे एक
इन तीनों में से प्रत्येक है आवश्यक वर्णन के लिए
अन्तर्ज्ञान से देख सकते हो इसे
सुन सकते हो इसे
और कर सकते हो महसूस इसे
और तब अनदेखा, अनसुना, अनछुआ
प्रस्तुत हो जाते हैं, होकर एक
इसकी उठान नहीं लाती है कोई गिरावट
इसका जुड़ जाना, कोई अन्धकार
यह चलती है चली जाती है, बेनाम
लौटने को 'कुछ नहीं पन' में।
जाओ पास इसके और नहीं है यहां कोई प्रारम्भ
पीछे जाओ इसके और नही हैं यहां कोई अन्त
नहीं जान सकते तुम इसे, लेकिन हो सकते हो तुम यही
अपने स्वयं के जीवन में, आराम से।

आकार के परे जीना

सनातन के विचार की कल्पना कीजिए, वह जो कभी नहीं बदलता, वह जिसका कोई प्रारम्भ या अन्त नहीं है। इसको देखा, सुना या स्पर्श नहीं किया जा सकता...लेकिन आप जानते हैं कि यह है और हमेशा से रहा है। उसके बारे में सोचिए जो यहां तक कि अभी, इसी क्षण जब आप इन शब्दों को पढ़ रहे हैं वह पूरी स्पष्टता के साथ आपके अन्तर में मौजूद है। वह तत्व जो आप में और अन्य सभी में व्याप्त है लेकिन हमेशा आपकी समझ में बच निकलता है।

आदिम सिद्धान्तों ने सभी अस्तित्वों पर शासन किया है और अभी भी शासन कर रहे हैं। वह सभी जो है या जो कभी था, इसके प्रगटीकरण का परिणाम है। लाओ त्जू इस पर जोर देते हैं कि आप एकत्व को अनुभव करने के लिए अपनी ज्ञानेन्द्रियों पर विश्वास न करने के जरिए इए निराकार दिव्य आज्ञा के प्रति सजग हो जाते हैं। इस कविता के प्रारम्भ में आप बिना आंखों के देखने, बिना कानों के सुनने, और बिना स्पर्श के पकड़ने के लिए प्रेरित किए गए हैं। आकार (रूप) से परे जीने के लिए इन तीन मार्गों का आपकी चेतना का अंग होने की आवश्कयता है। ये निराकार सत्ताएं एक वैश्विक आत्मा (ताओ) में समाहित हो जाती हैं जो समस्त जीवन का सृजन करता है और उस पर शासन करता है। आप इस सभी को आवृत करने वाले सिद्धान्त की सम्पूर्ण चेतना के साथ जीने के लिए प्रोत्साहित किए जा रहे हैं।

ताओ ते चिंग की इस 14 वीं कविता को, कुछ विद्वानों ने, उनके समस्त 81 उपहारों में सबसे महत्वपूर्ण कविता के तौर पर छांटा है क्योंकि यह एकल सिद्धान्त पर जोर देती है जो समस्त अस्तित्व को एक साथ संलग्न किया जाना है। इस अदृश्य, अस्पर्शनीय, अपरिमित शक्ति में आबद्ध होना आपको उसके साथ लयबद्धता हासिल करने में समर्थ कर देगा जो एकत्व के साथ सम्बद्ध होने से आता है और एक ''आत्मिकता

मय'' (आत्मिक) जीवन जीने का निर्णय करने के लिए लयबद्धता आपका अन्ततोगत्वा लक्ष्य है। आप अपने अहम् को रद्द करना चाहते हैं जो वस्तुओं, धन-सम्पदा, और उपलब्धियों के साथ जान-पहचान रखता है और उस जगह रहित जगह में पुनर्प्रवेश करता है जहां से हम सभी उत्पन्न हुए हैं। ऐसा करने के द्वारा आप अपने होने के स्रोत की गहन (गुप्त), व लगभग चमत्कारिक शक्तियों को पुनः प्राप्त कर लेते हैं। यहां, आप आकार के संसार से परे जीवन जीते हैं।

जब आप विशेष तौर से ''आकार मय'' जीवन जीते हैं तो आप ''आकार मयता'' को संगृहीत करने पर केन्द्रित होते हैं। ताओ की यह 14वीं कविता उसके साथ एक होने के लिए जो सदैव से साथ रहा है जानकारी एकत्र करने के बजाय प्रेरणा में निमग्न होने का आह्वान करती है। और ताओ की यह कविता इतनी गहन अन्तर्दृष्टिमयता के साथ उपसंहार करती है कि, ''यह खोजना कि कैसे चीजें मार्ग में लयबद्धता के लिए एक को प्राप्त करती हैं।''

मार्ग को इससे कोई दुराव नहीं है। ऐसा कैसे हो सकता है? केवल एकत्व ही है जो अदृश्य, अश्रवणीय, और अर्मूत (अस्पर्शनीय) का सम्मिश्रण है। एक ऐसे संसार की कल्पना कीजिए जहां लड़ाई-झगड़ा असम्भव है, जहां, ताओ कहते हैं, अन्धकार या प्रकाश नहीं है। वह अनाम स्रोत जो केवल आपके द्वारा वांछित शान्ति और लयबद्धता को सदैव प्रदान करता आ रहा है, इसलिए इस अनन्त एकत्व को पहचानिए और अपनी चेतना में संजो लीजिए। आप जान जाएंगे कि जब आप यह पूछना बन्द कर देते हैं कि चीजें वैसी क्यों थी जैसी कि वो हैं तो मार्ग सिर्फ मार्ग ही है। उन भयों से मुक्त होकर जो इस आकार के संसार की पहचान को एकल महत्व प्रदान करते हैं आप अपनी सनातन प्रकृति के साथ आबद्ध हो सकते हैं।

यह कि बजाय इस भय के कि इस शरीर की मृत्यु के साथ जीवन समाप्त हो जाता है, आप अपनी अनश्वरता को प्यार कर सकते हैं। आप, आपका शरीर और जीवन का सब कुछ इस सनातन के प्रगटीकरण का परिणाम है।

शाश्वत ज्ञान की प्राप्ति के लिए चलते-फिरते ध्यान की तकनीक का प्रयोग कीजिए

उस सनातन सिद्धान्त की चेतना की अवस्था में अवस्थित होइए जिसने जीवन के सब कुछ को जीवित किया है। सम्पर्क में आने वाले सभी लोगों में और आपके अहम् आधारित संसार के साथ अपनी सभी पहचानों में ईश्वर के प्रगटीकरण का दर्शन करने से आप और अधिक उसके जैसे होने लगेंगे और उसकी तरह कम होने लगेंगे

जो उसके साथ आपके सम्बन्ध को धुंधला (कमजोर) कर दिया है। यह वह पंक्तिबद्धता (सीध) है जो आपको दुबारा सन्तुलन में वापस लाएगी और आपकी उस लयबद्धता को पुनर्संचित करेगी जो आपकी सच्ची अहम्‌रहित प्रकृति है।

आंखों की पहुंच से परे देखने के द्वारा अपनी दृष्टि को विकसित कीजिए

जिस किसी को आप टकटकी लगा कर देखें उस समय आप स्वयं से पूछें कि मेरी आंखें जो मुझे दिखला रही हैं उसका सच्चा तत्व (सार) क्या है? उस जादुई 'कुछ' के चमत्कार को देखें जो एक वृक्ष को बसन्त के मौसम में जगाता है और जहां कुछ सप्ताह पहले केवल जमी हुइ टहनियां थीं वहां पुष्प उगाता है। पता कीजिए, कि उस मच्छर के सृजन के पीछे या उस विषय के लिए आपके विचार के पीछे कौन सी ऊर्जा है। ठीक यही आप हर उस चीज के लिए कीजिए जिसके बारे में सुनते हैं। वे आवाजें एक मौन संसार (निःशब्द) से उत्पन्न होती है और वहीं लौट जाती हैं। ''शान्त ध्वनियों'' को सुनने के द्वारा अपनी श्रवण शक्ति को विकसित कीजिए।

जब आप इस हमेशा के लिए (शाश्वत) सिद्धान्त को अंगीकार करेंगे तो आप में भय और कृतज्ञता के भाव उत्पन्न होंगे। लेकिन इससे भी बड़ी बात यह होगी कि आप उन नई सम्भावनाओं के प्रति सजग होंगे जो आपकी अपनी दिव्य तेजस्विता को भी समाहित किए हुए होंगे। इस क्षण भंगुर संसार के साथ एक झूठी पहचान से आपका मस्तिष्क अपने को मुक्त कर लेगा और आप सभी चीजों में सनातनत्व के दर्शन करेंगे। हां, लाओ त्ज़ू आपको बताते हैं कि आप ''आत्मा में होने'' के द्वारा अपने जीवन को आमूल चूल रूपान्तरित कर लेंगे। यहां आप वह महसूस करेंगे जो लाओ त्ज़ू के शक्तिशाली शब्दों के यही कोई 1500 वर्षों बाद रूमी ने काव्यात्मक अन्दाज में प्रस्तुत किया–

वो जिनको आम आंखें देखेंगी स्थिर और मौन,
चारागाह के हरेक पेड़ और पौधे लगने लगे नाचते हुए

मैं आप को अनदेखे अनसुने और अनछुए वर्तमान में ''हमेशा चीजें कैसी रही हैं'' का नृत्य देखने के लिए प्रेरित करता हूं।

अब आप ताओ करें

जब आप प्राकृतिक संसार में एक वृक्ष, एक दूर के तारे, एक पहाड़, एक बादल या अन्य किसी भी चीज को एक टक देख रहे हों तो आप जितनी अधिक अदृश्यतापन पर ध्यान दे सकते हैं, दीजिए। उस सिद्धान्त से आलिगंन बद्ध होइए जो होने की अनुमति

प्रदान करता है और फिर इसको अन्दर की ओर मोड़िए और यहीं अपने स्वयं के भौतिक अस्तित्व के बारे में कीजिए। यह वह सिद्धान्त हैं जो आपके फेफड़ों को फैलाता है, आपके हृदय को धड़काता है, और आपकी उंगलियों के नाखूनो को विकसित करता है। इस सिद्धान्त में आज दस मिनट रहिए और इस पर ध्यान दीजिए कि आप अपने होने के स्रोत से कितना जुड़ा हुआ महसूस करते हैं।

पन्द्रहवीं कविता

प्राचीन गुरू (ऋषि) थे अति गहन और विलक्षण।
उनका प्रज्ञान था अथाह।
नहीं है, कोई तरीका इसका वर्णन करने का।
कोई शायद कर सके उनका वर्णन, उनके प्रगट होने से
नजर रखो, बर्फीली धारा पार करते लोगों की तरह।
सतर्क रहो, खतरों से जागरूक लोगों की तरह।
सरल बनो सादी लकड़ी (कोरा कागज) की तरह।
पवित्र, गुफा की तरह।
प्रदाता, जैसे पिघलने ही वाली बर्फ।
बिना विशिष्ट आकृति का, गंदले जल की तरह।
पर गंदला जल हो जाता है साफ। जैसे ही प्राप्त करता है स्थिरता को।
और उस स्थिरत्व से उगता है जीवन।
वह जिसके पास है ताओ, नहीं होना चाहता पूर्ण।
लेकिन यथार्थतः इसलिए क्योंकि कभी नहीं है वह परिपूर्ण।
वह बना रह सकता है, एक छुपे हुए अंकुर की तरह।
और नहीं रहता है जल्दी में जल्दी उगने की।

जल्द बाजी बिना जीना

यह 15वीं कविता उन प्राचीन महान गुरूओं के बारे में बताती है जिन्होंने अपने संसार के साथ एक वर्णनातीत स्तर के गहन सहयोग का आनन्द प्राप्त किया। लाओ त्जू इन सन्तों के लचीले और शान्तिमय जीवनों का नाट्य रूपान्तर करने के लिए उपमाओं का इस्तेमाल करते हैं। कल्पना कीजिए कि आप सतर्कता पूर्वक व ध्यान देते हुए जबकि उसी समय किसी तात्कालिक खतरे से सावधान रहते हुए एक बर्फ जमी जलधारा को पार कर रहे हैं। ये प्रस्तोता उनका एक चित्र रेखांकित करते हैं जो बिना अफरा-तफरी के जीते हैं लेकिन इसके साथ ही साथ गहनता पूर्वक जागरूक अवस्था में भी रहते हैं।

ताओ ते चिंग की इस कविता में प्रस्तुत किए गए होने के दो तरीकों के बारे में ध्यान दीजिए। पहला इसमें घुलमिल जाइए और इस तरह अपने तात्कालिक आस-पास के साथ एक हो जाइए। और इसके बाद इसके साथ-साथ इतने निश्चिन्त, इतने विश्रान्त हो जाइए कि आपकी अचलता (स्थिरता) आपको गहन स्पष्टता का परिणाम देती हुई आपके आस-पास की सभी चीजों को व्यवस्थित हो जाने की अनुमति प्रदान कर दे। चौकन्ने व चतुरता पूर्वक जागरूक रहिए, जबकि इसी समय अपने अन्तर में स्थिर रहिए, न कोई आपाधापी न कोई मांग बल्कि पूरी तरह से अपने आन्तरिक संसार के नियन्त्रण में। ताओ का यह अध्याय मुझे बाइबिल के ये शब्द याद दिलाता है कि "स्थिर होओ, और जानो कि मैं ईश्वर हूं।" (PS.46:10)

आपकी मूल उत्पत्ति की जगह स्थिरत्व है जिससे समस्त सृजन आता है। प्रारम्भ करने वाले के मस्तिष्क और असीमित क्षमता को प्रतीक के तौर पर लेते हुए एक सृजनात्मक व सरल अवस्था में रहिए जिसे लाओ त्जू 'कोरी लकड़ी' (बिना उत्कीर्ण लकड़ी) कहते हैं। (यहां के सन्दर्भ में कोरा कागज भी कहा जा सकता है)। ऐसा मस्तिष्क प्राप्त कीजिए

(मस्तिष्क को ऐसा बनाइए) जो जीवन के साथ बहना चाहता है और ताओ की सनातन शक्तियों के द्वारा गढ़ा जाना चाहता है। ताओ की इस 15 वीं कविता में उल्लिखित इन सभी चीजों की तरह अपने-आप को देखिए। नजर रखिए फिर भी आराम से और शान्तिपूर्ण रहिए। फिर भी बिना जल्दबाजी के और विश्वस्त रहिए। सम्पन्नता प्राप्त कीजिए फिर भी स्थिर होने की इच्छा रखिए ओर जलों के स्पष्ट (साफ) होने का इन्तजार कीजिए।

यह कविता आपको याद दिलाती है कि अन्ततोगत्वा प्रकृति के जरिए हर चीज स्पष्ट हो जाती है। जैसे कि एक मैदान की सतह के नीचे छुपा हुआ एक अंकुर बिना किसी जल्दबाजी के उगने और अपनी नियति को पूरा करने का इन्तजार करता है, आपका उद्देश्य उसी तरह प्रकृति के साथ लयबद्धता में स्थित होना है। इसमें कोई हड़बड़ी नहीं हो सकती और न ही प्रकृति में किसी चीज में हड़बड़ी हो सकती है। सृजन अपनी समय सारिणी के अनुसार होता है। यहां यह रूपक आपके लिए सटीक है। आप दिव्य व्यवस्था में प्रगट हो रहे हैं। वह सब जो आप चाहते हैं, आपको एक बिना हड़बड़ी के तरीके से उपलब्ध कराया जाएगा। अपनी मांगों को जाने दीजिए और ताओ के परिपूर्ण प्रगटीकरण पर विश्वास कीजिए। निगरानी करते हुए आभारी होने और मार्ग के साथ एकरूप होने की अवस्था मे होइए।

ताओ ते चिंग पर ध्यान और शोध के जरिए उदित लाओ त्जू के मस्तिष्क और निश्चयों को समझने के प्रयास में, मेरी समझ से आज वह हम से यह कहेंगे–

अपने स्वप्नों का पीछा करना बन्द करिए

बिना किसी नियत समयावधि के उचित तरीके से उन्हें अपने पास आने दीजिए। अपनी उच्छृंखल गति और व्यवहार को मंद होने दीजिए ताकि आप एक पवित्र गुफा जैसे हो सकें और सादी लकड़ी (कोरे कागज) की तरह उचित तरीके से, बिना किसी नियत समयावधि के उनको अपने पास आने दीजिए। गुफा की तरह पवित्र होने के लिए और सादी लकड़ी (कोरे कागज) की तरह अपने को सभी सम्भावनाओं के लिए खोलने हेतु अपनी उच्छृंखल गति और व्यवहार को धीमा कीजिए। स्थिरत्व को अपने दैनिक व्यवहार का एक हिस्सा बनाइए। उन सभी चीजों की, जिनका आप जीवन में अनुभव करना चाहते हैं, कल्पना कीजिए और उन्हें जाने दीजिए। ताओ के दिव्य परिपूर्णता में कार्य करने पर, जैसा कि वह इस ग्रह पर मौजूद सभी चीजों के साथ करता है, विश्वास कीजिए। अपने जीवन को धकेलने वाले निदेशक होने के बजाय एक पर्यपेक्षक (दृष्टा) और गृहण करने वाला होइए। इस बगैर जल्दबाजी के खुलाव (प्रगटीकरण) के जरिए यह होगा कि आप ताओ के मार्ग में अपने अस्तित्व को माहिर (निपुण) कर लेंगे।

जीवन के प्रवाह में आइए और इसकी धारा के साथ स्वयं को विनम्रता पूर्वक आगे बढ़ने दीजिए

संघर्ष करना छोड़ दीजिए और ताओ के प्रज्ञान में विश्वास करना प्रारम्भ कीजिए। जब आप नदी को धकेलने का प्रयास बन्द कर देंगे तो जो भी आपका है वो आपके पास आएगा। आपको सम्भवतः अपनी इच्छाओं से निर्देशित होने और जीवन भर उनके पीछे भागते रहने के लिए प्रोत्साहित किया गया है।...। अब आन्तरिक प्रज्ञान (अन्तःप्रज्ञा) में विश्वास करने का समय है जो आपके द्वारा प्रवाहित होती है।

1944 में विट्टर बाइन्नेर द्वारा अनूदित "द वे आफ लाइफ एकार्डिंग टू लाओ त्ज़ू" में ताओ की 15वीं कविता को काव्यात्मक शैली में निम्न प्रकार समीक्षित किया गया है।

कैसे रख सकता है मनुष्य का जीवन अपनी अग्रगति बरकरार। यदि वह नहीं प्रवाहित होने देगा उसे? जो बहते हैं वैसे जैसे जीवन बहता है, जानते हैं। नहीं जरूरत है उन्हें, अन्य किसी शक्ति की। डर नहीं लगता उन्हें, दुख नहीं होता उन्हें। नहीं जरूरत है उन्हें किसी सुधार या मरम्मत की।

निश्चय ही, जल्दबाजी मुक्त जीवन के लिए यह एक शानदार सलाह है।

अब आप ताओ करें

ठीक अभी इस पुस्तक को नीचे रख दीजिए। वह जो कुछ आपके पास है और वह सब कुछ जो एक दिव्यता पूर्ण संगीतकृत समय सारिणी के अनुसार आप के जीवन के अन्दर प्रवाहित हो रहा है, का मनन, करने के लिए दस मिनट शान्त बैठिए। शान्तिमय होइए, और जो आपके जीवन को इतनी परिपूर्णता के साथ प्रगट होने दे रहा है, उसको धन्यवाद ज्ञापन कीजिए। अन्य सभी हड़बड़ी के विचारों को जाने दीजिए।

सोलहवीं कविता

एकदम खाली हो जाओ।
अपने हृदय को शान्त होने दो।
बीच में आएगा रेला, सांसारिक आवागमनों का।
देखो कैसे अन्त हो जाते हैं प्रारम्भ।
चीजें उन्नति करती हैं; एक के बाद एक।
केवल स्रोत की ओर लौटने के लिए।
जो है और जो होना है, उसके लिए।
जड़ की ओर लौटना है, शान्ति पाने के लिए
शान्ति को पाना है किसी की नियति को पूरा करना
नियति को पूरा करना है, स्थिर होने के लिए।
स्थिरत्व को जानना कहलाता है अन्तर्दृष्टि।
इस चक्र से अनजान होना।
ले जाता है सनातन विध्वंस की ओर।
स्थिरता का ज्ञान प्रदान करता है, परिप्रेक्ष्य।
यह परिप्रेक्ष्य है निरपेक्ष।
निरपेक्षता है उच्चतम आभिजात्यता।
उच्चतम आभिजात्यता है दिव्य।
दिव्य होकर, तुम एक एकत्व पर होंगे ताओ के साथ।
ताओ के साथ एकत्व में होना है सनातन यह मार्ग अमर है।

स्थिरता के साथ जीना

ताओ ते चिंग की यह 16 वीं कविता सभी के अडिग चक्र के बारे में चरम स्तर पर चेतन होने के महत्व का वर्णन करती है। परिवर्तन को एक विचलित करने वाली अनचाही होनी के तौर पर लेने के बजाय आप अपने जीवन में होने वाले उतार-चढ़ावों (परिवर्तनों) को ताओ केन्द्रित अस्तित्व के चक्र में मूल्यवान प्रभावों के तौर पर लेना पसन्द कर सकते हैं।

जब आप परिवर्तन को केवल अडिग के तौर पर देखते हैं, जो कि यह वाकई है, तो आप इसको चलायमान जीवन के एक अभिव्यक्तिकरण के तौर पर पहचानना प्रारम्भ कर देते हैं जो कि आपके अपने मकसद और अर्थ के लिए एक स्वागत योग्य संकेत है। इस तरह से आप एक अविभाज्य परिप्रेक्ष्य के अपने स्रोत और शान्ति के अनुभव की ओर लौट आए हैं। अपने अहम् आधारित विचारों को जाने देने और स्वयं को ताओ के साथ एकत्व में होने का परमानन्द महसूस करने देने के जरिए इस प्रक्रिया को प्रारम्भ कीजिए। तब आप इसके एक कुशाग्र-पर्यवेक्षक हो जाइए कि आपका जीवन वास्तव में कैसे कार्य करता है और स्वयं को सभी जीवित चीजों की चक्रीय प्रकृति के साथ लयबद्ध होने दीजिए।

"जीवन हीन, जीवन, जीवन हीन" का यहां एक अपरिवर्तनीय चक्र है जिसका हम सभी अंग हैं। सभी चीजें आती हैं और फिर वे जाती हैं। जीवन स्वयं को विविध प्रकार के रूपों में अभिव्यक्त करता है। जो चीज यहां है वह किसी बिन्दु पर जाकर समाप्त हो जाती है जिसे हम मृत्यु कहते हैं। यह आना और जाना एक अस्थायी अवस्था जैसा दिख सकता है लेकिन वस्तुतः यह अन्तिम अटल है क्योंकि यह कभी नहीं रुकता। चक्रीय परिवर्तन की इस प्रकृति को अंगीकार कीजिए और आप उन्नत (विकसित) हो जाएंगे।

एक समाप्ति रोने का एक कारण महसूस हो सकती है जबकि यह आपके जीवन के एक दौर की समाप्ति एक प्रकल्प (प्रोजेक्ट) का पूरा होना, एक सम्बन्ध की समाप्ति या स्वयं मृत्यु है। लेकिन लाओ त्जू आपको यह जानने के लिए आमन्त्रित करते हैं कि चीजें विकसित होने के बाद, वे स्रोत में वापस लौटती हैं, 'जो है और जो होना है' के लिए। जीवन के चक्रों का स्थायित्व अपनी जड़ों की लौटने का एक अवसर है, जहां जो है और जो होना है स्थित हैं। अपने स्वयं के मूलत्व की अनाम, अ-स्थित जगह की निरन्तर वापिसी में ही शान्ति और ज्ञान प्राप्ति का अन्तिम (निर्णायक) स्थान स्थित है।

लाओ त्जू आपसे कहते हैं कि स्रोत जहां सभी चक्र प्रारम्भ और समाप्त होते हैं, की ओर लौटने से आन्तरिक शान्ति की भावना आती है। यह आपकी अपनी निजी नियति का पूरा होना है जो यह है कि आप यहां यह जानने और ताओ होने के लिए हैं, जो कि जीवन के आने-जाने से परे स्थिर है। आप पहले ही बहुत से शरीरों में रह चुके हैं और आप हर दिन एक नए शरीर में है। आप बहुत से रिश्तों में प्रवेश कर चुके हैं और बाहर निकल चुके हैं लेकिन शुरुआतों से समाप्तियों की ओर वापिसी के संक्रमणों के बावजूद सनातन आप बरकरार हैं। आप अब स्वयं को एक भौतिक सृजन और अनश्वर ताओ के एक टुकड़े के तौर पर जानने के लिए उत्सुक हैं।

ताओ, जिसने कि आपके अपने सहित सभी अस्तित्वों का सृजन किया है, पूरी तरह से निष्पक्ष है। यह कोई पक्षपात नहीं करता। आप चाहे या न चाहें, यह सर्दियां लाता है। जिन्हें आप दूसरों से अधिक प्यार करते हैं, यह उन्हें भेजता है और फिर वापस बुला लेता है, इस बात की परवाह किए बगैर कि आपको यह बुरा लगेगा। सभी जीवनों को इसके पास लौटना ही होगा। इसका कोई अपवाद या इससे कोई बचाव नहीं है।

जब आप इस अनवरत प्रभाव से अनजान (अनभिज्ञ) हैं तो आप जीवन के एक चक्र के एक तत्व से जुड़े हुए हैं जिसे लाओ त्जू "सनातन विध्वंस" कहते हैं। जब कोई एक व्यक्ति आपको छोड़ता है तो ऐसा लगता है मानो दुनिया समाप्त हो गई। जब एक व्यवसायिक प्रयास असफल हो जाता है, आप स्कूल से निकाल दिए जाते हैं या आपको कष्टदायक बीमारी लग जाती है या कोई चोट लग जाती है तो आप पीड़ित महसूस करते हैं। यदि आप इन भावनात्मक समाप्तियों में फंस जाते हैं तो आप उनको भी अपने प्राकृतिक जीवन का एक अंग नहीं होने दे रहे होते हैं जो कि आपको अपने स्रोत से असम्बद्ध होने का एहसास कराने की ओर ले जाता है। आप स्थायित्व जहां समाप्तियां प्रारम्भ में बदल जाती हैं, को याद करने में असमर्थ होते हुए सांसारिक आवागमन की भीड़ में चिपक जाते हैं।

सच्चाई यह है कि प्रारम्भ अक्सर वैसे ही छद्म होते हैं जैसे दर्दनाक अन्त। अतः

जब आप जानते हैं कि वर्तमान क्षण के अवसाद के परे एक स्थायित्व है तो आप यह समझ सकते हैं कि "यह भी गुजर जाएगा।" यह हमेशा हुआ है और हमेशा होगा। जब आप चीजों को देखने का तरीका बदलते हैं, तो आप चीजों को बदला हुआ देखते हैं।

ताओ ते चिंग के इस 16 वें अध्याय में लाओ त्जू आपसे यही कहते हुए लग रहे हैं कि—

समय लो, जीवन का निरपेक्ष पर्यवेक्षक होने के लिए खासकर तब जब एक अन्त पैदा कर रहा हो हताशा

स्वयं को याद दिलाइए कि आपका स्रोत इस घटना में कार्यरत है और फिर उस स्रोत का अपने विचारों से सम्बन्ध स्थापित करने का निर्णय कीजिए। सभी अन्त चक्रीय प्रक्रिया का अंग है। आप केवल स्थायित्व के जीवन की ओर वापस लौट रहे हैं, जो कि इस हिस्से में लाओ त्जू ने सिखलाया है। आपको कुछ नया नहीं सीखना है, व्यवहार में कोई बदलाव नहीं लाना है या कोई नई रणनीति नहीं प्रयोग करनी है। केवल एक शब्द वापिसी के बारे में सोचिए और सदा स्थिरताओं में आराम पाइए जो कि निराशा की जगह शान्ति लाता है। ताओ कभी भी साथ नहीं छोड़ते और न ही निराश करते हैं और वह सदैव निष्पक्ष हैं। जब भी कभी आप भावकुता के चक्र में होते हैं आप पर विचार नहीं होता। इसके बजाय आप निर्णय से मुक्त और स्थायित्व के साथ जीते हुए सभी पहलुओं में होना सीख रहे हैं।

इन शब्दों को लिखिए और अपने रोजमर्रा के पर्यावरण में एक नयनाभिराम स्थल को इन्हें प्रेषित कर दीजिए : यह भी गुजर जाना चाहिए

यह मुहावरा आपको याद दिलाएगा कि जीवन में केवल परिवर्तन ही स्थायी है। हर वह चीज जिस पर आप ध्यान देते हैं वह आने और जाने के चक्र में है। हर चीज का अर्थ है हर चीज, इसका कोई अपवाद नहीं है। इसको जानिए और अपने विचारों को परिवर्तन के स्थायित्व में प्रवाहित होने दीजिए। यह जड़-मूल है, समस्त चक्रीय गतिविधियों का स्रोत है। यह परिपूर्ण है। यह दिव्य है यह कुछ ऐसा है जिस पर आप पूरी तरह विश्वास कर सकते हैं। यह बसन्त के फूल लाता है, यह बुढ़ापे की प्रक्रिया लाता है, यह पुनर्जन्म लाता है, यह नए सम्बन्धों को लाता है। यह ताओ है, यह स्थायी है। इसकी ओर लौटिए और इस तात्कालिक डिब्बे में जिसे आप अपना शरीर कहते हैं और इसके सभी नाटकों में अपने सनातन सत्व का यहां और अभी अनुभव कीजिए। यह भी गुजर जाएगा...आप इसका आकलन कर सकते हैं।

अब आप ताओ कीजिए

दोपहर तक एक खास संख्या खोज लेने की स्वयं को चुनौती देते हुए अन्तों को प्रारम्भों के रूप में निरपेक्ष तरीके से निरीक्षण करने हेतु सचेतन तौर पर परिस्थितियों की तलाश में एक दिन समर्पित कीजिए। इस बात के प्रति सजग रहते हुए कि नींद की समाप्ति जगने का प्रारम्भ है, सुबह से प्रारम्भ कीजिए। बिना कोई निर्णय करते हुए अन्तों पर ध्यान देते हुए, जो कि प्रारम्भों के लिए जगह का निर्माण करते हैं, अपने टहलने के समय को हिस्सों में बांटिए। स्थायित्व के साथ इस तथ्य के प्रति अपने मस्तिष्क को खोलते हुए कि केवल परिवर्तन ही स्थायी चीज है, स्थायित्व के साथ सजगतापूर्वक जीना प्रारम्भ कीजिए। इसके चक्र में अपने एहसासों को शामिल करना याद रखिए। दुःख का निरपेक्षता पूर्वक निरीक्षण करते हुए, उदाहरण के लिए, इसके प्राकृतिक अन्तों को प्रारम्भों में रूपान्तरित होने दीजिए। आप ताओ कर रहे हैं।

सत्रहवीं कविता

सबसे ऊपर महानतम नेता को
लोग शायद ही जानते हो कि है उसका अस्तित्व
उसके बाद आते हैं वो, पाते हैं जो लोगों की प्रशंसा और प्यार
इसके बाद वो, जिनसे डरते हैं वे
फिर आते हैं वो, जिन्हें मिलती है लोगों की घृणा और अवज्ञा।
जब एक नेता नहीं करता किसी पर विश्वास
तो नहीं करता कोई उस पर विश्वास
महान नेता कम बोलता है। लापरवाही से कभी नहीं बोलता वह
कार्य करता है वह, निजी स्वार्थ के बिना
और नहीं छोड़ता है कोई चिन्ह
जब पूरा हो जाएगा सब कुछ, तो कहेंगे लोग।
हमने स्वयं किया यह सब।

भौतिक मृत्यु के खतरे से मुक्त

ताओ ते चिंग की इस कविता की शिक्षा को प्रतिबिम्बित करने का अर्थ है कि जैसे आप प्राधिकार को देखते हैं, उसे बदलना जिसका मतलब है महान या ज्ञानी नेताओं को उन लोगों के जैसा देखना जो वस्तुतः किसी का नेतृत्व नहीं करते। ताओ के परिप्रेक्ष्य के द्वारा ऐसे व्यक्ति एक ऐसा वातावरण पैदा करते हैं जिसमें प्रत्येक व्यक्ति यह महसूस करता है कि उन पर व्यक्तिगत जिम्मेवारी है और वो इस प्रक्रिया का एक हिस्सा है। एक ज्ञानी नेता के लिए इस आदर्श को अंगीकार करने के बाद आप सम्भवतः उद्योगों, सरकार या धर्म के संचालकों की आलोचना या प्रशंसा करने के अपने तरीके और इसी प्रकार दूसरों को मार्ग दिखाने के अपने तरीके को परिवर्तित करने में भी सक्षम हो जाएंगे।

इस 17 वीं कविता में दी गई सलाह सभी तरह के नेताओं के प्रति निर्देशित है। वस्तुतः आप नेता के लिए अभिभावक या अध्यापक शब्दों को प्रतिस्थापित करके इसे व्यक्तिगत बना सकते हैं। आप उन तरीकों की परीक्षा कीजिए जिनसे आप अपनी कार्यनीतियों को देखते हैं और फिर उन परिवर्तनों को कीजिए जो एक ऐसा व्यक्ति होने के लिए आवश्यक हैं जो दूसरों के जीवन में ज्ञानमय परिवर्तनों को उत्पन्न कर देता है। सबसे पहले आप को निश्चय ही पृष्ठभूमि में रहना होगा और जो हो रहा है उसका एक दक्ष पर्यवेक्षक होना होगा। तब आप अपने आप से पूछिए कि बिना हस्तक्षेप किए कैसे आप ऐसा वातावरण उत्पन्न कर सकते हैं जो सबको दायित्व बोध के साथ कार्य करने में सहायता करेगा।

ताओ सलाह देते हैं कि आप वाकई एक प्रभावशाली नेता होना चाहते हैं तो जितना अधिक से अधिक हो सके अपने को अदृश्य बनाइए। तब, सम्भवतः आपकी सर्वश्रेष्ठ रणनीति यह होगी कि आप दरअसल कमरा छोड़ दें और सबको बिना इस भावना के कार्य करने दें कि उनको आपको प्रभावित करने की आवश्यकता है। हो सकता

है आपको एक हल्का सा सुझाव देना चाहिए और उसके तुरन्त बाद चले जाना चाहिए। एक ज्ञानवान मुस्कान या संकेत जो समूह को यह सम्प्रेषित करता है कि आप उनकी चीजों को समझने की क्षमता पर विश्वास करते हैं, सम्भवतः सबसे अच्छी तरह काम कर सकती है। सम्भवतः आपके लिए उनको एक लघु कथा सुनाने की आवश्यकता हो सकती है कि दूसरों ने इसी तरह के मामलों को कैसे हल किया था। या आप केवल ध्यान कर सकते हैं और सभी उपस्थित व्यक्तियों को सकारात्मक उलझाव हल करने वाली ऊर्जा भेज सकते हैं।

आपका चाहे जो निर्णय हो आप एक ऐसा वातावरण उत्पन्न करने की आवश्यकता के प्रति जागरूक रहेंगे जहां हर कोई यह कहने में समर्थ होगा कि "किसी के द्वारा किसी प्रकार के हस्तक्षेप की आवश्यकता के बिना हमने स्वयं इसे पूरा किया है। हमें वाकई किसी कार्य निरीक्षक की आवश्यकता नहीं है।" यह दृष्टिकोण, निसन्देह, एक मजबूत प्राधिकारिक व्यक्तित्व के तौर पर दिखने की आपकी इच्छा को निलम्बित किए जाने को अपने में शामिल करता है।

वास्तव में प्रेरित करने वाले नेता अपने स्वयं के उदाहरण से परिणाम प्राप्त करते हैं। वे दूसरों को जिम्मेवार बनने और सही चीज करने के लिए प्रोत्साहित करते हैं लेकिन अपने निर्दोष प्रबन्धन के बारे में दावे करने और शेखी बधारने के जरिए नहीं। वे दूसरों के लिए प्रेरित होने और स्वयं की महानता को प्राप्त करने के लिए स्थान उत्पन्न करते हैं। जब उपाधियां प्राप्त करने का समय आता है तो वे यह चाहते हुए कि अन्य हर कोई यह महसूस करे कि उनकी उपलब्धियां उनके स्वयं के नेतृत्व के गुणों से उदित हुई हैं, पृष्ठभूमि में विलीन हो जाते हैं। श्रेष्ठतम ताओवादी नेता सदैव लोगों को अपने जीवन के तरीके स्वयं चुनने व उस पर चलने और अच्छे की अपनी स्वयं की अवधारणा विकसित करने के लिए उन्मुक्त छोड़ देते हैं। अपने अन्दाज की तानाशाही का तरीका ज्ञानी नेताओं का अपना तरीका नहीं है। इसके बजाय वे एक दृष्टिकोण के द्वारा एक वातावरण की ऊर्जा को ऊंचा उठाते हैं नीचे जाती चीजों को ऊपर उठाता है।

इस कविता में ताओ एक नेता होने के लिए चुनने को तीन अन्य तरीके प्रस्तावित करते हैं। एक तरीका प्रेम के द्वारा झगड़ो को निपटाने के जरिए दूसरों के जीवन में एक अन्तर पैदा करने का है। प्रेम का एक यन्त्र होने और दूसरों की सराहना करने का प्रयास करने के जरिए यह नेता ताओ के साथ लयबद्ध रहता है। वे, जिनकी सराहना की गई है वे स्वयं को प्रेम करने के लिए प्रेरित होते हैं और प्रतिस्पर्धात्मक तरीके के बजाय पारस्परिक सहयोग से कार्य करते हैं। इसकी कमजोरी यह है कि उत्प्रेरण के लिए एक नेता के अनुमोदन व लगाव को प्रयोग करने का अर्थ है किसी के जीवन का नियन्त्रण उस नेता के हाथों में सौंप देना। लेकिन यदि आप यह देखते हैं कि

प्रेम और भय में ही चुनाव करना है तो ताओ की दृष्टि में हमेशा प्रेम बड़ा है।

नेतृत्व के अन्दाज के तौर पर भय की प्रभावहीनता स्वाभाविक है। यदि मैं उस शस्त्र का प्रयोग करके आप से वह करवा सकता हूं जो मैं चाहता हूं तो आप तभी तक इस तरह से व्यवहार करेंगे जब तक कि मेरे पास आपको धमकाने की ताकत है। जब मैं हटूंगा तो उसी तरह आप पर से मेरा प्रभाव भी हट जाएगा। सख्त अनुशासन पसन्द समझे जाने वाले अध्यापकों की प्रभाव क्षमता का अध्ययनों ने आंकलन किया है। जब तक भयभीत व्यक्ति (वह अनुशासन पसन्द अध्यापक जो अनुशासन टूटने के भय से ग्रस्त है) कमरे में था, इस व्यवस्था के अन्तर्गत छात्र अच्छा व्यवहार करते रहे लेकिन जैसे ही वह वहां से गया या गई, कक्षा अव्यवस्थित हो गई।

इसके विपरीत वास्तविक अनुदेशक थे जो छात्रों की सराहना करने और उन्हें प्रोत्साहित करने के एक अवसर के तौर पर शिक्षा को देखते थे। कमरे में उनके होने या न होने का लगभग कोई ध्यान देने लायक प्रभाव नहीं पड़ा। यदि आप मां या पिता हैं तो यह याद रखने लायक एक महत्वपूर्ण चीज है। वह यह है कि क्या आप चाहते हैं कि आपके बच्चे तभी अच्छा व्यवहार करें जब आप उनके आस-पास हों या आप चाहते हैं कि चाहे आप हों या न हों, वे स्वयं बुद्धिमतत्ता पूर्ण आचरण करने के लिए स्व अनुशासित रहें? मेरा सदैव विश्वास रहा है कि मां-पिता निर्भर बनाने के लिए नहीं है बल्कि इसके बजाय निर्भरता को अनावश्यक बनाने के लिए होते हैं।

दूसरों को व्यवस्थित करने का सबसे कम प्रभावशाली तरीका ऐसी युक्तियों को प्रयोग करना है जो उनको आपकी अवज्ञा करने के लिए प्रोत्साहित करेगी, जिस क्षण वे आपकी नजरों से ओझल हुए, वे उस सब की अवज्ञा करेंगे जो आपने कहा और आप जिसके पक्ष में हैं। तानाशाहों के लिए लगभग हमेशा तब इससे बच पाना मुश्किल हो जाता है जब वो लोग जिनको उन्होंने प्रताड़ित किया, उसी तरीके से उठ खड़े होते हैं जैसा कि उनके साथ किया गया था। बच्चे जो किसी माता-पिता से घृणा करते हैं, इसी तरह से, घृणा पूर्ण युक्तियों में होड़ करने की ओर रुझान रखते हैं जिसके कि वे शिकार बने थे या वो स्वयं को तानाशाह मां-बाप से पूरी तरह अलग कर लेते हैं और भयावह इलाज से मिले घावों को बरसों भरते रहते हैं।

ज्ञानी नेता उन पर विश्वास करते हैं जिनको नियन्त्रित करने की वो स्थिति में होते हैं। इस दृष्टिकोण का परिणाम विश्वास होता है क्योंकि जिसका लोगों में विश्वास है उस पर बदले में लोग विश्वास करेंगे। परिणाम स्वरूप, वे यह कह पाने में समर्थ होंगे कि, ‘‘हमने स्वयं यह किया’’। इसलिए अपने बच्चो को आत्म निर्भर होने के लिए विकसित करो ताकि वो जल्द से जल्द अपने निर्णय स्वयं करने के योग्य बन सकें और जो निर्णय वो लेते हैं, उस पर गर्व महसूस कर सकें। स्वयं को एक ज्ञानी

नेता के तौर पर देखिए और संसार के ससमक्ष एक नए तरह के नेतृत्व को प्रदर्शित कीजिए। जो बच्चे इस नई दृष्टि के साथ विकसित होंगे वे उन महान नेताओ की अगली पीढ़ी होंगे जिसका लाओ त्जू ने वर्णन किया है।

मेरे विश्वास के अनुसार सम्मान करने वाले गुरू लाओ त्जू आज यहां आपके समक्ष यह प्रस्तावित करना चाह रहे हैं।

इस पर विश्वास करने के बजाय कि आप जानते हैं कि दूसरों के लिए क्या सबसे अच्छा है, विश्वास कीजिए कि वो जानते हैं कि क्या उनके स्वयं के लिए सबसे अच्छा है।

जो रास्ता वो अपने स्वयं के लिए देखते हैं, उसके बारे में उनको अपने विचार बांटने दीजिए। अपने पक्ष को प्रगट होने दीजिए, लेकिन यह भी सम्प्रेषित कीजिए कि सही चीज सुनने के बारे में आप उन पर विश्वास करते हैं। तब पीछे आइए और शान्तिपूर्वक विश्वास कीजिए कि इस परिस्थिति को आप जिस तरह देखते हैं, वह बदलेगा। जो आपके मातहत हैं वे जब स्वयं अपने निर्णय लेने लग जाएं तो उनकी सराहना कीजिए। ऐसा तब भी कीजिए जब उनका व्यवहार आपके व्यवहार से टकराव में आ सकता हो। स्वयं को इस तौर पर न देखने के जरिए, कि आप सही को जानते हैं, सर्वश्रेष्ठ प्रतिक्रिया देने के सिलसिले में स्वयं पर विश्वास कीजिए। ताओ ते चिंग की इस कहावत को याद रखिए कि, "जब एक नेता किसी पर विश्वास नहीं करता तो कोई उस पर भी विश्वास नहीं करता।" जिनको आप नियन्त्रित या निरीक्षण करते हैं उनका विश्वास हासिल करने का अचूक तरीका यह है कि जितने अधिक से अधिक सम्भव हो सके उतने निर्णय उनको करने दीजिए।

दूसरों की उपलब्धियों के लिए स्वयं श्रेय लेने से
इनकार करने में गर्व महसूस कीजिए।

अपने पुरस्कृत होने, प्रोन्नत होने या प्रशसित होने के लिए यदि आप कारण के तौर पर दूसरों की उपलब्धियों की ओर देखते हैं तो अपना दृष्टिकोण बदल डालिए। पुरस्कार उनको जाने दीजिए जो कि आपके नेतृत्व के लाभार्थी हैं। कम प्रवाह के साथ बोलिए और अपने निजी स्वार्थों को स्थगित कीजिए। इसकी जगह उन सब को अपने लिए बोलने दीजिए जो आप की देखरेख में हैं। उनके कार्यों को अपने कौशल के श्रेय के तौर पर देखने के अपने दृष्टिाकेण को उनकी उपलब्धि पर उनके द्वारा प्रदर्शित पुलकन में परिवर्तित कीजिए। आप श्रेय प्राप्त करने की चाहत को रोक देंगे और वैकल्पिक तौर पर आनन्द और गर्व का एहसास करेंगे जो कि वे अनुभव कर रहे हैं।

इसको अपने 14वीं शताब्दी की कविता में हाफिज ने इस तरह वर्णन किया है :

इस पूरे समय

के बाद
भी
सूर्य कभी नहीं कहता पृथ्वी से
''तुम मेरी ऋणी हो''
देखो
क्या होता है
इस जैसे प्रेम से
यह प्रकाशित करता है
सम्पूर्ण आकाश।

जिनके नेतृत्व का दायित्व आप पर है उनको वैसे ही प्रेम कीजिए जैसे कि सूर्य हमारे गृह को प्रेम करता है। बदले में कभी कुछ न मांगते हुए केवल सेवा करने के लिए वहां होइए।

अब आप ताओ कीजिए

एक सक्रिय निरीक्षक होने के लिए बच्चों के साथ (या कोई भी वो जिनकी देखभाल की जिम्मेवारी के लिए आपको चुना गया हो) कुछ परिस्थितियों (मौकों) को चुनिए इसके पहले जिन अवसरों पर आपने जानबूझ कर हस्तक्षेप किया हो, उस तरह के अवसर आने पर बिना कोई बात कहे सर हिला कर, त्योरी चढ़ा कर या संकेत के जरिए अपने को व्यक्त कीजिए। देखिए, कि आपकी सक्रिय देखभाल कैसे उनको प्रभावित करती है, जिनका नेतृत्व करने की जिम्मेवारी आप पर सौंपी गई है।

अठारहवीं कविता

जब ताओ की महानता उपस्थित है।
कर्म विकसित होता है हमारे हृदय से
जब ताओ की महानता अनुपस्थित है।
आता है कर्म नियमों से
दयालुता और न्याय के
यदि तुम चाहते हो नियमों का दयालु और उचित होना
यदि तुम करते हो कार्य सदाचारी के समान
स्पष्ट संकेत है यह सदाचार की अनुपस्थिति का
इस तरह देखते हैं हम भारी पाखण्ड
जब बन्धुता होती है पतित कलह में
बढ़ जाती है समर्पण की धार्मिकता और धार्मिक कृत्य
जब देश शिकार होता है विप्लव का
निष्ठावान अधिकारी हो जाते हैं प्रगट
और पैदा हो जाती है देश भक्ति

बिना नियमों के जीना

एक ऐसी दुनिया में होने की कल्पना कीजिए जहां नियमों और कानूनों का कोई अस्तित्व नहीं है, जहां हर कोई शान्तिपूर्वक और सौहार्दपूर्वक जीता है। वहां कोई अराजकता, चोरी-चपाटा, नफरत या युद्ध नहीं है। लोग निर्देशित किए जाने की जरूरत के बिना केवल रहते हैं, कार्य करते हैं, प्रेम करते हैं और खेलते हैं। क्या आप किसी ऐसे गृह की कल्पना कर सकते हैं जहां जन साधारण को निर्देशित करने के लिए आचार संहिताएं और राजाज्ञाएं केवल अनावश्यक हो? इस तरह की आदर्शवादी बौद्धिक भूलभुलैया (भटकन) ने लाओ त्जू को ताओ ते चिंग की इस 18वीं कविता का सृजन करने के लिए प्रेरित किया जिसमें कि वो स्पष्टता पूर्वक कह रहे हैं कि कानूनों को दयालु व उचित-बनाने की आपको कोई आवश्कयता नहीं है।

मैं यह सुझाव दे रहा हूं कि जब आप मौजूदा नियमनों को देखने का अपना तरीका बदलते हैं तो समाज, राजनीति और आपराधिक न्याय व्यवस्था को नियन्त्रित करने वाले संगठन अन्तत्तोगत्वा परिवर्तित हो जाएंगे। (जरूरत के हिसाब से मैं जोड़ता हूं कि "अच्छे के लिए")। जब आप अपने दृष्टिकोण को ताओ सृजित दृष्टिकोण से रूपान्तरित करते हैं तो आप होने और करने के लिए प्रभुत्व शाली कारणों को देखना बन्द कर देते हैं क्योंकि होना आपके देश, शहर, स्कूल, धर्म या यहां तक कि आपके सहशासित राज्य की संस्था द्वारा निर्देशित है। कई लोगों द्वारा कानूनों या नियमों को प्रभावी दयालुता, न्याय, और प्रेम के लिए पूरी तरह जिम्मेवार समझा जाता है लेकिन आप इन सदाचारों को एक व्यक्तिगत दायित्व के तौर पर लेते हुए, जिन पर कि आप बिना किसी कानून व्यवस्था या परम्परा के कहे दृढ़ हैं, अपने हृदय से जीने का निर्णय कर सकते हैं। बिना नियमों के जीने का मेरा यह तात्पर्य है। आप अपने व्यवसाय, सरकार, परिवार और धर्म के कानूनों और नियमों के साथ स्वयं को तादात्म्य में देख

सकते हैं बजाय इसके कि उनके होने के कारण। मैं वायदा करता हूं कि जब आप नियम आधारित सोच की जगह हृदय आधारित रवैये को स्थापित कर लेंगे तो आपका जीवन बदल जाएगा।

ताओ की ओर, सभी में होते हुए असीमित आनन्द, दयालुता, प्रचुरता और बेहतरी प्रवाहित होती है। जीवन को इस तरह से देखने से नियम गैर जरूरी हो जाते हैं। आप इस उदारता और सक्रिय अच्छाई के अनुरूप व्यवहार कर सकते हैं जो कि ताओ का सार तत्व है। दूसरों के प्रति केवल दयालु होने को अपनी बाध्यता महसूस करने के बजाय प्रेममय होने के लिए प्रेम को अपने परिवार की प्रेरणा की आधारशिला बनाइए। इसका तात्पर्य यह नहीं है कि अनुसरण करने के लिए कुछ निश्चित शिष्टाचार या व्यवहार नहीं है इसका अर्थ यह है कि ऐसा करने का कारण सभी व्यक्तियों में प्रेम व दयालुता का प्रवाहित होना है। और यदि कोई 'अपराध' है तो वह ताओ की इस ऊर्जा को रोकना या बाधित करना है।

आप और आपके बच्चे कानूनों व धर्मादिशों को देखने का अपना दृष्टिकोण को बदलना सीख सकते हैं। जब तादात्म्य नष्ट हो जाता है तो नियम-कानून मददगार लग सकते हैं लेकिन परिवार के द्वारा यह एहसास किया जाना सुनिश्चित कीजिए कि आप उनको बिना नियमों के जीना सीखने के लिए आमन्त्रित कर रहे हैं। आचार संहिताओं का अस्तित्व इस बात का प्रमाण है कि हम अपने जीवन में ताओ का उन्मुक्त प्रवाह नहीं होने दे रहे हैं। यह सीखना कि बिना निर्देशन के जीना हर व्यक्तियों की निजी जिम्मेवारी है, अपने को तब प्रदर्शित करेगा जब आप अपने विचारों को बदलेंगे, अपने जीवन को बदलेंगे।

यह विचार और विस्तारित होता है। स्वयं से पूछिए कि क्या कानून एक स्वस्थ समाज का निमार्ण करता है और क्या देशभक्ति महत्वूपर्ण है। या ऐसी दिखलाई पड़ता है कि जब एक देश अस्तव्यस्तता या किसी तरह के गृहयुद्ध में फंस जाता है तो कानूनों और संहिताओं को प्रभावी किए जाने की आवश्यकता महसूस की जाती है। नियम उन लोगों को दण्डित करने के लिए बनाए जाते हैं जिन्होंने समाज के सम्पूर्णत्व के एक अंग के तौर पर अपनी निजी जिम्मेवारियों को नहीं सीखा है। तथापि एक वैश्विक भावना स्थापित करने के लिए एकता की राष्ट्रीय भावना की आवश्कयता नहीं है क्योंकि ताओ के लिए एकत्व पृथ्वी के किसी भी समूह से अधिक महान है।

तो अब यहां हमारे पास इस बात का सार-संक्षेप है कि जब महान मार्गों (तरीकों) को त्याग दिया जाता है तो क्या होता है। लोगों के बीच में असत्यता नियमों की आवश्यकता उत्पन्न करती है और व्यवस्था को पुनर्स्थापित करने के लिए शासकों की आवश्यकता हो जाती है। अव्यवस्था और अन्धकार में प्रकाश लाने के लिए राजनैतिक मन्त्री प्रगट होते

हैं। यह सब जान कर मेरा विश्वास है कि उस चित्र की ओर लौटना, जिसको कुछ चित्रों के पहले मैंने आपसे कल्पना करने के लिए कहा था, और ताओ ते चिंग की इस गम्भीर कविता में लाओ त्जू जो कह रहे हैं उसको लागू करना जरूरी है :

अपने ताओ केन्द्रित हृदय से अपने कर्म को विकसित होने दीजिए

जब आप ताओ में केन्द्रित हैं तो आपको किन्हीं नियमों की आवश्यकता नहीं है और न ही इससे बंधे हुए हैं कि क्या कानूनी घोषित किया गया है और क्या गैर कानूनी। दूसरों की चीजे न चुराने का आपका कारण यह नहीं है कि यह कानून के विरुद्ध है। इसके बजाय यह है कि आप अपने कार्यों के लिए व्यक्तिगत दायित्वों को स्वीकार करते हैं। आपका जीवन नियमों के अनुसार जीने पर आधारित नहीं है। चोरी न करने का आपका कारण यह है आप दूसरों के चोरी से मुक्त रहने के अधिकार का सम्मान करते हैं क्योंकि यह ताओ के साथ आपको लयबद्ध करता है। ताओ में चोरी जैसी कोई चीज नहीं है क्योंकि हर चीज हरेक की है। यहां भूमि या सम्पत्ति का कोई स्वाभित्व नहीं है, यहां केवल सभी लोगों व सभी चीजों को प्रेम व सम्मान करने की इच्छा है। चोरी, मार-काट या झगड़ों को कानून द्वारा गैरकानूनी बना दिए जाने के बावजूद वो बढ़ रहे हैं क्योंकि ताओ से सम्बन्ध टूटा हुआ है।

सदाचारी का व्यवहार मत करो, सदाचार बनो

सदाचारी व्यवहार करना और सदाचार होना एक जैसे नहीं हैं, इसलिए ताओ आपको अपनी सभी पारस्परिकताओं में विश्वसनीय होने की शिक्षा देते हैं। पुण्यात्मा होइए क्योंकि आपका स्वयं का हृदय यह महसूस करता है कि पुण्यात्मा होने का गुण ही महान ताओ हैं। दूसरों के प्रति स्वतः स्फूर्तता पूर्वक उदार होइए क्योंकि आपके अन्दर की पुकार यह चाहती है, न कि इसलिए कि दूसरों ने अपनी संहिता में यह तय कर दिया है कि आपको ऐसे व्यवहार करना चाहिए। दूसरों के प्रति उदार व दयालु होने के लिए अपने समक्ष उपद्रव फूट पड़ने का इन्तजार मत कीजिए। एक प्राकृतिक आपदा आपको अपने साथी मानवों तक पहुंचने और उनकी सहायता करने के लिए प्रेरित कर सकती है, तथापि यदि आप उस प्राकृतिक आपदा को देखने के अपने तरीके को परिवर्तित कर देते हैं तो आप इसको ताओ के सभी समय अपनी राह दिखाने वाली भावना होने की याद दिलाने के तौर पर ले सकते हैं। यह आपकी देशभक्ति को किसी एक भूमि तक सीमित रखने के बजाय, जहां आपका जन्म हुआ था, सम्पूर्ण मानवता के लिए होने को प्रेरित करेगा।

एक बार फिर, मैं आपको महान सूफी कवि हाफिज द्वारा व्यक्त की गई इसी प्रकार की भावना को याद दिलाना पसन्द करुंगा :

हर कोई है। बोलता हुआ ईश्वर।
क्यों न हुआ जाए विनम्र।
और सुना जाए।
उसे?

और हर कोई का अर्थ है वास्तविकता में हर कोई, केवल वे नहीं जो आपके नियमों और कानूनों के आधीन हैं।

अब आप ताओ कीजिए

खास ध्यान दीजिए कि मानव निर्मित राजाज्ञाओं का आज क्यों पालन कर रहे हैं। लाल बत्ती पर रुकने, चालक लाइसेंस रखने, सीट बेल्ट बांधने, एक सिनेमाहाल में घुसने के लिए पैसे अदा करने या शराब न पीने और वाहन चलाने के मौजूदा कारणों से जुड़ने पर कुछ समय खर्च कीजिए। ऐसे सभी नियमों और कानूनों की सूची तैयार करने के जरिए जिनका एक दिन में पालन किया या जिनको तोड़ा, यह देखिए कि क्या अहम् अपने उद्देश्यों के लिए नियमों को तोड़ने में खुशी महसूस करता है और फिर अपने सबसे महत्वपूर्ण ''हृदय के नियमों'' को पहचानिए।

उन्नीसवीं कविता

मठाधीशी छोड़ दो, त्याग दो पाण्डित्य/
और यह होगा सौ गुना अच्छा, सबके लिए/
फैंक दो नैतिकता और न्याय/
और लोग करने लगेंगे सही चीजें/
फैंक दो उद्योग और लाभ/
और नहीं होंगे चोर यहां/
ये सभी हैं बहिर्मुखी रूप केवल/
नहीं है पर्याप्त ये खुद में।
अधिक महत्वपूर्ण है यह/
देखना सरलता को/
महसूसने के लिए किसी की सच्ची प्रकृति छोड़ने के लिए स्वार्थपरता/
और सान चढ़ाने के लिए अभिलाषा।

आसक्ति के बिना जीना

ताओ ते चिंग की इस 19वीं कविता के पहले पाठ में ऐसा लगता है कि लाओ त्ज़ू हमें ताओ के सबसे ऊंचे सिद्धान्तों को रद्द कर देने के लिए प्रोत्साहित कर रहे हैं। सन्तत्व, पांडित्य, नैतिकता, न्याय, उद्योग और लाभ को त्याग दीजिए, महान सन्त कहते हैं, और सब ठीक हो जाएगा। लाओ त्ज़ू हम से कहते हैं कि "ये सभी केवल बाहरी रूप हैं" और सबसे ऊंचे मार्ग के अनुसार जीने के लिए अपर्याप्त हैं।

इन श्रेणियों में सबसे पहली शिक्षा और जिस तरीके से आप अपने अध्ययन के स्रोत को देखते हैं, उसका प्रतिनिधित्व करती हैं। क्योंकि आप एक संगठित धर्म की शिक्षाओं का अनुसरण करते हैं इसलिए यह कविता आपको पुण्यात्मा होने की अपनी धारणा को बदलने और क्योंकि आपने एक शैक्षणिक संस्थान से एक उपाधि (डिग्री) प्राप्त की है इसलिए आपके स्वयं को महत्व देने के आपके नजरिए को बदलने की सलाह देती है। लाओ त्ज़ू मधुरता पूर्वक आपको सूचित करते हैं कि अपनी सच्ची प्रकृति को विकसित करना कहीं अधिक महत्वपूर्ण है।

जैसा कि ताओ की वस्तुतः सभी शिक्षाओं के बारे में है, इस कविता में भी अपने अन्दर के पवित्र ताओ के केन्द्र तक आपकी पहुंच पर सबसे अधिक विश्वास व्यक्त किया गया है। आपके अन्तर में ईश्वर का एक हिस्सा रहता है जो स्वाभाविक तौर पर यह जानता है कि क्या करना है और कैसे होना है। लाओ त्ज़ू सलाह देते हैं कि स्वयं पर विश्वास कीजिए और शैक्षिक व धार्मिक संस्थानों का पुर्नमूल्यांकन कीजिए। जब आप उनको देखने के अपने दृष्टिकोण को सुधार लेते हैं तो आप पाएंगे कि आपका सच्चा सार तत्व "सभी के लिए सौ गुना ज्यादा बेहतर है।" लाओ त्ज़ू सम्भवतः कहेंगे कि सत्य, सत्य है जब तक कि उसे आप संगठित न करें, ऐसा करने के बाद यह झूठ हो जाता है। क्यों? क्योंकि संगठन बनाने के उद्देश्य उस पर वरीयता हासिल

करना शुरू कर देते हैं जिसको कि पहले इसने व्यवस्थित बनाए रखने का प्रयास किया था।

यह कविता जोर देकर कहती है कि ''नैतिकता और न्याय को दूर फैंक दीजिए'' और लोग सही चीजें करने लगेंगे। यहां बहिर्मुखी रूपों के समर्थन में लाओ त्जू एक वैधानिक व्यवस्था प्रस्तुत करते हैं जो आपकी प्राकृतिक आन्तरिक सच्चाई को प्राथमिकता प्रदान करता है। जब आप जानते हैं कि आप सम्मान व बराबरी के निष्पाप स्रोत से विकसित हुए हैं तो आपको न्याय व्यवस्था पर विश्वास करने की आवश्यकता नहीं है। लाओ त्जू आपको याद दिलाते हैं कि अपने-आपको एक निम्न स्थिति (घटिया दर्जे) पर बहिष्कृत कर दिए गए व्यक्ति के तौर पर न लेना बहुत महत्वपूर्ण है क्योंकि नैतिकता के कानून आपको बताते हैं कि आप वाकई क्या हैं। अपनी नैतिक स्थिति तय करने के लिए एक कानून की पुस्तक, एक न्यायालय, या एक न्यायाधीश की राय लेने की आवश्यकता महसूस करने के बजाय स्वयं को ताओ की परिपूर्णता के साथ केन्द्रित हुआ देखिए। सही और गलत के सभी मुद्दे तय करने के लिए रूपांकित की गई ये सभी भूल भुलैया जैसी व्यवस्थाएं हमारी पैदाइशी प्रकृति की सहजता से हमारे भटकाव का प्रभाव हैं।

बहिर्मुखी रूपों के अन्त में आती है व्यवसाय की पूरी दुनिया। इसकी एक व्याख्या यह हो सकती है कि ''लाभ के चक्कर में रहना छोड़िए चालूपन (चतुरता) छोड़िए और हिसाब-किताब रखना छोड़िए और इसी के साथ चोर गायब हो जाएंगे।'' लाओ त्जू आपको ताओ की सभी ओर छायी हुई शुद्धता (पवित्रता) में स्थित रहने और लाभ कमाने व धन एकत्र करने को अपनी सफलता के स्तर के संकेतक मानने के अपने दृष्टिकोण को छोड़ देने की सलाह देते हैं। जब अपने जीवन को ताओ की शिक्षाओं के परिप्रेक्ष्य में देखते हैं तो आपको बड़ी मात्रा में धन जमा करके रखने की कोई आवश्यकता नहीं रहेगी। इसके बजाय आप अन्तहीन उदारता की भावना से दूसरों की सेवा करने का आनन्द खोज निकालेंगे। या, जैसे कि ताओ ते चिंग का यह अनुवाद इसे प्रस्तुत करता है, आप ''स्वार्थपरता को छोड़ देंगे और आकांक्षा को सान चढ़ाएंगे।''

जीवन के इन क्षेत्रों के कारणों और प्रयोग किए जाने वाले तरीकों और समझदार समझे जाने वाले लोगों द्वारा जीवन के इन क्षेत्रों के मूल्यांकन के सिखाए गए तरीकों को आप जिस तरह देखते हैं उसे आधुनिक बनाने के लिए आपको प्रोत्साहित किया जाता रहा है। जब आप उनको देखने का दृष्टिकोण बदलते हैं तो आप उच्चतर सिद्धान्तों की सरलता व पवित्रता पर ध्यान दे पाते हैं जो ताओ के उन्मुक्त प्रवाह से उन संस्थानों को समृद्ध करेंगे। आप अपनी सच्ची प्रकृति को महसूस करेंगे, स्वार्थपरता को त्याग देंगे और अपनी अभिलाषाओं को धार देंगे। शिक्षा, न्याय और व्यवसाय की दुनिया में

रहिए लेकिन इसके होकर मत रहिए तब आप अन्तर जगत को देखेंगे जहां आप ताओ में केन्द्रित हैं।

यह है वह जो 2500 वर्ष पुराने मचान (घोसले) से मेरे जरिए, लाओ त्जू आप से कह रहे हैंः

शिक्षा, न्याय और व्यवसाय की पद्धतियों से
अपने सम्बन्धों का निरीक्षण करिए

अपने को खांचाबद्ध (विभागीकृत) किए जाने के प्रयासों पर ध्यान दीजिए। क्या आप अनुमोदन के लिए पुरस्कार और दण्ड की व्यवस्था के आधीन हैं? जिन नियमों और आचार संहिताओं का आप पालन करते हैं क्या वे हृदय केन्द्रित स्थान से सृजित होती हैं या वे ''विशिष्टतापन'' का एक स्तर उत्पन्न करने के लिए रूपांकित की गई हैं? इन संस्थागत दबावों या यहां तक कि इस तथ्य से, कि उनका अस्तित्व है, संघर्ष मत कीजिए। केवल उनके प्रति समस्त लगावों को चले जाने दीजिए। आप इसलिए पुण्यात्मा (एक अच्छा व्यक्ति) नहीं हैं क्योंकि एक संगठन ऐसा कहता है बल्कि इसके बजाय इसलिए ऐसे हैं क्योंकि आप अपने मूलत्व की दिव्यता से सम्बद्ध बने रहते हैं। आप एक प्रतिलेख के कारण मेधावी नहीं है। आप स्वयं में मेधावी हैं जिसको किसी बाहरी पुष्टीकरण की आवश्यकता नहीं है। आप इसलिए नैतिक नहीं है क्योंकि आप कानून का पालन करते हैं। आप स्वयं मैं नैतिकता हैं क्योंकि आप वहीं हैं जहां से आप आए हैं।

बहिर्मुखी रूपों को अपनी सच्ची प्रकृति के कमजोर प्रतिस्थापनों के तौर पर देखने को चुनिए और आप उन रूपों के प्रति बिना आसक्ति के जीना प्रारम्भ कर देंगे। आप अपने स्वयं के अन्तर के कानूनों को देखेंगे जो कभी आपको खांचाबद्ध करने की जरूरत महसूस नहीं करते। आप सरलता पूर्वक और स्वतन्त्रता के साथ जिएंगे। पहले और सबसे पहले स्वयं पर विश्वास कीजिए।

उदार होकर आसक्ति के बिना जिए

इस आधार पर अपना मूल्यांकन कीजिए कि आपने कितना एकत्र कर लिया है और आपके वित्तीय पिटारे में क्या है (वित्तीय उपलब्धियां क्या हैं)। आप के पास जो कुछ है और जो आप करते हैं उस सब का रुपयों के आधार पर मूल्यांकन करना बन्द कीजिए। एक ''अच्छा सौदा'' के चक्कर में रहना छोड़िए और उसकी जगह मिलबांट कर रहने वाला बनिए। आपको यह देखकर सुखद आश्चर्य होगा कि केवल यह मानना छोड़ देने से कि यदि आप धन कमा रहे हैं तो केवल तभी आप सफल हैं, आपको कितना अच्छा लग रहा है। लाभ कमाने पर कम ध्यान देने और उसकी जगह हर किसी

के साथ सौहार्द पूर्वक रहने के अपने उद्देश्य की ओर अपनी ऊर्जा को लगाने से और अधिक धन आपकी ओर प्रवाहित होगा और उदारता के और अधिक अवसर आपको उपलब्ध होंगे।

संस्थागत दबावों की दुनिया मनुष्य निर्मित ''करो और मत करो'' की अन्तहीन सूची पर निर्मित हुई है। लाओ त्ज़ू आपको सलाह देते हैं कि ध्यान रखते हुए कि आपको कोई यह नहीं बतला सकता कि यह क्या है, आप अपने हृदय की सच्ची अभिलाषाओं की खोज कीजिए।

अब आप ताओ कीजिए

अनवरत याद रखने के लिए निम्नलिखित आत्मस्वीकृति को अपना आधार स्तम्भ बनाइए। ''संस्थागत प्रतिलेख या बैंक के ब्योरे चाहे जो कहते हों, मैं नैतिक, लाभदायक और एक वास्तविक असाधारण व्यक्ति हूं।'' इस मन्त्र को तब तक दोहराते रहिए जब तक कि यह आपके जीवन जीने का तरीका न बन जाए। आप जैसे ही उन बाहरी रूपों को छोड़ देते हैं, जो आप पर नियन्त्रण किए हैं, आप आन्तरिक शक्ति की भावना महसूस करते हैं।

बीसवीं कविता

छोड़ दो सीखना और हो जाओगे मुक्त तुम
अपनी सभी चिन्ताओं से
क्या अन्तर हैं हां और नहीं में? क्या अन्तर है अच्छा और बुरा में?
क्या मुझे डरना ही चाहिए, क्योंकि डरते हैं दूसरे लोग? क्या मुझे असहायता से डरना चाहिए।
जब कि यहां है प्रचुरता? क्या मुझे अन्धकार से डरना चाहिए।
जब कि चमक रहा है प्रकाश सभी जगह?
बसन्त में, कुछ पार्क जाते हैं और चढ़ते हैं छत पर
लेकिन मैं बह रहा हूं अकेला, बिना जाने, कहां हूं मैं
एक नवजात शिशु की तरह, उसके पहले, जब वह सीखता है मुस्कुराना
जाने के लिए जगह से वंचित, मैं हूं अकेला
बहुत लोगों के पास है बहुत कुछ
अकेला मैं दिखता हूं जिसे है अभाव किसी चीज का
है मेरा दिमाग सचमुच, एक अज्ञानी का/अपनी बिना मिलावट की सरलता में
मैं हूं लेकिन इस संसार में एक अतिथि। जबकि करते हैं दूसरे आपाधापी, करने को काम पूरा
मैं स्वीकार करता हूं उसे, जो किया है मुझे भेंट
अकेले में दिखता हूं मूर्ख
कम कमाता हूं और खर्च करता हूं कम।
दूसरे लोग प्रयास करते हैं मशहूर होने के लिए
मैं बचता हूं ख्याति से। पसन्द करता हुआ अकेले छोड़े जाना
बेशक, मैं दिखता हूं एक जड़-बुद्धि जैसा। कोई सोच नहीं, कोई चिन्ता नहीं/मैं
बहता हूं समुद्र पर एक लहर की तरह
मैं बहता हूं उद्देश्यहीन, जैसे कि हवा
सभी लोग व्यवस्थित हो गए, अपनी लीकों (पन्थों) में
मैं अकेला अड़ियल, बना रहा बाहर
लेकिन जिसमें हूं मैं पूरी तरह अलग दूसरों से
वह है जानना, पोषण प्राप्त करना/महान मां से

बिना प्रयत्न जीना

ताओ ते चिंग की इस कविता में आपको सांसारिक प्रयत्नों से मुक्त जीवन का अनुभव करने को प्रेरित किया गया है। लाओ त्ज़ू आपको अपनी और अधिक चाहने की अनवरत मांगों को धीमा करने और कहीं और होने की उम्मीद से अपने प्रत्येक क्षण को भर लेने के प्रयासों को आराम देने की सलाह देते हैं। आपको कुछ इस तरह की जिन्दगी का अनुभव करने के लिए आमन्त्रित किया जा रहा है जिसको कि रामदास की पुस्तक के शीर्षक "बी हेयर नाऊ" (अभी यहां होइए) में सारांशित किया जा सकता है।

सराहना करने की अवस्था और लालसा की अनुपस्थिति में अपने मस्तिष्क में और इसी तरह अपने शरीर में आप यहां होइए। सही चीजें करने की चिन्ता को जाने दीजिए। इस तत्काल की शक्ति से प्रतिस्थापित करते हुए क्या–यदि और भविष्य के लिए अपने सभी लक्ष्यों को मुक्त कर दीजिए। यहां होइए, और इसको अभी करने के लिए याद कीजिए कि किसी और जगह होने के बारे में सोचना आपके वर्तमान कीमती क्षणों को इस्तेमाल कर लेता है। ज्ञानी संत अपने जीवन की ताजी "तत्कालता" में निमग्न हो जाने के लिए अभ्यास करते हैं।

महान मां या ताओ द्वारा जैसा जीवन भेंट किया गया है, उसको वैसे ही स्वीकारने को धारण करने से अभी यहां होना पूर्ण होता है। यदि आप इस सब कुछ का सृजन करने वाले, सब का पोषण करने वाले स्रोत को जहां यह ले जाए वहां केवल उसे ले जाने दें तो यह आत्मसमर्पण की एक प्रक्रिया है। आप अधिक से अधिक पाने या भविष्य में किसी अन्य जगह होने के अपने विचार को छोड़ दीजिए और इसके बदले स्वयं को एक सम्पूर्ण और परिपूर्ण व्यक्ति के तौर पर देखिए जो कि आप हैं। आत्म समर्पण करने की यह प्रक्रिया आपको असीमित प्रचुरता और अनन्त प्रकाश का साक्ष्य उपलब्ध कराएगी जो कि सदा-सर्वदा मौजूद है। आप अपने आपको अभावों और अपर्याप्तताओं

के बारे में अपने विचारों को छोड़ने के लिए पुन-प्रशिक्षित कीजिए। इसके बदले में आप जो पाना चाहते हैं उसको उपलब्ध कराने के लिए उस महान स्रोत में विश्वास करते हैं जैसा कि उसने सभी जीवों के साथ हमेशा किया है।

लाओ त्जू इस पर जोर देते हैं कि यह यहां तक कि 2500 वर्ष पहले भी सामाजिक तौर पर स्वीकृत मानक नहीं था जैसे कि वो स्वयं को एक बाहरी के तौर पर प्रस्तुत करते हैं जो अन्य अधिकांश लोगों जैसा नहीं है। उस समय सन्तोष के लिए प्रयास करने की जीवन में उचित भूमिका थी, जैसा कि आज है। इस कविता का रचयिता यह स्वीकार करता है कि वह बह रहा है, बिना यह जाने कि वह कहां है, तो भी उसका स्वर व्यंगात्मक है। ऐसा इसलिए क्योंकि वह कह रहा है कि, बिना प्रारम्भ और अन्त वाले इस अनन्त संसार में वस्तुतः कोई नहीं जानता कि वह कहां है तो क्यों न इसे स्वीकार किया जाए और स्वयं को ताओ द्वारा संचालित होने दिया जाए जो आपको "कहीं नहीं" से यहां लाया है।

आपको दूसरी चीज की इच्छा न करके के द्वारा अपने जीवन को सरल करने के लिए प्रोत्सहित किया जा रहा है। हां, अन्य लोग आपको अनुप्रेरित व्यक्ति घोषित कर सकते हैं और एक अज्ञानी कह कर सम्बोधित कर सकते हैं लेकिन आन्तरिक शान्ति की जबरदस्त अनुभूति आपका पुरस्कार होगा जो कि इस प्रत्यक्ष ज्ञान से प्राप्त होता है कि आप यहां एक ऐसे अतिथि हैं जिसको सदैव उपलब्ध कराया जाता रहा है। हां, आपको कुछ खोया हुआ लग सकता है लेकिन वह कुछ वास्तव में केवल भ्रम है। अब आप और अधिक कुछ और होने की या कुछ प्राप्त करने की इच्छा के साथ अपने अन्तर में नहीं रह रहे हैं जो कि उन सभी में सर्वव्यापी दिखलाई पड़ता है जो आपके चारों ओर हैं। आपने प्रयास शिथिल कर दिया है ताकि प्राप्त हो सके।

ताओ ते चिंग की इस उद्वेलित करने वाली कविता का प्रस्तोता कहता है कि, जो मुझे भेंट किया गया, मैं उसे स्वीकार करता हूं। वह अभिव्यक्ति को जारी रखते हुए कहता है कि हो सकता है कि यह मूर्खतापूर्ण लगे कि जैसे ही आप प्रयत्न को जाने देने के बारे में सोचते हैं तो कदाचित आप अपने विचारों की प्रतिध्वनि उत्पन्न कर रहे होते हैं। लाओ त्जू आपको बता रहे हैं कि आप प्रसन्न होने के लिए जिस व्यवस्था की जरूरत समझते हैं उसके पूरा हो जाने के बाद जीवन ठीक कैसा हो जाएगा, पर सोचने को अभी यहां जीवन में क्या है के नजरिए से बदल डालिए। दूसरे शब्दों में, आप प्रयत्न को देखने के अपने दृष्टिकोण को परिवर्तित कर सकते हैं और बिना किसी चिन्ता या भय के मनन कर सकते हैं।

जब आप इस कविता में व्यक्त की गई राय के अनुसार जीते हैं तो आपका चिन्ता रहित जीवन (अस्तित्व) प्रारम्भ हो जाता है। कल्पना कीजिए कि कोई झमेला नहीं, कोई डर नहीं, यह जानते हुए कि उसी शक्ति द्वारा आपके लिए सब कुछ सम्हाल लिया

जाएगा जो कि हमेशा सब कुछ सम्हालती है, केवल सभी के स्रोत से जुड़े होने की भावना। लाओ त्जू आपको इसकी हठ पूर्वक दोष निकालते रहने की प्रवृति से मस्तिष्क को मुक्त करना सिखला रहे हैं। ताओ द्वारा पहले से ही इस संसार और इसकी सभी चीजों की देखभाल की जा रही है। यह हमेशा होता रहा है और हमेशा होता रहेगा।

ताओ की सब कुछ प्रदान करने वाले परिपूर्णत्व के बावजूद आपका मस्तिष्क आप पर सदैव प्रयास करते रहने के लिए दबाव डालता रहता है। यह आपको ख्याति प्राप्त करने, कोई लीक बनाने या उद्देश्य पूरा करने के लिए उकसाता है। लाओ त्जू आपको इसका ठीक उल्टा करने के लिए प्रोत्साहित करते हैं। लड़ने-झगड़ने और परेशान रहने के बजाय चूहा दौड़ से बाहर रहिए और अपने मस्तिष्क को ताओ के साथ शान्तिपूर्ण लयबद्धता में होने दीजिए। महान मां का सहारा प्राप्त करने को सीखने के जरिए अपने जीवन को देखने के अपने नजरिए का निर्देश देते हुए ताओ ते चिंग के इस हिस्से की समापन पंक्तिया यह सब आप से कहती हैं।

ताओ की इस 20वीं कविता से आपके लिए जो सुझाव उभर कर आ रहे हैं वो निम्नलिखित हैं :

जो अभी यहां नहीं है उसके बारे में आने वाले विचारों को जाने देने का अभ्यास कीजिए

जिस विश्व में आप रहते हैं उसकी परिपूर्णता में स्वयं को केवल घुलमिल जाने दीजिए। प्रसन्न होने के लिए आपको अन्य कुछ करने की आवश्यकता नहीं है। यह सब आपको अभी, यहीं उपलब्ध किया गया है। इस क्षण में होइए, कुछ और व अन्य किसी को पा लेने के प्रयास से स्वयं को मुक्त कीजिए। यह एक बौद्धिक अभ्यास है जो आपको ताओ की शान्ति के स्पर्श में रखेगा। स्वीकार कर लीजिए कि **यह सब परिपूर्ण है। ईश्वर का प्रेम सभी जगह है और किसी को नहीं भूलता। मैं अपने को दिशा देने के लिए इस शक्ति पर विश्वास करता हूं, और मैं अब अपने अहम् को स्वयं में प्रवेश नहीं करने दे रहा हूं।** ध्यान दीजिए कि जब आप इस बिना भय, बिना चिन्ता की प्रवृति में आराम करते हैं तो आप कितना मुक्त महसूस करते हैं।

प्रत्येक दिन ''जाने दीजिए और ईश्वर होईए'' के लिए समय निकालिए

उपरोक्त शब्दों को स्वयं से तब तक लगातार कहते रहिए जब तक कि आप वास्तव में यह बताने की स्थिति में न आ जाएं कि क्या फर्क महसूस हो रहा है। जाने देना एक विशेष तौर से भिन्न भौतिक व मनोवैज्ञानिक अनुभव है जो प्रयास करने से पूरी तरह अलग है। अपनी मांगों को और उसके साथ अपने इन विश्वासों को, कि आपके जीवन में जिन चीजों का अभाव है उनके कारण आप सुखी नहीं हो सकते को जाने दीजिए। जो आपके पास नहीं है उसे पाने के पीछे पड़ना पागलपन है। सच्चाई यह

है कि यह परिवर्तन देखना चाहते हैं कि आपकी समझ से जिस चीज की आपको आवश्यकता है आप उसके बिना ठीक हैं। तब आप यह महसूस कर सकते हैं कि शान्तिपूर्ण प्रसन्न होने के लिए जो कुछ चाहिए वह पहले से ही आपके पास है और आप यहीं और अभी ही प्रसन्न है। इस ज्ञान में आनन्द लीजिए और बार-बार दृढ़ता पूर्वक स्मरण कीजिए कि मैं जाने दे रहा हूं और ईश्वर होने दे रहा हूं। मैं महान, सब कुछ प्रदान करने वाली, मां के स्तनों से पोषण प्राप्त करने वाला तेजस्वी शिशु हूं।

अब आप ताओ कीजिए

ऐसी स्थितियों पर ध्यान देना प्रारम्भ कीजिए जहां आप उस क्षण में नहीं हैं क्योंकि भविष्य के लाभ के लिए आप कुछ पूरा करने या कुछ हासिल करने का प्रयास कर रहे हैं। आपको एहसास नहीं होगा कि कैसे अक्सर आप इस विचार के साथ सभी तरह की चीजों को पूरा करने का प्रयत्न करते हैं कि इसके बाद जो वाकई आप चाहते हैं उसके लिए आपके पास समय होगा। यह उन सबसे घातक तरीकों में से एक है जो हममें से अधिकांश को अचेतन तौर पर प्रयास मुक्तजीवन जीने से रोकता है (या लगातार स्थगित बनाए रखता है)। इससे सचेत रहना बहुत कठिन है और सबसे सरल भी हो सकता है जब आप यह देखते हैं कि कैसे आपके परिवार के सदस्यों या व्यावसायिक आकस्मिकताओं द्वारा आपके खाली समय का अपहरण कर लिया जाता है।

एक उदाहरण प्रस्तुत है। जब आप यह पढ़ते हैं कि आपके पति या पत्नी ने एक मित्र के ऐसे मित्र को, जिससे आप कभी नहीं मिले हैं और जो देश के इस भाग में पहले कभी नहीं आया, घर पर रहने के लिए आमन्त्रित किया है, आपको एक आनन्दमय कल्पित मुक्त दिवस प्रदान करने (रिक्त स्थान को भरने के लिए) के लिए पूरा सप्ताह अतिरिक्त घण्टे काम करने पर रख दिया जाता है।

इस परिस्थिति में बिना प्रयत्न के जीने का अभ्यास करने के दो अवसर हैं। पहला, निःसन्देह यह है कि यह ध्यान देते हुए कि आप क्या रहे हैं भविष्य के लाभ के लिए प्रयास करने में स्वयं को लिप्त कर लें और जानें कि आप क्या कर रहे हैं तथा अभी पर ध्यान दें। दूसरा इस उदाहरण के बाद आता है जो कि है तो कठिन लेकिन अविश्वसनीय तौर पर पुरस्कृत करने वाला अभ्यास है। जो कुछ प्रदान किया गया है उसे स्वीकारते हुए ताओ कीजिए। वह यह कि वह परिस्थिति, जिसको आपका प्रयास करने का अहम् किसी न किसी तरह अस्वीकार कर देता है, वस्तुतः महान मां से प्राप्त हुआ पोषण (आहार) है।

इक्कीसवीं कविता

महानतम धर्म है अनुसरण करना ताओ का और केवल ताओ का।
ताओ है अप्रगट और अमूर्त
यद्यपि आकार रहित और अमूर्त
यह जन्म देता है आकार को
यद्यपि है अनिश्चित और प्रगट
यह जन्म देता है रूपों को
यद्यपि है अन्धकार और दुर्बोध
यह है आत्मा, सार
सभी वस्तुओं की जीवन श्वांस। युगों-युगों से सुरक्षित रखा गया है इसका नाम
कराने का स्मरण सभी चीजों की शुरुआत
कैसे जाना मैं सभी चीजों के मार्ग, अपने प्रारम्भ में? मैं झांकता हूं स्वयं के अन्दर

अप्रगट विरोधाभास जीना

यहां ताओ ते चिंग की इस 21 वीं कविता में लाओ त्जू हमें इस पुस्तक की सबसे पहली आधारिका, ''रहस्य को जीना'' में वापस ले जाते हैं। वह इस विचार की परिभाषा और प्रभाव की और वापस लौटते हैं और इसे बेहतर स्पष्टता और सूक्ष्मता से पुनर्सम्पुष्ट करते हैं। इस पाठ में, वह हमसे ताओ की अज्ञेय प्रकृति, एक ऐसा सिद्धान्त जिसे साधारण तौर पर नत्थी नहीं किया जा सकता या इन्द्रियों से अनुभव नहीं किया जा सकता, के बारे में केवल जागरूक होने के लिए नहीं कहते बल्कि हम लोग को इस अज्ञेय विरोधाभास के उदाहरणों के तौर पर पहचानने के जरिए इस चेतना को प्रमाणित भी करते हैं।

इस महत्वपूर्ण कविता की उपसंहारक पंक्तियों को दुबारा पढ़िए, ''प्रारम्भ में मुझे कैसे सभी चीजों के मार्गों के बारे में पता चला? मैं स्वयं के अन्दर नजर दौड़ाता हूं और देखता हूं कि मेरे अन्दर क्या है।'' अब आप हर तरह से पीछे अपने प्रारम्भ पर जाइए। आप यहां कैसे आए? मेरा मतलब एक छोटी बूंद या मानव जीव द्रव्य से नहीं है। इससे भी पहले जाइए। प्रमात्रा भौतिकी (क्वांटम फिजिक्स) हमें सिखाती है कि निपात (पार्टिकल) एक अदृश्य और रूपरहित ऊर्जा क्षेत्र से प्रगट होते हैं। अतः आपके स्वयंके सहित सभी सृजन गति की क्रिया है। निराकार ऊर्जा से साकार, आत्मा से शरीर, अनाम ताओ से नामित वस्तु तक। सनातन अनामत्व को समझने के कथ्य के साथ सृजन की प्रक्रिया ताओ ते चिंग में प्रारम्भ से अन्त तक प्रवाहित होती है। यह एक न देखा जा सकने वाला विरोधाभास है कि आप मनन करने, होने देने और अनुभव करने के लिए आमन्त्रित हैं। आप इसको स्वयं की प्रकृति का परीक्षण करने और यह स्वीकार करने, कि जो सिद्धान्त सब कुछ का सृजन करता है, उसने ही आपके विचारों और कार्यो को जीवन्तता प्रदान की है, के द्वारा जान सकते हैं।

ठीक अभी आप अपनी तर्जनी (अंगूठे के पास वाली अंगुली) को हिलाने का साधारण

निर्णय कीजिए। अब अपनी पैर की अंगुलियों को हिलाइए। इसके बाद अपने हाथ को उठाइए। अन्ततोगत्वा स्वयं से पूछिए कि **यह क्या है जो मुझे इन गतिविधियों की अनुमति प्रदान करता है**? दूसरे शब्दों में, जो आपको रंगों व आकारों को देखने की अनुमति देता है? कौन सी शक्ति आपकी आंखों के पीछे आकाश को नीला देखने या एक पेड़ को लम्बे के तौर पर देखने की प्रक्रिया करने के लिए अदृश्य रहते हुए संकेत प्रदान करती है? वह आकार रहित ऊर्जा क्या है जो आवाज को उत्पन्न करने के लिए आपके कानों के अन्दर कहीं, कम्पन को खींचती है?

यह सब जो है, वह निराकार और अनाम है। हां, यह सन्दिग्ध है। हां, यह दुर्बोध है। और जब आप संसार को इस तरीके से देखना प्रारम्भ करते हैं तो आप स्वयं के इस पहलू के बारे मे जानना प्रारम्भ करते हैं। यही वह है जिसे लाओ त्ज़ू, ''सभी वस्तुओं की जीवन श्वांस'' कह कर वर्णन करते हैं और इसे रहस्यमय बने रहने की आवश्यकता नहीं है। आपके अन्तः में यही सनातन ताओ विद्यमान है और इसको आप एक दिन में लाखों बार प्रयोग करते हैं। यह आपके अन्तः में हैं.....यह आप हैं।

ताओ ते चिंग की यह दूर तक प्रभावित करने वाली कविता आपसे परिणामों को धन, उपलब्धियों, उपार्जनों, ख्याति व अन्य ऐसी चीजों में देखने को छोड़ देने के लिए कह रही है। इसके बजाय अपना ध्यान सभी चीजों के प्रारम्भ की ऊर्जा, रहस्यमय और अगोचर ताओ में लगाइए। इस अनाम, निराकार शक्ति को स्वयं के अन्दर पा लेना ही महानतम धर्म है। अपने अन्दर झांकने और अपने सभी विचारों और कार्यों में इसको कार्यरत देखने के जरिए इसे जानिए।

यही वह है जो आपके जन्म से 2500 वर्ष पहले लाओ त्ज़ू आपको सम्प्रेषित कर रहे थे :

उस दुर्बोध और अमूर्त शक्ति के लिए अमिट प्यास उत्पन्न कीजिए जो सभी जीवन की सहायता करती है।

स्रोत के साथ नियमित संवाद कीजिए। इससे मार्गदर्शन की प्रार्थना कीजिए और आलौकिकता का ध्यान कीजिए। आप जितना अधिक अदृश्य ताओ के लिए उदार श्रद्धा का व्यवहार करेंगे उतना ही अधिक आप उससे जुड़ा हुआ महसूस करेंगे। ताओ के साथ ज्ञात सम्बन्ध की उपस्थिति आपको चिन्ता, तनाव और व्यग्रता से मुक्त कर देगी जो कि संसार को देखने के अहम् के तरीके हैं। जबकि आपके इर्द-गिर्द के अन्य लोग अपने धन, ख्याति, और ताकत प्राप्त करने के उद्यमों में केन्द्रित बने रह सकते हैं, तो आप इस पर ध्यान देंगे और करुणापूर्वक मुस्कुराएंगे क्योंकि आप, स्वयं के सहित ''सभी चीजों की जीवन-श्वांस'' गुणगान करने की स्थिति में होने का अभ्यास कर रहे होंगे। आप यह जान कर सुरक्षित और निर्भय महसूस करेंगे कि आप सर्वज्ञ, सर्वप्रदाता ताओ के साथ दिव्य साझेदारी में है।

मैं सुझाव दूंगा कि आप यह वाक्य जोर से उच्चारित करने के लिए एक दिन में कई बार एक या दो क्षण निकालिए। वाक्य हैं, "हे ईश्वर हर चीज के लिए धन्यवाद"। इसको अपना सम्मानजनक निजी धार्मिक कृत्य बनाइए। वस्तुतः एक क्षण पहले मैंने इन शब्दों को कहा कि इन शब्दों को कल्पित तौर पर मेरी कलम से प्रगट होने देने के लिए हे ईश्वर, आपका धन्यवाद। मैं जानता हूं कि इन शब्दों सहित हर चीज का स्रोत अगम, और अमूर्त ताओ है।

इस कविता की अन्तिम दो पंक्तियों को याद कीजिए
और जब आवश्यकता हो, उन्हें बार-बार दोहराइए

इन दो वाक्यों को दोहराइए : "प्रारम्भ में मैंने कैसे सभी चीजों के रास्तों के बारे में जाना? मैं अपने अन्दर में झांकता हूं और देखता हूं कि मेरे अन्तः में क्या है।" ऐसा करने से आपको याद रहेगा कि ताओ सत्य से आता है जो कि हर समय आपके अन्तः में मौजूद है। अपने दृष्टिकोण के सहीपन से किसी अन्य को सहमत करने का प्रयास छोड़ दीजिए। जब वे तैयार होंगे तो उनका शिक्षक निश्चय ही प्रगट होगा।

लाओ त्जू की मृत्यु के कई सदियों बाद ताओ की अगम प्रकृति पर हाफिज द्वारा लिखे गए निर्णायक विचार प्रस्तुत हैं :

यदि तुम सोचते हो कि सत्य जाना जा सकता है
शब्दों से,
यदि तुम सोचते हो कि सूर्य और समुद्र
गुजर सकते हैं उस जरा से प्रवेश द्वार से, जिसे कहते हैं मुख
तो किसी को हंसना शुरू कर देना चाहिए
किसी को खुलकर हंसना प्रारम्भ कर देना चाहिए। अभी।

अब आप ताओ कीजिए

आज, उस शक्ति के लिए सजग हो जाएं जो आपके हर क्षण को होने देती है। अपने ध्यान में पांच मिनट के लिए अपने विचारों के 'अन्तराल' में स्थित रहिए और रहस्यमय लेकिन सर्वव्यापी अदृश्य स्रोत पर ध्यान दीजिए जो आपको बोलने, सुनने, स्पर्श करने और चलने की अनुमति प्रदान करता है।

(मैंने एक ध्यान पद्धति उत्पन्न की है जो आपको इस प्रक्रिया में सहयोग कर सकती है और यह मेरी पुस्तक "गैटिंग इन गैप" में सम्मिलित है)

बाइसवीं कविता

लचीले हैं सुरक्षित अटूट
झुके हुए हो जाते हैं सीधे
भर जाते हैं खाली
चुक गए हो जाते हैं पुनः नए
गरीब हो जाते हैं अमीर
अमीर हो जाते हैं कई गुना अमीर
इसलिए सन्त लगाते हैं गले एक को
क्योंकि वह नहीं करता है प्रदर्शित स्वयं को
देख सकते हैं लोग उसका प्रकाश
क्योंकि नहीं है उसके पास कुछ करने को साबित
उसके शब्दों पर लोग कर सकते हैं विश्वास
क्योंकि वह नहीं जानता कि क्या है वो
अतः लोग पहचानते हैं स्वयं को, उसमें
नहीं है कोई लक्ष्य उसके मस्तिष्क में
इसलिए सफल होता है वह सब करता है जो वो

यह पुरानी कहावत, कि लचीले हैं सुरक्षित अटूट, निश्चय ही है सही यदि तुमने सच में पा लिया ***सम्पूर्णत्व को*** *एकत्र हो जाएगा सब कुछ तुम्हारे पास।*

लचीलेपन के साथ जीना

कई वर्षों तक समुद्र के पास रहने के दौरान मैंने लम्बे ताड़ के पेड़ों की सुन्दरता और वैभव पर ध्यान दिया जो अक्सर 30 से 40 फिट की ऊंचाई तक जल के किनारे उगते हैं। ये सीधे खड़े दैत्याकार वृक्ष उस जबरदस्त दबाव को झेलने में समर्थ हैं जो तूफानी ताकत की हवाएं लेकर आती हैं जो कि 200 मील प्रति घण्टा की गति से चलती हैं। भयंकर तूफानों के रास्ते में आने वाले हजारों पेड़ जड़ से उखड़ जाते हैं और नष्ट हो जाते हैं जबकि सीधे खड़े ताड़ के वृक्ष यद्यपि अपने ध्वस्त किए गए साम्राज्य पर गर्व के साथ झूमते हुए अपने गहरी जड़ें जमाए स्वों से मजबूती से साथ जुड़े रहते हैं। तो समूचे बरकरार रहने का ताड़ के वृक्ष का रहस्य क्या है? इसका जवाब है लचीलापन। वे ऐसे मौकों पर तकरीबन जमीन तक झुक जाते हैं और उनकी यही क्षमता उनको बिना टूटा हुआ बनाए रखती है।

ताओ ते चिंग की इस 22 वीं कविता में लाओ त्जू आपको इसी लचीलेपन के गुण को आत्मसात करने के लिए आमन्त्रित करते हैं। उस एकत्व का एहसास करना प्रारम्भ कीजिए जो कि आपको आपके लचीले पन और भूमि पर स्थापित रहने की क्षमता की आपूर्ति कर रहा और एक लचीले ताड़ के वृक्ष की तरह अपने जीवन के तूफानों में लचीलेपन के साथ जमे रहने में सहायता कर रहा ताओ है। जब विध्वंसात्मक ऊर्जा आपके समक्ष आती है तो स्वयं को बिना टूटे, झुकने के जरिए उसका प्रतिरोध करने दीजिए। उन मौकों पर नजर रखिए जब आप बिना प्रतिरोध किए गुजर जाने देने के जरिए एक तूफान का सामना करना पसन्द कर सकते हैं। संघर्ष के द्वारा नहीं, बल्कि इसके बजाय जो भी आपसे झगड़ते हैं उन सब से आराम से और जाने देने के जरिए व्यवहार करके आप 'ताओ के समय' में प्रवेश करते हैं।

इस कविता में सम्पूर्णत्व का एक अतिरिक्त लाभ शामिल है जो हर चीज को

आपकी ओर आकर्षित करता है। वह यह है कि यदि आप प्रचुरता, ज्ञान, स्वास्थ्य, प्रेम और उन सभी गुणों को प्राप्त करना चाहते हैं और ताओ को मूर्त करते हैं तो आपको उनके प्रति गृहणशील होने की आवश्यकता है। लाओ त्जू आपको निर्देशित करते हैं कि भरे जाने के लिए आपको निश्चय ही खाली होना चाहिए, आसक्ति के लिए स्वयं को इतना अवरोधित रखिए कि पहले से भरे हुए आपके स्व में कुछ प्रवेश न कर सके। इन अर्थों में खाली होने का तात्पर्य विश्वासों, धन सम्पदा या अहम् आधारित विचारों से न भरा हुआ होना है बल्कि इसकी जगह सभी सम्भावनाओं के लिए खुले हुए बना रहना है। यह अनाम ताओ के साथ बने रहना है। यह स्वयं को किसी एक खास दृष्टिकोण या चीजों को किसी एक तरह से करने के लिए सीमित नहीं रखता। यह सबको उत्पन्न करता है। इसी तरह से लचीला व्यक्ति सभी सम्भावनाओं के लिए खुला है। उसके लिए साबित करने को यहां कुछ नहीं है क्योंकि नियन्त्रण, अहम् का नहीं, ताओ का है।

ताओ की चेतना लचीलेपन का पोषण करती है और आपकी जड़ता को दूर कर विश्वास का वातावरण उत्पन्न करती है। जब आप इस परिप्रेक्ष्य के साथ जीते हैं कि आप यह कह सकने में समर्थ हो सकें कि, ''मैं नहीं जानता कि ठीक क्या है लेकिन मैं सुनने का इच्छुक हूं'' तो आप एक ऐसे व्यक्ति हो जाते हैं जिसको अन्य व्यक्ति स्वीकारने लगते हैं। क्यों? क्योंकि आपका लचीलापन उनको यह देखने देता है कि उनके दृष्टिकोण का यहां पर स्वागत है। सभी सम्भावनाओं के प्रति खुले होने से जो भी आपसे मिलता (या टकराता) है वह यह महसूस करता है कि उसके विचार मूल्यवान हैं और झगड़ा करने की कोई आवश्यकता नहीं है।

आप जैसे ही अधिक से अधिक अपनी ताओ प्रकृति से जुड़ते हैं, आप यह देखते हैं कि यह सिद्धान्त अनवरत मौजूद है और हर क्षण में उपलब्ध है। दूसरों शब्दों में ताओ जहां है उसके अतिरिक्त कोई अन्य जगह पाने के लिए प्रयास नहीं कर रहा है। इसका कोई लक्ष्य, कोई इच्छा, कोई निर्णय नहीं है। यह हर जगह प्रवाहित होता है क्योंकि यह सृजन की ऊर्जा है। ताओ के साथ एकरूप होना लक्ष्यों से मुक्त होना है, सभी में (समस्त में) निमग्न होना है कि आप जो कुछ कर रहे हैं परिणाम की इच्छा से उसका कोई सम्बन्ध नहीं है। केवल प्रत्येक क्षण में ध्यान देते हुए और स्वयं को उस सृजनात्मक शक्ति के साथ प्रवाहित होने देना है जो इस संसार में सभी वस्तुओं और व्यक्तियों को ऊर्जावान बना रही है। जब आप इस तरह जीते हैं तो असफलता एक असम्भवता बन जाती है। स्वयं के साथ होने और हर चीज के स्रोत के प्रज्ञान में पूरी तरह विश्वास रखने के बाद आप कैसे असफल हो सकते हैं। अपने जीवन से असफलता के हटने के बाद आप समझते हैं कि लाओ त्जू का क्या मतलब होता है

जब वह कहते हैं कि, ''वह जो कुछ करता है, वह सफल होता है।''

ताओ ते चिंग की ढाई सहस्त्राब्द पहले की इस 22वीं कविता को लाओ त्जू द्वारा जैसा लिखा गया उससे प्राप्त हुआ सन्देश निम्नलिखित हैः

अपने जीवन के तूफानों को देखने का तरीका बदलिए

स्वयं पर हावी प्रभाव के तौर पर अहम् को हटाने के लिए सक्रिय होइए। दूसरों का ध्यान आकर्षित करने की आवश्यकता को छोड़ दीजिए और इसके साक्षी बनिए कि कैसे लोग स्वाभाविक तौर पर आपकी ओर खिंचे चले आते हैं। एक तर्क-विर्तक में जीतने की इच्छा को छोड़ दीजिए और यह कह कर कि, ''सम्भवतः आप सही हैं। मुझे एक नया परिप्रेक्ष्य प्रदान करने के लिए धन्यवाद।'' इस तरह की घोषणा (कथन) सभी के अड़ियलपन को राहत प्रदान करता है क्योंकि आपको स्वयं को सही सिद्ध करने या दूसरों को गलत साबित करने की कोई आवश्यकता नहीं है। यदि आप अपने सोचने का तरीका बदल देते हैं तो आप जो जीवन जी रहे हैं वो बदल जाएगा और आपकी यह कह उठने की इच्छा होगी कि ''मैं नहीं जानता'' या, ''मैं अनिश्चित हूं कि आखिर मैंने जो किया वो क्यों किया।'' जैसी कि लाओ त्जू आपको सलाह देते हैं कि जब आप अपने गर्व और अड़ियलपन को स्थगित करते हैं तो दूसरे स्वयं आपकी लचीली प्रकृति को मान्यता देने लगते हैं और वे आप पर विश्वास करने लगेंगे।

स्वयं की गौरवपूर्ण लम्बे ताड़ के वृक्ष की तौर पर कल्पना कीजिए

लक्ष्यों और उद्देश्यों से रहित एक प्राणी होइए। मजबूती के साथ खड़े रहने और सफल होने के बजाए प्रकृति की शक्तियों से सामंजस्य बैठाने में सक्षम होइए। काफी कुछ तूफानी शक्तिशाली हवाओं में एक लचीले (झुक जाने वाले) वृक्ष की तरह प्रारम्भिक तौर पर स्वयं को उस ऊर्जा का अनुभव करने देने के जरिए जो कुछ भी आपके मार्ग में आ सकता है उसके साथ अनुकूलन करने की इच्छा कीजिए। जब आपकी आलोचना होती है तो उसे सुनिए। जब शक्तिशाली शक्तियां आपको किसी दिशा में ढकेलती हैं तो लड़ने के बजाय झुक जाइए, टूटने के बजाए लच जाइए और स्वयं को स्थापित नियमों से मुक्त हो जाने दीजिए। ऐसा करने से आप अटूट और संरक्षित बने रहेंगे। वायु को कठिन परिस्थितियों का प्रतीक मानते हुए एक आन्तरिक परिप्रेक्ष्य बनाए रखिए जैसा कि आप पुष्टि करते हैं : **मेरे अन्दर कोई अड़ियलपन नहीं है। मैं किसी भी हवा के आगे झुक सकता हूं और अटूट बना रह सकता हूं। मैं हवा की ताकत को भी स्वयं को और अधिक मजबूत और बेहतर संरक्षित बनाने के लिए प्रयोग करूंगा।**

यह सरल शिक्षा इतनी आनन्द दायक है कि आपको आश्चर्य होगा कि आपने

इसे पहले क्यों महसूस नहीं किया। ताओ समय में "तूफान" को स्वीकार कीजिए और फिर इसे अपने शरीर पर महसूस होने दीजिए। क्योंकि आप अहम् की जगह ताओ पर अमल कर रहे हैं इसलिए हवाओं को बहते रहने देते हुए जब अड़ियलपन उत्पन्न हो तो उस पर भी उसी तरह ध्यान दीजिए। अपनी कठोरता के मूल को खोल देने की इच्छा कीजिए और जीवन के तूफानों में श्रेष्ठतर लचीलेपन को प्राप्त कीजिए। जब ताओ ऊर्जा के प्रति खुलने का इस तरह का अवसर दिखलायी पड़ता है तो तूफानपन आनन्ददायक घटनाओं में रूपान्तरित हो जा सकता है जो आपकी सच्ची प्रेम की प्रकृति को और अधिक व्यक्त करता है।

अब आप ताओ कीजिए

आज आप किसी ऐसी समझ को सुनिए जो कि आपकी समझ की उल्टी है। यह जैसे कि राजनीति, पर्यावरण, धर्म, दवाएं, युद्ध, मृत्यु दण्ड, या जो भी हो, किसी भी प्रकार के विषय पर हो सकती है। अपनी समझ मत थोपिए और उसकी जगह यह टिप्पड़ी कीजिए कि, "मैंने कभी इस दृष्टिकोण पर विचार नहीं किया। अपने विचार मेरे साथ बांटने के लिए धन्यवाद।" एक विपरीत स्थिति सुने जाने के जरिए आप अपने अहम् के रुख को निरस्त करेंगे और ताओ के लचीलेपन का स्वागत करेंगे।

तेइसवीं कविता

कम बात करना है प्राकृतिक
तेज हवाएं नहीं बहती हैं सब सुबह
नहीं होती है मूसलाधार बारिश पूरे दिन
कौन करता है? स्वर्ग और पृथ्वी।
लेकिन ये हैं अतिरंजित, बलित प्रभाव
और इसीलिए ये नहीं रह सकते टिके
यदि नहीं रख सकते टिकाए एक बलित कार्य,
स्वर्ग और पृथ्वी। तो कितना
अक्षम है मनुष्य कर सकने के लिए यह?
अनुसरण करते हैं जो मार्ग का
हो जाते हैं एक वो मार्ग के साथ
अनुसरण करते हैं जो अच्छाई का
एक हो जाते हैं वो अच्छाई के साथ
दूर हो जाते हैं जो मार्ग और अच्छाई से।
एक हो जाते हैं वो असफलता के साथ।
यदि आप अनुरूप होते हैं मार्ग के
तुमसे होकर बहती है इसकी शक्ति
प्रकृति के कार्यों जैसे हो जाते हैं तुम्हारे कार्य
तुम्हारे मार्ग हो जाते हैं स्वर्ग के जैसे।
खोलो, स्वयं को ताओ के प्रति
और करो विश्वास, अपनी प्राकृतिक अनुक्रिया पर
तब बरसेगी हर चीज जगह (घर) के अन्दर।

प्राकृतिकता को जीना

हर चीज़ जो संगठित होती है वह अन्ततोगत्वा विघटित होती है। ध्यान दीजिए कि मैंने शब्द 'चीज़' (वस्तु) पर जोर दिया है। यह इसलिए क्योंकि इस धरती पर सभी चीज़ें अस्थायी हैं और परिवर्तन की एक स्थायी अवस्था में हैं। क्योंकि आप इस ग्रह पर हैं इसलिए आप भी इस सदा परिवर्तन शील और सदा विघटित होते रहने के सिद्धान्त का एक हिस्सा हैं। ताओ ते चिंग की इस 23 वीं कविता में आपसे प्रकृति के तरीकों का निरीक्षण करने और फिर उनके साथ लयबद्धता पूर्वक जीने को पसन्द करने के लिए कहा जा रहा है।

प्रकृति को किसी भी चीज़ का आग्रह करने, धकेलने या बाध्य करने की आवश्यकता नहीं है। आखिरकार तूफान हमेशा नहीं बने रहते। हवाएं तेज बहती हैं लेकिन फिर वे शान्त हो जाती हैं। ताओ एक सनातन परिप्रेक्ष्य से सृजन करते हैं लेकिन हर चीज जैसे ही होने में (अस्तित्व में) आती है वैसे ही उसकी घर वापिसी की यात्रा प्रारम्भ हो जाती है। अतः यदि आप इस सरल सिद्धान्त के साथ लयबद्धता पूर्वक जिएंगे तो आप प्रकृति के साथ लयबद्ध होंगे। किसी व्यक्ति या चीज को बाध्य करने की इच्छा को छोड़ दीजिए और इसकी जगह सचेतन तौर पर प्रकृति के इस चक्रीय प्रतिमान का हिस्सा बनना स्वीकार कीजिए। लाओ त्जू आपको याद दिलाते हैं कि यहां तक कि स्वर्ग भी किसी बल पूर्वक कराए गए कार्य को स्वीकार नहीं कर सकता। अपने अन्तर्निहित होनेपन में सभी कार्यों का एक अस्थायी अस्तित्व होता है और निश्चल अवस्था को वापस लौटते हैं। समकालीन भाषा में हम कहते हैं कि, "हर चीज ऊपर बहती है।"

इस हिस्से की शिक्षाएं आपको कलह या तनाव के बीच में ठिठकने और यह याद रखने के लिए आमन्त्रित करती हैं कि अक्षुब्धता शान्ति मार्ग में है। यह कविता

बलपूर्वक यह चिन्हित करती है कि आपके पास सदैव चुनने की सुविधा है। हर परिस्थिति में आप बढ़ा-चढ़ा कर प्रस्तुत की गई और बाध्यकारी ऊर्जा का निरीक्षण करना पसन्द कर सकते हैं। यह एक परिस्थिति को नियन्त्रित करने के लिए मौखिक तौर पर प्रयास करना हो सकता है या इस बात के लिए कोसना हो सकता है कि कैसे जीवन की घटनाएं प्रगट हो रही हैं। लेकिन इस सबसे इतर ये क्षण यहां तक कि विप्लव और वेदना के मध्य भी ताओ के प्रति खुलने के निमन्त्रण हो सकते हैं। यह है कि कैसे मार्ग का अनुसरण किया जाए। ध्यान रखिए कि कैसे प्रकृति तेज बहती है और फिर शान्ति की ओर वापस लौटती है। ताओ के 'अच्छेपन' का अनुसरण कीजिए और आप अच्छाई बन जाएंगे। अच्छाई को भूल जाइए और आप असफलता के साथ एक हो जाएंगे।

संगठित और विघटित होते आप काल और दिक् में आकार के नियम का एक हिस्सा हैं। प्रकृति में प्रत्येक वस्तु अपने स्रोत की ओर लौट रही है...प्रश्न यह है कि क्या आप इस प्राकृतिक अच्छाई के साथ सचेतन तौर पर इसमें हिस्सा लेना चाहेंगे या आप इसके बजाय अपने क्षणों को चिन्ता और असफलता में खर्च करेंगे। इस जटिल प्रश्न पर ताओ की प्रतिक्रिया आपके अहम् में अन्तर्निहित नहीं है क्योंकि यह चीजों को बाध्य करने, चीजों को होने देने और (प्रभारी) सचालक व्यक्ति हो सकने की क्षमता में मजबूती के साथ विश्वास करता है। ताओ चिन्हित करते हैं कि इसके बारे में इस प्राकृतिकता के साथ कि यह थोपा नहीं गया है, मार्ग हर चीज के लिए जिम्मेवार है। यह आपको याद दिलाता है कि जो एक क्षण में इतना विध्वंसकारी प्रतीत होता है वह दूसरे क्षण में परोपकारी (उदार) परिपूर्णता है। जब आप संसार की प्राकृतिकता के अनुरूप होते हैं तो आप इस सब कुछ का सृजन करने वाली शक्ति के साथ सहयोग करते हैं जो आप से होकर प्रवाहित हो रही है। अहम् संचालित योजनाओं को स्थगित कीजिए और उसके बजाय उस शक्ति में शामिल होइए जिसने आपका सृजन किया। इसको अपने जीवन की मार्गदर्शक शक्ति बनाइए।

ताओ ते चिंग की इस कविता में अपने 2500 वर्ष प्राचीन परिप्रेक्ष्य से मेरे जरिए लाओ त्ज़ू यहां आपसे कह रहे हैं :

प्रकृति के तरीके का सक्रियता पूर्वक निरीक्षण करने के जरिए अपने जीवन को बदलिए

गरजते तूफानों या भयंकर हवाओं को विध्वंसक या असुविधाजनक घटनाओं के तौर पर सोचने के बजाय यह देखिए कि अस्थायी स्थितियां हैं जो गुजर जाती हैं। जब कोई शक्तिशाली, असुविधाजनक परिस्थिति पैदा होती दिखे तो प्राकृतिक चक्र को ध्यान

कीजिए। इसको सुनिश्चित कीजिए किः यह एक अस्थायी क्षति है। मैं एक नियन्त्रक व्यक्ति बनने के जरिए इससे स्वयं को आजाद करने जा रहा हूं। तब, इस क्षण में, क्या है के प्रति खुलेपन के साथ यह देखिए कि आप क्या महसूस कर रहे हैं। याद रखिए कि यह प्रकृति का तरीका है। वैश्विक ताओ के धैर्य के साथ सटीक तालमेल में अपने मस्तिष्क को प्राकृतिक तरीके पर केन्द्रित कीजिए।

अपने जीवन में परिस्थितियों के प्रति प्राकृतिक तौर पर जवाब देने की अपनी क्षमता पर विश्वास करने के द्वारा अपने जीवन को बदलें

शुरुआत में तुरन्त जवाब देने के बजाय हो सकता है आप स्वयं का मित्रता पूर्ण तरीके से निरीक्षण करें। जब आप अपनी राय को जनवाने का अपना रुझान महसूस करते हैं तो इस उत्तेजना को अपने से चुपचाप यह बतलाने दीजिए कि यह वाकई क्या चाहती है। आपका शरीर जानता है कि कैसे शान्ति में रहा जाए और जीवन से तूफान के गुजर जाने का इन्तजार किया जाए लेकिन आपकी जरूरत इसको यह महसूस करने देने की है कि आप इसके संकेतों का स्वागत कर रहे हैं। स्थिर होइए और स्वयं को इसकी शक्ति के लिए खोलते हुए स्वयं को सृजनात्मक ताओ के साथ लयबद्धता में होने दीजिए। टी.एस.ईलियट अपनी कविता ''ऐश वेडनेस डे'' में प्राकृति चक्र को प्रस्तुत करते हैं :

क्योंकि मैं जानता हूं कि समय सदैव समय है। और स्थान है सदा और केवल स्थान।
और जो है वास्तविक, है वास्तविक केवलएक समय के लिए
और केवल एक जगह के लिए
मैं आनन्दित होता हूं कि चीजें हैं वैसी जैसी हैं वे।

यही विचार है : ताओ के स्थिरत्व में आनन्दित होना।

अब आप ताओ करे

एक पूरा दिन प्रकृति पर ध्यान देने और ऐसे असंख्य उदाहरणों पर ध्यान देते हुए बिताइए जिन्हें वह व्यवस्थित ढंग से चक्र में घुमाती है। ऐसे कम से कम तीन तरीके देखिए जिन्हें आप जीवन के प्रति अपनी अनुक्रिया में और अधिक प्राकृतिक (स्वाभाविक) होने के लिए पसन्द करें। धूप में अपने रोओं को घुंघराले करती एक अलसायी सी बिल्ली इसका प्रतीक हो सकती है कि आप कैसे होना चाहेंगे। या शायद बिना किसी जल्दबाजी के धीरे-धीरे अन्धकार को प्रकाशित करती भोर। हो सकता है आप

प्रगट तौर पर बिना किसी निर्णय के सुविधापूर्वक अन्दर आते और जाते ज्वार-भाटा पर ध्यान केन्द्रित करना पसन्द करें। वे चाहे जो कुछ भी हों, अपनी प्रतीक छवियों (बिम्बों) को हासिल कीजिए और अपने अन्दर प्रस्फुटित होने के लिए उनकी प्रतिमूर्तियों को ताओ में आमन्त्रित कीजिए।

चौबीसवीं कविता

यदि तुम खड़े हो पंजों के बल, नहीं खड़े रह सकते दृढ़ता पूर्वक
यदि लो तुम लम्बे डग, नहीं टहल सकते दूर तक तुम
दिखावा करना नहीं प्रगट करता प्रबोध
अहंकार नहीं उत्पन्न करेगा उपलब्धियां
वह जो है आत्म पूजक नहीं है वह सम्मानित
जो बधारता रहता है शेखी, नहीं टिकेगा वह
व्यवहार के ये सभी तरीके हैं घृणित और बेस्वाद
ये हैं व्यर्थ की अधिकताएं
ये हैं पेट में दर्द की तरह
शरीर में एक अर्बुज
जब चल रहे हैं ताओ के मार्ग पर
यह है वह तुच्छ सामग्री जिसे निश्चय ही
उखाड़ा जाना है जड़ से, फैंका जाना है बाहर
और छोड़ दिया जाना है पीछे।

अधिकता के बिना जीना

इस कविता में लाओ त्जू सलाह देते हैं कि ताओ के मार्ग के लिए अत्याधिक निजी महत्व की सभी खर पतवार को साफ किए जाने की आवश्यकता है। आखिरकार, उपलब्धियां सब कुछ का सृजन करने वाले स्रोत से निकलती हैं जिसे लाओ त्जू "ताओ" कहते हैं। हर चीज जिसे आप देखते, छूते या रखते हैं वह ताओ से प्राप्त किया गया उपहार है। इसलिए अपने अहम् को स्थगित करना और ताओ की सृजनात्मकता के लिए उदारता और कृतज्ञता रुख रखना आपका कर्त्तव्य है। इस तरीके से आप, यह जैसा है, वैसे होते हुए ताओ के मार्ग पर चलते हैं जो कि असीमित प्रदान करने की अवस्था में सदैव अस्तित्वमान रहता है। यही वह अवस्था है, जिसमें लौटने के लिए ताओ ते चिंग की यह 24वीं कविता आपसे आग्रह करती है।

ध्यान दीजिए कि ताओ का प्राकृतिक प्रवाह किस तरह काम करता है। यह आपका कुछ नहीं मांगता यह भोजन (खाद्यान्न), वायु, जल, प्रकाश, भूमि और सुन्दरता की असीमित आपूर्ति के साथ आपको व सबको प्रदान करता है। यह सदैव सभी के लाभ के लिए सृजन कर रहा है और इसको गर्व पूर्ण प्रोत्साहन या बदले में कुछ मांगने की आवश्यकता नहीं है।

हाफिज की यह कविता इस बात का सचित्रीकरण करने के लिए दोहराए जाने की जिम्मेवारी वहन करती हैं :

यहां तक कि
बाद
इस समस्त काल के
सूर्य कभी नहीं कहता पृथ्वी से
"तुम ऋणी हो

मेरी''
देखो
क्या होता है
इस तरह के प्रेम से
यह प्रकाशित करता है
सम्पूर्ण
आकाश

सूर्य कार्यरत ताओ का प्रतीक है। यह मान्यता की किसी मांग के बिना पूरी पृथ्वी को प्रकाशित (चित्रित) करता हुआ सभी को अपनी उष्मा, प्रकाश और जीवनदायी ऊर्जा को प्रदान करता है। कल्पना कीजिए कि यदि सूर्य को ध्यान दिए जाने की जरूरत होती और उसने अपने प्रयासों के लिए वक्र सज्जा पट्टियों (नाइट की उपाधि के लिए संस्कार में प्रदान की जाने वाली) की मांग की होती तो यह वहीं चमकता जहां यह सबसे अधिक प्रशंसित महसूस करता या तभी चमकता जब इसे उस जीवन दायी ऊर्जा के लिए भुगतान की प्राप्ति हो जाती। जल्दी ही संसार अंशतः सूर्य की तेजस्विता से वंचित हो जाएगा और अन्ततोगत्वा सम्पूर्ण गृह अन्धकार की गिरफ्त में आ जाएगा क्योंकि ''सूर्य भगवान'' को मनाने के तरीकों को लेकर युद्ध फूट पड़ेंगे। यह देखना बहुत सरल है कि क्यों लाओ त्जू इस तरह प्रवृत्ति को अहंकार पूर्ण और आत्म पूजक जैसे घृणित और शरीर में अर्बुज ''जैसे सगे के तौर'' पर प्रस्तुत करते हैं।

दूसरों को देने और इसके बदले कुछ न लेते हुए लेने वाला होने के बजाय देनेवाला होने के जरिए ताओ के रास्ते पर चलिए। इसके बाद आत्मप्रशंसा करने की अपनी इच्छाओं पर नजर डालिए और स्वीकृति प्राप्त कीजिए क्योंकि आपकी यात्रा में खरपतवार उग रहे हैं। उदाहरण के लिए यदि आप स्वयं को महत्वपूर्ण और विशेष समझते हैं क्योकि आप में कलात्मक प्रतिभा है तो आप अहम् के मार्ग पर चल रहे हैं। ताओ के मार्ग पर चलने का अर्थ है कि जो हाथ आपको एक मूर्ति की रचना करने देते हैं, उनके प्रति आप सम्मान व्यक्त करते हैं।

इस तरह से ताओ आपको अपने प्रयासों और उपलब्धियों के लिए प्रशंसित होने की अपनी अहम् संचालित इच्छाओं से मुक्त होकर ताओ के मार्ग पर चलने की सलाह देते हैं:

सचेतन तौर पर कृतज्ञ होने की अवस्था में होकर अपने जीवन को बदलिए

आपके जीवन की यात्रा बदल जाएगी जब आप आज जो कुछ भी हैं, जो कुछ भी

उपलब्धियां आपने प्राप्त की हैं और जो कार्य आप सफलता पूर्वक सम्पन्न कर सके हैं, उसके लिए कृतज्ञ होने को आतुर होंगे। अपने टहलने के पूरे समय के दौरान, और जब आप सोते और जगते हैं, यह दोहराते रहने का कि "मैं धन्यवाद करता हूं", अभ्यास कीजिए। इससे कोई फर्क नहीं पड़ता कि आप गाड, आत्मा, अल्लाह, ताओ, कृष्ण, बुद्ध, स्रोत, या स्व में से किसको धन्यवाद ज्ञापन करते हैं क्योंकि यह सभी नाम प्रज्ञान की महान परम्पराओं का प्रतिनिधित्व करते हैं। सूर्य के प्रकाश , वर्षा, और सभी अंगों सहित अपने शरीर के लिए धन्यवाद ज्ञापन कीजिए। मस्तिष्क के लिए, हृदय के लिए, यकृत के लिए और यहां तक कि पैर की अंगुलियों के नाखूनों तक के लिए धन्यवाद ज्ञापन का दिवस तय कीजिए। धन्यवाद ज्ञापन का आपका अभ्यास हर चीज के वास्तविक स्रोत पर केन्द्रित होने में सहायता करता है और इसके साथ-साथ इस पर ध्यान देने में भी मददगार होता है कि कब आप अहंम को स्वयं पर हावी होने दे रहे हैं। इसको मौन दैनिक अभ्यास बनाइए। जिस पलंग, चद्दर, तकिए और कमरे में आप रात में सोते हैं उसके लिए कृतज्ञता का ज्ञापन कीजिए और सुबह उसके लिए, जो आगे होना है, कहिए, मैं धन्यवाद करता हूं।" इसके बाद इस गृह पर किसी जगह किसी अन्य मनुष्य के लिए कुछ दयालुता पूर्वक करते हुए इस सुन्दर दिन की शुरुआत कीजिए।

गर्व करने और आत्मपूर्वक होने की अपनी आकांक्षा की जांच पड़ताल करने के जरिए अपने जीवन को बदलिए

जब कभी आप अपनी उपलब्धियों या विश्वास पत्रों (प्रमाण पत्रों, उपाधियों) पर आत्म प्रशंसा करने वाले हों तो उसी क्षण इसकी जरूरत महसूस कीजिए और ताओ की इस शिक्षा को याद कीजिए कि यह वह चीज है जिसे निश्चय ही जड़ से उखाड़ दिया जाना चाहिए, फैंक दिया जाना चाहिए और पीछे छोड़ दिया जाना चाहिए। ताओ के मार्ग पर आन्तरिक अनुमति अच्छी और शुद्ध है जबकि स्वयं पूजक आत्म प्रशंसा बेकार है। जब आपको अपनी वासनामय आदत दिखलायी दे तो आप ताओ ते चिंग की 24वीं कविता को याद करने के जरिए ताओ के मार्ग पर वापस जाना पसन्द कर सकते हैं। तब आडम्बर और स्वयं को गौरवान्वित करने वाली टिप्पणियों को खर पतवार के तौर पर देखा जा सकता है जिसकी कि आपको वाकई कोई जरूरत नहीं है। आमूल नम्रता की ओर लौटने और हर किसी में महानता का दर्शन करने के जरिए तब आप अपने जीवन को आत्म-महत्व की अधिकता से मुक्त कर लेंगे...और यही ताओ का मार्ग है।

अब आप ताओ कीजिए

कल सुबह अपनी दयालुता को अभिव्यक्त करते हुए किसी के साथ कुछ कीजिए जो आपके इस व्यवहार से पूरी तरह अचम्भित हो जाएगा। अपने प्रेम और प्रशंसा की अभिव्यक्ति करते हुए किसी को ई-मेल कीजिए। सहायता प्राप्त जीवन सुविधाओं में अकेलापन महसूस कर रहे किन्हीं दादा-दादी या नाना-नानी को बुलाइए। अपने किसी प्रिय को जो अकेला महसूस कर रहा है या अगर जरूरत महसूस हो तो किसी अजनबी (या अतिथि) को पुष्प भेजिए। ध्यान दीजिए कि आपकी दूसरों के प्रति कृतज्ञता कैसे आपके ताओ मार्ग का पोषण करती हैं, न कि आपके अहम् का।

पच्चीसवीं कविता

वहां था कुछ निराकार और परिपूर्ण
विश्व के जन्म लेने के पहले
यह है शान्त, खाली
एकान्त, अपरिवर्तन शील
अनन्त नित्यतापूर्वक उपस्थित
यह है मां विश्व की
अभाव में एक बेहतर नाम के
मैं कहता हूं इसे ताओ
मैं कहता हूं इसे महान
महान है असीम
असीम प्रवाहित हो रहा है सनातन
सदैव प्रवाहित, यह निरन्तर लौट रहा है।
इसलिए मार्ग महान है
स्वर्ग महान है
पृथ्वी महान है
लोग महान हैं
अतः जानने को मानवता
पृथ्वी को समझो
पृथ्वी को जानने को
स्वर्ग को समझो
स्वर्ग को जानने को
मार्ग को समझो
मार्ग को जानने को
अपने स्वयं के अन्दर के महान को समझो।

महानता से जीना

बहुत से विद्वान जिन्होंने सदियों के दौरान ताओ ते चिंग के बारे में लिखा, इस 25वीं कविता को पूरी पाण्डुलिपि के सबसे महत्वपूर्ण पाठों में से एक के तौर पर लेते हैं। मेरे शोध के अनुसार, इस हिस्से के सभी अनुवादों द्वारा प्रयुक्त शब्द 'ग्रेट' (महान) को वस्तुतः व्याख्यापित किए जाने की आवश्यकता है।

यह कविता हमें कहानी कहती है कि यहां तक कि शुरुआत के भी पहले यहां निराकार और परिपूर्ण किसी चीज का अस्तित्व मौजूद था। यह आगे कहती चलती है कि यह निराकार परिपूर्णता "संसार की मां" है। यद्यपि यह अनाम है इसे ताओ कहा जाता है और यह जिसे महान कहते हैं उसका पर्यायवाची है। इसको अर्थ है कि ताओ के अन्दर ऐसा कुछ नहीं है जो कि महान का विलोम है। वहां कुछ भी ऐसा नहीं है जो छोटा, महत्वहीन, अशक्त, निरर्थक या यहां तक कि औसत है। यह कहानी पाठकों को यह एहसास कराना चाहती है कि एक शुद्ध, अकाल ऊर्जा है जो कि इस ग्रह पर सभी चीजों के अन्दर मौजूद है और जो आकार के ठोस रूप में प्रगटीकरण से पवित्र बनी रहती है। इसका निष्कर्ष पाठक के लिए, एक छात्र के लिए जो कि आप हैं, एक निर्देश है। इस निराकार परिपूर्णता को समझने के लिए आपको निश्चय ही अपने अन्दर मौजूद महान को समझना होगा। आप इस अद्भुत कथा के केन्द्रिय पात्र है।

क्योंकि आप सनातन ताओ के द्वारा सृजित हैं, इस कथा का महानता का सन्देश उस तरीके को बदलने, जिससे आप जीते हैं और उस जीवन को देखने, जो आप परिवर्तन के बाद जिएंगे, के लिए आमन्त्रित करती हैं। आप इसको उन विचारों और ख्यालों का परीक्षण करने से प्रारम्भ कर सकते हैं जो कि लाओ त्जू द्वारा बनाए गए इस अद्भुत निष्कर्ष से असंगत हैं जो कि दूसरों के द्वारा पूरे इतिहास में अनुगूंजित हैं। अपनी पुस्तक

'द जर्नी', जो कि 1954 में प्रकाशित हुई थी, लीलियान स्मिथ ने इसका इस तरह वर्णन किया है :

"आवश्यकता, जिसको अपने जीवन में हर कोई हर समय महसूस करता है, लेकिन फिर भी इसको स्वीकार नहीं करता। यह किसी के अहम् से अधिक बड़ी किसी चीज से सम्बन्धित है, ऐसी चीज जो किसी के स्व से कहीं अधिक जीवन्त है, ऐसी चीज जो बहुत प्राचीन है और ऐसी चीज जो अभी तक नहीं जन्मी है, वह काल के द्वारा स्थापित रहेगी।"

वह टिकी हुई "कोई चीज" आपकी महानता, अनन्त के साथ आपके सम्पूर्ण जुड़ाव की पुष्टि करती है। यहां एक वरिष्ठ साझीदार के साथ स्थायी तौर पर जुड़े रहने का भाव है जो कि स्वयं महानता है।

लाओ त्जू आपको इस ग्रह, इसके लोग, और स्वर्गों और महानता पर ध्यान देने के लिए सलाह देते हैं। इसके बाद अपनी ओर ध्यान दीजिए और देखिए कि आप उन सब का एक अंग हैं। इसका तात्पर्य है कि अपने अन्दर महानता की खोज करने के जरिए सृजन के महान रहस्य होने से जो प्रगट होता है उसका स्वागत कीजिए और फिर स्वर्ग और पृथ्वी और इसके सभी लोगों के साथ आप द्वारा प्राप्त की गई महानता को महसूसने की प्रसन्नता का आनन्द लीजिए। अपनी स्वयं की "महानता विरासत" पर मजबूती के साथ लटके रह कर आप यह सुनिश्चित करते हैं कि सदा-सर्वदा उपस्थिति ताओ सचेतन तौर पर उपलब्ध हैं। 'महानता' के एक परिप्रेक्ष्य से आपसे केवल महानता ही प्रगट हो सकती है, हीनता के एक आन्तरिक परिप्रेक्ष्य से आप केवल उन घटनाओं को आमन्त्रित करते हैं जो उन विश्वासों के साथ पंक्तिबद्ध हैं।

एक कक्षा में, एक शिक्षुता में, एक अध्यापक या अच्छे समझे जाने वाले परिवार के सदस्यों, मित्रों और प्रियजनों की झूठी प्रशंसा वाली टिप्पणियों में आपकी महानता नहीं प्राप्त होगी। यह आपके अन्दर है। उस महानता के बारे में सचेत होना आपके लिए कठिन है जो अनवरत आपसे होकर प्रवाहित हो रही है। ऐसा करने के लिए इससे कृतज्ञता के विचारपूर्ण क्षणों में मिलिए और विपरीत वैचारिक दृष्टिकोणों से प्रभावित होने से स्वयं को रोके रखिए।

विशिष्ट तौर पर उन दुर्लभ टिप्पणियों को सुनिए और देखिए जो आपके स्वयं के आन्तरिक संवाद से उत्पन्न होती है। जब इस तरह के विचार आपके मस्तिष्क में उपजते हैं तो उन्हें वह कहने दीजिए जो वो कहना चाहते हैं। यदि आप उन विचारों को बोलने देंगे जो उतने महान नहीं हैं, तो आप सदैव यह खोज पाएंगे कि जो वो वाकई चाहते हैं, वह है अच्छा महसूस करना। उनको यह विश्वास करने के लिए जितना समय चाहिए वह दीजिए कि उनके अस्तित्व के लिए कोई क्षतिपूर्ति नहीं है, और वो

प्रसन्नतापूर्वक आपके अन्दर मौजूद महानता में विलीन हो जाएंगे। इस गुण का आकलन आपको बृहत्तर सम्पूर्ण में शामिल होने देगा जहां ताओ की शक्ति भयपूर्ण आत्मनिर्णय से अबाधित प्रवाहित होती है। इस महानता में आबद्ध होने के जरिए अपने जीवन जीने का तरीका बदलिए और जो जीवन आप जी रहे हैं वह शब्दशः बदल जाएगा।

वे विचार निम्नलिखित हैं जो अब से 25 शताब्दी पहले ताओ ते चिंग की इस कविता को लिख कर लाओ त्जू चाहते थे कि आप अंगीकार करें :

अपनी महानता में विश्वास कीजिए

जिस पर आपका अधिकार है आप वह शरीर नहीं है। यह अस्थायी है और कहीं नहीं के अपने रास्ते पर वापस लौट रहा है जिससे कि यह आया है। आप शुद्ध महानता हैं...और पूरी तरह उस महानता के जैसे हैं जो जीवन के सब कुछ को उत्पन्न करता है। इस विचार को अपने मस्तिष्क में सबसे ऊपर रखिए और आप स्वयं को इन्हीं सृजन की शक्तियों की ओर आकर्षित करेंगे। सही लोग सामने आएंगे जिन कार्यों की आपकी इच्छा है वो आपको पता चलेंगे। वित्तीय स्थिति अच्छी होगी। यह सब इसलिए क्योंकि महानता इसके बजाय स्वयं के स्व को ज्यादा आकर्षित करती है, ठीक उसी तरह जैसे अक्षमता के विचार एक ऐसे विश्वास पर काम करते हैं जो यह तय कर देता है कि हीनता आपकी वास्तविकता हो जाएगी। निम्नलिखित को स्वयं से बार-बार तब तक कहते रहिए जब तक कि यह संसार के प्रति आपका स्वचालित आन्तरिक जवाब न हो जाए: **मैं महानता से आया हूं, मैं महानता को आकर्षित करता हूं, मैं महानता हूं।**

उन विश्वासों (मान्यताओं) पर ध्यान दीजिए जो महानता का होने के आपके स्तर के विरुद्ध हैं

अपने को किसी ऐसी बातचीत के मध्य में पकड़िए जो आपके इस विश्वास को प्रतिबिम्बत करती हो कि आप औसत हैं। उस विश्वास के साथ मौन रह कर गर्मजोशी के साथ बोलिए और यह पूछिए कि वह क्या चाहती है। यह सोच सकती है कि इसे आपकी निराशा या दर्द से रक्षा करनी है जैसा कि इसने आपके अस्तित्व में शायद पहले किया है। लेकिन ध्यान को निरन्तर स्वीकार किए जाने से भावना सदैव अन्ततोगत्वा यह स्वीकार करेगी कि वह महान महसूस करना चाहती है। तो इसको चाहने दीजिए। आप उन निराशाओं और दुखों के साथ खड़े रहने के लिए पर्याप्त अच्छे हैं जो इस ग्रह पर जीवन को पीड़ित करते हैं लेकिन यह विश्वास करने के जरिए कि आप यह स्वीकार नहीं करते कि महानता सर्वनाशी है अपनी रक्षा करने का प्रयास कर रहे हैं।

इन कुविश्वासों पर नजर डालिए और जो वे वास्तव में चाहते हैं (और आप भी)

उसमें रूपान्तरित होने के लिए उन्हें अवसर प्रदान कीजिए। आपकी जो भी होने की इच्छा है या स्वयं को आकर्षित करने के लिए, 'मेरे लिए यह सम्भवतः नहीं होगा' से 'यह अपने रास्ते पर है' की ओर आन्तरिक बदलाव कीजिए। तब इसके यहां तक कि एक मिनट के साक्ष्य को देखने की प्रक्रिया प्रारम्भ कीजिए कि आपने जो चाहा था वह सचमुच अपने मार्ग पर है। इस प्राचीन स्वयं सिद्ध प्रमाण (सिद्धान्त) को दिमाग में रख पाना कठिन है कि ''मैं वह पाता हूं जिसके बारे में सोचता हूं, चाहे मुझे वह चाहिए हो या नहीं।'' अतः इसके बारे में सोचिए कि कितने भाग्यशाली हैं कि आपको आपके अन्दर स्थित महानता प्राप्त होने जा रही है। अब आप चरम विरोधाभास को जी सकते हैं। आप एक साथ 'महानता' और 'कुछ नहीं' हो सकते हैं।

अब आप ताओ कीजिए

निम्नलिखित शब्दों को नकल कीजिए और स्वयं पर लागू कीजिए : ''मैं महानता से आया हूं। मुझे वैसा होना ही चाहिए जहां से मैं आया हूं। मैं कभी भी अपनी महानता और दूसरों की महानता में अपना विश्वास नष्ट नहीं करुंगा।'' कदाचित सचेतन तौर पर ऐसी जगह इसको रखे जाने (चिपकाए जाने), जहां इस पर आपकी नजर पड़े, के जरिए इन शब्दों को रोज पढ़िए। ये आपको आपके स्वयं की महानता को याद दिलाएंगे। अपनी आन्तरिक महानता पर केन्द्रित करते हुए आज दस मिनट के लिए ध्यान कीजिए।

छब्बीसवीं कविता

भारी है प्रकाश की जड़
स्थिर (शान्त) है अशान्ति का स्वामी
महसूस करके इसे
सफल व्यक्ति है
सन्तुलित और केन्द्रित
बीच में सभी गतिविधियों के
घिरा होने के बावजूद धन दौलत से
नहीं करता है वह शासन
क्यों देश के स्वामी को
भागना चाहिए एक मूर्ख की तरह?
यदि होने देते हो तुम स्वयं को बहाया और फैंका हुआ
खो देते हो सम्पर्क तुम अपनी जड़ों से
असंयत होना है, अपने स्व-प्रभुत्व को खोना।

शान्ति पूर्वक जीना

ताओ ते चिंग के इस अध्याय में आपको, जो आपके आस पास होता हुआ दिख सकता हो उसकी चिन्ता किए बिना शान्ति के भाव को बरकरार रखने की सलाह दी जा रही है। इससे भी अधिक आपसे यह कहा जा रहा है कि सच्चा गुरू जानता है कि शान्त रहने की क्षमता सदैव अन्दर स्थित रहती है। इस परिप्रेक्ष्य से दूसरों को यह जिम्मेवारी सौंपने की कोई आवश्यकता नहीं है कि आप कैसा महसूस कर रहे हैं। ऐसे संसार में जीते होने के बावजूद जहां आरोप लगाया जाना और गलतियां तलाशा जाना सदा होती रहने वाली चीजें हैं, आप अपनी भावनाओं और कार्यों के स्वामी होंगे। आप जानेंगे कि परिस्थितियां आपकी मनोदशा तय नहीं करती; उसके लिए आपके पास शक्ति मौजूद है। जब आप, यहां तक कि विद्रोह या विप्लव में भी, अपनी शान्तिपूर्ण आन्तरिक मुद्रा को बरकरार बनाए रखते हैं तो आप अपने जीवन को बदल देते हैं।

ताओ ते चिंग की इस कविता का प्रज्ञान आपको यह जानने के लिए उत्साहित करता है कि आपके पास चुनाव की सुविधा है। क्या आप भ्रम की स्थिति में रहना चाहते हैं या आप शान्त आन्तरिक प्राकृतिक दृश्य चाहते हैं। यह आपकी इच्छा पर है। इस अन्तर्दृष्टि से लैस ताओ गुरु बाहरी घटनाओं को गड़बड़ी नहीं बनने देते। लाओ त्जू आपसे कहते हैं कि अपनी शान्ति के अभाव के लिए दूसरों पर दोषारोपण कभी आपको वह होने की अवस्था पर नहीं ले जाएगा जिसको प्राप्त करने के लिए आप प्रयास कर रहे हैं। स्व. प्रभुत्व तभी प्रस्फुटित होता है जब आप जागरूक होने का अभ्यास करते हैं और जो महसूस कर रहे हैं उसके प्रति जिम्मेवार होते हैं।

ताओ ते चिंग का यह विशिष्ट हिस्सा ऐसा है कि जिसमें आप स्वयं को बार-बार निमग्न रखना चाहेंगे। आखिरकार, बिना यह महसूस किए कि आपकी अनुमति के बिना लोग और परिस्थितियां आपको नियन्त्रित करती हैं, जीवन के साथ चलने की

स्वतन्त्रता से बढ़ कर भला क्या हो सकता है? क्या आप उदास है? खीझे हुए हैं? हताश है? प्रसन्न (प्रमुदित) हैं? आनन्द पूर्वक प्रेम में हैं? आपको वर्तमान अवस्था चाहे जो हो, यदि आप यह विश्वास करते हैं कि बदलती हुई आर्थिक तस्वीर या आपके आस पास हो रही घटनाओं की कालीन (या चित्रित चादर) जिम्मेवार हैं और फिर आप इन बाह्य पहलुओं को अपने मस्तिष्क की आन्तरिक अवस्था को व्याख्यायित करने के लिए प्रयोग करते हैं तो आपने—अपनी जड़ (मूल) से सम्पर्क खो दिया है। क्यों? क्योंकि आप परिस्थितियों की बदलती हवाओं द्वारा आपको "बहा लिए जाने और दूर कर दिए जाने" की अनुमति प्रदान कर रहे हैं।

एक अशान्त जीवन का समाधान स्थिरत्व को पसन्द करना है। ताओ का मौन इस 10,000 चीजों वाले संसार में किसी भी उपद्रव को विस्मृत कर देने वाला है। ताओ की तरह होओ, लाओ त्ज़ू सलाह देते हैं कि "स्थैर्य (शान्ति) अशान्ति का स्वामी है।" आपके पास हर क्षण चयन की सुविधा है अतः आप ईश्वर का मेजबान होना तय कर सकते हैं और शान्ति को अपने साथ ले जा सकते हैं जो कि ताओ है या आप अपने अहम् के मेजबान हो सकते हैं जो इस पर जोर देता है कि जब आप ऐसी परिस्थितियों में फंसे हुए हैं जो उपद्रव जैसी है तो अव्यवस्थित महसूस करने के कारण आप वस्तुतः कोई सहायता नहीं कर सकते।

आपसे 2500 वर्ष पहले उनके द्वारा चुनी गई गहन सरल जिन्दगी से निकले इस गहन सरल हिस्से में लाओ त्ज़ू आपको यह प्रस्तावित करते हैं :

अपने जीवन की परिस्थितियों को एक शान्त आन्तरिक जवाब का प्रयत्न करने की शपथ लीजिए

किसी भी तरह की असहजता में, यह एक बहस-मुबाहिसा हो सकता है, यातायात अवरुद्धता हो सकती है, एक आर्थिक संकट हो सकता है या सब कुछ में कुछ भी हो सकता है, तुरन्त निर्णय कीजिए कि आप स्वयं के शान्ति केन्द्र को प्राप्त करेंगे। यह सोचने के द्वारा नहीं कि क्या हो रहा है और इसके बजाय कुछ गहरी सांसे लेने से जिसमें आप अपने मस्तिष्क को निर्णयों से खाली करने का चुनाव करते हैं, मानसिक तौर पर "एक मूर्ख की तरह भाग जाना" असम्भव हो जाता है। आप में परिथितियों के समक्ष शान्ति को चुनने की सहज योग्यता है जो दूसरों को पागलपन की ओर ले जाती है। आपकी ऐसा करने की अभिलाषा खास कर तब जब कि उपद्रव (विप्लव) और क्रोध आपकी पहले की पसन्द रही हैं, आपको "अशान्ति के मालिक" के सम्पर्क में बनाए रखती है। एक समय था जब मैं सोचता था कि यह असम्भव है। अब मैं जानता हूं कि यहां तक कि बहुत मुसीबत भरे समय में भी, मेरी प्रतिक्रिया स्थिरत्व (शान्ति) को पसन्द करना है...ताओ के मार्ग को।

अपनी जड़ों से सम्बन्ध मत खोइए

एक लिखित कथन या घर और कार्यालय में जानबूझ कर चिपकाए गए एक चित्र के जरिए अपने आप को याद दिलाते रहिए कि आपकी सहमति के बिना कोई भी आपको आपकी जड़ों से अलग नहीं कर सकता। अक्सर इसको दोहराइएः चाहे मेरे साथ कुछ भी होता रहे, मुझ में सन्तुलित और केन्द्रित बने रहने की क्षमता है। इसके बाद, जब आप अगली बार असहजता की स्थिति के शिकार होंगे तो इस तरीके के होने को प्रयोग करने की शपथ लीजिए। पहले से मानसिक कार्य कीजिए और आप उस स्व-स्वामित्व को प्राप्त कर लेंगे जिसका लाओ त्ज़ू ने इस कविता में उल्लेख किया है। इससे भी अधिक महत्वपूर्ण यह है कि आप ताओ के साथ लयबद्ध होंगे जो कि आपका अन्ततोगत्वा लक्ष्य है।

अब आप ताओ कीजिए

एक शान्त जगह पर बैठिए और कल्पना कीजिए कि जिसके साथ लम्बे समय से आपका किसी तरह का झगड़ा चला आ रहा है, वह आपके सामने बैठा है। अब आप जोर से सीधे उससे कहिए कि, ''मैं तुम्हें माफ करता हूं। मैं तुम्हें प्रेम और प्रकाश से आच्छादित करता हूं और यही मैं स्वयं के लिए भी करता हूं।'' यह ताओ ते चिंग की 26वीं कविता को शान्ति का एहसास लाने के जरिए, आपके लिए सक्रिय करेगा।

सत्ताइसवीं कविता

सत्य का ज्ञाता।
यात्रा करता है, निशान छोड़े बिना। बोलता है,
नुकसान पहुंचाए बिना।
देता है हिसाब-किताब रखे बिना।
करता है बन्द दरवाजे, यद्यपि नहीं है कोई ताला,
पर नहीं जा सकता खोला उसे।
गांठ वह बांधता है, यद्यपि नहीं है कोई रस्सी उस पर,
लेकिन नहीं खोला जा सकता उसे।
बुद्धिमान बनो और मदद करो सभी प्राणियों की बिना भेदभाव,
बिना रद्द किए, किसी को।
मत गवाओं कोई अवसर,
इसे कहते हैं अनुसरण प्रकाश का।
क्या है एक अच्छा आदमी लेकिन बुरे आदमी का गुरू? क्या है एक बुरा आदमी
लेकिन अच्छे आदमी का काम?
अगर अध्यापक नहीं है सम्मानित।
और नहीं होती देखभाल छात्र की।
पैदा होगा भ्रम, चाहे कितना चालाक हो कोई।
यह है महान रहस्य।

अपने आन्तरिक प्रकाश से जीना

एक क्षण के लिए यह कल्पना कीजिए कि आपके स्नानगृह में एक मेज पर आपके धन के विशाल भण्डार सहित आपकी बहुमूल्य सम्पत्ति, ऐसे किसी की भी जानकारी में जो अन्दर आ सकता है, पड़ी हुई है। अब आगे आप कल्पना कीजिए कि आपके कीमती आभूषण, नकदी और महत्त्वपूर्ण दस्तावेज पूरी तरह सुरक्षित हैं। बीमा कराने की कोई आवश्यकता नहीं है और कोई भी आपके खजाने को चुराने के बारे में कभी सोच तक नहीं सकता। क्या ऐसी पूर्ण विश्वास की स्थिति सम्भव है? मेरी समझ से सम्भव है विशेष कर तब जब इस 27वीं कविता में ताओ त्जू इसको प्रोत्साहित करते हुए कहते हैं कि, द्वार...यद्धपि ताले रहित हैं लेकिन खोले नहीं जा सकते।

सत्य का ज्ञाता एक अन्तः प्रकाश से जीता है। यह प्रदीप्तन इस तथ्य पर प्रकाशित होता है कि चुराना ताओ का मार्ग नहीं है इसलिए किसी भी चीज को बन्द करके रखना अनावश्यक है। सम्पत्तियां उनके बीच सुरक्षित हैं जो एक अन्तःप्रकाश से जीते हैं जो कि ताओ की परिपूर्णता को प्रतिबिम्बित करता है। यह वह स्रोत है जिसे आप सदैव अपने साथ रखने और जब आपको सहायता या निर्देशन की आवश्यकता हो तो इससे विमर्श करने के लिए प्रेरित प्रोत्साहित किए जा रहे हैं।

लाओ त्जू आपको बिना, कोई हिसाब रखे या बदले में कुछ प्राप्त करने की उम्मीद किए, देने की सलाह देते हैं क्योंकि यही ताओ की प्रकृति (स्वभाव) है और आप ताओ के हैं। प्रदान करना प्राप्त करने का पर्यायवाची है जब आप प्रदीप्तन से जीते हैं। अपना मार्गदर्शन करने के लिए अन्तःप्रकाश पर विश्वास करें क्योंकि यह आपकी विरासत

है। माता-पिता, संस्कृति या देश की तुलना में आपकी उत्पत्ति कहीं अधिक ताओ से है।

यह भी महत्त्वपूर्ण है कि आप अधिक स्वतःस्फूर्तता के साथ जिएं। अपने जीवन के प्रत्येक विवरण को सफाई के साथ छुपा कर रखने की आपको आवश्यकता नहीं है। इसको समझिए और आप बिना किसी ऐसी योजना से जुड़े यात्रा कर सकते हैं जो हर सम्भव परिदृश्य को समेटे हुए हो। किसी भी गाइड (मार्ग दर्शक) पुस्तक के बजाय आपका अन्तःप्रकाश अधिक विश्वसनीय है, और यह आपके लिए सर्वाधिक लाभदायक दिशा और मिलने वाले लोगों में उचित लोगों को चिह्नित करेगा। जब आप ताओ में विश्वास करने लगते हैं तो जीवन को देखने का आपका दृष्टिकोण परिवर्तित हो जाएगा। जो तेजस्विता और स्पष्टता आपको दिखनी प्रारम्भ हो जाएगी, उस पर आपको आश्चर्य होगा। ताओ के तेज में देखने पर भय, चिन्ता, तनाव और थकान आपकी समग्रता के विभिन्न पहलुओं में एक कोना कतरा बनकर रह जाएंगे, जैसे मोमबत्तियां आपको मार्ग प्रदर्शित कर रही हों और सभी को अपना एक अंश समझते हुए प्रेम करने में सहायता कर रही हों।

लाओ त्जू आपको बिना किसी को रद्द किए बिना भेदभाव के सभी प्राणियों की सहायता करने और समझदार बनने की सलाह देते हैं। वह यह है कि दूसरों तक पहुंचने के लिए आपको किसी दूसरे के नियमों की आवश्यकता नहीं है। क्योंकि आप ताओ के अनन्त प्रकाश का अनुगमन कर रहे हैं इसलिए स्वयं को प्रस्तुत करना आपकी स्वाभाविक प्रतिक्रिया हो जाती है। आप और प्रदान करना एक है। आप और प्राप्त करना एक है। इस तरह की व्यवस्था में, ऐसा कोई नहीं जो आप से भिन्न हो।

इस कविता की सबसे अधिक रहस्योदघाटक पंक्तियां आप को याद दिलाती हैं कि एक अच्छा आदमी है लेकिन वह बुरे व्यक्ति का शिक्षक है और एक बुरा आदमी है लेकिन वह अच्छे आदमी के लिए कार्य है। यह जीवन को देखने का चरम सशक्तिकरण करने वाला तरीका है और तनाव व क्रोध को नष्ट करता है। यदि आप स्वयं को अच्छा व्यक्ति मानते हैं तो दुनिया के दूसरे हिस्से के दण्डित अपराधी या शत्रुओं सहित वो सभी जिन्हें आप बुरा समझते हैं, आपका कार्य हैं। (उनको अच्छा बनाना आपका कार्य है)। इस विचार को प्रयोग करके देखिए कि आप यहां किसी तरह स्वयं को और दूसरों को सिखलाने के लिए हैं और कार्य (लक्ष्य) हैं, अपने समूचे संसार की सम्मिलित ऊर्जा को विकसित करना। अन्तःप्रकाश की अपनी चेतना को उन्नत कीजिए जो कि सभी में मौजूद है। ताओ होइए।

वास्तव में ताओ ते चिंग का प्रत्येक अनुवाद, जिसका मैंने निरीक्षण किया है,

हम सभी को एक होने की सलाह देता है और हम सब को एक दूसरे के लिए उसे हासिल करने की जरूरत है। महान रहस्य यह है कि कोई अवसर मत गंवाइए, किसी को त्याज्य मत समझिए, गुरूओं का आदर कीजिए और छात्रों की देखभाल कीजिए। पच्चीस सौ वर्षों बाद हममें से अधिकांश के लिए ताओ अप्राप्य इसलिए है क्योंकि इस पर गाहे-बगाहे ही अमल होता है। तथापि यदि हम ईमानदारी के साथ कभी इस महान मार्ग के शुभ प्रकाश में विचरण करना चाहते हैं तो इसको हमारे अन्दर धीरे-धीरे प्रविष्ट होना ही होगा।

लाओ त्ज़ू सलाह देते हैं कि ताले, जंजीरें, मानचित्र, और योजनाएं भूलकर आप बुद्धिमान बनिए। बिना कोई निशान छोड़े यात्रा कीजिए, अच्छाई में विश्वास कीजिए जो हम सब की मूल है और अन्धकार को कोसने के बजाय, जो कि काफी आक्रामक प्रतीत होता है, अन्तःप्रकाश के जरिए बाहर आइए और इसको उन पर प्रकाशित होने दीजिए जो अपनी स्वयं की विरासत को ताओ में नहीं देख पा रहे हैं। अपने प्राचीन दार्शनिक (आध्यात्मिक) राज सिंहासन से लाओ त्ज़ू आपसे इन नए तरीकों पर अमल करने के लिए कह रहे हैं :

स्वयं पर विश्वास करें

एक अन्तः आचार संहिता विकसित कीजिए जो ताओ के साथ आपके अपरिवर्तनीय जुड़ाव पर विशिष्ट तौर से आधारित हो। जब आप इस प्रज्ञान पर विश्वास करते हैं जिसने आपका सृजन किया है तो आप स्वयं पर विश्वास कर रहे होते हैं। यह जानिए कि आपकी ईमानदारी की अन्तः आचार संहिता और इस मानक के अनुसार जीवन जीने से कुछ भी कभी भी आपको अलग नहीं कर सकता। यदि आपको बेईमानी करने का एक आसान अवसर प्राप्त हो क्योंकि एक जल्दबाज खजान्ची द्वारा आपको बहुत अधिक फुटकर धनराशि प्रदान कर दी गयी है तो एक-एक पैसे को लेकर ईमानदार रहने का निर्णय कीजिए। इससे अधिक न्यूनतम योजना के साथ एक यात्रा पर जाने के लिए स्वयं पर विश्वास रखिए। किसी अन्य के द्वारा नियोजित पूर्व निर्धारित योजनाओं के बजाय ताओ की ऊर्जा को स्वयं को निर्देशित करने दीजिए।

अपने या दूसरों पर निर्णय मत लीजिए

जिनका आपने बुरे लोगों के तौर पर मूल्यांकन किया है उनके व्यवहार या बनावटीपन की आलोचना मत कीजिए। इसके बजाय अपने विचारों को इन पंक्तियों के साथ मोड़िए : मैं अपना छात्र हूं और मुझको यह अध्ययन करने का अवसर प्राप्त हुआ है कि मैं

निर्णय करने के बजाय शिक्षण (अनुदेशन) कर रहा हूं। मैं अब स्वयं की या किसी अन्य की समालोचना करना बन्द कर दूंगा और ताओ होते हुए शिक्षण करूंगा। यदि 10,000 चीजों का यह सम्पूर्ण विश्व इस सरल सत्य को जान जाए कि हम सब एक हैं, तो मेरी समझ से युद्ध, शत्रुता और यहां तक कि बीमारी के अस्तित्व पर रोक लग जाएगी।

क्यों न एक ऐसा व्यक्ति बना जाय जो स्वयं को और अन्य सभी का अध्यापक के तौर पर और छात्र के तौर पर सम्मान करता है? जब आप इस संसार को सहायता करने के अवसरों से भरपूर के तौर पर, एक समय पर एक विचार और एक कार्य के तौर पर देखने लगते हैं तो आप अपने अन्तःप्रकाश के द्वारा जी रहे होंगे।

महान सूफी कवि हाफिज अपनी कविता 'नो मोर लीविंग' (और नहीं छोड़ना) में इसके बारे में कहते हैं :

किसी मौके पर
आपका सम्बन्ध
ईश्वर से
हो जाएगा
कुछ ऐसा
अगली बार तुम मिलोगे उसे जंगल में
या शहर की भीड़ भरी गली में
वहां नहीं होगा और अधिक
अलगाव
ईश्वर चढ़ जाएगा
तुम्हारी जेब में
तुम सिर्फ ले जाओगे
स्वयं को
उसके साथ

अब आप ताओ करें

एक ऐसे व्यक्ति की तलाश कीजिए जिस पर 'बुरे' का ठप्पा लगा हो और इस अवसर को अपना काम करने के लिए प्रयोग कीजिए। उस तक पहुंच कर और उसको

एक प्यारा सा सन्देश भेजकर आप एक अध्यापक बनिए। आप एक किताब भेज सकते हैं, ई-मेल कर सकते हैं या पत्र भेज सकते हैं या फिर फोन कर सकते हैं। एक अच्छे व्यक्ति के तौर पर आज सिर्फ एक चीज कीजिए चाहे वह जेल की कोठरी में रह रहे किसी अनजान व्यक्ति के लिए ही क्यों न हो। वह (स्त्री या पुरुष) अभी से आपका नियत कार्य है।

अट्ठाइसवीं कविता

आदमी की ताकत को जानो,
लेकिन करो एक औरत की देखभाल।
होओ स्वर्ग के नीचे की घाटी।
यदि करते हो तुम यह। तो, अचल सदाचार।
नहीं होगा कभी फीका।
हो जाओगे फिर से एक बच्चे की तरह।
जानो सफेद को। बनाए रखो काला।
और हो जाओ संसार का प्रतिमान। संसार का प्रतिमान होने के लिए।
चलना होगा दृढ़तापूर्वक सच्चरित्रता के मार्ग में। बिना चूके एक भी कदम। और
दुबारा लौटना होगा अनन्त की ओर।
जो समझता है भव्यता को।
जबकि थामे हुए है विनम्रता को।
व्यवहार करता है अनन्त शक्ति के अनुरूप।
संसार का झरना होने के लिए। जीना होता है सच्चरित्रता का उद्वेगपूर्ण जीवन।
जब निराकार को आकार दिया जाता है वस्तुओं में।
खो जाते हैं इसके मौलिक गुण।
रखते हो यदि तुम सुरक्षित अपने मौलिक गुणों को।
परिचालित कर सकते हो सब कुछ।
सचमुच, अच्छे शासक करते हैं न्यूनतम शासन।

सच्चरित्रता से जीना

इस कविता में सच्चरित्र शब्द प्रकृति या ताओ का पर्यायवाची है। प्रकृति के साथ एक होने से ज्ञानी (सन्त) ताओ की धुन में है और दैनिक जीवन में सच्चरित्र व्यक्ति है। यहां लाओ त्जू आपके निजी मार्ग और दूसरों को संचालित करने के ताओ द्वारा प्रकाशित मार्ग के भी बारे में कहते हैं। ये दूसरे (अन्य) आपके परिवार के सदस्य, सहकर्मी कर्मचारी, व्यावसायिक सहयोगी, मित्र और यदि आप एक राजनैतिक हैसियत में हैं तो सरकार की पूरी प्रक्रिया हो सकते हैं। वस्तुतः ताओ ते चिंग का अधिकांश हम सब को यह शिक्षित करने पर केन्द्रित है कि कैसे ऐसा प्रशासन सृजित किया जाय जो ताओ के इन उच्चतम सिद्धान्तों के अनुरूप हो। यह मेरा सबसे अधिक उत्साहपूर्ण संकल्प है कि इन शिक्षाओं को पूरी दुनिया में इस तरह फैलाया जाय कि जो अपने को नेता कहते हैं, और इसके लिए नियत हैं या वर्तमान में सत्ता की महत्त्वपूर्ण जगहों पर हैं, उन सबका रूपान्तरण सुगम हो सके।

प्रत्येक व्यक्ति में ऐसे जबरदस्त परिवर्तनों को प्रज्ज्वलित करने की अन्तर्निहित क्षमता है जो धैर्य, एकता और शान्ति की ओर ले जा सकते हैं जो कि हमारी विरासत हैं। लाओ त्जू इसे अपने मौलिक गुणों का संरक्षण कहते हैं। इस तरह के गुणों को न्यूनतम मात्रा में सरकार की आवश्यकता होती है अतः इस तरह देखना स्वाभाविक प्रतीत होता है कि हम अपनी ताओ प्रकृति को स्वीकृति प्रदान करते हुए सबसे अच्छा शासन करते हैं जो पुष्पित पल्लवित होने के लिए न्यूनतम शासन करता है।

सच्चरित्रता से जीना वह है जो आप तब करते हो जब आप ताओ को अपना मार्गदर्शन करने देते हो। यह करने के लिए जो सलाह लाओ त्जू आपको देते हैं वह इस कविता में चार भिन्न-भिन्न प्रतिरूपों में मौजूद हैं–

1. एक नम्बर हैं "स्वर्ग के अन्तर्गत एक घाटी" बनिए। जीवन की नदी को

अपने से होकर प्रवाहित होने दीजिए। स्वर्ग के नीचे एक घाटी के तौर पर आप शालीनता की एक ऐसी उर्वर जगह हैं जहां सब कुछ ग्राह्य और स्वीकार्य है। आप इसको 10,000 चीजों के वर्ण पटल पर न्यूनतम स्थान या एक ऐसे बिन्दु के तौर पर देख सकते हैं जहां से आप सभी चीजों को अपने से ऊपर प्रवाहित होते हुए देख सकते हैं। विनम्रता के इस स्थान पर, ताओ की अविचल कृपा कभी हल्की नहीं पड़ती। मेरे लिए इसका अर्थ हैं 'क्रान्तिकारी विनम्रता' के साथ जीना। अतः एक छोटे बच्चे की आंखों के स्तर तक (यदि आप कर सकते हैं) नीचे आ जाइए। ऊपर देखते हुए देखिए कि क्या 'मौलिक गुण' और अधिक स्पष्ट दिखलायी पड़ रहे हैं। स्वर्ग के नीचे एक घाटी होइए, अपने मार्ग में बहने वाले बीजों को स्वीकारने और उनका पोषण करने के लिए तैयार होइए।

2. ''संसार का प्रतिमान बनिए'', वह दूसरा प्रतिबिम्ब है जो आपको सच्चरित्रता के साथ जीने के लिए आमन्त्रित करता है। लकड़ी के एक बिना उत्कीर्ण किए हुए लट्ठे में संस्कृति द्वारा विकृत न की गयी प्रकृति को देखिए। मनुष्यों द्वारा अनछुई विश्व की अभिरचना ताओ का एक रूपांकन है। इसलिए प्रतिरोध करने या परिवर्तित करने पर जोर देने के बजाय आप अपनी नाव और अपने जीवन को मृदुलता के साथ धारा के नीचे खेने के लिए उत्प्रेरित किए जाते हैं। आपको आनन्दपूर्वक वापस आपके मूलत्व के एकदम उचित स्थान पर पहुंचाने के लिए ताओ की परिपूर्णता पर विश्वास करिए। लाओ त्ज़ू दरअसल चलने और ताओ होने के लिए कह रहे हैं। अहम् को खारिज करिए जिसे आपने उत्पन्न किया है और दुनिया को जैसे आप देखते हैं उसे बदलते हुए संसार में स्वयं को होने दीजिए।

3. ''अपनी अनन्त शक्तियों की अनुरूपता से कार्य करो'' सच्चरित्रता के साथ जीने का तीसरा प्रतिबिम्ब है। एक क्षण के लिए संसार के झरने के विचार पर सोचिए जो कभी हल्का नहीं पड़ता, कभी समाप्त नहीं होता और 10,000 चीजों के आवागमन से परे है। इस तरह की शक्ति उत्पन्न करने और फिर वापस लेने, आकार देने और फिर आकारहीनता प्रदान करने वाली शक्ति है। यह सदैव वहां है, सदाचार के प्रचुर जीवन का झर-झर प्रवाहित होता अनन्त उष्ण जल स्रोत।

आप तब अनन्त शक्ति के अनुरूप होते हैं जब आप अपने अहम् को त्याग देते हैं और आपके झरने में प्रवाहित हो रहे ताओ की चेतना बन जाते हैं। स्वयं को मूसलाधार बरसते हुए कल्पना कीजिए, आत्म महत्व के अपने विचारों और दूसरों पर हावी होने के लिए बाह्य शक्ति की अपनी आवश्यकता के अपने विचारों से नहीं बल्कि अच्छाई और सदाचार के बाधामुक्त स्रोत से जो आपकी अनन्त प्रकृति के साथ लयबद्ध है। अपनी छवि को एक ऐसे व्यक्ति में बदलिए जो अनन्त शक्ति के अनुरूप है और जिस सदाचारी जीवन को आप देखना चाहते हैं वो दृश्य हो जाएगा।

4. ''अपने मौलिक गुणों को सुरक्षित रखो'' यह सच्चरित्रता के साथ जीने का चौथा प्रतिबिम्ब है और एक वह जिसको मैं प्यार करने लगा हूं। मौलिक गुण वो है जो आप होने के पहले आप थे। यह वो है जो जीसस के यह कहने का मतलब है कि ''और अब हे पिता, अपनी उपस्थिति में मुझे उस दिव्य ज्योति से प्रकाशित करो जो संसार के प्रारम्भ के पहले आपके साथ हमारे पास थी। (जॉन-17:5)। कल्पना कीजिए, यदि आप कर सकते हैं कि ''संसार प्रारम्भ होने के पहले'' का क्या तात्पर्य है। लाओ त्ज़ू जिन मौलिक गुणों के बारे में बोलते हैं वो प्रेम, दयालुता और सुन्दरता हैं जिन्होंने उसके पहले आपके तत्व (सार तत्व) को निर्धारित किया है जब आप एक कण और फिर एक मनुष्य में आकारित किए गए थे। दूसरे शब्दों में, सच्चरित्रता के साथ जीने का आदेशों का अनुपालन करने, एक अच्छा नागरिक होने या जो आप होने की इच्छा रखते हैं, उसके बाहरी तौर उत्प्रेरित कुछ विचारों को पूरा करने से कोई लेना देना नहीं है।

ताओ ते चिंग की यह परिज्ञान से परिपूर्ण कविता आप से कहती है कि सच्चरित्रता पूर्वक कैसे जिया जाय। विनम्र होने और विपरीत लगने वाली विपरीतताओं को अपने से होकर प्रवाहित होने देने के जरिए स्वर्ग के नीचे की घाटी होइए। अपने संसार की अभिरचना को देखने और दूसरों पर अपना अहम् थोपे बिना अनुरूपता में जीने के जरिए संसार की अभिरचना (पैटर्न) होइए। अच्छाई और सदाचार जो कि आपका जन्मसिद्ध अधिकार है के अनन्त सागर से सचेतन तौर पर मूसलाधार बरसते हुए अनन्त शक्ति के अनुरूप, इस गृह का झरना होइए। ताओ के तत्व से जिसने पहले आपको आकार प्रदान कर जन्म दिया और जो आपका मौलिक गुण हैं, पुनः अवगत होने और पुनः दावा करने के जरिए अपने मौलिक गुणों की रक्षा कीजिए।

अपने 2500 वर्ष पुराने परिप्रेक्ष्य से इस 28वीं कविता में लाओ त्ज़ू आपको जो उपहार दे रहे हैं वो यह है–

जो विश्वास करने के आप आदी हो गए हैं उसके ठीक उल्टे का आनन्द उठाइए

स्वयं को दूसरे से अधिक श्रेष्ठ देखने का प्रयास करने के बजाय कदाचित एक घाटी की आत्मछवि को चुनिए। इस स्थापित उर्वर और ग्रहणशील हैसियत से सुनने और ग्रहण करने के इच्छुक होइए। जब आप सलाह देने को प्रवृत्त हों तो ध्यान पूर्वक सुनिए। एक अहम् प्रेरित गर्वीले (वैभवशाली) व्यक्ति होने के बजाय पृथ्वी का विनम्र स्रोत होइए। 28वीं कविता की आखिरी पंक्ति में लाओ त्ज़ू पूरी तरह स्पष्ट है और कहते हें कि, ''सच में सबसे अच्छा शासक सबसे कम शासन करता है।'' यह अपने अन्दर अपनी सलाह को कमतर समझने की सलाह नहीं है बल्कि इसकी जगह स्वयं को अपने होने के स्रोत से इतनी मजबूती से जुड़े हुए व्यक्ति के तौर पर देखना है कि आपको ज्ञात है और यह विश्वास है कि आप इसका एक टुकड़ा हैं।

अपनी समस्त नकारात्मकता को प्रेम से बदलिए

लेबनानी आध्यात्मिक कवि खलील जिब्रान ने एक बार यह सलाह दी कि "यदि आप प्रेम के साथ नहीं केवल बेमन से काम कर सकते हैं तो अच्छा यह है कि आप अपना काम छोड़ दें और एक मन्दिर के बाहर बैठ जाए और उनसे भिक्षा मांगे जो आनन्द के साथ काम करते हैं।" आत्मा का यन्त्र होने, खास कर उन जगहों पर जहां आप अपने सच्चे सच्चरित्र स्व को आसानी से भूल जाते हैं, के जरिए अपने मौलिक गुणों को सुरक्षित रखने की प्रक्रिया सक्रियता पूर्वक प्रारम्भ कर दीजिए।

अब आप ताओ करें

दिन में कम से कम एक बार बच्चे जैसे हो जाइए। जानबूझकर एक खास तनावपूर्ण स्थिति को चुनिए और स्वर्ग की घाटी हो जाइए। काम करने के बजाय खेलिए, तब भी जब जब आप अपना काम कर रहे हों। एक प्रभावशाली हवा बनाए रखने के बजाय खिखिया कर हंसिए। एक या दो क्षणों के लिए संभ्रम में होइए। उदाहरण के लिए एक मकड़ी का जाला खोजिए और समक्ष प्रस्तुत कमाल को केवल टकटकी बांध कर देखिए। रात्रि के भोजन के लिए वायु से उत्पन्न कीट-पतिंगों को पकड़ने के लिए एक नन्हा छोटा जीव अपने से कही अधिक बड़ा परिपूर्ण जाल बुन रहा है। वाह क्या कमाल है!

उन्तींसवीं कविता

क्या तुम सोचते हो, अधिकृत कर सकते हो तुम यह संसार और कर सकते हो इसे विकसित?
मुझे नहीं विश्वास कि किया जा सकता है यह।
स्वर्ग के तहत सब कुछ है पवित्र पात्र और नहीं किया जा सकता नियन्त्रित।
नियन्त्रण का प्रयास ले जाता है बरबादी की ओर। समझने के प्रयास में, खो देते हैं हम।
प्राकृतिक तौर पर प्रगट होने दो अपने जीवन को। जानो कि यह भी है परिपूर्णता का एक पात्र।
ठीक वैसे जैसे आप सांस लेते हैं और सांस निकालते हैं। यहां एक समय है आगे बढ़ने का। और एक समय है पीछे होने का। एक समय है गतिमान होने का।
और एक समय है आराम से होने का। एक समय है ओजस्वी होने के लिए।
और एक समय है चुका हुआ होने का। एक समय सुरक्षित होने के लिए। और एक समय होने के लिए खतरे में।
ज्ञानी के लिए। जीवन का सब कुछ, एक गतिविधि है पूर्णता की ओर। तो क्या जरूरत है उसे। प्रचुरता, शाहखर्चों या अति (चरम) की?

प्राकृतिक नियमों से जीना

यह कविता प्राकृतिक नियमों की बात करती है जो अहम् से अप्रभावित हैं। सन्देश? आप प्रभारी नहीं हैं, कभी नहीं थे और कभी नहीं होंगे। इसलिए स्वयं अपने सहित किसी चीज को या किसी व्यक्ति को नियन्त्रित करने को लेकर अपने किन्ही भी विचारों को निकल जाने दीजिए। यह हममें से अधिकांश के पढ़ने के लिए कठिन पाठ है। जैसा कि लाओ त्जू इस कविता के प्रारम्भ में ही कहते हैं कि मुझे विश्वास नहीं कि यह किया जा सकता है।

फिर भी यहां पर इस नियम पर संसार के सबसे प्रसिद्ध वैज्ञानिक मस्तिष्कों में से एक, अल्बर्ट आइन्स्टीन टिप्पणी करते हुए कहते हैं–

(वैज्ञानिकों की) धार्मिक भावनाएं प्राकृतिक नियमों के साथ एकरूपता में एक अत्यन्त आनन्ददायक विस्मय का रूप ले लेती हैं जो एक ऐसी उच्चता के प्रज्ञान को प्रगट करती है जिसकी तुलना में मनुष्यों का समस्त व्यवस्थित चिन्तन और कार्य पूरी तरह से निरर्थक प्रतिबिम्बन है। यह भावना उसके कार्य और जीवन का निर्देशक सिद्धान्त है–

जैसे ही आप ताओ ते चिंग की इस 29वीं की कविता को अमल में लाना प्रारम्भ करते हैं, यह इसी भावना के कारण है कि, मैं आप से लौटने का आग्रह करता हूं। संसार के पवित्र पूर्णत्व पर इस विस्मय की अत्यन्त आनन्ददायक भावना के साथ सुरबद्धता किसी चीज या व्यक्ति पर नियन्त्रण कायम करने की इच्छा को मुक्त करने में आपकी सहायता करेगी। ऐसा करना आप को प्राकृतिक नियम के साथ एकरूपता से जीने की अनुमति प्रदान करेगा जैसा कि आइन्स्टीन ने वर्णन किया है।

लाओ त्जू आपको स्मरण कराते हैं कि ''स्वर्ग के अन्तर्गत 'सब कुछ' एक ऐसा पवित्र पात्र है'' जिसे आपसे किसी आगत की आवश्यकता नहीं है। क्योंकि आप भी

इस सब कुछ का हिस्सा हैं तो आपको भी अपने जीवन को देखने के तरीके को, और भविष्य के प्रति अपने नजरिए के सहित उस सब कुछ को जो इसमें संग्रहीत है, बदलने की आवश्यकता हो सकती है। आप इससे सहमत हों या असहमत, आपको यह पसन्द हो या नापसन्द, इसका सब कुछ आपके अहम् के साम्राज्य के बाहर है। यह सब उसी प्राकृतिक नियम के अनुसार प्रगट होता है जो ऋतुओं को एक दूसरे का अनुसरण कराता है, चन्द्रमा को उगते हुए और अस्त होते हुए दिखने के लिए कहता है, व्हेल मछलियों को महासागर में आर-पार जाने के लिए निर्देशित करता है और बिना नक्शे की मदद, या मनुष्य निर्मित मार्गदर्शक व्यवस्था के चिड़ियों को विस्थापित होने और वापस लौअने की प्रेरणा प्रदान करता है। जब आप अपने जीवन को इस तरह से देखते हैं तो आप इसको इन्द्रीय तौर पर प्रगट होते देखना प्रारम्भ कर देते हैं।

ताओ एक प्राकृतिक नियम है कोई नियन्त्रक शक्ति नहीं जो आपका प्रबन्धन करता है। 'द ताओ आफ फिलोस्फी' (दर्शन का ताओ) में एलन वाट्स हमें स्मरण कराते हैं कि लाओ त्जू ने एक बार कहा कि "महान ताओ सभी जगह प्रवाहित होता है, दाए और बाएं दोनों तरफ। यह सभी चीजों को प्रेम और उनका पोषण करता है लेकिन उन पर शासन नहीं करता है।" ताओ ईश्वर का सूचनात्मक सिद्धान्त है, प्रकृति का शासक और स्वामी नहीं। ताकत का भूखा और अहम् के प्रभुत्व वाला नियन्त्रक तमाशा यह नहीं है। श्रेष्ठतर महसूस करना, एक मानुषिक सृजन है। ताओ स्वयं को आप पर या किसी अन्य पर थोपने वाले स्वामी की तरह कार्य नहीं करता है। यह केवल सभी सृजनों को ठीक समय पर प्रगट होने देता है...और वह सब जो प्रगट हुआ है, पवित्र है क्योंकि यह अहम् मुक्त ताओ का एक टुकड़ा है।

मैं सुझाव देता हूं कि आप इस कविता को दुबारा पढ़ने के लिए कुछ समय निकालें और अपने जीवन में हर चीज की पवित्र प्रकृति पर प्रतिबिम्बित करें। उन पुराने अनुभवों को शामिल कीजिए जिन्हें आपने प्रचुरता, स्वास्थ्य या प्रसन्नता जो आप चाहते थे या जिसकी आपने उन्मीद तक की थी को प्राप्त करने से रोकने के लिए दोषी ठहराया था। इस सलाह को मन में तौलिए कि इस सब के लिए एक समय है। ठीक वैसे ही जैसे आप सांस बाहर निकालने के लिए अन्दर लेते हैं, पिछले अनुभवों से होकर भी जो आगे होना है, "उसका अनुभव किया जा सकता है। उन दौरों का सब कुछ जब आपने धोखा खाया हुआ, त्याज्य, अपमानित, भयभीत, चिन्तित या अपूर्ण महसूस किया था, वह सब हुआ एक प्राकृतिक नियम के अनुसार जो आपको संरक्षित, प्रिय, सुविधा-पूर्ण और सम्पूर्ण महसूस करने की ओर भी ले जाएगा। आज जो आप अनुभव कर रहे हैं, उसके सहित हर चीज़ों के लिए एक समय निर्धारित है।

स्वीकार करना प्रारम्भ कीजिए कि आपके जीवन का हर क्षण दिव्य ताओ के अनुसार

है। ऐसा करने के जरिए निर्णय लेने (और सम्भवतः क्रोध करने) के बजाय आप, चुक गए होने या आराम से होने, भयभीत होने या सुरक्षित महसूस करने, प्यार न किए जाने या प्रिय होने, दोनों तरह की स्थितियों के लिए आभारी होने की ओर मुड़ जाएंगे। यह सब कुछ प्राकृतिक नियम का एक हिस्सा है। आपका 'अहम् मस्तिष्क' इस पर जोर देकर आपकी पीड़ा से रक्षा करने का प्रयास करता है कि आप अपने जीवन के कुछ पहलुओं को हटाना सीख सकते हैं। बहरहाल आपके अन्दर का सन्त ताओ की परिपूर्णता के साथ और अधिक लयबद्धता चाहता है। आप इसे कैसे होने देंगे? लाओ त्जू आपको अतियों (चरमों), अधिकताओं, और अधिक व्यय की उपेक्षा करने और यह जानने कि चाहे आपके विचार आपसे कह रहे हों कि यह अधूरा है, सब कुछ पूर्णता पूर्वक प्रगट हो रहा है, का आग्रह कर रहे हैं। निश्चय ही उन विचारों का भी अपना समय है और वह प्राकृतिक प्रवाह में है, नयों के द्वारा वे विस्थापित कर दिए जाएंगे. ..जो कि समय आने पर दिखलायी पड़ेगा।

अपने 2500 वर्ष पहले के परिप्रेक्ष्य से लाओ त्जू की यह कविता, मेरे विचार से, जो आपके समक्ष प्रस्तुत करती है, वह यह है—

नियन्त्रण की जरूरत महसूस करना छोड़ दीजिए

अपने संसार को और हर किसी को जैसे वे करना चाहते वैसे करने देने की स्वीकृति प्रदान करते हुए आत्म-समर्पण का एक कार्यक्रम प्रारम्भ कीजिए। आत्म समर्पण एक मानसिक प्रक्रिया है। यह आपके निर्णय या निराशा की विधि को रोकने में एक सेकेंन्ड के एक हिस्से जितना समय लेती है और मौके पर आपसे संक्षिप्त वार्ता करती है। केवल स्वयं को कदम वापस लेने और नायक बनने के बजाय एक साक्षी होने की याद दिलाइए जो कि आप उन भावनाओं को जिन पर आप विचार कर रहे हैं, एक शरणस्थली प्रदान करके कर सकते हैं। बिना आलोचना या नियन्त्रण के आगे बढ़ने के बारे में जो आप महसूस कर रहे हैं उसे सिर्फ होने देते रहने के जरिए दिव्य प्राकृतिक व्यवस्था को अपने अन्दर आमन्त्रित कीजिए। इस तरह से आप केन्द्र की ओर बढ़ते हैं। नियन्त्रित करने की जरूरत को ताओ को अपने जीवन से होकर मुक्तता के साथ प्रवाहित होने की अनुमति के संकेत के तौर पर सोचिए। शुरू में आपका अहम् मस्तिष्क जोरों के साथ इस विचार को तिरस्कृत कर दे सकता है कि ताओ हर चीज के परिपूर्ण प्रगटीकरण के लिए जिम्मेवार है। यह स्वीकार करना आपके ऊपर है कि आपका विश्वास, वह अहम् जीवन को नियन्त्रित कर सकता है, एक भ्रम है।

यह स्वीकार करने का अभ्यास कीजिए कि हर चीज के लिए एक समय है

जब आप एक कठिन क्षण के बीच में हो तो लाओ त्जू द्वारा आपको प्रदान की

गयी पंक्तियों को दोहराइए। जब मैं एक स्थिति में रहते हुए, जो कि काफी लम्बा समय जैसा प्रतीत होने लगता है, चुक जाता हूं तो मैं योगाभ्यास के समय यह करता हूं। मैं स्वयं को याद दिलाता हूं कि चुका हुआ होने का एक समय है और यहां तेजस्वी होने का एक समय है। यह मुझे मेरे मांगते रहने वाले अहम् से तुरन्त मुक्त कर देता है जो कह रहा है कि आपको यह थकान नहीं महसूस होनी चाहिए थी। आप इसे अपने जीवन में किसी भी क्षण कर सकते हैं। पीड़ा, क्षति, भय, क्रोध यहां तक कि घृणा के अनुभव गायब होते दिखते हैं जब आप यह याद करते हैं कि यह प्राकृतिक नियम के परिपूर्ण प्रस्फुटन का एक हिस्सा है और यहां जल्दी ही आराम, शान्ति और प्रेम का समय होगा।

जब आप एडस, भुखमरी अपराध और युद्ध जैसी चीजों का निरीक्षण करते हैं तो अपना निजीकृत वक्तव्य उत्पन्न करने के जरिए इस कविता का प्रयोग कीजिए। कुछ ऐसा करने की कोशिश कीजिए, हां, यहां इस तरह की चीजों के लिए एक समय दिखता है, और मैं रोष और क्रोध के चरमों में नहीं बने रहने का चुनाव करता हूं लेकिन इन परिस्थितियों के बारे में कुछ करने की भी मेरी इच्छा है। यह भावना भी प्राकृतिक नियम के प्रगटीकरण का एक अंग है। मैं इन पिरिस्थितियों को ठीक करने की अपनी आन्तरिक इच्छा पर अमल करने का निश्चय करता हूं। अन्दर से शान्तिपूर्ण रहने और चरमों की उपेक्षा करने के जरिए मैं संसार को उसी प्रेम के रास्ते से प्रभावित करूंगा जो प्रेम और दयालुता से ताओ नित्यता पूर्वक प्रगट करता है।

यह वह नहीं है जो आप अपने आस-पास देखते हैं और जो आपको अपने से जुड़ा हुआ रखता है, यह एक समझ है कि यह नित्य प्रवाह कैसे कार्य करता है। जैसे कि राल्फ वाल्डो इमरसन इसे प्रस्तुत करते हैं, "अणुओं के द्वारा, मामूली चीजों के द्वारा, मदोन्मतों, द्वारा स्वर्ग कार्य करता है। सुइयां कुछ नहीं है, चुम्बकत्व सब कुछ है।"

अब आप ताओ करें

एक ऐसी जगह तलाशिए जहां नियन्त्रण सब कुछ लील रहा है और इसे आज ही मुक्त कराए जाने की जरूरत है। स्वयं को यह ध्यान दिलाते हुए, जैसा कि आप कहते हैं, कि हर चीज के लिए एक समय तय है और आप कूद पड़ने के बजाय शान्तिपूर्वक निरीक्षण करने में और अधिक निपुण हो रहे हैं, दखल देने की अपनी तत्परता को रोकिए।

नाओमी लांग माडगेट की इस सलाह को वहां चिपका दीजिए जहां आप इसे पढ़ सकते हों, और प्राकृतिक तौर पर जीने की अपनी इच्छा को निरन्तर याद बनाए रखिए—

मैं नहीं करता लाड़ पौधों को यदि मैं, तुम होता।

इतना ध्यान युक्त पालन-पोषण पहुंचा सकता है इसे नुकसान।
मिट्टी को करने दो आराम, इतना अधिक खोदे जाने से।
और इन्तजार करो सूखने का, इसे सींचने से पहले।
पत्ती प्रयास में है, अपनी दिशा खोजने के।
मौका दो इसे, अपने लिए सूर्य प्रकाश पाने का।
बहुत-सा विकास दबा दिया जाता है,
बहुत अधिक कोंचे जाने के द्वारा
बहुत आतुर पालन पोषण द्वारा।
हमें सीखना है अकेले छोड़ना,
उन चीजों को जिन्हें हम करते हैं प्यार।

तीसवीं कविता

जो कोई मार्गदर्शन करेगा, जीवन के प्रयोगों में, मनुष्यों के नेता का।
चेतावनी देगा, विजय के लिए शस्त्रों के प्रयोग के खिलाफ!
शस्त्र अक्सर वापस मुड़ जाते हैं कुशल योद्धाओं की ओर।
जहां बसती है सेनाएं।
कुछ नहीं देती है प्रकृति, कंटीली झाड़ियों और राजसिंहासनों के सिवा।
हो चुकने के बाद एक महान युद्ध।
भूमि हो जाती है शाप ग्रस्त, फसलें हो जाती है, बरबाद।
पृथ्वी पड़ी रह जाती है वंचित, अपने मातृत्व से।
अपना मकसद पूरा कर लेने के बाद।
नहीं ही करना चाहिए तुम्हे अपनी सफलता का प्रदर्शन।
नहीं ही मारनी चाहिए अपनी सक्षमता की डींग।
नहीं ही करना चाहिए तुम्हे घमण्ड।
बल्कि होना ही चाहिए शर्मिन्दा तुम्हें कि तुम।
नहीं हो सके सक्षम, रोकने में। युद्ध।
ताकत से दूसरों को जीतने की, कभी मत सोचो तुम।
ताकत से जाता है जो कुछ भी निचोड़ा। हो जाएगा नष्ट जल्दी ही।
यह नहीं है लयबद्ध मार्ग के साथ। नहीं होता है लयबद्ध जो मार्ग के साथ। इसका अन्त भी आ जाता है, बहुत जल्द।

शक्ति के बिना जीना

यदि आप ताओ ते चिंग की इस तीसवीं कविता में प्रस्तुत की गयी सलाह पर ठीक तरह से अमल कर रहे होते तो आप कलह मुक्त अस्तित्व की स्थिति में रहे होते। कल्पना कीजिए कि यदि हमारी सम्पूर्ण पृथ्वी की आबादी ने ताओ ते चिंग के इस अध्याय को समझ लिया होता और उसके निर्देशों के अनुसार जीवन जिया होता तो जब से हमने ऐतिहासिक ब्यौरा रखना प्रारम्भ किया है तब से हमारे इस समूचे गृह पर युद्ध द्वारा फैलायी गयी तबाही सहित युद्ध सम्बन्धित तनावों से हम अन्तिम तौर पर मुक्त हो गए होते। जैसा कि 29वीं कविता ने बुद्धिमत्तता पूर्वक निर्देशित किया है, कि हर चीज के लिए एक वक्त हैं क्या यह समय बिना शक्ति के जीने के लिए हो सकता है?

इस कविता में आपको जो प्रस्तुत किया गया है उसको मैं जैसा समझा हूं वह यह हैः शक्ति एक प्रतिशक्ति को उत्पन्न करती है और यह विनिमय तब तक चलता रहता है जब तक कि एक युद्ध प्रारम्भ नहीं हो जाता। जब एक बार युद्ध प्रारम्भ हो जाता है तो हर दस लोगों में से एक की हत्या और भुखमरी ही इसके परिणाम होते हैं क्योंकि भूमि अन्न उत्पन्न नहीं कर सकती। अब जब आप निजी जीवन में युद्ध उत्पन्न करते हैं तो यह प्रेम दयालुता और आनन्द का अकाल उत्पन्न करता है। जो आपको आपके इर्द-गिर्द सभी को दिव्य मातृत्व से वंचित छोड़ जाता है। लाओ त्जू मतभेदों को हल करने के लिए एक विकल्प तलाशने के लिए आपको प्रेरित कर रहे हैं। यदि आप कोई अन्य विकल्प खोज सकते तो आप अपने लिए, विजयी होने या काबिज होने, जैसे किसी भी सन्दर्भ के लिए रद्द कर दिए जाने के लिए प्रोत्साहित हैं।

शक्ति में भौतिक या मानसिक उत्पीड़न का कोई भी प्रयोग शामिल है जिसमें घृणा और बरदाश्त न करने के हथियार प्रयोग होते हैं। यहां हमेशा एक प्रतिशक्ति

होगी और जो आपने करने के लिए चुना है वह 'मार्ग के साथ एक लयबद्ध नहीं है।' इसका अर्थ है कि अन्ततोगत्वा आप पराजित होंगे, खासकर तब जब आप उस पर ध्यान देंगे जो मार्टिन लूथर किंग जूनियर ने पाया कि एक शत्रु को मित्र में बदलने का रास्ता केवल प्रेम के जरिए है।

दुर्भाग्यवश जब भी शक्ति का प्रयोग होता है, क्रोध और अन्ततोगत्वा बदला, प्रतिक्रिया के साधन हो जाते हैं। यदि हम युद्ध काल के सन्दर्भों में सोच रहे हैं तो शत्रुओं के तौर पर चिह्नित किए गए लोगों के एक बड़े समूह की हत्या विजेताओं को नफरत करते हुए बड़े होते उनके बच्चों को छोड़ जाती है। अन्ततोगत्वा, जिन्होंने उन्हें पराजित किया था, उनके बच्चों से बलपूर्वक बदला लेने के लिए ये उत्तरजीवी हथियार उठा लेते हैं। ताकत का प्रयोग लोगों की पूरी पीढ़ियों को युद्ध की निरन्तरता में ढकेल देता है। या जैसा कि लाओ त्जू इसे प्रस्तुत करते हैं कि "शस्त्र अक्सर कुशल योद्धाओं पर मुड़ जाते हैं।"

ताओ के अनुरूप सोचना हर उस कलह में लागू होता है जिसका आपको अनुभव हो सकता है। यदि आप ताकत का सहारा लेते हैं तो आपके पति-पत्नी, आपके बच्चे, आपके व्यावसायिक हिस्सेदार और यहां तक कि आपके पड़ोसी के साथ झगड़े का और अधिक बढ़ते जाना जारी बना रहेगा। ऐसा इसलिए होगा क्योंकि ताओ का महान मार्ग सहयोग का है प्रतिस्पर्धा का नहीं।

बदले में कुछ चाहे बिना, और अपने अन्तर्निहित प्रेम के वितरण की एक जगह से आता हुआ, सब कुछ उत्पन्न करने वाला स्रोत हमेशा प्रदान कर रहा है। यह जानता है कि सभी 10,000 चीजों का एक हिस्सा हैं और उन्हें एक दूसरे से सहयोग करना चाहिए क्योंकि वे एक ही मूल का हिस्सा हैं।

अतः जब कभी आप ऐसी सोच में हों, जो आपको ताकत के इस्तेमाल के लिए उकसा रहा हो तो उस समय आपने ताओ के साथ अपने जुड़ाव की दृष्टि को भुला दिया है। इससे अधिक, व्यक्तियों का कोई भी संकलन (समुदायों या देशों जैसे) जो अपने मकसद को पाने के लिए शस्त्रों का सहारा लेते हैं वे मार्ग के साथ लय में नहीं हैं। वे पृथ्वी और लोगों के हृदयों को, "झाड़ियों और राज सिंहासनों के अतिरिक्त", निवास न करने लायक बना कर छोड़ जाएंगे। ताओ पर अमल करने के आपके वायदे से सम्बन्धित आपकी पसन्द में, किसी भी ऐसी चीज में जो ताओ ते चिंग के इस सशक्त अध्याय में प्रस्तुत की गयी सलाह पर आपकी समझ का उल्लंघन करती हो, किसी भी तरीके से, चाहे वो मानसिक हो या भौतिक, हिस्सा लेने से इनकार कर देना शामिल है।

ताकत के द्वारा प्राप्त की गयी किसी भी चीज पर शेखी बघारने या अहंकार करने

के व्यवहारों से दूर रहने को याद रखना, सम्भवतः यहां प्रस्तुत किया गया सबसे सरल पाठ है। याद रखिए कि जो कुछ इस तरह प्राप्त किया जाता है वह एक प्रतिशक्ति उत्पन्न करता है जो अन्ततोगत्वा परिणाम के तौर पर आपकी विजय को पराजय में बदल देगी। यदि आप किसी तरह यह महसूस करते हैं कि स्वयं की या जिनको आप प्रेम करते हैं, उनकी रक्षा करने का हिंसा का प्रयोग करने के अतिरिक्त अन्य कोई उपाय नहीं है तो तुरन्त एक ऐसी स्थिति की ओर वापस लौटिए जो आत्म प्रशंसा करने या अपनी पीठ थपथपाने की अनुमति प्रदान नहीं करती। पहले जहां नफरत मौजूद थी वहां प्रेम का सन्तुलन कायम करने की शपथ लीजिए और आपके द्वारा ताकत का प्रयोग किए जाने के परिणामस्वरूप हुए किसी भी नुकसान की भरपायी करने के लिए आप जो कुछ कर सकते हैं, वो सभी कीजिए। यह है सही रास्ता। इसको 'वू-वेई' या ''बाध्य'' न करना भी कहा जाता है जिसका मतलब है अपनी सभी कार्यवाहियों में न्यूनतम शक्ति प्रयोग का तरीका अपनाना और ऐसा करने के जरिए और अधिक शक्ति प्राप्त करना।

ताओ ते चिंग की इस तीसवीं कविता में लाओ त्ज़ू की सलाह से आप जो सीख सकते हैं और अमल में ला सकते हैं, वो मेरे विश्वास के अनुसार यह हैं–

सभी परिस्थितियों में मौखिक या भौतिक शक्ति को हटा दीजिए

उन सम्बन्धों का निरीक्षण कीजिए जिनमें आप कलह का अनुभव करते हैं। कम कड़ी भाषा के प्रयोग करने और किसी भी मसले के हल को लेकर हाथापाई न करने का पारस्परिक निर्णय कीजिए। सुनने के अवसर पर उसी क्षण अपनी छानबीन करने के जरिए हिंसा के विचारों को रोकने का अभ्यास कीजिए। अपनी जीभ दांतों से दबाइए, अपना गला पकड़िए, कुछ समय के लिए किसी भी प्रतिक्रिया को पूरी तरह रोक लीजिए।

मार्ग के साथ लयबद्ध होने के लिए ये आपके महान स्मरण पत्र हैं। याद रखिए ताकत का कोई इस्तेमाल निश्चय ही जवाबी ताकत को उत्पन्न करेगा, इसलिए यदि आप तबाही की ओर बढ़ते रहने पर आमादा रहते हैं तो आप के शस्त्र आप की ही ओर मुड़ जाएंगे।

हर हाल में हिंसक कार्यवाहियों में हिस्सा लेने से इनकार कीजिए

किसी भी तरह की हिंसा और स्वयं के बीच दूरी पैदा कीजिए। टी.वी या रेडियो की रिर्पोटें सुनना या यहां तक कि पूरे गृह पर हो रहे बल प्रयोग के बारे में समाचार पत्रों के आलेखों को प्रोत्साहन भी इसमें शामिल है। इस पर नजर रखिए कि कहीं आप

पूरी तरह जानकार होने की जरूरत के तौर पर युद्ध सम्बन्धी गतिविधियों के बारे में पढ़ने या सुनने को उचित तो नहीं ठहरा रहे हैं। एक बार यदि आपको ज्ञात हो जाय कि दूसरों को अधीन करने के नाम पर सब कहीं ताकत का प्रयोग हो रहा है तो आप महसूस करेंगे कि उस समाचार का बार-बार दोहराया जाना आपको उस हिंसा का भागीदार बना देता है। अपने जीवन में इस तरह की ऊर्जा को यहां तक कि परोक्ष निरीक्षक के तौर पर भी, आने देने से रोक कर आप स्वयं को मार्ग से लयबद्ध बनाए रखते हैं।

अन्त में, जब हम में से पर्याप्त लोग इस तरह के व्यवहार के किसी भी रूप को बरदाश्त करने के अनिच्छुक हो जाएंगे तो हम इस गृह पर ताकत के इस्तेमाल को समाप्ति पर पहुंचाने के करीब पहुंच जाएंगे। याद रखिए कि ताकत का कोई भी इस्तेमाल, चाहे वह न्यूनतम हो, जवाबी ताकत उत्पन्न करता है।

"16वीं सदी के महान कवि सेण्ट जान आफ क्रास सलाह देते हैं–

छोड़ सकते हो पूरी दुनिया एक सेकेण्ड को
यदि प्रार्थना करो तुम।
और यदि तुम करते हो प्यार, यदि तुम करते हो
वाकई प्यार।
हमारी बन्दूकें जाएंगी
झुक।"

अब आप ताओ कीजिए

संसार को देखने के अपने तरीके को बदलने के सिलसिले में आज वो प्रत्येक टेलीविजन चैनल और रेडियो स्टेशन बदल डालिए जो हिंसा या ताकत के प्रयोग की आवाज या चित्र प्रस्तुत करता है। फिर 'बरदाश्त नहीं' नीति को आगे बढ़ाते हुए इसमें उन फिल्मों, वीडियो और खेलों को शामिल करें जिनमें मारपीट, इन्सानों की हत्याओं और पीछा किए जाने के दृश्य हों।

इक्तीसवीं कविता

हथियार हैं औजार हिंसा के।
सभी सहिष्णु व्यक्ति करते हैं उनसे घृणा।
इसलिए ताओ प्रेमी नहीं करते कभी उन्हें इस्तेमाल।
हथियार सेवा करते हैं बुराई की।
वे औजार हैं उनके, जो करते हैं विरोध समझदार शासन का।
केवल आखिरी सहारे के तौर पर इस्तेमाल करो उनका।
सहिष्णु व्यक्ति के हृदय के सबसे प्रिय हैं वे, जो हैं शान्ति और आनन्द के लिए और उसके लिए
एक विजय भी नहीं है कारण आनन्द मनाने के लिए।
वह जो सोचता है कि सुन्दर है विजय।
वह है हत्या करने का आकांक्षी और जो है हत्या करने का आकांक्षी। कभी नहीं पा पाएगा दुनिया पर विजय।
यह शुभ संकेत है जब मनुष्य की उच्चतर प्रकृति। आती है आगे। बुरा संकेत है जब आती है उसकी निम्नतर प्रकृति आगे।
जन साधारण के संहार से।
मिलता है हमें पश्चाताप और शोक। हर विजय है एक अन्तिम संस्कार।
जब जीतते हो तुम एक युद्ध।
तुम मनाते हो इसे विलाप के द्वारा।

शस्त्रों के बिना जीना

ताओ ते चिंग की 31वीं कविता स्पष्ट तौर पर कहती है कि हिंसा का प्रयोग बुराई का सेवा करता है। ताओ त्जू स्पष्ट तौर जानते थे कि हत्या करने के लिए प्रारूपित अस्त्र-शस्त्र निरर्थकता के औजार हैं और यदि आप ताओ के सिद्धान्तों के अनुसार जीना पसन्द करते हैं तो इनकी उपेक्षा की जानी चाहिए। इसमें हथियारों का प्रारूप निर्माण उत्पादन व्यापार, वितरण और निस्सन्देह हत्या के व्यवसाय में उनका प्रयोग भी शामिल है। ताओ जीवन के लिए हैं, हथियार मृत्यु के लिए हैं। ताओ एक सृजनात्मक शक्ति है, शस्त्र विध्वंस के लिए हैं। मानवता ताओ ते चिंग की इस गहन शिक्षा को सीखने में असफल रही है जो कि तब लिखी गयी थी जबकि हथियारों में मुख्य रूप से धनुष और तीर, बरछी-भाले, फरसे और ऐसी ही चीजें शामिल थीं।

पर्यवेक्षक के तौर पर अपनी हैसियत से और दिव्य प्रज्ञान होने के नाते ताओ त्जू ने यह पहचाना कि जिसमें हत्या होती है ऐसी किसी गतिविधि में कोई विजय नहीं हो सकती। क्यों? क्योंकि सभी लोग, अपनी भौगोलिक मौजूदगी और विश्वास पद्धति के बावजूद अपनी उत्पत्तिकारक आत्मा के द्वारा एक दूसरे से जुड़े हुए हैं। हम सब ताओ से आते हैं, स्थापित होते हैं और ताओ को वापस चले जाते हैं। जब हम एक दूसरे को नष्ट करते हैं तो हम ताओ को हमें बताने, उस आकार जिसमें हम हैं, में और उससे होकर उन्मुक्तता के साथ प्रवाहित होने के अपने अवसर को नष्ट कर रहे होते हैं। हमारे अहम् को जो कुछ जश्न मनाने के लिए एक विजय के तौर पर दिखलायी पड़ता है वह वास्तव में एक अन्तिम संस्कार है, विलाप करने का समय है। लाओ त्जू हमें स्मरण कराते हैं कि एक युद्ध जीतने में आनन्द पाना हत्या करने की अहमूयुक्त इच्छा के अनुरूप हैं। ताओ के पास केवल सृजनात्मक पोषक और प्रेम करने की इच्छा है। इस भौतिक धरातल पर हमारी उच्चतम प्रकृति स्वयं को ताओ के नियम के अनुसार

अभिव्यक्त करती है, जबकि हमारी निम्नतम प्रकृति हत्या के व्यवसाय में स्वयं की लिप्तता के जरिए अपने को अभिव्यक्त करती है।

मानवतावाद के लिखित इतिहास में युद्धों का स्थान उतना पीछे है जितना पीछे वो जा सकता है और हम सभ्यता की ओर अपनी स्वकल्पित कूच को अपने शस्त्रों के परिष्कृतीकरण से मापते हैं। हम नजदीकी द्वन्द्व युद्ध में इस्तेमाल किए जाने वाले बरछी-भालों से धनुष और बाण जो कम दूरी से हत्या करते हैं, रायफलों और विस्फोटक युक्तियों, जो ज्यादा दूरी से काम करते हैं, और बमों, जो जब हवा से गिराए जाते हैं तो प्रत्येक दस में से एक व्यक्ति को मार डालते हैं, तक विकसित हुए हैं। हम उस स्तर पर पहुंच गए हैं जहां हमें एक परमाणु विस्फोट से लाखों-लाख लोगों और जीवन के अन्य रूपों का सफाया करने की अपनी वर्तमान योग्यता का वर्णन करने के लिए 'महामृत्य' और 'जन संहार के शस्त्र' जैसे शब्द खोजने होंगे।

प्रकल्पित तौर पर ज्ञात परिष्कृतीकरण के वर्तमान स्तर का मतलब है कि हमारे पास अपने द्वारा जमा किए गए हथियारों से अपने गृह पर मौजूद समस्त जीवन को नष्ट कर देने की क्षमता है। यह खतरनाक स्थिति इसलिए उत्पन्न हुई है क्योंकि हमने ताओ ते चिंग के बुनियादी सिद्धान्त, खासकर जैसा कि इस कविता के अनन्त प्रज्ञान में जोर दिया गया है कि "हथियार बुराई की सेवा करते हैं, वे उनके औजार हैं जो समझदार शासन का विरोध करते हैं" की उपेक्षा की है।

मेरा विश्वास है कि लाओ त्जू केवल भौतिक अस्त्र-शस्त्रों की ही बात नहीं कर रहे थे, बल्कि अभौतिक बर्तावों की भी बात कर रहे थे जो कि ठीक उतने ही विध्वंसक हैं। इनमें शब्द, मुद्राएं और धमकियां शामिल हैं जो मानवता की उच्च्च प्रकृति की अंग नहीं हैं। यदि आप अपने संसार को देखने के अपने दृष्टिकोण को परिवर्तित करते हैं तो इसमें आपको अपनी भाषा और अपने आचरण पर ध्यान देने को भी शामिल करना पड़ेगा। क्या आप यह घोषित करते हैं कि आप एक ऐसे व्यक्ति हैं जो जीवन के सभी रूपों को महत्त्व प्रदान करते हैं? क्या आप उनमें से एक हैं जो तब तक जब तक वैकल्पिक उपाय पूरी तरह समाप्त न हो गए हों, दूसरे के खिलाफ चाहे वे भौतिक हों या नहीं किसी भी तरह का हथियार इस्तेमाल नहीं करेंगे? और फिर, यदि दूसरे को हानि पहुंचाने के लिए बाध्य कर दिए जाते हैं तो क्या आप अपने तथाकथित शत्रु के प्रति करुणा महसूस करने में सक्षम हैं? हत्या करने के लिए प्रारूपित अस्त्र-शस्त्र ताओ के मूल तत्व के प्रतिकूल हैं। इसलिए आपको जीवन प्रदान करने वाली ऊर्जा के प्रति शान्तिमय और अनुरूप होने का सभी सम्भव प्रयास करना चाहिए।

हमारे आधुनिक समाज में बन्दूकों की अति प्रचुर वृद्धि मानवता की उच्चतम प्रकृति से दूर एक अति विशाल कदम है। अतः ताओ चेतना से शस्त्रों को रखने और

प्रयोग करने के अधिकार के पक्ष-पोषण को दूर हटाइए। इसी जगह, एक ऐसे समय की उत्कट इच्छा कीजिए जब हमारी सम्मिलित मानवीय ऊर्जा उस उच्च स्तर तक विकसित हो जाएगी जब हत्या करने के बारे में सोचना तक असम्भव हो जाएगा। शस्त्रों की आवश्यकता को देखने के अपने दृष्टिकोण को परिवर्तित करने के द्वारा आप इसकी शुरुआत कर सकते हैं। यह हममें से प्रत्येक और सभी से प्रारम्भ होता है और हम उस पर ध्यान देना प्रारम्भ करके जो ताओ ते चिंग हमें शिक्षा देते हैं, शुरुआत कर सकते हैं। इस कविता को अपने लिए निजी पुकार बनाने के जरिए आप में इस गृह को जीवन रहित होने से बचाने की क्षमता है।

यह है वह जो मेरे विश्वास के अनुसार लाओ त्ज़ू अपने 2500 वर्ष पुराने परिप्रेक्ष्य से आपको व्यक्तिगत तौर पर कह रहे हैं—

भौतिक या मौखिक शस्त्रों के प्रयोग को अनचाही अनुक्रियाओं के तौर पर देखना प्रारम्भ करें

एहसास होने के अवसर से स्वयं को बचाने की अपनी आवश्यकता को बदलिए क्योंकि यह आपके होने के स्रोत की शिक्षाओं की उपेक्षा करने की साक्षी है। अपनी भाषा पर ध्यान देकर और अपने शब्दकोश से घृणा शब्द हटा करके आप हिंसा के हथियारों को प्रयोग करने की सोचने से इनकार करें। इस तरह के औजारों से होने वाली सभी मौतें ताओ के प्रज्ञान से सम्बन्ध विच्छेद का संकेत हैं, इस सोच के जरिए शस्त्रों को रखने और इस्तेमाल करने के अपने अधिकार का बचाव करना बन्द करें। जब हम जैसे सोच के पर्याप्त लोग एक ऐसा व्यापक जन समूह बन जाएंगे जो हथियारों के अस्तित्व को अस्वीकार करता हो, तो हम दुनिया की दिशा बदल देंगे। हम बहुत लम्बे समय तक अपने अस्त्रों-शस्त्रों के परिष्कृतीकरण के जरिए गृह की सभ्यता के स्तर का मूल्यांकन नहीं कर सकेंगे। उसकी जगह ताओ का यह पैमाना मानक होगा कि हम एक दूसरे का पोषण करने और एक दूसरे को प्रेम करने में कितने सक्षम हैं। तब सभ्य होना, सभ्यता में मौजूद मूल शब्द को प्रभावित करेगा।

मृत्यु या हिंसा के किसी भी रूप पर आनन्द मनाना बन्द कीजिए

समाचार रपटों, जो जीवन को नष्ट करने पर जोर देती हों, के सहित ऐसी फिल्मों और टी.वी. कार्यक्रमों, जो हत्या को मनोरंजन के एक रूप के तौर पर प्रस्तुत करते हों, सहित स्वयं को मृत्यु के बिम्बों से जितना सम्भव हो उतना दूर कर लीजिए। अपने शिशुओं को और जिन बच्चों को आप कर सकते हों उन्हें, जीवन को पापमुक्त करना सिखलाइए। उन्हें तथाकथित शत्रुओं, आतंकवादियों, या राजद्रोहियों की मृत्यु में आनन्द न प्राप्त करने के लिए प्रेरित कीजिए। इस तरह की सभी मौतें, चाहे वे युद्धभूमि में हो या किसी शहरी गली में, हत्या करने की हमारी सामूहिक इच्छा ही साक्षी हैं। और

घृणा व बलात्कार (अत्याचार) को प्रदर्शित मत करो। इसकी जगह स्वयं को व दूसरों को सिखाइए कि हथियारों के द्वारा प्राप्त की गयी प्रत्येक विजय एक अन्तिम संस्कार है और इसका शोक मनाया जाना चाहिए।

ताओ ते चिंग की इस कविता में लाओ त्जू ने जो प्रस्तुत किया है उसे समझाने के प्रयास के तौर पर एक पवित्र व्यक्ति सन्त थामस अक्यूइना से द्वारा सृजित कुछ संवेदनशील पंक्तिया यहां प्रस्तुत है—

कैसे होता है यह, वे रहते हैं सुबह के लिए, ऐसी एकता से—
लाखों-लाख तारे—
जब अधिकांश मनुष्य जा सकते हैं केवल एक सूक्ष्म (शून्य) में।
बिना घोषित किए युद्ध किसी ऐसे के खिलाफ, जानते हैं जिसे वे।
यहां है ऐसे युद्ध जहां कोई नहीं प्रदर्शन करता, झण्डे के साथ।
यद्यपि वह नहीं रखते हिसाब हताहतों का।
शिकार हुए हो आपाधापी के।
हमारे हृदय सींचते हैं इस धरती को
हम हैं खेत
एक दूसरे के लिए
कैसे जी सकते हैं हम एकता के साथ?
सबसे पहले जरूरत है हमें।
जानने की यह
हम सब हैं प्यार में, पागलपन के साथ।
उसी एक ईश्वर के साथ

अब आप ताओ करें

हर उस व्यक्ति के लिए चाहे वह कितनी दूर का हो, जो किसी हथियार से की गयी हत्या का शिकार है और जिसके बारे में आपने पढ़ा या सुना है, आज आप एक व्यक्तिगत प्रार्थना कीजिए।

बत्तीसवीं कविता

सनातन ताओ का कोई नाम नहीं है।
यद्यपि सरल और सूक्ष्म है वो।
कोई नहीं है दुनिया में जो कर सके उसे नियन्त्रित।
यदि राजा और तानाशाह कर सकते उन पर आक्रमण।
सहजता से 10,000 चीज़ें मानती उनकी आज्ञा।
स्वर्ग और पृथ्वी हो जाएंगे परम आनन्दित।
टपकने से मधुर ओस।
हर कोई रहेगा अनुरूपता के साथ।
सरकारी आदेश से नहीं।
बल्कि अपनी उत्तमता के जरिए।
एक बार जब विभाजित हो जाता है सम्पूर्ण, जरूरत होती है हिस्सों को, नामों की।
यहां हैं पहले से पर्याप्त नाम।
जानो, कब है थमना।
जानो, कब कारण तय करते हैं अपनी सीमा।
सन्देह दूर करने की।
नदियां और झरने पैदा हुए हैं सागर से।
और सब सृजन उत्पन्न हुए हैं ताओ से।
ठीक वैसे जैसे समस्त जल वापस बहता है, होने को सागर।
सभी सृजन वापस प्रवाहित होते हैं, होने को ताओ।

ताओ की सम्पूर्ण उत्तमता को जीना

इस कविता में लाओ त्ज़ू उसी धरातल पर होने, जिस पर आपका स्रोत है, के परमानन्द का वर्णन करते हैं। जिसे आप खुले दिल का होना या आनन्द के तौर पर वर्णन करेंगे वह उस ताओ ऊर्जा का सरल और सूक्ष्म प्रवाह है जो जीवन के सब कुछ के लिए उत्तरदायी है...और इसके लिए आपकी ओर से किसी प्रयास की आवश्यकता नहीं है।

लाओ त्ज़ू इस कविता का यह स्मरण कराते हुए प्रारम्भ करते हैं कि न तुम, न मैं या यहां तक कि सबसे ताकतवर राजा या तानाशाह, कोई भी ताओ के नाम से जानी जाने वाली इस शक्ति को वश में नहीं कर सकता और न ही इसका मालिक बन सकता है। यदि यह हमारे नियन्त्रण में होती तो प्रकृति का सब कुछ और इसकी 10,000 चीज़ें आनन्द मनातीं क्योंकि तब हम शान्ति और सामंजस्य के साथ जी रहे होते। जब हम सम्पूर्ण उत्तमता, जो कि ताओ है, में जीने और सांस लेने में समर्थ होते हैं तो युद्ध, अकाल, झगड़े और अन्य सभी मनुष्य सृजित नकारात्मक सृजन अस्तित्वविहीन होने को बाध्य हो जाते हैं। ताओ ते चिंग की इस 32वीं कविता में प्रस्तुत की गयी चुनौती यह है कि अनन्त, सदा सृजनशील और सुसज्जितीकरण में रत ताओ के अनुरूप इस भौतिक संसार में कैसे जिया जाय।

अपने जीवन में क्या लाने की आपकी इच्छा है, इस पर एक नजर डालिए। तब, इस मधुर कविता के सन्दर्भ में, हर उस चीज के आप आभारी होइए, जिससे आपकी भेंट होती है। अपने अस्तित्व के प्रवाह को उन्मुक्त करने और इसे अपना मित्र बनने देने के जरिए अपना आभार प्रगट कीजिए। इस शानदार उन्मुक्तता का आनन्द उठाते हुए आगे बढ़ते रह सकते हैं लेकिन यदि आप इससे लड़ने का निर्णय करते हैं तो आप अन्ततोगत्वा इसकी लहर के द्वारा नीचे खींच लिए जाएंगे। यह आपके जीवन के सभी पहलुओं के लिए सत्य है। आप इसको धकेलने में जितनी ताकत लगाएंगे उतना

अधिक प्रतिरोध आप उत्पन्न करेंगे।

ऐसी किसी भी चीज से सतर्क रहिए जो आपको ऐसी गतिविधियों की ओर ले जा रही हो, जो वास्तव में आपकी लालसा को भड़काती हो। उदाहरण के तौर पर यदि घटनाएं आपके काम में आपको नयी दिशा की ओर ले जाती हुई दिख रही हों या संकेत आपके काम या स्थान में बदलाव का इशारा कर रहे हों तो ध्यान दीजिए। हटने से इनकार करके और अभ्यस्त निराशाजनक दिनचर्या को जारी बनाए रखकर और फिर परिवर्तन के भय को उचित ठहरा कर अपने को नीचे मत खींचिए। आपके जीवन से होकर गुजर रही ताओ ऊर्जा को पहचानिए और अपने अन्दर की आवाज से लड़ना छोड़ दीजिए।

मैं अपने जवान बेटे को यहां माउई में गर्मियों के प्रत्येक दिन सर्फबोर्ड पर देखता हूं। वह (लहरों की) रोमांचक सवारी को प्यार करता है क्योंकि वह लहरों के साथ जाते हुए अपनी गति बढ़ा देता है। वह इसको देर तक करने या एक भिन्न दिशा में जाने के लिए बाध्य करने के जरिए इसे नियन्त्रित करने का प्रयास नहीं कर रहा है। मैं अपने जीवन के लिए एक रूपक के तौर पर इसका प्रयोग करता हूं क्योंकि मैं एक प्रवाह मैं लिखता हूं। मैं विचारों और अनुभव से परे एहसासों को अन्दर आने देता हूं और पन्ने पर उतारता हूं। मैं ताओ की महान तरंगों द्वारा अपने को अपने सभी निर्णयों तक पहुंचाए जाने देता हूं जिससे कि मुझे शान्ति प्राप्त होती है। ऐसा इसलिए क्योंकि मैं अपना मार्गदर्शन करने के लिए, मुझे निर्देशित करने के लिए जहां चाहे वहां ले जाने के लिए ताओ की सम्पूर्ण उत्तमता में विश्वास करता हूं।

जैसा कि लाओ त्ज़ू ने इस कविता में कहा है कि आप और हम नदियों और झरनों के समान हैं। हम अपने होने के स्रोत ताओ से उत्पन्न हुए थे और हम ताओ की ओर लौट रहे हैं। वापिसी की यात्रा अवश्यम्भावी है। इसको रोका नहीं जा सकता। अतः आपका शरीर जैसे अपने परिवर्तनों से होकर गुजरता है, उसे निहारिए, जैसे नदियां, महासागर में फिर से विलीन होने और उसके साथ एक होने के लिए सर झुकाती हैं उसी तरह यह भी करता है, उससे अलग कुछ भी नहीं।

आपको यह सलाह देते हुए कि एकत्व में कूद पड़ने और सभी तरह की परेशानियों की उपेक्षा करने, जिन्हें वह आपकी 'आशंका' कहते हैं, के बजाय लाओ त्ज़ू आपसे यह जानने का अनुरोध करते हैं कि कब स्वयं को चलाना बन्द किया जाय। हर चीज जो आप करते हैं उसमें ताओ के साथ प्रवाहित होइए। नियन्त्रक होने की आवश्यकता को छोड़ दीजिए जो कि अतिरिक्त समय में कार्यरत केवल आपका अहम् है। आप ताओ को बाध्य नहीं कर सकते...विश्वास और आस्था इसमें आराम करते हुए इसे स्वयं को ले चलने दीजिए।

जब आप ताओ की इस शानदार लहर की सवारी कर रहे हैं तो 'ताओ द वाटर कोर्स वे' (ताओ : जल यात्रा मार्ग) में एलन वाटस की इस सलाह पर गौर करिए—

"अपने कानों को सुनने दो, जो कुछ भी वो सुनना चाहते हैं। अपनी आंखों को देखने दो जो कुछ भी वो देखना चाहती हैं। अपने मस्तिष्क को सोचने दो, जो कुछ भी यह सोचना चाहता है। अपने फेफड़ों को उनकी अपनी लय में सांस लेने दो। किसी विशेष परिणाम की आशा मत करो, क्योंकि इस शब्द रहित और आदर्श रहित अवस्था में भूत या भविष्य कहां हो सकता है और कहां हो सकता है उद्देश्य का कोई भाव?" आगे पढ़ने के पहले ठीक अभी आप रुकिए, देखिए और सुनिए। हां, इसी क्षण ताओ की सम्पूर्ण उत्तमाता के अन्दर आ जाइए, अपने व्यापार में, अपने सम्बन्धों में, अपने भविष्य निर्माण में, अपनी हर चीज में। रुकिए, अपनी चाहत के लिए सुनिए और, फिर समस्त सृजन की अबाध लहर द्वारा स्वयं को वहां ले जाए जाने दीजिए, जो आपके अहम् की सलाहों के बावजूद बरकरार रहता है।

ताओ ते चिंग की इस 32वीं कविता के विचारों को लागू करने के बारे में लाओ त्ज़ू मेरे जरिए जो आपसे कहना चाहते हैं वो यहां प्रस्तुत हैं—

अपने जीवन के प्रवाह पर ध्यान दीजिए

अपने को स्मरण कराइए कि आपको प्रभारी, नहीं बनना है। यह इसलिए क्योंकि दरअसल प्रभारी होना आपके लिए असम्भव है। अनाम शक्ति जिसे लाओ त्ज़ू, ताओ कहते हैं, हर चीज को संचालित करती है इसलिए इससे आपका अनवरत विवाद असन्तोष उत्पन्न करता है। हर दिन, अभ्यास जारी रहने दीजिए और देखते रहिए कि आप कहां निर्देशित किए जा रहे हैं। ध्यान दीजिए कि कौन प्रदर्शित करता है और कब करता है। उन विभिन्न संयोगों का निरीक्षण कीजिए जो आपके प्रारब्द्ध के अनुरूप दिखते हैं और किसी न किसी रूप में आपको नयी दिशा की ओर ले जाते हैं। उन स्थितियों का ब्यौरा रखिए जो स्वतःस्फूर्त ढंग से प्रगट होती हैं या आपके नियन्त्रण की सत्ता के बाहर हैं।

अपने अन्दर एक नयी, आनन्दमय अनुभूति की तलाश कीजिए

जैसे ही आप 'बन्धन खोलने' (पट्टा खोलने) की दिशा में बढ़ते हैं तो कहा जाय कि आप अपने से होकर प्रवाहित हो रहे ताओ के आनन्द से स्पष्ट तौर पर अवगत हो जाएंगे। देखना प्रारम्भ कीजिए कि आप जैसे ही अपने अहम् के बजाय अपने स्रोत से अपने आरोहण को निर्देशित होने देते हैं तो क्या अनुभूतियां आपको उत्तेजित कर रही हैं। ये आनन्द दायक एहसास इसके संकेत हैं कि आप अपनी उत्तमता से, जिसे

'लाओ त्ज़ू' (आपकी) अपनी उत्तमता कहते हैं, एकरूप होना प्रारम्भ कर रहे हैं। आपकी उत्साही आन्तरिक गृहणशीलता आपका स्मरण पत्र है कि सब कुछ परिपूर्ण है, इसलिए उस ऊर्जा में विश्वास करिए।

अब आप ताओ कीजिए

अपने जीवन की घटनाओं को नियन्त्रित करने का प्रयास करने से अपने मस्तिष्क को मुक्त करने के लिए आज कोई समय चुनिए, कदाचित दोपहर 4 बजे के आस-पास का। टहलने जाइए और स्वयं को केवल इस ओर से उस ओर तक ले जाए जाने दीजिए। अपने पैरों को वहां जाने दीजिए जहां वो जाना चाहते हैं। हर उस चीज का निरीक्षण कीजिए जो आपकी दृष्टि की सीमा में है। अपनी सांस, ध्वनियां जो आप सुनते हैं, हवा, बादलों का बनना, आर्द्रता, तापमान अर्थात हर चीज पर ध्यान दीजिए। केवल स्वयं को डूबा हुआ और ले जाया गया होने दीजिए और इसकी अनुभूति कीजिए कि प्रवाह के साथ सिर्फ प्रवाहित होने में कैसी अनुभूति होती है। इसका एहसास कीजिए कि यातायात, लोग जो आपके जीवन में हैं, स्टाक एक्सचेंज (स्टाक विनिमय), मौसम लहरें...इसका सब कुछ अपनी गति से, अपने खुद के तरीके से चल रहा है। इसी तरह आप अनन्त (नित्य), परिपूर्ण ताओ के साथ चल सकते हैं। ऐसे होइए...अभी।

तैतीसवी कविता

जो दूसरों को समझता है उनके पास ज्ञान है।
जो स्वयं को समझता है उसके पास प्रज्ञान है।
दूसरों को नियन्त्रित करने के लिए चाहिए शक्ति।
स्वयं को नियन्त्रित करने के लिए चाहिए आन्तरिक दृढ़ता।
अगर तुम महसूस करते हो कि तुम्हारे पास पर्याप्त है।
तुम वाकई हो अमीर।
जो स्वयं को उसकी हैसियत को प्रदान करता है।
निश्चय ही जीता है लम्बे समय तक।
जो स्वयं को ताओ को प्रदान करता है।
निश्चय ही जीता है हमेशा।

स्व. प्रभुत्व को जीना

हमारी समकालीन दुनिया में, शिक्षित व्यक्ति आमतौर पर कई डिप्लोमाओं से युक्त ऐसे व्यक्ति को समझा जाता है जो सभी, खासकर शैक्षिक क्षेत्र, के विषयों पर बुद्धिमत्तता पूर्वक बहस करने की स्थिति में है। शैक्षिक उपाधियां बटोरने के अलावा ये उच्च शिक्षित लोग अक्सर जानकार होते हैं और दूसरों की मदद करने पहुंच जाते हैं। दरअसल ऐसा लगता है कि उनमें दूसरे व्यक्तियों को पढ़ने की प्रभावी योग्यता होती है। इन व्यक्तियों की शक्ति और हैसियत के बढ़ने का अनुपात इस पर निर्भर करता है कि उन्होंने एक विश्वविद्यालय के अध्यक्ष, एक व्यवसाय एक सी.ई.ओ. या एक सेना के जनरल जैसे कितने स्त्री या पुरुषों की देखभाल का काम किया है।

ताओ ते चिंग की इस 33वीं कविता में लाओ त्ज़ू आपसे ज्ञान और शक्ति के इन जुड़वां विचारों को देखने के आपके नजरिए को बदलने के लिए कह रहे हैं। आप एक नयी रोशनी में अपनी एकटक दृष्टि को अन्दर को मोड़ने और संसार को देखने तथा उसमें अपना स्थान देखने के जरिए अपने स्व-प्रभुत्व (आत्म नियन्त्रण) का स्तर उन्नत करने के लिए आमन्त्रित हैं। ताओ प्रकाशित जीवन दूसरों के विचारों और व्यवहारों को समझने के बजाय स्वयं को समझने पर केन्द्रित है। आप सूचनाएं बटोरने और किसी भी या सभी परिस्थितियों को समझने और हल करने की योग्यता के सम्मान प्रतीकों (चिह्नों) के पीछ भागते रहने से दूर हटिए। दूसरों पर सत्ता, एक आन्तरिक शक्ति द्वारा विस्थापित कर दी गयी है जो आपको एक प्रज्ञान से व्यवहार करने में सक्षम बनाती है जो कि अन्तर्निहित तौर पर ताओ है।

जैसे ही आप अपने सोचने के तरीके को सुधारते हैं, आपका संसार नाटकीय परिवर्तनों से होकर गुजरने लगेगा। उदाहरण के तौर पर जैसे आपको यह महसूस होता है कि किसी भी निर्धारित क्षण में अपनी प्रतिक्रिया के लिए आप जिम्मेवार हैं, अन्य लोग

आप पर हावी होने या आपको नियन्त्रित करने से वंचित हो जाएंगे। चिन्ता करने के बजाय (आप यह सोचेंगे) कि वह व्यक्ति इस तरह से क्यों व्यवहार का रहा है और मुझे इतना परेशान महसूस करवा रहा है? आप ऐसी परिस्थिति को आत्म-प्रभुत्व के नए रुख से स्वयं को खोजने के एक निमन्त्रण के तौर पर ले सकते हैं। आपकी आन्तरिक खोज आपकी ओर निर्देशित सहिष्णुता से उनका परीक्षण करते हुए आन्तरिक अनुक्रियाओं के प्रवाह को होने देने की स्वीकृति प्रदान करती है। अपने विचारों के प्रवाह को तलाशने और केवल उनके साथ जाने से उस अन्य व्यक्ति का आचरण तत्काल अपनी शक्ति खो देता है। आप अपने संसार को आप से होकर प्रवाहित हो रहे सनातन (और आन्तरिक भी) ताओ की एकरूपता से व्याप्त देखना प्रारम्भ कर देते हैं

किसी भी परिस्थिति में चाहे वह 'परिवार', 'कार्य' या 'सामाजिक' शीर्षकों के तहत हो या यहां तक कि सांध्य समाचार में किसी उत्पीड़न की रपट को देखना हो, आप जान जाएंगे कि ऐसा कोई वो नहीं है जो आप पर हावी हो सके। अपने अस्तित्व का नियन्त्रण किसी अन्य को या परिस्थितियों के किसी समूह को वापस देने से इनकार करके आप ताकत के बजाय अपनी व्यक्तिगत शक्ति का इस्तेमाल कर रहे हैं। आप वस्तुत : स्व प्रभुत्व का अनुभव कर रहे हैं और अन्तः नियन्त्रण की यह नयी अवस्था इसलिए आ पायी है क्योंकि आपने ताओ के अनुरूप जीवन जीने का निश्चय किया है। आपको प्रसन्नता प्राप्त करने के लिए दूसरों के अनुमोदनों या अन्य अधिकृतों की आवश्यकता नहीं है। आपको केवल अपने आपको सनातन ताओ का एक हिस्सा अवश्य ही समझना चाहिए जो उस अनन्त तत्व से हमेशा जुड़ा हुआ है।

लाओ त्ज़ू प्रबोधन और शक्ति के स्रोत के लिए अपने अन्दर देखने की क्षमता को सनातन जीवन के बराबरी का दर्जा प्रदान करते हैं। वो आपको याद दिलाते हैं कि जबकि ज्ञान और दूसरों पर प्रभुत्व जैसी वाह्य शक्तियां आपको एक लम्बा जीवन प्रदान कर सकती हैं लेकिन अपना प्रभारी स्वयं होने की ओर मुड़ना अक्षय प्रज्ञान और अनैतिकता के टिकट प्रस्तुत करता है।

जो महान स्वामी चाहता है कि आप ताओ ते चिंग की इस कविता से प्राप्त करें और अपने संसार पर लागू करें, वह यहां प्रस्तुत हैं–

दूसरों को दोष देने के बजाय स्वयं को समझने पर केन्द्रित कीजिए

जब कभी आप दूसरों के व्यवहार को लेकर चिन्तित, तकलीफ में या यहां तक कि थोड़ी सी उलझन में हो तो उन पर से अपना ध्यान हटा लीजिए जिनको आप अपनी आन्तरिक पीड़ा के लिए जिम्मेवार ठहराते हैं। अपनी मानसिक ऊर्जा को जो कुछ भी

आप महसूस कर रहे हैं, उसके साथ स्वयं को होने देने की स्वीकृति प्रदान करने की ओर अपनी मानसिक ऊर्जा को मोड़िए। अपने एहसासों के लिए दूसरों को दोष देने के बजाय ताओ को मुक्त होकर प्रवाहित होने दीजिए। और अपने आप को भी दोष मत दीजिए। केवल ताओ को प्रगट होने दीजिए।...अपने आप से कहिए कि किसी में ऐसी शक्ति नहीं है कि आपकी स्वीकृति के बिना वो आपको असहज कर सके और यह कि आप ठीक अभी इस व्यक्ति को वह अधिकार देने के अनिच्छुक हैं। लेकिन आप भावनाओं का, बिना उनको गलत कहे या उनको दूर भगाने के लिए उनका पीछा करने की जरूरत समझें, मुक्तता पूर्वक अनुभव करने के इच्छुक हैं। अब आप ताओ में प्रवाहित होइए। इस तरह से, इस साधारण अभ्यास से, अपने अ-सहज होने के क्षण में आपने स्व प्रभुत्व की ओर स्वयं को मोड़ लिया।

दोषारोपण से और दूसरे व्यक्ति को समझने की अपनी इच्छा से किनाराकशी करना जरूरी हैं। इसके बजाय अपने आप को समझने पर केन्द्रित कीजिए। किसी चीज या किसी व्यक्ति के प्रति अनुक्रिया को कैसे आप चुनेंगे यह जिम्मेवारी अपने ऊपर लेने के जरिए आप स्वयं को ताओ के अनुरूप कर रहे हैं। दूसरों के द्वारा आप पर हावी की गयी शक्ति को ग्रहण करने के अपने द्वारा चुने गए तरीके को बदलिए और आप स्वयं के लिए असीमित क्षमताओं वाले नवीन उज्ज्वल संसार का अवलोकन करेंगे।

ताओ को अपने जीवनों में खोजने के लिए दूसरों को प्रेरित करने की अपनी इच्छा को उन्नत करिए

अपने कार्यो और अपने व्यक्तित्व की शक्तिशाली प्रकृति के द्वारा दूसरों पर अपनी ताकत का प्रयोग करने की अपनी इच्छा को रद्द कीजिए। अहम् का विश्वास है कि दूसरे अपनी स्वयं की जिन्दगी को चलाने में अक्षम हैं और उनको ताकत के बल पर नियन्त्रित करना चाहता है अतः ऐसी युक्तियों को बेकार करने के द्वारा अपनी आन्तरिक शक्ति का प्रदर्शन कीजिए। जब आप दूसरों को यह बताने जा रहे हैं कि उन्हें कैसा होना चाहिए, तो अपने-आप को रोकिए। आपके हस्तक्षेप के बिना उनको उनका पाठ खुद पढ़ने देने की स्वीकृति प्रदान करने का अभ्यास करने के लिए इस अवसर का प्रयोग कीजिए। ध्यान दीजिए कि कैसे अक्सर आप स्वयं को सुनने के लिए दूसरों को बाध्य करने हेतु मौखिक ताकत के इस्तेमाल करने का प्रयास करते हैं। मौन रहने और प्रेममयी ऊर्जा प्रेषित करने की स्वयं को याद दिलाइए। इसके बावजूद भी, कि यह आज के संसार में यदा-कदा ही होता है इस तरह के आत्म प्रभुत्व का अभ्यास कीजिए। ताओ पर विश्वास करने के लिए आप पर्याप्त मजबूत हैं।

जब आपके फैसले हावी होते हैं तो ताओ का प्रवाह मन्द पड़ जाता है। जब आप गम्भीरता पूर्वक यह इच्छा करते हैं कि दूसरे अपने स्वयं के जीवन पथों का अनुसरण

करें जो कि उन्हें ताओ के महानत्व का एहसास कराने की ओर ले जाएगा तो देखिए कि कैसे ठीक आपकी आंखों के सामने, संसार वाकई परिवर्तित हो जाता है। ताओ के प्रज्ञान और शक्ति के समक्ष वो सभी, जो पहले यह बतलाने के लिए, कि क्या या कैसे जिया जाय, आपकी जरूरत महसूस करते थे भी वैसे ही हैं, जैसे आप हैं।

अब आप ताओ कीजिए

आज, आप किसी ऐसे व्यक्ति के साथ ताओ के प्रगटीकरण का अभ्यास कीजिए जो अक्सर परेशान करता रहता है। उन्मुक्त प्रवाह के लिए ताओ को आमन्त्रित हुए उस ससुराल वाले, भूतपूर्व पति-पत्नी झगड़ालू सहकर्मी या परिवार के सदस्य के साथ सचेतन तौर पर बातचीत शुरू कीजिए। ध्यान दीजिए कि कैसे, क्या और कहां महसूस करते हैं। अपने शरीर के अन्दर हो रही उत्तेजना के साथ उष्णता पूर्वक और सहनशीलता पूर्वक बने रहिए। इस क्षण में आप आत्म प्रभुत्व के अन्तराल में प्रवेश कर गए हैं।

ताओ ते चिंग की इस कविता पर 'ए कोर्स इन मिरेकल्स' (चमत्कारों का एक पाठय क्रम) जो प्रस्तावित किया गया है वह यह है, "केवल यही चीज है जो आपको दृष्टि के लिए, प्रसन्नता के लिए, दर्द से मुक्ति के लिए करने की आवश्यकता है।". ..केवल यही कहिए, लेकिन बिना किसी ना-नुकुर के इस पर कायम रहिए...जो मैं देखता हूं, मैं उसके लिए जिम्मेवार हूं। मैं भावनाओं को चुनता हूं, मैं अनुभव करता हूं।

चौंतिसवीं कविता

महान मार्ग है सार्वभौमिक। यह लागू हो सकता है दाएं या बाएं। सभी अस्तित्व
निर्भर करते हैं इस पर,
जीवन के लिए।
बावजूद इसके, यह नहीं करता उन पर अधिकार।
यह पूर्ण करता है अपना उद्देश्य।
लेकिन नहीं करता है कोई दावा, स्वयं के लिए।
यह आच्छादित करता है सभी प्राणियों को आकाश की तरह।
लेकिन नहीं होता है हावी, उन पर।
सभी चीज़ें लौटती हैं इसके पास, जैसे लौटती हैं अपने घर।
लेकिन यह नहीं कायम करता उन पर स्वामित्व।
अतः कहा जा सकता है इसे महान।
ज्ञानी करते हैं अनुसरण इस व्यवहार का
लेकिन बिना दावा किए महानता का।
ज्ञानी हासिल कर लेते हैं महानता।

महान तरीके से जीना

इस कविता में लाओ त्जू आप से महानता की आपकी समझ का पुनर्मूल्यांकन करने के लिए कह रहे हैं। प्रारूपित परिभाषाएं केवल उस ख्याति और सौभाग्य के इर्द-गिर्द केन्द्रित होने की प्रवृत्त होती हैं जो एक व्यक्ति अपने जीवन काल में बटोरता है। जैसा कि पिछली कविता में जोर दिया गया है कि दूसरों पर हावी होने या उनको नियन्त्रित करने की शक्ति को इस गुण के तल चिह्न के तौर पर भी प्रयोग किया जा सकता है। विशाल सेनाओं के कमाण्डरों और राज्य प्रमुखों को, जेा वैश्विक स्तर पर ध्यान आर्कषित करते हैं, महान व्यक्ति समझा जाता है। तथापि महान पुरुष या महिला अक्सर उनको समझा जाता रहा है जो संसार को एक बेहतर जगह बनाने के लिए या तो स्थानीय स्तर पर या वैश्विक स्तर पर मानवीय क्रिया कलापों की अग्रगति को प्रभावित करने में नैमित्तिक रहे हैं। महानता तब उन व्यक्तियों के लिए या द्वारा किया गया दावा है जो भीड़ से अलग रहते हैं।

ताओ ते चिंग की 34वीं कविता महानता का एकदम अलग तरीके से वर्णन करती है। ऐसा गुण ताओ हैं जिसने सब कुछ को इस तरह आवृत्त किया हुआ है कि सभी पौधे, जीव और मुनष्य इसी के कारण उत्पन्न होते और जीवन जीते हैं, इसके बावजूद किसी चीज या व्यक्ति पर हावी होने की इच्छा नहीं रखता। ताओ को किसी तरह की पहचान की आवश्यकता नहीं है। सब कुछ जो यह प्रदान करता है उसके लिए प्रसिद्धि पाने या धन्यवाद प्राप्त करने में इसकी कोई रुचि नहीं है। कुख्याति के प्रति यह उदासीनता ही है, जो सच्ची महानता का निर्माण करती है।

जब आप इस गुण के बारे में सोचने के अपने तरीके को बदलते हैं तो आप अपने संसार को एक एकदम नयी दृष्टि से देखेंगे। आप और अधिक समय तक प्रभामण्डलों और धन सम्पत्ति को मापते नहीं रहेंगे और आप इस पर ध्यान नहीं देंगे कि दूसरों

पर वास्तव में हावी होने या नियन्त्रण करने के लिए आप या कोई और कितनी ताकत का इस्तेमाल करते हैं। इसके बजाय आपके सोचने का नया तरीका हर किसी में ताओ के प्रगटीकरण को देखने की आपको अनुमति प्रदान करेगा। सम्भवतः पहली बार ताओ, जो सभी को शामिल करता है, के शब्दों में, आप दूसरों में और इसी तरह स्वयं में भी महानता का अनुभव करेंगे। आप आकाश पर दृष्टिपात करने और इसकी भव्यता को देखने में समर्थ होंगे जो बदले में एकदम कुछ नहीं मांगता।

जैसे ही आप महानता के अपने संस्कारीकृत दृष्टिकोण को परिवर्तित करते हैं, आप एक भिन्न संसार को देखना प्रारम्भ कर देते हैं। आप उनके सहित जिन्हें पहले अझेल या खामख्वाह की संज्ञा देते थे, हर किसी के महत्त्व को देख पाएंगे। आप यह देखना प्रारम्भ कर देंगे कि वह पवित्रता जो, आकाश गंगाओं में उबाल लाती है, आप में, मुझ में और हर किसी में कार्यरत है। आप इस पर विश्वास करना प्रारम्भ कर देंगे कि महानता हर व्यक्ति की विरासत है। ताओ हर कहीं हैं इसलिए यह गुण सभी चीजों और लोगों में दिखलायी पड़ेगा।

ताओ ते चिंग की इस 34वीं कविता को अपने दैनिक जीवन में प्रयोग करने के बारे में मेरे कुछ विचार यहां प्रस्तुत हैं–

किसी अन्य को क्या करना चाहिए या क्या नहीं करना चाहिए, यह तय करना बन्द कीजिए

ऐसे विचारों और गतिविधियों से बचिए जिनमें लोगों को यह बतलाना शामिल हो कि क्या करना चाहिए, यह निर्धारित करने के लिए अपनी पसन्द तय करने में कौन लोग पूरी तरह से सक्षम हैं। अपने परिवार में, यह याद रखिए कि आप किसी के स्वामी नहीं हैं। कवि खलील जिब्रान आपको याद दिलाते हैं–

आपके बच्चे आपके बच्चे नहीं है। वे हैं बेटे-बेटियां, जीवन की स्वयं के प्रति उत्कट आकांक्षा के। वे आते हैं तुम्हारे जरिए, लेकिन नहीं आते हैं तुम से।...

यह सदैव सत्य है। वस्तुतः अपने सभी सम्बन्धों में हावी होने की प्रवृत्ति की उपेक्षा कीजिए। व्याख्या करने लगने के बजाय सुनिए। जब आप निर्णय मूलक राय बना रहे हों तो अपने आप पर ध्यान दीजिए और देखिए कि आपका स्वयं पर ध्यान देना आपको कहां ले जाता है। आप स्वयं में और दूसरों में ताओ के सच्चे प्रगटीकरण को देखना प्रारम्भ कर देंगे। उस क्षण के बाद से आप उन लोगों के प्रति निराशा से मुक्त हो जाएंगे जो आपकी अहम् प्रभुत्व वाली अपेक्षाओं के अनुरूप व्यवहार नहीं करते।

महानता की एक नयी परिभाषा खोजिए

स्वयं को एक ऐसी परिभाषा भेंट कीजिए जो सफलता के प्रस्तुतिकरण या पारम्परिक बाह्य मापों के किन्हीं भी मानकों का प्रयोग न करती हो। उन पर ध्यान दीजिए जो बहुत देते हैं, कम गर्व करते हैं, दूसरों का पोषण करते हैं, और पहचान बनाने या श्रेय प्राप्त करने से बचते हैं और आपकी महानता की फाइल में उनको रख लीजिए। इसी जैसे व्यवहार पर अमल करने के लिए स्वयं को प्रोत्साहित कीजिए। इस पर ध्यान देना प्रारम्भ कीजिए कि कैसे ताओ एक सब कुछ प्रदान करने वाले आत्म प्रशंसा न करने वाले, कुछ भी न चाहने वाले, अधिकार न जमाने वाले तरीके से हमेशा प्रवाहित हो रहा है। क्या आप देख सकते हैं कि वह वाकई कितना महान है? आपके दैनिक जीवन में ऐसे बहुत लोग हैं जो ठीक वही कर रहे हैं। उनको ढूंढ़ निकालिए और उनको (उनकी महानता को) स्वीकार कीजिए, जो वो करते हैं उससे चुपचाप प्रतिस्पर्धा करते हुए। ध्यान रखिए कि एक महान सन्त कभी भी महानता का दावा नहीं करता, अतः जब आप अपनी परिभाषा बदलते हैं तो आप देखेंगे कि गुणवत्ता हर जगह विकसित हो रही है, खासकर आपके अपने अन्दर।

अब आप ताओ कीजिए

ताओ ते चिंग की इस कविता के प्रारूप के अनुसार जो लोग उपयुक्त हैं, उनको ढूंढ़ निकालने पर एक दिन व्यय करने का निर्णय कीजिए। चुपचाप उनको यह ज्ञात करा दीजिए कि आपने उनकी महानता को ताओ के एक प्रगटीकरण के तौर पर महसूस किया है। तब आप ध्यान दीजिए कि जब आप उनकी आयु, लिंग, जाति, चरित्र, वस्त्र धारण करने का तरीका, लम्बाई, वजन, त्वचा का रंग, धार्मिक सम्बद्धता या राजनैतिक विश्वासों पर आधारित निर्णय नहीं बना रहे होते हैं तो कैसे उनके साथ आपकी पारस्परिकता भिन्न हो जाती है।

पैंतीसवीं कविता

सभी व्यक्ति आएंगे उसके पास
जो रखता है उनको।
वे आएंगे झुण्ड में उसके पास और नहीं उठाएंगे कोई नुकसान।
क्योंकि उसमें वे पाते हैं शान्ति, सुरक्षा और आनन्द।
संगीत और भोजन हैं गुजर जाने वाले सुख।
तब भी वे कारण हैं, लोगों को रोकने के।
कितनी मृदु और बेस्वाद है, चीजें इस दुनिया की।
जब कोई तुलना करता है उनकी, ताओ से।
जब तुम इसके लिए देखते हो, नहीं है कुछ यहां देखने को।
जब तुम इसके लिए सुनते हो, नहीं है कुछ यहां सुनने को।
जब तुम प्रयोग करते हो इसे, नहीं किया जा सकता समाप्त इसे।

सांसारिक आनन्द से परे जीना

इस अध्याय को पढ़ने के पहले कुछ क्षण रुकिए और स्वयं से निम्नलिखित प्रश्न पूछिएः जब मैं आनन्द के बारे में सोचता हूं तो क्या गतिविधियां हमारे मस्तिष्क में आती हैं? कैसे मैं यह फर्क करता हूं कि क्या आनन्ददायक है और क्या नहीं?

आमतौर पर, आनन्द को इन्द्रियों द्वारा अनुभव किए जा सकने वाले और आकृतियों के इस संसार में उपलब्ध वस्तु के तौर पर वर्णन किया जाता है। सम्भवतः आप इसे बहुत महंगे भोजन, अपने मन-पसन्द संगीत में या गोल्फ के खेल के मैदान पर अनुभव करते हैं लेकिन यह एकदम निश्चय-पूर्वक आपके लिए एक स्वागत योग्य उत्प्रेरक शक्ति है। बहरहाल जब इस सबके पीछे भागना जीवन का मुख्य लक्ष्य बन जाता है तो समस्याएं पैदा हो सकती हैं। दूसरे शब्दों में, सांसारिक सुखों पर अधिक जोर दिया जाना, बड़ी आसानी से आपके जीवन में असन्तुलन उत्पन्न कर दे सकता है और उलझन व बीमारियों की ओर ले जा सकता है। मोटापा, पाचन व्यवस्था में गडबड़ी, मादक पदार्थों और शराब की लत, हर विज्ञापित चीज की ओर आकृष्ट होने की आदत और प्लास्टिक सर्जरी के द्वारा पहले जैसा होने की कोशिशें ऐसे ही कुछ अवांछित परिणाम हैं।

आनन्ददायक समझी जाने वाली सभी चीज़ों में से ज्यादातर अस्थायी हैं, इसलिए यदि आपको इनकी ज्यादा से ज्यादा जरूरत होती हैं तो इनकी आप पर पकड़ बन जाती है। जिसको आप इतनी आतुरता से चाहते हैं वो आपको इस विश्वास में फंसाते हुए कि यह आपके लिए शान्ति, सुरक्षा या प्रसन्नता लाएगा, आपका जेलर बन जाता है और अपने द्वारा आपको दिखाए गए सब्जबाग कभी पूरे नहीं करता। सांसारिक सुख केवल आपको स्वयं पर निर्भर होने के लिए प्रलोभित करते हैं। यह एक ऐसी लालसा है जिसको कभी सन्तुष्ट नहीं किया जा सकता। उस आनन्द को दुबारा प्राप्त करने के लिए आपको दूसरे महान भोजन की आवश्यकता होती है क्योंकि यह तकरीबन भोजन

के बाद फल, मिठाइयां आदि समाप्त होने के साथ ही गायब हो जाता है। आपको संगीत बजाते रहने की जरूरत होती है क्योंकि जैसे ही यह बन्द होता है, आपका आनन्द भी समाप्त हो जाता है। सभी व्यसन चीख-चीख कर यह हताशाजनक सन्देश देते हैं कि, "जो आप नहीं चाहते हैं, वह पर्याप्तता में सदैव आप कभी नहीं पाएंगे।

आनन्द के इस निराशा जनक (ठंडे) चित्र को जिसे लाओ त्जू 'कोमल और बेस्वाद' कहते हैं तांओ की विभोरता (अति आनन्द) से उलट दीजिए केवल एक क्षण के लिए कल्पना कीजिए कि, जैसा कि आपने इस कविता में पढ़ा है, ताओ का परिप्रेक्ष्य आपके पास है और देखिए कि क्या आप आनन्द के इस विचार को देखने के अपने तरीके को बदल सकते हैं। एक ऐसी समझ होने के फायदे जो ताओ के साथ अनुरूपता प्रदान करती है, प्रारम्भिक पंक्तियों में प्रस्तुत किए गए हैं। सभी व्यक्ति समूहबद्ध होकर आपके पास आएंगे और जब वे (भी) ऐसा करेंगे तो वे शान्ति, सुरक्षा और आनन्द प्राप्त करेंगे। उनके द्वारा इन तीन रत्नों को खोज पाने का कारण यह है कि आप इस तरह के गुणों को टपकाते हैं। आपका जोर ताओ पर है। यह वही है जो आप हैं और इसलिए आपको क्या दूर करना है।

अब आप चीजों को देखने का अपना तरीका बदल रहे हैं, अतः आनन्द की आपकी समझ आपकी इन्द्रियों के सांसारिक संकेतों से परे हट जाती है। आप भोजन का स्वाद लेते हैं लेकिन आप उस चमत्कार के प्रभाव में हैं जिसने उन आनन्दकर चीजों को उत्पादित किया है जिन्हें आप खा रहे हैं और ऐसे ही परिपूर्णता के इस अविश्वसनीय चक्र के भी प्रभाव में हैं, जो आपके द्वारा किए गए उपभोग को हटाने और उसे पुनः इस्तेमाल करने को जारी बनाए रखता है। इस सदा परिवर्तनशील संसार के पीछे मौजूद स्थायित्व आपके आनन्द का नया स्रोत हो जाता है जो कि आप द्वारा महसूस किए गए आश्चर्य और व्याकुलता में अभिव्यक्त होता है। हां, बेशक आप अपने भोजन का आनन्द उठाना जारी बनाए रखते हैं लेकिन आपका आनन्द उसके साथ एक होने में है जो इस सब को प्रगट होने की अनुमति प्रदान करता है।

आप जानते हैं कि आप स्रोत को प्राप्त, सुन, या स्पर्श नहीं कर सकते, तो भी यह उपलब्ध है और कभी भी कम नहीं किया जा सकता। संगीत, जो आप सुनते हैं वो ताओ नहीं है। ताओ वह अदृश्य ऊर्जा है जो उन खाली जगहों को भरती है जो आपको इतना आनन्द प्रदान करती हैं। और वह आनन्द, जो आप महसूस करते हैं, मानव शरीर की भौतिक सीमाओं के परे के सुख के लिए शाश्वत तौर पर उपलब्ध और अभिलाषित है। ताओ को स्पर्श करना किसी भी इन्द्रिय सुख से परे वह मार्ग है जो, जिस पर हम कुछ हद तक विश्वास करते हैं, अतिक्रमण की अभिलाषा को सन्तुष्ट करेगा।

व्यसन असम्भव हो जाते हैं क्योंकि आप स्वयं को सन्तुष्ट करने के लिए सांसारिक उपलब्धियों को प्राप्त करने के लिए अब और आगे प्रयास नहीं करते। जब आप तेज, और तेज टहलते रहे हैं लेकिन कभी-भी पर्याप्त गति या ऊंचाई को नहीं प्राप्त कर सके हैं। आप तेज चलने के आनन्द के जरिए शिखर पर होने की अपनी प्राकृतिक आकांक्षा की पूर्ति के लिए प्रयास करना जारी रखते हैं। तब यह एक ऐसी अनुभूति है कि आप उड़ सकते हैं। अब आप उस मार्ग का निरीक्षण करते हैं जिससे प्रकृति प्रवाहित होती है। आप स्पष्ट तौर पर देखते हैं कि यह कभी और अधिक की मांग नहीं करता, कभी अधिक इस्तेमाल नहीं करता, और परिपूर्ण सन्तुलन बरकरार रखने के लिए आवश्यक से अधिक उपलब्ध कराए जाने की कत्तई कभी भी मांग नहीं करता। गुजर जाने वाले सुखों का साम्राज्य अब आपकी आत्म-पहचान का केन्द्रीय स्थान नहीं रहा। आप को शान्ति प्राप्त हो चुकी है, सुरक्षित महसूस कर रहे हैं और प्रसन्न हैं क्योंकि सनातन ताओ को सम्मिलित करने के लिए आपने अपने विश्व दृष्टिकोण को बदल डाला है।...व्यसनो की कभी भी इससे तुलना कैसे की जा सकती है?

कल्पना कीजिए कि एक हेरोइन का व्यसनी यह मानता है कि अफीम मिली दवाओं (ड्राग्स) की कभी न समाप्त होने वाली आपूर्ति में शान्ति, सुरक्षा और खुशी उपलब्ध है। यह परिदृश्य असम्भव है क्योंकि ड्रग्स जो आनन्द लेकर आती हैं वह कुछ ही क्षणों में समाप्त हो जाता है और इसके बाद शान्ति, सुरक्षा और खुशी की विपरीत चीजें अन्दर जोर मारने लगती हैं। व्यसनी और अधिक तेज दौड़ने के जरिए उड़ने का प्रयास जारी रखता है, अन्ततोगत्वा वह अपने जीवन की उपेक्षा करने लगता है और इस प्रक्रिया में स्वयं को नष्ट कर देता है। अपनी स्वाभाविक अभिलाषा और भौतिक धरातल को ऊंचा उठाने की अपनी प्राकृतिक योग्यता की पूर्ति के लिए जो इन्द्रियों के संसार के आनन्द की चाहत रखते हैं, उनका ऐसा ही भाग्य होता है।

ताओ ते चिंग की इस गहन कविता में लाओ त्जू जो आपको प्रस्तुत कर रहे हैं, वह यहां प्रस्तुत हैं–

उस सनातन (नित्य) परमानन्द पर ध्यान दीजिए जो सदैव आपके साथ है।

तब भी जब कि विलासिता नजरों की सीमा से बाहर हो।

स्वयं को पूरी तरह भौतिक समझने के अपने तरीके को बदलिए। इसके बजाय, पहचानिए कि सांसारिक सुख जो अति भोगे जाने का रुझान रखते हैं, भौतिक से परे जाने के प्रयास हैं जो ताओ के प्रति आपके प्राकृतिक सम्बन्ध में आबद्ध हुए बिना होने वाला नहीं है। ताओ प्रेरित परमानन्द जो कि आपको उपलब्ध है, के साथ इन्द्रीय आनन्द की तुलना करना बन्द कीजिए। इन्द्रियों के जरिए होने वाले समस्त अनुभवों

का आनन्द लीजिए। अपने स्वादिष्ट भोजन को प्यार कीजिए, अपने मनपसन्द संगीत की मधुरता से आतप्त होइए, और यौनिक ऊर्जा की उत्तेजना के प्रति प्रशंसात्मक दृष्टिकोण रखिए। लेकिन ध्यान रखिए कि यह सब आपके इन्द्रिय स्व से आ रहा है, जो कि इस संसार को प्रसन्नता पूर्वक स्वीकार्य है। तब अपने ताओ स्व को खोजिए जो भौतिक के परे जाता है और अपने आनन्द को प्राप्त कर लेता है।

फिर निरीक्षण कीजिए कि सच्चा, स्थायी, आनन्द क्या है। बावजूद इसके कि प्रारम्भ में आपके देखने, सुनने, छूने, स्वाद लेने (चखने) और सूंघने के विभागों पर ताओ का कोई प्रभाव न पड़े, वे उन अभिलाषाओं की पूर्ति करेंगी जिनको आप सांसारिक साधनों से तृप्त करने का प्रयास कर रहे हैं। जब आप किसी गुजर जाने वाले कल्पना-विलास का पीछा कर रहे हों तो आप अभी और यहीं इसका मूल्य स्वीकारना प्रारम्भ कीजिए लेकिन एक महानतर अभिलाषा को सन्तुष्ट करने के लिए इसको प्राप्त करने का प्रयास रोक दीजिए।

अपने प्रतिदिन के जीवन को श्रेष्ठ धन्यवाद ज्ञापनता से परिचित कराइए

सनातन ताओ की उपस्थिति के लिए, जो कि सदैव आपके साथ है, धन्यवाद ज्ञापन को दैनिक अभ्यास बनाइए। प्रशंसामूलक दृष्टिकोण से, वह संसार जिसे आप पहले प्राप्त करना चाहते थे, अब भिन्न दिखना प्रारम्भ हो जाएगा। ताओ की तृप्तिदायक चेतना से, सांसारिक सुख न उपलब्ध होने पर अपूर्व महसूस करने की भावना सर्वोच्च कृतज्ञता के भाव द्वारा विस्थापित कर दी जाती है। सांसारिक सुखों के लिए जिसको इस्तेमाल किए जाने की जरूरत समझी जाती थी वो आपके अपने एक पहलू जो कि भौतिक और पृथ्वीगत सीमाओं और गतिरोधों से मुक्त ताओ है। के बारे में जागरूक हो पाने के प्रति कृतज्ञता और सन्तोष से विस्थापित हो गयी है। ताओ के प्रति सचेतन सराहना के साथ जीना नाशवान और अनश्वर चेतना के सन्तुलन को समृद्ध करता हुआ और अधिक लोगों और अनुभवों को आकर्षित करेगा। स्वयं को ताओ के असीमित प्रेम और प्रचुरता के प्रति खोलिए और आप उसी तरह के और अधिक प्रेम और प्रचुरता को अपनी ओर आकर्षित करेंगे। आपका संसार बदला गया है क्योंकि जहां आपने पहले केवल अपने नाशवान अपनी चाहत के सांसारिक सुखों की ओर ध्यान दिया था, अब आप ताओ को देखते हैं।

अब आप ताओ कीजिए

24 घण्टे का उपवास रखिए। जब आप भूख का दर्द महसूस करें तो अपने विचारों को उस सनातन शक्ति के प्रति कृतज्ञता व्यक्त करने की ओर मोड़िए जो सदैव आपके साथ है। गर्मजोशी के साथ अपने भौतिक स्व को यह जानने दीजिए कि जब उपवास पूरा होगा तो उसे भोजन प्राप्त हो जाएगा और फिर ताओ स्व की ओर मुड़िए जो कि भूख से अपरिचित है। अपने शरीर से होकर प्रवाहित हो रही इसकी ऊर्जा को खोजने पर केन्द्रित करने के जरिए ताओ स्व की भिन्न प्रकृति का आनन्द लीजिए। यह स्वयं को प्रगट करेगा, सम्भवतः, सन्तुष्ट, आनन्दित, या चरम सुखी के तौर पर। इनके बीच उस अन्तर पर ध्यान दीजिए जो इसकी तुलना सांसारिक सुखों से करने पर महसूस होता हैं।

छत्तीसवीं कविता

क्या तुम किसी चीज को सीमित करना चाहते हो।
तुम्हें निश्चय ही जानबूझ कर फैलने देना चाहिए इसे।
क्या तुम किसी चीज को कमजोर करना चाहते हो।
तुम्हें निश्चय ही जानबूझ कर मजबूत होने देना चाहिए इसे।
क्या तुम किसी चीज को समाप्त करना चाहते हो।
तुम्हें निश्चय ही जानबूझ कर विकसित होने देना चाहिए उसे।
क्या तुम किसी चीज को दूर करना चाहते हो।
तुम्हें निश्चय ही जानबूझ कर निकटता प्रदान करनी चाहिए इसे।
इस पाठ को कहते हैं। अप्रसिद्धि का प्रज्ञान।
सज्जन चलता कर देते हैं मजबूत को।
अस्पष्ट चलता कर देते हैं स्पष्ट को।
मछली नहीं छोड़ सकती गहरे जल को।
और एक देश के शस्त्रों को नहीं किया जाना चाहिए प्रदर्शित।

अप्रसिद्धता में जीना

आपके विकसित हो रहे जीवन के पाठों का एक बड़ा हिस्सा 'मुझ पर ध्यान दो' शब्दों के चारों ओर घूमता है। हमें पढ़ाया गया था कि लोगों का जितना ध्यान खासकर 'एक अच्छे छोटे व्यक्ति' के तौर पर, आप अपनी ओर आकर्षित कर लेंगे, उतनी ही ऊंची हैसियत और स्वीकृति आपको अपने हम उम्र लोगों के बीच प्राप्त होगी (आप जानते हैं कि इसी तरह से बड़ो की भी)। आप से कहा गया था कि प्रथम होओ, उस गोल्ड स्टार को हासिल करो, उस प्रतियोगिता को जीतो, सबसे अच्छी श्रेणियां प्राप्त करो, स्वस्ति वाचनिक वादी (विदाई के समय और ऐसे भी, औपचारिक शिष्टाचार का पालन करने वाला) बनो, उस पत्र को मृदु बनाओ, ट्राफियां इकट्ठी करो और ऐसा ही बहुत कुछ करो और करते रहो। इस तरह के पाठ (शिक्षाएं) भीड़ के शीर्ष पर पहुंचने और अपने आस-पास के सभी लोगों से प्रतिस्पर्धा करके कैसे तुमने यह सब हासिल कर लिया इस आधार पर अपना मूल्यांकन करने के लिए थे।

जब आप चीज़ों की महान योजना में अपनी जगह देखने के बारे में अपने सोचने के तरीके को बदलते हैं, तो आप उस अप्रसिद्धता के प्रज्ञान को खोज लेंगे जो आपको अपने जीवन से प्रतिस्पर्धा को हटा देने और मौन शक्ति में वापस लौटने की अनुमति प्रदान करता है। दूसरे शब्दों में लाओ त्ज़ू आपको इसे सहजता से लेने और अपने दृष्टिकोण को एकदम नयी कसौटी पर तय करने के लिए कह रहे हैं। जैसे ही आप यह करते हैं, आपका संसार एक शान्तिप्रद, निम्न उद्धारक (Low Key) आत्मा को प्रतिबिम्बित करना प्रारम्भ कर देता है जो उनको चलता कर देती है जो अपनी शक्ति को, अपने हम उम्र लोगों से प्रतिस्पर्धा में हासिल की गयी हैसियत के आधार पर आंकते हैं।

यह कविता पदार्थिक जगत की द्विविभाजक प्रकृति को समझने के विचार के साथ प्रारम्भ होती है और फिर आपको जिन्दगी का दक्ष पर्यवेक्षक बनने के लिए प्रेरित

करती है। अपने को छोटा महसूस करने का अर्थ है कि आपको निश्चय ही यह जानना चाहिए कि महत्त्वपूर्ण होने जैसा क्या है। कमजोर होने का विचार यह जानकारी होने से उत्पन्न होता है कि मजबूत महसूस करने जैसा क्या है। जैसा कि ताओ ते चिंग का एक अनुवाद (विटनर बायनर द्वारा अनूदित 'द वे आफ लाइफ अकार्डिंग टू लाओ त्जू') हमें याद दिलाता है—

वह जो महसूस करता है छिद्रित।
अवश्य कभी रहा होगा एक बुलबुला, वह जो महसूस करता है निःशस्त्र।
अवश्य कभी चला होगा लेकर शस्त्र।
वह जो महसूस करता है वंचित। अवश्य रहा था विशिष्ट।

कमजोर, महत्त्वहीन, तनावग्रस्त या भयभीत। उस सोच को सर्वोच्चता प्रदान करते हुए, जिसने आपको पहली जगह पर प्राप्त किया था, अपने को कमजोर, महत्त्वहीन, तनावग्रस्त या भयभीत महसूस करने के शिकारी जालों से बचिए। याद रखिए कि यदि आप कमजोर महसूस करते हैं तो कम से कम एक बार अवश्य ही मजबूत होने का विपरीत बोध रह चुका है। यदि आप तनाव महसूस करते हैं तो आपके पास यह विचार है कि तनाव-रहित होने जैसा क्या है। अपनी तुलना किए जाने और उसमें समायोजित होने की आवश्यकता से स्वतन्त्र होने के द्वारा आप उस मार्ग को चुनते हैं जिसे लाओ त्जू 'अप्रसिद्धि का प्रज्ञान' कहते हैं। वह यह है कि आप दूसरों की नजरों में और अधिक कुछ होने की आवश्यकता को विदा कर देते हैं।

लाओ त्जू इस रोचक कविता को गहरे जल को छोड़ने वाली एक मछली के रूपक के साथ समाप्त करते हैं। जब वे सतह का निरीक्षण करने और उन गहराइयों से परे 'बड़ी दुनिया' का निरीक्षण करने का प्रयास करती हैं तो अब ये छोटे जीव यह सब नहीं कर सकते क्योंकि वे एक जाल द्वारा कैद कर लिए गए हैं। अतः इस 36वीं कविता से एक महान शिक्षा प्राप्त होती है कि अपनी सीमा में रहिए और आप उन सभी को चलता कर देंगे जो महत्त्व पाने के लिए प्रयास करते रहते हैं। जब आप इस दृष्टिकोण को अपना लेते हैं तो आपकी अप्रसिद्धि रहने की इच्छा आपकी मजबूत और सबसे ऊपर दिखने की जरूरत को पछाड़ देगी और आप अपने ट्राफियों के कक्ष तक ही सीमित होकर नहीं रह जाएंगे।

25 शताब्दी पहले जब लाओ त्जू ने इस ज्ञानपूर्ण स्थायी ग्रन्थ बोला तो जो आपके लिए प्रस्तावित किया, वह यहां पर प्रस्तुत हैं—

विपरीतों की चेतना हासिल करने के जरिए एकत्व को जानने का प्रयास कीजिए

अपने मस्तिष्क में एकत्व की अवस्था में बने रहने का हर सम्भव प्रयास कीजिए। उदाहरण के लिए यदि आप थके हुए हैं तो स्वयं को याद दिलाइए कि आप जानते हैं कि आराम से होना क्या है। विपरीत भावना को पहचानिए ताकि आप दोनों को एक ही समय में जान सकें। इसको आप किसी भी तरह की उत्तेजना के समय कीजिए। यदि आप हताश हैं, कमजोर हैं, ईर्ष्या से ग्रस्त हैं, प्यार से वंचित हैं, कुछ भी हैं, जिससे होकर आप गुजर रहे हैं उसका प्रति विचार आपके प्रायोगिक खांचे के अन्दर है। उसी क्षण विपरीत भावना को तलाशिए और मानसिक तौर पर इसके साथ एक बने रहिए क्योंकि यह आपको अन्दर से शान्त रहने के लिए सन्तुलित भाव प्रदान करता है। यह एकत्व है जिसमें आप चरमों का आनन्द प्राप्त करते हैं और अपने मस्तिष्क को ताओ जैसा होने के लिए प्रयोग करते हैं, जो किसी चीज को विभाजित नहीं करता। एकत्व को टुकड़ों में कैसे बांटा जा सकता है? यदि आप इसे विभाजित कर सकते तो इसका अस्तित्व ही नहीं रहा होता।

स्वयं को पीछे कीजिए और दूसरों को आगे आने दीजिए

स्वयं की दूसरों के साथ तुलना करने या 'व्यवस्था' के अन्दर रहने के अपने झुकावों पर नज़र रखिए। एक व्यवस्था आपको सभी अन्य व्यक्तियों की तरह व्यवहार करने के लिए तैयार करने हेतु प्रारूपित हैं क्योंकि यह आपकी सफलता या प्रसन्नता का निर्धारण करने के लिए तुलनाओं को किए का प्रबन्ध करती है। ताओ ते चिंग आपसे अप्रसिद्ध को चाहने का अनुरोध करते हैं। स्वयं की ओर बहुत कम या बिल्कुल नहीं ध्यान आकर्षित कीजिए। इसके बजाय अनुमति प्रदान कीजिए, अनुमति प्रदान कीजिए, अनुमति प्रदान कीजिए।

उनकी ताकत और ख्याति को अधिक बढ़ाने के जरिए अन्य लोगों को पुष्पित पल्लवित होने दीजिए। जैसा कि लाओ त्ज़ू कहते हैं कि आपको निश्चय ही जानबूझ कर दूसरों को व्यापकता का अधिकार प्रदान करना चाहिए लेकिन अपना सबक उस मछली से प्राप्त करना चाहिए जो आपकी ताओ निर्देशित आत्मा के गहरे जल में विचरण करती और रहती है।

अब आप ताओ कीजिए

एक पूरे दिन के लिए आप जितना अधिक रह सकते हैं, उतना अधिक पृष्ठभूमि में रहने का स्वयं को एक कार्य आबंटित कीजिए। अपनी किसी से तुलना करने या अपनी ओर दूसरों को आकर्षित करने की अपनी प्रवृत्तियों को दबाइए। आप आज दूसरों में रुचि लेने का वायदा करने और सर्वनाम ''मैं तुम्हारे लिए'' का स्थानापन्न करने के द्वारा इसे पूरा कर सकते हैं। अतः यह कहने के बजाय कि मैंने वर्षो इस तरह का काम किया है, मुझे यह बताने दीजिए कि आपको कैसे आगे बढ़ना है। आप यह टिप्पणी कीजिए कि ''आप अपने नए व्यवसाय को बहुत अच्छी तरह करते दिख रहे हैं।'' ताओ की भाषा में मृदु और सज्जन बने रहिए और आप टिके रहेगें।

सैंतिसवीं कविता

ताओ कुछ नहीं करता।
लेकिन नहीं छोड़ता कुछ भी शेष।
यदि शक्तिशाली पुरुष।
कर सकते केन्द्रित स्वयं इसमें।
सम्पूर्ण संसार हो जाएगा रूपान्तरित।
अपने आप, इसकी प्राकृतिक लय में।
जब जीवन सरल है। आडम्बर दूर हो जाते हैं।
और चमकने लगती है हमारी तात्विक प्रकृति।
न चाहने के द्वारा, यहां है शान्ति।
और संसार स्वयं को कर लेगा ठीक।
जब यहां मौन हैं।
हर कोई पाता है संसार के लंगर (मूलाधार) को स्वयं के अन्दर।

सरलता में जीना

मैं इसे ताओ ते चिंग की 'अपनी जीभ काटो, अपने ओंठ सिलो' कविता कहता हूं। प्रारम्भिक दो पंक्तियों में अर्न्तनिहित विरोधाभास अक्सर मेरे साथ खेल खेलता रहता है। ये पंक्तियां हैं, "ताओ कुछ नहीं करता लेकिन कुछ भी बाकी नहीं छोड़ता।" जरा कल्पना कीजिए कि इस कविता में हमें क्या करने के लिए कहा जा रहा है। कुछ मत करो और सब कुछ किया हुआ पाओ। यह स्वाभाविक तौर से उस सब का खण्डन करता है जो आपको और मुझे पढ़ाया गया था। कुछ न करने वाले को हमारी संस्कृति में आलसी, असफल, और काफी हद तक बेकार व्यक्ति समझा जाता है। अतः एक क्षण के लिए जिस तरह से हम सरलता से जीने और कुछ न करने के बारे में सोचते हैं उसे सुधार लें।

युद्ध, आतंकवाद, अकाल, घृणा, अपराध और बीमारियां उन सभी समस्याओं जिनके बारे में मीडिया में प्रकाशित होता रहता है, में से कितनी ऐसी हैं जो सृजन के प्राकृतिक प्रगटीकरण में हस्तक्षेप का परिणाम हैं? हम लोगों की अनिवार्य प्रकृति और हमारे गृह का कितना भाग चमकने में समर्थ है? यदि सरकारें हर किसी के जीवन में हस्तक्षेप न करें तो धरती कैसी हो जाएगी? क्या हो यदि किसी को शत्रु न समझा जा सके? क्या कोई ऐसी दुनिया हो सकती है जहां दूसरों पर नियन्त्रण करने, या हमला करने या कब्जा करने के लिए लोगों के समूह कभी इकट्ठे न हों। कैसा रहा होता यदि महासागरों, पहाड़ों, प्राकृतिक संसाधनों, वायु, पौधों और पशुओं का सम्मान किया गया होता और बिना किसी हस्तक्षेप के उन्हें विकसित होने दिया गया होता? कल्पना कीजिए कि किसी ऐसी जगह का वजूद होता जहां सरलता और हस्तक्षेप विहीनता मौजूद होती। वहां सब कुछ ठीक वैसे ही रो रहा होता जैसे ताओ करते हैं अर्थात कुछ नहीं करना तब भी कोई काम न छोड़ना।

अब आप इस बेहद परिकल्पनात्मक परिदृश्य से हटिए और इस पर पुनर्विचार करना प्रारम्भ कीजिए कि इस अध्याय में वर्णित संसार को रूपान्तरित करने वाले शक्तिशाली व्यक्तियों के विचार का क्या मतलब है। जब वे प्राकृतिक लय में हस्तक्षेप करते हैं तो वे समस्याएं पैदा करते हैं जो ताओ के प्रतिकूल है। उन महान नेताओं को दृष्टिगत करने का प्रयास कीजिए जो इसके बजाय ताओ में केन्द्रित हैं। वो शत्रुता पूर्ण तरीके से काम करने के बजाय अपनी जीभ काटते हैं और अपने ओठों को बन्द रखते हैं और ऐसी किसी भी गतिविधि में हिस्सा लेने से इनकार कर देते हैं जिससे इस गृह पर किसी को नुकसान होता हो। हां, यह काल्पनिक लग सकता हैं, लेकिन जब आप ज्ञानी की तरह सोचते हैं और ताओ में केन्द्रित हैं तो यह असम्भव नहीं है।

ताओ ते चिंग की 37वीं कविता आपके स्वयं को देखने के तरीके को बदलने में भी सहायक हो सकती है। मैं कहूं तो आप एक प्रभारी व्यक्ति से सफलता के विचार की तुलना करने के आदी हैं। आप विश्वास करते हैं कि यह व्यक्ति दूसरों को जिम्मेवारी सौंपता है क्योंकि वह (स्त्री या पुरुष) एक ऐसा नेता है जो यह बताने का इच्छुक है और इसमें सक्षम भी है कि क्या करना है और इसे कैसे किया जाना है। यह दृष्टिकोण ताओ के एकरूपता के पूरी तरह खिलाफ है, जो कुछ नहीं करता है 'और' किसी चीज को अधूरा नहीं छोड़ता है। जैसे ही आप अपनी स्वयं की शक्ति और सफलता को देखने के अपने नजरिए को बदलते हैं, आप अपनी तीव्र इच्छाओं को शान्त, सन्तुष्टि से विस्थापित करना प्रारम्भ कर देते हैं। जब आप अपनी सच्ची प्रकृति को जो कि संसार का मूलाधार है, चमकने की अनुमति प्रदान करना प्रारम्भ करते हैं तो वैसे ही आप यह स्वीकार करेंगे कि आपका चीजों को देखने का तरीका पूरी तरह से बदल गया है।

मैंने इस सरलता के सिद्धान्त को अपने सभी बच्चों के साथ व्यवहार करने में इस्तेमाल किया। जब मैं अन्दर प्रवेश करता हूं और उनसे कहता हूं 'कैसे हो?' मैं प्रतिरोध को जन्म दे देता हूं। लेकिन जब मैं अपनी जुबान को काट लेता हूं और मुंह को बन्द कर लेता हूं और मौन में वापस चला जाता हूं तो वे स्वयं न केवल इसे चिह्नित कर लेते हैं, बल्कि एक शान्त ऊर्जा उनकी निराशा की जगह ले लेती है। मैंने पढ़ा था कि मेरे शिशु जानते हैं कि कैसा बनना है। उनके पास भी उनके अन्दर संसार का मूलाधार है। वे भी कुछ न करने वाले और सब कुछ पूरा करने वाले ताओ में केन्द्रित हैं। उनके पास भी एक तात्विक प्रकृति है जिसे वो सुन रहे हैं। जैसे ही मैंने इस पर विश्वास करने में और अधिक प्रवीणता हासिल कर ली, केवल अपने बच्चों के लिए नहीं, बल्कि उन सभी के लिए जिनसे मेरी भेंट होती हैं, मैं और अधिक शान्तिमय हूं। अन्दाजा लगाए कि और क्या हुआ? ज्यादा, थोड़ा नहीं, ज्यादा काम पूरा हुआ दिखलायी पड़ता है, समय से और बिना उन समस्याओं के जो मेरे हस्तक्षेप के कारण प्रगट हो जाती थीं।

सफलता और ताकत के सम्पूर्ण विचार के बारे में आप जैसे सोचते हैं उसे बदल डालिए क्योंकि यह कष्टदायक सिद्धि और निरन्तरतापूर्वक निर्देशों के पालन का परिणाम नहीं है। एक ऐसे संसार में रहना प्रारम्भ कीजिए जिसके बारे में आप जानते हैं कि वह कम हस्तक्षेप के साथ अच्छे के लिए काम करता है। आप समझते हैं कि हर कोई दूसरों को निर्देश देना नहीं बन्द कर देगा और आप केवल ताओ को प्रगट होने दे सकते हैं, लेकिन उन पर केन्द्रित करने के जरिए दूसरों को उनकी शक्ति के बन्धन में फंसा हुआ देखते हुए आप एक पर्यवेक्षक हो सकते हैं।

अपने विशिष्ट प्राकृतिक स्व को विकसित कीजिए

आपके बारे में दिए गए निर्णयों, जो दूसरों से आप पर थोपे गए थे, को न लागू करने के जरिए अपनी तात्विक प्रकृति को चमकने देने की अनुमति प्रदान करने का अभ्यास कीजिए। स्वयं को स्मरण कराइए कि आपको कुछ नहीं करना है। आपको किसी अन्य से अच्छा नहीं होना। आपको नहीं जीतना है। आपको प्रथम या सत्ताइसवें स्थान पर या किसी भी स्थान पर नहीं आना है। अपने आप को केवल होने की अनुमति प्रदान कीजिए। अपने विशिष्ट प्राकृतिक होने के साथ दखलंदाजी करना बन्द कीजिए। दूसरों की नजरों में उत्पादक (उर्वर), सम्पन्न और सफल होने के अपने द्वारा ढोए जा रहे बोझ को हल्का कीजिए। और इसको अपनी एक आन्तरिक आवाज से प्रतिस्थापित कर दीजिए जो आपको ताओ तक पहुंचने की अनुमति प्रदान करती है। दृढ़तापूर्वक संकल्प कीजिए, मैं ताओ में केन्द्रित हूं। मैं विश्वास करता हूं कि मैं स्वयं को आन्तरिक दृढ़ता प्रदान करने में समर्थ हूं और ऐसा ही संसार के बारे में है। यह जानते हुए कि सब कुछ ठीक है, मैं मौन में वापस लौटता हूं।

मौन रहने के द्वारा दूसरों की तात्विक प्रकृति देख पाने की आशा करिए

उस क्षण पर जब आप उनके जीवन में रुचि लेने के लिए लालायित हो रहे हों जो आपके आस-पास हैं तो सचेतन तौर पर अपनी जीभ को काटिए और अपने ओठों को बन्द कर लीजिए। दूसरों, खासकर अपने परिवार के सदस्यों को, यह बताने की अपनी प्रकृति के बारेमें सजग होइए कि उन्हें अपने जीवन को कैसे चलाना चाहिए। किसी दूसरे के मामले में मध्यस्थता करने के पहले यदि आप, यहां तक कि कुछ क्षण के लिए भी, अपने को रोक लेते हैं तो आप अपने आस-पास के लोगों को उनके अन्दर मौजूद उनके अपने विश्व के लंगर को प्राप्त करने की अनुमति देने के मार्ग पर हैं। हस्तक्षेप करने से पहले रुकने के जरिए शामिल होने की आपकी आदत का प्रतिरोध

करने का यह नया अनुशासन आपको यह देखने में समर्थ बना देगा कि जब वे किसी ऐसे के ऊर्जा क्षेत्र में हैं जो निर्देशित करने के बजाय स्वीकृति प्रदान करता है, हर कोई वास्तव में कितना सक्षम है।

अब आप ताओ करें

इस 37वीं कविता की इन पहली दो पंक्तियों को या तो छपवा लीजिए या इनकी प्रतिलिपि करवा लीजिए, ''ताओ कुछ नहीं करता, लेकिन बिना किया कुछ नहीं छोड़ता।'' इन शब्दों को तब तक बार-बार पढ़िए जब तक कि ये याद न हो जाए। इसके बाद 30 मिनट के लिए घूमने जाइए और इनके सत्य होने पर ध्यान दीजिए। वायु, आकाश, बादल, घास, सांस और पुष्प...ऐसा कुछ भी प्राकृतिक नहीं है जो आपको पूरा न किया गया दिखे, लेकिन इसको करने के लिए कुछ भी नहीं हो रहा है। यह सब इन शब्दों की सच्चाई द्वारा पूर्ण किया गया है।

मुझे रूमी द्वारा लिखी गयीऔर 'निब्बिल एट मीं' के नाम से विख्यात एक कविता याद है जो ताओ ते चिंग के इस हिस्से पर सटीक तौर से लागू होती है—

कुतरो मुझे।
निगल कर नीचे मत गिराओ मुझे।
कैसे अक्सर होता है यह, मेहमान आता है तुम्हारे घर।
कौन कर सकता है तय,
सब कुछ?

अपने सब कुछ जानने वाले मेहमानों को चीजें तय करने दीजिए और आप प्राकृतिक तौर पर जीवन जीने का आनन्द लीजिए।

अड़तीसवीं कविता

एक वाकई अच्छा इन्सान बेखबर होता है अपने अच्छेपन से। और है इसीलिए अच्छा।
एक मूर्ख व्यक्ति करता है कोशिश अच्छा होने की। और इसीलिए नहीं है अच्छा।
ईश्वर कुछ नहीं करता। फिर भी वह नहीं छोड़ता कुछ भी बाकी। साधारण व्यक्ति हमेशा करता रहता है कुछ न कुछ। फिर भी बाकी बना रहता है काफी कुछ करने को।
उच्चतम सदाचार है कार्य करना, बिना सोचे खुद के बारे में। उच्चतम दयालुता है, देना बिना शर्त।
उच्चतम न्याय है देखना, बिना पक्षपात के।
जब खो जाता है ताओ, तो रह जाती है अच्छाई। जब खो जाती है अच्छाई रह जाती है नैतिकता।
जब खो जाती है नैतिकता, रह जाते हैं विधि-विधान।
महान मालिक अनुसरण करता है अपनी स्वयं की प्रकृति का। और नहीं फंसता है जीवन के साज श्रृंगार में।
कहा जाता है। "वह रहता है फल के साथ और छिलके के साथ नहीं।" वह रहता है दृढ़ता के साथ और कमजोर के साथ नहीं। वह सत्य के साथ रहता है और झूठ के साथ नहीं।

अपनी स्वयं की प्रकृति में जीना

ताओ ते चिंग की इस विरोधाभासी कविता के पीछे मौजूद सन्देश यह है : अच्छा होना आपकी प्रकृति है क्योंकि आप ताओ से आए हैं, जो कि अच्छाई है। लेकिन जब आप अच्छा होने का प्रयास कर रहे होते हैं तो आपकी तात्विक प्रकृति निष्क्रिय हो जाती है। अच्छे, नैतिक या आज्ञाकारी होने के प्रयास में आप अपनी प्रकृति से सम्पर्क खो देते हैं।

इस कविता में एक वाक्य है जिस पर मैंने यह लघु निबन्ध लिखने के पहले कई दिन तक विचार किया। वह वाक्य है, जब ताओ खो गया है, यहां अच्छाई है। मैंने भ्रमित महसूस किया क्योंकि ताओ जो शिक्षा प्रदान कर रहे थे, उसके यह काफी विपरीत प्रतीत हुई। अन्ततोगत्वा, विचार मग्नता के क्षणों में जब मैंने लाओ त्ज़ू के एक चित्र पर ध्यान केन्द्रित किया, तो मुझे इसका अर्थ स्पष्ट हुआ। मैंने अपने ध्यान में सुना कि एकदम सही शब्द यह थे, "बिना इसे जाने, प्रकृति अच्छी है।" तब मैं समझा कि इस कुछ भ्रमित कर देने वाली (मुझे) 38वीं कविता के बारे में मुझसे क्या सम्प्रेषित करते हुए प्रतीत हो रहे थे।

अपनी तात्विक प्रकृति, ताओ, के जरिए जीईये, जो कि एकत्व है। इसमें कोई ध्रुवीकरण नहीं है। जिस क्षण आप यह जानते हैं कि आप अच्छे हैं, उसी क्षण आप 'अच्छे' बनाम 'बुरे' का ध्रुवीकरण को ले आते हैं जिसके परिणामस्वरूप ताओ से आपका सम्पर्क टूट जाता है। तब आप कुछ नया लेकर आते हैं। आप हिसाब लगाते हैं कि यदि आप अच्छे हो सकते हैं तो आप नैतिक होने का प्रयास करेंगे। गलत और सही के मानकों के सिवा नैतिकता क्या है जिसे आप उठाए फिरते रहने का प्रयास करते हैं? जैसा कि लाओ त्ज़ू मुझसे कहते हुए दिख रहे हैं कि ताओ एकत्व है। इसके पास आपके अनुपालन के कोई मानक नहीं हैं। दूसरे शब्दों में ताओ सिर्फ हैं, यह कुछ नहीं

कर रहा है, तो भी कुछ भी बिन किया नहीं छोड़ता है। यहां कोई नैतिकता नहीं है। यहां केवल असम्बद्ध ताओ है। यह सही नहीं है, यह उचित नहीं है, लेकिन यह तात्विक प्रकृति है और आप केवल अपने प्रति सच्चे होने के लिए प्रोत्साहित किए जा रहे हैं।

नैतिकता जैसे ही खोती है, परम्पराओं का विचार सामने आ जाता है इसलिए आप उन नियमों और रीति-रिवाजों के अनुसार जीवन जीने का प्रयास करते हैं, जिन्होंने सदियों से आपके लोगों को व्याख्यायित किया है। लेकिन मैं लाओ त्ज़ू के इस कथन को तकरीबन सुन पा रहा हूं कि ताओ सनातन है और किसी को बहिष्कृत नहीं करता। परम्पराएं आपको ताओ से असम्पर्कित बनाए रखती हैं और प्रयास करने के जरिए आप उन्हें खो देते हैं। इसलिए आप कानूनों पर विश्वास करते हैं जो आपको और अधिक विभाजित करते हैं और आपके लिए और अधिक अव्यवस्था उत्पन्न करते हैं। मैं फिर कहूंगा कि ताओ केवल अपना स्वयं का सत्य, तात्विक प्रकृति है। इसके कोई कानून, परम्पराएं या अच्छाइयां नहीं हैं। इसका निरीक्षण कीजिए और इसकी प्रकृति के दायरे में जीवन यापन कीजिए। दूसरे शब्दों में अपने स्वयं के अहम् की परवाह किए बिना व्यवहार कीजिए। बिना किसी शर्त के या अच्छा होने, नैतिक होने या उचित होने का प्रयास किए बिना दीजिए, ठीक वैसे जैसे ताओ करता है। बिना किसी वरीयता के प्रदान कीजिए, जैसी कि लाओ त्ज़ू सलाह देते हैं।

मैं स्वीकार करता हूं कि इस 38वीं कविता के अनुसार जीना, जो कुछ भी आपने इस पूरे जीवन काल में सीखा है, उसका ठीक उल्टा हो सकता है। यह निश्चित तौर पर समय-समय पर, मेरे लिए बौद्धिक और व्यवहार जनिक चुनौतियों का प्रतिनिधित्व करता है। आप शायद यह जानना पसन्द करेंगे कि बहुत से विद्वानों ने, जिनसे मैंने इस कविता को समझने के सिलसिले में बात की, कहा कि लाओ त्ज़ू ने इसे अपने समकालीन कन्फ्यूसियस के विरोध में प्रतिक्रिया करते हुए इस कविता को (और इसके बाद की कविता को) लिखा जिन्होंने लोगों के लिए धर्मादेश और आचार संहिताएं स्थापित की थी। ध्यान के माध्यम से लाओ त्ज़ू जो मुझसे कहते हुए प्रतीत हो रहे थे वह यह था, "अपनी स्वयं की तात्विक प्रकृति का विश्वास कीजिए। सभी ध्रुवीकरणों को जाने दीजिए और अविभाज्य एकत्व में जीइये जो कि ताओ है।" अच्छे-बुरे सही-गलत उचित-अनुचित, वैधानिक अवैधानिक और इसी तरह के अन्य द्विविभाजीकरण एक मुसीबत हो सकते हैं। केवल इतना ध्यान रखिए कि जब ये सतह पर आते हैं तो ताओ खो जाता है।

मेरे माध्यम से लाओ त्ज़ू द्वारा आपको दी जा रही कुछ अन्य सलाहें यहां प्रस्तुत हैं—

बनावटी सिद्धान्तों को रद्द करने के जरिए अपनी तात्विक प्रकृति में जीईये

अधोगामी क्रम में ये सिद्धान्त हैं, अच्छाई, औचित्य, आचार (धार्मिक कृत्य) और कानून। कृत्रिम अच्छाई (सज्जनता) 'बुरे' न होने के जरिए जीने की कोशिश है, अतः आप दूसरों को यह तय करने की अनुमति प्रदान करते हैं कि आप अच्छाई के पैमाने पर कहां उपयुक्त ठहरते हैं। अतः इस के प्रति शपथबद्ध होइएः मैं ताओ का हूं, ईश्वर का एक अंश हूं और इसकी पुष्टि के लिए मुझे किसी मानव निर्मित मुक्ति की आवश्यकता नहीं है। अच्छाई और ईश्वरत्व एक हैं, और मैं जो हूं उस पर विश्वास करता हूं और इसी परिप्रेक्ष्य से व्यवहार करूंगा। मैं इस सत्य के साथ रह रहा हूं और उसके साथ नहीं जो गलत है। इससे भी अधिक देखिए कि ताओ का औचित्य से कोई लेना-देना नहीं है। अपने इस जानने को भूल जाइए कि यह एक कृत्रिम युक्ति है जो एकत्व के परिप्रेक्ष्य से अस्तित्व में नहीं रह सकती। आपकी उसके बारे में चाहे जो धारणा हो, आप उससे हैं और उसी को लौटेंगे। अतः उचित व्यवहार किए जाने की अपेक्षा के बिना उदारतापूर्वक अभिव्यक्त (खुल) हो जाइए।

व्यर्थ हो चुके पारिवारिक और सांस्कृतिक रीति रिवाजों को रद्द करिए

उन रीति-रिवाजों को त्याग दीजिए जिनके बारे में आप महसूस करते हैं कि आप केवल इसलिए उनका पालन करते हैं क्योंकि आपके जीवन काल में समाज में और खास कर आपके परिवार में ऐसा होता आ रहा है। शान्तिपूर्वक यह निश्चय कीजिए, "सनातन ताओ में विश्वास करते हुए जीने के लिए मैं आजाद हूं। मुझे वैसा नहीं होना है जैसे मेरे पूर्वज थे। मैं उन प्राचीन विधि-विधानों को मुक्त करता हूं जो अब उपयोगी नहीं रहे या जो अलगाव या शत्रुता कायम करते हैं।" स्वयं को स्मरण कराइए कि कानूनों का पालन करने से अच्छाई का मूल्यांकन नहीं होता, बल्कि यह वह है, जो आपकी तात्विक प्रकृति से प्रतिध्वनित होता है। क्या उपयुक्त अच्छा नैतिक, धर्मानुरूप या न्यायिक है, यह तय करने के लिए आपको किसी तरह की संहिता की आवश्यकता नहीं है। नश्वर कानूनों से पथभ्रष्ट होने के बजाय अपनी उच्चतम प्रकृति के प्रति आत्म समर्पण करने के जरिए प्रेम का एक साधन बनने के लिए स्वयं पर विश्वास कीजिए।

16वीं शताब्दी के गहन सन्त जान आफ क्रास की 'ए रेबिट नोटिस्ड माई कन्डीशन' (एक खरगोश ने मेरी हालत पर ध्यान दिया) शीर्षक की कविता में इस स्थिति का बहुत सुन्दर वर्णन किया गया है–

एक दिन दुखी था मैं और गया टहलने के लिए, मैं बैठ गया एक मैदान में।

एक खरगोश ने ध्यान दिया मेरी हालत पर और आ गया पास।
समय पर मदद करने के लिए अक्सर नहीं चाहिए होता है इससे ज्यादा कुछ।
केवल होना नजदीक उन जीवों के।
जो हैं इतने पूर्ण ज्ञान से।
इतने पूर्ण प्रेम से।
कि नहीं करते थे।
बात।
वे केवल देखते हैं एकटक।
अपनी अदभुत समझ के साथ।

अब आप ताओ करें

एक कुत्ता, एक तितली, एक कीट-पतिंगा, एक मकड़ी एक चींटी, एक मछली, एक बिल्ली, एक भालू या जो भी आपको आकर्षित करता हो, ऐसे किसी ईश्वर के जीव पर सचेतन तौर पर ध्यान देने के लिए एक दिन खर्च कीजिए। आप अपनी आन्तरिक प्रकृति पर विश्वास करने के सिलसिले में उनसे काफी कुछ सीख सकते हैं। वे हैं, जैसा कि कवि कहता है, 'ज्ञान से इतना अधिक पूर्ण।'

उन्तालिसवीं कविता

यह चीजें प्राचीन काल से उगती हैं एक से।
आकाश है सम्पूर्ण और स्पष्ट।
पृथ्वी है सम्पूर्ण और दृढ़।
आत्मा है सम्पूर्ण ओर परिपूर्ण।
दस हजार चीजें हैं सम्पूर्ण और देश है उन्नत।
ये सभी हैं, मौजूद, सम्पूर्णता के धर्म में।
जब करते हैं मनुष्य दखलन्दाजी ताओ के साथ।
आकाश हो जाता है मलिन।
पृथ्वी हो जाती है मृत।
सन्तुलन हो जाता है चूर-चूर।
प्राणी हो जाते हैं मृतप्राय।
इसलिए उच्चता की जड़ें हैं विनम्रता में।
गर्वोन्नतता आधारित है दर्पहीनता पर।
इसीलिए आभिजात्य जन प्रस्तुत करते हैं स्वयं को।
अकेला, वंचित और अयोग्य के तौर पर।
रथ के हिस्से हैं बेकार।
अगर वो नहीं करते कार्य सम्पूर्ण के अनुरूप। एक व्यक्ति का जीवन नहीं प्रदान करता कुछ।
यदि वह नहीं जीता सम्पूर्ण विश्व के अनुरूप।
अपनी भूमिका अदा करना।
संसार के अनुरूप।
है सच्ची विनम्रता।
सच में, बहुत अधिक सम्मान का अर्थ है सम्मान का न होना। एक रत्न की तरह चमकना नहीं है समझदारी। प्रतिध्वनित हों, पत्थरों के संगीत की तरह

सम्पूर्णता को जीना

परम्परागत तौर पर हम सम्पूर्णता को एक ऐसी चीज के तौर पर लेते हैं जो सम्पूर्ण है। उदाहरण के तौर पर 'सम्पूर्ण नौ गज' सम्पूर्ण दूरी पर लागू होता है। 'मैंने पूरी चीज़ खा ली' वाक्य इसको चिह्नित करता है कि कोई चीज पूरी तरह खा ली गयी। बहरहाल, लाओ त्जू इस विचार को भिन्न प्रकार से देखते हुए प्रतीत होते हैं। वह लिखते हैं कि सम्पूर्णता की जड़ें नम्रता में होती हैं। जब नम्रता हमारी सम्पूर्णता को पुकारती है तो हम इस सच्चाई के साथ जीते हैं कि हम सम्पूर्ण का अंश है।

इस प्रवृति से, सम्पूर्ण के अन्य पहलुओं के साथ सहयोग करते हुए, और इसके वशीभूत होते हुए आप सम्पूर्ण संसार के साथ एकरूपता पूर्वक अस्तित्व में रहना चाहते हैं। आप यहां तक कि इसके किसी अंश के साथ हस्तक्षेप करने के बारे में सोच तक नहीं सकते क्योंकि आप इसके साथ एक हैं। जिस क्षण आप स्वयं को दूसरों के या अपने संसार की दस हजार चीजों के सापेक्ष्य सर्वोच्चता की स्थिति में प्रस्तुत करने के बारे में सोचना प्रारम्भ करते हैं, उसी क्षण से आप ताओ के साथ हस्तक्षेप कर रहे होते हैं। मैं आपको ताओ ते चिंग की इस 39वीं कविता के आधार पर सम्पूर्णता की अपनी समझ का परीक्षण करने के लिए प्रोत्साहित कर रहा हूं। मैं आपसे पक्के तौर पर कह सकता हूं कि जब आप इसको इस दृष्टि [लेन्स] से देखेंगे तो आपको दुनिया बदली हुई नजर आएगी।

लाओ त्जू जोर दे कर कहते हैं कि संसार सम्पूर्ण है। यह इसलिए है क्योंकि यह एकत्व की एक अवस्था में है। ऐसे कोई अंश नहीं हैं जो इस अवस्था से अलग होने की आवश्यकता महसूस करते हों। आकाश, पृथ्वी, आत्मा, और 10,000 चीज़ें, ये सभी सम्पूर्ण का अंश हैं, और इससे भी बढ़ कर यह इनका नैतिक गुण है। अब, जब आकाश और वृक्ष सच्चे अर्थों में एकत्व की अवस्था में हो सकते हैं, आपका अहम् जिद करता है कि आप अलग भिन्न और आमतौर पर श्रेष्ठ हैं। लेकिन यदि आप

अपने अहम् के दृष्टिकोण को परिवर्तित कर सकते हैं तो आपका जीवन बदल जाएगा।

जब आप सहयोगी प्रवृति के हैं और एकत्व के संकेत तलाश रहे हैं तो हर चीज के बीच अन्तर्सम्बद्धतापन देखना और महसूस करना प्रारम्भ कर देंगे। उदाहरणार्थ आपका शरीर स्वयं इस तक को अपने में समेटे हुए विश्व को समझने के लिए एक सुविधाजनक उदाहरण है। जबकि यह स्वयं एक इकाई है अपने अन्दर निश्चय ही अरबों व्यक्तिगत, यद्यपि अन्तर्सम्बन्धित, सेलों को समेटे हुए हैं। केवल एक सेल सम्पूर्ण के अपने उग्र व्यवहार के जरिए समस्त सेलों का बुरे परिणाम भुगतने के लिए बाध्य कर देता है और अन्ततोगत्वा नष्ट हो जाता है काफी कुछ उस एक व्यक्ति की तरह जो आकाश प्रदूषित करने, पृथ्वी की उर्वरता नष्ट करने और सम्पूर्ण का सन्तुलन बिगाड़ने के जरिए ताओ के साथ हस्तक्षेप करता है। एक कैंसर सेल, जो अपने से सम्बद्ध, सेलों के साथ सहयोग करने से इनकार कर देता है, अन्ततोगत्वा उन सेलों को हड़पना शुरू कर देता है और यदि उसको रोका न जाय तो वह सम्पूर्ण को नष्ट कर देगा। क्यों? क्योंकि कैंसर सेल का सम्पूर्ण के साथ कोई सम्बन्ध नहीं होता। यह स्वयं को नष्ट कर देगा क्योंकि यह उस मेजबान को मार डालता है जिस पर यह स्वयं के अस्तित्व के लिए निर्भर हैं तो आप स्वयं को नष्ट कर लेंगे।

सम्पूर्ण का प्रत्येक प्रतीत होने वाला अंग यदि एकरूपता के साथ कार्य नहीं करता तो वह सक्षमता के साथ खतरनाक है (और बेकार भी)। ताओ ते चिंग की इस कविता में जो रथ के बारे में सही है वह उसी तरह आपके बारे में भी सही है। आपके जीवन को ताओ के साथ रिश्ता कायम रखने की आवश्यकता है और रिश्ते को लाओ त्जू द्वारा, नम्रता के द्वारा रचे गए बन्धन के तौर पर चारित्रीकृत किया गया है। दूसरे शब्दों में, सम्पूर्णता और नम्रता एक हैं और एक जैसे हैं इसलिए जीवन के साथ अपने रिश्ते को आप जैसा सोचते हैं उसे ठीक कीजिए और 'सम्पूर्ण के अनुरूप' अपनी भूमिका अदा कीजिए।

प्राचीन ताओ ते चिंग की इस कविता को पढ़ते समय और इसको व्यक्त करते समय लाओ त्जू मुझे जो निर्देशित करते हुए प्रतीत हुए वह यहां प्रस्तुत हैं—

गृह के साथ अपना रिश्ता विकसित कीजिए

यह जानते हुए कि ताओ के एक अंश के तौर पर आपकी एक भूमिका है, सम्पूर्णत्व की भावना से जीवन-यापन कीजिए। अपने आप को स्मरण कराइए कि आप ताओ के साथ हस्तक्षेप करके एक महानता का जीवन नहीं जी सकते। इसका मतलब है एकत्व के एक अंश के तौर पर पृथ्वी के प्रति मित्रतापूर्ण जीवन के जरिए पर्यावरण का हर मायने में सम्मान करना। संवाद के एक अधिवक्ता बनिए। कूड़ा-करकट बटोरने और उसका परिमार्जन करने के लिए समय निकालिए। पर्यावरण के अनुकूल या उससे भी अच्छे वाहन को चलाइए, जितने अधिक हो सके, उतने स्थानों पर शक्ति के साथ भ्रमण

कीजिए। सम्पूर्णता का अर्थ है सर्व प्रदाता, सज्जन, अबाध्यकारी ताओ के साथ सन्तुलन की भावना को बरकरार रखना। विनम्रता में, स्रोत के द्वारा संयोजित इस महान नाटक में आप अपनी नन्हीं सी भूमिका तलाशने में समर्थ हैं।

आप देखेंगे कि यह कहने का लाओ त्जू का क्या तात्पर्य है : यदि वह सम्पूर्ण विश्व के अनुरूप नहीं जीता तो एक मनुष्य का जीवन कुछ नहीं लाता।

जिनसे आप मिलते हैं, उनसे स्वयं को अलग समझने के अपने सोच को उनमें से अपने को एक समझने के सोच से बदल डालिए

जैसे ही आप सम्पूर्णता में जीते हैं, ध्यान दीजिए कि अलगपन, जिसको कि आपका अहम् पसन्द करता है, की तुलना में, आप कैसे समस्त जीवन से स्वयं को जुड़ा महसूस करना प्रारम्भ कर देते हैं। जिससे भी आप मिलते हैं, हर किसी में अपने को देखिए, अपने गृह पर मौजूद सभी जीवों, जंगलों, और महासागरों और आकाश में स्वयं को देखिए। जितना अधिक आप यह करेंगे उतना ही अधिक आप प्रतिस्पर्धा में रहने के बजाय सहयोग की अवस्था में बने रहना चाहेंगे। आप इस विचार को भी रद्द कर देने के लिए और अधिक उद्यत होंगे कि यहां एक उनका (पराया) है। इस तरह का होने का प्रयास कीजिए और ध्यान दीजिए कि ऐसी प्रसन्नता, जिसने आपको जीवन भर के लिए बच निकलने का अवसर प्रदान कर दिया होगा, उस एकत्व का अंग है, जिसका आपने आनन्द उठाना प्रारम्भ कर दिया है।

रूमी इस भावना को जिस तरह व्यक्त करता हैं, वह यहां प्रस्तुत हैं–

यदि तुम रख दो अपना हृदय, पृथ्वी पर मेरे साथ।
सेवा में प्रत्येक जीव की।
हमारे प्रिय जन (ईष्ट) करेंगे प्रवेश तुम में, हमारे पवित्र राज्य से।
और हम होंगे, होंगे हम—अति आनन्दित।

अब आप ताओ कीजिए

आज आप टहलने जाइए और 30 मिनट की अवधि तक आप जिससे भी मिलते हैं, उसके बारे में सम्पूर्णता के अर्थों में सोचिए। बहुत वृद्ध, बहुत युवा, गरीब, विकलांग या मोटा सहित हर किसी में, जिसे आपने पहले अलग तरह से देखा था, अपने आप को देखिए। जब आप उनकी ओर देखें तो स्वयं को स्मरण कराएं कि, मैं इन सभी व्यक्तियों के साथ उसी मूल उत्पत्ति कारक आत्मा का हिस्सा हूं। यह आपको आपके अहम् से हटा कर ताओ के सदाचार पर लाने के जरिए सम्पूर्ण के जरिए सम्पूर्ण को महसूस करने में सहयोग करेगा।

चालीसवीं कविता

लौटना है गति ताओ की।
समर्पण हैं रास्ता ताओ का।
10,000 चीज़ें उत्पत्ति हैं अस्तित्व की।
अस्तित्व है उत्पत्ति अस्तित्वहीनता की।

वापस लौटने और समर्पण करने के जरिए जीना

ताओ ते चिंग की 81 कविताओं में सबसे छोटी इस कविता में मैं श्रेष्ठतम शिक्षाओं में से एक को देखता हूं। यदि आप इन चार पंक्तियों के प्रज्ञान में महारत हासिल कर सकते हैं तो आप किसी ज्ञानी की तरह प्रसन्न, सन्तुष्ट और ताओ में केन्द्रित होंगे।

पहले शब्द 'वापिसी' के जरिए आपको, आपके अस्तित्व के एक बुनियादी सिद्धान्त की ओर ईशारा किया जा रहा है। अपने शरीर को छोड़ने की आवश्यकता महसूस किए बिना जीवित रहते हुए मरने के लिए कहा जा रहा है। आप इसको यह एहसास करके हासिल कर सकते हैं कि आप उन 10,000 चीजों में हो एक हैं जो साकार के इस संसार में प्रगट हुई हैं। लाओ त्जू यहां इस 40वीं कविता में जो अभिव्यक्त कर रहे हैं वह वही है जिसकी कई शताब्दी बाद प्रमात्रा भौतिकी (क्वांटम किजिक्स) ने पुष्टि की है। लघुतम उप परमाणुविक अवस्था में नियात (कण) नियातों (कणों) से नहीं आते। इसके बजाय जब अत्यल्प संख्या में सूक्ष्म कण एक नियात उत्प्रेरक में टकराते हैं तो कण विहीन ऊर्जा के अतिरिक्त कुछ शेष नहीं बचता। एक बहुत बड़े कण, आपको आकार लेने के लिए आप निश्चित तौर पर एक मूलोत्पादक आत्मा से आए हैं।

अब 6वीं शताब्दी बी.सी. में लाओ त्जू को प्रमात्रा भौतिकी के बारे में कुछ मालूम नहीं रहा होगा लेकिन तब भी वह हमको एक तात्विक सत्य की शिक्षा दे रहे थे कि यह आत्मा है जो हमें जीवन प्रदान करती है। इसलिए अपनी विनम्रता को वाकई मूलोत्पादक ताओ के अंग के तौर पर जीने के लिए आपको निश्चय ही अपने अहम् को छोड़ देना चाहिए और आत्मा की ओर वापस लौटना चाहिए। या आप तब तक इन्तजार कर सकते हैं जब आपके शरीर की मृत्यु होगी और उस समय आप अपनी वापिसी की यात्रा कर सकते हैं।

लाओ त्जू द्वारा ताओ ते चिंग की 81 कविताएं सुनाए जाने के 6 शताब्दी बाद जिस व्यक्ति ने न्यू टेस्टामेण्ट के विशाल प्रतिशत को लिपिबद्ध किया, उसने भी इस पर बोला कि हम कहां से आते हैं। जीसस क्राइस्ट का एक भक्त जो पहले साउल आफ टारसस के नाम से जाना जाता था, बाद में सेण्ट पाल के तौर पर जाना जाने लगा। इफेसस के लोगों के नाम अपने पत्र में उसने लिखा कि, हम ईश्वर की तरह होने के लिए सृजित किए गए थे और इसलिए तुम्हें अवश्य ही उसे प्रसन्न करना चाहिए और सच्चे अर्थों में पवित्र होना चाहिए। (इफेसियन्स 4:24)। यह हम सभी के लिए, हम जहां से आए हैं, वहां वापस लौटने का एक निमन्त्रण है, जो कि प्रेम करने वाला, और दयालु है और किसी भी तरह इनकार करने वाला नहीं है।

सेण्ट पाल और लाओ त्जू के अनुसार जिन्होंने ताओ ते चिंग की कविताओं में कई जगहों पर इस पर जोर दिया, यह कैसे निष्पन्न होता है? आप इसको अपने अहम् को त्यागने, आत्म समर्पण करने और विनम्र होने के जरिए करते हैं। इस बारे में, कोरिन्थ के लोगों के नाम अपने पत्र में सेण्ट पाल सीधे जीसस को उद्यत करते हैं कि, "मेरी कृपा तुम्हारे लिए पर्याप्त है, क्योंकि मेरी शक्ति कमजोरी में परिपूर्ण की गयी है।" इसके बाद पाल स्वयं से आगे कहते जाते हैं कि, "अतः में और अधिक प्रसन्नता के साथ अपनी शक्तिहीनता में वृद्धि करूंगा ताकि क्राइस्ट की शक्ति मुझ पर कृपा करे। यही कारण है कि क्राइस्ट के वास्ते, मैं शक्तिहीनता में, अपमानों में शारीरिक कष्ट में, पीड़ित किए जाने में, कठिनाइयों में आनन्दित होता हूं। क्योंकि जब मैं अशक्त हूं तभी मैं सशक्त हूं।" (कोरि. –2, 12 : 9-10)। वस्तुतः आत्म समर्पण करना ताओ का मार्ग है और इसी प्रकार तकरीबन सभी आध्यात्मिक ग्रन्थों के अनुसार, जो कि शताब्दियों के दौरान अस्तित्वमान रहे हैं, उच्चीकृत अस्तित्व की कुंजी है।

जीवन के बारे में अपने सोचने के तरीके को जब आप वाकई बदल डालते हैं तो आपको संसार काफी भिन्न दिखने लगता है। आप हर व्यक्ति और हर चीज को ऐसे देखना प्रारम्भ कर देते हैं जैसे उनके पास आने-जाने की यात्रा का टिकट हो। आप जानते हैं कि वे सभी आत्मा से आए हैं और आप जानते हैं कि उनको वापस लौटना ही है। वह सभी जो संगठित होता है, विघटित भी होता है और कोई दूसरा इसे समझता है या नहीं, यह आपके लिए महत्त्वपूर्ण नहीं है। आपने इस चेतना को प्राप्त कर लिया है कि एक मुक्तिदायी और आनन्दकारी दृष्टिकोण होने के लिए पृथ्वी पर जीवन एक मृत्युदण्ड है। आप, अपने नहीं होने के पहलू से प्रत्येक दिन, प्रत्येक क्षण जो आपके पास है और जितना अधिक से अधिक सम्भव है जीने का चुनाव कर रहे हैं।

उस प्रेम पूर्ण अवस्था को भली-भांति बरकरार रखते हुए, जो आपने सीमाओं के

इस संसार में प्रवेश करने के पहले प्राप्त किया हुआ था, आत्मा का होने के नाते आप अपना वापिसी प्रयोग करने का निश्चय करते हैं जबकि आप अभी भी भौतिक अवस्था में मौजूद हैं। जैसे ही आप अपना वापिसी टिकट लेते हैं, आप केवल अपने अहम् के कार्ड (अहम् के परिचय पत्र से) से मुक्ति ही नहीं प्राप्त कर लेते बल्कि अतिरिक्त बोनस के तौर पर आपको अपने स्रोत की शक्ति की पुनर्प्राप्ति हो जाती है जो संसार की सर्व सृजनशक्ति है। आप होने के एकत्व में समाहित हो जाते हैं जो अहम् के सरोकारों को घोल लेता है और इस संसार से समायोजित हो जाते हैं, जो अब आपको प्रकृति में सम्पूर्ण और सनातन नजर आता है। अब यहां और अधिक चिन्ता, व्यग्रता या अपनी उपलब्धियों के साथ पहचान नहीं है। आप एक मुक्त व्यक्ति हैं। आप एक आध्यात्मिक अस्तित्व थे, हैं और हमेशा रहेंगे।

ताओ ते चिंग की इस संक्षिप्त लेकिन अति गम्भीर 40वीं कविता में लाओ तजू जो आपसे कह रहे हैं वो, मैं महसूस करता हूं कि यह है—

जोर देने, वापिसी करने और आत्म समर्पण करने
के जरिए अपनी दिशा का निर्देशन कीजिए

निर्देशात्मक के अर्थों में, अपने जीविकोपार्जन, अपने सम्बन्धों, और अपने स्वास्थ्य सहित अपने जीवन के सभी पहलुओं में अपने द्वारा उठाए जा रहे हर कदम का निर्देशात्मकता के अर्थों में आंकलन करने के लिए मानसिक तौर पर एक प्रयास कीजिए। वह यह है कि आप स्वयं से पूछिए कि, "वास्तव में, मैं किस दिशा में जा रहा हूं? क्या मैं अपनी मूलोत्पत्ति की जगह से दूर जा रहा हूं या मैं उसकी ओर लौट रहा हूं? जैसे ही आप यह मूल्यांकन करते हैं, ताओ से दूर जाने के बजाय आप वापस लौटने के बारे में और अधिक सुनश्चित हो सकते हैं। पौष्टिक भोजन को प्रयोग करने या खाने का एक प्रस्ताव एक ऐसा कदम है जो आपको स्वस्थ होने की ओर वापस ले जाता है जिससे कि आपकी उत्पत्ति हुई है। अपने अहम् को स्थगित करने और दूसरे व्यक्ति में रुचि लेने का एक निर्णय ताओ की ओर वापस लौटने की गतिविधि है। बटोरने वाला होने के बजाय दानी होने का एक निश्चय, वापिसी की मुद्रा में होने को पसन्द करता है। ये सभी कार्य उस दिशा के बारे में आपके चिन्तन से आते हैं, जिसमें आप चल रहे हैं। अपनी सृजनकर्ता आत्मा से दूर या वापस इसकी ओर।

आत्म समर्पण

यही वह है जिसे स्वीकार किया जाना है। स्वीकार कीजिए कि आपका छोटा सा अहम् कुछ नहीं करता और यह कि ताओ आपके सहित सब कुछ का सृजन करता है। जैसे कि जब मैं अपनी जादुई लिखने की जगह में बैठता हूं और इन शब्दों को

लिखता हूं तो मैं जानता हूं कि कागज पर जो कुछ गुप्त रूप से उभरता है वह मेरा नहीं है। मैंने समर्पण कर दिया है। मैं जानता हूं कि ईश्वर सारी पुस्तकें लिखता है, समस्त संगीत की रचना करता है और सभी भवनों का निर्माण करता है। मैं सब कुछ सृजित करने वाली इस शक्ति के समक्ष नत मस्तक हूं। जब यह दिखता है कि सभी 10,000 चीजें अस्तित्वता के संसार की उत्पत्ति हैं, लेकिन जब मैं इसके बारे में और अधिक सोचता हूं। तो ज्ञात होता है कि अस्तित्वता अस्तित्व हीनता से आती है। इस अस्तित्वहीनता की आध्यात्मिकता या ताओ को मैं स्वीकार करता हूं। मैं आप को ऐसा ही करने और फिर इसको देखने, कि यह सब कैसे पूर्णतापूर्वक साथ-साथ प्रवाहित होता है, के लिए प्रोत्साहित करता हूं।

अब आप ताओ करें

अपने दृष्टिगत क्षेत्र की सीमा के अन्दर रणनीतिक तौर पर स्वीकृति (समर्पण) के चिह्न का एक चित्र स्थापित कीजिए और तुरन्त इसे यातायात युक्ति के रूप में स्वीकार कर लीजिए। हर बार जब आप इस चिह्न पर नजर डालें तो आप इसे ताओ की ओर लौटने के स्मरण चिह्न के तौर पर प्रयोग कीजिए। प्रत्येक दिन कम से कम एक बार असहमति को जारी बनाए रखने के बजाय मौके पर समर्पण कर दीजिए। अपनी उपलब्धियों के बारे में बात करने या अपने अहम् की धूप सेंकने के दौरान बीच में रुक जाइए और तत्काल एक श्रोता बन जाइए। प्रतिदिन जितना आप समर्पण करेंगे, उतना अधिक शान्त और ताओ के साथ अनुरूपता की ओर वापस लौटेंगे।

इक्तालिसवीं कविता

एक श्रेष्ठ छात्र सुनता है ताओ के बारे में।
और प्रारम्भ कर देता है परिश्रम पूर्ण अभ्यास।
एक औसत छात्र सुनता है ताओ के बारे में।
और कुछ प्राप्त करता है, खो देता है कुछ।
एक निम्न स्तर का छात्र सुनता है ताओ के बारे में।
और गरजता है व्यंगात्मक हंसी के साथ।
उस हंसी के बिना, यह नहीं होगा ताओ।
इसलिए है इस पर एक रचनात्मक कथन।
प्रकाश का मार्ग दिखता है अन्धकारमय।
आगे बढ़ना लगता है वापिसी।
आसान रास्ता लगता है कठिन।
सच्चा बल लगता है कमजोर।
सच्ची शुद्धता लगती है।
दागदार।
सच्ची स्पष्टता लगती है अस्पष्ट।
महानतम कला लगती है अपरिष्कृत।
महानतम प्रेम लगता है उपेक्षा।
महानतम प्रज्ञान लगता है बचकाना।
ताओ है गुप्त और अनाम।
केवल ताओ करता है पोषण और लाता है,
सभी चीजों को तृप्ति तक।

दिखने से (आकृतियों से) परे जीना

इस कविता ने इस पुस्तक के शीर्षक के लिए मेरी पसन्द को प्रभावित किया। अपने विचारों को बदलने के जरिए, ताकि वे ताओ के साथ एकरूप हो सकें, आप यह देख पाते हैं कि जिसको आप 'वास्तविकता' कहते हैं वह वस्तुतः बाहरी रूप है, केवल एक आकृति है। शुरुवात में, एकत्व के बारे में आपका विचार पुरानी अहम् उत्प्रेरित आदतों से आच्छादित है। जिसके आप आदी हो चुके हैं, वह अभी भी आपके अन्दर एक वास्तविकता के तौर पर तरंगित होता है और आपका ताओ उत्प्रेरित संसार हो सकता है दृढ़ता पूर्वक पहचाने जाने वाला न हुआ हो, लेकिन जो केवल आपको अपना सत्य प्रतीत होता है, उससे परे देखना आप प्रारम्भ कर देंगे और अपने पहले के सीमित नजरिए में फंसे बिना ताओ के प्रत्यक्ष अनुभव में उतर जाएंगे।

अपनी अनुक्रिया पर ध्यान देते हुए ताओ ते चिंग की 41वीं कविता के पहले हिस्से को दुबारा पढ़िए। जब ताओ के प्रज्ञान को समझने और लागू करने की बात आती है तो अपने आप से यह पूछिए कि आप उच्च, मध्यमस्तरीय या निम्नस्तरीय, किस प्रकार के विद्यार्थी हैं। उदाहरण के तौर पर इतने वर्षों तक इसका अध्ययन करने और इसको लिखने के बाद मैं बेशरमी के साथ यह दावा कर सकता हूं कि मैं एक उच्च-स्तरीय (महान) विद्वान हूं। मैं ताओ के सिद्धान्तों को लागू करने के अनन्त दैनिक अवसरों के साथ उच्चतापूर्वक लयबद्ध हो गया हूं। जैसे ही आप अपने विचारों का परीक्षण करते हैं, आप स्वयं के एक ऐसे पक्ष को खोज निकाल सकते हैं जो यह पढ़ना चाहता है कि इन प्राचीन शिक्षाओं का कैसे उपयोग किया जाय। इस प्रकार आप एक ऐसा व्यक्ति होने से, जो ताओ के बारे में बहुत कम जानता है और हो सकता है इसका मजाक उड़ाता रहा हो, एक महान विद्यार्थी होने की ओर आगे बढ़ सकते हैं।

ताओ का प्रयोग हर दिन एक विद्यार्थी की श्रेष्ठता को निर्धारित करता है बजाय इसके कि वह इन विरोधाभासी लगने वाले विचारों को बौद्धिक तौर पर कितना समझता है। लाओ त्जू चिह्नित करते हैं कि निम्न स्तरीय छात्रों की उपहासात्मक हंसी के बिना ताओ का यहां तक कि अस्तित्व ही नहीं रह सकता। विरोधाभासी विचारों के बारे में चर्चा कीजिए।

''ए वारियर ब्लेण्डस् विद लाइफ : ए माडर्न ताओ'' में मीचेल ला टोरा इस 41वीं कविता पर टिप्पणी करते हैं–

(यह) मार्ग केवल उनको आकर्षित करता है जो पहले से यह जानने लायक समझदार हैं कि ये कितने मूर्ख हैं। दूसरे मूर्खों का व्यंग पूर्ण अट्ठहास, जो स्वयं को बुद्धिमान समझते हैं, वास्तविक समझदार लोगों को ताओ का अनुसरण करने से विचलित नहीं कर सकता। मार्ग का अनुसरण करके वे जटिल, असाधारण और प्रमुख नहीं बनते। इसके बजाय वे सरल, साधारण और मर्मज्ञ हो जाते हैं।

जैसे ही आप प्रत्येक दिन ताओ को जीना प्रारम्भ करते हैं, तो आप अन्दर और अपने आस-पास जो अनुभव करेंगे वह उससे भिन्न होगा जो आपको दिखलायी पड़ेगा। आप सतहों से परे ताओ के परमानन्द के संसार के अन्दर की ओर जाएंगे, और यह अति महत्त्वपूर्ण है कि इसकी परवाह बिना कि यह सब कैसा दिखता है, आपने इस सत्य में बने रहना पसन्द किया है। अन्य लोग आपका मजाक उड़ाएंगे लेकिन इस विरोधाभास को याद बनाए रखिए कि व्यंगात्मक अट्ठाहास के बिना, यह ताओ नहीं होगा।

आप अन्धकारमय समयों का अनुभव करेंगे, लेकिन आपकी नयी दृष्टि आपके आन्तरिक जगत को अन्ततोगत्वा प्रकाशित कर देगी। और जब ऐसा लगता है कि मानो आप पीछे की ओर चल रहे हैं तो याद रखिए कि 'ताओ गुप्त है और अनाम है।' यदि यह आपका दरवाजा खटखटा रहा है या एक गोली को निगल लेने जितनी सहजता से प्राप्त किया जा सकने वाला है, तो यह ताओ नहीं होगा। अतः जब जीवन कठिन दिखे तो रुकिए और महसूस कीजिए कि आप केवल एक विचार हैं जो शान्ति में होने से हटा दिए गए हैं। आप जानेंगे कि जब लाओ त्जू ने कहा कि आसान रास्ता कठिन दिखता है, और सच्ची शक्ति कमजोरी जैसी दिखलायी पड़ती है तो उनका क्या मतलब था। मजबूत महसूस करने के लिए आपको दूसरों से संघर्ष करने या उन पर हावी होने की आवश्यकता नहीं है।

ताओ में स्थित एक व्यक्ति, यह जानते हुए कि आन्तरिक शान्ति ताकत है, संसार को एकदम भिन्न तरह से देखता है। कम कोशिश दरअसल आसान है। जब आप अपने को आन्तरिक तौर पर हल्का कर लेते हैं तो कार्य पूरा हो जाता है और लक्ष्यों को निर्धारित करते रहने या दूसरों के द्वारा स्थापित किए गए मानकों को पूरा

करते रहने के बजाय स्वयं को अविराम ताओ के द्वारा ले जाए जाने दीजिए। ताओ को अनुमति प्रदान कीजिए और उस शुद्धता व स्पष्टता के दर्शन कीजिए जो इस सुविधाजनक स्थिति से उत्पन्न होती है। किसी की भी या किसी भी चीज का बाह्य प्रगटीकरण दागदार प्रतीत हो सकता है लेकिन ताओ दृष्टिकोण आपको याद दिलाएगा कि तात्विक अच्छाई वहां सदैव मौजूद है। यह रहस्य और अनाम है अतः इसको तलाशने और नामकरण करने की चिन्ता में मत रहिए।

इस तरह से आप एक श्रेष्ठ विद्यार्थी हो जाते हैं जो तब भी परिश्रमपूर्वक ताओ के साथ लयबद्धता में रहने के लिए कार्य करता रहता है जबकि वह अप्रगट बना रहता है। इसी अन्तर्दृष्टि को उस समय इस्तेमाल करिए जब आप प्रेम से वंचित महसूस करते हैं। जब आप कुछ ऐसा देखते हैं जो उपेक्षापूर्ण लगता है तो अपने हृदय में जानिए कि प्रेम मौजूद है। ताओ को अपनी कर्त्तव्य निष्ठा सिद्ध करने में रुचि नहीं है। यह उदासीन (रुचि न लेने वाला) दिखता है लेकिन तो भी यह हमेशा वहां हर कहीं उपस्थित है। जैसे ही आपके विचार आपकी अहम् निर्देशित स्थिति से एक में परिवर्तित होते हैं जो कि इससे श्रेष्ठ है आप एक ज्योतिर्मय जगत के दर्शन करेंगे जो आपको वाकई आमन्त्रित कर रहा है। अहम् से सहमत आप एक ठंडा और उपेक्षा पूर्ण संसार देखते हैं, जबकि अहम् से श्रेष्ठ ताओ उन सब पर शुद्ध प्रेम प्रकाशित करता है जिनसे आप सम्बन्धित हैं। अपने जीवन में इसको और इसके चमत्कार को कार्य करने की अनुमति प्रदान कीजिए।

जब मैं यहां बैठा यह जानना चाह रहा हूं कि मैं उनकी सहायता कैसे कर सकता हूं जो इस पुस्तक को पढ़ते हैं तो लाओ त्ज़ू मुझे यह शिक्षा देते हुए प्रतीत होते हैं—

परिश्रमी होइए

यदि आप इन शब्दों को पढ़ रहे हैं तो आप निम्नतर स्तर के विद्यार्थी नही हैं। अतः यदि आप मध्यम स्तर के विद्यार्थी हैं जो इस प्रज्ञान का कुछ अपने आप रख पाता है और कुछ खो देता है, तो अपनी श्रेष्ठता को प्राप्त करने के लिए परिश्रम करने का दृढ़ निश्चय कीजिए। केवल इन कुछ अन्तर्दृष्टियों का प्रतिदिन अभ्यास कीजिए। इसके बारे में परिश्रमी होइए।

उलझन में पड़ने या तर्क-कुतर्क करने की अपनी प्रवृत्ति को एक किनारे कर दीजिए और स्वयं को एक अनवरत अभ्यासी होने की स्वतन्त्रता प्रदान कीजिए। एक अभिकथन या कविता का दुबारा किया गया एक पाठ, या ऐसी ही कोई छोटी सी चीज भी महान मार्ग के अनुसार जीवन जीने के पथ पर ला दे सकती है। लाओ त्ज़ू इन अन्तर्दृष्टियों को उत्साहपूर्वक जीने मात्र के लिए कहते हैं।

आपको यह स्मरण कराने के लिए कि जो आपको होना है, वह आप नहीं है,

वाल्ट व्हिट्मैन की कुछ पंक्तिया यहां प्रस्तुत हैं–

"मैं गा सकता हूं तुम्हारे बारे में ऐसी महानताओं ओर प्रतिष्ठाओं को। तुम्हें नहीं ज्ञात, क्या हो तुम। अपने जीवन भर लादे रहे तुम, आलस्य को अपने ऊपर हो गई तुम्हारी पलकें ऐसी, जैसे बन्द ही रहती हों अक्सर... चाहे जो कोई हो तुम, अपने आपको करो प्रस्तुत हर संकट में। पूरब ओर पश्चिम के ये प्रदर्शन निस्तेज हैं, तुम्हारी तुलना में ये विशाल चारागाह, ये अनन्त नदियां। तुम हो विशाल और अनन्त, उनकी तरह...

ताओ सत्य भौतिक अर्थों में सिद्ध न होने वाला है

किसी चीज के लिए आपका अपना सत्य होने के लिए भौतिक जगत में प्रमाण की आवश्यकता के आपकी आदत बन चुके तरीके को जाने दीजिए। ताओ स्थायी तौर पर गुप्त है और इसे कोई नाम नहीं दिया जा सकता अतः इस सच्चाई को स्वीकार कर लीजिए। आप इसे भौतिक रूप में प्राप्त करने नहीं जा रहे हैं। इसकी कोई सीमा नहीं है, और जिस क्षण आप इसे कोई नाम देने का प्रयास करते हैं, आप इसे खो देते हैं। (पहली कविता देखिए)। जैसे आधुनिक वैज्ञानिकों को उस अनन्त सब कुछ सृजित करने वाले क्षेत्र को कमी भी देखे बिना इस तथ्य को स्वीकार करना ही होता है कि प्रमात्रा नियात (कण) आत्मा या आकार रहित ऊर्जा की तरंगों से उत्पन्न होते हैं ठीक वैसे ही क्या आप ताओ पर विश्वास करने के पहले ताओ को देखने और छूने की आवश्यकता को छोड़ सकते हैं। संसार को देखने के अपने दृष्टिकोण को बदलने के द्वारा आप अन्धकार, कठिनाइयों, कमजोरियों, उपेक्षा और मृत्यु की उपस्थिति के परे सत्ता के दर्शन करेंगे। जैसा कि कवि राइनर मारिया रील्के ने पाया,

...संसार के पीछे हमारे नामों के साथ संलग्न है एक अनाम। हमारा आद्य प्रारूप और घर

अब आप ताओ करिए

इस पर ध्यान देते हुए कि बाल व्यवहार और विश्वासों में कितना ज्ञान भरा हुआ है, आज एक बच्चे के साथ एक घण्टा व्यतीत कीजिए। उसकी मामूली दिखने वाली चीजों के प्रति उसकी दीवानगी, एक निरर्थक वाक्य को बार-बार दोहराना, क्रोध के आवेश और उसके उन्मुक्त हास्य पर ध्यान दीजिए। इस तरह की तथाकथित बचकानी प्रवृत्ति के पीछे मौजूद प्रज्ञान के अपने पर पड़े प्रभाव को लिपिबद्ध कीजिए और जितनी जल्दी से जल्दी सम्भव हो, फिर से बच्चा बनने की प्रतिज्ञा कीजिए।

बयालिसवीं कविता

ताओ ने जन्म दिया एक को।
एक ने जन्म दिया दो को।
दो ने जन्म दिया तीन को और तीन ने उत्पन्न की 10,000 चीजें।
10,000 चीजें साथ लेकर चलती हैं यिन को और गले लगाती हैं यांग को।
वे करती हैं प्राप्त एकरूपता को, जोड़ने के जरिए इन शक्तियों को।
लोग होते हैं पीड़ित, होने के विचार से।
बिना मां-बाप, बिना भोजन या बिना महत्त्व के।
तो भी, यह है वही रास्ता जो।
राजाओं और स्वामियों ने कभी बताया स्वयं को।
क्योंकि कोई प्राप्त करता है खोने के जरिए।
और खो देता है, पाने के जरिए।
दूसरों ने पढ़ाया जो वही मैं पढ़ाता हूं।
हिंसक नहीं मरता स्वाभाविक मृत्यु।
यह है मेरी बुनियादी शिक्षा।

एकरूपता में घुलने के जरिए जीना

इस कविता की शुरुआत उसी को दोहराती है जो लाओ त्जू ताओ ते चिंग के पहले के सभी 41हिस्सों में कहते आ रहे हैं, जो कि यह है ताओ एक गुप्त (रहस्यमय) शक्ति है जो उन सभी प्राणियों और तत्वों को लाती है जो 10,000 चीजों को होने में शामिल करते हैं, और इसी के साथ-साथ अस्पृश्य बनी रहती है जिसे हम एकत्व या सम्पूर्णत्व के तौर पर सोचते हैं। सभी यिन और यांग, या स्त्रीलिंग ओर पुरुलिंग के सिद्धान्त की विपरीतता का वहन करते हैं और स्वीकार करते हैं। यह कविता इस विचार को पुनः सशक्त करती है कि इन विपरीत दिखने वाली शक्तियों को मिलाना एकरूपता को प्राप्त करने का तरीका है।

लाओ त्जू आपको उन चीजों की याद दिलाते हैं जिन्हें आप सम्भवतः पीड़ा का कारण समझते हैं और सुझाव देते हैं कि इस सूची में यतीम होना, भूखे रहना या स्वयं को बेकार महसूस करना ऊंचे स्थान पर हैं। लेकिन तब वह कहते हैं कि ताओ के अर्थों में एकरूपता प्राप्त करने में खोने के जरिए पाना शामिल है। क्या उनका यह मतलब है कि यदि आप अपना घर, अपने माता-पिता, अपनी परिसम्पत्तियों या अपने आत्म सम्मान की भावना को खो देते हैं तो आप वह सब पा जाएंगे, जिसकी आपको जरूरत है? क्या? यह कैसे सम्भव है?

आपके अनन्त स्व को, जिसने आपके अन्तर को उत्पन्न किया है और जो ताओ के द्वारा सजीव हुआ है, स्वयं के बरकरार रहने के लिए कुछ नहीं चाहिए। अभिभावक, परिसम्पत्तियां और आत्मसम्मान केवल आपके नश्वर स्व के अस्तित्व के लिए जरूरी हैं। लाओत्जू चाहते हैं कि एकत्व, जो कि आप हैं, के अन्दर के इस अन्तर को आप पहचानें। वह आपको सिखाता है कि आप अपने जीवन की भौतिक स्थितियों को प्रमुखता

प्रदान करने को खोने के द्वारा अपनी ताओ प्रकृति की चेतना को प्राप्त करते हैं। अपने एकत्व में, सांसारिक इच्छाओं को प्रमुखता प्रदान करने के अनुपात में आप सम्भवतः ताओ संवेदनशीलता को खो देने को होते हैं। इसी समय लाओ त्ज़ू इस पर जोर देते हैं कि नश्वर स्व की मृत्यु आपके जीवन जीने के तरीके से प्रभावित होती है। जैसे ही आप जीते हैं, आप मर जाएंगे नश्वर स्व के लिए यह बुनियादी शिक्षा है। यह वह सन्तुलनकारी कार्य है जो ताओ के साथ एकरूपता में विलीन हो जाने के लिए अपेक्षित है।

जब मैं इस 42वीं कविता पर शोध, लेखन और ध्यान कर रहा था तो इस कविता की अन्तिम कई पंक्तियों ने प्रबलतापूर्वक मेरा ध्यान आकर्षित किया। मैंने इसके कई अनुवाद पढ़े और अपने लेखन में उनकी रुचि की ओर एकटक देखते हुए लाओ त्ज़ू के साथ वार्ता करने में अनगिनत घण्टे व्यतीत किए। मैंने पाया कि खास तौर पर यह कविता उसी तरह के नाटकीय प्रभाव के साथ सदैव व्याख्यायित हुई थी। सभी ने निम्न लिखित के बारे में कुछ एक जैसा ही कहा।, ''मैं इसे शिक्षाओं का पिता होने के तौर पर लेता हूं,'' ''इसे मेरी शिक्षाओं के नींव के तौर पर जानिए,'' ''यह मेरी शिक्षाओं की सारवस्तु होगी,'' ''जिसने भी इसे कहा, वह मेरा प्रिय गुरू है'' और मैंने इसे यहां इस तरह प्रयोग किया कि, ''यह मेरी बुनियादी शिक्षा हैं।'' मेरा निष्कर्ष यह है कि अपने विचारों, व्यवहार, उच्चारणों और देशभक्तियों सहित जब आप किसी भी तरह से हिंसक होते हैं, तो आप उसी तरह से मरने को चुन रहे हैं। बेशक, ताओ ते चिंग के खासतौर से इस नाटकीय निर्देश की महत्ता के बारे में आप अपना निष्कर्ष स्वयं निकालेंगे।

आग्रह, जिसके साथ इस शिक्षण ने स्वयं को मेरे समक्ष प्रस्तुत किया, मुझे यह विश्वास करने की ओर ले गया कि लाओ त्ज़ू मुझसे इस पर जोर दिलवाना चाहते हैं कि इसका उल्टा भी ठीक है। वह यह है कि एक व्यक्ति जो ताओ को गले लगाता है और हिंसा व घृणा से दूर रहता है, वह प्राकृतिक तौर पर जीएगा और मरेगा...जो कि ताओ की परिपूर्णता के अनुरूप है। अतः मैं आपको आपके समझने के उस तरीके को परिवर्तित करने के लिए आमन्त्रित करता हूं जो आपको आपके स्रोत के साथ एकरूप होने से दूर रखता है। जब आप उस क्षण अपने शरीर को छोड़ेंगे जिसे मृत्यु कहते हैं तो सभी को जन्मने वाला मध्यस्थ आपकी भी वापिसी की अन्तिम जगह है। यदि आप एकरूपता में विलीन हो जाना चाहते हैं तो आप निश्चय ही अपने जीवन में हिंसा के सभी रूपों से अपना लगाव समाप्त कर देने के इच्छुक होंगे।

ताओ ते चिंग की इस बुनियादी शिक्षा को स्वीकार करने के लिए मेरे माध्यम से लिपिबद्ध लाओ त्ज़ू के सुझाव यहां प्रस्तुत हैं—

स्मरण रखिए कि हिंसा, जीवन और मृत्यु की समरूपता का उल्लंघन करती है।

हिंसा के साथ आपका जो सम्बन्ध है, उन सभी को समाप्त करते हुए ताओ के साथ एकरूपता पूर्वक जीने का निर्णय कीजिए। उदाहरण के तौर पर उन मनोरंजनों को समर्थन प्रदान करना बन्द कर दीजिए जो इसे किसी भी रूप से प्रोत्साहित करते हैं। उन शब्दों को हटाने की स्वयं को याद दिलाने के लिए जो किसी भी जीवधारी प्राणी के प्रति घृणा या हत्या को निर्देशित करते हैं, अपने शब्दकोश का निरीक्षण कीजिए। झगड़ों को शान्ति पूर्वक हल करने के लिए रास्ते तलाशिए और उन संगठनों से जुड़ जाइए जो हिंसा को हतोत्साहित करते हैं। याद रखिए कि ताओ ते चिंग का एक बुनियादी सिद्धान्त यह है कि यदि आप किसी भी तरह से असभ्यता को ग्रहण कर लेते हैं तो आप इस ग्रह से असभ्य अन्त पर हस्ताक्षर कर रहे हैं। और इसमें आपके आचरण की ही तरह आपकी मानसिक गतिविधि भी शामिल है, अतः प्रतिशोध और घृणा के स्थान पर दयालुता और क्षमा करने के विचारों को प्राप्त करने का प्रयास कीजिए। एक ऐसा चित्र देखने के लिए, जो हिंसा से मुक्त है, जीवन को देखने के अपने तरीके को बदलिए और एकत्व में वैसे ही द्रवीभूत हो जाइए जैसे आप जीते और मरते हैं।

इस विचार के साथ अपने जुड़ाव का परीक्षण कीजिए कि आप खोने के जरिए पाते हैं और पाने के जरिए खोते हैं

वस्तुओं, स्तर, आपकी संस्कृति और यहां तक कि दूसरे लोग ताओ के महान मार्ग में मुक्त होने से आपको रोकते हैं। जितनी अधिक धन-सम्पत्ति आप बटोरते हैं उतनी ही अधिक आपको इसकी देखभाल करनी पड़ती है, इसकी सुनिश्चितता करनी पड़ती है, चिन्ता करनी पड़ती है, इसकी रक्षा करनी पड़ती है, इसको बांटना होता है और इसके साथ पहचाना जाना होता है। दूसरे शब्दों में, जब आप हासिल करना चाह रहे होते हैं आप एकरूपता को खो देते हैं। अपनी धन सम्पदा को दूर करने और अपनी जरूरतों को कम करने का अभ्यास कीजिए क्योंकि आप क्या हैं और क्या आपका है। हर किसी से और हर चीज से, जिसे आप अपना समझते हैं, जुड़ी हुई डोर की कल्पना कीजिए। और फिर प्रतीकात्मक तौर पर उन डोरों को काट दीजिए और एक स्वामी (मालिक) के बजाय एक पर्यवेक्षक हो जाइए।

कवि हाफिज सलाह देते हैं—समस्त चीजों को ईश्वर की तरह देखना प्रारम्भ करो। लेकिन इसे एक रहस्य रखो।

अब आप ताओ कीजिए

किसी ऐसे एक व्यक्ति के बारे में सोचिए जिसने आपके जीवन में कभी आपके साथ कुछ गलत किया हो। कोई, जिसने आपको रद्द कर दिया हो या आपके साथ बुरा व्यवहार किया हो, कोई जिसने आपका कुछ चुराया हो या आपसे धोखाधड़ी की हो, कोई जिसने आपको गाली दी हो या आपके बारे में गन्दी अफवाहें फैलायी हों। बदले के सभी विचारों को एक किनारे रखते हुए एक दिन बिताइए और इसके बजाय उस व्यक्ति के प्रति क्षमा और प्रेम का एहसास कीजिए। जब आपके पास हिंसक विचार नहीं होते तब अपने शरीर में आए अन्तर (भिन्नता) को महसूस कीजिए। यह ताओ की अनिवार्य शिक्षा है।

तेतालिसवीं कविता

सभी चीजों में सबसे कोमल।
कुचल देती है, सभी चीजों में सबसे कठोर को।
जो बिना द्रव्य करता है प्रवेश वहां, जहां नहीं है।
कोई जगह।
अतः मैं जानता हूं अकर्म का महत्त्व।
शिक्षित करना बिना शब्द।
परिणाम देना, बिना कर्म।
संसार में कुछ ही ग्रहण कर सकते हैं इसे।
यह है तरीका ईश्वर का।
वस्तुतः विरल हैं वो।
जिनको है प्राप्त इस संसार का यह उपहार।

कोमलता से जीना

ताओ ते चिंग प्रकृति के सादृश्यों से भरपूर हैं, और उनकी शिक्षाओं का शुद्ध सत्व पर्यावरण के साथ एकरूपता के जरिए ताओ उत्प्रेरित ज्ञानी होने में हमारा मददगार प्रतीत होता हैं। 43वीं कविता की प्रारम्भिक पंक्तियां मुझे जल के मार्ग के बारे में, इसकी मृदुलता के बारे में और सभी जगह, यहां तक कि जहां ऐसा करने के लिए कोई स्थान नहीं दिखलायी पड़ता, वहां भी, प्रवेश करने की क्षमता के बारे में याद दिलाती हैं। जल ताओ वाद के कई सन्दर्भों में प्रतीकात्मक रूप में प्रयोग होता है, जैसे कि एलन वाटस, के विशिष्ट समकालीन कार्य (लेखन) 'द वाटर कोर्स वे' के शीर्षक में प्रयोग किया गया है।

इस कविता में लाओ त्जू आपको कठोरता को समझने के आपके तरीके को बदलने के लिए आमन्त्रित करते हैं। आपके लिए, यह विचार सम्भवतः ताकत के समतुल्य है। आप ऐसा सोच सकते हैं क्योंकि अपनी मांसपेशियों को दृढ़तर करके आप अपने को मजबूत समझने लगते हैं। क्या आप हीरों को ज्वालामुखी की राख जैसे कोमल खनिज जो आपके हाथों में चूर-चूर हो जाता है, से अधिक मूल्यवान समझते हैं। शायद आप इस विचार को मानने वाले हैं कि एक कठिन कार्य करने से आप एक अच्छे व्यक्ति बन जाते हैं। अब आप जल, वह बुनियादी तत्व जो प्रकृति का साकार रूप है, के साथ बराबरी करने की कल्पना कीजिए। आखिरकार यह विश्व के धरातल और हमारी भौतिक (शारीरिक) संरचना, दोनों का 75% भाग है। निम्नतम स्थान की ओर बहते हुए जल के व्यवहार के तरीके के बारे में सोचिए और यह कि कैसे इसका अनुभव करने के लिए आप इसे मुट्ठी में नहीं पकड़ सकते। इसके बजाय हल्के से अपनी उंगलियों को इसमें डुबो कर आपको निश्चय ही विश्राम करना चाहिए।

इस पर अपनी प्रतिक्रिया दीजिए कि इस मृदु (शक्तिदायक) जल की तुलना उस ठोस पत्थर और संगमरमर से की जा सकती है जिसको काटने में वह सक्षम है। मृदु जल (कोमल जल) कड़ेपन को कुचल देता है। स्फटिक (एक प्रकार का कड़ा पत्थर, ग्रेनाइट) पत्थर के पहाड़ों से घिरी हुई गहरी घाटियों को धैर्यवान, मौन बहते हुए द्रव ने सदियों काट-काट कर तैयार किया गया है। ऐसी जगह पहुंचने की क्षमता रखने की कल्पना कीजिए जहां प्रवेश के लिए उपलब्ध कोई जगह दिखलायी न पड़ती हो और निचली, कम शोर वाली और ध्यान देने योग्य जगह एक ऐसी जगह जहां से अन्य सभी इच्छाएं आपकी ओर आने को हैं, और धीरे-धीरे बढ़ने, यदा-कदा बोलने और इसके साथ एकरूपता पूर्वक अखण्ड होने की स्वयं को अनुमति प्रदान करने की कल्पना कीजिए। यह जल मार्ग का तरीका है।

यहां पर जल की तरह प्राकृतिक तौर पर और प्रयास रहित प्रवाह में सक्षम की अक्रिया में महत्त्व है। यहां पर जल की तरह स्वाभाविक (प्राकृतिक) तौर पर और प्रयासरहित प्रवाह में सक्षम की निष्क्रियता महत्त्वपूर्ण है। मैं इसे समझ नहीं पाया लेकिन जब मैं समुद्र में एक घण्टे या ऐसे ही कुछ समय के लिए तैरने के लिए घुसा तो मैंने इसके बारे में सोचा। मैं प्रवाह के विरुद्ध तैरने के बजाय इसके साथ जाना चाहता हूं इसलिए मेरी सबसे पहली पसन्द में यह देखना शामिल रहता है कि पानी का प्रवाह किस ओर है। इसकी प्राकृतिकता के साथ प्रतिस्पर्धा करता हुआ समुद्र के साथ बढ़ता हूं, मैं अपनी मूल प्रवृति पर विश्वास करता हूं, और अपने हाथों, पैरों के संचालन को निर्देशित करने का कोई प्रयास किए बिना तैरता हूं। मैं इसे करने के तौर पर देखता हूं लेकिन हस्तक्षेप करने के तौर पर नहीं। वह यह है कि बिना मेरे मस्तिष्क के बताए कि कैसे बढ़ना है, मैं अपने शरीर को पानी के जरिए स्वयं आगे बढ़ने देता हूं। क्योंकि मैंने 'कठोर' और 'कोमल' के बारे मे अपने विचारों को बदल डाला है, इसलिए मुझे और कुछ नहीं करना होता, सिर्फ पानी में होना होता है। मैंने अपनी प्रतिदिन की तैराकी को एक कोमल, शान्त अनुभव बनाना पसन्द किया है, जिसको मेरी तरफ से बहुत कम प्रयास की आवश्यकता होती है। और मेरी तैराकी की दुनिया बदल गयी है और आसान, आनन्ददायक और लगभग प्रयास रहित हो गयी है। जैसा कि लाओ त्जू ने इस कविता में इसको व्यक्त किया, मैंने उस "अक्रिया के महत्त्व" को समझ लिया है। यह बिना कार्य के परिणाम देना है।

देखने के इस तरीके को अपने संसार की हर चीज पर लागू कीजिए। आपके लक्ष्य आसान हो जाएंगे, आपके परिणाम देने का स्तर उन्नत हो जाएगा और ज्यादा उच्चस्तर की कठोर शक्ति का इस्तेमाल करने के द्वारा दूसरों से बेहतर होने का दबाव एक पक्ष नहीं बनने पाएगा। आप स्वाभाविक तौर पर एकरूपता के उस गुण से सम्पन्न

हो जाएंगे जो दूसरों के प्रयासों को अपनी स्वयं की शक्ति बन जाने देने के जरिए मार्शल आर्ट में पाया जाता है। आपकी कोमलता दूसरों के कड़ेपन (कठोरता) को कुचल देगी।

जब आप महान विजेताओं को उनकी पसन्द की गतिविधियों में प्रदर्शन करते हुए देखते हैं तो यह सिद्धान्त स्पष्ट रूप से दिखलायी पड़ता है। महानतम गोल्फ के खिलाड़ी अपने इधर-उधर होने की गतिविधि में स्वयं को प्रयास रहित रखते हैं। गेंद के सबसे सफल खिलाड़ी, इस कोमलता से दौड़ते, कूदते, फेंकते, पकड़ते और मारते हैं कि वह अधिकांश दर्शकों को खासा मूर्खतापूर्ण लगता है। वे ताकत का प्रयोग नहीं करते और न ही उनके पास यह समझाने के लिए शब्द होते हैं वे यह कैसे करते हैं। सर्वाधिक प्रतिभाशाली कलाकार कोमलता के साथ नृत्य करते हैं। बिना शक्ति के प्रयोग के चुपचाप चित्रकारी करते हैं, और बिना संघर्ष किए शब्दों को उतरने देने के जरिए आसानी से लेखन करते हैं। जैसा कि लाओ त्जू आपको याद दिलाते हैं कि ये वो विशिष्ट अस्तित्व हैं जो ईश्वरीय तरीके से जीते हैं। ये ज्ञानी संसार के उस अनुदान को प्राप्त कर लेते हैं जो आपको भी उपलब्ध है।

लाओ त्जू की सलाह पर जैसे ही मैंने विचार किया, उन्होंने मुझसे आपको उस जल मार्ग तरीके की भावना को प्रयोग करने के लिए प्रोत्साहित करने को कहा जो ताओ ते चिंग की इस 43वीं कविता में उपलब्ध है–

अपने जीवन को एक कोमल, निष्क्रिय कार्य पद्धति से परिचित कराइए

अक्रिया या प्रयास बिना परिणाम देने के तरीके का अभ्यास कीजिए। अपने आन्तरिक उद्वेग के द्वारा आगे ढकेले जाने को दूर करने के जरिए आप देखेंगे कि जब आपने कठिन प्रयास किया था तब की तुलना में आपने कई गुना बेहतर किया है। अपने रुख और आचरण को कोमल करने के जरिए हासिल करने के लिए अपने कार्य में, अपने उद्वेग के प्रति और अधिक उदार होइए। आप देखेंगे कि ग्राहक और अवसर आपकी ओर आकर्षित हैं। यह क्यों सत्य है? क्योंकि आप ताओ के सम्पूर्ण प्रवाह को प्रवाहित होने दे रहे हैं, ठीक उस महान भूरे सारस की तरह जो अपने जीवन के जरूरी पोषण के प्रगट होने के लिए लहरों के लौट जाने का इन्तजार करता है। ध्यान दीजिए कि जब आप जीवन को देखने के तरीके को बदलते हैं तो आपका जीवन कैसे बदल जाता है।

बिना प्रयास के परिणाम देने का जीवन के अन्य क्षेत्रों में भी अभ्यास कीजिए। उदाहरण के तौर पर कुछ मैराथन धावक कहते हैं कि जब कुछ ही मील जाना शेष रहते उनका शरीर चरम स्तर पर चुका हुआ (थका हुआ) अनुभव करना प्रारम्भ कर देता

है तो (ऐसी स्थिति में) वे स्वयं को ढीला छोड़ना और जोर लगाना बन्द कर देना तथा अपने पैरों, हाथों को चलने देने और केवल मूर्ति जैसा हो जाना सीखे है। उन्होंने जानकारी दी कि जब वे मानसिक हस्तक्षेप और निर्देशन को बन्द कर देते हैं तो जादुई तरीके से उस समाप्ति की सीमा (फिनिशिंग लाइन) को पार कर जाते हैं। कोमलता की सदैव अपनी जगह है, क्योंकि यह जल प्रवाह का तरीका है...ताओ का तरीका (मार्ग) है।

इच्छाओं को अपनी कल्पना में स्वतन्त्रतापूर्वक प्रवाहित होने के लिए प्रोत्साहित कीजिए

विचार कीजिए कि आप इस जीवन में क्या होना पाना चाहते, यदि यह एक बन्द दरवाजे के पीछे है। परीक्षण कीजिए कि आप सम्पन्नता, बहुत अच्छे स्वास्थ्य, सौभाग्य, व्यावसायिक सफलता, या जिनकी आपने लालसा की वो विलक्षण सम्बन्धों के बारे में स्वयं से क्या कहते रहे हैं। इसका कोई मतलब नहीं कि इसके लिए आपने कितना कठिन प्रयास किया, यह सब समाप्त होने को है। इसके बाद उस बन्द दरवाजे की रोक (बाधा) से होकर जल की तरह स्वयं के प्रवाहित होने की कल्पना कीजिए। इसको कोमलतापूर्वक, मृदुलता के साथ और चुपचाप अपने मस्तिष्क में कीजिए। दूसरे शब्दों में, ताओ के जल प्रवाह तरीके का अभ्यास करने के लिए प्रयोग करने पर लगाने के लिए केवल कुछ समय व्यय कीजिए।

जैसे ही आप कोमलता को अपने जीवन के चित्र का एक हिस्सा होने देते हैं वैसे ही कठिन मार्ग कोमल हो जाएगा। अपनी इच्छाओं के सभी क्षेत्रों में इस प्रकार की प्रयासहीनतापन का अभ्यास करना प्रारम्भ कीजिए। राल्फ वाल्डो इमरसन के अनुसार, 'यह प्रेरणा की शर्त है। प्रकृति के साथ विवाह करो, इसको सुख के लिए इस्तेमाल मत करो।' मैं आपसे इस तरह के विवाह पर विचार करने का अनुरोध करता हूं।

अब आप ताओ कीजिए

एक दिन मौन रहने के लिए रखिए। किसी से जोर से बात मत कीजिए। इसके बजाय केवल निरीक्षण कीजिए और देखिए कि स्वयं को या किसी अन्य को बिना यह बताए कि क्या करना है, क्या आप कोमलता की अवस्था में हो सकते हैं। हरमन मेलविल के इन शक्तिशाली शब्दों पर विनम्रतापूर्वक विचार कीजिए, जिसने एक बार कहा कि "ईश्वर की एकमात्र वाणी केवल मौन है।"

चवालिसवीं कविता

जो अर्थ है और अधिक का तुम्हारे लिए।
तुम्हारे या तुम्हारी कीर्ति के लिए?
जो लाता है और अधिक तुम्हारे लिए।
तुम्हारे या जो तुम्हारा है उसके लिए?
मेरा कहना है कि जो तुम करते हो प्राप्त।
है ज्यादा बड़ा कष्टप्रद उससे, जो खोते हो तुम।
प्रेम है बलिदान का फल।
धन है फल उदारता का।
एक प्रतिस्पर्धी व्यक्ति नहीं होता कभी निराश।
वह जो जानता है रुकना है कब, है सुरक्षित विपत्ति से।
केवल इसी तरह टिके रह सकते हो लम्बे समय तक।

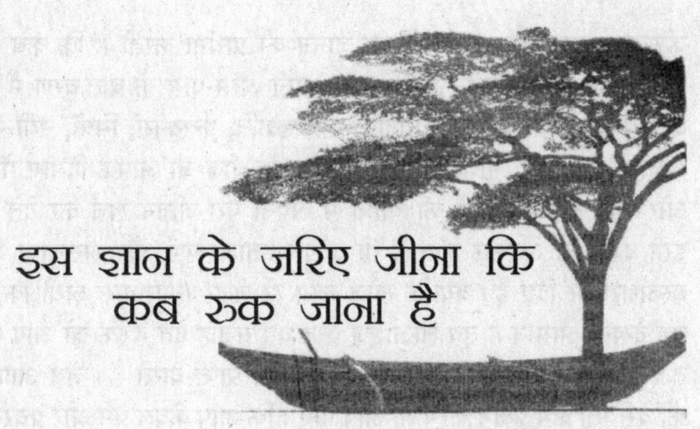

इस ज्ञान के जरिए जीना कि कब रुक जाना है

44वीं कविता आपको बताती है कि अपने जीवन के वरीयता तय करने के तरीके को बदलना लाभदायक परिणामों को सुनिश्चित करता है। मैं इसे ताओ ते चिंग का 'पर्याप्त, पर्याप्त है' अध्याय कहता हूं। जब आप अपने जीवन में सबसे महत्वपूर्ण चीजों के अपने दृष्टिकोण को मुकम्मल करते हैं तो आपको आपके आस-पास का संसार बहुत भिन्न दिखने जा रहा है। लाओ त्जू आपको अपने हृदय में देखने और इसका परीक्षण करने के लिए प्रेरित कर रहे हैं कि वास्तव में क्या महत्वपूर्ण है।

ताओ ते चिंग की पहले की कविताएं सलाह देती हैं कि आपके जीवन का तात्विक (सारभूत) उद्देश्य मृत्यु से पहले अपने उत्पत्तिकारक स्रोत को वापस जाना (या जान पाना) है। दूसरे शब्दों में, अपनी वापिसी की यात्रा के लिए, आपको मरने की आवश्यकता नहीं है। यह केवल सम्भव ही नहीं, अपने जीवन काल में ताओ के साथ अपना सम्बन्ध महसूस करने के लिए अनिवार्य भी है।

यह ज्ञान कि कब रुक जाना है, उस मार्ग का हिस्सा है जो आपको आपके तात्विक (सारभूत) स्व की ओर ले जाता है जहां ख्याति और धन सम्पदा की आवश्यकता अस्तित्व विहीन है। आप देखिए कि यह वस्तुएं या यहां तक कि ख्याति की इच्छा नहीं है जो आपको ताओ के साथ जीवन्त सम्बन्ध से दूर रखती है। यह आपका उनके साथ जुड़ाव है जो बाधा बनता है। अतः जो महत्त्व आपने सफलता या धन सम्पदा को प्रदान किया हुआ है और जिसने ताओ के साथ आपकी सम्बद्धता को छुपा रखा है, उसे बदल दीजिए। जो आपको प्रयास करने और कभी भी सफल न होने के पापपूर्ण चक्र में फंसाए रखता है या सब कुछ प्राप्त कर लेने की कोशिश करता रहता है उसका अनुसरण करने में स्वयं को समाप्त करते हुए और अधिक चाहने की निरर्थकता पर ध्यान देना प्रारम्भ

कीजिए। यह कविता आप से यह जानने की प्रार्थना करती है कि कब रुक जाना है।

मुझे पक्का यकीन है कि आप अपने आस-पास के वातावरण में ऐसे लोगों को देख सकते हैं जो जमीन, जायदाद, धन, ख्याति, पुरस्कारों, मित्रों, नयी-नयी जगहों पर यात्रा करने, द्रव्यों, भोज्य पदार्थों और हर वह चीज जो आपके दिमाग में आती हो, को और अधिक प्राप्त करने की चाहत में अपना पूरा जीवन खर्च कर देते हैं। यदि आप इसी दर्शन के अनुसार जीते हैं तो आपने हताशा पूर्ण और असन्तुष्ट जीवन के लिए हस्ताक्षर कर दिए है। क्योंकि खोज स्वयं ही जेलर (कारावास अधीक्षक) हो जाती है। यह देखना आसान है तब लाओ त्जू क्यों यह सलाह देते हैं कि जो आप खोते हैं उसकी तुलना में वह अधिक कष्टदायक है जो आप प्राप्त करते हैं। जब आप अपने जीवन को वरीयता क्रम प्रदान करेंगे तो आप पाएंगे कि आप केवल प्रेम और प्रचुरता का एहसास ही नहीं चाहते हैं, लेकिन ये दो सिद्धान्त आपको तुरन्त उपलब्ध हैं क्योंकि आपने संसार को देखने के अपने तरीके को बदल डाला है। इस नए परिप्रेक्ष्य से, आप स्वयं को पूर्ण रूप से प्रिय और सभी प्रकार से समृद्ध महसूस करेंगे।

मुझे एहसास होता है लाओ त्जू फिर उसी तरह बोल रहे हैं जो विरोधाभासी शब्द जैसे प्रतीत होते हैं। लेकिन वह आपके पास उस बदले हुए मार्ग के परिप्रेक्ष्य से आ रहे हैं जिससे उन्होंने चीजों को देखा हैं और परिवर्तित होने पर उन्होंने जो देखा उसे दर्ज कर रहे हैं। वह अब प्रेम और सम्पदा को सब कहीं देखते हैं। तथापि अन्तर्ज्ञान पूर्वक जो जानते हैं कि वो उनके पीछे भागने से उनको कभी प्राप्त नहीं कर सकता क्योंकि वे हमेशा उसकी पकड़ के ठीक बाहर बने रहेंगे। और इसलिए वह ताओ की ओर नजरें करता है और देखता है कि महान मार्ग, जो अपने लिए कुछ नहीं रखता, अपने जीवन प्रदाता तत्व को जाने देने और सबके साथ बांटने का इच्छुक है। जब आप बदले में कुछ चाहे बिना और ख्याति प्राप्त करने की अपनी अभिलाषा को वापस लेते हुए अपने आप को छोड़ देते हैं तो आप और अधिक सन्तोष अनुभव करेंगे। जब आप केवल पीछा करना बन्द कर देते हैं तो सम्पदा और प्रेम के फल ठीक वहीं आपके समक्ष दिखलायी पड़ते हैं।

इस 44वीं कविता के ज्ञान का सौन्दर्य इसमें है कि आप होने की वस्तुओं या तरीकों से अपने जुड़ाव को छोड़ देते हैं जो कि, वह है जो कब रुक जाना है को जानने से मेरा मतलब है। यदि पीछे भागना आपका स्वास्थ्य चट्ट कर रहा है तो रुक जाइए। यदि पीछा करना आपका दम घोट रहा है तो रुक जाइए। यदि पीछा करना आपको आपके जीवन का आनन्द लेने से वंचित रख रहा है तो रुक जाइए। जब आप जानते हैं कि कब रुकना और बन्द करना है तो आप उन सभी विपत्तियों से सुरक्षित रहेंगे और ताओ से जुड़े हुए दीर्घकालिक सन्तोषप्रद अस्तित्व का आनन्द प्राप्त करेंगे।

ताओ के साथ अपने रिश्ते को सर्वोच्च वरीयता प्रदान कीजिए

इस अनिवार्य और सबसे महत्त्वपूर्ण जिम्मेवारी का निर्वाह करके, जो आप पर है, अपने जीवन को वरीयता प्रदान कीजिए। आपका पहला रिश्ता आपके साथ होने की आवश्यकता है आपके परिवार, व्यवसाय, देश, संस्कृति या सजाति के साथ नहीं। शपथ लीजिए, मेरे होने के स्रोत के साथ मेरा रिश्ता मेरे जीवन की सबसे महत्त्वपूर्ण और पहली वरीयता है। किसी और चीज पर सोचने-विचारने के पहले, सबसे पहले वहां जाइए और आप अपने आप किसी भी अन्य चीज की और अधिक आवश्यकता महसूस करना बन्द कर देंगे।

यह जानने का कि कब रुकना है, अभ्यास कीजिए

यह पहचानने के लिए अपने आप को सतर्क कीजिए कि इच्छा करने, पीछे भागने, बातचीत करने, टहलने, कार्य करने, सोने, खेलने, खरीददारी करने, शिकायत करने, प्रयास करने और इसी तरह की अन्य चीजों को रोकने का अच्छा (ठीक) समय कब है। रुकने का अभ्यास करने के जरिए आप उसकी वरीयता तय करने की ओर आगे बढ़ेंगे जो आपके जीवन में इस क्षण महत्त्वपूर्ण है। क्या आपका व्यापार ठीक चल रहा है? इसको आगे जारी रखना बन्द कर दीजिए। क्या आपका पेट भर गया है? बिल्कुल अभी भोजन करना बन्द कर दीजिए। क्या आपने काफी धन बचा लिया है? अपनी दानशीलता के लिए उधार के तौर पर रख लेने या बिना कोई कटौती किए, इसमें से कुछ को वितरित कर दीजिए। आप जितना अधिक आवश्यकता महसूसने और चाहने और अधिकृत करने से जुड़े हुए हैं, उतना ही अधिक आप ताओ के साथ अपने रिश्ते को खो रहे हैं। लेकिन जब आप रुक जाने का समय जान जाते हैं तो आप उन दिक्कतों को अलविदा कह देते हैं जो उनके लिए चक्रवृद्धि दर से बढ़ती रहती हैं जो जीवन भर प्रयास करते रहने के लिए परिणाम तक पहुंचने का बलिदान कर देते हैं।

अब आप ताओ कीजिए

यह तय करने के जरिए, कि कब रुकना है, एक जुड़ाव को मुक्त करने का अभ्यास करने के लिए अपने जीवन के एक क्षेत्र का चुनाव कीजिए। उदाहरण के लिए, जब आपको लगता है कि किराना स्टोर में आपकी खरीददारी पूरी हो चुकी है, उसके दस मिनट पहले उस जगह को छोड़ देने या जो चीज आपकी सूची में नहीं है उसे खरीदने से बचने की योजना बनाइए। काम के समय, अपने आप को एक कप काफी और लेने या एक और व्यक्तिगत ई मेल लिखने से स्वयं को रोकिए। सम्बन्धों में,

बातचीत के दौरान ऐसी कोई बात मत कहिए जो बेमतलब हो। ये सभी उदाहरण होने या करने के प्रति आपकी आसक्ति के उदाहरण हैं।

आप किसी चीज को अपने से दूर करने के जरिए भी अभ्यास कर सकते हैं। उदाहरण के तौर पर अभी हाल ही में मेरे बेटे ने ठीक यही करके हम दोनों को आश्चर्यचकित कर दिया। मैं उसके द्वारा उसी वक्त खरीद कर लायी गयी एक शर्ट की प्रशंसा कर रहा था और तभी उसने कहा कि पिताजी आप इसको इतना पसन्द करते हैं फिर भले ही यह मेरी मनपसन्द है, तो भी मैं चाहता हूं कि इसे आप रख लें। यह एक आसक्ति की सरलता पूर्वक, अपने आप हुई विदाई थी और हम दोनों ने उस सम्पदा को महसूस किया जो उदारता का फल है।

पैंतालिसवीं कविता

महानतम परिपूर्णता लगती है अपूर्ण।
और तिस पर भी इसका प्रयोग है अक्षय।
महानतम भरापन लगता है खाली।
और तिस पर भी इसका प्रयोग है अनन्त।
महान सीधापन दिखता है टेढ़ा।
महान बुद्धिमत्ता दिखती है मूर्खता।
महान वाकपटुता लगती है अटपटी।
महान सत्य लगता है झूठ।
महान वार्तालाप लगता है मौन।
सक्रियता जीतती है ठंड।
निष्क्रियता जीतती है गरमी।
स्थिरत्व और शान्तिमयता करती हैं चीजों को व्यवस्थित।
संसार में।

अल्पज्ञताओं से परे जीना

यह कविता आप से सूक्ष्मतापूर्वक संसार को नयी आंखों से देखने के लिए कहती है। बहुत सम्भव है कि आप सभी चीजों के बारे में लापरवाह और क्षणिक दृष्टि से मूल्यांकन करने के आदी हो चुके हैं। बहरहाल यहां लाओ त्जू आपसे अपनी अहम् प्रभावी संस्कृति के द्वारा देखना बन्द करने और इसकी जगह हर चीज में स्थिर और शान्त जगह पर ध्यान देना प्रारम्भ करने के लिए कह रहे हैं। जब आप अल्पज्ञताओं से परे जाते हैं तो आप यह जान जाते हैं कि जो पहले अपूर्ण, खाली, अटपटा, या यहां तक कि मूर्खतापूर्ण लगता था, अब सम्पूर्ण, भरा हुआ, वाकूपटु और समझदार दिखने लगा है।

संसार को देखने के आपके पहले के तरीके ने आपको बताया कि यह अपूर्णताओं से भरा हुआ है। आपके जीवन से जुड़े हुए लोग अलग तरह के होने चाहिए, राजनीतिज्ञों को आपके मूल्यों से सहमत होना चाहिए, मौसम को और अधिक अनुरूप और विश्वसनीय होना चाहिए, समुदायों को अधिक शान्तिपूर्ण होना चाहिए, नौजवानों को और अधिक मेहनत से पढ़ना चाहिए और बड़ों को और अधिक सहनशील होना चाहिए। इस तरह के आकलन निर्दयतापूर्वक अन्तहीन हैं और ये सब उन शिक्षाओं पर आधारित है जो आपने स्वीकार की हैं। जबकि ये समझदारी से युक्त और सही दिखते हैं लेकिन वस्तुतः ये विचार केवल उसको देखने का परिणाम हैं जो सतह पर मौजूद हैं। 'एक मिनट रुकिए', ताओ ते चिंग की यह कविता यह कहती दिखती हैं कि, ''इसको इस तरह देखने की कोशिश कीजिए कि जो अपूर्ण जैसा दिखता है उसमें पूर्णत्व है और जो खाली और असत्य दिखता है, उसके पास उसको समर्थन करता हुआ एक परम आध्यात्मिक सत्य है।''

यह विरोधाभास यहां इस बात का गवाह है कि इस संसार में भूख ताओ की पूर्णता के एकत्व के तौर पर अस्तित्वमान है और जो प्रयासरत हैं उनकी सहायता करने

की इच्छा भी उसी पूर्णता का एक अंग है। आप से कहा जा रहा है कि जिसको आप अपूर्ण, मूर्खतापूर्ण, या खाली देखते हैं उस पर ठप्पा मत लगा दीजिए। इसके बजाय अपने अन्दर मौजूद स्थिरत्व और शान्ति की ओर देखिए ताकि आप इनको अल्पज्ञता के प्रगटीकरणों पर लागू कर सकें। जब आप दिखलाई पड़ने पर पूरी तरह आधारित निर्णयों से बचे रहते हैं तो आप विरोधाभासी तौर पर परिवर्तन के एक साधन हो जाते हैं।

इस कविता की प्रारम्भिक पंक्तियों का अध्ययन कीजिए। जो अपूर्ण दिखता है वह इसके बावजूद अक्षय है। जो खाली दिखता है वह अन्तहीन है। एक ऐसे पात्र की कल्पना कीजिए जिसको बार-बार भरने की जरूरत महसूस किए बिना आप स्वादिष्ट बर्फ की ठंडी चाय निकालते रहने का आनन्द प्राप्त करते रहें। आप कहेंगे कि यह असम्भव है जब कि ठीक यही है जो ताओ करता है। यह कभी नहीं, कभी समाप्त होता है। यह कभी नहीं हुआ और कभी नहीं होगा। यह समाप्त नहीं किया जा सकता। आपको इस अक्षय, सर्वदा पूर्ण ताओ की तरह होने के लिए कहा जा रहा है। अनिर्णयात्मक, स्थिर और सबसे बढ़कर शान्त होइए। संसार और उसके सृजनों को खुलने दीजिए जबकि आप अदृश्यता के साथ स्थिर बने रहिए जो इस सब को होने देने की अनुमति प्रदान करता है। उस मौन और शान्तिपूर्ण अन्तर में जो कुछ भी आप गहराई से महसूस करते हैं, उसे आपको उस दिशा में मार्गदर्शन करने दीजिए जो कि आपका सच्चा भाग्य है।

अभी हाल में मैंने अपने एक मित्र, सहकर्मी और विश्वसनीय सलाहकार रामदास, जिनको कि 1997 में एक दौरा पड़ा था जिससे उनकी बोलने की क्षमता प्रभावित हो गयी थी, की एक वार्ता में हिस्सा लिया। इस लेखन के समय तक, वो अभी भी अपने जगने के समय के लगभग सभी क्षण एक व्हील चेयर (पहियों वाली कुर्सी) पर व्यतीत करते हैं और उन्होंने अपना व्याख्यान लगभग 45 मिनट में पूरा किया। अन्त में, उन्होंने बेहद उत्साहपूर्ण अभिनन्दन प्राप्त किया और मैंने व्यक्तिगत तौर पर श्रोता समूह का हिस्सा होने के लिए स्वयं को धन्य और परमानन्दित महसूस किया। कुछ ऐसे लोग भी हैं जिन्होंने हो सकता है केवल बाहरी चीजों को ही देखा हो। उनके लिए, हो सकता है आघात के कारण व्याख्यान ठहरा-ठहरा सा और धीमा रहा हो और जटिल (बोझिल) या यहां तक कि बौद्धिक तौर पर चुनौतीपूर्ण के तौर पर लिया गया हो। मंच पर मेरा मित्र अधिकांश समय मौन रहा और यह निश्चित तौर पर उनके पहले के व्याख्यानों की तुलना में काफी अटपटा जैसा दिखलायी पड़ा जो कि सदैव ज्ञान से परिपूर्ण और प्रभावशाली होते थे। लेकिन जैसे ही मैं यहां लिखने के लिए बैठा, मैं केवल इतना ही कह सकता हूं कि क्योंकि इस अनुभव को जैसे मैंने देखा, उस तरीके को मैंने बदल दिया अतः पूर्ण चीज मेरे लिए नाटकीय तरीके से बदल गयी।

जबकि रामदास के शब्द कम थे, उनका सन्देश स्पष्ट, छोटा और प्रत्यक्ष था। जो दूसरों को न समझने योग्य लगा होगा उसने मुझ पर परिस्थितियों द्वारा छुपाई गयी दीप्ति की तरह चोट की। जिसको फूहड़ता के तौर पर लिया जा सकता होगा वह हर तरह से स्पष्ट और पूर्ण था। मैंने प्रिय, ग्रहणशील संगमन के प्रति एक महान प्रस्तुतीकरण सुना जो अधिकाशंतः मधुर निस्तब्धता के लम्बे अन्तरालों के बीच किया गया था। इस पूरे वक्तव्य के दौरान सभी श्रोता सदस्य और मैं स्थिर और शान्त बने रहे। जैसा कि लाओ त्जू, ताओ ते चिंग की इस 45वीं कविता में समापन करते हुए कहते हैं, ''चीजों को (अपने) संसार के अनुसार व्यवस्थित करो।''

यहां आज सुबह जैसे मैंने एक बैल पर सवार उस सुन्दर वृद्ध व्यक्ति के चित्र को एकटक देखा, मैं यहां ताओ त्जू की उपस्थिति महसूस कर सकता हूं। वह मुझसे आपको यह बताने के लिए जोर दे रहे हैं कि इस महान प्रज्ञान को कैसे प्रयोग किया जाय जो उथलेपन से परे जीने से आता है।

अपूर्णताओं को पूर्ण के तौर देखिए, तब भी जब आपका अहम् मस्तिष्क इसको स्वीकार न कर सकता हो

अपनी परिस्थितिजन्य अनुक्रियाओं के बारे में सजग हो जाइए जो आपको लोगों, जगहों और परिस्थितियों पर पूर्ण से नीचे (कम) होने का ठप्पा लगाने की ओर ले जाती हैं। कथित कमियों के पीछे की निर्दोषिता को देखिए। उदाहरण के तौर पर जब मैंने अपने बच्चों के बड़े होने के दौर पर नजर दौड़ायी तो ऐसा वक्त कई बार आया जब एक खास उम्र पर उनका चुनौतीपूर्ण आचरण वाकई एक प्रकार की प्रतिभा थी। उदाहरणार्थ मैंने, यह जानते हुए कि उनको उच्चतर जगहों पर पहुंचने के लिए इन दौरों से गुजरने की जरूरत थी, उनको कुछ पोषक खाद्य पदार्थों को खाने से इनकार करते हुए देखा। सब्जियां खाने से बिल्कुल मना कर देना एक मूर्खतापूर्ण या बहाने बाजी का विचार नहीं है। यह उस समय उनके लिए बिल्कुल ठीक और आवश्यक है। इस तरह की दृढ़ता को आप अपने संसार के प्रति लागू कर सकते हैं। इंच दर इंच हम ताओ के साथ पूरी तरह एकताबद्ध होने की ओर बढ़ने वाले व्यक्ति के तौर पर विकसित होते हैं।

इतिहास के महान गहन चिन्तकों में से एक मेईस्टर इक्रवर्ट ने कई शताब्दी पहले काव्यात्मक रूप में इसे इस तरह प्रस्तुत किया है—

हर चीज, हर जीव, हर मनुष्य, स्त्री और बच्चा
रखता है एक आत्मा और यह है सभी का भाग्य
देखना जैसे देखता है ईश्वर, जानना जैसे जानता है ईश्वर,
महसूसना, महसूसता है जैसे ईश्वर होना जैसा। है ईश्वर

अपनी दिखने वाली समस्त अपूर्णताओं के साथ भी स्वयं को पूर्ण होने की स्वीकृति प्रदान कीजिए

सबसे पहले और सबसे जरूरी है स्वयं को ईश्वर के एक सृजन के तौर पर पहचानना जो कि आपकी परिपूर्णता है। आप कैसे दिखते हैं, या उन तथाकथित गलतियों और असफलताओं से जिन्हें आपने अपनी ओर आकर्षित किया हो सकता है, ये अल्पज्ञताएं इसके बावजूद इस शरीर में आपके पूरे जीवन काल के दौरान बरकरार बनी रहेंगी, इन सबसे इसका कुछ लेना देना नहीं है। आपके पदार्थिक स्व का स्रोत, अनन्त ताओ निर्दोष, सीधा, परिपूर्ण और सत्य की एक अभिव्यक्ति है। जब वे तरीके जो आपको सिखाए गए थे, अपूर्ण दिखलायी पड़ते हैं, और आप उस दर्द को महसूस करते हैं जो उनकों नापसन्द करने या उनके बारे में धारणा बनाने के जरिए आप स्वयं के लिए उत्पन्न कर रहे हैं तो उन तथाकथित गलतियों की ओर देखने के लिए अपने परिपूर्ण ताओ से अपने अन्दर गुहार कीजिए। जब आप इसको प्रेम से घेर लेंगे तो अल्पज्ञ प्रगटीकरण और प्रेम से वंचित होने का भावना का उपशमन हो जाएगा।

13वीं सदी के गहन कवि रूमी इसको अपने इस संक्षिप्त विवेचन में भली भांति समेटते हैं–

तुम सत्य हो। पैरों से लेके भौहों तक, अभी। क्या जानना चाहोगे और तुम?

अब ताओ कीजिए

ऐसी दस चीजों की एक सूची तैयार कीजिए जिन पर आपने अपूर्ण, तोड़ा-मरोड़ा हुआ, या बेकार होने का ठप्पा लगाया हो। इसके बाद एक समय में एक को लीजिए और अपने शरीर के अन्दर उस भावना को निकालिए जो उस खास वस्तु से जुड़ी हुई है। संवेदना को निरीक्षित होने दीजिए और प्रेम करने की अनुमति के परिप्रेक्ष्य से अपने विचारों में ठहरने दीजिए। 'ताओ अभी' को उपस्थित होने की अनुमति प्रदान करते हुए इसे तब तक कीजिए जब तक आप सुविधापूर्ण महसूस करते हैं। इस अभ्यास को करते समय यह ध्यान रखिए कि ताओ अनिर्णयात्मक है और सभी को बराबरी से प्रदान करता है। आप सूर्य के प्रकाश को प्राप्त कर सकते हैं और इसमें स्नान कर सकते हैं (धूप सेंक सकते हैं) या आप स्वयं को खस्ताहाल होने तक चला सकते हैं। ताओ, केवल है और यह परवाह नहीं करता।

छियालिसवीं कविता

जब संसार के पास होता है मार्ग।
दौड़ते घोड़े, सेवा निवृत होते हैं खेतों को जोते-जोतते।
जब संसार के पास होता है मार्ग का अभाव।
युद्ध के घोड़े पलते हैं ग्रामीण क्षेत्र में।
ताओ को खोने से बढ़कर नहीं है कोई नुकसान।
लालच से बढ़ कर नहीं है कोई दैवी प्रकोप।
असन्तोष से बढ़कर नहीं है कोई त्रासदी।
चाहत और अधिक की है गलतियों में सबसे बुरी हमेशा।
सन्तोष अकेला है काफी।
वस्तुतः अनन्तत्व का परमानन्द।
पाया जा सकता है तुम्हारे सन्तोष में।

शान्तिपूर्वक जीना

यदि आप वर्तमान में अपनी उपलब्धियों के स्तर का मूल्यांकन इस आधार पर कर रहे हैं कि आपने कितना अधिक इकट्ठा कर लिया है तो अपनी व्यक्तिगत सन्तुष्टि और तृप्ति की अपनी अवस्था में एक बड़े बदलाव को महसूस करने के लिए तैयार हो जाइए। ताओ ते चिंग की 46वीं कविता आपको सफलता को जानने के एक अधिक शान्तिपूर्ण और स्वयं को सन्तुष्ट करने वाले तरीके को खोजने के लिए आमन्त्रित करती है। और जैसे ही और अधिक प्राप्त करने का आपका निश्चय कमजोर पड़ना प्रारम्भ करता है, आपके नए विचार उस संसार को बदल देंगे जिसे आप जानते रहे हैं। आप पाएंगे कि आन्तरिक शान्ति का अनुभव आपकी उपलब्धियों का सच्चा मापक बन जाएगा।

यह 46वीं कविता इस पर एक नजर के साथ प्रारम्भ होती है कि जब एक ग्रह ताओ के साथ अपना जुड़ाव खो देता है तो क्या होता है। देश और अधिक इलाकों पर कब्जा करने की जरूरत महसूस करना प्रारम्भ कर देते हैं...और, और अधिक भूमि, ताकत तथा दूसरों पर नियन्त्रण कायम करने की अपनी हवस में, उनको अनवरत युद्ध के लिए तैयार रहना ही पड़ता है। लाओ त्जू प्रतीकात्मक तौर पर यहां घोड़ों के बारे में कहते हैं, जब ताओ से जुड़े होते हैं तो पशु खेतों को उपजाऊ बनाते हैं। जब इससे अलग होते हैं तो ये सुन्दर प्राणी युद्ध के लिए पालतू पशुओं की नस्ल (जाति) हैं।

ताओ ते चिंग के एक आधुनिक अनुवाद में मेरे मित्र स्टेफन मिटचेल इस सन्देश को आजकल के दिनों के शब्दों में दुभाषित करते हैं–

जब एक देश है एकरूपता में ताओ के साथ।
कारखाने बनाते हैं ट्रक और ट्रेक्टर।
जब एक देश होता है ताओ के मुकाबिल।
हथियारों के ढेर लग जाते हैं, शहर के बाहर।

यह कष्टपूर्वक स्पष्ट है कि हमारी दुनिया ने लाओ त्जू के द्वारा बताए गए मार्ग से अपने जुड़ाव को काफी दूर तक खो दिया है। इन दिनों हमारी ऊर्जा अपने संसाधनों को अपने खेतों को उपजाऊ बनाने, ताकि हम शान्तिपूर्वक जी सकें, की कीमत पर युद्ध के घोड़ों के पालन-पोषण (प्रजनन) पर लगी हुई है। संयुक्त राज्य सामूहिक नरसंहार के अस्त्रों-शस्त्रों से ठसाठस भरा हुआ है और हम अपने हथियारों को इतना अधिक भयावह बनाने के लिए अनवरत और अधिक धन को वैधानिकता प्रदान कर रहे हैं कि बदले में वो हमारे ग्रह को न रहने लायक बनाने में सक्षम हैं। 'और अधिक प्राप्त करने की बीमारी' ने एक वातावरण पैदा कर दिया है जो लाओ त्जू के इस निष्कर्ष को मूर्तरूप प्रदान कर देता है कि "असन्तुष्टता से बढ़कर त्रासद कुछ नहीं है।" लेकिन यदि इसके बावजूद भी इतनी अधिक हमारी दिव्य स्व (आत्माएं) अशान्ति की अग्नि द्वारा निगली जाती दिख रही हैं तो आप लाओ त्जू की सलाह को लागू करने के लिए प्रस्तुत करने की प्रक्रिया आरम्भ कर सकते हैं।

जब आप वास्तव में यह समझ लेंगे कि शान्तिपूर्वक जीने का क्या अर्थ है तो सन्तुष्टि, आपकी और अधिक पाने की इच्छा की जगह लेना प्रारम्भ कर देगी। जैसे ही आप अपना जीवन बदलते हैं और फिर अपने मौजूदा परिवार, अपने पड़ोसी, अपने सहकर्मी, और अन्ततोगत्वा अपने देश और सम्पूर्ण ग्रह के जीवनों को स्पर्श करते हैं तो वैसे ही आपका संसार शान्तिमय होना प्रारम्भ हो जाता है। जब आपको लगे कि आप किसी चीज को और अधिक पाने की इच्छा कर रहे हैं तो सन्त फ्रान्सिस की प्रसिद्ध प्रार्थना की प्रारम्भिक पंक्तियों पर केवल सोचने के जरिए शुरुवात कीजिए।

चुपचाप कहिए, हे ईश्वर, मुझे आपकी अपनी शान्ति का औजार (साधन) बनाइए। वहां, जहां नफरत है, मुझे प्रेम फैलाने दीजिए। शान्ति के उस साधन के बतौर आप अपने मौजूदा दायरों के लोगों में शान्ति का प्रकाश फैलाएंगे और सम्भवतः जीवन में पहली बार अपनी सन्तुष्टि में एक नयी और भिन्न प्रकार की सफलता की झिलमिलाहट का एहसास करेंगे। इसकी परवाह किए बगैर कि दूसरे इसमें कितना खोए हुए हैं और संसार की हमारी सरकारें क्या करने का चुनाव कर रही हैं, ताओ को खोने से इनकार करके आप एकरूपता पूर्वक जी रहे हैं। क्रमशः असन्तुष्टि की खड़ी चढ़ाई से, जिसे लाओ त्जू कहते हैं कि इससे कोई बड़ी त्रासदी नहीं, पृथ्वी को क्रमशः खिसकाते हुए दूर ले जाने के जरिए ताओ के साथ आपका जुड़ाव एक अन्तर लाएगा।

उत्कृष्ट हाफिज अपनी कविता 'क्या तुम इसे विचित्र समझोगे?' में इसी तरह की सफलता को, जिसका मैं सन्दर्भ दे रहा हूं, बहुत सुन्दरता के साथ संक्षेप में प्रस्तुत किया है—

क्या तुम इसे समझोगे विचित्र यदि हाफिज कहता है।

मैं हूं प्रेम में हर चर्च के।
और मस्जिद के।
और मन्दिर के।
और किसी भी तरह की मजार के।
क्योंकि जानता हूं मैं, यह है वहां।
जिसको लोग पुकारते हैं, अलग-अलग नामों से।
एक ईश्वर के।

लाओ त्जू पर वापस आते हुए यहां उनकी सशक्त 46वीं कविता के वह सन्देश प्रस्तुत हैं जो आपके मौजूदा निजी जीवन के लिए उपयुक्त हैं–

प्रतिदिन कृतज्ञता और सन्तोष व्यक्त करने का अभ्यास कीजिए

प्रत्येक सुबह जब आपके पैर धरती पर पड़ते हैं तो बिना किसी अपवाद के कहिए कि, "सन्तुष्टि की अवस्था में जीने का एक अवसर प्रदान करने के लिए आपको धन्यवाद।" अपने से होकर उन्मुक्तता पूर्वक प्रवाहित होने के लिए ताओ की चमत्कारिक ऊर्जा को आमन्त्रित कीजिए और पूरे दिन अपनी अनुक्रियाओं को सूचित कीजिए। जब आप इन दिनों कृतज्ञता ज्ञापन और सन्तुष्टि की इच्छा कर रहे हैं तो आप अपने स्रोत के साथ एकरूपता में हैं।

अपनी प्रकृति के साथ एक होइए

एक ऐसे संसार में जो अधिक से अधिक हिंसा उत्पन्न करता हुआ प्रतीत होता है, एक ऐसा व्यक्ति बन जाइए जो शान्ति का साधन बनना पसन्द करता है। अपनी प्रकृति को वो 'घोड़े' होने दीजिए जो खेत जोतने वाली नस्ल हैं। भूखों को भोजन कराइए और विकलांगों या कम भाग्यशाली लोगों को सुविधा उपलब्ध कराइए। इस तरह रहिए जैसे आप और ताओ एक हैं, जो कि निश्चय ही आप हैं जब आप अपनी प्राकृतिक अवस्था में हैं।

जब हममें से पर्याप्त लोग यह करने में समर्थ होंगे तो हम एक निर्णायक समूह हो जाएंगे और अन्ततोगत्वा महान मार्ग अहम् की मांगों से आगे निकल जाएगा। मैं ईमानदारी में बेसबाल की एक तुलना का प्रयोग करने में विश्वास करता हूं कि प्रकृति सदैव, 'आखिर में बल्लेबाजी करती है।'

अब ताओ कीजिए

किसी को या किसी समूह को, जिसे आप अपना शत्रु समझते हैं, शान्तिमय ऊर्जा सम्प्रेषित करने का सचेतन प्रयास करने के लिए अलग से एक समय तय कीजिए। इसमें एक प्रतिस्पर्धी, एक अलग-थलग पारिवारिक सदस्य, अलग धार्मिक विश्वास का एक व्यक्ति, या वे जिनका आप सरकार में या राजनैतिक दल में विरोध करते हैं या जिनसे आपकी असहमति हैं, उनको शामिल कीजिए। फिर यदि आपको ठीक लगता है तो उन्हें शब्दशः कोई चीज जैसे एक पुष्प, एक पुस्तक, या एक पत्र भेजिए। ताओ के प्रति आत्म-समर्पण करने और अधिकृत सफलता जानने के लिए आज और बिल्कुल अभी अपना सचेतन प्रयास प्रारम्भ कीजिए, कोई अपना-पराया नहीं है।

सैंतालिसवीं कविता

बिना गए दरवाजे के बाहर।
संसार को जानो।
बिना देखे खिड़की के बाहर।
तुम देख सकते हो स्वर्ग के मार्गों को।
कोई जो जाता है दूर तक।
वह जान पाता है कम।
इसलिए ज्ञानी नहीं करते साहसिक पहल।
और जानते हैं तब भी।
नहीं देखते हैं।
पहचानते हैं फिर भी।
नहीं करते प्रयास।
फिर भी प्राप्त कर लेते हैं सिद्धि।

होने से जीना

मैं आपको, आपका यह विश्वास बदलने के लिए प्रोत्साहित कर रहा हूं कि प्रयास और उद्यम करना सफलता के लिए आवश्यक औजार हैं। 47वीं कविता में, लाओ त्जू सलाह देते हैं कि ये होने के तरीके (मार्ग) हैं जो आपको एकत्व का अनुभव प्राप्त करने और इस सिद्धि को हासिल करने से दूर रखते हैं जो ताओ के द्वारा प्रस्तावित हैं। कोशिश करने के बजाय होने के जरिए जीना एक भिन्न दृष्टिकोण है। जैसा कि लाओ त्जू कहते हैं, कि आप खिड़की के बाहर न देखने के जरिए अधिक देख और पूर्ण कर सकते हैं।

यह कैसे सम्भव है? इस पहेली का हल करने के लिए, आइए हम एक उदाहरण पर नजर डालें। मैं आपको अपना पूरा ध्यान ईश्वर के महानतम सृजनों में से एक की ओर आकर्षित करना चाहूंगा। मैं आपके हृदय के बारे में जो हमेशा धड़कता रहता है, धमनियों, रक्तवाहिनी नलिकाओं, मांस पेशियों, और रक्त, के रहस्यमय (गहन) पिण्ड (खण्ड), जो आप जहां जाते हैं अपने साथ ले जाते हैं, के सन्दर्भ में कह रहा हूं। इसको धड़काने की आपकी अपनी किसी कोशिश के बिना यह निरन्तर, यहां तक कि जब आप सो रहे होते हैं तब भी, यह अपनी धक-धक-धक को बरकरार बनाए रखता है। आप इसकी धक-धक को बन्द करने का प्रयास नहीं करते। यहां तक कि आपकी सचेतन सतर्कता बिना यह इतनी परिपूर्णता से कार्य करता है जैसे कि महासागर करते हैं। इसकी निरन्तर धड़कन समुद्र की सतह पर लहरों का स्मरण भी है।

आपका हृदय वस्तुतः एक अद्‌भुत चीज है क्योंकि वह जीवन प्रदान करता है। यह तत्वतः आप हैं। आपकी छाती का यह अंग होने के जरिए जीने के पाठ को समझने और लागू करने का एक प्रतीक हैं। आपका हृदय बिना किसी साहसिक प्रयास के, बिना छाती के खोखले क्षेत्र से बाहर झांके या बिना कोई उद्यम किए पूर्णता (आपका जीवन) को प्राप्त करता है। ठीक अभी, जब आप वहां बैठे इन शब्दों को पढ़ रहे हैं,

यह केवल होने के जरिए आपको जीवित रख रहा है और आप इसे महसूस तक नहीं करते।

मैं चाहता हूं कि आप अपने सम्पूर्ण स्व को हृदय की तरह मानें जो अपनी मूल प्रकृति के प्रारब्द्ध से पहले से ठीक-ठीक जानता है कि क्या करना है। इसका मतलब है कि आपको संसार को जानने के लिए कहीं नहीं जाना है क्योंकि आप स्वयं ही संसार है। जिस क्षण आप अपने हृदय की धड़कन को नियन्त्रित करने की कोशिश करते हैं, आप इस तरह के किसी प्रयास की निरर्थकता को महसूस करते हैं। कितनी भी कोशिश करने या उद्यम करने से कोई फर्क नहीं पड़ेगा क्योंकि आपका हृदय ताओ के साथ अपने प्राकृतिक जुड़ाव के जरिए कार्य करता है जो कि कुछ नहीं करता लेकिन कुछ भी बिन हुआ नहीं छोड़ता।

'ए वारियर ब्लेंण्डस विद लाइफ' में माइकेल ला टोरा इस कविता पर अपनी टिप्पणी में इसको इस तरह चिह्नित करते हैं–

जैसा कि ज्ञानियों से सबसे अधिक ज्ञानी ने हमेशा यह महसूस किया है कि तत्वतः होने की जड़ हृदय में, खासकर हृदय की धड़कन की यान्त्रिकता (युक्ति) में है। यहां से, तत्वतः होने की कान्ति मस्तिष्क को प्रदीप्त करने के लिए वलयाकार तरीके से ऊपर उठती है। यह यान्त्रिकता किसी भी प्रौद्योगिकी से परे है। आप पहले से ही इसमें स्थित हैं।...और गहन अनुभूतियों के द्वारा (सतही आवेगों के बजाय) आप तुरन्त इससे जुड़ सकते हैं...उस अन्तिम कार्य में जो प्रकाशित करता है, कोई कर्म शामिल नहीं है।

अतः अब आप जानते हैं कि वह विरोधाभासी अवस्था, जिसका इस कविता में लाओ त्जू वर्णन कर रहे हैं, न केवल सम्भव है बल्कि करोड़ों मानव हृदयों में सभी जगह ठीक इसी समय मौजूद है। अगला सत्य यह है कि यह प्राणियों के हृदयों के बारे में सत्य है और इसी तरह, पृथ्वी पर मौजूद प्रत्येक वृक्ष, पुष्प, झाड़ी, और यहां तक कि खनिज की जीवन व्यवस्था के बारे में सत्य है। और यह अन्तरिक्ष का केवल एक ग्रह है जिसमें इतने सारे स्वर्गीय शरीर मौजूद हैं कि जिनकी गिनती करना इस सीमा तक हमारी क्षमता के परे हैं कि हम इस तरह कार्य कर सकने लायक कम्प्यूटर का अविष्कार तक नहीं कर सकते।

21वीं शताब्दी को अक्सर 'सूचना युग' कहा जाता है। हम एक ऐसे समय में जी रहे हैं जब एक नन्हीं सी कम्प्यूटर चिप पर इतने अधिक आंकड़े उपलबध हैं जितने कि इसके पहले के मानव इतिहास में कभी मौजूद नहीं थे। हम आसानी से यह भी देख सकते हैं कि हमें अपने प्रयासों से वस्तुतः और अधिक तथ्यों या ऐसी ही अन्य चीजों की प्राप्ति हो जाती है। दरअसल, आप उन कम्प्यूटर असाधारण प्रतिभाओं में

से एक हो सकते हैं जिनके महान प्रयासों ने यह सब सम्भव किया है। यहां जो मुद्दा है, वह है ज्ञान की जानकारी और प्रज्ञान के बीच का अन्तर्सम्बन्ध।

जो मैं कहना चाहता हूं उसको स्पष्ट करने के लिए इस युगके विशेष नाम इन्फारमेशन (Information) को लेते हैं। जब आप 'इन फार्म' (In-form) (अपने शरीर और पदार्थिक जगत में) रहते हैं तो आपको इन्फारमेशन (जानकारी होने) से पुरस्कृत किया जाता है। लेकिन आकार (From) से परे चलिए (आत्मा में रूपान्तरित होइए) तो आप प्रेरणा प्राप्त करेंगे। इस प्रकार जानकारी हमेशा ज्ञान नहीं है और ज्ञान हमेशा प्रज्ञान नहीं है। प्रज्ञान आपको आपके सचेतन क्षणों में आपके हृदय से जोड़े रखता है। यह कार्यरत ताओ है, लाओ त्जू आपसे और अधिक तथ्यों के लिए उद्यम करने और संसार में होने के जो कि वैसे ही पूर्ण है जैसे यह है, के बीच अन्तर को पहचानने के लिए कह रहे हैं। आप जैसे ही प्रज्ञान के इस परिप्रेक्ष्य या ताओ के साथ जुड़कर जीने लगते हैं वैसे ही संसार बहुत अलग दिखने लगता है।

आप एक हृदय की, जो कि मानवता है, की इकलौती धड़कन हैं। आपको अपनी खिड़की से बाहर झांकने या कोई साहसिक पहल करने की जरूरत नहीं है। आपको केवल कुल इतना करना है कि उसी राह पर होना है जिस पर आप अपने हृदय पर होने की स्वीकृति प्रदान करते हैं। 2500 वर्ष पूर्व यह समझ कठिन थी, और मुझे एहसास है कि इसको स्वीकारना अभी भी चुनौतीपूर्ण हो सकता है, लेकिन आपको यह करना ही होगा। एक ऐसे संसार में, जो ताओ होने की कृपा के बिना जानकारियों के पीछे पागल है, आप उन धड़कनों में से एक हैं जो ताओ के प्रज्ञान को मुक्ततापूर्वक प्रवाहित होने देती हैं...केवल होने के जरिए।

मेरे माध्यम से, लाओ त्जू आपसे इस नयी चेतना पर कार्य करने और इन सुझावों को प्रयोग करके देखने के लिए प्रवृत कर रहे हैं—

अपने हृदय पर विश्वास करने की प्रक्रिया प्रारम्भ कीजिए

अपने हृदय की धड़कन को सुनने के जरिए आप आसानी से कुछ न करने और उसी समय कुछ भी बाकी न रहने देने के विरोधाभास को व्यवहार में लाते हुए ताओ को पहचान सकते हैं। आपकी सबसे गहरी भावनाएं आपसे बातें करते हुए 'हृदय अन्तराल' का प्रतिबिम्बन हैं। इस आन्तरिक अगाधता को सक्रिय करने के लिए आपको कुछ नहीं करना है। आप केवल अपने हृदय को आपसे बात करने दीजिए। इसकी अनवरत मौन धड़कन पर ध्यान देना और उसे सराहना प्रारम्भ कीजिए और जो कोई भी धड़कन जारी बनी रहने देने के लिए ऊर्जा उपलब्ध करता है, अपनी छाती में उपस्थिति को कार्यरत ताओ का स्थायी स्मरण कारक होने दीजिए।

अपने 'जानने की चेतना' पर विश्वास कीजिए, जो सदैव आपके साथ है

यहां एक आन्तरिक जानकारी आपकी रोमांचक पहल से मुक्त है। यह तब भी वहां है जब आपकी आंखे बन्द हैं और आप निश्चल बैठे हुए हैं। इसका आवश्यक तौर पर यह मतलब नहीं है कि आप एक बेकार आलू हो जाए। आपको निश्चय ही स्वयं को उस स्रोत से निर्देशित होने देना चाहिए जो ग्रहों को सूर्य के चारों ओर चक्कर लगवाता है और विश्वास कीजिए कि वह आपके हस्तक्षेप के बिना परिपूर्णता के साथ आपको निर्देशित करेगा। एक पर्यवेक्षक के तौर पर विस्मयपूर्वक यह देखते हुए कि कैसे हर चीज ठीक तरह से अपनी जगह पर स्थापित होती है, अपनी सहज रचनात्मकता का अनुभव कीजिए। ठीक वैसे, जैसे बहता हुआ पानी कभी नहीं थमता, आप उन प्राकृतिक शक्तियों के द्वारा संचालित किए जाएंगे जो आपके अन्दर पूर्ण होना चाहती हैं और आपके हस्तक्षेप की जरूरत के बिना। आप ध्यान का अभ्यास करने के जरिए इस जानकारी के सम्पर्क में आ सकते हैं।

अब ताओ कीजिए

हृदय का एक चित्र बनाइए या प्राप्त कीजिए और इसको अपने छाती (वक्ष स्थल) के रिक्त स्थान में बिना प्रयास के कार्यरत ताओ के स्मरण कारक के तौर पर इस पर मनन के लिए आज कुछ समय खर्च कीजिए। दिन में किसी बिन्दु पर कुछ ऐसा रचनात्मक करने के लिए स्वयं को ताओ से निर्देशित होने दीजिए जो अन्दर से प्रगट होता है, जैसे चित्रकारी, कविता लेखन, पार्क में टहलना, एक निजी प्रकल्प (प्रोजेक्ट) प्रारम्भ करना या कुछ और। किसी भी तरह से कोई रोमांचक उद्यम किए बिना स्वयं को केवल निर्देशित होने दीजिए। फिर ताओ के इस जादू को और अधिक निरन्तरता से अपने जीवन के सभी पहलुओं में ले आइए।

अड़तालिसवीं कविता

अध्ययन करने का अर्थ है रोज संचय करना।
ताओ पर अमल करने का अर्थ है रोज बांटना।
बांटना और बांटना, और कुछ नहीं करना।
जब नहीं किया जाता है कुछ, कुछ नहीं रहता है बिन किया।
सच्चा स्वामित्व किया जा सकता है प्राप्त।
चीजों को जाने देने के जरिए, उनकी अपनी राह पर।
इसे नहीं किया जा सकता प्राप्त दखलंदाजी से।

घटाने के जरिए जीना

हम एक ऐसे समाज में रहते हैं जो यह कहता हुआ प्रतीत होता है कि ''जितना अधिक आप बटोर लेते हैं, एक मनुष्य होने के तौर पर अपने अधिक महत्व पर आपका अधिकार होता है।'' यहां ताओ ते चिंग की इस 48वीं कविता में आपसे इस विचार को देखने के अपने तरीके को बदलने के लिए कहा जा रहा है। और अधिक हासिल करने के जरिए स्वयं की प्रामाणिकता सिद्ध करने के बजाय आप जीवन पर नियन्त्रण के लिए मानक के तौर पर जमे हुए, बढ़ाने के इस विचार को उलट दे सकते हैं। घटाने के जरिए जीने का लाभ अपने संसार को एक अलग प्रकाश में देखना है जिसमें से एक यह है कि, आप विश्वास करें या न करें, आप पूर्णता की एक महान भावना का अनुभव करेंगे।

अपनी औपचारिक स्कूली पढ़ाई के सभी वर्षों के दौरान, आपको उपलब्ध करायी जा रही हर चीज को अधिक से अधिक ग्रहण करने के लिए प्रेरित किया गया है। और अधिक गणितीय सूत्र, व्याकरण के नियम, प्राचीन और आधुनिक इतिहास का ज्ञान, मानव शरीर के बारे में जानकारी, आन्तरिक और बाह्य आकाश गंगाए, धर्म, रासायनिक यौगिक, और इसी तरह और बहुत कुछ, ये भी, वो भी इकट्ठा किए जाओ, बटोरे जाओ। आपने प्रतिलेखों, डिप्लोमाओं और डिग्रियों (उपाधियों) की एक पूरी श्रृंखला का ढेर इकट्ठा किया जिसने आपकी, आपके अध्ययन के प्रमाण इकट्ठे करने, जुटाने और संग्रह करने की यात्रा का निचोड़ निर्धारित किया। लाओ त्जू, इस परम्परा (वसीयत) की पुनर्परीक्षा किए जाने का सुझाव देते हैं क्योंकि तब आप अपनी सफलता के स्तर को किसी ऐसी चीज पर आधारित कर सकते हैं जो कि, जिसका आप अब तक अनुसरण करते चले आ रहे हैं, उसका ठीक उल्टा प्रतीत होती है।

ताओ आपसे, आपके शैक्षणिक स्तर के बाहरी संकेतकों और प्रतीकों को छोड़

देने के लिए कह रहे हैं। जबकि अध्ययन करना जानकारियों और ज्ञान का इकट्ठा करने से सम्बन्धित है, ताओ प्रज्ञान के बारे में है जिसमें सूचनाओं और ज्ञान को छोड़ना और अपने स्रोत के साथ बने रहना शामिल है। ताओ के अपने अनुभव को जीवन्त करने के लिए और इसके सिद्धान्तों के जरिए आपसे चीजों पर अपना भरोसा घटाने के लिए कहा जा रहा है।

मैंने पहले ही इन पृष्ठों में इसका उल्लेख किया है कि हर चीज जिसको आप अपने जीवन से जोड़ते हैं वह अपने साथ कारावास का एक तत्व लेकर आती है। आपका शरीर आपसे इसको सुनिश्चित करने और सक्षम चोरों या प्राकृतिक आपदाओं से इसकी रक्षा करने की जरूरत महसूस करता है। आपको इसे चमकाने, पेण्ट करने, साफ करने, रखने और बांधने तथा इसी तरह एक जगह से दूसरी जगह ले जाने की आवश्यकता होती है। ताओ ते चिंग की इस कविता में लाओ त्ज़ू द्वारा रेखांकित किए गए विचारों में, खास कर उनके इस नजरिए में कि सच्ची महारत केवल अपने को वस्तुओं के प्रति जुड़ाव से मुक्त करके और वस्तुतः जो पहले से आपके पास है, उसे कम करके ही हासिल की जा सकती है, अनन्त प्रज्ञान मौजूद है।

जब आप इस विचार के बारे में गम्भीरता से सोचते हैं और जमा करने (संग्रह करने) के प्रति अपने नजरिए को बदलते हैं तो आपको यह एहसास होता है कि आप सच्चे मायनों में किसी चीज पर स्वामित्व नहीं हासिल कर सकते। अमेरिका के मूल निवासियों में एक समय भूमि-स्वामित्व के लिए कोई शब्द नहीं था। आज एक आधुनिक व्यक्ति की जमीन के एक टुकड़े की खरीद में हकनामे की खोज (टाइटिल), ग्रहण अधिकार या पुनर्ग्रहण अधिकार (लियेन), मुख्तार नामे की फीस (एटार्नी फीस), बन्धक होने का पता करना, टैक्स स्टाम्प और ऐसी ही अन्य चीजों सहित कानूनी कौशल का एक अन्तहीन सिलसिला शामिल है। हमने उस जमीन के टुकड़े को खरीदने और उस पर मालिकाना हक पाने के लिए इतनी भारी-भरकम बाधाएं खड़ी कर ली हैं जिस पर वास्तविकता में हमारा केवल अस्थायी कब्जा रहता है। लाओ त्ज़ू आपसे अपने-आप को मालिक समझने के बजाय मेहमान समझने के लिए जोर दे रहे हैं। पर्यावरण पर अपना प्रभाव जितना आप कम कर सकते हैं, उतना कम करने के जरिए प्राकृतिक संसार में हस्तक्षेप करना रोकिए। यह है, 'कोई चीज नहींपन' (No-Thing-ness) की अवस्था के साथ एकरूपता से जीना जिससे कि आप प्रगट हुए हैं और अन्ततोगत्वा जिसमें आपकी वापिसी तय है।

लाओ त्ज़ू कहते हैं कि आपको निश्चय ही अपने सम्पूर्ण जीवन के बारे में, अपनी 'अनन्त काल में कोष्टक बद्धता' को, इन सुझावों को कार्यरूप देने के जरिए सदैव, घटते हुए ताओ के साथ एकरूप होने के एक अवसर के तौर पर सोचना चाहिए।

घटाव में मूल्य देखिए या 'प्रतिदिन घटाइए'

और अधिक चीजें खरीदने की अपनी आवश्यकता को सचेतन तौर पर घटाना प्रारम्भ कीजिए। यह दिमाग में रखिए कि विज्ञापन की दुनिया आपको इस पर सहमत करने के लिए रूपांकित है कि वह जिस किसी चीज की संस्तुति कर रहे हैं, आपकी खुशियां उससे जुड़ी हुई हैं। इसलिए और अधिक खरीदने के बजाय यह देखिए कि अपनी संचयित चीजों में से कितनी को आप पुनः वितरित कर सकते हैं। मैं गारंटी देता हूं कि आप स्वतन्त्रता के एक ताजे एहसास को महसूस करेंगे क्योंकि आपकी आकांक्षाएं कम हो जाएंगी और अपने द्वारा बटोरी गयी भौतिक वस्तुओं से होने वाले अपने कष्ट को विदा कर देंगे। जैसा कि लाओ त्जू ने कहा, आप यहां 'कुछ नहीं' के साथ आए और 'कुछ नहीं' के साथ जाएंगे, इसलिए उस सब में महान आनन्द प्राप्त कीजिए जो आपके जीवन में आया है। यहां इससे भी महान आनन्द इस जानकारी से समृद्ध होने में है कि शान्तिपूर्वक और प्रसन्नता के साथ जीने की आपकी सक्षमता इस पर निर्भर नहीं है कि आपने अपने जीवन में कितनी सामग्री जोड़ ली है। घटाने के द्वारा जीना ताओ का मार्ग है।

मालिकाना हक में सन्तुष्टि तलाशने के बजाय प्राकृतिक जगत में आनन्द देखना प्रारम्भ कीजिए

इस संसार में स्वामित्व की बेवकूफी को देखिए जो अनन्ततापूर्वक संगठित और विघटित होता है...ठीक वैसे जैसे आप। तत्वतः, लाओ त्जू यह कह रहे हैं कि जो वास्तविक है वह कभी नहीं बदलता क्योंकि उसका कोई आकार नहीं है। इसलिए आप जितना अधिक ताओ को जी रहे हैं, उतना ही अधिक चीज़ों को प्राकृतिक तौर पर विकसित होने दे सकते हैं। पुष्पों, बादलों, सूर्यास्त, तूफान, तारे, पहाड़ और उन सभी व्यक्तियों का, जिनसे आप मिलते हैं, आनन्द उठाएं। संसार में रहते हुए, संसार को प्रेम करते हुए लेकिन इस पर कब्जा करने की जरूरत न महसूस करते हुए संसार के साथ होइए। यह शान्ति का मार्ग है। यह ताओ का मार्ग है।

500 से अधिक वर्षों से, कबीर भारत के आदरणीय कवियों में से एक रहे हैं। उनके बहुत विख्यात निरीक्षणों (विचारों) में से एक, ताओ ते चिंग की इस 48वीं कविता के सार को प्रस्तुत करता है–

पानी विच मीन पियासी रे, मोहे सुन-सुन आवत हांसी।
आतम ज्ञान बिना नर भटके, कोई मथुरा, कोई कासी॥

अब ताओ कीजिए

ठीक इसी मिनट, पांच वस्तुअें को जो कि आपकी अपनी हैं, वितरित करते हुए अपने पास से जाने दीजिए ताकि दूसरे उन्हें पा सकें। यह महत्त्वपूर्ण है कि यह कोई ऐसी चीज़ होनी चाहिए जिसे वाकई आप पसन्द करते हैं, क्योंकि जितना अधिक जुड़ाव उस वस्तु के साथ होता है, उसको जाने देने से उतना ही अधिक आनन्द आप प्राप्त करते हैं। यह प्रतिदिन घटाने का जीवन जीने का एक अभ्यास बन सकता हैं।

उड़नचासवीं कविता

ज्ञानी के पास नहीं है जड़ा हुआ (इकला) मस्तिष्क।
वह है सजग दूसरों की जरूरतों के प्रति।
जो अच्छे हैं उनके साथ वह अच्छाई से व्यवहार करता है।
जो बुरे हैं उनके साथ भी वह अच्छाई से
व्यवहार करता है।
क्योंकि उसके होने की प्रकृति है अच्छी।
वह दयालुओं के प्रति दयालु है।
वह उनके प्रति भी दयालु है जो नहीं हैं दयालु।
क्योंकि उसके होने की प्रकृति है दयालुता।
वह विश्वास पात्र के प्रति है विश्वास पात्र।
वह अविश्वास पात्र के प्रति भी है विश्वास पात्र।
ज्ञानी रहता है एकत्व में, स्वर्ग के नीचे सभी के साथ।
वह देखता है हर चीज को, स्वयं की अपनी जैसी।
वह करता है प्यार हर एक को, अपने स्वयं के बच्चे की तरह।
सभी व्यक्ति जो खिंचे आए हैं उसके पास।
वह व्यवहार करता है एक बच्चे की तरह।

निर्णय से परे जीना

इस मृदुलता पूर्वक शक्तिशाली कविता में हमें उस तरीके को बदलने के लिए प्रोत्साहित किया जा रहा है जिससे हम इस ग्रह पर मौजूद वस्तुतः हर किसी को देखते हैं। लाओ त्ज़ू ने निर्णय से परे जीने के जरिए एकरूपता पूर्वक अस्तित्वमान रहने के सामर्थ्य को देखा। अतः ताओ ते चिंग की यह 49वीं कविता उस शान्तिमय विश्व को खोजने के लिए आमन्त्रित करती है। यह हमें उनकी आलोचना करने के अपने विचार को बिना आलोचना के हमारी पावती से स्थानापन्न करने के लिए प्रोत्साहित कर रही है। यदि हम केवल पूर्वाग्रह को समाप्त कर ''स्वर्ग के नीचे सभी के साथ एकरूपता'' से रह सकते होते तो समस्त मानवता की कैसी सम्भावनाएं बनतीं, इसकी कल्पना कीजिए।

इसके प्रति सजग होने के जरिए, कि कब आप इसे अपने प्रति कर रहे हैं, आप एक मूल्यवान या महत्त्वपूर्ण गतिविधि के तौर पर आप अपने निर्णय के विचार को बदलना प्रारम्भ कर सकते हैं। इसके बाद केवल ध्यान देने को धारणा बनाने की जगह प्रतिस्थापित करना प्रारम्भ कीजिए। आप सुखद शीघ्रता से यह अनुभूति करेंगे कि अपनी स्वयं की समालोचना करने के बजाय आप इस पर ध्यान देना अधिक पसन्द करते हैं कि आप क्या कर रहे हैं या क्या महसूस कर रहे हैं। अपने व्यवहार को 'अच्छा' या 'बुरा' कहना, प्रतिस्पर्धा, दण्ड, या नापसन्दगी को अपने प्रेरक चिह्नकों (मार्करस) के तौर पर प्रयोग करने के जरिए केवल आपको आपके विरुद्ध फांसते हैं। घृणा, क्रोध और धमकियां जरूरी हो जाती हैं क्योंकि प्रेम, स्वीकृति और दयालुता पर विश्वास नहीं किया जा सकता।

जैसे ही आप स्वयं के बारे में धारणा बनाने (निर्णय करने) से दूर हटेंगे, आपको उसके बाद उसकी कोई आवश्यकता या चाहत नहीं रह जाएगी जिसे लाओ त्ज़ू 'जड़ा हुआ मस्तिष्क' कहते हैं। इस तरह वो निष्ठाएं जिन्होंने उनके खिलाफ आपको फांस रखा है जिन्हें आप पराया समझते हैं पिघलना प्रारम्भ हो जाएंगी। जब आप उनके तथाकथित

मूल्यों को देखने के अपने तरीके को बदलेंगे तो वे असंख्य श्रेणियां जो आपको अपने स्तरों को निर्धारित करने में मदद करती रही हैं, पूरी तरह अनावश्यक और अमहत्वपूर्ण हो जाएंगी। उस देश में जहां आपका जन्म हुआ था, धर्म जो आपके जन्म के साथ तय कर दिया गया था। संस्कृति जिसमें आप निमग्न थे, या यहां तक कि वह परिवार जिसने आपको बड़ा किया, इन सबका आदी होने के बावजूद निर्णयों से परे जीना आपकी प्राथमिकता बन जाती है। आप ताओ के साथ एकरूपता से अस्तित्व मानते रहते हैं जो किसी को अलग नहीं करता और जिसके पास विभाजनों और वफदारियों की कोई धारणा नहीं है। ताओ के साथ एकत्व आपको ऐसे किसी विश्वास के प्रति लोभ से दूर रखता है कि दूसरे अलग हैं।

यह है युद्धों झगड़ों का बुनियादी समाधान। आप देखिए, जब आप धारणा बनाना बन्द कर देते हैं और उसकी जगह स्वयं को दूसरों में देखना प्रारम्भ करते हैं तो आप हर किसी के प्रेम और विशिष्टता को इस तरह से देखने से स्वयं को रोक नहीं सकते जैसे कि वे आपके अपने बच्चे रहे हों। तब काटने-छांटने और निष्ठाओं के बजाय ताओ के एकत्व की सभी पर अबाध कृपा होती है। बजाय इसके कि गाड अमेरिका को आशीर्वाद दें (या कोई भी वह देश जहां के आप रहने वाले हैं), अल्लाह हमारे अपने लोगों की रक्षा करे या कृष्ण उन पर कृपा करें जो आपमें विश्वास करते हों। वहां है कि ईश्वर मानवता पर कृपा करें। मुझे वह सब करने दें जो मैं अच्छाई और दयालुता के साथ बिना किसी अपवाद के सबकी सेवा करने के लिए कर सकता हूं, जैसा कि अपने उदाहरणों से जिनमें हम श्रद्धा रखते हैं, उन सभी ने आध्यात्मिक गुरू के तौर पर हमें सिखाया है।

जैसे ही आपका विश्व दृष्टिकोण परिवर्तित होता है, आप मिलने वाले में अच्छाई का विस्तार करते हैं। आप पाएंगे कि आप तब भी दुर्व्यवहार के शिकारों के प्रति गैर निर्णायत्मक करुणा महसूस कर सकते हैं जब चीजों को देखने का उनका तरीका आपको और आपके अपनों को तकलीफ देता है। आप केवल दयालुता की अनुक्रिया में ही अपनी दयालुता नहीं सम्प्रेषित कर सकते बल्कि खासतौर से तब भी कर सकते हैं जब आप क्रूरता के शिकार हैं। क्यों? इसलिए क्योंकि लाओ त्ज़ू आपको इस तीक्ष्ण कविता में स्मरण कराते हैं कि "(आपके) होने की प्रकृति दयालुता है।" किसी को वह देना असम्भव है जो आप नहीं है, और आप धारणात्मक नहीं है। आप, उनकी या स्वयं की आलोचना की जरूरत के बिना, हर किसी में स्वयं को देखते हैं।

अपने विचारों को बदलिए और धारणाओं (निर्णयों) से परे जीइए। और जब इस दृष्टिकोण के पालन में लड़खड़ाते हैं या सफलता प्राप्त होने पर स्वयं को पवित्र समझने लगते हैं तो अपने आप को 'बुरा' मत समझिए। यह याद रखिए कि आप अनन्त

खुलेपन और नियत सीमितता का मिश्रण हैं, जैसा कि हम सभी हैं। इसलिए कभी-कभी आपको बिना तब अपना मूल्यांकन करते हुए स्वयं का मूल्यांकन करते हुए पर केवल ध्यान देने की आवश्यकता होती है।

यह है वह जो मैं ताओ ते चिंग की इस 49वीं की कविता के जरिए आपको देने के लिए लाओ त्ज़ू द्वारा कहा गया महसूस कर रहा हूं—

आप स्वयं को देखने के अपने तरीके को बदलिए

यदि आप दृढ़ मस्तिष्क के लिए स्वयं पर गर्व करते हैं तो यह एहसास कीजिए कि यह अनुकूलन पर विश्वास करता है जो कि आम तौर पर पूर्वाग्रह जैसा दिखलायी पड़ता है। इसके बजाय स्वयं को लचीले व्यक्ति के तौर पर देखिए क्योंकि खुला होना उच्चता सदाचार है। यहां तक कि तब भी जब वे आपके पूर्व कार्यक्रमित अध्ययन का विरोध करते हैं। स्वयं को एक ऐसे व्यक्ति के तौर पर देखना प्रारम्भ कीजिए जो गुण दोष विवेचन के बजाय ध्यान देता है। एक तरफ होने और इस पर टिके रहने के बजाय चाहे जो परिस्थितियां हों, सभी लोगों, खासकर वो लोग जिनके विचार आपके विचारों से टकराते हैं, के साथ एकरूपता में होइए। और जब दयालुता और अनिर्णय को बांट रहे हों तो उसमें स्वयं को शामिल करना याद रखिए।

दूसरे लोगों को देखने का अपना तरीका बदलिए

इस कविता का एक संस्करण कहता है कि, 'मैं अपनी बातों के पक्के लोगों का विश्वास करता हूं और मैं झूठों पर विश्वास करता हूं। यदि मैं पर्याप्त सच्चा हूं तो मैं महसूस करता हूं कि दूसरों के हृदय की धड़कने मेरी अपनी से ऊपर हैं। चाहे आप इसे निर्णय करना या "ठप्पा लगाना" कहें, जब आप दूसरों को बुरा, आलसी बेईमान, मूर्ख या घृणित के तौर पर सोचते हैं तो इस पर ध्यान दीजिए। तब दृढ़तापूर्वक कहिए कि मैं स्वयं को इस व्यक्ति में देखता हूं और मैं निर्णय लेने के बजाय अच्छाई के स्थान में होना पसन्द करता हूं। संस्कृत का एक शब्द है नमस्ते, यह आपको इसमें मदद कर सकता है। जब इसका अभिवादन के तौर प्रयोग किया जाता है तो मोटे तौर पर इसका अनुवाद होता है कि, मैं आपके अन्दर स्थित स्थान का सम्मान करता हूं जहां हम सब एक हैं। तो स्वयं को यह याद दिलाते रहने के लिए कि प्रत्येक को अपने खुद के बच्चों की तरह प्यार करना है, मौन रूप में या बोल कर दूसरों को नमस्ते कहना प्रारम्भ कीजिए।

अब ताओ कीजिए

उन परिस्थितियों में दयालुता का अभ्यास करने के लिए अवसर तलाशने पर एक दिन खर्च करने की प्रतिज्ञा कीजिए जो आमतौर पर निर्णय लेने के लिए उकसाती है। ध्यान दीजिए कि आप एक भिखारी, एक रिश्तेदार जिसको आप अपने प्रति शत्रुतापूर्ण महसूस करते हैं या शब्दों में बोलता हुआ एक राजनीतिज्ञ या टी.वी. टिप्पणीकार जो आपको आलोचनात्मक विचारों की घबराहट में भेज कर हताश करता है, के बारे में क्या सोचते हैं। अपनी आलोचना को घटाते हुए जबकि अपने संसार में नम्रता और अच्छाई की मात्रा बढ़ाते हुए, उस अवसर को एक 'ध्यान देने वाला' होने के लिए प्रयोग कीजिए।

पचासवीं कविता

जन्म और मृत्यु के बीच।
दस में तीन हैं जीवन के अनुसरणकर्ता दस में तीन हैं मृत्यु के अनुसरणकर्ता।
और मनुष्य जो गुजर रहे हैं जन्म से मृत्यु तक।
उनकी संख्या भी है दस में तीन।
क्यों है यह ऐसा?
क्योंकि वे जकड़ते हैं जीवन को।
और चिपटते हैं इस गुजरते हुए संसार से।
लेकिन यहां है दस में एक, जो कहते हैं, जीवन के बारे में इतनी सुनिश्चितता से।
कि चीते और जंगली सांड रहते हैं स्पष्ट।
लौट जाते हैं शस्त्र उस पर से, युद्धभूमि में।
गैंडे को नहीं मिलती कोई जगह उस पर मारने को सींग।
चीतों को नहीं मिलती कोई जगह गड़ाने को पंजे।
और सैनिकों को नहीं मिलती कोई जगह मारने को अपनी तलवारे।
क्यों है यह ऐसा? क्योंकि वह रहता है उस जगह।
नहीं पहुंच सकती मृत्यु जहां।
अनुभूति करो अपने तत्व की।
और तब तुम बनोगे साक्षी. अन्तहीन अन्त के।

एक अनिवाशी की तरह जीना

इस भाग में लाओ त्जू आपसे मृत्यु को देखने के अपने तरीके को बदलने के लिए कहते हैं। ताओ शिक्षा देते हैं कि मृत्यु एक ऐसी महत्त्वहीन चीज़ है कि इससे सचेतन तौर पर संघर्ष करने या भयभीत होने की कोई आवश्यकता नहीं है। जैसा कि ताओ ते चिंग की यह कविता आपको सूचित करती है कि यहां "एक ऐसी जगह है जहां मृत्यु प्रवेश नहीं कर सकती।" जब आप अपने विचार बदल देते हैं तो अपने बदलते हुए जीवन के बारे में बातें कीजिए। जब तक वस्तुतः हर किसी की चिन्ता की सूची में मृत्यु का भय शीर्ष पर है, यही अन्तिम है।

यदि आप अपने को पूरी तरह एक भौतिक मृत्य के तौर पर देखते हैं तो आप इस 90 प्रतिशत आबादी का हिस्सा हैं जिनको यह भाग 'जीवन के अनुसरण कर्ता', 'मृत्यु के अनुसरणकर्ता' या केवल जन्म से मृत्यु तक गुजर रहे लोगों के तौर पर सन्दर्भित करता है। यहां आपको उन शेष 10 प्रतिशत का हिस्सा बनने का आकांक्षी होने के लिए प्रेरित किया जा रहा है जिनके लिए मृत्यु का विचार उनके हृदय स्थल या आमतौर पर उनके जीवन पर आक्रमण नहीं करता। मृत्यु को देखने के अपने तरीके को बदलने के जरिए आप इस समूह में चुन लिए जाएंगे।

आप स्वयं को ऐसे पहले और प्रमुख आध्यात्मिक होने के तौर पर जानते हुए, जिसके पास चारों ओर मौजूद अन्य मार्गों के बजाय एक अस्थायी मानव अनुभव है, अपारता के सक्रिय पक्ष पर जीवन का अनुभव करेंगे।

इस परिमण्डल में, आप जीवन को धमकाने वाली घटनाओं के भय से मुक्त होकर विचरण करते रहने के लिए शालीनतापूर्वक निपुण हो जाएंगे। आपको स्वयं के बारे में और ताओ के साथ आपके जुड़ाव के बारे में एक ज्ञान प्राप्त होगा जो आपको उस भयमुक्त ढलान स्कीयर की तरह जीवन के साथ सवारी करने की अनुमति प्रदान करेगा

जो बर्फ से ढके पहाड़ों के साथ है। बिना निर्णय का सहारा लिए हुए आप उन दूसरों पर ध्यान देंगे जो घोटालों, नौकर-शाहियों, मतभेदों, प्राकृतिक आपदाओं, अपराधियों या विध्न डालने वाले रिश्तेदारों द्वारा निरन्तर पीड़ित हैं।

अपने अन्तहीन सारतत्व की अन्तरंग चेतना से जो कि ताओ में केन्द्रित है, बहुत सम्भावना है कि आप स्वयं को शिकार होने से बचा ले जाएंगे और आप उन परिस्थितियों से चुटकियों में निपट लेंगे जिनमें दूसरे चिपकने को प्रवृत्त हो जाते हैं। दूसरे शब्दों में, जब आप अपनी स्वयं की इस अनन्त प्रकृति के बारे में जानते हैं और आपका मार्गदर्शन करती इस चेतनाके साथ प्रतिदिन जीते हैं तो मृत्यु के लिए निशाना लगाने के लिए आपके अन्दर कोई जगह शेष नहीं बची रहती। यदि कभी क्षति आपको नुकसान पहुंचाने या मृत्युदण्ड देने का कोई प्रयास करती है तो इसको पंजों को गड़ाने के लिए कोई जगह नहीं मिलती।

अपने सारभूत आध्यात्मिक होने को देखने के जरिए मृत्यु को देखने के अपने तरीके को बदलिए और आप अपने इस विश्वास के भय के बिना, कि आप इसके (मृत्यु के) हैं, इस संसार का आनन्द उठाने में समर्थ होंगे। जब आप ताओ के प्रवाह के द्वारा अपने अमरत्व को जानते हैं तो यहां तक कि आप इसके एक सांसारिक अवधारणा या औपचारिक धर्म के तौर पर स्थापित होने की आवश्यकता नहीं समझते। और जब आपके लिए अपने हुए को जिसे आप अपना शरीर कहते हैं, को उतारने का समय आता है तो ताओ कहते हैं कि, आप अन्तहीन अन्त के गवाह बनेंगे।

ताओ की शिक्षाओं पर ध्यान दीजिए और महसूस कीजिए कि आपको कभी मारा नहीं जा सकता और यहां तक कि नुकसान भी नहीं पहुंचाया जा सकता। जीवन के इस दृष्टिकोण से आप अपने आन्तरिक युद्धक्षेत्र को विश्वासों की उस सेना से मुक्त करा पाने में समर्थ होंगे जो आपके तात्विक स्व पर अनवरत परेड करती रहती है। आशंका और भय वो शस्त्र हैं जो आपको घायल कर सकते हैं या धमका सकते हैं। यहां तक कि गैंडे की सींगों और चीते के पंजों के तौर पर प्रतीककृत प्राकृतिक तत्व क्षति नहीं पहुंचा सकते क्योंकि वे एक ऐसे स्थान पर घुसते और रोते हैं जहां दर्द पहुंचाने के लिए उनके पास कोई ठोसत्व नहीं है। आप एक ऐसी जगह में रहते हैं जहां मृत्यु नहीं पहुंच सकती। अब आप और अधिक समय तक 10,000 चीजों को मुट्ठी में जकड़े नहीं रह रहे हैं और जन्म से मृत्यु तक की अपनी संक्षिप्त यात्रा को अपने एक और केवल अन्तिम जीवन अनुभव के तौर पर नहीं ले रहे हैं। अब आप अपने वास्तविक तत्व को जीते हुए अनन्त ताओ हैं।

दृढ़ निश्चय कीजिए

स्वयं को स्मरण कराइए कि, मेरे अपने सहित किसी की मृत्यु नहीं होती। दृढ़मत होइए कि आपको मारा नहीं जा सकता और न ही नुकसान पहुंचाया जा सकता है, क्योंकि आप आपका शरीर नहीं हैं। यदि आप इस सच्चाई से जुड़े बने रहते हैं तो आप अपने आप उन खतरों को मोड़ देंगे जो पहले आपके भौतिक अन्तस्थल पर आक्रमण कर सकने में समर्थ रहे होंगे। उदाहरणार्थ, जब भारतीय सन्त मुक्तानन्द मृत्यु शैया पर थे तो कहा जाता है कि उनके शिष्यों ने उन्हें घेर लिया और अनुरोध किया कि 'कृपया हमें मत छोड़िए।' मुक्तानन्द ने जवाब दिया, ''नादान मत बनो, मैं कहां जा सकता हूं?'' महान स्वामी ने अपने वास्तविक सार का एहसास कर लिया था और वह जानते थे कि वह एक बिना अन्त के अन्त पर थे।

जब आप जिन्दा है तभी मरिए

अपनी कल्पना में आप अपने भौतिक खोल (शरीर) की मृत्यु के बारे में विचार कीजिए। काल्पनिक तौर पर इसे मृत पड़ा हुआ देखिए और निरीक्षण कीजिए कि आप, एक साक्षी, इस लाश के साथ कैसे असम्बद्ध हैं। अब इसी ध्यान को अपने उस शरीर पर लाइए जो उठ खड़ा हुआ है और अपनी दैनिक क्रियाओं को सम्पन्न कर रहा है। जब यह मृत था तो कोई भी चीज इसे नुकसान नहीं पहुंचा सकती थी और कोई भी चीज आपको नुकसान नहीं पहुंचा सकती क्योंकि आप वह शरीर नहीं हैं। आप एक अदृश्य साक्षी तत्व (सार) हैं। यह जानते हुए कि आपने अपनी पहचान के प्राथमिक स्रोत के रूप में अपने मिट्टी के डिब्बे (खोल) की मृत्यु का अनुभव कर लिया है, इस अनुभूति में बने रहिए। इस नयी चेतना में आप अभेद और मुक्त हैं। ताओ ते चिंग की इस कविता के सन्देश को लियोनारडो दॉ. विन्ची ने कुछ इस तरह प्रस्तुत किया है : जबकि मैंने सोचा था कि मैं कैसे जिया जाय के बारे में पढ़ रहा था, मैं कैसे मरा जाय, के बारे में पढ़ रहा था। क्योंकि आप अभी जिन्दा हैं, इसलिए इसे अभी कीजिए।

अब ताओ कीजिए

यह ताओ अभ्यास एक अन्तर्दृष्टि खोज है आप अपना एक क्षतियुक्त चित्र बनाते हैं। खतरों का अपना एक स्वकल्पित चित्र बनाइए, या अपने जीवन के प्रति आशंकाओं को ताओ ते चिंग की 50वीं कविता पर बनाइए। चीता आप पर छलांग लगाता है और चूक जाता है, तलवार आप पर प्रहार करती है लेकिन कोई क्षति नहीं कर पाती, बम विस्फोट होता है लेकिन आपका बाल बांका नहीं होता।...इससे बेपरवाह होकर कि शरीर

में क्या हो रहा है, अपनी क्षतिग्रस्त होने में अक्षम होने की अपनी छवि को बरकरार बनाए रखिए। इसके बाद इस आपके अमरत्व की साक्षी दृष्टि को अपनी उन प्रसुप्त संरक्षात्मक शक्तियों को सक्रिय करने में सहायता करने के लिए प्रयोग कीजिए जो आपने कल्पना की है, उसको पूर्ति में आपको समायोजित करेगा।

इक्यावनवीं कविता

मार्ग जोड़ता है सभी जीवों को उनके स्रोत से।
यह प्रगट करता है अस्तित्व में।
अचेतन, पूर्ण, मुक्त।
स्वीकारता है एक भौतिक शरीर को।
करने देता है परिस्थितियों को इसे पूर्ण।
अतः सभी अस्तित्व करते हैं सम्मान मार्ग का।
और देते हैं महत्व इसकी सामर्थ्य को।
वो नहीं आदेशित किए गए हैं, पूजने के लिए ताओ।
और देने को महत्व इसकी सामर्थ्य को।
लेकिन वह सदैव करते हैं ऐसा, स्वेच्छा से।
ताओ उन्हें प्रदान करता है जीवन।
सामर्थ्य पालती और संवर्धन करती है उनका।
विकसित करती और आश्रय प्रदान करती और संरक्षित रखती हैं उन्हें।
ताओ करता है उत्पन्न लेकिन नहीं जमाता अधिकार।
ताओ प्रदान करता है बिना अपेक्षा के।
ताओ प्रोत्साहित करता है संवृद्धि को, बिना किए शासन।
इसे कहते हैं गुप्त सामर्थ्य।

गुप्त सामर्थ्य से जीना

यह अनुच्छेद आपको अपने अन्दर उन गुणों को खोजने के लिए प्रेरित करता है जो बिना शासन किए अपने आप रक्षा करते हैं, पोषण करते हैं और आश्रय प्रदान करते हैं। गुप्त सामर्थ्य के जरिए सचेतनतापूर्वक जीने का सम्भवतः यह अर्थ उन बहुत से तरीकों को बदलना है जिनमें वस्तुओं की वृहत योजना में आप अपनी भूमिका देखते हैं। और इसके लिए प्रारम्भिक बिन्दु जीवन प्रारम्भ होने के रहस्य को व्याख्यायित करने का आपका तरीका होगा।

यदि आपको अपने सृजन का वर्णन करना पड़ा होता तो आप बहुत सम्भव यही कहते कि आप जैविक अभिभावकों के बीच एक एकीभूत (मिलन) होने के एक कृत्य के जरिए उत्पन्न हुए हैं। यदि आपके अस्तित्व के लिए यही एक मात्र स्पष्टीकरण है तो यह स्वतःस्फूर्तता और रहस्य को बहिष्कृत करता है, जो उस गुप्त सामर्थ्य के जरिए जीवित है जो आपको प्रस्तावित है। इस नए तरीके में काम करना आपके गर्भधारण और जन्म को विस्तारित और पुनर्व्याख्यायित करता है और आपके परिष्कृत दृष्टिकोण के परिणामस्वरूप संसार बदल जाता है।

गुप्त सामर्थ्य के जरिए जीना आपको जीवन के बाहर अधिकांश प्राप्त करने की अनुमति प्रदान करता है क्योंकि इसका अर्थ यह देखना है कि आप इसको कैसे व्यय करने जा रहे हैं, यह तय करना आपकी पसन्द और जिम्मेवारी है। दूसरी ओर गुप्त सामर्थ्य के जरिए न जीना यह तय कर देता है कि एक परिवार या संस्कृति में आपकी भूमिका इस पूर्व निर्धारित उम्मीद के साथ, कि आपको कैसे व्यवहार करना चाहिए और आप कैसे व्यवहार करेंगे, आपके जन्म (या यहां तक कि गर्भधारण) के समय से ही निर्धारित है। आपके दिन उन लोगों को खुश करने के तनावपूर्ण प्रयासों से सराबोर हो जाते हैं जिनसे आप जैविक आधार पर सम्बन्धित हैं। आप परेशान करने वाली आत्म

आलोचना का अनुभव करते हैं कि निर्दिष्ट परिवार में अपने लिंग या पद के दबाव से मुक्त होने की अपूर्ण आकांक्षाओं के साथ आप अपने एक अभिभावक या दादा-दादी को निराश कर रहे हैं। इस विश्वास व्यवस्था के अन्तर्गत काम करने का प्रयास करते रहना, परिणामस्वरूप आपको दासता और अति विनीतता की कष्टकारी और बरदाश्त न कर सकने लायक भूमिका में फंसाए रख सकता है।

ताओ ते चिंग की इस 51वीं कविता में लाओ त्ज़ू आप से अपनी दृष्टि व्यापक करने और स्वयं को ताओ के एक सृजन के तौर पर देखना प्रारम्भ करने के लिए कह रहे हैं। कल्पना कीजिए, नन्हें से बीज से उत्पन्न वह जो आप थे किसी अन्य कण से नहीं बल्कि एक अदृश्य स्रोत से आया था। और यह स्रोत जिसने आपके अस्तित्व को प्रगट किया और जिसे यहां मार्ग कहा जाता है के कोई ऐसे पूर्व निर्धारित सिद्धान्त नहीं है जो आपको निर्देशित करते हों कि आपको क्या करना चाहिए, आपको किसे सुनना चाहिए, आपको कहां रहना चाहिए या आपको किसकी पूजा करनी चाहिए। अपनी यात्रा के दौरान आप द्वारा तय की गयी रुचियों में इस स्रोत, आपकी महान मां, का कोई निवेश नहीं है। वह जानती है कि बीज से उत्पन्न वह जो आप थे, परिपूर्ण हैं और जिस भी तरह से चाहे स्वयं को पूर्ण करने के लिए मुक्त हैं। उस मां की, जो कि ताओ है, आपसे कोई अपेक्षाएं...कोई मांगे नहीं हैं, आपके लड़ने के लिए कोई लड़ाई या युद्ध नहीं हैं, जीने के लिए कोई इतिहास नहीं है।

इस गुप्त अस्तित्व (सत्ता) को, जो आपको अस्तित्व में लायी, चीनी 'ते' के तौर पर सन्दर्भित करते हैं। मैं यहां ते को सामर्थ्य या चरित्र के तौर पर सन्दर्भित कर रहा हूं। और जोनाथन स्टार का ताओ ते चिंग का अनुवाद इस कविता में इसे जिन अर्थों में प्रस्तुत करता है वह इस प्रकार है—

यद्यपि ताओ जीवन देता है सभी चीजों को, ते है जो करता है उन्हें विकसित।

ते है वह जादुई शक्ति जो विकास और पोषण करती है उनका, पूर्ण और तैयार करती हैं उन्हें,

आनन्द और सुरक्षा प्रदान करती है उन्हें।

तब ते एक ऐसी सामर्थ्य है जो आपके और सभी सृजनों के गहरे अन्दर विद्यमान है। यह एक ऐसी शक्ति नहीं है जो यह गारन्टी करती हो कि भौतिक सेल कभी नहीं मरेंगे। यह एक ऐसी चारित्रिकता अधिक है जो सृजनात्मक उत्पत्तिकर्ता शक्ति के साथ परिपूर्णता पूर्वक पंक्तिबद्ध होते हुए आपके शरीर में भौतिक जगत के जरिए आपको विचरण करने की अनुमति प्रदान करता है। इस कविता को यह स्मरण रखने के लिए पढ़िए कि आप अपनी अन्ततोगत्वा उत्पन्नकर्ता शक्ति के जरिए सुरक्षित और पूर्ण किए गए हैं जो कि उस जैसी नहीं है जो इस दृष्टिगत संसार में आपकी सुरक्षा की गारन्टी

कर रही है। हेलेन केलर ठीक इसी चीज के बारे में बात कर रही थी जब उन्होंने यह कहा कि "सुरक्षा अधिकांशतः एक अन्धविश्वास है प्रकृति में इसका अस्तित्व नहीं है।..."

51वीं कविता ते या गुप्त सामर्थ्य को शामिल करके जीवन के प्रति अपनी दृष्टि को बदलने के जरिए विश्वास करना सीखने के बारे में है। यह उन्हीं अभिभावकों के साथ, उन्हें अन्य समस्त सृजनों जैसा समझते हुए स्वयं को एकत्व के परिवार के सदस्य के तौर पर देखने के बारे में है। यह आपकी सम्पूर्ण आजादी को महसूस करने के बारे में है। यह बिना अधिकृत किए उत्पादन करने के बारे में, और स्वयं को अधिकृत होने से दूर रखने के बारे में है। इसलिए बिना अपेक्षा के प्रदान कीजिए, और दूसरों की अपेक्षताओं का शिकार मत होइए।

जब मैंने महान स्वामी के चित्र को एकटक देखा और महसूस किया कि जैसे हम एक थे तब उसके अनुसार लाओ त्जू द्वारा आपके लिए प्रस्तुत किए गए सुझाव यहां प्रस्तुत हैं—

सुरक्षित और संरक्षित महसूस करने का अभ्यास कीजिए

प्रतिदिन उस गुप्त सामर्थ्य में विश्वास करते हुए जीइए जो आपके अन्दर मौजूद है और जिसने आपको उत्पन्न किया हे। ध्यान रखिए कि सुरक्षित, संरक्षित, और पोषित होने की भावना किसी ऐसी चीज से नहीं आती जो आपके अधिकार में हो सकती है। इसके बजाय यह तब उगेगी जब आप जानते हैं कि आप उस सदाचारी शक्ति के साथ दृढ़तापूर्वक सम्पर्क में हैं जो आपके होने के प्रत्येक सेल के अन्दर मौजूद है। यह गुप्त शक्ति स्वयं आपकी मौजूदगी के लिए जिम्मेवार है।

आप ताओ की सामर्थ्य से अस्तित्व में आए और क्योंकि आपकी प्रत्येक सांस या कार्य ऐसा करने के लिए आदेशित नहीं है इसलिए वो कभी भी उस आन्तरिक सामर्थ्य के प्रति श्रद्धा व्यक्त नहीं करते जो आपका जीवन है। जब मैं इन शब्दों को लिखता हूं तो वह शक्ति मेरे हाथों में है और वह आपकी आंखों में है जब वे यह पृष्ठ पढ़ती हैं। इसमें विश्वास कीजिए। इसकी पूजा कीजिए। उस शक्ति में सुरक्षित महसूस कीजिए जो छुपी रहती है। सम्पूर्ण महसूस करने के लिए आपको कुल इतना करने की जरूरत है।

याद रखिए कि ताओ उत्पादित करता है, यह अधिकार नहीं जमाता

यही कीजिए और आपको इस कविता का प्रज्ञान प्राप्त होगा। एक देखभाल करने वाला बनिए, मालिक नहीं। किसी को नियन्त्रित करने का प्रयास मत कीजिए। इसके बजाय बिना शासन किए या हावी हुए विकास का पोषण कीजिए। जब आप एक निरीक्षक की भूमिका में हैं तो जितना हो सके उतना, दूसरों को अपनी गुप्त सामर्थ्य को सक्रिय करने की अनुमति प्रदान कीजिए। केवल जैसे आप सुरक्षित महसूस करना चाहते हैं

और उस अदृश्य शक्ति में विश्वास रखते हैं जिसने आपका सृजन किया है वैसे ही वह हर कोई करता है जिससे आपकी मुलाकात होती हैं। मैं इस शब्द पर जोर देता हूं क्योंकि इसके कोई अपवाद नहीं हैं।

ताओ ते चिंग की इस 51वीं कविता का वीटेर बायनेर का अनुवाद कहता है—

सभी सृजित वस्तुएं वापस लौटाती हैं, अस्तित्व और उपयुक्तता को— वे निर्भर हैं इस पर...।

क्या तुम भी हो ऐसे?
अभिभावक बनो, स्वामी नहीं,
सहायक बनो, मालिक नहीं।
सम्बन्धित रहो, आज्ञापालन से नहीं, परन्तु लाभ से,
और तुम हो जीवन के मूल पर।

मैं आपसे "क्या तुम भी हो ऐसे" वाक्य को याद रखने और गुप्त सामर्थ्य के साथ जीने का अनुरोध करता हूं।

अब ताओ कीजिए

एक दिन जाने देने की योजना बनइाए। विचार को जाने दीजिए और दिमाग की सब कुछ चिपटाए रखने वाली प्रकृति की खोज कीजिए। पूर्व धारणाओं और विचारों को जाने दीजिए, और अनुभव कीजिए कि चीजें वाकई कैसी है। दूसरों को नियन्त्रित करने की इच्छा को जाने दीजिए और इसकी खोज कीजिए कि वे वास्तव में कितने सक्षम हैं। इस सवाल का अपना जवाब तलाशने में समय लगाइए कि, **यदि मैं जाने दूं तो वाकई क्या हो सकता है?** जैसे ही आप यह अभ्यास करेंगे, आप यह जानकर चकित हो जाएंगे कि आप अपने जीवन में और अधिक गुप्त सामर्थ्य प्राप्त करेंगे जो इसके बाद आपके स्वयं को देखने के तरीके को बदल देती है।

बावनवीं कविता

स्वर्ग के नीचे सभी की है एक जैसी शुरुवात।
शुरुवात है जगत की मां।
मां को जानने के बाद।
हम बढ़ सकते हैं जानने को उसके बच्चे।
बच्चों को जान चुकने के बाद।
हमें जाना चाहिए पीछे और आबद्ध होना चाहिए मां के साथ।
अपना मुंह बन्द रखो।
इन्द्रियों की चौकसी बरतो।
और जीवन रहेगा सदा पूर्ण।
अपना मुंह खोलो।
हमेशा रहो व्यस्त।
और जीवन रहेगा सदैव आशा से दूर ।
लघु को देखना, कहलाता है स्पष्टता।
रहना लचीला, कहलाता है प्रबलता।
चमकते हुए प्रकाश स्रोत को प्रयोग कर।
तुम लौटते हो पुनः प्रकाश की ओर।
और रक्षा करते हो अपनी, दुर्भाग्य से।
यह कहलाता है।
सनातन प्रकाश का अभ्यास।

मां की ओर वापिसी के जरिए जीना

यह कविता आपको बताती है कि यह एहसास महत्त्वपूर्ण और मूल्यवान है कि आपका जीवन काल और दिक् में हो रहे केवल एक रेखिक (सीधे-साधे) अनुभव से अधिक है। होता यह है कि आप पृथ्वी पर अपने समय को अभी कम या ज्यादा, गर्भधारण से लेकर जन्म तक एक सीधी रेखा के तौर पर देखते हैं। आप विकास के पहले से अनुमान किए जा सकने वाले चरणों के जरिए आगे बढ़ेंगे जो मृत्यु पर जाकर पूरा होगा जहां आपकी उस रहस्य से भेंट होगी जो दूसरी ओर आपकी प्रतीक्षा करता है। लाओ त्जू आपको यह देखने के लिए आमन्त्रित कर रहे हैं कि आपका अस्तित्व उस स्थान के लिए वापिसी की यात्रा है जहां सभी गृहों का सृजन प्रगट हुआ। वह आपको यह एहसास कराना चाहते हैं कि आपमें, आपके **भौतिक अन्त** के पहले ही इस **रहस्यमय प्रारम्भ** का आनन्द उठाने की क्षमता है। इस रहस्य को, जो प्रत्येक और सभी 10,000 चीजों में मौजूद है, लाओ त्जू द्वारा 'मां' के तौर पर या उसके प्रतीक के तौर पर, जो प्रारम्भ से अन्त तक दिखने वाले सभी कुछ से परे रहता है, सन्दर्भित किया है।

ताओ ते चिंग की इस कविता की पहली दो पंक्तियों पर मनन करने के जरिए मां की ओर वापस लौटने की अपनी यात्रा प्रारम्भ कीजिए। ये पंक्तियां हैं, 'स्वर्ग के नीचे मौजूद सभी की एक समान शुरुवात है। यही प्रारम्भ है संसार की मां।' इस विचार को अपने भौतिक होने में छन-छन कर प्रवेश करने दीजिए और अपने अस्तित्व के बारे में आदर युक्त भय की अवस्था उत्पन्न कीजिए जो 'कुछ नहींपन' से प्रगट हुआ है। जानिए कि इस अदृश्य स्रोत ने जो हर एक चीज को जन्म देता है, आपको भी जन्म दिया है। एक वाहिका के जरिए प्रवाहित होता है विद्युत की तरह रहस्यमय 'कुछ नहींपन' आपके सहित सभी के जीवन से होकर प्रवाहित होता है और उनको धारण करता है।

यह एक ऐसी स्थायी अदृश्य, ध्वनि रहित, गन्धरहित शक्ति है जो आपके इन्द्रिय स्व को तुरन्त उपलब्ध नहीं है।

यह आवश्यक है कि आप प्रतिदिन अपनी मां (और मेरी भी) सनातन को जानने पर खर्च करें जो कि आप केवल उसकी उपस्थिति को स्वीकारने और मौन रहकर उससे संवाद करने के जरिए आसानी से कर सकते हैं। एक बार जब आप उसको जानने और उसका सम्मान करने का निश्चय कर लेते हैं तो आप अपने स्वयं के सहित सभी बच्चों को देखने के अपने तरीके को बदलना प्रारम्भ कर देंगे। आप सभी 10,000 चीज़ों को मां की सन्तति के तौर पर देखेंगे और आप वह ताओ के प्रगटीकरण को देखने के लिए उनके प्रगट रूपों के अस्थायीपन से परे देखेंगे। जब ताओ आपसे बच्चों को मां से अलग करके नहीं बल्कि स्वयं मां की ही तरह देखने के लिए कहते हैं तो लाओ त्ज़ू का यही मतलब होता है। अतः सभी सृजनों को मां में उत्पन्न होते जैसा देखिए और तब 'पीछे जाइए और उससे चिपट जाइए।'

सनातन मां की ओर वापसी के इस साहसिक कार्य को कैसे प्रारम्भ करेंगे? लाओ त्ज़ू सलाह देते हैं कि यह पक्का करने के लिए कि आपकी भावना सांसारिक गतिविधियों पर बिखरी हुई नहीं है, आप अपने मुंह को बन्द कीजिए और कानों को ढांप लीजिए। दूसरे शब्दों में, अपने स्वयं के मातृक भाग के साथ कुछ समय खर्च कीजिए और ताओ को छोटे-बड़े सभी में महसूस करने के जरिए स्पष्टता की इच्छा कीजिए। अड़ियलपन को रद्द करने का अभ्यास कीजिए और इसकी जगह अपनी प्रबलता को मजबूत करने के लिए अपने लचीलेपन को विकसित कीजिए। लाओ त्ज़ू आपसे यह कहते हुए इसका समापन करते हैं कि संसार को देखने का यह तरीका ''सनातन प्रकाश का अभ्यास'' है। उस प्रकाश को सबसे छोटे कीट में यहां तक कि उस अदृश्य कण में जो उस छोटे से सृजन के पैर को आकार देता है, देखिए। यही वह प्रकाश है जो आपके हृदय को धड़काता और संसार को उसके स्थान पर थामे रखता है। अतः स्वयं को कीट का केवल भयपूर्ण आदर में होने नहीं बल्कि वही कीट होने की अनुमति प्रदान कीजिए। इस तरह से आप 'छोटी चीजों को देखने' के जरिए स्पष्टता प्राप्त करेंगे और आप अपने लचीले दृष्टिकोण के जरिए देखने के अपने नए तरीके की क्षमता उन्नत करेंगे। यहां पृथ्वी पर होने के बारे में अपने रैखिक दृष्टिकोणों को बदलिए और अपनी आंखों के सामने अपने जीवन के परिवर्तन को देखना प्रारम्भ कीजिए।

आज के संसार में 'शाश्वत प्रकाश का अभ्यास' करने में आपकी सहायता करने के लिए लाओ त्ज़ू मेरे जरिए, आपको यह प्रस्तुत कर रहे हैं–

खुला मुंह आत्मा भाग जाती है। बन्द मुंह आत्मा से शानदार जुड़ाव रहता है। अपने मुंह को एक ऐसे द्वार के तौर पर सोचिए जो आप की आत्मा की रक्षा करता

है। जब आप किसी दूसरे से बात करते हैं तो दरवाजे बन्द करने की जरूरत को लेकर सजग हो जाते हैं और अपनी आत्मा को अपने अन्दर सुरक्षित तरह से कैद बने रहने देते हैं। कानों के बारे में भी यही बौद्धिक परिवर्तिन कीजिए, जब अफवाहें सुनने और घटिया बातचीत से गुजरना पड़े तो उनको पूरी तरह बन्द रखिए। बहुत कम शब्दों का प्रयोग कीजिए। अधिक-अधिक देर तक सुनने के लिए प्रतिबद्ध होइए और सलाह देना, हस्तक्षेप करना और गप्प बाजी में भाग लेना बन्द कीजिए।

जब अपनी बोलने या सुनने की इन्द्रियों का प्रयोग करना हो तो सचेतन तौर पर निर्णय करने के लचीलेपन के साथ अपनी दृढ़ता को विकसित कीजिए जब आप अन्य लोगों के मामलों में पड़ने के लिए प्रवृत्त हो रहे हों, तो ध्यान रखिए कि मां की एक और एकमात्र वाणी मौन है। इसी तरह कीजिए और आप स्वयं को उसके साथ स्वतन्त्रता और अनुग्रह पूर्वक आबद्ध महसूस करेंगे और इस तरह जीवित रहते हुए वापस लौट रहे होंगे।

लघुतम रहस्य को देखना महानतम रहस्य को प्रगट करता है

लघुता के प्रति सचेत होने के जरिए आप स्पष्टता की अपनी आकांक्षा को विकसित करते हैं। सूक्ष्मदर्शी यन्त्रों से देखे जा सकने वाले जीवों में उसी चमक को महसूस करना, आपको आकार देती है अन्तिम समाप्ति के बजाय जीवन को एक वापिसी की यात्रा की तरह खोज पाने का रास्ता है। जो जीवन के लघुतम रहस्य प्रतीत होते हैं वे एक ऐसे दीप्तिमान प्रकाश स्रोत की ओर ले जाते हैं जो उन सभी का सम्मान करने से आता है, जिनसे आपकी मुलाकात होती है। आप और वह मां जिसने आपको जन्म दिया और अन्य सब कुछ एक हैं। लघु को देखने के जरिए आपको स्पष्टता प्राप्त होती है जो कि वह वापिसी की यात्रा है जिसको आप सभी करने को प्रोत्साहित हैं जब आप जीवित हैं। जैसे ही आप उत्पत्तिकारक आत्मा को सभी जगह देखते हैं तो अब आपका संसार बहुत भिन्न दिखना प्रारम्भ हो जाता है। कुछ भी, अब और अधिक समय तक, साधारण, कमतर सा अवांछित की तरह नहीं लिया जाता है।

अब ताओ कीजिए

लघुतम जीवन रूपों का, जिन को आप पा सकते हैं, परीक्षण करने के लिए एक दिन समर्पित करने की योजना बनाइए। एक जाल का सृजन करती हुई मकड़ी, समुद्र तट पर तेजी से जाता बालुई केकड़ा, या दीवाल पर गुंजन करती एक मक्खी के साक्षी बनिए। आपकी आंतों, आपके रक्त की धाराओं या आपकी आंखों की रेखाओं में रहने

वाले जीवन के रूपों, उन सभी जीवों जिनको देखने के लिए आपको शक्तिशाली सूक्ष्मदर्शियों की आवश्यकता होगी, का परीक्षण करते हुए अपने अन्तः से होकर एक काल्पनिक यात्रा कीजिए। आपके बरकरार बने रहने के लिए इन अत्यन्त लघु जीवाणुओं को जन्म दे रही मां पर ध्यान केन्द्रित कीजिए अति सूक्ष्मतापूर्वक लघु जीवन के जरिए, जो कि आपका हिस्सा है और आपको प्रभावित करता है, अपने शरीर को देखने के तरीके का अनुभव कीजिए। मां की ओर लौटते हुए जीना आपको वह स्पष्टता प्रदान करेगा जिसको आपने पहले कभी अनुभव नहीं किया होगा।

तिरपनवीं कविता

यदि मुझ में है जरा सी भी मामूली समझ।
तो मुझे चलना चाहिए महान मार्ग पर।
और मुझे केवल डर होगा भटक जाने का।
महान मार्ग है बहुत चौरस और सीधा।
और तब भी लोग पसन्द करते हैं पेचीदा रास्ते।
यही वजह है कि अदालतें हैं भ्रष्ट।
खेत पड़े रहते हैं बेकार।
अन्नभण्डार हैं खाली।
रहना खूब बन-ठन कर।
और रखना धारदार तलवार।
भकोसते रहना भोजन और पेय।
बटोरना धन दौलत इतनी कि पता नहीं कितनी।
क्या किया जाय इसके साथ।
यह तो है होना, डाकू जैसा।
मैं कहता हूं, दूसरों की कीमत पर यह शानो-शौकत।
है चोरों के शोखी बधारने जैसा हर चोरी के बाद।
यह नहीं है ताओ।

सम्मान पूर्वक जीना

कल्पना कीजिए कि आप सम्पूर्ण सम्मान और एकत्व की स्थिति से संसार को देखने में समर्थ रहे होते। जहां भी कहीं आपने देखा होता, आप महान मार्ग देखते...और इस सब को आप ऐसे देखते जैसे स्वयं को। इस नजरिए से हर व्यक्ति जो पहले कभी भी अस्तित्वमान रहा था या कभी भी अस्तित्व में होगा, आपके स्रोत से जन्मा आपका अंग है। प्राणी, भूमि, महासागर और वनस्पतिकरण जीवन के समस्त रूप ताओ के द्वारा जुड़े हुए हैं। इस दृष्टिकोण से आपका संसार नाटकीय तरीके से बदल जाता। यदि मानवता के एक निर्णायक समूह का सम्पूर्ण पृथ्वी को स्वयं का अंग समझने का यही दृष्टिकोण रहा होता तो यह जीवन के समस्त रूपों को वैसा ही सम्मान प्रदान करने में रूपान्तरित हो जाता जैसा कि हम अपने निजी शरीरों के बारे में रखते हैं। और यह एकता उस दृश्य का निर्माण करती, जिसे लाओ त्ज़ू इस परिच्छेद में असम्भव कह रहे हैं।

अपने समस्त प्रौद्योगिकीय विकास के बावजूद 2,500 वर्ष पहले महान चीनी गुरू द्वारा लिखे गए शब्द अभी भी लागू होते हैं। दुर्भाग्यवश, महान मार्ग पर भ्रमण करने से हम बहुत दूर हटा दिए गए हैं और इसीलिए एकताबद्ध एकत्व को महसूस करने के बजाय हमारे द्वारा जबरदस्त विभाजनों को देखा जाना जारी बना हुआ है। जैसा कि लाओ त्ज़ू इस कविता के अन्त में चेतावनी देते हैं कि 'यह ताओ नहीं है।'

ताओ ते चिंग की इस 53वीं कविता का मेरे मनपसन्द अनुवादों में से एक 1944 में वीट्टेर बायनेर द्वारा लिखा गया था। वह इसको बिल्कुल ठीक प्रकार से व्यक्त करता है—

देखो कितने परिष्कृत हैं महल। और देखो कितने गरीब हैं खेत। कैसे खाली हैं किसानों के अन्नागार। जबकि कुलीन जन पहनते हैं जरदोरी किए वस्त्र। छुपाए हुए धारदार हथियार।

कैसे हो सकते हैं वहां ऐसे लोग जैसे हैं ये। जो कभी नहीं होते भूखे, कभी नहीं होते प्यासे।

फिर भी खाते और पीते हैं, मृत्युपर्यन्त वे!

आप देख सकते हैं कि ये परिस्थितियां आज भी मौजूद हैं। लोगों के समस्त महाद्वीप भुखमरी का अनुभव करते हैं जबकि थोड़े से लोग धन-दौलत और उच्चता पूर्वक जीने की ताकत रखने की स्थिति में है। विनाश के हथियारों को आर्थिक सहयोग प्राप्त होता है जबकि करोड़ों लोग गरीबी में जीते हैं। नेता अत्यधिक समृद्धि के ढेर पर बैठ जाते हैं जबकि आम लोग अपने परिवारों का भरण पोषण करने और अपने घरों को गर्म रखने लिए अपने आस-पास छीना-झपटी करते हैं। ताओ के उस सरल और सीधे मार्ग पर चलने के लिए हमें अभी बहुत लम्बा रास्ता तय करना है क्योंकि हम भी 'भटकाव वाले रास्ते' लेते हैं और प्रतिदिन इस पसन्द के समस्त अत्यधिक दर्द भरे परिणामों को देखते हैं।

लेकिन मैं इन शब्दों को इस संसार को एक झटके में बदल देने की कोशिश करने के लिए नहीं लिख रहा हूं। इसके बजाय मैं उस तरीके को बदलने के लिए आपको प्रोत्साहित करने के लिए कर ऐसा रहा हूं जिससे आप अपने संसार को देखते हैं। यदि आप वह सुधार कर लें तो दूसरे भी इसी तरह सम्मानपूर्वक जीने की ओर आकर्षित होंगे। जब हममें से पर्याप्त लोग यह करेंगे तो हम एक निर्णायक संख्या पर पहुंच जाएंगें जो ''हर लूट के बाद चोरों की शेखी'' को समाप्त कर देगा।

स्वयं को पर्यावरण के अन्दर एक जीवित प्राणी के तौर पर देखने के बजाय स्वयं को पर्यावरण के तौर पर देखने से प्रारम्भ कीजिए। जब जीवन के रूप अलग-अलग होने के बजाय सम्पूर्ण हैं तो इसको अभिव्यक्त करने के लिए मैंने एक शब्द तक गढ़ा है जो कि 'Environorganisms' (Environment + organism) सम्भवतः पर्यावर्णिक प्राणी या पर्यावर्णोन्मुख प्राणी है। यह समझिए कि जो लगता है कि आपका अंग नहीं है, उससे अलग आप जीवित नहीं रह सकते, क्योंकि आप पूरी तरह हवा, पानी, पौधे, पशु और इस गृह पर मौजूद अन्य सब कुछ हैं। अपने विश्व दृष्टिकोण को बदल कर उसके जैसा कीजिए जो पूरी तरह यह समझता है कि जब कोई अन्य भुखमरी का शिकार है या गरीबी में जी रहा है तो, वह भी ऐसा ही है। स्वयं को सभी दूसरों में देखिए और आप वह करुणा, प्रेम और सम्मति प्राप्त करेंगे जो आपकी विशिष्टता और भिन्नता के आपके विचारों को प्रतिस्थापित कर देगी।

लाओ त्ज़ू स्वाभाविक तौर पर निर्दयता और लापरवाही की उन परिस्थितियों से दुखी थे, जो उन्होंने प्राचीन चीन में देखी थी, इसीलिए उन्होंने अलगावपन के अहम् के दृष्टिकोण के बजाय ताओ के साथ प्रतिस्पर्धा करने के ज़रिए सम्मानपूर्वक जीने की

सभी से अपील की। और अब वह आपसे यह ध्यान देते हुए कि जब आप सम्मानपूर्वक जीते हैं तो कैसे आपका संसार ताओ के साथ पंक्तिबद्ध होने के लिए बदल जाता है, अपने संसार में मौजूद निन्दात्मक असन्तुलनों को देखने के आपके तरीके को बदलने के लिए कह रहे हैं।

यहां कुछ सुझाव प्रस्तुत हैं जो आपके आज के जीवन में लागू हो सकते हैं–

करुणा को अपने व्यक्तिगत दर्शन का अनिवार्य आधार बनाइए

आपने जो कुछ बटोर लिया है उसको लेकर शर्मिन्दा होने या भुखमरी की स्थिति पर दुख में लोट-पोट करने से चीजें नहीं बदलेंगी लेकिन करुणा को अपने दर्शन का अनिवार्य आधार बनाने से बदलाव आएगा। निर्णायक समूह के विकास को शुरू करने के बेहद महत्त्वपूर्ण तरीकों में से यह एक है। जैसे-जैसे यह जन समूह विकसित होगा, दयालु हृदय और कार्य हमारे ग्रह को दुबारा तारतम्य में ले आएंगे। तदनुरूप नेता प्रगट होंगे, और मूलभूत प्रतिकूलताएं घटेंगी और फिर अन्ततोगत्वा समाप्त हो जाएंगी। कैसे एक व्यक्ति का संसार को देखने का तरीका स्वयं संसार को बदल सकता है, मदर टेरेसा इसका एक विशिष्ट उदाहरण थीं। उन्होंने कहा कि, "प्रत्येक व्यक्ति में, मैं देखती हूं। मैं जीसस क्राइस्ट के चेहरे को उनके और अधिक कष्टपूर्ण रूप में बदला हुआ देखती हूं।"

सामाजिक कार्य करने के जरिए या जन कार्यालय के लिए ऐसे प्रतिभागियों का समर्थन करके जो करुणा के साथ कार्य को साकार करते हैं, महान मार्ग पर चलिए। और रोज-ब-रोज के आधार पर फर्क पैदा करने की शपथ लीजिए जो इतनी आसानी से हो सकता है जैसे दूसरों को दोष देने में शामिल होने से इनकार करना या उनको 'बुरे' या त्रुटिपूर्ण के तौर पर श्रेणीबद्ध करने से इनकार करना। आखिरकार, हमारे ग्रह पर हाल-फिलहाल हुए युद्धों में बहुत से युद्धों की जड़ें धार्मिक घृणा में स्थित रही हैं जो ताओ ते चिंग की इस कविता में चिह्नित असन्तुलनों की निरन्तरता को स्थिर करता है।

आगे प्रस्तुत किए गए कुरान के उद्धरण में, महान पैगम्बर मोहम्मद इस्लाम के अनुयायियों से दयालुता पूर्व कार्य करने के लिए कहते हैं। आप अपने स्वयं के जीवन के दौरान दिन-प्रतिदिन अन्तर लाने के लिए इन शिक्षाओं का प्रयोग कर सकते हैं–

'पड़ोसी के प्रति परोपकारिता पूर्ण व्यवहार करो। वह है एक कुटुम्बी और पड़ोसी। वह है एक अपरिचित और मित्र तुम्हारी तरफ से।

वह जो करता है अपने पड़ोसी के साथ बुरा व्यवहार। नहीं है एक ईमान लाने वाला और न कभी हो सकता है।

वह जो करता है अपना भोजन जबकि उसका पड़ोसी है भूखा। उसकी ओर से नहीं है एक ईमान लाने वाला।'

अब ताओ कीजिए

जब आप किसी ऐसे को देखते हैं जो आप से कम भाग्यशाली है तो आप दयालुता पूर्वक अपने हृदय को खोलने का दैनिक अभ्यास कीजिए। धिक्कारने, मजाक उड़ाने या उदासीन रहने के विचार के बजाय उसे मौन शुभकामना दीजिए। जब आप पढ़ते हैं कि किसी भिड़न्त में कितने 'वे' मार डाले गए तो यही कीजिए। मृतक शत्रुओं पर आनन्दित होने के बजाय प्रेम और करुणा की एक मौन प्रार्थना कीजिए।

सम्मानपूर्वक जीइए। यह 'केवल एक जरा सी संवेदना लेता है।'

चौव्वनवीं कविता

जो भी रोपा गया है ताओ में।
नहीं किया जा सकेगा जड़ों से बाहर।
जो कोई भी ताओ को करता है अंगीकार।
नहीं होगा फिसल कर दूर।
पीढ़ियां करती हैं सम्मान पीढ़ियों का अन्तहीनता पूर्वक।
स्व में विकसित किया गया, सदाचार होता है महसूस।
परिवार में विकसित किया गया, सदाचार होता है उत्प्रवाहित।
समाज में विकसित किया गया, सदाचार बढ़ता है।
राज्य में विकसित किया गया, सदाचार हो जाता है असीम।
ताओ है सब कहीं।
यह हो गया है सब कुछ।
सचमुच इसे देखने के लिए, देखो इसे, यह है जैसा।
एक व्यक्ति में, इसे देखो एक व्यक्ति की तरह।
एक परिवार में इसे देखो एक परिवार की तरह।
एक देश में, इसे देखो एक देश की तरह।
एक संसार में, इसे देखो एक संसार की तरह।
कैसे पता चला मुझे यह सत्य? देखने से, मेरे अपने अन्दर।

ऐसे जीना कि आपका जीवन एक अन्तर उत्पन्न करे

ताओ ते चिंग की इस कविता में आप इस ग्रह के रूपान्तरण में अपनी भूमिका देखने के लिए आमन्त्रित किए गए हैं। करोड़ों लोगों में स्वयं को एक महत्त्वपूर्ण व्यक्ति समझने के बजाय आपसे स्वयं को स्वयं ताओ के तौर पर देखने का आग्रह किया गया है। 'हम संसार हैं' यह हर किसी का प्रेरणा गीत है। हम निश्चय ही एक परिवर्तन लाते हैं।

जब आप इस आनन्ददायक चेतना के साथ जीते हैं कि आप सक्षमता पूर्वक संसार पर अनन्त प्रभाव रखते हैं तो आप ताओ की चेतना का प्रकाश उत्सर्जित करने लगेंगे। आप ऊर्जा की उस तरंग जैसे हो जाएंगे जो एक कमरे को प्रकाश से भर देती है। हर कोई उस प्रकाश को देखेगा और उससे प्रभावित हो जाएगा। जो अपनी ताओ प्रकृति से अपरिचित हैं वो एक फर्क महसूस करेंगे और जो जानते थे, लेकिन जहां तक उनकी जिन्दगी का सवाल है, वो उसके अनुसार जीवन नहीं जी रहे थे, वो आकर्षित होंगे और परिवर्तित होने लगेंगे। इसलिए इसे पहचानिए और महान कार्य के एक अंग के तौर पर अपना जीवन जीइए तथा संसार में सन्तुलन कायम करने में सहायता कीजिए।

इस 54वें परिच्छेद में लाओ त्ज़ू आपको आपकी दिव्यता के दर्शन करने और अपनी तेजिस्विता को प्रगट करने के लिए कह रहे हैं। जानिए कि आपके अन्दर मौजूद शान्त स्थान में, जहां ताओ प्रत्येक सांस (धड़कन) और विचार को उकेरता है, आपका जीवन एक भिन्नता उत्पन्न करता है। वह आपको 21वीं शताब्दी की भाषा में जो सलाह देते हैं, वह इस प्रकार हैं–

अन्तर लाने को केन्द्रित करने के लिए एक इलाके का चुनाव कीजिए

संसार पर अपने प्रभाव पर सन्देह को महत्व मत दीजिए। इसके बजाय पृथ्वी के लिए एक दृष्टिकोण विकसित कीजिए और अपने आप को सहमत कीजिए कि चाहे यह बहुत विस्तृत हो या छोटा सा, आप इस नजरिए को सहयोग देने के लिए पूरी तरह सक्षम हैं। घृणा, अपमान और हिंसा से रहित एक एक संसार को देखिए, जहां पर्यावरण का सम्मान किया जाता है और उसकी चिन्ता की जाती है और जहां कैंसर, एड्स, भुखमरी, बाल उत्पीड़न, सभी तरह के शस्त्र, या अन्य सभी हानिकारक या नीचा दिखाने वाली दृश्य योजनाएं गायब हो जाती हैं।

नृविज्ञानी (मानव शरीर रचना वैज्ञानिक) मारगरेट मेड ने इस विचार को निम्नलिखित निरीक्षण में सम्बोधित किया है, ''इस पर कभी सन्देह मत करो कि विचारवान, प्रतिबद्ध नागरिकों का एक छोटा समूह संसार को बदल सकता है। वस्तुतः केवल यही चीज है जिसने हमेशा ऐसा किया है।''

महसूस कीजिए कि आपके जीवन का कितना महत्व है

कहा जाता है कि जब तक तितली अपने पंख फड़फड़ाती है तो उससे उत्पन्न ऊर्जा हजारों मील दूर तक प्रवाहित होती है। अतः जो भी आप सोचते और करते हैं वह बाहर फैलता है और कई गुना हो जाता है। यह जानते हुए अपना जीवन जीइए कि जो अन्तर आप उत्पन्न करना चाहते हैं वह विध्वंसात्मक नहीं, समग्रता की ओर है। जब कोई नहीं देखता या इसका अनुमोदन नहीं करता तो दयालुता के एक कार्य में वह ऊर्जा है जो हमारे सम्पूर्ण विश्व को प्रभावित करती है। और दूसरों के प्रति एक मौन शुभकामना या प्रेम के विचार में वह तरंग अन्तर्निहित है जो समग्र ब्रह्माण्ड में महसूस किया जाएगा।

विलियम ब्लैक की दृष्टि इस विचार को व्यक्त करती हैं।

बालू के एक कण में देखना पूरे संसार को। और देखना स्वर्ग को एक जंगली पुष्प में।

रखना अपने हाथ की मुट्ठी में अपारता को। और रखना
एक घण्टे में अनन्तता को।

इस बारे में सजग होइए कि कैसे सभी जीवों के लिए आपका बहुत अधिक महत्त्व है।

अब ताओ कीजिए

अपने परिवार, अपने समुदाय, अपने देश और सम्पूर्ण के प्रति दयालु विचारों और कार्यो को करने के लिए एक दिन तय कीजिए। अपने परिवार में किसी ऐसे को जो आत्मसम्मान की कमी से जूझ रहा है, प्रोत्साहित कीजिए। अपने समुदाय में कूड़ा-करकट उठाइए और उसे बिना सोचे विचारे, पुनर्संस्कारित कीजिए। अपने देश में उनको, जो सत्ता के पदों पर हैं, प्रेम पूर्ण ऊर्जा सम्प्रेषित करते हुए कुछ क्षण मौन प्रार्थना कीजिए और इसके बाद यदि कोई तथाकथित शत्रु है जो उसके सहित विश्व के लिए यही कीजिए।

पचपनवीं कविता

वह जो है एकत्व में ताओ के साथ।
है एक नवजात शिशु की तरह।
प्राणघातक जन्तु नहीं मारेंगे डंक उसे।
जंगली पशु नहीं करेंगे आक्रमण उस पर।
शिकारी चिड़िया नहीं करेगी हमला उस पर।
हड्डियां कमजोर हैं, मुलायम हैं मांसपेशियां।
फिर भी उसकी पकड़ है मजबूत।
उसे नहीं है अनुभव पुरुष और स्त्री के सम्मिलन का।
लेकिन है सम्पूर्ण।
उसका मनुष्यत्व है मजबूत।
वह खिलखिला कर हंसता रहता है सारा दिन, बिना हुए कर्कश।
यह है परिपूर्ण एकत्व।
एकरूपता को जानना है परिवर्तनहीन को जानना।
परिवर्तन को जानना है अन्तर्दृष्टि रखना।
चीज़ें जो हैं एकरूप ताओ के साथ, रहती हैं बरकरार।
चीजें, जो की जाती हैं बाध्य, बढ़ती हैं कुछ समय तक।
लेकिन फिर वे जाती हैं बिखर। यह नहीं है ताओ।
और जो कुछ भी है विरुद्ध ताओ के, नष्ट हो जाता है जल्द ही।

जाने देने के जरिए जीना

सम्भवतः आपने ऐसे व्यक्तियों को देखा होगा जो ऐसे घातक आक्रमणों पर हावी होकर उभरते हुए सभी बाधाओं को पार करने में सफल रहते हैं जो बहुत से जीवनों में सर्वनाश ला देती हैं। उदाहरण के तौर पर क्या आप किसी ऐसे व्यक्ति को जानते हैं जो फ्लू की बीमारी के मौसम के दौरान खांसते, छींकते लोगों के बीच रहने के बावजूद शायद ही कभी बीमार पड़ा हो? उनके बारे में क्या कहा जाए जो अपराध के तांडव के बीच से बिना खरोंच निकल आते हैं? आप सम्भवतः यही कहते कि इन कुछ सौभाग्यशाली लोगों के पास, ऐसा लगता है कि, देवदूत हैं, जो इस परिच्छेद की प्रारम्भिक पंक्तियों में उल्लिखित प्रतीकात्मक 'प्राणघातक कीटों' 'जंगली जानवरों', और 'शिकारी चिड़ियों' की हरकतों से रक्षा करते हैं। लेकिन लाओ त्ज़ू जानते हैं कि ये स्त्री और पुरुष केवल ताओ के साथ एकरूप हैं, जैसे कुछ व्यक्ति अपने जीवन में सही समय पर काम आने वाले सही व्यक्ति को रहते हुए दिखलायी पड़ते हैं जबकि अन्य ठीक उस समय किसी तरह धन प्राप्त करने की जुगत भिड़ाते नजर आते हैं जब उसकी सबसे अधिक आवश्यकता होती है।

लाओ त्ज़ू कहते हैं कि हमें बच्चों को देखना चाहिए जिन्होंने अभी तक इस अहम् आधारित विश्वास को ग्रहण नहीं किया है कि अपने उत्पत्ति कारक स्रोत से अलग हैं। परिमाण स्वरूप जो कुछ उनके पास है उसे जादुई 'शक्तियां ही माना जा सकता है। वे पूरे दिन शोर मचा सकते हैं और कभी उनका गला खराब नहीं होता जैसे कि चिल्लाने-चीखने पर बड़ों का हो जाता है। अपनी अर्धविकसित मांसपेशियों के बावजूद वो मजबूत पकड़ कर सकते हैं। इससे भी अधिक बच्चे लचीले और किसी ऐसी जगह से गिरने पर वस्तुतः नुकसान होने से सुरक्षित रहते हैं जहां से गिरने पर किसी बड़े व्यक्ति की हड्डी-पसली टूट जाए। यह सभी कुछ, लाओ त्ज़ू के द्वारा 'परिपूर्ण एकरूपता' कहा जाता है।

ताओ ते चिंग की 55 वीं कविता आपको इस एहसास के लिए आमन्त्रित करती है कि जिसे आप सौभाग्य कहते हैं वह कुछ ऐसी नहीं है जो अचानक होता है। यह तब जीवन भर के लिए आपका हो जाता है जब आप जाने देने के जरिए जीने का निर्णय करते हैं। जब आप अपने जीवन को नियन्त्रित करने की अपनी इच्छा को मुक्त कर देते हैं तो आप ताओ की सहयोगात्मक शक्तियों को आकर्षित करते हैं। अतः अपने विचारों को बदलिए और देखिए कि कैसे आपका जीवन सचमुच एक अत्यन्त भाग्यशाली जीवन में परिवर्तित हो जाता है।

अपना अबाध तन्त्र बनाने और बीमारियों व अस्वस्थता का प्रतिरोध करने के मामले में सौभाग्यशाली होने के लिए जाने दीजिए और ताओ के साथ एकरूपता में स्थित रहिए। मैं जानता हूं कि सुरक्षा के लिए जाने देना विरोधाभासी प्रतीत होता है, और समझता हूं कि आप इसे इस तरह ले सकते हैं। लेकिन इसे जीवन की प्राकृतिक लय को अपने से होकर अबाधित तौर पर प्रवाहित होते देने की अनुमति प्रदान करने के तौर देखिए। जाने देने के जरिए जीने का अर्थ है चिन्ताओं, तनाव और भय को जाने देना। जब आप अपने अच्छे होने के भाव को उसके समक्ष खड़ा कर देते हैं जो दूसरों को खतरनाक दिखलायी पड़ता है तो आपके स्रोत के साथ आपका मिलान आपको बलपूर्वक कार्य करने के तरीके को प्रयोग करने के लिए स्वयं को उकसाने से मुक्त कर देता है। लाओ त्ज़ू आपको यहां स्मरण कराते हैं कि बाध्य की गयी चीजें कुछ क्षणों के लिए बढ़ती हैं लेकिन उसके बाद बिखर जाती हैं।''

उस संरक्षात्मक प्रकृति को प्राप्त कीजिए जिसकी ओर इस शक्तिशाली कविता में संकेत किया गया है और उस संसार के लिए जिसमें आप रह रहे हैं। इन अन्तर्दृष्टियों के साथ परिवर्तनरहित का एहसास कीजिए।

अपनी अनश्वरता को दृष्टिगत कीजिए एक ऐसे आन्तरिक चित्र को सक्रिय कीजिए जो आपको अन्तर्भूत खतरों से होकर ले जाएगा। इस दृष्टिगतता में, अपने भौतिक शरीर की छवि को हटा दीजिए और इसके बजाय अपने उस हिस्से को देखिए जो एक आत्मा या विचार की तरह स्थिर है। यह आपका सार (तत्व) है और किसी भी तरह से क्षतिग्रस्त किया जा सकने से सुरक्षित है। इस दृष्टिकोण से आप, अपराधियों से लेकर कैंसर तक, सर्दी जुकाम से लेकर जंगली पशुओं तक, किसी भी चीज से धमकाए गए नहीं हैं। जब आप अपने सुदृढ़ अंग के साथ एकरूपता में जीते हैं तो यह अविनाशी होने के एक कुल मिलाकर भाव में योगदान करता है। अपने आपको वह भाग्यशाली व्यक्ति घोषित कर दीजिए जो अस्पष्ट संकटों के अपना बोध को नियन्त्रित करने से स्वयं को मुक्त करने के जरिए बिना खरोंच पूरा जीवन जीता है।

एक सौभाग्यशाली व्यक्ति होने के लिए अपनी क्षमता को देखने के अपने तरीके को बदलिए

स्वयं से यह कहने के बजाय कि, ''मेरे दुर्भाग्य के कारण मेरे काम बिगड़ रहे हैं, दृढ़तापूर्वक यह कहिए कि जो भी होने को है, उसे होने देने के लिए मैं तैयार हूं। मैं अपना मार्गदर्शन करने के लिए अपने भाग्य पर विश्वास करता हूं।'' सोचने के तरीके में यह परिवर्तन आपको ताओ के साथ प्रवाहित होते हुए जीवन जीने में मार्गदर्शन करने के जरिए आपकी सहायता करेगा। शान्ति, तनाव की जगह ले लेगी, एकरूपता, प्रयास को विस्थापित कर देगी, स्वीकार्यता हस्तक्षेप को हटा देंगी और बल और सौभाग्य भय की जगह ले लेगा। आप जो होने के बारे में सोचते हैं, वह हो जाएंगे। इसी प्रकार यहां तक कि वो चीज़ भी, जिन्हें आप पहले अपने दुर्भाग्य की साक्षी समझते थे, अब आपको ऐसी नजर आएगी जो अधिक श्रेष्ठतर एकरूपता की ओर आगे बढ़ने में सहायक हैं।

जाने देने के जरिए जीना आपको लिन यू तांग के 'द इम्पोरटेन्स आफ लीविंग' (जीने का महत्व) में व्यक्त किए गए इस टेढ़े विचार की प्रशंसा करने की स्वीकृति प्रदान करेगा, ''यदि आप पूरी तरह अनुपयोगी दोपहर को पूरी तरह अर्थहीन तरीके से गुजार सकते हैं तो आपने पढ़ लिया कि कैसे जीना है।''

अब ताओ कीजिए

अपने नियन्त्रण के बिना या उनको वैसा होने के लिए कोई प्रयास किए बिना ''परिणाम देने वाली चीजों'' की घटनाओं का चार्ट बनाने पर एक सप्ताह अर्पित कीजिए। इसका अर्थ होगा सचेतन तौर पर ऐसी परिस्थितियों को चुनना जहां आप परिणाम को नियन्त्रित करने के अपने स्वचालित आवेग को मोड़ते हैं। जब आप तनावग्रस्त होना चाहते हों तब शान्त हो जाइए, और जितनी अधिक परिस्थितियों में सम्भव हो सके, अपने अन्दर विश्वास कीजिए। सप्ताह के अन्त में, इस पर ध्यान दीजिए कि आपके विचार से मार्ग (तरीका) बदलने ने आपके जीवन को कितना बदला है।

छप्पनवी कविता

जो जानते हैं वो नहीं बोलते।
जो बोलते हैं वो जानते नहीं।
बन्द करो सभी रास्ते।
बन्द करो अपना मुंह।
कुन्द करो अपना तीखापन।
खोलो अपनी गांठें।
नरम करो अपनी चमक।
व्यवस्थित करो अपनी धूल।
यह है आदि सम्मिलन या गुप्त आलिंगन।
कोई जो जानता है यह रहस्य।
नहीं होता संचालित, जुड़ाव या अरुचि से।
नहीं होता प्रभावित लाभ या हानि से।
न ही स्पर्श कर पाते हैं उसे सम्मान या अपमान।
बहुत दूर रहता है वह मनुष्यों की चिन्ता से।
फिर भी पाता है वह सबसे प्रिय स्थान, उनके हृदयों में।
है इसीलिए यह, उच्चतम अवस्था मनुष्य की।

मौन ज्ञान के जरिए जीना

ताओ ते चिंग की यह सम्भवतः सबसे अधिक प्रसिद्ध कविता है। दरअसल, इसकी प्रारम्भिक दो पंक्तियां (''जो जानते हैं वो नहीं बोलते। जो बोलते हैं वो जानते नहीं।'') इतनी प्रसिद्ध हैं कि यह लगभग रूढ़ोक्ति (कहावत) बन गयी है। तथापि इस अनुच्छेद के तात्विक सन्देश को बहुत कम समझा गया हैं और कदाचित ही व्यवहार में उतारा गया है।

ताओ त्जू आपको मौन ज्ञान की उस उच्चतम अवस्था में जीने के लिए पुकार रहे हैं जो आपके अन्दर गहराई में स्थित है और जिसके बारे में किसी दूसरे से संवाद नहीं किया जा सकता। परिणामस्वरूप जिनको आप समझदार या विद्वान समझते हैं उनके बारे में आप अपनी समझ को बदलने के बारे में सोच चुके होंगे। भाषा पर अच्छे अधिकार के साथ प्रभावशाली वक्ताओं को, जो अपने उच्चारणों में सशक्त और अपने विचारों के बारे में आत्मविश्वास से पूर्ण हैं, आमतौर पर उच्चतर ज्ञान रखने वाले समझे जाते हैं।...लेकिन लाओ त्जू सलाह देते हैं कि वस्तुतः ठीक इसका उलटा है। वह कहते हैं कि जो बातें करते हैं वो मौन ज्ञान के स्थान से नहीं जी रहे हैं, इसलिए वो नहीं जानते।

जैसे ही आप इस पूर्वधारणा को देखने के अपने तरीके को सुधारते हैं, जैसा आपका संसार दिखता है उसमें कई भिन्नताएं दिखलायी पड़ेंगी। सबसे पहले, आप देखेंगे कि जो मठाधीश बनने और धार्मिक विश्वास कायम करने के लिए बाध्य हैं वो लगभग सदैव ही किसी-न-किसी प्रकार के जुड़ाव से बंधे हुए हैं। सम्भवतः यह किसी एक दृष्टिकोण के प्रति हो सकता है, सही होने के प्रति हो सकता है, विजयी होने के प्रति हो सकता है या किसी-न-किसी तरह से लाभान्वित होने के प्रति होता है। और जितना

अधिक वो बोलते हैं उतना ही अधिक इस तरह के जुड़ावों के प्रति और अधिक झुके हुए नजर आते हैं।

दूसरी चीज जो आप देखेंगे वो आपके अन्दर होती है। आप दूसरों को आकर्षित करने और सहमत करने के प्रति अपने झुकाव और अपनी इच्छा को देखना प्रारम्भ कर देंगे। तब आप स्वयं को, लाओ त्जू जिसका वर्णन करते हैं, उस 'आदि मिलन' के 'गुप्त आलिंगन' में स्वयं को पाते हुए और अधिक ध्यान से सुनना प्रारम्भ कर देंगे। आपकी ज्ञानवान होने या प्रभावी होने की जरूरत इस गहरे एहसास के द्वारा विस्थापित कर दी जाएगी कि यह सब बेकार है और आप अनुमोदन चाहने में अपनी रुचि को खो देंगे। मौन ज्ञान में जीना एक ऐसी प्रक्रिया हो जाती है जो आपके अस्तित्व को एक भिन्न प्रकाश में ले जाकर खड़ा कर देती है। आपका तीखापन कम हो जाता है और आप व्यवस्थित, पहले से अधिक मृदु और अधिक केन्द्रित महसूस करने लगते हैं।

ज्यों ही आप बुद्धिमान और समझदार होने के बारे में अपने सोचने के तरीके को बदलते हैं, आप उस व्यंगोक्ति के सम्पर्क में आते हैं जो ताओ ते चिंग के इस विलक्षणता पूर्वक विरोधाभासी हिस्से का निचोड़ (सार) प्रस्तुत करती है। लाओ त्जू कहते हैं कि ज्ञानी, जो ताओ के साथ जीते हैं, 'वे मनुष्यों को चिन्ता से कोसों दूर रहते हैं; तो भी उसके हृदय में 'सबसे प्रिय स्थान' रखते हैं। मैं इसकी इस तरह समीक्षा करूंगा कि, "वो जो अनुमोदन की सबसे कम चिन्ता करते हैं, इसको सबसे अधिक प्राप्त करते देखे जाते हैं।" क्योंकि इस तरह के लोगों को इससे कोई मतलब नहीं होता कि उनको किस तरह देखा जा रहा है, सम्मानपूर्वक या अपमानजनक तरीके से, वे प्रशंसा नहीं चाहते और न ही इसके पीछे भागते हैं। जबकि वे अपने शान्त प्रज्ञान के कारण अलग दिखलायी पड़ सकते हैं, वे वस्तुत हरेक का सम्मान प्राप्त करना बन्द कर देते हैं।

मौन ज्ञान की यह जगह आपके भीतर ठीक इसी समय मौजूद है। और ताओ ते चिंग की इस कविता की विरोधाभासी भाषा को अपने संसार में उतारने के लिए लाओ त्जू जो सलाह दे रहे हैं, वो इस प्रकार है–

सभी रास्तों को बन्द कीजिए

दूसरों का पक्ष जीतने की चाहत के बारे में स्वयं के प्रति ईमानदारी लाइए। आपको किसी को कुछ साबित नहीं करना है, आप लगातार भुनभुनाते रहने के जरिए कभी सफल नहीं हो सकते। याद रखिए कि, "जो बोलते हैं वो नहीं जानते हैं या जैसा कि इस कविता का एक अनुवाद सीधे-सीधे कहता है कि "अपना मुंह बन्द रखो।" मौन

आपके आन्तरिक ज्ञान का गवाह है। दूसरों को सहमत करने के लिए बोला जाना दरअसल आपके कहे हुए को सुनने की उनकी जरूरत से ज्यादा आपकी अपने-आपको सही साबित करने की इच्छा को अधिक प्रगट करता है। अतः दूसरों को सहमत करने का प्रयास करने के बजाय मौन रहिये...उस गहराई तक सन्तुष्टिदायक आन्तरिक चेतना का केवल आनन्द लीजिए।

इस कविता के चार निर्देशों को याद रखने के लिए

– कुन्द कीजिए अपना तीखापन। इसको आप अपने निर्णयों के किसी अन्य पर आक्रमण करने के पहले अपने-आपको अपने समक्ष सुनने के जरिए कीजिए। केवल सुनना एक बेहतर कार्य प्रणाली है और चुपचाप स्वयं व अन्य व्यक्ति, दोनों को प्रेममय करुणा प्रदान कीजिए।

– खोलिए अपनी गांठों को। जो आपको सांसारिक तौर तरीकों से बांधे रखता है उससे सम्बन्ध विच्छेद कीजिए। उन गांठों को खोल डालिए जो आपको ऐसे जीवन से जोड़ती हैं जो लाभ प्रदर्शित करने तथा विजय का प्रदर्शन करने के प्रति प्रतिबद्ध है और 'गुप्त स्वीकारोक्ति' में ताओ का मौन रहकर मनन करने से उनको विस्थापित कीजिए।

– कोमल कीजिए अपनी चमक को। ध्यान दीजिए कि कब आपकी सही समझे जाने की आवश्यकता चमक-दमक के दृष्टिकोण से स्वाभाविक है, और तब अपने होने के कोमल अन्तर्निहित पक्ष को अपनी अड़ियल अवस्थिति का स्थान लेने दीजिए। बाहरी घटनाओं पर क्रोध करने का आपका आवेग आपको सतर्क कर रहा है कि आप अपने आन्तरिक मौन ज्ञान के साथ स्पर्श से बाहर हैं।

– व्यवस्थित कीजिए अपनी धूल को। इसको पहले ही अवसर पर ठोकर मारकर मत उड़ाइए। जब आप इस पर उत्तेजित होने (फट पड़ने) के लिए स्वयं को दोषारोपित महसूस करते हैं कि दूसरों को कैसा व्यवहार करना चाहिए, तो ठोकर मारकर धूल उड़ाने (बेपरवाह होने) के अपने रुझान का एहसास कीजिए। मेज को चकनाचूर करने या गुस्से से चीखने चिल्लाने के बीच रुकिए और केवल अपना निरीक्षण कीजिए। क्योंकि आपकी भावनाएं समुद्र पर लहरों की तरह हैं, अतः उनको विस्तीर्ण, शान्त, सर्वज्ञानी स्रोत की ओर वापस लौटते हुए देखना सीखिए।

अब ताओ कीजिए

बिन मांगी सलाह न देने का अभ्यास करने के लिए एक दिन, एक सप्ताह या एक महीना खर्च कीजिए। स्वयं को एक क्षण के लिए रोकिए और अपने मौन ज्ञान को पुकारिए। सलाह देने या अपने जीवन का एक उदाहरण प्रस्तुत करने के बजाय एक प्रश्न कीजिए और फिर स्वयं को और दूसरे व्यक्ति को केवल सुनिए। जैसा कि लाओ त्जू आपको यह बताना चाहेंगे कि यह है, ''मनुष्य की उच्चतम अवस्था।''

सत्तावनवीं कविता

यदि तुम होना चाहते हो एक महान नेतृत्वकर्ता।
तो तुम्हें सीखना ही होगा अनुसरण करना ताओ का।
बन्द करो नियन्त्रण करने की कोशिश।
जाने दो तय योजनाओं और विचारों को।
और संसार स्वयं करेगा संचालित, स्वयं को।
कैसे मुझे पता चला कि यह है ऐसा?
क्योंकि इस संसार में।
प्रतिबन्धों और निषेधों की भरमार से।
और अधिक लोग बना दिए गए हैं गरीब।
राज्य के शास्त्रों के और अधिक परिष्कृत होने से।
देश हो गए हैं और अधिक अन्धकारमय।
और अधिक कलापूर्ण और कुशल योजनाओं का।
परिणाम है अजीबोगरीब (विचित्र)।
और अधिक कानून बनाए जाने से।
दिखने लगते हैं और अधिक चोर।
इसलिए कहते हैं ज्ञानी।
नहीं करता हूं मैं कोई कार्यवाही और सुधर जाते हैं लोग।
लेता हूं मैं शान्ति का आनन्द और लोग हो जाते हैं ईमानदार।
नहीं करता मैं कुछ और लोग हो जाते हैं अमीर।
यदि मैं नहीं थोपता हूं स्वयं को लोगों पर।
वे हो जाते हैं उनके अपने।

प्राधिकारवाद के बिना जीना

ताओ ते चिंग के इस व इसके बाद के कुछ अध्यायों में लाओ त्ज़ू 2500 वर्ष पहले के शासकों को सलाह देते हैं कि क्यों और कैसे उनको नेतृत्व की उच्चगुणवत्ता का अनुसरण करना चाहिए। आज 21वीं सदी में भी, शासन, व्यवसाय और खासकर बच्चों का पालन-पोषण करने में उनकी सलाह बहुत उपयुक्त है।

इस 57वीं कविता का सारभूत सन्देश है हस्तक्षेप करने के बजाय 'होने देना।' अब मैं इसका यह अर्थ नहीं निकालता हूं कि एक घुटनों के बल चलते बच्चे को चलते हुए यातायात के बीच में जाने दिया जाए या एक बच्चे को स्वीमिंग पूल (तरणताल) पर अकेला छोड़ दिया जाए। स्वाभाविक तौर पर जब आप उनकी देखभाल कर रहे हैं जो स्वयं को या दूसरों को हानि पहुंचा सकते हैं तो आपको निश्चय ही सजग रहना चाहिए। मेरे विश्वास के अनुसार लाओ त्ज़ू यहां यह सलाह देना चाह रहे हैं कि अनुमति प्रदान करना (होने देना) नेतृत्व का एकदम उच्चतम रूप है। वह कहते हैं, "कि आवश्यकता से अधिक प्रतिबन्धों और निषेधों के जरिए समाजों में और अधिक लोगों को गरीबी का शिकार बनाया गया है।" यही परिवारों में उन उपदेशों के बारे में सही हो सकता है जिनका बिना कोई प्रश्न किए अनिवार्यतः पालन करना ही होता है। कोई व्यवस्था जितनी अधिक प्राधिकारवादी होती है उसमें उतने ही अधिक कानून तोड़ने वाले व्यक्ति दिखलायी पड़ेंगे।

दूसरी ओर, जब बच्चों को अपने जिज्ञासुपन को खोजने और व्यवहार करने के लिए प्रोत्साहित किया जाता है तो मामूली देख-रेख की जरूरत के द्वारा वे जितने अच्छे हो सकते हैं उतना अच्छा होने के लिए प्रेरित होते हैं। अतः जब आप कानून-कायदों की जरूरत को देखने के अपने तरीके को बदलते हैं तो परिवार के सदस्यों का रुझान ऐसे निर्णयों को लेने के प्रति होगा जो केवल उनके बजाय सभी के लिए सबसे अच्छा

होने पर आधारित होंगे। उदाहरण के तौर पर, यदि आप अपने किशोर-किशोरियों से अपने घर आने के समय के बारे में ध्यान रखने और यदि वो तय समय से देर से आ जा रहे हैं तो आपको सूचित करने के लिए कहते हुए उनके लिए लागू कर्फ्यू काल को हटा लें तो देखिए कि क्या होता है। हो सकता है आप पाएं कि क्योंकि आपने स्वयं को उन पर नहीं थोपा इसलिए वो उससे भी पहले घर आ जाया करें जब सख्त कर्फ्यू उनके आचरण को निर्देशित कर रहा था।

उन प्रतिबन्धों का परीक्षण कीजिए जो आपने अपने परिवार में लागू किए। ध्यान रखिए कि प्रभावशाली अभिभावक झुके हुए नहीं होना चाहते। वे झुकने को अनावश्यक कर देना चाहते हैं। आखिरकार आप चाहते हैं कि आपके बच्चे स्वस्थ, जिम्मेवार, सफल और ईमानदार बनें, केवल इसलिए नहीं कि वो आपकी देख रेख में हैं बल्कि इसलिए कि ऐसा करना उनकी प्रकृति में अन्तर्निहित है। अतः एक उदाहरण प्रस्तुत कीजिए और उन्हें देखने दीजिए कि आत्मनिर्भर और बेहद सफल होना सम्भव है। यह तय करने के लिए, कि क्या सही है एक नियम की पुस्तक से निर्देशित होने देने के बजाय उनको अपनी उच्चतम प्रकृति में विश्वास करना सीखने दीजिए।

राजाज्ञाओं, कानूनों और निषेधों की आवश्यकता को देखने के अपने तरीके को बदिलए और स्वयं को एक ऐसे व्यक्ति के तौर पर देखिए जिसको लौह दण्ड के जरिए शासन करने की आवश्यकता नहीं है। फिर अपने नेतृत्व की क्षमता के संशोधित दृष्टिकोण को अपने जीवन के उन क्षेत्रों में लागू करने का आनन्द लीजिए जहां आप बॉस (नियन्त्रक) समझे जाते हैं।

नीचे इस कविता पर आधारित 21वीं सदी के लिए कुछ सलाहें प्रस्तुत हैं, जो 2500 वर्ष पहले लिखी गयी थी—

स्वयं को अनुमति देने की कला का अभ्यास कीजिए

अपने दैनिक जीवन में स्वयं को और अधिक स्वतःस्फूर्त और कम सैन्यीकृत होने देने के जरिए प्रारम्भ कीजिए। पहले से इसकी कोई योजना बनाए बगैर एक भ्रमण कीजिए। आपकी अन्तःप्रेरणा आपको जहां जाने के लिए कहे, वहां जाइए। अपने प्राधिकारवादी हिस्से को छुट्टी पर जाने के लिए कहिए। दृढ़तापूर्वक यह कहते हुए अपने आपमें और संसार में एक अलग तरह का पक्ष शामिल कीजिए कि—मैं स्वयं होकर मुक्त हूं। मुझे किसी अन्य के नियमों के अनुसार नहीं जीना है, और मैं अपने आचरण का नियमन करने के लिए कानूनों की आवश्यकता का परित्याग करता हूं।

दूसरों को अनुमति प्रदान करने का अभ्यास कीजिए

जब आप किसी बच्चे को या किसी ऐसे को, जो आपके अन्तर्गत कार्य करता है, नहीं कहने के कारण के तौर पर किसी नियम की तलाश में हों तो स्वयं को पकड़िए और इसके बजाय कुछ न कहने और केवल निरीक्षण करने के बहुशाखनों (बहुत से विकल्पों) का संज्ञान लीजिए। जब आप एक नेतृत्वकर्ता के तौर पर अपनी भूमिका को देखने का अपना तरीका बदलते हैं तो आप पाएंगे कि अपने जीवन का कारोबार चलाने के लिए लोगों के लिए बहुत कम शासकीय आदेशों की आवश्यकता है। हर किसी में यह मजबूत समझ है कि वे क्या करना चाहते हैं, उनकी सीमाएं क्या हैं और उन्हें अपने स्वप्नों को कैसे मूर्त्त रूप देना है। ताओ की तरह होइए। दूसरों को अनुमति प्रदान कीजिए और इसका आनन्द लीजिए कि कैसे आपका गैर प्राधिकारी नेतृत्व उनको उनका अपना बनने के लिए प्रेरित करता है।

अब ताओ कीजिए

जो आपने कभी न किया हो, कुछ ऐसा करने के लिए समय निकालिए। यह बारिश में नंगे पैर घूमना, एक योग कक्ष लेना, एक टोस्टमास्टरों (भोजन के समय आरोग्य सूचक मदिरापान की घोषणा करने वाले लोग) के क्लब में एक समूह के समक्ष भाषण करना, टच फुटबाल का खेल खेलना, एक हवाईजहाज से पैराशूट पहन कर छलांग लगाना या और कुछ भी, जो आप करना चाहते थे, हो सकता है। पहचानिए कि आपने अपने लिए उन बाधाओं को उत्पन्न किया है जो आपको नए और समाप्त हो रहे अनुभवों से दूर रखती हैं और अब अपनी निजी नियमों की पुस्तक को बन्द कर दीजिए तथा जहां इसके पहले कभी नहीं पहुंच सके थे, वहां गोते लगाने का आनन्द उठाइए। आपकी न्यूनतम या बिना किसी सक्रियता के वो कैसे इसे संपन्न कर लेते हैं, इसका आनन्द लेते हुए उनको भी यही सब करने का अवसर प्रदान कीजिए जो आपकी देख-रेख में काम करते हैं।

अठावनवीं कविता

जब शासक जानता है अपने स्वयं के हृदय को।
लोग रहते हैं सरल और शुद्ध।
जब वह करता है हस्तक्षेप उनकी जिन्दगियों में।
वे हो जाते हैं अशान्त और बाधित।
बुरा भाग्य है वह, जिस पर निर्भर रहता है अच्छा भाग्य।
अच्छा भाग्य है वह जिसमें बुरा भाग्य रहता है छुपा।
कौन जानता है अन्तिम अन्त, इस प्रक्रिया का?
क्या नहीं है कोई, सही का तरीका?
तथापि जो है सामान्य, जल्द हो जाता है असामान्य।
लोगों का संभ्रम है, वस्तुतः दीर्घकालिक।
अतः परमात्मा प्रसन्न है कि एक उदाहरण के तौर पर मदद करके।
और नहीं थोपकर अपनी इच्छा।
वह करता है सीधा, लेकिन नहीं करता तितर-बितर।
वह प्रदीप्त करता है लेकिन नहीं करता चकाचौंध।

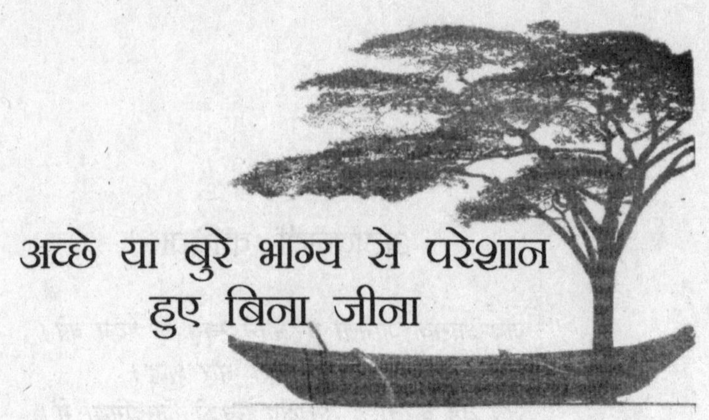

अच्छे या बुरे भाग्य से परेशान हुए बिना जीना

10,000 चीज़ों के इस संसार को 'परिवर्तन का संसार' भी कहा जाता है। तब भी जब आप सभी चीजों को स्थिर और पहले से जानी जा सकने वाली देखना चाहते हैं, आप इसको अपने सदा परिवर्तनशील जीवन में देखते रहते हैं। बहरहाल हमारे ग्रह पर सभी चीजें स्थायी गति में है। जैसा कि एक बार अल्बर्ट आइन्स्टीन ने पाया कि, "जब तक कुछ गतिशील नहीं होता, कुछ नहीं होता।" ताओ ते चिंग की यह 58वीं कविता इस पर जोर देती है कि इस संसार को देखने का एक दूसरा तरीका भी है जो इसको तकरीबन सुनिश्चित कर देता है कि आप सौभाग्य या दुर्भाग्य से परेशान नहीं होंगे। भौतिक जगत के स्थिरतापूर्वक परिवर्तित होते ऊर्जा स्वरूप पर ध्यान देते रहने की जगह यह कविता आपको, अपने-आपको अपरिवर्तनशील ताओ पर केन्द्रित करने के लिए आमन्त्रित करती है।

अधिकांश मनुष्यों की तरह आप-अपने आस-पास के वातावरण को स्थायी, नियमित, विश्वसनीय, सुरक्षित और पहले अनुमान लगाया जा सकने वाला चाहते हैं। बहरहाल, आपकी वास्तविकता स्पष्ट तौर पर इस पर जोर देती है कि आप उन विपरीत और पूर्वानुमान न किए जा सकने वाली चीजों को ध्यान में रखें जो आपके जीवन के प्रत्येक अनुभव में मौजूद हैं। आखिरकार, यहां तक कि वह भू-भाग जो आपको घेरे है, नियमितता से दूर है। पर्वत श्रृंखलाएं ऊपर जाती हैं और फिर नीचे घाटियों में जाती हैं। पेड़ झाड़ियों से बड़े होते हैं और बादल किसी समय अशुभ काले होते हैं तो दूसरे समय रोंयेदार सफेद हो जाते हैं। हर सूर्य की रोशनी से रोशन दिन में एक तूफान छुपा रहता है और हर तूफानी बारिश में बैठा एक सूखा अपनी बारी का इन्तजार करता रहता है। उतार-चढ़ाव और अवांछित चीजें प्रकृति के तौर-तरीके हैं। पर्वत और घाटियां 10,000 चीजों के मार्ग हैं।

जीवन के सब कुछ की चोटियों और घाटियों के बारे में अपने नजरिए को उस प्रवृत्ति में परिवर्तित कीजिए जो आपको उन दोनों प्रकार के अनुभवों के पीछे जो छुपा हुआ है उसे खोजने की अनुमति प्रदान करती है। अच्छे या बुरे भाग्य के बजाय सम्पूर्णता को देखना प्रारम्भ कीजिए। विपरीतताओं को गड़बड़ी पैदा करने वाले अचम्भे के तौर पर देखने के बजाय एकत्व के एक अंग के तौर पर देखिए। ताओवादी एकता के संसार में कोई सौभाग्य या दुर्भाग्य नहीं है। यह अविभाज्य है। जिसे आप दुर्भाग्य कह रहे हैं उसमें मौजूद सौभाग्य केवल प्रगट होने की प्रतीक्षा कर रहा है क्योंकि यह शेष आधा है।

58वीं कविता को आज के संसार में लागू करने की लाओ त्ज़ू की सलाह अपने में सम्भवतः निम्नलिखित को शामिल करना पसन्द करेगी—

अच्छे या बुरे भाग्य की जगह सम्पूर्णता को देखिए

जब कोई जिसे आप सौभाग्यशाली समझते हैं, किसी ऐसे अनुभव से होकर गुजर रहा हो, जैसे कि कोई अत्यन्त आनन्ददायक सम्बन्ध, वित्तीय सफलता, शानदार स्वास्थ्य, एक नयी पदोन्नति के साथ शानदार नौकरी या स्कूल में दूसरों से बेहतर सफलता प्राप्त करते बच्चे, तो यह याद रखिए कि यह सब परिवर्तनशील है। बटोरी गयी दौलत अपने में गरीबी छुपाए हुए है। प्रसिद्ध में अप्रसिद्धि भी छुपी हुई है। और, निस्सन्देह, यह उन समयावधियों के लिए भी सत्य है जिन्हें आमतौर पर दुर्भाग्यशाली के तौर पर समझा जाता है।

अच्छे या बुरे भाग्य से परेशान हुए बिना जीने की क्षमता को अपनी बनाने के लिए आपका जीवन स्वयं ही सबसे उपयुक्त जगह है क्योंकि हर स्तर पर सम्पूर्णता को देखने का अवसर आपके पास है। अतः युवा अवस्था को 'सौभाग्य' के एक पहलू और वृद्धावस्था को 'दुर्भाग्य' का प्रतीक कहने के बजाय यह जानिए कि जब आप युवा थे तो वह आपकी वृद्धावस्था की सम्पूर्णता का एक हिस्सा था। आपका एक वृद्ध व्यक्ति हो जाना, परिवर्तन के स्तरों के जरिए, जो कि आपके भौतिक अस्तित्व हैं, आपके विकास की सम्पूर्णता का एक अंग है। जीवन में मृत्यु छुपी हुई है। अतः अपने हृदय को जानिए और अपनी इच्छा को न थोपने के जरिए अपने आचरण को ताओ के अनुकूल होने दीजिए। बिना हस्तक्षेप, गड़बड़ी या चमक-दमक के केन्द्रित, स्पष्ट और प्रदीप्त होइए।

जब बुरे भाग्य से इतनी दिक्कत महसूस होने लगे कि उसके प्रभाव से बचना असम्भव हो, तो अच्छे भाग्य को इस पर प्रभावी होते देखिए

जब आप हताशा की घाटी से होकर गुजरने के दौरान अत्यधिक हताश हुआ महसूस करते हैं तो यह लग सकता है कि यहां सब कुछ ऐसा ही है। यदि आप एक परिस्थिति

या स्थिति को समग्र चित्र के एक हिस्से के तौर पर देख सकने में असमर्थ हैं तो स्वयं को याद दिलाइए कि सौभाग्य इस दुर्भाग्य पर छा रहा है, ठीक वैसे जैसे अमावस्या के बाद सुबह आती है। ऐसे मौकों पर सम्पूर्णत्व को आधार (पृष्ठ-पट) के तौर पर पर लेते हुए रात के बाद सुबह के आगमन के अपने ज्ञान पर विश्वास कीजिए। यह ध्यान रखिए कि जब आप घाटी के धरातल पर पहुंच गए हैं तो अब केवल ऊपर की ओर ही जा सकते हैं। चीजें निश्चय ही बेहतर होंगी, आपके भाग्य को बदलना ही होगा, अभाव को प्रचुरता में परिवर्तित होना ही पड़ेगा। यह इसलिए है क्योंकि हताशा के सभी क्षणों में अदृश्य तौर पर अच्छा भाग्य विद्यमान है और आप इन दोनों से परेशान हुए बिना जीना सीखना चाहते हैं।

अब ताओ कीजिए

जीवन के कौन से पक्ष 'सौभाग्य' और कौन से 'दुर्भाग्य' की श्रेणी में आते हैं, इस पर ध्यान देने में एक दिन लगाइए। दिन के समाप्त होते समय उनको उनके शीर्षकों के अन्तर्गत दर्ज कीजिए और फिर जब कोई बाधा पहुंचने की सम्भावना न हो तो उनमें से प्रत्येक को खंगालिए। इनमें से प्रत्येक को या तो भौतिक तौर पर अपने शरीर में महसूस होने दीजिए या इसको एक ऐसी छवि के तौर पर देखिए जो स्वयं को आपके समक्ष प्रस्तुत करती है। इसको किसी तरह परिवर्तित करने का प्रयास न करते हुए स्वयं को अपनी बन्द आंखों से विषय का निरीक्षण करने दीजिए। ठीक ऐसे जैसे कि यह एक केलाइडोस्कोप (बहु मूर्तिदर्शी, वह दूरबीन जिसमें रंग बिरंगे आकार दिखलायी पड़ते हैं) होता (या स्वयं जीवन होता), इसे देखिए और इसे अपने से होकर बहने दीजिए जैसे बादल आकाश में बहते जाते हैं, रात, दिन में बदलती है, वर्षा भाप बनकर उड़ती है...और जब आप अच्छे या बुरे भाग्य से बिना परेशान हुए जी रहे हैं तो कैसे भ्रम आते और जाते हैं।

उनसठवीं कविता

लोगों पर शासन करने और प्रकृति की सेवा करने में।
नहीं है कुछ भी बढ़कर, मितव्ययिता और संयम से।
नियन्त्रण होता है प्रारम्भ छोड़ने से, अपने खुद के विचार।
निर्भर है यह सामर्थ्य पर पहले हासिल की गयी थी जो।
यदि है सामर्थ्य का अच्छा भण्डार, तो नहीं है कुछ भी असम्भव।
यदि कुछ भी नहीं है असम्भव, तो नहीं है कोई सीमा।
यदि कोई नहीं जानता है सीमाओं को, तो है वह उपयुक्त करने को नेतृत्व।
ताओ में गहरे जड़ जमाने और मजबूती से जमने का यह है रास्ता।
लम्बे जीवन और स्थायी दृष्टिकोण का रहस्य है यह।

मितव्ययिता और संयम के जरिए जीना

Restraint (निरोध, निग्रह, संयम, अवरोध, नियन्त्रण), Frugality (मितव्ययिता), Moderation (संयम, समभाव, क्षमा) और Thrift (मितव्ययिता) ये चार शब्द ताओ ते चिंग के इस हिस्से के कई अनुवादों में बार-बार प्रयोग किए गए हैं। यहां, लाओ त्ज़ू आपको आपकी निरीक्षणात्मक और मां-बाप की भूमिकाओं के सम्बन्ध में इन गुणों को देखने के आपके तरीके का परीक्षण करने की सलाह दे रहे हैं। वह यह नहीं कहते कि आप कुछ न करते हुए एक किनारे बैठे रहें लेकिन वह आपको आत्म नियन्त्रण का अभ्यास करने की सलाह देते हैं। जब आप नेतृत्व करने का ऐसा तरीका विकसित करते हैं जो ''सामर्थ्य का एक अच्छा भण्डार'' उत्पन्न करता है और ''तब कुछ भी असम्भव नहीं रह जाता'' क्योंकि इसकी कोई सीमा नहीं होती।

मितव्ययिता और संयम के जरिए जीने का अर्थ है कि अपनी उदार प्रकृति के जरिए संसार के साथ एकरूप होना। अनवरत कोंचने, निर्देशित करने, आदेश देने, नियम बनाने, या आज्ञापालन की मांग करते रहने के बजाय एक ऐसा नेता बनना अधिक महत्वपूर्ण है जो ताओ के अनुरूप जीने के जरिए सामर्थ्य से भरे हुए भण्डार गृह को प्राप्त कर लेता है। जब वह वैसा है जिसे आपको दूर हटा देना है तो आप स्वाभाविक तौर पर कम हस्तक्षेप करेंगे। यह ज्ञात होने का आनन्द उठाइए कि आप जो उदाहरण प्रारूपित कर रहे हैं वो दूसरों को सही चुनाव करने में मदद कर रहा है क्योंकि यह ताओ नेतृत्व का सार है। इस बारे में लाओ त्ज़ू खासतौर से कहते हैं कि, ''यदि कोई व्यक्ति किसी सीमा को नहीं जानता तो वह नेतृत्व के लिए उपयुक्त है।''

लोग, जिनका जीवन नियमों, जड़सूत्रों, और भय के द्वारा संचालित होता है केवल वही कर सकते हैं जो उनसे करने के लिए कहा गया है, उससे अधिक और कुछ नहीं। आंखें बन्द करके आज्ञापालन करने वालों के लिए आत्मनिर्णय के विकल्प अस्तित्वहीन

हैं इसलिए जब आप इसके बारे में अधिकारिक घोषणाएं तैयार कर रहे हों कि लोगों को निश्चय ही किस तरह व्यवहार करना चाहिए तो आप निरोध, संयम, मितव्ययिता और समभाव पर अमल कीजिए। वे बच्चे जो ऐसे परिवार में बड़े होते हैं जहां अन्ध आज्ञापालन पर जोर दिया जाता है, वे जब बालिग हो जाते हैं तो उनमें उच्चतम स्तर का पूर्वाग्रह पाया जाता है। क्यों? क्योंकि किसी ऐसे के अनुसार, जो उनका नेतृत्व करने की स्थिति है, जो कुछ सही है, उसके प्रति पूर्वाग्रहित होना उन्हें सिखलाया जाता है। इसीलिए आपके लिए अपने बच्चों को नेतृत्व का एक ऐसा उदाहरण प्रदान करना इतना आवश्यक है जो उनको उच्चतर स्तरों पर आधारित पसन्दगी बनाने के लिए प्रोत्साहित करे।

मेरे पास मेरी पुत्री साज़े का दिया हुआ एक उपहार है जिसको मैंने अपनी डेस्क पर रखा हुआ है और मैंने शीर्षक प्रदान किया है "कुछ भी असम्भव नहीं है।" यह एक चट्टान से उगकर विकसित होता हुआ हरा पौधा हैं। वहां कोई धूल या मिट्टी नहीं केवल कठोर चट्टान है फिर भी यह विकसित होता है, बावजूद उसके जिस पर विश्वास करना हमें सिखाया गया है। सब साज़े ने यह मुझे प्रदान किया तो उसने यह टिप्पणी की कि इसने उसे मेरी याद दिलायी क्योंकि मैं हमेशा यह कहता रहा हूं कि मैं किसी चीज के असम्भव होने में विश्वास करने से इनकार करता हूं। मेरा पौधा मुझे यह याद रखने में मदद करता है कि प्रकृति किसी सीमा को नहीं जानती, और चट्टान तथा उस कठोर पत्थर के अन्दर विकसित हो रही हरियाली, दोनों के तौर पर प्रकृति का बाकायदा अंग होने के नाते मैं भी ऐसा ही मानता हूं।

लाओ त्ज़ू आपको याद दिलाते हैं कि "यदि कुछ भी असम्भव नहीं है तो यहां कोई सीमाएं नहीं हैं।" अतः सामर्थ्य प्राप्त करने और इसे एक आदर्श के तौर प्रस्तुत करने के जरिए बिना सीमाओं के जीने का अभ्यास कीजिए। जब आप यह करेंगे तो आप उन लोगों में 'स्थायी कल्पनाशक्ति' देखेंगे जिन्हें किसी-न-किसी रूप में नेतृत्व करने के लिए आपको चिह्नित किया गया था, और वे भी आप में यही देखेंगे। और इस 59वीं कविता के प्रज्ञान को, इन सुझावों को लेते हुए, अपने लिए कार्य करने हेतु प्रयोग कीजिए।

जितना हासिल करना आपके लिए सम्भव है उतनी सामर्थ्य हासिल कीजिए—बिना एहसास किए वर्षों मैंने सामर्थ्य एकत्र करने का कार्य किया। प्रेम के इस कृत्य से दिन प्रारम्भ करने की आदत में पड़ते हुए मैंने सैकड़ों हजार पुस्तकें व्यक्तियों और संगठनों को अपने खर्चे पर भेजी। मैंने अपना काफी समय अपनी कमाई का काफी हिस्सा बांट देने पर खर्च किया और वह भी लगभग पूरा का पूरा गुमनाम रहते हुए। मैंने उस समय इसको महसूस नहीं किया लेकिन जो मैं कर रहा था वह सामर्थ्य को प्राप्त करना था या जिसे मैं मज़ाक में कहता हूं, 'ईश्वर के अंक' हासिल करना था।

मैंने तब पाया कि मेरे जीवन का सब कुछ चोटियां और पर्वत शिखर नहीं था। तथापि जब मैं उसके नीचे से निकल जाने में सफल हो गया, जिसे मैं पहाड़ जैसा महसूस कर रहा था, तब मैं वस्तुतः बिना खरोंच के था। यह इसलिए है क्योंकि मैं ताओ में इतनी गहराई से जड़ें जमाए था और इतनी मजबूती से स्थापित था कि मेरा मौलिक नजरिया बाहरी परिस्थितियों के लिए अप्रवेश्य, कभी डगमग न होने वाला था।

अपने अहम् को संयमित करने का अभ्यास कीजिए

अपने अहम् को संयमित करने के जरिए अपने जीवन को देखने को अपने दृष्टिकोण बदलिए। स्वयं को एक ऐसे अस्तित्व के तौर पर देखिए जो बटोरने के बजाय बांटता है और उत्कृष्ट उपभोग करने के बजाय जितनी जरूरत है उस पर जीवित रहिए। आप यह देखना प्रारम्भ कर देंगे कि अहम् के निर्देशों के बजाय आपको ताओ चेतना से अधिक मतलब है। जब आप अपनी मांगों को कम कर देते हैं और केवल इतने से गुजारा करते हैं जितने की आपको और आपके परिवार को जरूरत है तो आप बटोरने के बजाय सेवा करने के सामर्थ्य अंकों को प्राप्त कर लेंगे। लाओ त्जू आपको याद दिलाते हैं कि यह है, ‘‘लम्बे जीवन और स्थायी दृष्टिकोण का रहस्य।’’

लाओ त्जू के देहावसान के 2000 वर्षों के बाद अपने नाटक ‘द थर्ड पार्ट आफ हेनरी द सिक्स्थ’ में विलियम शेक्सपीयर ने इसका इस तरह वर्णन किया है—

मेरा मुकुट मेरे हृदय में है, मेरे सर पर नहीं। नहीं है अलंकृत हीरों और भारतीय पत्थरों (रत्नों) से। ना ही जा सकता है देखा। मेरे मुकुट को कहा जाता है सन्तुष्टि। एक मुकुट है यह, जिसका शायद ही कभी राजा उठाते हैं आनन्द।

अब ताओ कीजिए

आज पांच ईश्वरीय अंक प्राप्त करने का वायदा कीजिए। कल्पना कीजिए कि सभी 10,000 चीजों का दिव्य स्रोत जीवन के सृजन चक्र को बरकरार रखने के लिए निश्चय ही कैसे काम कर रहा होगा, और पांच ऐसी चीजें कीजिए जो इससे मेला खाती हों। किसी और के कूड़े का एक टुकड़ा उठाइए जो अधिकता का एक उदाहरण है। किसी जरूरतमन्द को गुमनाम रहते हुए एक उपहार दीजिए या ऐसा कोई कीजिए जो आपको सामर्थ्य प्राप्त करने और ताओ में गहराई तक जड़े जमाए रखने में सहायक हो।

साठवीं कविता

शासन चलाना एक बड़े देश में।
है एक छोटी मछली तलने जैसा।
तुम कर देते हो इसे खराब, बहुत अधिक कुरेद कर।
ताओ के जरिए व्यवहार करो संसार में।
और नहीं होगी कोई शक्ति बुराई के पास।
इसलिए नहीं, कि बुराई नहीं है शक्तिशाली।
लेकिन इसकी शक्ति नहीं हो सकेगी प्रयोग नुकसान करने में दूसरों का।
केवल नहीं इतना कि यह नहीं नुकसान करेगी दूसरों का।
बल्कि ज्ञानी स्वयं भी रहेगा सुरक्षित।
यदि केवल शासक और उसके लोग।
एक दूसरे को नुकसान पहुंचाने से रहें बचे।
तो इकट्ठा हो जाएगा सभी लाभ जीवन के।
राज्य में।

बुराई से प्रतिरक्षित होकर जीना

ताओ ति चिंग की इस कविता में आपके लिए यह कार्य तय किया गया है कि आप अपने निजी संसार और इसी तरह इस ग्रह पर बुराई की उपस्थिति को जिस तरह देखते हैं उसे बदलिए। आप इसको यह आन्तरिक चेतना हासिल करने के जरिए कर सकते हैं कि यदि आप ताओ के सुरक्षात्मक तन्त्र के अन्दर केन्दित हैं तो बुराई आसानी से आप पर प्रभाव नहीं डाल सकती। यदि आप अपने प्रति या दूसरों के प्रति लक्षित हानिकारक विचारों को रखने से इनकार करते हुए महान मार्ग के अनुरूप जीते हैं तो दुष्ट और हानिकारक शक्तियां अप्रभावी होकर व्यर्थ हो जाएंगी।

ताओ विध्वंस या किसी को नुकसान पहुंचाने के लिए नहीं है। इसके बजाय यह बिना किसी अपवाद के सभी को स्थायी ऊर्जा प्रदान करता है। जब लोग इस सिद्धान्त का उल्लंघन करते हैं तो वे केवल तभी सफ़ल होते हैं जब दूसरे उसी प्रकार की अनुक्रिया करते हैं। यही होता है, जब युद्ध फूट पड़ते हैं और परिवार तथा समाज में कलह उपस्थित दिखलायी पड़ती है। नकारात्मकता तब और अधिक नकारात्मकता उत्पन्न करती है और अधिक बड़े समूहों के विद्रोह में कूद पड़ने से नेतृत्वकर्ता या शासक अन्ततोगत्वा नष्ट हो जाता है।

संसार में मौजूद द्वेष भावना पर अपने दृष्टिकोण को उसकी तरह समुन्नत कीजिए जो पूरी शक्ति के साथ प्रतिबद्धता व्यक्त करता है कि, "संसार में कहीं भी बुराई (पाप) की उपस्थिति से मैं व वो, जिन्हें मैं प्रेम करता हूं, न तो कभी प्रभावित हो सकते हैं और न होंगे।" आपका आन्तरिक परिदृश्य तुरन्त से परिवर्तित होना प्रारम्भ हो जाएगा। अतः आप जब कभी हिंसक विचार या कार्यवाही के बारे में रिपोर्टें सुनते या देखते हैं तो आपकी त्वरित प्रतिक्रिया निश्चय ही यह होनी चाहिए कि, "यह मेरे बारे में नहीं है। मैं, मेरे द्वारा किसी अन्य के प्रति निर्देशित नुकसान पहुंचाने वाले किसी विचार

को रखना पसन्द नहीं करता हूं। मैं प्रकाश और प्रेम का साकार रूप हूं और इसीलिए मेरे द्वारा केवल वही विचार उत्पन्न हो सकते हैं जो महान प्रेममय ताओ के साथ एकरूप हैं।'' दूसरे शब्दों में, अन्य लोगों द्वारा बदले और घृणा की योजनाओं को न उभारने से जो भी आपके हिस्से में आता है, वह। यह इसलिए है क्योंकि ताओ के प्रति केन्द्रित होने के जरिए आपने स्वयं को नकारात्मकता से प्रतिरक्षित कर लिया है।

अब आप यह सोच सकते हैं कि यह कुछ ज्यादा ही सरलीकृत प्रतीत होता है लेकिन कल्पना कीजिए कि अगर लोग एक बड़ी संख्या में इसी तरह सोचने लग जाएं और फिर कल्पना कीजिए कि यदि शासकों में इसी तरह की चेतना विकसित होनी प्रारम्भ हो जाए तो क्या यह नहीं हो सकता। जैसा कि लाओ त्ज़ू इस कविता में कहते हैं कि, ''यदि केवल शासक और उसके लोग एक दूसरे को नुकसान पहुंचाने से बचे रहें तो राज्य में जीवन के समस्त लाभ एकत्रित हो जाएंगे।'' अन्ततोगत्वा, हमारे संसार को इस सिद्धान्त पर चलना ही होगा या फिर मानवता के अस्तित्व पर संकट उत्पन्न हो जाएगा।...और इसकी शुरुवात आपसे होती है।

जैसे ही ताओ की चेतना विकसित होती है वैसे ही एक व्यक्ति, एक समुदाय, और एक देश में एक साथ प्राथमिकताएं परिवर्तित हो जाएंगी। उन यन्त्रों के बजाय, जो इस विश्वास को प्रतिबिम्बित करते हैं कि बिना किसी दुष्परिणाम के इस गृह पर हम जो चाहें वो कर सकते हैं, हमारी ऊर्जाएं पर्यावरण के प्रति संवेदनशील वाहनों और घरों के निर्माण में जुट जाएंगी। हम सामूहिक नरसंहार के अकल्पनीय भयावह शस्त्रों के भण्डारों को नष्ट कर देने का रास्ता ढूंढ़ निकालेंगे। घृणा और नुकसान देह विचारों की जगह सहयोग ले लेगा। यह सब तब होगा, जैसा कि लाओ त्ज़ू कहते हैं, जब शासक और लोग एक दूसरे को नुकसान पहुंचाने के बारे में अपने सोचने के तरीके को बदलेंगे।

ताओ ते चिंग की इस कविता का पुनर्परीक्षण करते समय यह देखिए कि आपके प्रतिदिन के जीवन को यह कैसे प्रभावित कर सकती है। जब ऐसा लगे कि नकारात्मकता सीधे आपकी ओर सम्प्रेषित है तो अन्दर स्थित दयालुता और प्रेम के स्थान पर वापस जाइए और उस ऊर्जा को वापस मोड़ दीजिए। याद रखिए कि किसी ऐसे व्यक्ति से लड़ना असम्भव है जो लड़ने से इनकार कर देता है। अतः झगड़ा करने से इनकार करना बुराई के खिलाफ आपका सबसे सक्षम हथियार है। आप एक व्यक्ति की गन्दी सोच के स्तर तक स्वयं को गिराने से इनकार करके उस क्रुद्ध व्यक्ति के नुकसान पहुंचाने के प्रयास को बदल दे सकते हैं। एक क्रोधित कार वाले के कोसने से लेकर असन्तुष्ट क्लर्क (लिपिक) या एक परेशान पारिवारिक सदस्य के तीखे वचनों तक सभी विस्फोट आसानी से स्थिगित किए जा सकते हैं जब आप अन्दर की ओर केन्द्रित बने

रहते हैं। इस ज्ञान के जरिए कि यह सब कुछ आपके लिए नहीं है, इस तरह के नुकसानदायक विचारों और कार्यों से प्रतिरक्षित बने रहिए।

कोई 2500 वर्ष पहले जब उन्होंने इस 60वीं कविता को बोला तो लाओ त्ज़ू सम्पूर्ण मानवता के बारे में सोच रहे थे। वो जानते थे कि यदि पर्याप्त लोग इस तरह से जीने के इच्छुक रहे होते जो प्रतिस्पर्धा और बदला लेने की भावना के बजाय सहयोग और प्रेम की भावना को प्रोत्साहित करता तो नुकसानदायक व्यवहार को अक्षम कर दिया जा सका होता। अब वो आपसे चाहते हैं कि आप बुराई और स्वयं तथा संसार पर इसके सक्षम प्रभाव के बारे में अपने सोचने के तरीके में निम्नलिखित परिवर्तन करके इस कविता के प्रज्ञान को लागू करें—

हानिकारक सोच के बीच में स्वयं को नियन्त्रित करने के द्वारा नकारात्मकता को अपनी प्रतिरक्षात्मकता का सहारा दीजिए

अपने आप को तब पकड़िए जब आपके पास ऐसे निर्णयात्मक विचार हों जो आपके अपने या दूसरों के लिए नुकसानदायक समझे जा सकते हों। उदाहरण के लिए, यदि आप स्वयं को सम्मान के अयोग्य समझते हैं तो यह आपकी ओर उन्मुख एक नुकसानदायक विचार है। इसको निम्नलिखित प्रतिज्ञापन से परिवर्तित कीजिए कि, मैं केवल दिव्य प्रेम प्राप्त करने के योग्य और इसका इच्छुक हूं। यह है जो मुझे आकर्षित करता है। जब आप अपने ग्रह पर नफरत और बुराई की खबरों से मुकाबला कर रहे हों तो दुष्कर्मियों के प्रति बदले की अपनी कल्पनाओं को स्थगित कर दीजिए। अपनी मानसिक ऊर्जा को ऐसी किसी चीज की ओर परिवर्तित कीजिए जैसे, मैं सभी को प्रेमपूर्ण और दयालुता के विचार सम्प्रेषित करता हूं और विश्वास करता हूं कि यह प्रेम उनको उनकी घृणा की अज्ञानता को देखने में सहायता करेगा। अपने सभी विचारों के प्रति, आवश्यक होने पर उन्हें प्रवाह के मध्य में बदलते हुए, सजग रहिए। एक ऐसा व्यक्ति बनिए जो ताओ के विचारों के लाभ को हमारे संसार में लाता है।

हानिकारक प्रार्थनाओं के प्रति स्वयं को उन्मुक्त घोषित कीजिए

इस संसार में जो बुराई के तौर पर लिया जाता है, उससे आपकी रक्षा करने वाली एक प्रतिरक्षात्मक ढ़ाल की कल्पना कीजिए। आपकी ढाल में केवल वह ऊर्जा प्रवेश कर सकती है जो ताओ के साथ एकरूपता लाती है। प्रेम, दयालुता और सहायता, सभी इससे होकर गुजर सकते हैं लेकिन यदि नुकसान आपके पास आता है तो यह आपकी ढ़ाल द्वारा लौटा दिया जाएगा। इसका अर्थ है कि आपने ताओ में विश्वास कर महान भाव उत्पन्न कर लिया है। इस तरह के आन्तरिक विश्वास से, जब बुराइयां आपके चारों ओर उत्पात करेंगी, तो ये सीधे आप पर प्रभाव नहीं डाल पाएंगी। वह ज्ञानी, नेतृत्वकर्ता

बनिए जो आपके जीवन को और आपके इर्द-गिर्द मौजूद लोगों की जिन्दगियों को शासित करता हैं और जिसे चोट नहीं पहुंचायी जा सकती। इसको घोषित कीजिए, अपने सभी विचारों में इसे लागू कीजिए और खतरों के बीच में उन्मुक्त विचरण कीजिए। यह सुरक्षा का एक झूठा भाव रखना नहीं है, बल्कि यह एक चेतना है कि आप और ताओ एक हैं।

अब ताओ कीजिए

अगली बार जब आपको लगे कि आप किसी अजनबी, परिवार के सदस्य या सहकर्मी के किसी हानिकारक विचार का निशाना हैं तो आप अपनी आन्तरिक प्रकृति से अनुक्रिया करने को याद रखने के लिए हर सम्भव प्रयास कीजिए जो कि ताओ है। एक स्नेहसिकत दयालुतापूर्ण अनुक्रिया वापस भेजिए और फिर इस शान्तिपूर्ण और मौन ज्ञान की ओर वापस लौटिए कि आपने नुकसान से स्वयं को प्रतिरक्षित करने की प्रक्रिया प्रारम्भ कर दी है। यहां तक कि एक अहानिकारक दिखने वाले कथन पर अमल करने से आप इसके साक्षी बन जाएंगे कि यह कितना प्रभावशाली है। रक्षात्मक प्रतिक्रिया करने के बजाय ताओ को अपने हृदय में रखते हुए जगत में अपनी भूमिका अदा कीजिए।

इकसठवीं कविता

एक महान देश है एक निचली भूमि की तरह।
बहती हैं सभी धाराएं जिसकी ओर।
स्वर्ग के अन्तर्गत सभी का है जलाशय यह।
है यह संसार का स्त्रीलिंग।
महिलाएं पाती हैं विजय पुरुषों पर, अपनी स्थिरता से।
अपनी चुप्पी के जरिए स्वयं को करके कमतर।
अतः यदि एक महान देश स्वयं को दबाता है एक छोटे के सामने।
जीतता है यह मित्रता और विश्वास।
और यदि एक छोटा देश दबा सकता है स्वयं को एक बड़े के सामने।
जीत लेगा यह उस 'महान' देश को।
जीतता है कोई मस्तक नत कर।
और दूसरा बने रहकर छोटा।

नीचे रहते हुए जीना

हममें से अधिकांश को यह सिखाया गया है कि जीवन के वस्तुतः सभी उद्यमों में अपने से कमतर समूहों से ऊंचा रहना महत्वपूर्ण है। हमें, 'शीर्ष पर होना', 'भीड़ में अलग दिखना', 'सर्वश्रेष्ठ होना' और उन 'विजेताओं का सम्मान करना' जो चुनौती देने वालों को परास्त कर देते हैं, सिखाया गया है। हमसे उनका सम्मान करने की अपेक्षा की जाती है जिन्होंने बहुत अधिक धन कमाया है, बहुत अधिक भौतिक वस्तुएं एकत्र की हैं और सत्ता में हैसियत के जरिए बहुत अधिक भय और आज्ञापालन को उभारा है। और जो आम लोगों के साथ जीने के लिए झुकते हैं वो हमारे सम्मान के सबसे कम हकदार हैं। ताओ ते चिंग का यह अंश हमें इन विश्वासों का पुनर्मूल्यांकन करने के लिए आमन्त्रित करता है।

महासागर की ओर देखिए : यह इस गृह पर सबसे शक्तिशाली ताकत है क्योंकि यह उन धाराओं से नीचे रहता है जो अनिवार्यतः और बिना इससे बचे रहकर, इसमें खींच लिए जाने को बाध्य हैं। जैसे इसमें समाहित होने के लिए नदी नीचे की ओर बहती है, समुद्र स्वर्ग के नीचे मौजूद सब कुछ का महान संग्राहक है। यह वह है जिसे लाओ त्जू आद्योपान्त ताओ ते चिंग में 'महान मां' या 'संसार की स्त्री' के तौर पर सम्बोधित करते हैं। 'स्त्री ऊर्जा' या 'यिन' सब कुछ की सच्ची ग्राहक है। मौन और स्थिर रहने के जरिए यह अन्ततोगत्वा आधीनीकरण और अधिकृत करने के पुरुष (यांग) के प्रयासों पर विजय प्राप्त करती है।

ताओ ते चिंग की इस 61वीं कविता में लाओ त्जू समस्त देशों को अपने उदाहरण के तौर पर प्रयोग करते हुए नीचे रहकर नेतृत्व करने के लाभों के बारे में बोलते हैं। वह छोटे-बड़े, दोनों तरह के देशों के मामलों को महान महासागर की तरह बना देते हैं। जब उन्होंने अपनी ताकत के जोर से एक-दूसरे को पराजित करने के लिए प्रयासरत

युद्धरत राज्यों पर विचार किया तो उन्होंने देखा कि शान्ति और एकरूपता केवल तभी सम्भव हो सकती है जब राज्य ताओ के अनुरूप व्यवहार करें। यह है, अपने पड़ोसियों के बजाय अपने अहम् को आधीन करने के जरिए शान्ति और एकरूपता को प्राप्त करना।

इस अध्याय में लाओ त्जू देशों को और उनके राजनैतिक नेताओं को सम्बोधित कर रहे थे लेकिन देश व्यक्तिगत पुरुषों और स्त्रियों से निर्मित हुए हैं। हमें व्यक्तियों का एक ऐसा निर्णायक समूह बनने की आवश्यकता है जो उस प्रज्ञान को प्रारूपित (आदर्श के तौर पर स्थापित) करने के इच्छुक हों जो महान चीनी सर्वज्ञ द्वारा हमें प्रस्तावित किया गया है। हम सभी को निश्चय ही अपने बारे में और एक दूसरे के बारे में अपने सोचने के तरीके में नाटकीय परिवर्तन करने के महत्व के बारे में जानना ही चाहिए। बेशक, इसके लिए हमें पूरी तरह अपना चेहरा पीछे मोड़ने की जरूरत महसूस हो सकती है, लेकिन यदि हम अहम् वर्चस्व वाले विचारों को कम करना प्रारम्भ करते हैं तो अभी या कभी संसार को वह सन्देश प्राप्त हो जाएगा जो लाओ त्जू ने प्राचीन काल में प्रस्तुत किया था। दुनियाभर के देश यह जान पाएंगे कि नारी यिन ऊर्जा से युक्त नेतृत्वकर्ता उपयोगी हैं। आखिरकार यह प्रकृति का तरीका है...यह है कार्यरत ताओ।

आप इस कविता के ज्ञान को अपने इस विचार को सुधारने के जरिए व्यावसायिक दुनिया में जिस किसी से भी आपको व्यवहार करना होता है उसके साथ लागू कर सकते हैं कि पौरुषेय प्रभाव के यांग नजरिए में दूसरों से ऊंचा होना, आगे बढ़ने का सही तरीका है। इसके बजाय स्त्रैण ग्रहणशीलता और स्थिरत्व के यिन दृष्टिकोण के जरिए दूसरों का विश्वास जीत सकते हैं तो उस जीवन के महत्व को देखिए।

जब आप इन नए रुखों और आचरणों को प्रयोग करके देखते हैं तो चुपचाप देखते रहिए कि कैसे निम्नलिखित सुझावों से उत्सर्जित ऊर्जा आपकी वास्तविकता को प्रभावित करना प्रारम्भ कर देती हैं—

क्या शक्ति का निर्माण करता है, इसके बारे में अपने निजी दृष्टिकोण का पुनर्आकलन कीजिए

क्या आप शक्ति को विनम्रता, स्थिरता और निम्न बने रहने तथा नजरों से बाहर रहने में देख सकते हैं? मार्शल आर्टस् में (एक प्रकार की द्वन्द्व युद्ध की कला) सबसे मजबूत विजेता वह होता है जो न्यूनतम शक्ति का प्रयोग करता है और अपने प्रतिद्वन्द्वी की तलवारों को अपनी शक्ति में बदल देता है। पूरे मानव इतिहास के दौरान हिंसा की कहानी पर नजर डालिए। जिन्होंने ताकत की हैसियतों से लोगों को सताया, उनको अन्ततोगत्वा क्रूरता का सहारा लेना पड़ा और फिर स्वयं अपने ऊपर इसी तरह की हिंसा

को झेलना पड़ा। और ऐसा ही आपके अपने निजी जीवन में भी है।

शान्त और राडार के तहत रहने से मित्रता और विश्वास करने के लिए आपके साथ जुड़ते हुए अन्य लोग अन्ततोगत्वा आपकी ओर प्रवाहित होंगे। जैसे ही आप इस यिन, स्त्रीलिंग, दिव्य मां विधि में स्थित होंगे, आप ऊर्जा तथा शक्ति उत्सर्जित करने लगेंगे और उनके सहित, जो बदलने से घृणा करते हैं, अन्य लोगों पर विजय प्राप्त करेंगे। स्वयं को एक सागर की तरह सोचिए और सभी दूसरों को आकर आप में समाहित होने देने के लिए पर्याप्त निम्न रहिए और जहां आप रहना पसन्द करते हैं वहां एक 'महान देश' का सृजन कीजिए।

उनसे प्रतिस्पर्धा कीजिए जिनके मानवता प्रभाव ने न्यूनतम हिंसक तरीकों का प्रयोग किया

स्थिरता और यिन ऊर्जा के उदाहरण को प्रतिध्वनित करते हुए और निम्न बने रहने के जरिए जीने के यहां कई उदाहरण पाए जा सकते हैं। उच्चतम आध्यात्मिक प्रवर्तन के जीसस क्राइस्ट, बुद्ध, मोहम्मद, ज़ोरोआस्टेर, सेण्ट फ्रांसिस आफ असीसी, गांधी, मदर टेरेसा और अन्य महान लोग हमारे लिए अद्भुत अनुकरणीय प्रतीक के तौर पर हमारी सहायता करते हैं जो ताकत के जरिए सत्ता के तौर पर जाना जाने लगा है उसके ठीक उलट को प्रदर्शित करने के जरिए उन्होंने मानव इतिहास के पाठ्यक्रम को बदल दिया है। इससे भी अधिक, वे सभी लोगों द्वारा उच्चतम सम्मान से याद किए जाते हैं।

अन्तःस्थ में मुस्कुराते हुए आप, अपने मौजूदा पर्यावरण में, ताओ के इसी तरह के नेतृत्वकर्ता हो सकते हैं क्योंकि आप स्वयं को उस धैर्यशाली महासागर के जैसा देखते हैं। वो सभी जो विजय प्राप्त करने में आपसे ऊपर होने की इच्छा रखते हैं, अन्ततोगत्वा नीचे बहकर आपके पास आ जाएंगे।

अब ताओ कीजिए

प्रतिदिन जब आप इस बात से जूझते हैं कि अपने परिवार में, अपने देश में, और अपने संसार में कैसे एक प्रभावशाली नेतृत्वकर्ता हुआ जा सकता है, तो सांईबाबा की इस सलाह को प्रयोग कीजिए। जब भी कोई उनसे यह प्रश्न करता है कि क्या कार्य किया जाए या कैसे सोचा जाए तो पाठकों को वो यही करने की सलाह देते हैं–

जब शून्य मस्तिष्क आंखें हैं संत्रस्त।
क्रूरताओं से जीवन की।

जब तुम्हारा मुंह है सूखा हुआ।
और शायद ही बोल सकते हो तुम।
तब एक घूंट ठण्डा पानी।
मैं करता हूं शान्त तुम्हें।
सोचो मेरे बारे में।

संकट के क्षण में, उस व्यक्ति की जिसने नतमस्तक और निम्न रहने के जरिए आपको जीत लिया, की अपनी मानसिक छवि से चुपचाप कहिए "मेरे बारे में सोचो।" आप तुरन्त अपना मार्ग पा जाएंगे, जैसे कि वह व्यक्ति आपको उस संघर्ष, आदत, या अहम् प्रभुत्व के विचार से मुक्त होने के लिए निर्देशित कर रहा है जो आपको आपकी स्त्रैणता, ताओ प्रकृति से दूर ले जाते हुए दिख रहे थे।

बासठवीं कविता

ताओ है खजाना घर।
सच्ची प्रकृति।
गुप्त स्रोत, सब कुछ का।
यह खजाना है अच्छे व्यक्ति का।
और है आश्रय स्थल बुरे का।
यदि कोई व्यक्ति दिखता है दुष्ट।
मत करो अलग उसे छांट कर।
जागृत करो उसे अपने शब्दों से।
ऊंचा उठाओ उसे, अपने कार्यों से।
फिर से भर दो उसके घाव, अपनी दयालुता से।
ऐसे ही जब चुना जाए कोई नया नेता।
मत हो प्रस्तुत उसकी सहायता को।
अपनी सम्पत्ति, या अपनी विशेषज्ञता के जरिए।
सहायता करो उसकी ध्यान लगाने में, सिद्धान्तों पर।
इसके बजाय प्रस्तावित करो उसे शिक्षित करने को ताओ के बारे में।
क्यों प्राचीन लोग देते थे इतना महत्व सिद्धान्तों को?
नहीं इसलिए कि यह है स्रोत सभी अच्छाइयों का।
और है इलाज सभी बुराइयों का? यह है सबसे पवित्र चीज, इस संसार में।

ताओ के खजाना-घर में रहना

एक ऐसी बहुत खास जगह अपनी पहुंच के अन्दर होने की कल्पना कीजिए जहां हम वापस लौट सकते हैं और सब कुछ के पवित्र स्रोत से वार्तालाप कर सकते हैं। यहां हम 'एक अच्छे व्यक्ति का खजाना' पाएंगे और एक स्थान पाएंगे जहां बुरे व्यक्तियों को क्षमा कर दिया जाता है। यह वह जगह है जहां हममें से सबसे समझदार व्यक्ति और महान शासक चुनौतीपूर्ण दायित्वों का निर्वाह करने में सलाह लेने के लिए ध्यान केन्द्रित करते हैं। जहां हमें अपने में से किसी को बहिष्कृत किए बिना अपनी समस्त दुष्टताओं से मुक्त होने का रहस्य प्रदान किया जाएगा। इस विस्मयकारी घटना प्रधान जगह में, हम अच्छाई के स्रोत और उसी तरह बुराई के विकल्प के बारे में पूरी तरह जान पाएंगे।

इस हिस्से को पढ़ने और इस पर मनन करने के बाद मैंने इसे 'अपने वरदानों को गिनों' कविता में कहना प्रारम्भ कर दिया। यह मुझे स्मरण कराती है कि मैं अपने अन्दर में मौजूद पवित्र खजाना घर तक पहुंच सकता हूं, ठीक वैसे ही जैसे कि आप और अन्य सभी अस्तित्वमान लोग। यह मुझे आज के अपने संसार में अन्धकार की उपस्थिति को देखने के मेरे अपने तरीके को बदलने की याद दिलाती है। यह मुझे याद दिलाती है कि ताओ का अद्भुत शानदार उद्गम मेरे अन्दर मौजूद है। यह मुझे अपने उस तरीके को बदलने की याद दिलाती है जिससे मैं स्वयं को और 10,000 चीजों में से एक के तौर पर अपनी भूमिका को देखता हूं।

आप उस सब पर नजर डालने के जरिए जो घृणा, और बुराई से बढ़ता हुआ दिखता है, अधिकांश चीजों को देखने के अपने जड़ तरीकों में सुधार ला सकते हैं। लाओ त्जू के अनुसार, कोई भी बुरा या पापी नहीं है, बल्कि जो ताओ की शिक्षाओं के साथ अन्तर्विरोध में जीते हैं, केवल वे ही ऐसा करते हुए दिखते हैं। उनको एक तरफ हटाने के बजाय

आपको निश्चय ही उन्हें महान मार्ग से दुबारा जोड़ना चाहिए। अतः यह ध्यान रखते हुए, कि यह स्रोत किसी को न तो दण्डित करता है, न अलग करता है और न ही उसके बारे में कोई धारणा बनाता है बल्कि केवल जीवन प्रदान करता है, मनन और अमल करने के द्वारा उन मार्गों में केन्द्रित बने रहिए जो सबको प्रेम करने वाले और सब कुछ जानने वाले ताओ के साथ एकरूप करते हैं।

जहां आप नकारात्मकता देखते हैं वहां अपनी दृष्टि को उस विशुद्ध प्रेम और दयालुता को देखने की ओर मोड़िए जो गलती से इस पार्थिव संसार में पवित्र जगह तलाशने की ओर निर्देशित कर दी गयी है। वह ऊर्जा शक्तिशाली है और यह उस आध्यात्मिक चक्र में लौटने और उसमें पुनः समाहित होने के बजाय अपने स्रोत से दूर जा रही है जो कि उत्पत्ति कारक बिन्दु है। जब आप तथाकथित दुष्टता (पापपन) को देखने के अपने तरीकों को परिवर्तित करने में सफल हो जाते हैं तो उत्पन्न हुए अन्तर को देखने के लिए दूसरों को आमन्त्रित कीजिए। इसके लिए आपके दृष्टिकोण को धन्यवाद कि आप पार्थिव संसार की सन्तुष्टियों और ताओ की धन-सम्पत्ति के बीच के अन्तर को काफी सुविधाजनक तरीके से स्पष्ट कर सकेंगे। और यदि इच्छा की जाएगी तो आपके पवित्र खजाना घर का रास्ता बतलाने या नक्शा प्रस्तुत करने तक में भी समर्थ होंगे।

जिया-फू-फेंग और जान इंगलिश द्वारा किए गए ताओ ते चिंग के अनुवाद में 62वीं कविता निम्नलिखित शब्दों के साथ समाप्त होती है–

क्यों कोई ताओ को करता है पसन्द इतना अधिक सबसे पहले?

इसलिए नहीं क्योंकि पा जाते हो वो जो चाहते हो और कर दिये जाते हो क्षमा, पाप करने पर।

इसीलिए है यह महानतम खजाना संसार का।

इस 'अपने वरदान गिनो' नामक एक काव्य रत्न में लाओ त्जू जो आपको प्रस्तुत करते हैं वह यह है–

आपके लिए खुलते खजाना घर के दरवाजों को देखने का अभ्यास कीजिए

आपके लिए सदैव उपलब्ध पवित्र स्थान में प्रवेश करने के साथ स्वयं को तात्विक (सारभूत) ताओ की दिव्य रचना के तौर पर देखिए। यह जानिए कि जिसको आपने नकारात्मक समझा था वह कभी ऐसा नहीं होता यदि वह खजाने से परिपूर्ण ताओं में प्रवेश करने में समर्थ होता। एक ऐसे घर की कल्पना कीजिए जो आपके लिए अपने मुख्य द्वार खोल रहा है और अपनी आन्तरिक पवित्र ऊष्मा में स्नान करने के लिए आपका स्वागत कर रहा है, और कल्पना कीजिए कि जैसे ही आप इसमें प्रवेश करते

हैं, अपनी समस्त चिन्ताओं और भय को पीछे छोड़ देते हैं। ताओ के इस घर को अपनी निजी वापिसी का स्थान बनाइए, क्योंकि इस ध्यानात्मक दृश्यीकरण तकनीक से आप इसमें प्रवेश करने के लिए आजाद हैं। यह स्वयं ही देवता है और यह हर समय आपकी शरणस्थली हो सकता है।

जब आप निन्दनीय या बुरे सोच के तरीके देखते हैं तो क्षमा करने और निर्णय लेने को टालने का अभ्यास करें

उन व्यक्तियों को उनके विषाक्त व्यवहार से मानसिक तौर पर अलग करने के जरिए दुष्ट दिखने वाले व्यक्तियों के साथ व्यवहार करने की लाओ त्जू की सलाह के लिए उनकी सराहना कीजिए। याद रखिए कि वे ताओ की ऐसी दिव्य रचना हैं जो केवल यह विश्वास करता है कि अहम् को जीवन को नियंत्रित करना चाहिए। दुष्टता, गलत व्यवहार और आदतन किए जाने वाले या नुकसान पहुंचाने वाले कार्यों को अपने सोच से खुरचकर साफ कर दीजिए और अपने कुबुद्धिपूर्ण आचरणों से दूर हो चुके उन समूहों को वहां रहने दीजिए। उनमें ताओ के प्रस्फुटन को देखिए और अहम् के अस्थायी नियन्त्रण के द्वारा बहकाए गए निर्दोष बच्चों के तौर पर उनको देखिए। अपने मस्तिष्क में, बुरे बर्ताव को क्षमा कर दीजिए और अपने समक्ष उपस्थित बच्चों को प्रेमपूर्ण आलिंगन में समेट लेने का हर सम्भव प्रयास कीजिए।

लाओ त्जू आपसे स्वयं के साथ भी इसी तरह का व्यवहार करने पर जोर देते हैं। जिस आचरण को आप अपने प्रति नापसन्द करते हों, उसे हटा दीजिए, अपने दर्द को महसूस किया जाने दीजिए और स्वयं को दोषमुक्त कीजिए। इन हटाए गए आचरणों के साथ स्वयं को स्वीकारे जाते हुए देखने की कल्पना, कीजिए और प्रकाश के दीप्तिमान अस्तित्व को देखिए जो आपकी कल्पना में स्वयं आप हैं। अपने ताओ कार्यों को करते जाने और दूसरों को तथा इसी प्रकार स्वयं को भी दयालुता वितरित करते जाने के जरिए स्वयं को उन्नत करने का अभ्यास कीजिए। यह है वह तरीका जिससे आप ताओ की इस कविता को लागू करते हैं जो कि वस्तुतः सभी बुराइयों का इलाज हैं।

अब ताओ कीजिए

इस कविता के सिद्धान्त पर ध्यान लगाने के लिए, चाहे कुछ क्षणों के लिए ही, एक दूसरे व्यक्ति की सहायता करने का आज निश्चय कीजिए। लेकिन इसको ताओ ते चिंग या पुस्तक का उल्लेख किए बिना कीजिए। जिस पर क्रोध करने का मन कर रहा हो उसे, यदि सम्भव हो तो, कुछ ऐसा भेजिए जिससे प्रेम प्रदर्शित हो। या किसी

ऐसे को जिसने अभी जल्दी ही कोई नेतृत्वकारी पद प्राप्त किया हो, ताओ की विशेषकर इस अर्थ वाली एक कविता के साथ एक बधाई पत्र (ग्रीटिंग कार्ड) प्रेषित कीजिए। जो कुछ भी आप करें, उसका उद्देश्य अपने स्वयं के ताओ केन्द्रित विचारों और आचरणों को कुंजियों के तौर पर भेंट करने के जरिए उसके खजाना-घर के दरवाजों को खोलकर उस स्त्री या पुरुष की सहायता करना होना चाहिए।

तिरसठवीं कविता

अकार्य का अभ्यास करो।
बिना किए कार्य करो।
स्वादहीन का स्वाद लो।
छोटे को बड़ा करो, कुछ को बढ़ाओ।
कड़ुवाहट को देखभाल से पुरस्कृत करो।
पेचीदगी में सरलता को देखो।
छोटी चीजों में महानता को हासिल करो।
कठिनाइयों से निपटो जबकि वे हैं अभी भी आसान।
करो महान चीजें जबकि वे हैं अभी भी छोटी।
ज्ञानी नहीं करते प्रयास किसी बहुत बड़ी चीज का।
और इस तरह करते हैं प्राप्त महानता।
यदि तुम सहमत हो इतनी आसानी से, तुम होंगे थोड़े विश्वसनीय।
क्योंकि ज्ञानी सदैव करते हैं सामना कठिनाइयों का।
वो कभी नहीं करते उनका अनुभव।

बिना कठिनाइयों के जीना

यह कविता बहुत कम शब्दों के प्रयोग के जरिए बहुत अधिक सम्प्रेषित करती है। हर बार जब मैं वह पढ़ता हूं जो लाओ त्जू यहां कह रहे हैं तो मैं महसूस करता हूं कि यदि मैं उनकी इस अत्यन्त ज्ञानपूर्ण सलाह को स्वीकारने का इच्छुक हूं तो मेरे लिए अपने सम्पूर्ण जीवन में कठिनाइयों का अनुभव करना असम्भव है। वह सलाह देते हैं कि हम दिनों, सप्ताहों, महीनों, वर्षों, दशकों या एक पूरे जीवन के बारे में सोचना सीखने के बजाय क्षणों में सोचना सीखते हैं। सदैव कुछ मिलाकर जो पाते हैं वह अभी (तत्काल) है। बस, इतना ही। अतः हमें निश्चित तौर पर मामूली घटनाओं को बड़ा करके देखने की प्रवृत्ति या ऐसे भविष्य को लेकर चिन्तित होना जो हो सकता है कभी न लाये, की उपेक्षा करनी चाहिए। यह छोटी चीजें ही हैं जो हमारे संसार में बड़े बदलाव लाती हैं और जीवन को सरल बनाए रखती हैं तथा अव्यवस्था को हटाती हैं। जैसा कि लाओ त्जू हमें याद दिलाते हैं कि ''जटिलता में सरलता को देखो...महान कार्य करो जबकि वे अभी भी मामूली (छोटे) हैं।''

मैंने इस पुस्तक पर काम करते समय इस सलाह का इस्तेमाल किया। आप कल्पना कर सकते हैं कि बेहद पूज्य और चिरस्थायी मूल ग्रन्थ (धर्म ग्रन्थों) में से एक की 81 कविताओं में से प्रत्येक पर एक निबन्ध लिखना कितना भयभीत कर देने वाला कार्य है। इस तरह के एक प्रोजेक्ट (प्रकल्प) के लिए प्रतिदिन शोध, अध्ययन, लेखन और संशोधन के लिए कम-से-कम एक वर्ष के समय की आवश्यकता होती है। तो भी, इस प्रकल्प को चुनौतियों पर ध्यान केन्द्रित करने के बजाय मैंने 'सरलता को देखना' और 'कठिनाइयों को हल करना जबकि वे अभी भी आसान हैं' को चुनने का निश्चय किया। शब्दों को मेरे हृदय से होकर प्रवाहित होने देने और पृष्ठों पर उतरने देने के जरिए मैं सुबह स्वयं को एक कविता में निमग्न कर देता था। मैंने कुछ इस तरह महसूस

किया जैसे कि मैंने इस 63वें हिस्से के व्यंगात्मक निष्कर्ष पर महारत हासिल कर ली है। जो यह कहता है कि कठिनाइयां तब अनुभव नही होती जब उनका सामना किया जाता है।

अतः इस कविता का प्रज्ञान यह है : जब आप केवल वह करते हुए, जो ठीक अभी कर सकते हैं, वर्तमान क्षणों में जीते हैं तो फिर यहां कठिनाई जैसी कोई चीज नहीं है। अतः जिन्हें आप अपने जीवन की कठिनाइयां कहते हैं, उन विचारों का परीक्षण कीजिए। क्या आप परिवर्तित होकर इस विचार पर आ सकते हैं कि प्रत्येक दायित्व को न केवल निभाया जा सकता है बल्कि वह आसान और छोटा भी है? आखिरकार आप अध्ययन के एक कठिन पाठ्यक्रम में कैसे लगे रहते हैं। जिसको कि पूरा करने में कई वर्ष लगते हैं? अपने-आपको भविष्य में प्रक्षेपित करने या अपने वर्तमान क्षणों को चिन्ता करने के लिए प्रयोग करने के जरिए नहीं। एक बच्चे को जन्म देने की लम्बी कठिन प्रक्रिया से होकर आप कैसे गुजरते हैं? क्षण प्रतिक्षण के द्वारा। मैंने अपनी पत्नी को पिछले आठ वर्षों में पांच बच्चों को जन्म देते हुए इन वर्षों के दौरान या तो गर्भावस्था या फिर बच्चों की सेवा करते हुए ही देखा। लाओ त्जू यही शिक्षा देते हैं कि यदि आप कुछ बड़ा करने का प्रयास नहीं करेंगे तो आप महानता को प्राप्त कर लेंगे।

लगभग हर सुबह मैं 26 आसनों और दो श्वसन क्रियाओं के साथ 90 मिनट गर्म योगाभ्यास करता हूं। अब 105 डिग्री से अधिक के तापमान के एक कमरे में डेढ़ घण्टे से अधिक सघन क्रियाकलाप न केवल बड़ा होने के साथ-साथ बहुत कठिन भी प्रतीत हो सकता है। मैंने इस दिनचर्या के अपने तरीके में बदलाव करने की सोचते ही जाना कि इसमें मुझे आनन्द आता है और फिर यह मेरे लिए आसान हो गया। जैसे पहला श्वसन क्रिया अभ्यास प्रारम्भ होता है, मैं अपने मस्तिष्क और शरीर को पूरी तरह उस पर केन्द्रित बनाए रखता हूं जो मैं प्रारम्भिक क्षण में कर रहा होता हूं। यदि मेरा मस्तिष्क इस पर नहीं जमना (इधर-उधर होना) चाहता है जो मैं अगले एक घण्टे कर रहा होऊंगा तो मैं इसे तुरन्त वर्तमान पर वापस ले आता हूं। मैं आइने में देखता हूं और स्वयं को याद दिलाता हूं कि यह अभ्यास छोटा और आसान है। वाह—और इस तरह कठिन, परिदृश्य के बाहर हो जाता है।

वर्तमान क्षण में अभ्यास करने और सहजता की स्थिति में बरकरार बने रहने का प्रशिक्षण करने के जरिए मैंने 90 मिनट के योगाभ्यास को क्षणिक बना दिया है। मैंने उसे प्राप्त कर लिया है जिसे मैं अपनी उन थोड़ी सी प्रगतियों और सुधारों में महानता का होना समझता हूं जिसे मैंने प्राकृतिक तौर पर विकसित किया है। यह बिना किए होने वाला कार्य और अकार्य का कार्यरत होना है क्योंकि मैंने उसका सामना किया

है जो कठिन के तौर समझा जाता रहा होगा। परिणाम यह है कि मैं कठिनाई का अनुभव नहीं करता हूं।

लाओ त्ज़ू आपको अपनी 21वीं सदी के संसार को देखने के अपने तरीके को निम्नलिखित करने के जरिए, बदलने पर जोर देते हैं–

उसको इस क्षण में देखने के जरिए उसमें सरलता को देखिए जिसे आप पेचीदा कहते हैं, यह कठिन नहीं है

उन सभी आने वाले कलों के साथ, जो मिलकर आपका भविष्य बनाते हैं, कल से अपने पूर्वनिर्धारणों को बदल डालिए। मेरी मित्र बाइरोन कैटी (जिनके पति स्टेफन मिचेल ने ताओ ते चिंग का अद्भुत अनुवाद किया है और जिसे मैंने इस पुस्तक में शामिल किया है) ने मुझे पागल की मेरी मनपसन्द परिभाषा प्रदान की, जिसके अनुसार **"जो नहीं है उसकी आवश्यकता पर विश्वास करना पागलपन है।"** मैंने इसमें यह और जोड़ा कि, **"इस पर विश्वास करना कि आप अभी सन्तुष्ट और प्रसन्न नहीं हो सकते क्योंकि आपको लगता है कि आपका भविष्य कठिन होता दिखता है, यह पागलपन का एक दूसरा रूप है।"**

देखिए कि क्या आपके पास है और एहसास कीजिए कि इस क्षण में स्वाभाविक तौर पर भले चंगे हैं। 'ए कोर्स आफ मिरेकल्स' में इस विचार को बहुत सुन्दर तरीके से व्यक्त करते हुए कहा गया है कि **"आपको कोई समस्या नहीं है यद्यपि आप सोचते हैं कि आपको है।"**

छोटा सोचिए

अपने 'बड़ा सोचने' की भावना को "छोटा सोचने और बड़ी चीजों को पूरा कर लेने में बदलिए"। चाहे वो जो कुछ भी हो, जो इतना विशाल लगता है कि उसे प्रारम्भ करने में डरते हैं, उसका परीक्षण कीजिए। फिर आप अपनी सोच को यह देखने के लिए मोड़िए कि सम्पूर्ण चित्र की पूरी तरह उपेक्षा करते हुए आज आपके वर्तमान कीमती क्षणों में क्या किया जा सकता है। जब आप छोटे को अपने हाथ में लेंगे तो आपकी उपलब्धियां महानता में विस्तारित हो जाएंगी।

अब ताओ कीजिए

अपने जीवन में सबसे बड़ी चुनौतियों पर विचार करने के लिए आज कुछ समय अलग से बैठिए। यह जो कुछ भी हो, इसे एक इतने छोटे हिस्से तक तोड़ डालिए कि उसे आज, इसी क्षण किया जा सके। बड़े चित्र को खुरच कर हटा दीजिए, केवल

वही कीजिए जो आप अभी कर सकते हैं और बाकी सब कुछ को धुंधला जाने दीजिए। अपने उपन्यास का पहला परिच्छेद लिखिए। जो घर आप बनाना चाहते हैं उसकी रूपरेखा (ब्ल्यू प्रिण्ट) तैयार कीजिए। स्थानीय शैक्षणिक संस्थान में एक पाठ्यक्रम के लिए हस्ताक्षर कीजिए। दो मिनट की दौड़ लगाइए। **अभी में होइए।** देखिए कि विरोधाभासी तौर पर छोटा और सरल पर बने रहने के जरिए इस क्षण में ताओ करना कैसे बड़े परिणाम लाता है।

चौंसठवीं कविता

जो है आराम से, आसानी से होता है व्यवस्थित।
जो नहीं है प्रत्यक्ष अभी तक, आसान है उसको रोकना।
कोमल है आसानी से बिखरा हुआ।
छोटा है आसानी से बिखरा हुआ।
चीजों के अस्तित्व के पहले हो सक्रिय।
व्यवस्थित करो उन्हें, अव्यवस्थता आने के पहले।
याद रखो।
एक वृक्ष जो पूरता है।
मनुष्य के आलिंगन को विकसित है एक नन्हे से पौधे से।
एक नौ मंजिला ऊंची इमारत, होती है प्रारम्भ एक ईंट से।
एक हजार मील की एक यात्रा, होती है प्रारम्भ एक अकेले कदम से।
सक्रिय होओ, और नष्ट करो इसे। इसे थामो और खो दो इसे।
ज्ञानी नहीं करता कुछ, और इसीलिए नहीं है पराजित।
वह थामता नहीं, इसीलिए नहीं है खोता।
लोग अक्सर होते हैं असफल, जब वे होते हैं सफलता के नजदीक।
अतः रखो ध्यान प्रारम्भ होने जैसा, होने तक अन्त।
तब यहां नहीं होगी, कोई असफलता।
ज्ञानी नहीं सहेजता उसे, है कठिन जिसे पाना।
वह नहीं करता एकत्र कीमती चीजें।
वह सीखता है नियन्त्रण नहीं रखना विचारों पर।
वह करता है मदद 10,000 चीजों की, प्राप्त करने में उनकी प्रकृति।
लेकिन नहीं करता साहस, नेतृत्व करने का उनका, उंगली दिखाने के द्वारा।

अभी यहां होने के जरिए जीना

सम्पूर्ण ताओ ति चिंग की एक सबसे अधिक प्रसिद्ध पंक्ति है, "हजारों मील की एक यात्रा एक कदम से प्रारम्भ होती हैं।" यह, इसलिए अक्सर उद्धृत की जाती है क्योंकि यह हमें कार्य को टालने की उपेक्षा करने और जहां हम हैं, ठीक वहीं, ठीक उसी समय से केवल प्रारम्भ कर देने के लिए प्रोत्साहित करती है। बोया गया और पोषण प्राप्त एक नन्हा सा बीज एक वन में विकसित हो जाता है। एक मैराथन दौड़ (लम्बी दौड़) पहला कदम उठाने से प्रारम्भ होती है। मेरी राय में, जर्मन कवि और नाटककार जोहन वोन गोयेथे (गेटे) ने अपने काव्यात्मक शब्दों में इस प्राचीन शिक्षा को बहुत सुन्दरतापूर्वक समेटा है–

केवल व्यस्त हो जाओ, और तब मस्तिष्क हो जाता है गर्म।
शुरू करो इसे, और तब कार्य हो जाएगा पूरा।

ताओ ते चिंग की सुविख्यात 64वीं कविता का सार यह है–यहां से, पर खास जोर के साथ, यहां से प्रत्येक लक्ष्य सम्भव है। यह खासतौर से वैसी समस्याओं के लिए उपयुक्त है जो अत्यन्त कठिन नजर आती हैं। जब आप उनके बारे में अपने सोचने के तरीके को बदलते हैं तो आपका नया और विशिष्ट दृष्टिकोण चीजों की विशालता को आपके समक्ष कम कर देगा।

जो कठिन है, ज्ञानी उसको अपने खजाने में नहीं रखता "क्योंकि वह उसको आसानी से हल किए जा सकने वाले चरणों में विभाजित कर देता है। सब कुछ अपने नियन्त्रण में लेने और दूसरों को निर्देशित करने या सब कुछ स्वयं ही कर लेने का प्रयास करने के बजाय ताओ का अनुसरणकर्ता समस्याओं के अस्तित्व में आने और अव्यवस्था के फूट पड़ने के पहले समस्याओं को हल करने का रास्ता खोज निकालता है। लाओ त्ज़ू हम सब को यही करने के लिए प्रोत्साहित कर रहे हैं।

पुनर्परीक्षण कीजिए कि जिन चुनौतियों का आपको और इसी तरह आपके परिवार, समुदाय और देश को सामना करना पड़ता है, उनको आप किस तरह देखते हैं। अपने हृदय में यह एहसास कीजिए कि जब आप चीज़ों के अस्तित्व के पहले ही उनका सामना करना प्रारम्भ कर देते हैं और उन विचारों को स्वीकारने से इनकार कर देते हैं जो मुख्यतः इन समस्याओं के लिए जिम्मेवार हैं तो उनमें से कितनी अधिक समस्याओं से आसानी से बचा जा सकता है।

ज्ञान प्राप्ति के तीन चरण हैं जिनसे होकर अधिकांश लोग गुजरते हैं—

1. पहला है **पीड़ा भोगने के द्वारा**। यह है, कि जब आपके जीवन की बड़ी समस्याएं इतनी ताकतवर हो जाती हैं कि परिणामस्वरूप लम्बे समय तक पीड़ा झेलनी पड़ती है क्योंकि आप "उसे बहुमूल्य समझ लेते हैं जिसे प्राप्त करना कठिन है।" अन्ततोगत्वा आप एक ऐसी जगह पहुंच जाते हैं, जहां बीमारी, दुर्घटनाओं, लत, आर्थिक हानि, बच्चों के झगड़े और तलाक जैसी उन भारी बाधाओं की ओर मुड़कर देख सकते हैं और सिंहावलोकन में महसूस कर सकते हैं कि वे वस्तुतः समस्याओं के छदम् वेष में प्राप्त हुए उपहार थे। यद्यपि यह ताओ का तरीका (मार्ग) नहीं है। यह ज्ञानियों के जीवन जीने का मार्ग नहीं है।

2. दूसरा है **वर्तमान क्षण में होने के द्वारा**। यहां आप जब कोई संकट आता है तो अपने आपसे यह पूछने के जरिए ताओ के निकट पहुंचने की ओर चल पड़े हैं कि, "मुझे ठीक अभी इस अनुभव से क्या सीखना है? मैं जानता हूं कि इस दुर्भाग्य में मेरे लिए एक उपहार छुपा हुआ है और मैं इसको देखने के लिए ध्यान केन्द्रित करूंगा।" यद्यपि यह ताओ केन्द्रित विचार है लेकिन वह यह सब कुछ नहीं है जो लाओ त्ज़ू इस 64वीं कविता में सम्प्रेषित करना चाहते हैं।

3. तीसरा है **बड़ी समस्याओं के समक्ष आ खड़ा होना**। इसका अर्थ यह है कि आप कठिनाइयों के प्रगट होने के पहले सक्रिय हो जाते हैं, अपनी ओर आती हुई अव्यवस्था का पहले से एहसास कर लेते हैं और पहले से ही इससे निपटने की व्यवस्था कर लेते हैं। यह ताओ का मार्ग है। लाओ त्ज़ू कहते हैं कि, "छोटा जल्दी बिखर जाता है।" अतः यहां आप वह प्रखर प्रेक्षक हैं जो प्रकृति के साथ पूरी तरह लयबद्ध हैं।

अपनी दूरदृष्टि से आप एक युक्ति को पहले से देख लेते हैं, सेकेण्ड के एक हिस्से में अपने मस्तिष्क में इसे परिपक्व करते हैं और नकारात्मक ऊर्जा को निष्प्रभावी करने में सक्षम हैं क्योंकि आप उसके समक्ष खड़े हैं। आपने अपनी समस्या उत्पन्न करने वाले पहले के तरीकों पर अमल न करने के जरिए अपनी अनुक्रिया दी है और इस तरह ताओ से एकरूपता स्थापित की है। इस स्तर पर आप कठिनाइयों को हल करने के बजाय उन्हें रोकते हैं।

यह कविता आपको तीसरे या ताओ केन्द्रित तरीके पर अधिकार प्राप्त करने के लिए आमन्त्रित करती है। इसको करने के लिए यहां कुछ सुझाव प्रस्तुत हैं–

"एक हजार मील की एक यात्रा एक अकेले कदम से प्रारम्भ होती है।"

सम्पूर्ण ताओ ते चिंग से इस सबसे अधिक अविस्मरणीय पंक्ति का अभ्यास करने में अन्तर्निहित मूल्य को स्वयं को स्मरण कराइए

अन्तिम परिणाम के बारे में भूल जाइए। जब आप वहां पहुंच गए हैं, जहां आप सोचते थे कि आप को होना चाहिए, तो अब आप केवल नयी यात्रा प्रारम्भ करेंगे। इसलिए मार्ग के साथ हर पग का आनन्द लीजिए और यह मस्तिष्क में रखिए कि यहां से हर लक्ष्य सम्भव है। एक दिन एक समय पर केवल एक चीज कीजिए।

मेरे स्वयं के जीवन से यहां इसका एक उदाहरण प्रस्तुत है : अब इसको लगभग दो दशक हो गए जब मैं एक ऐसा पेय पीता था जिसमें एल्कोहल शामिल था। मैं इसको पीना छोड़ देने के लिए 20 वर्षों से सोच रहा था लेकिन यह अत्यधिक सशक्त और वास्तव में कठिन बना रहा। तब मैंने एक समय पर एक दिन इसे किया। मैं अगले 20 वर्षों के बारे में तो कुछ नहीं कहूंगा लेकिन एक चीज के बारे में पूरी तरह सुनिश्चित हूं कि आज केवल आज मैं शराब नहीं पियूंगा। एक कदम...एक क्षण...एक समय पर एक दिन...कार्यरत ताओ है।

सिद्ध पूर्वज्ञाता होइए

निश्चित कीजिए कि आप कठिनाइयों के अपने भौतिक जगत में परिलक्षित होने से बहुत पहले इसको अपने जीवन में उगने देने से रोकने में पूरी तरह सक्षम हैं। उदाहरण के तौर पर अपने स्वास्थ्य का पूर्वानुमान कीजिए। चुनौतियों के मूर्त्तरूप लेने की प्रतीक्षा करने के बजाय उनको रोकने के लिए सजग होइए। पौष्टिक रूप से स्वस्थ रहने के प्रति सजगता को जीवन जीने का तरीका बनाने के जरिए जैसे कि उन सम्पूरकों को लेने के जरिए जो आपके शरीर से विष को हटाते हैं, अपनी बड़ी आंत का शोधन (सफाई) करके, और अधिक फल और शाक भाजी खाने और पशु उत्पाद खाना कम करने के जरिए, कसरत और ध्यान करके–आप बड़ी समस्याओं के सामने खड़े हैं। जबकि आप वहां अव्यवस्थता उत्पन्न होने के बहुत पहले ताओ के साथ एकरूपता में अपने स्वास्थ्य को व्यवस्थित करते हुए छोटे को तितर-बितर करने में सक्षम हैं तो आप पहले से देख पा रहे हैं कि आपको क्या करना है। सिद्ध पूर्वज्ञाता होने के नाते इसे लागू करने के लिए अपने जीवन के अन्य क्षेत्र तलाशिए।

अब ताओ कीजिए

एक किसी ऐसी आदत को लीजिए जिसे आप अपने जीवन से हटाना चाहते हैं, जैसे कि कोई चीज जो आपको कमजोर बनाती है या यहां तक कि तकरीबन एकलत है। कल के बारे में या भविष्य के बारे में बिना कोई वायदा किए, इस आदत को पछाड़ने के लिए केवल आज के लिए एक कदम उठाइए। केवल आज धूम्रपान मत कीजिए या कैफीन मत पीजिए। केवल आज, सिर्फ वनस्पतियों (शाकभाजी) और फलों का सेवन कीजिए। केवल आज जिनसे आपके सम्बन्ध खराब हैं ऐसे पड़ोसियों से गर्मजोशी के साथ बातचीत कीजिए। ध्यान दीजिए कि इस एक दिन के पूरा होने पर आप कैसा महसूस करते हैं। तब और केवल तब यह तय कीजिए कि ताओ ते चिंग के उस प्रज्ञान के अभ्यास को आप अगले दिन भी जारी बनाए रखना चाहेंगे जो स्वयं एक दिन एक समय पर एक-एक शब्द करके लिखी गयी थी और 25 शताब्दियों से अधिक समय से कायम है।

पैंसठवीं कविता

प्राचीन लोग थे सरल हृदय।
और घुलेमिले थे आम लोगों के साथ।
आगे नहीं चमकते थे वो।
वे नहीं करते थे शासन चालाकी के साथ।
इसलिए देश थे भाग्यवान।
जब वे जानते हैं कि वे जानते हैं उत्तर।
कठिन हो जाता है लोगों का मार्गदर्शन।
जब वे जानते हैं कि वे नहीं जानते।
स्वयं लोग पा सकते हैं उनका स्वयं का मार्ग।
न प्रयोग करना चतुरता का, एक देश में शासन करने के लिए।
है एक अच्छा सौभाग्य देश के लिए।
सरलतम तरीका है स्पष्टतम।
सन्तुष्ट होकर एक साधारण जीवन से।
सभी लोग को दिखा सकते हो तुम रास्ता।
वापस लौटने का उनकी अपनी सच्ची प्रकृति की ओर।

सरल हृदय रहने से जीना

यदि आप वर्तमान में एक देश में शासन करने में महत्वपूर्ण भूमिका में हैं तो मैं आपको इस प्रज्ञान को विशेष तौर से हृदय में लेने के लिए प्रोत्साहित करूंगा। यदि आप नहीं हैं तो मैं ताओ ते चिंग के इस हिस्से को आपके व्यक्तिगत जीवन के उस परिप्रेक्ष्य से अध्ययन करने का सुझाव दूंगा जिसमें बहुत सम्भव है कि दूसरों का नेतृत्व करना शामिल हो।

निरीक्षण या देखभाल करने का अर्थ नौकरशाही तरीके से नियमों को थोपना या अपनी कल्पित बुद्धिमत्तता और वरिष्ठता से दूसरों को प्रभावित करना नहीं होना चाहिए। एक सचमुच प्रभावशाली व्यक्ति एक चालाक व्यक्ति नहीं हैं, 'सामने चमकता' नहीं रहता है, 'चालाकी से शासन' नहीं करता है। या उनके मन में भय का संचार नहीं करता है जिनका निरीक्षण करने के लिए वह पदनामित (अधिकृत) है। जैसी कि लाओ त्जू व्याख्या करते हैं कि, **"जब वे जान जाते हैं कि वो नहीं जानते तो लोग अपना मार्ग स्वयं तलाश सकते हैं।"** दूसरे शब्दों में प्रभावशाली नेता दूसरों को उनकी स्वयं की प्रकृति के प्रति मार्गदर्शन करता है।

जिस अनुभूतिकरण पर विचार करने के लिए आप यहां आमन्त्रित हैं वह यह है कि आपका कार्य दूसरों को यह जानने में सहायता करना है कि वे नहीं जानते हैं। यदि वे यह विश्वास करते हैं कि उनके पास ज्ञान है तो अपनी ताओ प्रकृति की ओर वापिसी का अपना मार्ग कभी नहीं पाएंगे। यह इसलिए है क्योंकि वे अहम् आगत पर विश्वास कर रहे हैं जो उनसे कहता है कि उनका सच्चा सार भौतिक या पदार्थिक संसार के साथ उनकी पहचान है। जो ताओ के अनुसार जीता है वह जानता है कि अहम् एक झूठा गुरू है जो लोगों को उनकी सच्ची प्रकृति जानने से दूर खींच रहा है।

अपनी वरिष्ठता या बौद्धिक कौशल को प्रचारित करने से इनकार करके इस कविता

की शिक्षाओं को लागू कीजिए। इसके बजाय लोगों को दिखलाइए कि यह स्वीकारने के जरिए, कि आप नहीं जानते हैं कि उनके लिए क्या अच्छा है और यहां तक कि किसी भी अंश तक सुनिश्चित तौर पर यह तक नहीं जानते कि आपके जीवन को किधर जाना चाहिए, दूसरों को दिखलाइए कि ताओ के अनुसार कैसे जिया जाता है। अन्य व्यक्तियों को यह जान जाने दीजिए कि आप मार्गदर्शन प्राप्त करने के इच्छुक हैं। उन्हें प्रदर्शित कीजिए कि आप इन्चार्ज (प्रभारी) नहीं हैं, न तो उनके और न ही जो आपके साथ होता है उसके। उनको एक ऐसे पुरुष या स्त्री को देखने दीजिए जो विनम्र है, जीवन के चक्रों में शान्तिपूर्वक जीता है और सरल हृदय रहता है।

जैसे ही आप नेतृत्व को देखने के अपने तरीके को बदलते हैं। वैसे ही आप देखेंगे कि वे व्यक्ति, जो अपने अहम् को समर्पित करना चाहते हैं, अपनी ताओ ऊर्जा के साथ जुड़ाव का आनन्द प्राप्त करेंगे और सरल हृदय नेतृत्वकर्ता हो जाएंगे। उनका एकमात्र लक्ष्य अपने प्रभाव के दायरे में हर किसी को यह एहसास कराना है कि वे भी नहीं जानते। लाओ त्जू मुस्कुराते हुए प्रतीत होते हैं क्योंकि वह आपके इस अद्भुत विरोधाभास के बारे में जानकारी प्रदान करते हैं।

सोचने और होने के इन नए तरीकों को प्रयोग करने के जरिए इसमें उनको भी शामिल कीजिए जिन्हें आप निरीक्षण के लिए (नजर रखे जाने के लिए) बाध्य हुआ महसूस करते हैं–

जो आपके प्रभार के अन्तर्गत हैं, उन्हें सगर्व यह कहने के इच्छुक होइए कि 'आप नहीं जानते'

यह वाक्य खण्ड कमजोरी के बजाय आन्तरिक शक्ति का प्रतीक है अतः इसका उन्मुक्ततापूर्वक प्रयोग कीजिए। जब आप दूसरों को ऐसा करने की शिक्षा देते हैं तो वे अपने उच्चतम स्वों को महान मार्ग से मार्गदर्शित होने की अनुमति प्रदान करना प्रारम्भ कर देंगे। ध्यान रखिए कि प्रकृति किसी चीज को विकसित होने के लिए बाध्य नहीं करती लेकिन चुपचाप और अदृश्य तौर पर सदा उपस्थित रहती है। किसी पर स्वयं को और अपने विचारों को न थोपने के जरिए अपनी क्षमता भर यही कीजिए (उनके प्रति विशेष सावधानी के साथ जो अभी बहुत छोटे हैं या वयस्क जिम्मेवारियों को सम्हालने के लिए काफी अपरिपक्व हैं)

सरल सच यह है कि न तो हम और न ही कोई अन्य, वास्तव में, यह जानता है कि हम लोगों के लिए या दूसरों के लिए आदर्श क्या है। यहां सदैव एक मौन प्रारब्ध सक्रिय है। हमारी विशिष्ट राय से स्वतन्त्र, यहां प्रत्येक के जीवन में सौभाग्य और वैसे ही दुर्भाग्य मौजूद हैं।

अपने जीवन को सरल और अ-जटिल बनाए रखने का अभ्यास कीजिए

इस आचरण को उनके लिए आदर्श बनाइए, जिनका नेतृत्व करने के लिए आप अनुग्रहीत महसूस करते हों। एक समस्या को सभी कोणों से विश्लेषित करने और सबसे अधिक कारगर हल पर पहुंचने का प्रयास करने के बजाय अपने सबसे पहले कौंधे सहज ज्ञान (सूझ) पर विश्वास कीजिए और सरलतम व सबसे कम समस्याजनक मार्ग को अपनाइए।

''चूहे की लेंडियों पर उछल कूद'' मत कीजिए। इस समय आपने आपको उपलब्ध कई विकल्पों पर विचार-विमर्श किया, लेकिन जब बहुत पहले इस समस्या से आपका स्वयं का पाला पड़ा रहा होगा तो आपने साधारण कपड़े से उन कुतरने वाले जीवों की गन्दगी को साफ किया होगा और कूड़ेदान में फेंक दिया होगा। यहां आपके और इसी प्रकार देश के उन नेताओं के लिए, जो अक्सर नौकरशाही की लाल फीता शाही में इस बुरी तरह फंसे रहते हैं कि पंगु हो जाते हैं, अतः एक महत्वपूर्ण सुझाव प्रस्तुत है—इसको सरल रखिए।

अब ताओ कीजिए

नेतृत्व कर्ताओं से लाओ त्जू के कहे गए इस कथन पर कि, ''साधारण जीवन से सन्तुष्ट हो'', लाओ त्जू के नेतृत्वकर्ताओं से कहे गए इस कथन पर अपनी समझ को जितने तरीकों से सम्भव हो सके, प्रदर्शित कीजिए। 'अभिभावक', 'निरीक्षक', 'अधिकारी' के पद नाम शीर्षकों के बिना एक दिन बिताइए और जो निर्देशन के लिए अक्सर आपकी ओर देखते रहते हैं, उनके साथ स्वयं को बराबरी पर रखिए। अपने को उनमें से एक समझिए, जिनका आप नेतृत्व करते हैं। दरअसल, मिथ्या दावा कीजिए कि एक दिन के लिए आप वह ही है। यह आपको इसकी संचेतना प्रदान करेगा कि ताओ को कार्यरत होने के लिए कैसे रखा जाए।

मैंने पाया कि जब मैंने इसे अपने बच्चों के साथ प्रयोग किया तो उन्होंने स्वयं की सबसे अच्छी और सच्ची प्रकृति के अनुसार अनुक्रिया की। उदाहरण के तौर पर, जब मैं अपनी किशोरी पुत्री से सरलतापूर्वक यह कहता हूं कि, ''मैं जानता हूं कि जब मैं शहर के बाहर होता हूं तो तुम जिम्मेवार और संवेदनशील होने के लिए पूरी तरह सक्षम हो और तुम्हारी यह चीज मुझे पसन्द है, तो मैं, 'अधिनायकवादी अभिभावक' पदनाम का शीर्षक हटा देता हूं और उससे उस तरह व्यवहार करता हूं जैसा कि मैं करना चाहता था। यह स्वाभाविक ही है कि लाओ त्जू यह कहते हुए पूरी तरह सही होते हैं कि ''सरलतम तरीका स्पष्टतम है।''

छियासठवीं कविता

क्यों सागर है राजा, एक सौ धाराओं का?
क्योंकि यह रहता है उनसे नीचे।
विनम्रता प्रदान करती है उसे अपनी शक्ति।
इसलिए हैसियत चाहते हैं जो, दूसरों से ऊपर
विनम्रता से ही बोलना चाहिए उन्हें।
जो करना चाहते हैं नेतृत्व, पालन करना ही चाहिए उन्हें इसका।
इसलिए यह कारण है कि जब ज्ञानी खड़ा रहता है लोगों से ऊंचे।
वे नहीं करते महसूस, भारीपन उसके भार का।
और वह खड़ा होता है लोगों के आगे।
वे नहीं महसूस करते आहत।
ज्ञानी रहता है नीचे।
अतः संसार कभी नहीं थकता, करने में उनकी प्रशंसा।
वह बना रहता है सेवक।
अतः संसार कभी नहीं थकता, बनाने में उनको अपना राजा।

सागर से प्रतिस्पर्धा करते हुए जीना

एक ऐसे श्वेत पुरुष (गोरा पुरुष) के रूप में, जिसने एक संसार का सृजन किया जिसमें आपका आचरण आपको अनन्त काल के लिए नरक भोगने के लिए दण्डित किए जाने का कारण बन सकता है, ईश्वर को समझे जाने से भिन्नताओं को एक प्राकृतिक ऊर्जा के तौर पर ग्रहण किया गया है। जीवन के स्रोत को एक राजा या अधिनायक की तरह सांसारिकताओं का निर्देशन, निरीक्षण करने वाले देवी-देवताओं की तरह नहीं देखा गया है। क्योंकि यह न तो दण्ड बांटता है और न पुरस्कारों को रोकता है। लाओ त्ज़ू सिखलाते हैं कि ताओ आपसे केवल प्रकृति के साथ एकरूपता में जीने को कहता है।

ताओ के लिए प्रकृति का महान प्रतीक जल है और वह अपने 81 खण्डों में से कई में इसको सन्दर्भित करते हैं। जब आप उस तत्व के साथ प्रतिस्पर्धा करते हैं तो आप यह देखना प्रारम्भ कर देंगे कि ताओ में ईश्वरीय दण्ड और निषेध की कोई जगह नहीं है। लाओ त्ज़ू सलाह देते हैं, कि सागर की तरह होओ और संसार आपका उत्कर्ष करने से कभी नहीं थकेगा। इस कविता में और ताओ ते चिंग की अन्य कई कविताओं में प्रस्तुत किया गया सारभूत सन्देश यह है कि सागर सभी का राजा है क्योंकि यह नीचे बने रहना जानता है। सभी प्रवाहों को निश्चित रूप से अन्ततोगत्वा सागर की ओर बहना है और इस प्रक्रिया में, यह सबका सेवक हो जाता है। शिक्षा स्पष्ट है कि विनम्र होइए। कभी भी स्वयं को दूसरों के ऊपर मत रखिए या स्वयं को दूसरों से श्रेष्ठ मत समझिए। उच्चतम शक्ति एक निचली घाटी है। एक सेवक बनिए, हावी रहने वाला नहीं।

यहां तक कि जब लघुतम जल प्रवाह अलग-थलग पड़ जाते हैं तो वे विशिष्टता पूर्वक वह मार्ग खोजने का प्रयास करते हैं जो उन्हें सागर की ओर ले जाए। और महान सागर कभी भी नदियों और जल प्रवाहों पर अपनी महानता और ताकत का प्रभुत्व नहीं

स्थापित करता। यह उनसे ऊंचा नहीं उठता है और न ही अनुग्रहीत होने की मांग करता है और, यदि वे सहयोग करने से इनकार कर दें तो, न ही उन्हें दण्डित करने या सर्वनाश कर देने की धमकी देता है। सागर प्राकृतिक तौर पर यह जानता है कि जल धाराएं और नदियां उसकी ओर आकर्षित होती हैं जो नीचे बना रहता है।

पूरे ताओ ते चिंग में इस रूपक का प्रयोग करते हुए लाओ त्जू आपको स्मरण कराते हैं कि लोग भी उनके उस आंतर वैभव से उनकी ओर स्वाभाविक तौर से खिंचने के लिए प्रवृत्त होते हैं जो विनम्रता और नीचे बने रहने से उत्पन्न होता है। और यह स्थिति विशिष्ट तौर पर ईश्वर के अधिकार में नहीं रहती है। लाओ त्जू की मृत्यु के सदियों बाद जीसस क्राइस्ट के एक सेवक और अग्रदूत, पीटर न्यू टेस्टामेण्ट में लगभग ऐसा ही सन्देश प्रस्तुत करते हैं–

पर्यवेक्षक के तौर पर सेवा करते हुए, उस ईश्वरीय समूह के गडरिया बनो, जो तुम्हारी देख-रेख में है। इसलिए नहीं कि तुम्हें अवश्य ही करना चाहिए, बल्कि इसलिए कि तुम ऐसा करना चाहते हो, क्योंकि ईश्वर तुमको वह बनाना चाहता है। धन का लालची नहीं, बल्कि सेवा करने का इच्छुक। उन पर शासन करके नहीं जो तुम्हें सौंपे गए हैं बल्कि समूह के लिए उदाहरण होकर। (1 पीटर 5: 2-3)

प्रचुर जीवन प्रदाता सागर, जो धैर्यवान है, स्वीकार करने वाला है और उसकी ओर प्रवाहित होने वाले प्रवाहों से नीचे है, की और दृष्टिपात करते हुए आदर्श नेता के तौर पर स्वयं के और दूसरों के बारे में सोचने के अपने तरीके को बदलिए। तब अपने अहम् को स्थगित करने और किसी चीज या किसी व्यक्ति पर नियन्त्रण में रखने की इच्छा को मुक्त करते हुए स्वयं उस जल शक्ति के जैसा होने का प्रयास कीजिए। जिन व्यक्तियों का नेतृत्व करने का दायित्व आपके ऊपर है वे आपकी ओर और ताओ के प्राकृतिक प्रवाह के जलप्रवाह तरीके की ओर आकर्षित होंगे।

आपको सलाह है कि आप जल के व्यवहार के तरीके से सीखें और जितना अधिक-से-अधिक सम्भव हो इसे अपने जीवन में उतारें। आज आपके अपने जीवन में सागर के साथ प्रतिस्पर्धा करने के प्रज्ञान को लागू करने के तरीके यहां प्रस्तुत हैं–

कभी मत सोचिए कि जो आप जानते हैं वह सर्वश्रेष्ठ है

चाहे कि आप दूसरों से अधिक आयु के, बुद्धिमान और धनी व्यक्ति हों और उनसे अधिक प्रभाव और ताकत रखते हों, कभी मत समझिए कि आप जो जानते हैं वह किसी के लिए भी सर्वश्रेष्ठ है। इसके बजाय, एक महान सागर के तौर पर स्वयं की कल्पना कीजिए जो तुलनात्मक तौर पर छोटी धाराओं को आपकी ओर आने देता है और प्रोत्साहित करता है। नीचे रहिए, मृदुलता से बोलिए और विनम्र रहिए। और

दूसरों को, जितनी अधिक सम्भव हो उतनी अधिक मानवता के साथ उनके अपने जीवनों के नियन्त्रण में रहने दीजिए। स्वयं को सब कुछ स्वीकारने वाले सागर के तौर पर देखते हुए आप अपने अहम् को चित्र से हटाइए और इस प्रकार ताओ ते चिंग की इस कविता में सन्दर्भित नेतृत्वकर्ताओं जैसा एक नेता हो जाइए। आपके निर्देशनों से कोई भारीपन महसूस न करे या आपके अनुदेशनों से कोई आहत न हो।

एक परिस्थिति, जिसने मुझे इस सलाह को लागू करने दिया, उस दिन आयी जब मैंने इस निबन्ध को लिखा। मैं माउई में रहता हूं और मेरी 90 वर्षीया मां फ्लोरिडा में है, जहां मेरी बेटी साज़े भी रहती है। मेरी मां कुछ कड़ी दवा लेने के कारण पेट सम्बन्धी गड़बड़ी और जी मिचलाने की शिकायत महसूस कर रही थीं इसलिए मैंने अपनी बेटी को यह देखने के लिए फोन किया कि मेरी मां के पास कुछ योगुर्ट पहुंचाने के लिए क्या उसके पास कुछ सुझाव हैं। साजे ने तुरन्त जवाब दिया कि उसके पास कुछ योगुर्ट हैं और वो उसको अपनी दादी मां के पास पहुंचा देगी। उसको आदेश देने और उसकी दादी मां का ध्यान रखने की हिदायत देने के बजाय, मैंने अपनी बेटी को सेवा के प्रति समर्पित होने दिया जबकि मैं सबसे निचली सम्भव जगह पर बना रहा।

एक सेवक रहिए

अपने को एक ऐसे व्यक्ति के तौर पर देखिए जो इस ग्रह पर दूसरों की सहायता करने के लिए है। सहायता करने का अवसर तलाशिए, विशेषकर उनकी, जिनको आपके नेतृत्व की आवश्यकता है। ध्यान रखिए कि महान सागर उन सभी का जीवन सहायक संग्राहक होने के जरिए, जो उसकी उदारता में हिस्सेदार होना चाहते हैं, हर किसी की सहायता करता है, इसलिए ताओ को अभिव्यक्त करने के जरिए उससे प्रतिस्पर्धा करने का अभ्यास कीजिए।

अब ताओ कीजिए

आदेश देने के विपरीत, सेवा करने के द्वारा नेतृत्व करने को एक दिन समर्पित कीजिए। हस्तक्षेप करने और दूसरों को यह बतलाने, कि क्या करना है, की अपनी सीखी गयी आदतों का गला घोंटने के लिए अवसरों को खोज निकालिए और इसकी जगह उनको अपनी ओर प्रवाहित होने दीजिए। किसी अन्य को आपके आदेश मानने के बजाय स्वयं निर्णय लेने के लिए प्रोत्साहित करने के जरिए इस सिद्धान्त के प्रति और अधिक प्रतिबद्ध होइए।

सड़सठवीं कविता

सारा संसार बात करता है मेरे ताओ के बारे में।
इतनी घनिष्टता के साथ। क्या मूर्खता है।
ताओ नहीं है कोई ऐसी चीज जो पायी जाती है बाजार में।
या मिलती है बाप से बेटे को।
यह नहीं है कि कोई ऐसी चीज पायी जा सकती है जो जानने से।
या खोई जा सकती है भूलने से।
यदि ताओ रहे होते ऐसे।
वह खो गए होते और भुला दिए गए होते बहुत पहले।
मेरे पास हैं तीन सम्पदाएं, जो मैं रखता हूं सम्हाल कर।
और नजर रखता हूं ध्यान से।
पहली है दया।
दूसरी है मितव्ययिता।
तीसरी है विनय।
दया से आता है साहस।
मितव्ययिता से आती है उदारता।
विनय से आता है नेतृत्व।
अब यदि कोई था साहसी लेकिन नहीं थी दया उसके पास।
यदि कोई था विस्तृत लेकिन नहीं था मितव्ययी।
यदि कोई आगे गया बिना विनय के।
तो मर जाएगा वह।
प्रेम जीतता है सभी हमलावरों को।
रक्षा में अपराजेय है यह।
जब स्वर्ग करना चाहता है किसी की रक्षा।
तो क्या यह भेजता है एक सेना?
नहीं, यह सुरक्षित रखता है उसे प्रेम से।

तीन सम्पदाओं के जरिए जीना

आप ताओ ते चिंग की इस प्राचीन कविता के समपार्श्व (प्रिज्म) के द्वारा अपने जीवन को देखने के जरिए इसे परिवर्तित करने के लिए आमन्त्रित किए जा रहे हैं। जो आपके सफलता के ताओ के तरीके के जीवन के लिए तीन चीजों की आवश्यकता के लिए आपको निर्देशित करती है—

—पहली सम्पदा के लिए यहां दया का नाम दिया गया है लेकिन अन्य अनुवादों में करुणा या कृपा, अच्छा दिलीपन या प्रेम और दयालुता या उदारता जैसे शब्दों का भी प्रयोग किया गया है। आप सम्भवतः उपलब्धि के उस प्रारूप से मुक्त हो चुके हैं जो धन-सम्पदा बटोरने, गुण सम्पन्न होने और शक्ति अर्जित करने तथा दूसरों पर प्रभाव के जरिए मापा जाता है। आमतौर पर सफल व्यक्ति उनको माना जाता है जो अपने लक्ष्य के प्रति बहुत निकटतापूर्वक केन्द्रित रहते हैं, किसी भी अन्य चीज के प्रति बेपरवाह लेकिन शीर्ष पर पहुंचने के प्रति सजग रहते हैं और जो कुछ वो पाना चाहते हैं उसे पाने से किसी और को रोकने के लिए निर्दयी होते हैं।

बहरहाल, लाओ त्जू कहते हैं कि सबसे पहली और सबसे महत्वपूर्ण सम्पदा वह है जो सच्चे साहस से उत्पन्न होती है, हृदयहीन और भावनाहीन आचरण से नहीं। वह आपसे यह तक कहते हैं कि दया के बिना साहसहीन मृत्यु के लिए एक नुस्खा है। अतः आप अपने को सफल साबित करने के लिए बाहरी संकेतक तलाशने के बजाय सेवा करने के इच्छुक होने और यहां तक कि अपने शत्रुओं के प्रति भी दयालुता और प्रेम का प्रदर्शन करने के द्वारा दूसरों के बारे में सबसे पहले सोचने के लिए प्रोत्साहित हैं।

शेक्सपियर 'मर्चेन्ट आफ वेनिस' में पहली सम्पदा के बारे में कहते हैं—

दया का गुण नहीं है कृत्रिम। यह बूंद-बूंद टपकता है रिम-झिम वर्षा की तरह स्वर्ग से...।

लेकिन दया है ऊंची इस राजदण्ड शासन से। यह शासन करती है राजाओं के हृदय पर...।

इसके बाद, अगली पंक्तियों में महान नाटककार हमें याद दिलाते हैं कि क्यों लाओ त्जू ने तीन सम्पदाओं में दया को शीर्ष स्थान प्रदान किया–

यह है स्वयं ईश्वर के लिए एक धर्म। और सांसारिक शक्ति करती है तब दिखने लगती है ईश्वर की जैसी। जब दया परिपक्व करती है न्याय।

कृपा, करुणा, और दयालुता, ये सभी ईश्वर और ताओ के गुण हैं। लाओ त्जू ने शेक्सपीयर से कई शताब्दी पहले इस सत्य को देखा था।

– दूसरी सम्पदा [Frugality] मितव्ययिता है जिसके लिए अन्य अनुवादों में [Economy] गृहस्थ प्रबन्धन, मितव्यय, [moderation] संयम, समभाव [Thrif] कम खर्च, किफायत या [Simplicity] सरल, भोलापन जैसे शब्द प्रयोग किए गए हैं। अब मितव्ययिता और संयम जैसे शब्द आमतौर पर दिमाग में नहीं उभरते हैं जब इनका उपलब्धियों के शीर्ष के तौर पर जिक्र किया जाता है। बहरहाल लाओ त्जू के अनुसार महान उदारता में बहुत अधिक परिणामों के बजाय कम से सन्तुष्ट होना होता है। अतः उतना ही प्राप्त करने की इच्छा कीजिए, जितने की आपको आवश्यकता है और बटोरना या रोककर रखना मत कीजिए। आप उपभोक्ता सामग्री से जितना कम लिप्त होंगे, उदार होना आपके लिए उतना ही आसान होगा। जितना अधिक आप इससे चिपट रहेंगे, उतनी अधिक आपको इसकी जरूरत महसूस होगी और दूसरों का भला करने से उतना ही कम मतलब रखेंगे।

–सफल जीवन के लिए तीसरी महत्वपूर्ण सम्पदा [Humility] विनय, नम्रता है जो अन्य अनुवादों में [Not Presuming ot be above nature] स्वयं को प्रकृति के ऊपर न मानना, [Daring not to be ahead of others] दूसरों से आगे होने की कोशिश न करना और [not always trying to be number one] सदैव एक नम्बर होने के लिए प्रयासरत न रहना के तौर पर सन्दर्भित किया गया है। लाओ त्जू हमें स्मरण कराते हैं कि इस गुण से सच्चा नेतृत्व आता है जो ताओ ऊर्जा बिखेरता है।

आन्तरिक शक्ति (दृढ़ता), ताकत और विजय की हमारी समझ अक्सर गर्व, उच्चता और स्वयं को महत्व देने के यांग पुरुषवत् गुणों से प्रभावित रहती है। अतः जब आप आलोकित नेतृत्व के बारे में अपने सोचने के तरीके को बदलते हैं तो आप खोज सकते हैं कि आपसे पहले सफल व्यक्तियों ने ईमानदारी के साथ क्या सीखा है। वह यह है कि हम सब उस ऊर्जा के, जिसे आप ताओ, या ईश्वर या चाहे जो कुछ कहते हो, के साधन हैं जो पुस्तकें लिखती है, व्याख्यान देती है, जीवन रक्षक शोध करती है और

ऐसा ही बहुत कुछ करती है। विनयशीलता आपके अपने अहम् से बड़ी ताकत के समक्ष आत्मसमर्पण के समान है, उस स्रोत को श्रेय प्रदान करना है और उस ताकत के द्वारा आपको प्रदान किए गए प्रज्ञान और प्रभाव के लिए आभारी होना है। विनयी होइए। नीचे रहिए और एक उदार, कृतज्ञ नेता होइए।

इन तीन सम्पदाओं को अपनी प्रतिदिन की जिन्दगी में लागू करने के कुछ तरीके यहां प्रस्तुत हैं—

ताओ की अनन्त अभिव्यक्तियों के साथ एकरूपता में जियें

एकरूपता में जीने की कुंजी करुणा और दया है। आप किसी के साथ प्रतिस्पर्धा में नहीं हैं अतः ऐसा मत महसूस कीजिए कि आपको किसी दूसरे व्यक्ति को परास्त करना ही है या स्वयं की किसी भी स्तर पर तुलना करनी है। स्वयं के सहित जीवन के प्रत्येक रूप के प्रति दया और करुणा प्रसारित कीजिए। जब आप सबके लिए प्रेम और श्रद्धा उत्सर्जित करते हैं तो आप ताओ के साथ समरूप हो जाएंगे जो आपकी वैसे ही रक्षा करेगा जैसे कि आप एक बच्चे के तौर पर प्रेममयी मां की बांहों में थे।

उनमें सरलता और विनय की छुपी हुई अन्तर्शक्ति को देखिए जिन्हें पहले आपने कमजोर या प्रभावहीन नेतृत्व के तौर पर आंका हो सकता है

वे, जो मितव्ययिता पर अमल करते हैं और रोककर रखने (जमा करने) या प्रदर्शन उपभोग से इनकार करते हैं, इसके मजबूत उदाहरण के तौर पर देखे जाने का अधिकार रखते हैं कि दूसरों का मार्गदर्शन कैसे किया जाए, जबकि वे जो जोर लगाकर बोलते और प्रचार कार्य करते हैं जबकि ज्यादा-से-ज्यादा वस्तुओं को जमा करके रखने में लगे रहते हैं, ताओ के साथ एकरूपता में नहीं है। इससे भी अधिक, इस तरह के लोगों के क्रिया-कलाप और अधिक कलह के योगदान की ओर प्रवृत्त होते हैं और जैसा कि लाओ त्जू यहां हमें स्मरण कराते हैं, कि वे, जो श्रद्धा के बिना साहसिकता के साथ आगे बढ़ते हैं। मर जाएंगे (और, मैं जल्दी से यह जोड़ना चाहता हूं कि वे इसी प्रकार दूसरों को भी उनकी मृत्यु की ओर ले जाएंगे)। जैसा कि आपने देखा होगा कि जो नेतृत्व करने की स्थिति में हैं, उनकी सरलता और विनय के उदाहरण आपके दैनिक जीवन में मौजूद इन्हीं गुणों के साथ प्रतिस्पर्धा का हर सम्भव प्रयास करते हैं।

अब ताओ कीजिए

एक ऐसी वार्ता को चुनिए जिसमें आप कम शब्दों के प्रयोग के द्वारा तीनों सम्पदाओं

को इस्तेमाल कर सकते हैं। उदाहरण के तौर पर, वार्तालाप में जब आप कोई मुद्दा या बात उभारने का प्रयास कर रहे हों, एक क्षण या कुछ देर के बाद स्वयं को रोकिए और अपने बोलने के समय का सुनने के लिए प्रयोग कीजिए। आप एक ही समय में लाओ त्ज़ू की सभी तीन सम्पदाओं को प्रयोग कर रहे होंगे, अपने शब्दों से मितव्ययी होने और अपने वार्तालाप के भागीदार से आगे या ऊपर होने से विनय पूर्वक इनकार करने के जरिए आप उसके प्रति दया का भाव रखेंगे जिसके साथ आप वार्ता कर रहे हैं।

अड़सठवीं कविता

एक अच्छा सिपाही नहीं होता है हिंसक।
एक अच्छा योद्धा नहीं रहता है क्रोधित।
अच्छे विजेता नहीं लड़ते हैं।
अच्छे मालिक सेवा करते हैं अपने कर्मचारियों की।
सर्वश्रेष्ठ नेता पालन करता है लोगों की इच्छा का।
ये सभी अंगीकार करते हैं अप्रतियोगिता के गुण को।
इसे कहते हैं न लड़ने का गुण।
इसे कहते हैं दूसरों की ताकत को प्रयोग करना।
बहुत पहले जमाने से जाना जाता रहा है यह।
स्वर्ग के साथ अन्तिम (निर्णायक) एकता के तौर पर।

सहयोग करने के जरिए जीना

ताओ ते चिंग की यह कविता आपसे इसके बारे में अपने सोचने के तरीके को बदलने के लिए कह रही है कि एक विजेता होने के लिए आपको क्या करना चाहिए। पश्चिमी जगत में, आगे होने के प्रयासों में अधिकांशतः अक्सर विरोध और प्रतिस्पर्धा की अवस्था में होना शामिल रहता है। बुनियादी तौर पर, जो आप पाना चाहते हैं उसे दूसरे के प्राप्त करने के पहले प्राप्त करने के जरिए आपको अन्य लोगों को निश्चय ही पराजित करना होता है। लाओ त्जू आपसे 'अप्रतिस्पर्धा के नैतिक गुण' को अंगीकार करने के जरिए इस तरह के सोच को बदलने के लिए कह रहे हैं जो आपके लिए एक ऐसे समाज तक में कारगर हो सकती है जहां विजय प्राप्त करने और एक नम्बर होने को बहुत अधिक महत्वपूर्ण माना जाता है।

ताओ ते चिंग शिक्षा देते हैं कि समस्त 10,000 चीजें उसी न होने की अवस्था से उत्पन्न हुई हैं। यहां-वहां केवल एकत्व है जिसमें सम्पूर्ण सहयोग और अप्रतिस्पर्धा सन्निहित है। पराजित किए जाने के लिए यहां कौन हो सकता है यदि आप स्वयं को हर किसी में देखते हैं आप अपने साथ ही लड़ने का चुनाव कर रहे होंगे। लाओ त्जू कहते हैं कि आप उनकी सलाह का अनुसरण करें और सहयोग करने के जरिए जीने का निश्चय करें।

आप मानें या न मानें, यह वस्तुतः खेलकूद प्रतियोगिताओं में भी आपके लाभ के लिए काम कर सकती है। एक प्रतिस्पर्धी को एक शत्रु के तौर पर सोचने और क्रोध तथा मानसिक-भौतिक हिंसा का प्रयोग करने के बजाय स्वयं को इस कविता के प्रारम्भिक लाओ त्जू के शब्दों का स्मरण कराइए कि "एक अच्छा सिपाही हिंसक नहीं होता, एक अच्छा योद्धा क्रोधित नहीं होता। अच्छे विजेता नहीं लड़ते।" इसके बजाय ऐसे व्यक्ति अपने विरोधियों को अपने स्वयं के एक अंग के तौर पर और इस जीवन

के नृत्य के गुण-दोष विवेचक सदस्यों के तौर पर देखते हैं। अतः एक टेनिस मैच या फुटबाल मैच में अपने प्रतिस्पर्धी के प्रति घृणा करने या क्रोधित होने के बजाय उसको अपने एक ऐसे हिस्से के तौर पर देखिए जो आपको श्रेष्ठता प्राप्त करने में सहायता प्रदान करने के लिए कार्य कर रहा है। उनके बिना, आप विकसित नहीं हो सकते, एक अच्छा अभ्यास प्राप्त कीजिए या विजयी होइए।

ताओ की सलाह पर अमल कीजिए और स्वयं को विजेता के स्तर तक ऊंचा उठाने के लिए "दूसरो की शक्ति का प्रयोग" कीजिए। वह यह है कि यह चाहने के जरिए कि आपका प्रतिद्वन्द्वी अपनी पूरी क्षमता के साथ उच्च स्तर पर खेले, आप उसके साथ सहयोग कीजिए। जो लक्ष्य आपके हाथ में है उसे लेकर परेशान होने या स्वयं को धिक्कारने से अपना ध्यान हटाइए। गेंद को देखिए, गेंद को बढ़ाइए या एक मार्शल आर्ट प्रतियोगिता में सीधे खड़े होइए और सन्तुलित रहिए। जब क्रोध एक घटक नहीं है तो आपका खेल एक नए स्तर पहुंच जाएगा। और यह इसी प्रकार खेलकूद के मैदानों के बारे में भी सच है कि जिससे आप लड़ते हैं वो आपको कमजोर करता है और जिसको आप सहयोग करते हैं वो आपको शक्ति प्रदान करता है। इसलिए अपने कार्य के सहित जीवन के सभी क्षेत्रों में प्रतिस्पर्धा करने की अपनी सोच को सहयोग करने से बदल डालिए।

मैं हर उस व्यक्ति के बारे में सोचने में इस धारणा का प्रयोग करता हूं जिसका, मेरी 'टीम' पर, मेरा भागीदार (पार्टनर) होने के नाते, उद्देश्य इस हमारे ग्रह पर मौजूद जीवन की गुणवत्ता को विकसित करने में सहायता करना है। मैं किसी के वहां से बाहर होने की कल्पना नहीं कर सकता जिनके साथ किसी बाह्य पुरस्कार के लिए मैं प्रतिस्पर्धा में हूं। यदि वे उससे ज्यादा पुस्तकें बेचते हैं जितनी मैं बेचता हूं तो मैं उनके सौभाग्य के लिए उनकी सराहना करता हूं। वस्तुतः मैं अधिक-से-अधिक लोगों से उनके उत्पादों को क्रय करने के लिए कहूंगा। यदि वे अधिक धन कमाते हैं, अधिक प्रचार पाते हैं या और अधिक लोगों तक पहुंचते हैं तो मैं इस विचार के जरिए इसका जश्न मनाऊंगा कि मेरी टीम के सहभागियों ने मेरे उद्देश्य में मेरी सहायता की है।

जब मैं एक कांटे की टक्कर वाले टेनिस मैच खेलता हूं तो मैं अपने प्रतिद्वन्द्वी को प्रेम और प्रोत्साहन का मौन सन्देश सम्प्रेषित करता हूं। जब मैं अपने चिन्तन में कम तनावग्रस्त, कम, क्रोधित और कम हिंसक हूं तब मैं उस क्षण में जी रहा हूं जिसे लाओ त्ज़ू 'स्वर्ग के साथ अन्तिम एकता' कहते हैं। स्कोर बोर्ड (अंक पटल) पर चाहे जो परिणाम आए मेरी श्रेष्ठता का स्तर बहुत ऊंचा उठ जाता है।

यह, वह है जो अपने 2500 वर्ष पुराने परिप्रेक्ष्य से लाओ त्ज़ू आपको अनुमोदित करते हैं—

घोषित कीजिए कि आप लड़ने नहीं जा रहे हैं

सर्दी लग जाने, बीमारी या यहां तक कि गम्भीर पीड़ाओं से भी मत लड़िए। परिवार के सदस्यों के साथ या राजनैतिक विचारों के विरुद्ध मत लड़िए। व्यसनों के खिलाफ मत लड़िए और सबसे महत्वपूर्ण है कि अपने आपसे मत लड़िए। इसके बजाय सहयोग करने के जरिए जीने की ओर मुड़िए। यदि आपके शरीर में कैंसर या अर्थराइटिस के सेल हैं तो उनसे उस परिप्रेक्ष्य से बात कीजिए कि, "यदि आप मेरे शरीर में रहने पर जोर देते हैं तो मैं आपके सहित एकरूपता, शान्ति और सम्पूर्ण स्वास्थ्य के साथ जीना चाहता हूं। अन्यथा मैं आपको कहीं और अपना ठिकाना बनाने के लिए आमन्त्रित करता हूं।" यह अजीब लग सकता है लेकिन यह आपको वापस ताओ के साथ एकरूपता में ला देता है जो हिंसक, घृणापूर्ण या क्रोधित नहीं है।

इसके साथ जब यह (झगड़े की नौबत) आपके बच्चों और अन्य पारिवारिक सदस्यों के प्रति आता है तो प्रतिदिन 'न लड़ने के नैतिक गुणों' का अभ्यास करते हुए स्वयं को उनके मित्र के तौर पर देखिए।

हर किसी में स्वयं को देखने का अभ्यास कीजिए

यदि किसी ऐसे को कोई चोट पहुंचती है जिसे आप प्यार करते हैं तो आप उसके दर्द को महसूस करते हैं। इसलिए जब आप कुछ ऐसा सोचते या करते हैं जो उसके लिए नुकसान दायक है जिसे आप प्रेम करते हैं तो आप कुछ ऐसा कर रहे होते हैं जो स्वयं आपके लिए हानिकारक हैं। इस चेतना को समस्त मानवता में प्रसारित कीजिए। आखिरकार आप उसी उत्पत्तिकारक ऊर्जा या ताओ को इस संसार में रहने वाले प्रत्येक जीव के साथ बांटते हैं। जब आप अपनी स्वयं की आत्मा को अन्य सभी के साथ सहयोगी आलिंगन में आबद्ध देखेंगे तो आप जानेंगे कि "स्वर्ग के साथ अन्तिम एकता" से लाओ त्जू का क्या मतलब है।

यहां पाब्लो कासल्स से कुछ अद्‌भुत शब्द प्रस्तुत हैं जो इस विचार को व्यक्त करते हैं–

कब होंगे हम (हमारे बच्चों को पढ़ाओ) जो वो हैं?

हमें उनमें से प्रत्येक से कहना चाहिए, क्या तुम जानते हो कि तुम क्या हो? तुम एक आश्चर्य (कमाल) हो। तुम विशिष्ट हो। उन सभी वर्षों में जो गुज़र गए तुम्हारे जैसा दूसरा कोई बच्चा नहीं हुआ। तुम्हारे पैर, तुम्हारे हाथ, तुम्हारी कुशल उंगलियां और तरीका तुम्हारे चलने का।

तुम एक शेक्सपीयर, एक माइकेल एंजेलो, एक बीथोवोन हो सकते हो। तुम में

सब कुछ होने की क्षमता हैं। हां, वाकई तुम एक आदर्श हो। और जब तुम बड़े होंगे क्या तुम तब किसी दूसरे को नुकसान पहुंचा सकते हो जो तुम्हारे जैसा है, एक आश्चर्य?

अब ताओ कीजिए

वायदा कीजिए कि आप अपनी अगली प्रतिस्पर्धात्मक मुठभेड़ में अपने प्रतिद्वन्द्वी को अपने स्वयं के एक विस्तार के तौर पर देखेंगे। मानसिक तौर पर उस व्यक्ति को प्रेम सम्प्रेषित करने, उसको प्रकाश से घेर लेने और प्रार्थना करने कि वह अपने उच्चतम स्तर का प्रदर्शन करे, की प्रतिज्ञा कीजिए। तब देखिए कि कैसे आपका प्रदर्शन बेहतर होता है और आपको श्रेष्ठता के नए स्तर पर ले जाता है।

उनहत्तरवीं कविता

सैनिकों के बीच में प्रचलित है एक कहावत।
मैं पहल करने का साहस नहीं करता।
बल्कि उसके बजाय अदा करूंगा मेहमान की भूमिका।
मैं एक इंच आगे बढ़ने का साहस नहीं करूंगा।
बल्कि उसकी जगह पीछे हट जाऊंगा एक कदम।
यह कहलाता है।
बिना आगे बढ़े आगे बढ़ना।
बिना शस्त्र चलाए पीछे धकेलना।
कोई नहीं है इससे बड़ा दुर्भाग्य यहां।
इस एहसास से कि, "मेरा है एक शत्रु"।
क्योंकि जब मैं और 'शत्रु' रहते हैं एक साथ।
तो कोई जगह नहीं बचती मेरी सम्पदा के लिए।
अतः मिलते हैं जब दो विरोधी।
तो जो है बिना एक शत्रु के।
निश्चय ही जीतेगा वह।
जब होती है तुलना सेनाओं तक की।
करुणा के साथ है जो, वह जीतती है।

शत्रुओं के बिना जीना

कल्पना कीजिए एक ऐसे संसार की जिसमें ग्रह पर रहने वाले सभी जीवों को एक ही परम्परा आबद्ध किए हुए है और जहां कोई 'शत्रु' शब्द को नहीं जानता, जहां हर कोई प्रसन्नतापूर्वक इस बात पर सहमत है कि 'न होने' के एक ही स्रोत से उत्पन्न हुए हम सभी एक व्यक्ति हैं। एक ऐसे संसार का चित्र बनाइए जो यह समझता हो कि किसी को नुकसान पहुंचाना स्वयं को नुकसान पहुंचाने के समान है। दुर्भाग्यवश जबकि सभ्यता के समस्त लिखित इतिहास के दौरान मानवों के बीच कार्य-व्यवहार की ऐसी अवस्था कभी नहीं रही, ताओ ते चिंग की 69वीं कविता में लाओ त्ज़ू की यही कल्पना है। और जब हम ताओ केन्द्रित नेतृत्व के साथ ताओ केन्द्रित व्यक्ति होने के लिए काम करते हैं तो, यह मेरी कल्पना है कि यह सम्भव है।

यह महान अभियान ठीक यहीं और ठीक अभी, आपके साथ प्रारम्भ होता है। अपने जीवन से 'शत्रु' की अवधारणा को मिटा दीजिए और अपने साथ के लोगों के लिए इस आचरण को आदर्श बनाइए। अन्ततोगत्वा, तरंग प्रभाव इस धरती पर मौजूद प्रत्येक व्यक्ति को एक 'शत्रुविहीन' संसार की ओर संचालित करेगा।

अभी हाल में, पेनसुल्वेनिया की लान्कास्टर काउंण्टी में एक एमिश स्कूल प्रांगण में बन्दूकों और गोला-बारुद से लैस एक पागल व्यक्ति ने स्वयं को आड़ में छुपा लिया और वहां उसने कई लड़कियों की हत्या कर दी। जब इस अन्तरंगता पूर्वक घनिष्ट समाज के शान्तिपूर्ण, ताओ केन्द्रित क्रिश्चियन सदस्य अपने अकथनीय भयावह क्षति पर शोक करने के लिए एकत्र हुए तो उन्होंने सामूहिक अन्तिम संस्कार में उनके साथ शोक व्यक्त करने के लिए हत्यारे के लिए भी प्रार्थना की।

जैसा कि एमिश नेता ने कहा कि ''हमारा कोई शत्रु नहीं है, हम सभी ईश्वर की सन्तानें हैं, और क्षमा करना हमारे क्रिश्चियन विश्वास (धर्म) के मूल में है। यदि हम उन्हें क्षमा नहीं कर सकते जो भटक गए हैं और हमें नुकसान पहुंचाएगे तो हमारा

विश्वास अर्थहीन हो जाएगा।" ये सुन्दर शब्द भावना के स्तर पर उसके कितने समान हैं जो इस कविता में लाओ त्ज़ू ने अंकित किया कि, "यहां इससे बड़ा कोई दुर्भाग्य नहीं है कि मेरा कोई शत्रु है।" और "जब दो विरोधी मिलते हैं तो वह जो शत्रु रहित है निश्चित जीत जाएगा।"

तो बिना एक शत्रु के आपका एक विरोधी कैसे हो सकता है? अपनी दैदीप्तिमान पुस्तक "द ताओ आफ इनर पीस (आन्तरिक शान्ति का ताओ)" में डायना ड्रेहेर ने इस प्रश्न पर अनुक्रिया व्यक्त की है। जब आप ताओ ते चिंग की 69वीं कविता को अपने जीवन में लागू करें तो इसे याद रखें कि, "युद्ध के तौर पर झगड़े की पुरानी समझ हमारी दृष्टि को संकीर्ण करती है, हमारी पसन्दगियों (विकल्पों) को सीमित करती है, प्रतिस्पर्धी ध्रुवताओं के अन्तहीन संघर्षों में धकेलती है।" इसके बाद वह जोड़ती हैं कि, "शत्रु बनाना हमारी शक्ति को हर लेता है, हमारे जीवनों के लिए जिम्मेवारी लेने से हमें दूर रखता है। झगड़े को हल करने के बजाय हम अपना ध्यान डरने, घृणा करने और मान लिए गए 'शत्रु' पर जोरदार चोट करने पर केन्द्रित कर देते हैं।

डायना की दैदीप्यमान पुस्तक, इसी प्रकार ताओ ते चिंग की यह कविता और एमिश समुदाय के नेता का बयान, इन सबसे यह सबक निकलता है कि झगड़े का मतलब युद्ध नहीं होता है। दूसरे शब्दों में, विरोधी दृष्टिकोण का कोई व्यक्ति शत्रु नहीं होता। कल्पना कीजिए कि यदि प्रत्येक जनरल (सेनाध्यक्ष) ने ताओ ते चिंग के इन शब्दों को हृदय से स्वीकार कर लिया होता और उस पर अमल किया होता कि, "मैं पहला कदम उठाने का साहस नहीं करता...।" तो यहां किसी भी तरह से युद्ध का अस्तित्व नहीं रह सका होता।

लाओ त्ज़ू ने सलाह दी कि यदि युद्ध कभी अपरिहार्य हो जाता है तो हमला करने के बजाय रक्षा करने पर अमल करना चाहिए। किसी को कभी युद्ध आरम्भ नहीं करना चाहिए लेकिन युद्ध की गर्मी में यह पहचानना चाहिए कि युद्ध स्वयं कुछ ऐसा है जिसके लिए शोक करने की आवश्यकता है। 'शत्रु' के बिना विचार और एक हृदय जो करुणा से भरा हुआ है, के साथ हर कोई ताओ के साथ एकरूप रहता है। चाहे मौखिक हो या भौतिक युद्ध की उपस्थिति इसका एक संकेत हैं कि ताओ से सम्पर्क खोया जा चुका है। कोई समारोह नहीं होना चाहिए और पूरे दिन करुणा के शासन में, प्रत्येक युद्ध या युद्ध भूमि के झगड़े को एक अन्तिम संस्कार समझा जाना चाहिए।

जब मैं लाओ त्ज़ू के मुख मण्डल पर मनन करते हुए यहां बैठा हूं तो वह मुझे यह कहते हुए प्रतीत होते हैं कि एक शत्रु से मुक्त संसार उतना असम्भव नहीं है जैसा कि तुम सोचते होगे। अब आप इस प्रज्ञान को जिस तरह काम में प्रयोग कर सकते हैं, वह यह है—

किसी को अपने प्रतिपक्षी के तौर पर सोचने से इनकार कीजिए

इस कविता में सबसे महत्वपूर्ण पंक्तियों को पुनः पढ़िये 'जब' मैं 'और' शत्रु 'एक साथ रहते हैं तो मेरी सम्पदा के लिए कोई जगह बाकी नहीं बचती।'' आपकी सम्पदा आपकी मानसिक शान्ति और ताओ के साथ आपका जुड़ाव है इसलिए व्यवसाय में आपके प्रतिस्पर्धी, खेलकूद प्रतियोगिता में आपके प्रतिद्वन्द्वी और प्रतिस्पर्धी राजनैतिक दल के सदस्य आपके शत्रु नहीं हैं। और वे लोग जिन्हें सरकार आपका शत्रु घोषित करती है वो तो निश्चय ही नहीं हैं।

दृढ़तापूर्वक कहिए : ''यहां ऐसे लोग हैं जिनके साथ मेरे अत्यन्त गम्भीर मतभेद हैं। यहां तक कि मुझे स्वयं की और अपने जीवन जीने के तरीके की रक्षा करने की जरूरत हो सकती है, लेकिन मैं उनको अपने शत्रु की तरह नहीं समझूंगा।'' लाओ त्जू के इस कथन को याद कीजिए कि वह व्यक्ति जो ''शत्रुविहीन है निश्चय ही विजयी होगा।''

कभी झगड़ा न प्रारम्भ की शपथ लीजिए

पहले शुरुवात करने के बजाय मेहमान की भूमिका अदा करने की लाओ त्जू की सलाह के साथ तालमेल में रहते हुए विवादों के रक्षात्मक पहलू पर रहिए। स्वयं को उनमें पाने के जरिए, जिन्हें आपने कभी लड़ाकों के तौर पर देखा था, उनको अपने सहकर्मी के तौर पर देखिए। अपने समझे गए विपक्षियों (शत्रुओं) के प्रति करुणा और चिन्ता सम्प्रेषित कीजिए जो वस्तुतः आपके एक अंग का ही प्रतिनिधित्व करते हैं। स्वयं को यह ध्यान दिलाते हुए आप स्वयं से ही युद्ध कर रहे होंगे, एक युद्ध (झगड़े) को प्रारम्भ करने से इनकार कीजिए। पवित्र टकराव में एकत्व को पाने का रास्ता प्राप्त कीजिए क्योंकि हम सब ताओं के हैं।

अब ताओ कीजिए

ऐनी फ्रेंक का जब नाजियों द्वारा उत्पीड़न किया जा रहा था तब लिखी गयी उसकी डायरी में पाए गए इन शब्दों को पुनः उच्चारित कीजिए, ''...सब कुछ के बावजूद मैं अभी भी विश्वास करती हूं कि लोग वाकई हृदय से अच्छे हैं...मैं लाखों लोगों की पीड़ा को महसूस कर सकती हूं और तथापि जब मैं स्वर्ग में झांकती हूं तो मैं सोचती हूं कि यह सब कुछ ठीक हो जाएगा।'' परिवार में सभी के देखने के लिए इसे प्रेषित कीजिए।

सत्तरवीं कविता

मेरी शिक्षाएं बहुत आसान हैं समझने के लिए।
और बहुत आसान हैं करने के लिए अभ्यास।
तो भी बहुत कम हैं इस संसार में इसे समझते।
और इसीलिए बहुत कम हैं समर्थ करने में अभ्यास।
मेरे शब्दों की है एक परम्परा।
मेरे व्यवहार का है एक मालिक।
लोगों को नहीं है इसका कोई ज्ञान।
इसीलिए नहीं है उनको मेरा ज्ञान।
यही कारण है कि सन्त पहनता है साधारण (सादे) कपड़े।
यद्यपि उसका अन्तःकरण है भरपूर।
बहुमूल्य रत्नों से।

एक ईश्वर अनुभूत जीवन जीना

मैंने ताओ ते चिंग की इस 70वीं कविता के 50 से अधिक अनुवाद पढ़ते और दोबारा पढ़ते हुए एक सप्ताह तक इस पर मनन किया। मैं थामस क्लेरी के अनुवाद "द एसेन्शियल ताओ (तात्विक ताओ, सारभूत ताओ)" के इस उद्धरण की ओर विशेष तौर से आकर्षित हुआ–

जो मुझे जानते हैं वे विरल हैं। जो मेरे जैसा होना चाहते हैं वो उत्तम हैं।

यह तय करने के प्रयास में कि 21वीं सदी के लिए लाओ त्ज़ू का क्या सन्देश है मैंने उनसे भी दिशा के बारे में पूछा। मैं जानता था कि सर्वज्ञाता कभी भी अपने अहम् की सन्तुष्टि की आवश्यकता के हिसाब से नहीं बोल सकता है। फिर तो अहम् के बजाय महान मार्ग में जीवन का आनन्द प्राप्त करने वाले और प्रत्येक को ऐसा ही करने के लिए प्रोत्साहित करने वाले मौलिक ताओ सर्वज्ञानी थे।

यह कल्पना करने का प्रयास कीजिए कि इस दिव्य अवतार के प्राचीन चीन में अपने लोगों के बीच घूमने के लिए निश्चित तौर पर ऐसी क्या आवश्यकता रही होगी। उन्होंने उनके युद्धप्रिय व्यवहारों पर अकल्पनीय ब्योरे दर्ज किए, जबकि उनको इसकी सम्पूर्ण आन्तरिक चेतना थी कि यदि उनका अनुसरण करने वाले लोग केवल अपने जीवनों को देखने के अपने तरीके को बदल लें तो उन सबके लिए क्या कुछ सम्भव था। स्वतन्त्रता, मानसिक शान्ति, सन्तोष और वस्तुतः वह प्रत्येक सिद्धान्त जिसका मैंने इन 81 निबन्धों में जिक्र किया है, केवल एक दूर का विचार था। मैं कल्पना कर सकता हूं कि यही कोई 500 से कुछ अधिक वर्षों बाद नाजारेथ के जीसस ने उसी भाव को महसूस किया होगा जो लाओ त्ज़ू ने यहां इस 70वीं कविता में व्यक्त किया है जो कुछ इस तरह के प्रभाव का है कि, "अरे! यह कितना आसान है, समझने और लागू

करने के लिए कितना आसान है, तो भी कम लोग धरती पर स्वर्ग के तत्व को ग्रहण करने के इच्छुक या समर्थ हैं।"

मैं उस हताशा को लगभग महसूस कर सकता हूं जो लाओ त्जू इन पंक्तियों में तब व्यक्त कर रहे हैं जब वो अहम् केन्द्रित होने के बजाय ताओ केन्द्रित अस्तित्व को जीने के लिए हम पर जोर देते हैं। मैंने इस संक्षिप्त निबन्ध को 'एक ईश्वर अनुभूत जीवन जीना' शीर्षक दिया है क्योंकि मेरे विश्वास के अनुसार अपने सभी 81 खण्डों में और विशेष कर इस 70वें हिस्से में वह आपसे यही करने के लिए कह रहे हैं। वह कहते हैं कि, **"मेरे शब्दों की एक वंश परम्परा है, मेरे व्यवहारों का एक स्वामी है।"** और फिर इसके तुरन्त बाद यह कहते हैं कि **लोग बस इसको समझ नहीं पाते, इसलिए उनको स्पष्ट तौर पर "मेरी कोई समझ नहीं होती।"** लाओ त्जू के पूर्वज ताओ हैं और कर्मों का स्वामी वही अनाम स्रोत है। वह विचार करते दिखलायी पड़ते हैं कि **मैं सोचता हूं जैसे ईश्वर सोचता है, मैं बोलता हूं जैसे ईश्वर, संसार का रचयिता बोला होगा। और इसीलिए मैं इस ईश्वर अनुभूत सिद्धान्तों के अनुसार व्यवहार करता हूं।**

मैं आपसे वही करने के लिए जोर देता हूं जो वाकई इतना आसान है यदि आप यह जीवन बनाए रखने वाली ताओ ऊर्जा के समक्ष आत्म समर्पण कर दें और उसे अपना मार्गदर्शन करने दें। लड़ना बन्द कीजिए, हिंसक विचारों और कार्यों से दूर रहिए, और दूसरों को या संसार को नियन्त्रित करने का प्रयास करना, छोड़ दीजिए। विनम्र रहिए, हस्तक्षेप मत कीजिए, अपनी सृजनात्मक मेधा का सम्मान कीजिए, दूसरों की सृजनात्मक कल्पनाशक्ति का इसी प्रकार सम्मान कीजिए और इस सबसे बढ़कर, अपने अदृश्य स्रोत की ओर वापस लौटिए और अपने कष्टदायी अहम् को निकाल बाहर फैंकिए जब तक कि आप जीवित हैं और 10,000 चीजों में से एक के तौर पर शरीर धारण किए हुए हैं। यदि आप यह सब करें, तो स्वाभाविक तौर पर आप आनन्ददायक अनिर्णायात्मक शान्ति में लम्बा जीवन जिएंगे।

सोचिए कि सदियों से कलाकारों द्वारा महान आध्यात्मिक महाप्रभुओं को कैसे चित्रित किया जाता रहा है : लाओ त्जू एक साधारण गाऊन पहनते हैं, जीसस, साधारण (सादे) कपड़ों और सैण्डिलों से सज्जित हैं, संत फ्रांसिस तकरीबन चिथड़ा हो चुके पुराने वस्त्र में विहार करते हैं, बुद्ध एक टहलने के समय की छड़ी के साथ एक किसान जैसे दिखलायी देते हैं और मोहम्मद एक साधारण मनुष्य की तरह चित्रित किए गए हैं। इसके बाद देखिए कि महान आध्यात्मिक गुरुओं के अनुयायी किस तरह चित्रित किए गए हैं। प्रचुर धन दौलत और उत्कृष्ट उपभोग के साथ वैभव की गोद में सुनहरे महलों में जीते हुए। महान सन्त साधारण कपड़ों में रहते हैं इसके बावजूद भी वे स्वयं अपने अन्दर अत्यधिक मूल्यवान उपयोगी वस्तुएं छुपाए रहते हैं।

और इन स्वामियों के अन्दर छुपा हुआ महान खजाना आखिर है क्या? 67वीं कविता इसकी व्याख्या करती है कि दया, मितव्ययिता और विनय इन तीन सम्पदाओं के रूप में वह ईश्वर की अनुभूति है। आपको सोने की कसीदाकारी की पौशाक और पहुंच के बाहर तक विस्तारित पूजा घरों की आवश्यकता नहीं है जो कि दोनों इन धन सम्पत्तियों को रखने के लिए, असंख्य सेवकों और दासों के पसीने का परिणाम थे। सादगी से रहना सन्तों को इस सन्देश की सरलता से एकरूप बनाए रखता है।

इतने कम लोगों को उनके सुन्दर सरल सन्देश को ग्रहण करते देख अपनी व्याकुलता को व्यक्त करते हुए इस 70वीं कविता के मध्य लाओ त्ज़ू को जो कहते हुए मैं महसूस करता हूं वह यह है–

ताओ ते चिंग को जानिए

एक ऐसे विशाल बहुमत में से एक होने, जो ताओ ते चिंग की शिक्षाओं को नहीं समझती है या उन पर अमल नहीं करती है, के बारे में अपना विचार बदलिए। लाओ त्ज़ू आपको बतलाते हैं कि यहां बहुत कम करने के लिए है। आपको केवल यह स्मरण रखने की आवश्यकता है कि आपकी पवित्रता ताओ का एक हिस्सा है। 'ए कोर्स इन मिरेकल्स' (आश्चर्यों का एक पाठयक्रम) के अनुसार आपकी पवित्रता संसार के सभी कानूनों को उलट देती हैं। यह काल, दिक्, दूरी और सीमाओं के प्रत्येक प्रतिबन्धों से परे है।

स्वयं को उनमें से एक घोषित कीजिए जो यह ज्ञान रखते हैं और प्रतिदिन ईश्वर अनुभूति का अभ्यास करना चाहते हैं।

सब जगह ईश्वर देखिए

हर चीज में जिसे आप देखते या सुनते हैं ईश्वर की अदृश्य शक्ति खोजने को अपना दैनिक अभ्यास बनाइए। 14वीं शताब्दी में, मेईस्टेर इक्रवर्ट ने इस पर कुछ सलाह प्रस्तुत की, कि ताओ ते चिंग की इस 70वीं कविता को दैनिक जीवन में कैसे व्यवहार में उतारा जाए। उनके अनुसार इसका क्या परीक्षण है कि आप सचमुच इस पवित्र जन्म से गुजर चुके हैं? ध्यान से सुनिए कि, ''यदि सचमुच आपके अन्दर यह जन्म हो चुका है तब हर एक जीव आपको ईश्वर की ओर संकेत करता है।'' उन्होंने और आगे सलाह दी कि, ''यदि आपने अपने सम्पूर्ण जीवन में प्रार्थना के तौर पर केवल 'धन्यवाद' कहा था तो वह पर्याप्त रहेगा।''

''हे ईश्वर, सब कुछ के लिए आपको धन्यवाद,'' यह कहने का अभ्यास कीजिए। यह ईश्वर अनुभूति का मार्ग है।

अब ताओ कीजिए

एक दिन एक ऐसे सन्त जैसा होने की योजना बनाइए जो बिना आभूषण, सौन्दर्य प्रसाधन या तड़क-भड़क वाले वस्त्रों के सादी पौशाक में रहता है। दरअसल एक जोड़ी हाफ पैण्ट और एक टी शर्ट (साधारण न्यूनतम वस्त्र) में दिन भर के लिए बाहर निकलिए। जहां कहीं भी आप जाएं इस सादेपन में बरकरार बने रहिए और ध्यान दीजिए कि पौशाक और दिखने के प्रति दिया जाने वाला ध्यान कितना निरर्थक प्रतीत होता है। जब आप इससे बेपरवाह होकर अपने काम पर जाते हैं कि लोग आपको देखकर क्या सोचते होंगे तो स्वयं को अपनी चेतना में लयबद्ध कीजिए।

इक्हत्तरवीं कविता

अज्ञानता को जानना शक्ति है।
ज्ञान की उपेक्षा करना अस्वस्थता है।
केवल तब जब हम हैं अस्वस्थ अपनी अस्वस्थता के।
रोक सकेंगे हम अस्वस्थ होने को।
ज्ञानी नहीं है अस्वस्थ लेकिन अस्वस्थता है अस्वस्थता की।
यह है रहस्य स्वास्थ्य का।

अस्वस्थता के बिना जीना

ताओ ते चिंग के मेरे अधिकांश अध्ययन में सभी जगह अभिव्यक्त विरोधाभास इस हिस्से में पूरी स्पष्टता के साथ मौजूद हैं कि जब आपकी बीमारी बीमार हो जाती है तो आपकी बीमारी भाग जाती हैं। लाओ त्जू यह कहते हुए प्रतीत हो रहे हैं कि बीमारी से बचने के लिए किसी को सचमुच बीमार हो जाना चाहिए।

एक बार फिर मैंने इस लघु कविता पर काफी समय तक और खूब ध्यान लगाकर सोचा। मैं आपके लिए और स्वयं अपने लिए इनके सारभूत अर्थ को प्राप्त करने के लिए इन शब्दों से उलझता रहा, उलझता रहा। आखिरकार यह पूछने के लिए कि इस पहेलीनुमा 71वीं कविता से उनका तात्पर्य क्या है, मैंने अपने समक्ष मौजूद लाओ त्जू की छवि के सामने ध्यान किया। इस अध्याय के शेष हिस्से को जिस पर मैंने आधारित किया है, वह उनका उत्तर है।

सबसे पहले तो यह कि अस्वस्थता, बीमारी या रोगग्रस्तता शब्दों का किन अर्थों में प्रयोग होता है? मेरे लिए इसका अर्थ यह है कि शरीर या मस्तिष्क में कुछ उस स्वस्थता से असन्तुलित हो गया है जिससे वह उत्पन्न हुआ है। अर्थात वह ताओ के साथ समन्वय में नहीं है। ज्वर (बुखार), निरन्तर रहने वाली पीड़ा, सांस लेने में कष्ट, सांस का फूलना (हंफन), खांसी (श्लेष्मा), असामान्य थकावट, चक्कर आना (बार-बार बेहोश हो जाना) जैसी स्थितियां अस्वस्थता की उपस्थिति के संकेतक हैं। और भय, चिन्ता, क्रोध, घृणा, आकुलता, तनावग्रस्तता, असहनशीलता, अपराध (पाप) आदि, इसी के समान, हमारे मस्तिष्क में मौजूद लक्षण हो सकते हैं। ये इसके संकेत हैं कि हमारे विचार उस स्रोत के साथ असन्तुलित हो गए हैं जो शुद्ध प्रेम, दयालुता, धैर्य, विनम्रता और ताओ ते चिंग के इन 81 निबन्धों में प्रगट हुए ताओ केन्द्रीयता की अन्य सभी अभिव्यक्तियां है।

सन्त ने इस कविता में अस्वस्थता पर लम्बे समय तक और कठिन मनन किया और इस नतीजे पर पहुंचे कि यह गैर ताओ चिन्तन के भौतिक प्रगटीकरण का प्रतिनिधित्व करते है।

ज्वर (बुखार), ठण्ड लग जाना, लगातार दर्द होना या अचानक उठने वाला दर्द ये सभी अधैर्य भय, क्रोध, या अन्य किसी अहम् प्रेरित आवेग की गैर ताओ अभिव्यक्तियों के समरूप है। जब सन्त ने देखा कि यहां इस तरह के विचार नेतृत्व करते हैं, तो वह ऐसी मूर्खता में शामिल होने से इनकार कर देता है। इस प्रकार उसने खराब स्वास्थ्य को देखा और शपथ ली कि "मैं उस तरह से नहीं सोचूंगा जो ऐसे परिणाम लाता है। मैं ताओ के प्राकृतिक तौर पर स्वस्थ होने में केन्द्रित बना रहूंगा क्योंकि एक अस्वस्थ विचार को सोचना अस्वस्थता को बढ़ने देने की अनुमति प्रदान करना है। परिणामस्वरूप वह अस्वस्थता की अस्वस्थता है और परिणाम है सम्पूर्ण स्वास्थ्य का रहस्य।

मुझे आपके समक्ष एक उदाहरण प्रस्तुत करने की अनुमति प्रदान कीजिए। मेरी सहकर्मी और मित्र राधिका किंगर अभी हाल में भारत में पुट्टापारथी की एक यात्रा से वापस लौटी जहां वो सत्य साईं बाबा के सान्निध्य में थीं जो एक ईश्वर अनुभूत सन्त हैं जो ताओ ते चिंग में प्रस्तुत समस्त दिव्य शिक्षाओं को जीते और उच्चारित करते रहते हैं। आने के बाद उसके द्वारा मुझे भेजे गए एक पत्र का एक अंश यहां प्रस्तुत है—

साईं बाबा की उपस्थिति में पुट्टापारथी में एक सप्ताह बिताने के बाद मैं बिल्कुल अभी लौटी हूं। कूल्हे की हड्डी में कई फ्रेक्चर (हड्डी का टूटना) होने के कारण साईं बाबा को एक व्हीलचेयर (पट्टियों वाली कुर्सी) पर देखकर मैं दुखी, हो गयी। डॉक्टरों के अनुसार ऐसी भौतिक यातना में कोई सामान्य मनुष्य शरीर अस्तित्व में बना नहीं रह सकता। लेकिन साईंबाबा सदैव परम आनन्दित और अपनी भौतिक अवस्था से पूरी तरह अप्रभावित बने रहते हैं।

एक अनुयायी ने साईं बाबा से पूछा कि यह कैसे है कि एक ईश्वर अनुभूत अस्तित्व को भौतिक कष्ट से होकर गुजरना पड़ता है। वह स्वयं अपने को ठीक क्यों नहीं करते? इसका उत्तर देते हुए साईं बाबा ने कहा कि "मेरा जीवन एक सन्देश है। आज लोगों को शारीरिक मोह छोड़ने और अपने अन्तःस्थल में मौजूद ईश्वरत्व को अनुभव करने की आवश्यकता है। पीड़ा एक प्राकृतिक तथ्य है लेकिन पीड़ित होना एक पसन्द है। मैं पीड़ित नहीं होता हूं, क्योंकि मैं शरीर नहीं हूं।"

साईं बाबा ने अपनी स्थिति की ओर देखा और स्वयं को अपने जीवन में होने वाली ऐसी चीज की बीमारी (अस्वस्थता) घोषित कर दिया। जब आप ताओ के साथ एकरूप होकर जीते हैं तो बीमारी से पीड़ित होना एकमात्र विकल्प नहीं रह जाता।

अपने पीछे मौजूद व्यसनी व्यवहार के वर्षों से, मैं आपसे यह कह सकता हूं कि मुझको उस शुद्धता और स्वस्थता की ओर वापस लाने, जिससे मैं उत्पन्न हुआ हूं, का अधिकांश श्रेय ताओ ते चिंग की इस कविता के प्रज्ञान को जाता है। मैं अपनी अस्वस्थता की अस्वस्थता बन गया क्योंकि मैं इसके साथ हुई शर्मिन्दगी और शर्म से होकर अधिक नहीं गुजरना चाहता था। मैंने अपने दुःख को भौतिक जगत में उतना अधिक नहीं देखा बल्कि अपने विचारों के अदृश्य संसार में देखा जो मुझे अस्वस्थता की ओर वापस ले जाता रहता है। जब मैंने अन्ततोगत्वा इस सबको देखने का अपना तरीका बदल दिया तो मैं इसके अस्वस्थता होने की युक्ति पाने के जरिए और अधिक अस्वस्थ न होने के दिखने वाले विरोधाभास को समझने में समर्थ हो गया। और यह वास्तविकता में स्वास्थ्य का रहस्य है।

इस प्रज्ञान को अभी और यहीं आपके लिए कार्यरत होने के लिए प्रयोग करने के बारे में लाओ त्ज़ू आपको जो निर्देश देना चाहेंगे वे यह हैं—

खुश-दिमाग रहिए

एक प्राचीन चीनी कहावत है कि यदि किसी के पास प्रसन्न मस्तिष्क है तो उसके पास प्रसन्न शरीर होगा। प्रसन्न मस्तिष्क बीमारियों की बीमारी है। यह, यह पूर्वानुमान करने से इनकार कर देता है कि चीजें और अधिक खराब हो जाएंगी। यह जुकाम, पेट दर्द, पीठ या घुटने की पीड़ा और लगातार रहने वाली थकावट को स्वस्थ होने की प्राकृतिक अवस्था की ओर लौटने के शरीर के संकेत का अनुसरण करने के सन्देशों के तौर पर देखता है। स्वस्थ मस्तिष्क शरीर को शारीरिक अशक्तता को ठीक करने में सक्षम समझता है क्योंकि यह जानता है कि यह मनुष्य का सृजन नहीं बल्कि ताओ का एक उत्पाद है। एक स्वस्थ मस्तिष्क बिना अस्वस्थता या पीड़ा के जीने की, शरीर की क्षमता में विश्वास करता है। इसलिए स्वस्थ बने रहने के लिए अपने खुश-दिमाग को अपने साथ कार्यरत कीजिए।

अपनी आदतों का परीक्षण कीजिए

आपकी कौन सी रोजाना की आदतें आपको स्वस्थ होने की प्राकृतिक अवस्था से दूर रखती हैं? क्या कोई व्यसन, इससे अन्तर नहीं पड़ता कि वे कितने गम्भीर या साधारण हैं, उनसे पूरी तरह तृप्त होने के लिए आपको पुकार रहे हैं। हानिकारक अनुसरणों के द्वारा कमजोर होकर बीमार हो जाइए। आप जानते हैं कि वो क्या हैं, और आप जानते हैं जब भोजन, शराब, या मादक दवाओं से या अपराध बोध और शर्म से आपने आदतन स्वयं को अस्वस्थ हो जाने दिया था, जो एक जगह बना लेने के बाद परिणाम

देते हैं। ध्यान रखिए कि ज्ञान की उपेक्षा करना बीमारी है और वो क्या हैं कि अपनी चेतना की उपेक्षा न करने की शपथ लेते हुए अपनी जड़ताओं का परीक्षण कीजिए।

अब ताओ कीजिए

अपने शरीर से आने वाले संदेशों को वास्तव में सुनने और उन पर विश्वास करने के लिए एक दिन समर्पित कीजिए और फिर उसको सुनिए जो उन संकेतों के बारे में आपसे आपका मस्तिष्क कह रहा है। अपने मस्तिष्क को इस सम्भावना से परिचित कराइए कि शरीर एक अनुरोध का संकेत कर रहा है जिसे आप पूरा कर सकते हैं जैसे कि, उदाहरण के तौर पर समुद्र तट पर झपकी लेना या टहलना। ताओ केन्द्रित प्रसन्न मस्तिष्क को विकसित कीजिए जो अस्वस्थता के विचारों का स्वागत नहीं करेगा।

बहत्तरवीं कविता

जब अभाव होता है लोगों में सादर भय का।
यहां होगा महाविनाश।
जब लोग नहीं डरते सांसारिक शक्तियों से।
आएगी कि एक महानतर शक्ति।
स्वयं को मत आंको कमतर।
मत समझो तुच्छ अपने जन्म की स्थितियों को।
मत बाधित करो प्राकृतिक क्रम को अपने जीवन के।
कभी नहीं होगे खिन्न इस संसार से, इस तरह।
अतः ज्ञानी जानता है स्वयं को।
लेकिन नहीं करता है प्रदर्शन स्वयं का।
करता है स्वयं को प्रेम।
लेकिन नहीं करता स्वयं की अति प्रशंसा।
जो बाहर है उससे जो है अन्तर्निहित, वरीयता देता है वह उसे।

श्रद्धा और स्वीकृति के साथ जीना

ताओ ते चिंग की यह कविता आपको ऐसे दो घटकों के बारे में सचेत करती है जो सुसंगत जीवन के लिए एक साथ कार्य करते हैं। ये घटक हैं, श्रद्धा और सम्पूर्ण स्वीकृति की भावना। इन संयुक्त शक्तियों के बिना आपके लिए ताओ की उपस्थिति को देख पाना असम्भव है।

जो मैंने इस कविता के बारे में लिखा उसको मैंने 16वीं शताब्दी के रहस्यवादी कवि सेण्ट जान आफ क्रास को पढ़ते हुए स्वयं प्राप्त किया जो कि श्रद्धापूर्ण जीवन जीते थे। एक दिव्यतापूर्वक आध्यात्मिक व्यक्ति में यह भावना प्रगट हुई, इसकी एक झलक आपके समक्ष प्रस्तुत करने के लिए मैं यहां उनकी कुछ पंक्तियां पुनः प्रस्तुत कर रहा हूं–

'मेरे प्रिय हैं पर्वत। और वृक्षाच्छादित निर्जन घाटियां।
अद्भुत द्वीप। और अनुगूंजित होती हुई नदियां। प्रेम उद्दीपक समीर का बांसुरीवादन।
क्षोभरहित रात्रि। अरुणोदय के समय में (ऊषा काल में)।
मौन संगीत। ध्वनित होता एकान्त।
रात्रि भोजन जो करता है तरोताजा और गहरा प्रेम को।'

इस सुबह मैं यहां मउई में अपने विचित्र स्थान पर बैठा हुआ एक अधीरता महसूस रहा हूं जो वस्तुतः सेण्ट जान आफ क्रास के शब्दों में तन्मय होने जैसी महसूस होती है। मैं, मुझसे जल्दी करने के लिए जोर देते हुए लाओ त्जू की उपस्थिति महसूस करता हूं ताकि वो आपको अवगत करा सकें कि आदर पूर्ण विस्मय की भावना रखने से उनका क्या तात्पर्य है। यह इतना महत्वपूर्ण [गम्भीर] है जैसे महानतर शक्ति के आगमन की एक समयहीन चेतना को आपके शरीर में प्रविष्ट कराना।

मैं अपने सुन्दर पर्यावरण में उस शक्ति को ठीक अभी महसूस करता हूं। मैना चिड़िया की चहचहाट से वायु ऐसे भर गयी है जैसे सागर लहराती हुई लहरों में डोलता है, काफी कुछ हमारे ग्रह की हृदय की धड़कन की तरह। रंग, बिल्कुल सांस रोक देने वाले हैं—हल्का (उजला) नीला आकाश। जगमगाते हरे ताड़ के वृक्ष, समुद्री घास और पौधे। दूरस्थ बादलों में स्वप्निल बैंगनी और नारंगी रंगों का मिश्रण और इस सब को पीछे छोड़कर शीर्ष पर स्थित एक इन्द्रधनुष जो पड़ोसी द्वीप लनाई को मेरे घर की आगे की खिड़की से जोड़ता हुआ दिख रहा है।

जब मेरे कोरे कागज पर शब्द उभरे तो मैं आनन्द व्याकुल कर देने वाली लहरों में बह रहा हूं कि मैं कैसे एक अदृश्य शक्ति के द्वारा प्रयोग किया जा रहा हूं। मैं जानता हूं कि जल्दी ही मैं सागर में होऊंगा, स्वयं को समुद्रतट के किनारे के साथ-साथ धकेलते हुए, खारे जल में नीचे खिलन्दड़ अन्दाज में घूमते हुए प्राणियों को देखते हुए और आश्चर्य करते हुए कि ये कहां सोते हैं। वे यहां कैसे आए? वायु के बिना वे सांस कैसे ले सकते हैं? क्या वो कभी घूमना बन्द करते हैं? मेरे जा चुकने के बाद क्या वे यहां होंगे? और तब मैं सागर से निकलूंगा और रेत के साथ टहलूंगा, सूर्य को अपने शरीर पर महसूस करते हुए और यह प्रश्न करते हुए कि यह कैसे वहां कायम रहता है, कैसे हम इसके चारों ओर घूमते बने रहते हैं जबकि 24 घण्टे में एक बार चक्कर लगाते हैं, सागर अधोमुख क्यों नहीं हो जाता जबकि पूरा ग्रह लगातार घूम रहा है और क्या कभी स्वयं तारों और संसार का अन्त होगा।

इस कारण विस्मयपूर्ण आदर की भावना रखना जरूरी है क्योंकि यह आपके चिन्तन पर अहम् की पकड़ को ढ़ीला करने में सहायता करता है। तब आप यह जान सकते हैं कि यहां पर कोई ऐसा महान और चिरस्थायी है जो समस्त अस्तित्वों का सृजन करता है। उसके साथ विस्मयपूर्ण आदर में होना जो विपदाओं को हटा देता है क्योंकि आपको सांसारिक स्थितियों का कोई भय नहीं है। आपको अन्य सांसारिक शक्ति में रखा गया है जो प्रति सेकण्ड करोड़ों आश्चर्य प्रगट करती है जिन सभी को आपके अहम् ने भुला दिया है।

ताओ ते चिंग की 72वीं कविता आपसे स्वयं को और अपने व्यक्तिगत दायित्वों को भी स्वीकार करने के लिए कहती है। लाओ त्ज़ू आपसे तीन बहुत जोरदार सुझावों से अपनी स्वयं की सीमितता की उपेक्षा करने और अपने जीवन को उसकी स्वयं की प्रकृति के साथ प्रगट होने देने के लिए कहते हैं।

एक सन्त जैसी स्वीकारोक्ति के मार्गदर्शक के तौर पर मैं प्रकृति के रूपक को प्यार करता हूं। वस्तुतः 81 कविताओं में सब कहीं लाओ त्ज़ू आपसे यह कहते हुए, कि ताओ से जहां आप जुड़ते हैं वह यह है, प्राकृतिक संसार में एकरूप होने पर जोर

देते हैं। जैसा कि 13वीं शताब्दी के कैथोलिक सन्त और विद्वान मेइस्टर इक्खर्ट प्रस्तुत करते हैं कि, "ईश्वर ने समस्त चीजों को इस तरह सृजित किया है कि वे उसके बाहर नहीं हैं, जैसा कि अनभिज्ञ गलती से कल्पना करते हैं। इसके बजाय प्राणी बाहर को बहते हैं लेकिन तो भी ईश्वर में स्थित रहते हैं।

और जॉन 15:4-5 में बाइबिल आपको सलाह देती है कि आप, "उसके साथ सम्बद्ध बने रहें और वह आपके साथ जुड़ा बना रहेगा। केवल एक शाखा के तौर पर फल नहीं उत्पन्न किए जा सकते जब तक कि यह लता (तना) के साथ सम्बद्ध न बनी रहे, आप तब तक फल उत्पन्न नहीं कर सकते जब तक कि आप उसके साथ सम्बद्ध नहीं बने रहते। वह लता (तना) है और आप शाखा हैं।"

पर्यावरण (आस-पास) के साथ पूर्ण एकरूपता में होने के जरिए ताओ के बारे में सीखिए। वृक्षों के बारे में सोचिए जो वर्षा, बर्फ, ठण्डक और हवा में दृढ़तापूर्वक टिके रहते हैं और जब कठिन समय आता है तो वे अपने आन्तरिक स्वों के प्रति सच्चे होने के जरिए सहनशीलता के साथ प्रतीक्षा करते हैं। जैसा कि ताओ : डेली मेडीटेशन्स (ताओ-दैनिक ध्यान) में पृष्ठ 365 में देंग मिंग दाओ लिखते हैं कि, "वे खड़े रहते हैं और वे इंतजार करते हैं, अगोचरता के साथ एक कोंपल आकार ले रही है...जो वो हैं उसमें न तो दुर्भाग्य और न ही सौभाग्य कोई परिवर्तन करेगा। हमें भी इसी तरह के मार्ग पर होना चाहिए।"

ऐसा करने के लिए हमें निश्चय ही स्वयं को 10,000 चीजों के हिस्से के तौर पर स्वीकार करना ही चाहिए। और हमें निश्चय ही उस कोंपल, अतिसूक्ष्म (अगोचर) आन्तरिक प्रकृति को प्रेम करना चाहिए जो फल लाएगी। या जैसा कि लाओ त्जू इस कविता का समापन करते हुए कहते हैं कि, "वह जो परे हैं उससे जो अन्दर है को वरीयता प्रदान करता है।"

स्वयं को प्रेम कीजिए, स्वयं का प्रदर्शन मत कीजिए और चुपचाप विस्मय युक्त आदर और स्वीकारोक्ति में बरकरार बने रहिए। इसको अपनी वास्तविकता कैसे बनाया जाए, इस पर यहां कुछ सुझाव प्रस्तुत हैं–

प्रत्येक वस्तु में चमत्कार के दर्शन कीजिए

संसार के अपने दृष्टिकोण को सादर विस्मय और आकुलता से परिवर्तित कीजिए। चमत्कारों को तलाशने के बजाय हर चीज को चमत्कार के तौर पर देखने की ओर मुड़िए। सादर विस्मय (श्रद्धा) की अवस्था में होने से आप मानसिक तौर पर बोरियत महसूस करने या निराशा का अनुभव करने से बचे रहेंगे। अदृश्य ताओ को प्रत्येक व्यक्ति और प्रत्येक चीज से होकर प्रवाहित होते और उन्हें प्रभावित करते हुए देखने का प्रयास कीजिए।

विद्युतीय (तड़ित) आतिशबाजी के मनोहारी प्रदर्शन, प्रकृति की अदृश्य शक्ति के कड़कदार पुनर्स्मरण कारक मेघ गर्जना से युक्त तूफानी बारिश एक चमत्कारिक घटना हो जाती है। सामान्य दृष्टि जिसको देखने में असमर्थ होती हैं उसको आत्मसात करने के जरिए रहस्य को जीइये।

आपको प्राप्त शरीर में अभी प्राप्त जीवन को प्रेम करने पर केन्द्रित होइए

स्वयं से कहिए कि आपने जिस भौतिक आवरण (खोल) में जन्म प्राप्त किया है उसके सब कुछ को आप प्रेम करते हैं। दृढ़तापूर्वक कहिए कि : मेरा शरीर परिपूर्ण है, परिशुद्ध रूप से ठीक समय पर उत्पन्न हुआ है और अब यह उचित आयु है। मैं जैसा हूं, स्वयं को स्वीकार करता हूं। मैं इस समय इस संसार की परिपूर्णता में अपनी भूमिका को स्वीकार करता हूं। मैं अपने शरीर प्रारब्ध (भाग्य) के प्राकृतिक क्रम के समक्ष समर्पण करता हूं।

अपने शरीर को विचारों को पूरी तरह स्वीकारने वाली आंखों के जरिए देखिए और जैसा कि लाओ त्ज़ू कहते हैं कि, ''इस तरीके से आप कभी भी इस संसार से खिन्न नहीं होंगे।''

अब ताओ कीजिए

प्रतिदिन अपने जीवन में घटित होने वाली ऐसी पांच प्राकृतिक क्रिया-कलापों को सूची बद्ध कीजिए जिनका होना आप निश्चित मानते हैं। तब इनमें से प्रत्येक को अपनी चेतना में आने देते हुए कुछ समय तक ध्यान कीजिए। आकाश, कुछ पुष्प, आपके आंगन का एक वृक्ष, सूर्य, कोहरा, घास, मकड़ी का जाला, एक केकड़े का बिल, एक झील, एक झाड़ी, क्रिकेट, आपका कुत्ता, कुछ भी, जो प्राकृतिक तौर पर होता है. ..उस आश्चर्य की, जिसे आपने अभी तक ध्यान नहीं दिया था, अपने आपको मौलिक रूप से सराहने दीजिए। सादर विस्मय और व्याकुलता के इस नए दृष्टिकोण से जो कुछ आपने बीन पाया है, उन कुछ अनुभूतियों को लिखिए, रेखांकित (चित्रित) कीजिए या छायांकित कीजिए।

तिहत्तरवीं कविता

साहसिक कार्यवाही दूसरों के विरुद्ध ले जाती है मृत्यु की ओर।
ताओ संग एकरुपता में साहसिक कार्यवाही ले जाती है जीवन की ओर।
ये दोनों चीजें।
लाभ पहुंचाती हैं कभी।
और कभी कर देती हैं हानि।
बिना प्रयास के विजय प्राप्त करना है स्वर्ग का मार्ग।
नहीं बोलता यह तो भी यह है उत्तरित।
यह नहीं मांगता फिर भी प्राप्त हो जाता है इसे वह सब चाहता है जो यह।
यह नहीं रहता जल्दी में, तो भी पूरा करता है सब कुछ समय से।
स्वर्ग का जाल (तन्त्र) पकड़ता है सब कुछ।
इसका जालरन्ध्र है साधारण।
लेकिन नहीं छूटता कुछ भी इसके जरिए।

स्वर्ग के जाल में जीना

एक बार फिर आपसे ताओ को विरोधाभासी चश्मे से देखने के लिए कहा जा रहा है। आखिरकार क्या है यह 'स्वर्ग का जाल'? यह अदृश्य संसार है जहां से समस्त 10,000 चीजें उत्पन्न होती हैं। और जबकि कई प्रकार के प्रारम्भ दिखलायी पड़ते हैं, ताओ की नियति अपरिहार्यता से बच निकलने का रास्ता कोई नहीं है और ताओ की सुरबद्धता से परे कोई चीज अस्तित्व में नहीं रह सकती।

यहां, इस 73वीं कविता में आप स्वर्ग के जाल के अन्तर्गत एक सम्मानजनक, सचेत अस्तित्व होने के लिए प्रोत्साहित किए जा रहे हैं। वे सभी अनुवाद जो मैंने पढ़े हैं, अलग-अलग शब्दों में यही बात कहते हैं। उदाहरण के तौर पर उनमें से एक जिसमें कम शब्दों में सटीक तरीके से कहा गया है, यहां प्रस्तुत हैं–

असावधान (लापरवाह) वीरताः मृत्यु
सतर्क वीरताः जीवन।
अतः ज्ञानी सतर्क तरीके से व्यवहार करते हैं।

अतः लाओ त्जू आपसे साहस को दिखावे और साहस को देखने के आपके तरीके को बदलने के लिए कह रहे हैं। इन गुणों को प्रशंसनीय के तौर पर देखने के बजाय वह आपसे एक निडर नायक (हीरो) से कम होने और महान मार्ग के अनुसार जीने के लिए और अधिक सतर्क व सावधान होने के लिए कह रहे हैं। ध्यान दीजिए कि बहादुराना कार्यों से दूर रहना और सतर्क रहना स्वर्ग का मार्ग है।

स्वर्ग का जाल कैसे बिना शक्तिशाली या ढीठ (कठोर) हुए हर चीज को अपनी पकड़ में बनाए रखता है लाओ त्जू इसके चार उदाहरण आपको प्रस्तुत कर रहे हैं और अपने सभी कार्यभारों में उससे प्रतिस्पर्धा करने के लिए आपको प्रोत्साहित कर रहे हैं–

1. बिना प्रयत्न किए विजय प्राप्त करना स्वर्ग का 'मार्ग' है। देखिए कि कैसे

ताओ शान्तिमय और मौन हैं और सदैव विजेता है। कोई मनुष्य सूर्य को ठण्डा होने, समुद्र की लहरों को थम जाने, हवाओं को रुक जाने, वर्षा के रुक जाने या फसलों को विकसित होना त्याग देने की आज्ञा नहीं दे सकता। यह सब ताओ के किसी प्रयास के बिना प्राकृतिक तौर पर और परिपूर्णता के साथ किया जाता है। प्रकृति सदैव विजयी होती है क्योंकि हमला करने या प्रयास करने की आवश्यकता के बिना सरलता के साथ यह सब करता है।

2. "यह नहीं बोलता तो भी इसे उत्तर प्राप्त हो जाता है।" स्वर्ग का तन्त्र अदृश्य और मौन है। वह शक्ति जो एक ही समय पर आपको प्रत्येक सांस उपलब्ध करती है और संसार को एक साथ बनाए रखती है, यह सब बिना आदेश, चीख-चिल्लाहट, या यहां तक कि मामूली से छल तक के प्रयोग के बिना करती है। अतः और अधिक सतर्क और गम्भीर होने के जरिए स्वर्ग के मार्ग (तरीके) के साथ एकरूपता में होइए। सुनिए अधिक और बोलिए कम, यह विश्वास करते हुए कि बिना किसी पूर्व सूचना के और बिना हंसी के ठहाकों के पूरी निश्चित्तता के साथ आपके जवाब आपके पास आएंगे।

3. "यह मांगता नहीं तो भी जो कुछ की इसे आवश्यकता होती है उस सबकी इसको आपूर्ति हो जाती है।" आपको जब कभी जिस चीज की आवश्यकता होगी उसकी अनन्त आपूर्ति आपको उपलब्ध है। इसलिए आपको कुछ भी मांगने या यहां तक कि उसके बारे में पूछने की आवश्यकता नहीं है। सब कुछ स्वर्ग के मार्ग के साथ दिव्यतापूर्वक परिपूर्ण व्यवस्था में है और आप उस परिपूर्ण व्यवस्था के घटक हैं। यदि आपको कम की चाहत है तो आपकी आपूर्ति आएगी और वह सब जो सम्मुख लाया जाता है उसका स्वागत कीजिए। आप केवल स्वर्ग के तन्त्र से बच निकल नहीं सकते और इससे कोई फर्क नहीं पड़ता कि आप इसमें कितने छेद होने की कल्पना करते हैं। हर चीज निर्धारण के अनुसार आ रही हैं, इस पर विश्वास करने के जरिए आप अपने भाग्य के साथ समागम के स्थान पर पहुंचने के लिए मार्गदर्शित किए जाएंगे और आप आश्चर्य करेंगे कि बिना आपके चाहे या मांग किए ऐसे यह सब एक साथ आता है।

4. "यह जल्दबाजी नहीं करता तो भी सब कुछ समय पर पूरा करता है।" ताओ जल्दबाजी कैसे कर सकता है? स्वर्ग से एक ऐसी प्रार्थना करने की कल्पना कीजिए कि, "मैं ठण्ड से थक गया हूं और जिद करता हूं कि आप इन जमा देने वाली सर्दियों की रातों के बीच में मेरे लिए बसन्त की ऋतु के पुष्प ला दें। मैं अपने आलू आज ही चाहता हूं बावजूद इसके कि मैंने इन्हें अभी कल ही बोया है। जल्दी कीजिए। मैं जिद कर रहा हूं।" ताओ दिव्य समय सारिणी के साथ कार्य करता है, अतः हर चीज ठीक उस समय पूर्ण होती है जब उसे होना चाहिए। आप अपनी गति को धीमा करने

के लिए आमन्त्रित हैं ताकि यह स्वर्ग के मार्ग के साथ एकरूप हो जाए। इसके बावजूद भी यदि आप सोचते हैं कि जो आप चाहते हैं वो विलम्ब से है, तो वास्तविकता यह है कि यह सब समय पर है।

आप जितनी जल्दबाजी करते हैं उतना ही कम कर पाते हैं। 10 कि.मी. दौड़ने के बाद फौव्वारे से स्नान करते समय जल्दबाजी करने की कोशिश कीजिए और ध्यान दीजिए कि कैसे आपका शरीर पसीना बहाना जारी बनाए रखता है। तब अपने मस्तिष्क को धीमा करने, आराम करने और पानी को अपने ऊपर गिरने देने का प्रयास कीजिए और देखिए कि ठीक उतने ही समय में, जो आपने जल्दबाजी के दौरान प्रयोग किया, कैसे आपका शरीर बिना पसीना बहाए स्वच्छ महसूस करता है। चाहे आपका अहम् इसे स्वीकार न करें तो भी यह सत्य है–स्वर्ग के तन्त्र के अन्तर्गत हर चीज समय पर है।

ताओ ते चिंग की इस 73वीं कविता का इसके लिखे जाने के यही कोई 2500 वर्ष बाद उसका अध्ययन करते हुए आपको आज के लिए लाओ त्जू द्वारा दिए गए परामर्श आगे प्रस्तुत हैं–

सावधानी (सतर्कता) को एक कमजोरी या भय के एक चिह्न के तौर पर मत देखिए

इसके बजाय, इसे कदम पीछे हटाने के एक रास्ते के तौर पर देखिए और घटनाओं को प्राकृतिक तौर पर स्पष्ट होने दीजिए। साहस एक अच्छा गुण है, लेकिन असावधान साहस वह है जब आप बिना सोचे-विचारे दौड़ पड़ते हैं। यह निश्चित तौर पर सर्वनाश को आमन्त्रित करने का मार्ग है। इस विचारोत्तेजक कविता में लाओ त्जू आपसे कुछ करने के पहले सोचने के लिए कह रहे हैं। बिना आपके लड़े या किसी को पराजित किए, स्वर्ग के मार्ग को विजय प्राप्त करने दीजिए। बहुत अक्सर आपका पहला आवेग आपके अहम् के दबाव से ग्रस्त रहता है और जीतने व कब्जा करने की जरूरत महसूस करता है।

मैं इसे एक प्रतिस्पर्धी टेनिस खिलाड़ी के तौर पर देखता हूं। प्रयास (उद्यम) न करने के द्वारा मैं अक्सर अपने से अधिक युवा, मजबूत और कभी-कभी अपने से अधिक प्रतिभावान खिलाड़ियों पर विजयी होकर उभरा। मेरे प्रतिद्वन्द्वी असावधानी पूर्वक गेंद को अतिरिक्त शक्ति से बार-बार मारना उससे अनावश्यक गलतियां कराता होगा जबकि मैं कोर्ट के पिछले हिस्से (बैक याडी) में बना रहता और केवल गेंद को उसके पाले में वापस कर देता था जिसमें प्रयास रहित एकरूपता में होना परिलक्षित हुआ। और इसने मेरे असावधान वीर प्रतिस्पर्धी में जीतने की और अधिक इच्छा को उत्पन्न कर दिया

जिसने उसे और अधिक गलतियां करने के लिए प्रेरित किया। मैं इसे 'युवा व्यक्ति को बीमारी' कहता हूं।

एक सक्रिय श्रोता होइए

धाराप्रवाह बोलने और जोर से बोलने के द्वारा दूसरों को नियन्त्रित करने का प्रयास करने के बजाय स्वयं को एक सक्रिय श्रोता होने दीजिए। यदि आप न बोलने और यहां तक कि न पूछने को याद रख सकते हैं तो बहुत से ऐसे उत्तर जो आप चाहते हैं (और परिणाम जिनकी आप अपेक्षा रखते हैं) सतह पर आएंगे। प्रकृति के अनुरूप जीने का प्रयास कीजिए जो धकियाने, प्रयास करने या मांग करने के बजाय सुनती है। यह आपकी सहायता करेगा।

अब ताओ कीजिए

इस 73वीं कविता को दुबारा पढ़ने के बाद केवल यह देखने के लिए स्वर्ग के तन्त्र के अन्तर्गत कैसे हर चीज परिपूर्णता पूर्वक कार्य कर रही है, आज एक घण्टे के लिए अकर्म (बिना किसी काम या उद्देश्य के) टहलने जाने का निश्चय किया। मैंने मौन सूर्य को भूमि का पोषण करते और हम सबके लिए प्रकाश उपलब्ध करते हुए पाया। मैं पीछे लौटा और मैंने मधुमक्खियों को फूलों के बीच पीछे-आगे से गुजरते हुए निहारा। और वृक्षों के झुण्ड में एक वृक्ष की चोटी, पर हरे केलों को विकसित करती अदृश्य जीवन शक्ति से विस्मित खड़ा रहा। इस सबमें, मैं यह एहसास करते हुए, कि यद्यपि यह जल्दी में नहीं है, फिर भी यह सब कुछ समय पर पूरा हुआ प्राप्त करता है, दिव्य, अदृश्य, मौन और प्रयास रहित कार्यरत ताओ का केवल एक प्रेक्षक था। वे हरे केले एक निश्चित अवधि में पकेंगे। लेकिन आज मैंने उस ऊर्जा से प्रेम किया जो उनको किसी दिन मेरे नाश्ते में उपस्थित होने के लिए उत्पन्न, पोषित और तैयार करती है। आज मैं आपसे एक घण्टों का एक अकर्म, अकारण टहलने का एक कार्यक्रम तय करने और, कैसे स्वर्ग के तन्त्र के जरिए कुछ नहीं छूटता, इस ध्यान देने का आग्रह करता हूं।

चौहत्तरवीं कविता

यदि तुम्हें एहसास है कि सभी चीजें बदलती हैं।
तो कुछ भी नहीं है जिस पर कब्जा रखना चाहोगे तुम।
यदि तुम नहीं डरते हो मृत्यु से।
तो कुछ भी नहीं है ऐसा, जो नहीं प्राप्त कर सकते तुम।
यहां हमेशा है मृत्यु का एक स्वामी।
वह जो लेता है मृत्यु के स्वामी की जगह।
वह है उसकी तरह जो काटता है औजार से।
उस्ताद बढ़ई की।
जो भी काटता है उस्ताद बढ़ई की औजार से।
वह निश्चय ही काटेगा अपने स्वयं के हाथ।

मृत्यु से निर्भयता के साथ जीना

क्या होता है जब हम मरते हैं? क्या मृत्यु एक वाहन है जो हमें हमारे होने के स्रोत के पास वापस ले जाता है या यह चेतना और सम्पूर्ण जीवन की समाप्ति को चिह्नित करता है? एक चीज पूरी तरह निश्चित है कि यह विषय हमारे लिए पूरी तरह रहस्य है। कुछ ताओ विद्वानों ने मृत्यु को एकत्व की एक ऐसी जगह के तौर पर सन्दर्भित किया है जिसमें अर्थ प्राप्त करने के लिए दिक् (अंतरिक्ष) और अन्य समस्त 10,000 चीजें ठहरती हैं। अतः जो मरता है वह हमारी मानव पहचान है। अर्थात् बाहरी परतों के नीचे अभी भी कोई है, अतः जब आप यह जानेंगे और समझेंगे कि वह आकार रहित कोई कौन है, आपका मृत्यु का भय काफूर (गायब) हो जाएगा। अपनी अनन्त ताओ प्रकृति को जानने के जरिए आप अनन्तत्व के सक्रिय पक्ष पर जी सकेंगे जिसका शायद अर्थ यह है कि आप जन्म, जीवन और मृत्यु के बारे में अपने सोचने के तरीके को बदल डालेंगे।

यह एहसास करने के लिए, कि इस एक निरन्तर परिवर्तनरत संसार की प्रकृति होने के कारण सभी चीजें परिवर्तित होती हैं, जानना चाहने से अपने जीवन के स्थायित्व को देखने की ओर आगे बढ़िए। यहां कुछ भी बाह्य ऐसा नहीं है जिसको अधिकृत किया जाए। आखिरकार जिस क्षण आप सोचते हैं कि आपने उसे पा लिया, वह कुछ और हो जाती है। यह इसी प्रकार आपके पार्थिव खोल के बारे में भी सच है क्योंकि यह आपकी सांसारिक सम्पदाओं के लिए है। चाहे आप इसका एहसास करें या न करें, जब आपने इस निबन्ध को पढ़ना प्रारम्भ किया था उस समय आप जिस शरीर के अन्दर थे, वह अब भिन्न है और यह फिर भिन्न हो जाएगा जब आप इसको यही बनाए रखने का प्रयास करेंगे। यह हमारी वास्तविकता की प्रकृति है। यदि आप इसके साथ समायोजित हो सकते हैं तो आप नश्वरता (मृत्यु) को लेकर अपनी चिन्ता को पहले कम और अन्ततोगत्वा

समाप्त कर देंगे। जैसा कि लाओ त्जू वायदा करते हैं कि, "यदि आप मृत्यु से नहीं डरते हैं तो ऐसा कुछ नहीं है जो आप प्राप्त नहीं कर सकते।"

आपके ताओ तत्व को अनन्त होना होगा क्योंकि यह अनन्त सम्भावनाओं के संसार से आता है। आप कोई ऐसी चीज नहीं है जो ठोस और स्थायी हो। वस्तुतः इस संसार में वैसा कुछ नहीं है जिसमें आपने आकार ग्रहण किया है। तथापि आपका असली स्व इस संसार में नहीं है लेकिन वह आपका हिस्सा है और वह है ताओ। जब आप अनन्त ताओ के साथ एकरूपता में जीते हैं तो मृत्यु बेमतलब है। अतः अपने उच्चतम स्व को जानिए और यह समझिए कि यहां कुछ ऐसा नहीं है जो आप प्राप्त नहीं कर सकते।

इस कविता का दूसरा हिस्सा हत्या या दूसरे अस्तित्व का जीवन लेने के बारे में है। लाओ त्जू यहां यह कहते हुए एकदम विशिष्ट हैं कि, "मृत्यु का सदैव एक स्वामी होता है। इस संसार में आपके आने के साथ ही, इस यात्रा के लिए जो कुछ भी आवश्यक था, जीवन और मृत्यु के स्वामी द्वारा आपके हवाले कर दिया गया था। ठीक वैसे ही, जैसे आपका जन्म ताओ ऊर्जा था, आपके शरीर की बनावट, आपकी त्वचा कर रंग, आंखें, कान और आपके समस्त भौतिक पहलू ताओ की अभिव्यक्ति हैं। इसमें आपकी मृत्यु भी शामिल है जो दिव्य समय पर प्रगट होने के लिए लय बद्ध, निर्धारित और स्वीकृत की गयी थी। दूसरे शब्दों में किसी भी व्यक्ति या अन्य अस्तित्व की हत्या करना कभी भी आपका कार्य नहीं है। क्योंकि मृत्यु उतना ही ताओ का हिस्सा है जितना जीवन, इसको निश्चय ही प्रकृति के अनुसार होने देना चाहिए, एक अहम् के निर्णय के अनुसार नहीं।

मैंने यह शिक्षा एक टेनिस मैच के मध्य में कोर्ट साइड (तरफ) बदलते समय प्राप्त की जिसमें मैं असाधारण तौर पर उच्च स्तर पर खेल रहा था। पानी पीते समय मैंने देखा कि एक मक्खी अपने छोटे-से जीवन के अन्तिम क्षणों में पड़ी हुई तड़प रही थी। मैंने सोचा कि यह कष्ट में हैं तो उसके यातना के क्षणों को समाप्त करने के उद्देश्य से मैंने उसे मार दिया। जब मैंने दुबारा खेलना प्रारम्भ किया तो मैं उस मक्खी को अपने दिमाग से नहीं निकाल सका। मैं सोचने लगा कि क्या मैंने यह ठीक किया? इस छोटे-से जीव का भाग्य तय करने वाला मैं कौन होता हूं? इस छोटे-से, अमहत्वपूर्ण दिखने वाले कीट को मृत्यु देने वाला मैं कौन होता हूं? और उसी क्षण से टेनिस कोर्ट पर सब कुछ एक भिन्न ऊर्जा स्तर पर होने लग गया।

पहले मेरे शाट लाइनों पर गिर रहे थे और अब वे कई इंच बाहर गिर रहे थे। हवा बदली हुई लगने लगी और मेरे विरुद्ध कार्य करने लगी। अब मैं और अधिक धीमे गतिविधि कर रहा था और मैं मामूली गलतियां करने लग गया। अन्ततोगत्वा जो पक्की

जीत जैसी लग रही थी, वह एक पूर्ण शर्मिन्दगी, एक हताशा जनक पराजय में परिवर्तित हो गयी क्योंकि एक छोटी-सी मक्खी के सुविचारित हत्यारे के तौर पर मेरी भूमिका मेरे मस्तिष्क पर कब्जा कर रही थी। उसके बाद से मैंने मृत्यु को देखने के अपने तरीके को बदल दिया और आगे किसी भी चीज की इरादतन हत्या न करने का निश्चय किया। उस मक्खी के साथ चेतना प्राप्ति के उस दिन से सदैव के लिए मैंने तय किया कि किसी दूसरे की मृत्यु को निर्धारित करना मेरा काम नहीं है। यदि उस मक्खी के पास शेष जीवन के केवल कुछ मिनट भी थे तो यह तय करना 'मृत्यु के स्वामी' या 'महान ताओ' का काम है।

अभी हाल ही में मेरी अपनी प्रिय मित्र लाउरेन से बात हुई जो अपनी बिल्ली, जो 19 वर्षों से उसके साथ रह रही थी और अब मरने की स्थिति में है, को इन स्थितियों में देखने के घोर दुःख से दुःखी है। बिल्ली की तकलीफ को और अधिक लम्बा खिंचने से बचाने के लिए विषाक्त मीठी मटर के दाने उसे खिलाने के बारे में उसने मेरी राय पूछी इस कविता को सुनाने और उस छोटी मक्खी के साथ हुए अपने अनुभव को बताने के बाद जब तक उस बिल्ली की मृत्यु नहीं हो गयी, लाउरेन ने उन मीठी मटर के दानों को अपने पास ही बनाए रखा और उनका प्रयोग नहीं किया। जीवन के प्रति आदर ताओ के रूप के तौर पर हमें यह एहसास कराने में सहायता करता है कि हम मृत्यु के निर्णय करने के अधिकारी नहीं हैं।

टी.एस. इलियट की कविता 'लिटिल गीडिंग' से लिए गए इन शब्दों में लाओ त्जू के उत्तराधिकार में प्राप्त उपहार को तेजस्विता पूर्वक व्यक्त किया गया है–

'हमें नहीं रुकना चाहिए अन्वेषण से।
और हमारी समस्त खोज का अन्त।
होगा वहीं पहुंचना जहां से की थी हमने शुरुआत।
और जानना उस जगह को पहली बार।
यह मृत्यु है। डरने की कोई बात नहीं, इसमें हमें कुछ नहीं करना।'

ताओ ते चिंग की इस गहन कविता में लाओ त्जू मेरे विचार से, आपसे यही कह रहे हैं–

अपनी मृत्यु से डरना बन्द कीजिए

भयभीत होने के अर्थों में अपनी मृत्यु के बारे में सोचने का केवल इतना ही मतलब है जितना उसी तरह अपनी आंखों के रंग को देखने का होता है। जन्म, जीवन और मृत्यु, ताओ इस सब में है। टी.एस. इलियट के उद्धरण और उसी तरह ताओ की 40वीं कविता, जिसे मैंने ''लीविंग बाई रिटर्निंग एण्ड यीईल्डिंग'' (वापिसी और लौटाने के जरिए

जीना) का शीर्षक प्रदान किया है, को फिर से पढ़िए। मृत्यु में वापिसी से आप सत्य में ताओ को जानेंगे...सम्भवतः पहली बार।

अपने हत्या करने के तरीकों का परीक्षण कीजिए

यह निर्णय कीजिए कि यहां तक कि सबसे छोटे और बेहद महत्वहीन लगने वाले प्राणियों तक सहित अब आप और अधिक समय तक मृत्यु प्रदान करने वाले के तौर पर कार्य नहीं करेंगे। और फिर इस पर अमल कीजिए। कब वापिसी की यात्रा करनी है, इसे जीवन और मृत्यु के स्वामी को तय करने देने के जरिए इस सिद्धान्त को जीइये। इसको एक सलीब मत बनाइए, ताओ के साथ एकरूपता में रहने का स्वयं से किया गया वायदा बनाइए। और किसी भी तरह से, अपने निर्णय दूसरों पर मत थोपिए क्योंकि अहस्तक्षेप ताओ ते चिंग की प्रमुख स्थितियों में से एक हैं।

अब ताओ कीजिए

ध्यान के दौरान मरने का अभ्यास कीजिए जबकि आप अभी जीवित हैं। अर्थात अपने शरीर को छोड़ दीजिए, उसको त्याग दीजिए और संसार के ऊपर बहिए। यह आपका उस भावना से सम्बन्ध तोड़ेगा जो आपका भौतिक शरीर है वही आप हैं। आप जो वस्तु (शरीर) देख रहे हैं वह होने से अधिक उसके प्रेक्षक हैं, इस तरह देखने से मृत्यु के भय को समाप्त करना आपके लिए आसान होगा। इसको केवल कुछ मिनट प्रतिदिन कीजिए। याद रखिए कि आप यह शरीर नहीं हैं। आप अपरिवर्तनीय, अमर ताओ का एक टुकड़ा हैं। नियेल डोनाल्ड वाल्सच की 'कम्युनीकेशन विद गाड' (ईश्वर के साथ संवाद) से लिए गए इस उद्धरण में इस विचार को अच्छी तरह से व्याख्यायित किया गया है–

कौन सा बर्फ का फाहा सबसे अधिक सुन्दर है? क्या यह सम्भव है कि ये सभी सुन्दर हैं और यह कि अपनी सुन्दरता का साथ मिलकर आनन्द मनाते हुए वे एक भयकारक दृश्य उत्पन्न करते हैं? फिर वे एक दूसरे में और फिर एकत्व में घुलमिल जाते हैं। वे कभी दूर नहीं जाते वे कभी गायब नहीं होते। उनका होना कभी समाप्त नहीं होता। केवल वे रूप बदलते हैं और केवल एक बार नहीं बल्कि कई बार, ठोस से द्रव, द्रव से वाष्प, दृश्य से अदृश्य, फिर से उगने के लिए और फिर वापिसी सांस लेती सुन्दरता और अद्भुतता के नए रूपों में वापस आने के लिए। यह जीवन है, पालक-पोषक जीवन।

यह आप हैं। रूपक पूर्ण है। रूपक वास्तविक है।

आप इसको अपने अनुभव में वास्तविकता तब बनाएंगे जब आप केवल यह तय करेंगे कि यह सत्य है और इसी तरह से व्यवहार करेंगे। आप जिन जीवनों को स्पर्श करते हैं उन सभी में सुन्दरता और अद्‌भुतता के दर्शन कीजिए। क्योंकि आपमें से प्रत्येक वस्तुतः अद्‌भुत है, लेकिन कोई भी दूसरे से बढ़कर अद्‌भुत नहीं है। और आप सभी एक दिन एकत्व में द्रवीभूत हो जाएंगे और तब जानेंगे कि आप सब एक साथ मिलकर एक अकेली धारा को आकार देते हैं।

पिचहत्तरवीं कविता

जब कर होते हैं बहुत ऊंचे।
लोग हो जाते हैं भूखे।
जब सरकार होती है बहुत अधिक हस्तक्षेप करने वाली।
खो देते हैं लोग अपनी आत्मा।
काम करो लोगों के हित में।
विश्वास करो उनका, छोड़ दो अकेला उन्हें।

अत्यन्त कम मांगने के जरिए जीना

यह कविता शासक वर्गों की सहायता करने और राज्यों की उत्तमतापूर्वक (उदारतापूर्वक) व्यवस्था के लिए निर्देशित थी। यह समझिए कि प्राचीन चीन में युद्धरत राज्यों के दौर में जनता पर व्यवस्था थोपने के लिए शासकों ने दुसाध्य तरीकों का इस्तेमाल किया था। दरिद्रता के चेहरे पर अपने सौभाग्य का दिखावा करते हुए वे करों से प्राप्त समस्त धनराशि को अपने ही पास रख लेने पर आमादा रहते थे जो उनके लिए जनता से एकत्र की जाती थी। जिनको उनकी क्षमता से अधिक कर का भुगतान करना पड़ता था या जिन पर अतिरिक्त बोझ पड़ता था वो राज्य के प्रति अपनी राज्यभक्ति की भावना को खो देते थे और अन्ततोगत्वा अपने ऊपर थोपे गए कानूनों के विरुद्ध विद्रोह कर देते थे।

यह पुस्तक जो आपके हाथों में है, उन राजनैतिक नेताओं को जागरूक करने के उद्देश्य से नहीं है जो अपनी हैसियत का लाभ उठाते हैं (यद्यपि मैं ताओ की सलाह पर ध्यान देने के लिए उनमें से किसी को भी आमन्त्रित करता)। इसके बजाय मैंने इसे ताओ ते चिंग की 81 कविताओं में से प्रत्येक के अन्तर्निहित प्रज्ञान का अभ्यास करने (जीवन में लागू करने) में आपकी सहायता करने के लिए लिखा है। अतः मैं आपको दूसरों को उत्प्रेरक बने रहने और प्रतिस्पर्धात्मक तथा शान्तिपूर्ण जीवन प्राप्त करने में सहायता करने के अपने तरीके को बदलने के लिए आमन्त्रित करता हूं।

हो सकता है कि आप यह मानते हों कि जो आपके संरक्षण में हैं, जैंसे कि आपके बच्चे या सहकर्मी, उनसे अधिक की मांग करना और अधिक उत्पादकता को उत्पन्न करता है लेकिन लाओ त्ज़ू का सुझाव है कि इसका उल्टा सच है। वह सलाह देते हैं कि कम मांगना और यहां तक कि जहां तक सम्भव हो लोगों को अकेला छोड़ देना।

और जनता पर जरूरत से अधिक कर लादना आपके सोचने के लिए एक सदृश घटक रख सकता है जब यह बात आती है कि जिनका नेतृत्व करने की आपकी जिम्मेवारी है उनसे आप कैसे व्यवहार करते हैं।

सरकारी अधिकारी अक्सर अपने पालतू (हितकर) प्रकल्पों और यहां तक कि अपने स्वयं के निजी हितों तक के लिए अधिक-से-अधिक धन जुटाने के पक्ष में रहते हैं क्योंकि उनको ऐसा करने का अधिकार होता है। क्योंकि वे कानूनों का निर्धारण करने के लिए अधिकृत हैं इसलिए वो ऐसे कानून बनाते हैं जो उनको उस जनता का अपमान करने की स्वीकृति प्रदान करते हैं जो उनको वेतन प्रदान करती है और उनके अन्य समस्त हितों की पूर्ति करती है। वस्तुतः सभी मामलों में, विलासिता पूर्ण जीवन-शैली के लिए धन जुटाने हेतु जिन पर कर थोपे जाते हैं उनको इसके बदले में सुविधाओं के तौर पर उनसे कम प्राप्त होता है जो कर प्राप्त करते हैं। दूसरे शब्दों में कानून बनाने वाले और सत्तासीन अन्य लोग अपनी हैसियतों का प्रयोग आम आदमी से लाभ उठाने के लिए करते हैं। जब यह बहुत चलनसार हो जाता है तो वो आम लोग प्राधिकार के प्रति कम श्रद्धा के कारण अशान्त और विध्वंसक हो जाते हैं। जैसा कि ताओ इसे प्रस्तुत करते हैं कि "लोग अपनी आत्मा को खो देते हैं।"

बजाय ज्यादा मांगने के, क्योंकि आप अधिक आयु के, ज्यादा बड़े, धनी या अधिक शक्तिशाली हैं, उनको जो आपके संरक्षण में है, उनके सही चीज करने के ज्ञान पर भरोसा करते हुए जब कभी सम्भव हो अकेला छोड़ दीजिए। अतिरिक्त बोझ लादने वाला और अत्यधिक कर थोपने वाले प्राधिकारी विद्रोह और अव्यवस्था उत्पन्न करते हैं यदि आप अपनी प्रवृत्तियों को नियन्त्रित नहीं करते और अधिक मांगने के बजाय कम होने के जरिए स्वयं को वापस नहीं लौटाते तो आप भी ऐसा ही परिणाम उत्पन्न करेंगे।

मैंने नेतृत्व करने के इस तरीके को अपने पूरे बालिग जीवन के दौरान उन लोगों की संख्या रखने के जरिए लागू किया जो मेरे लिए कार्य करते हैं और जिनको मेरी देख-रेख की नाम-मात्र की आवश्यकता होती है। मेरी अपनी प्रबन्धक/सचिव/सर्वोद्देशीय सहायक से मेरी मांगें बहुत कम और यदा-कदा ही होती हैं और वह पिछले तीन दशकों से मेरी एकमात्र कर्मचारी रही है। मैं उसे अनुबन्धों पर बातचीत करने, व्याख्यान कार्यक्रमों के लिए सभी व्यवस्थाएं करने, और मेरी किसी मांग की उपस्थिति के बिना मेरे बहुत व्यापक व्यवसाय की व्यवस्था करने देता हूं। मैं उससे कभी नहीं कहता कि किस समय कार्य करने के लिए आना है, क्या पहनना है, या लोगों से कैसे बात करनी है। और न्यूनतम मांगों वाला मालिक होने का मेरा पुरस्कार कोई वह है जो भयंकर तौर पर निष्ठावान है और जिस पर सही चीजें करने के लिए निर्भर हुआ जा सकता है, जो अपने कार्य को प्रेम करता है और जो मेरे लिए अपरिहार्य है।

मैं अपने सम्पादक के प्रति भी ऐसे व्यवहार करता हूं जो भी मेरे साथ पिछले 30 से अधिक वर्षों से हैं। मैं शब्दों को पृष्ठ पर बहने देते हुए अपने हृदय से लिखता हूं और फिर उसके पास भेज देता हूं। मैं इस महिला पर निष्ठापूर्वक विश्वास करता हूं और मैं उसे वह करने देता हूं जो वह बिना मेरी किसी मांग के करने के लिए अवतरित हुई है। अपनी टांग न अड़ाने वाला होने का मेरा पुरस्कार अपनी पुस्तकों को सुन्दरता पूर्वक और व्यावसायिक गुणवत्तता के साथ परिष्कृत रूप में प्राप्त करना है। हम दोनों अपने लिए पूर्वनिर्धारित कार्य से सन्तुष्ट और उस पर गर्व करते हुए मेरा सम्पादक और मैं भी इस प्रेमपूर्ण और शान्तिमय सम्बन्ध का आनन्द उठा रहे हैं। जबकि मैं जो वर्णन कर रहा हूं वह आपको हो सकता है, असम्भव लग रहा हो, लेकिन इसे तब पूरी तरह प्राप्त किया जा सकता है जब आप अपनी व्यावसायिक और निजी, दोनों जिन्दगियों के समस्त मामलों को व्यवस्थित करने के सिलसिले में ताओ पर विश्वास करते हैं।

इस 75वीं कविता से जो आपको ग्रहण करने के लिए लाओ त्ज़ू आग्रह कर रहे हैं वो निम्नलिखित है जो कि मूलतः देशों के नेताओं के लिए निर्देशित था लेकिन हर उस व्यक्ति पर लागू होता है जो निरीक्षणात्मक कार्य कर रहा है या अभिभावक की भूमिका का निर्वाह कर रहा है।

स्वयं पर अतिरिक्त कर मत लादिए

लाओ त्ज़ू स्मरण कराते हैं कि अतिरिक्त कर थोपने से आत्मा के खो जाने की बात आप पर भी लागू होती है। यदि आप अपने को बहुत अधिक मांगों से लाद लेते हैं तो आप स्वयं का ह्रास करेंगे या आप में हताशा, चिन्ता, हृदय रोग, व्यग्रता, या कितनी भी बीमारियों के लक्षण उत्पन्न करेंगे। स्वयं को प्रकृति के साथ संवाद करने के लिए पर्याप्त समय देते हुए अपने-आपको स्वयं के द्वारा लादे गए उन दबावों से, जो आप पर बोझ बन गए हैं, छुटकारा पाते हुए अपने बच्चों के साथ खेलिए, पढ़िए, चलचित्र देखिए या केवल कुछ मत कीजिए।

उन पर विश्वास कीजिए जिनके नेतृत्व का आप पर दायित्व है

जिनको विकसित करने या जिनका निरीक्षण करने के लिए आप जिम्मेवार हैं उनको लगातार निर्देशित मत कीजिए। इसके बजाय, अपने कम अनुभवी अभिरक्षितों में एक विश्वास विकसित कीजिए। उनको निश्चय ही अपना मस्तिष्क इस्तेमाल करने की अनुमति होनी चाहिए क्योंकि ताओ के द्वारा जो लयबद्ध किया गया है, उसको पूरा करना उनके भी प्रारब्ध में है। इसलिए उनको अपने स्वयं की श्रेष्ठता और प्रसन्नता

का अनुसरण करने की अनुमति प्रदान करते हुए कम मांगिए और जितना अधिक सम्भव हो उतना प्रोत्साहित करें। आपका विश्वास उनको स्वयं पर और उस प्रज्ञान पर जिसने उन्हें उत्पन्न किया, विश्वास करने की ओर ले जाएगा।

अब ताओ कीजिए

अपने दायित्वों सहित उस सब से छुट्टी लीजिए जिसने आपके मस्तिष्क पर अधिकार किया हुआ है। चाहे यह केवल 15 मिनटों के लिए हो, अपने मस्तिष्क को साफ कर लीजिए, अपनी मांग फेहरिस्त को खाली कर लीजिए, और अपने आपको वह स्वतन्त्रता प्राप्त होने दीजिए जो कम मांग करने वाला होने से प्राप्त होती है।

जब आप इसे पूरा कर लें तो यही अपने बच्चों या कोई वो जो काम पर आपको सूचनाएं देता है उनको अपनी बांहों में भर लीजिए और उनसे थोड़ी देर साथ टहलने के लिए कहिए, किसी काम से नहीं केवल एक साथ कुछ देर प्रकृति में रहने के लिए। तब उन्हें अपनी मर्जी (गति) से अपनी जिम्मेवारियों की ओर लौटने दीजिए।

यदि आप सोच रह हैं कि आपके बच्चे या कर्मचारी को कठोर अधीक्षक की आवश्यकता है तो शायद वे उस तरह के हो गए हैं क्योंकि आपने उनके आत्मविश्वासी होने पर विश्वास नहीं किया है।

छिहत्तरवीं कविता

एक व्यक्ति जन्मता है कोमल और कमजोर।
अपनी मृत्यु पर वह हो जाता है कठोर और कड़ा।
सभी चीजें, घास और वृक्ष सहित।
हैं कोमल और लचीले जीवन में। सूखे और भंगुर मृत्यु में।
कड़ापन है अतः एक साथी मृत्यु का।
लचीलापन है एक साथी जीवन का।
एक सेना जो नहीं प्रदान कर सकती कुछ।
हो जाएगी पराजित।
एक वृक्ष जो नहीं झुक सकता।
जाएगा टूट, तेज हवा में।
कठोर और कड़े तोड़ दिए जाएंगे।
कोमल और लचीले रहेंगे विजयी।

झुकने के जरिए जीना (लचीलेपन से जीना)

मैं सोचता हूं कि ताओ ते चिंग का अध्ययन करने के बारे में मैं जिस चीज को सबसे अधिक प्यार करता हूं वह प्रकृति का निकटतापूर्वक अध्ययन करने के द्वारा महान मार्ग को प्राप्त करने का इसका निर्दोष अनुराग है। इस हिस्से में लाओ त्जू हमसे यह ध्यान देने के जरिए, कि कैसे प्राकृतिक संसार में सबसे अधिक ठोस और टिकाऊ चीजें कोमल, मृदु और यहां तक कि कमजोर होने की ओर प्रवृत्त होती हैं, शक्ति की अपनी अवधारणा को परिवर्तित करने के लिए कह रहे हैं। यदि हम शक्ति को कठोर, न झुकने वाले और अपरिवर्तनीय होने के तौर पर देखते हैं तो वह हमें इस बोध को बदलने के लिए आमन्त्रित करते हैं। जीवन, लाओ त्जू के अनुसार, कोमल और लचीला के तौर पर परिभाषित है।

मेरे आठ बच्चों की कुछ मेरी सबसे अधिक आसक्त कर देने वाली यादें आदरयुक्त भय में उनके नम्य नवजात शरीरों को देखते रहने के दौरान आयी। मैं उनको अपनी गोद में लिटा सकता था और आसानी से उनके पैरों को उनके मुंह में या यहां तक कि उनके गले के पीछे डाल सकता था। वे केवल कुछ महीनों या यहां तक कि कुछ दिनों की सुकुमार आयु में परिपूर्ण योग गुरू थे। जब वे लड़खड़ा कर चलने वाली आयु में थे तो मैं अक्सर उनको अपनी सांसे थामकर विस्मय के साथ देखता था जब वे अपने सरों को टकरा देते थे, दिवालों पर बिना देखे दौड़ते थे और जो गन्दा प्रतीत होता है उसे उठा लेते थे। और फिर देखो और देखते रहो, उन्होंने इस सबको सर झटक कर भुला दिया। जिसके परिणाम स्वरूप किसी बड़ी आयु के व्यक्ति का कूल्हा या हाथ निश्चित रूप से टूट जाता, उस पर इन लचीले छोकरों द्वारा शायद ही कोई ध्यान दिया गया।

इसी लक्षण से एक पुराना वृक्ष, जो मृत्यु के निकट है, सख्त, भंगुर और अग्नि तथा सख्त हवाओं से आसानी से प्रभावित होने वाला हो जाता है। क्योंकि वृक्ष झुक नहीं सकता इसलिए वायु का एक तेज आवेग इसे जड़ से उखाड़ दे सकता है। जैसे-जैसे आयु बढ़ती है, लकड़ी कमजोर होती जाती है क्योंकि यह अनम्य है। इसके कड़ेपन ने, जिसे कुछ लोग ताकत समझते हैं, दरअसल इसे एक कमजोर शरीर रचना में बदल दिया है। इसी प्रकार, मृत्यु के क्षण में सभी प्राण शारीरिक अकड़न (मृत्यु के बाद शरीर का अकड़ जाना) में जाते हैं जो कि पूर्ण कड़ापन और बेशक शक्ति का पूरी तरह अनुपस्थित होना है।

लचीला होना और झुकने (मुड़ने) में समर्थ होना बुढ़ापे की प्रक्रिया से परे ले जाता है, जो कि अनुभव करना सभी शरीरों के लिए पूर्वनिर्धारित है। अतः लाओ त्जू आपको इस सिद्धान्त को अपनी विचार प्रक्रिया और व्यवहारों में लागू करने के लिए प्रोत्साहित करते हैं। आपको स्मरण कराया गया है कि कठोरता और कड़ापन मृत्यु के साथी हैं जबकि लचीलापन और यहां तक कि कमजोरी जीवन के साथी हैं। आपको सिखाया गया होगा कि शक्ति को इससे मापा जाता है कि आप अपने विचारों में कितने दृढ़ हैं या अपने निश्चयों के बारे में कितने अपरिवर्तनशील हैं और यह कि कमजोरी उनके साथ सम्बद्ध होती है जो झुकते हैं। लेकिन जब कभी किसी तनावपूर्ण स्थिति से भिड़न्त हो तो यह मस्तिष्क में रखिए कि सख्त होना आपको बहुत दूर तक नहीं ले जाएगा जबकि लचीला या नम्र होना आपका अन्त तक साथ निभाएगा।

शक्ति के बारे में सोचने के अपने तरीके को बदलिए, केवल इस कारण नहीं कि यह उनसे सम्बन्धित है जो सत्ता की हैसियत में हैं बल्कि इसलिए कि आपके लिए भी उसी तरह उपयुक्त है। जिसको कमजोर के तौर पर देखने के आदी हैं उसके बारे में कहने को बहुत कुछ है। यह देखना प्रारम्भ कीजिए कि शक्ति ही कमजोरी है और कमजोरी ही शक्ति है...अर्थात ताओ के वशीभूत करने वाले विरोधाभासों में एक अन्य विरोधाभास।

जब आप इस बहुधा उद्धृत की जाने वाली 76वीं कविता की शिक्षाओं को लागू करने जा रहे हैं तो लाओ त्जू आपसे जो कुछ को ध्यान रखने के लिए जोर देते हैं वह यह है–

झुकने (लचीला होने) के जरिए मजबूत होइए

तूफानी प्रचण्ड हवाओं के मध्य में ताड़ के वृक्षों की तरह होने की इच्छा कीजिए, उनकी तथाकथित कमजोरी विनाशकारी तूफानों में जीवित बने रहने की किसी-न-किसी प्रकार से शक्ति प्रदान करती है। यही उस तरीके के बारे में भी सच है जिससे आप

दूसरों से सम्बन्ध बनाते हैं, अतः यह जानते हुए कि आप दरअसल शक्ति को चुन रहे हैं। अधिक सुनिए, अपने दृष्टिकोण को चुनौती मिलने दीजिए और जब जरूरी हो झुक जाइए। दूसरों के दृष्टिकोण पर ध्यान देने से बचते हुए आप जितना अधिक अड़ियल तरीकों से सोचेंगे, उतना ही अधिक टूटने के लिए बाध्य हो जाएंगे। जैसा कि लाओ त्जू आपको याद दिलाते हैं कि, कड़ा और कठोर टूट जाएगा जबकि ''कोमल और लचीला बरकरार रहेगा।''

अपने अनम्य रवैयों का परीक्षण करें

मृत्युदण्ड, कुछ दवाओं के वैधानिकीकरण, गर्भपात, बन्दूक या जन्म नियन्त्रण, कर निर्धारण, ऊर्जा संचय और ऐसे ही अन्य मुद्दों जिन पर अडिग धारण रखते हैं, के मामलों में अपने रुख की जांच पड़ताल कीजिए। तब उनकी तरह सोचने का प्रयास कीजिए जो आपके विपरीत समझ रखते हैं। जब आप उनके द्वारा प्रस्तुत किए गए तार्किक खण्डन पर विचार करेंगे तो आप देखेंगे कि इस पुरानी कहावत में सच्चाई है—

यह मेरा तरीका (रास्ता) है।

क्या है तुम्हारा तरीका (रास्ता)?

तरीका (रास्ता) मौजूद नहीं है।

उदाहरण के तौर पर, आज मेरी अपनी बेटी सेरेना से एक प्रस्तुतीकरण के बारे में बात हुई थी जो उसे अपने एक कॉलेज कक्षाओं के समक्ष प्रस्तुत करना था। वह सहमत थी कि एक विशाल खुदरा श्रृंखला सेवायोजना नीतियों के बारे में उसका निष्कर्ष अनम्य था। इसमें बहस की कोई गुंजाइश नहीं थी। वे गलत थे और वह सही थी। फिर भी, एक बुद्धिमत्ता पूर्ण बहस के दृष्टिकोण से मैंने उस खुदरा श्रृंखला के मालिक की जगह ले ली और उसकी तरफ से उनके परिप्रेक्ष्य को अपनी बेटी के समक्ष प्रस्तुत किया। जैसे-जैसे वार्तालाप आगे बढ़ा, मेरी बेटी ने स्वयं को थोड़ा-सा झुकते हुए पाया। जैसे उसे यह एहसास हुआ कि प्रत्येक कहानी के दो पक्ष होते हैं, उसने स्वयं को विरोधी पक्ष को सुनने के लिए इच्छुक पाया। सेरेना एक तरह से झुकने में समर्थ थी जिसने उसे मजबूत बनाया।

यदि किसी भी मामले के दोनों पक्ष के नेता एक दूसरे को कम-से-कम सुन लेने के इच्छुक रहे होते तो झगड़ों को जीवन और मृत्यु के अनुपात में विकसित होने की आवश्यकता न पड़ती। सुनने, देने और सज्जन होने के जरिए हम सभी जीवन के शिष्य बनते हैं।

अब ताओ कीजिए

योग कक्षा में प्रतिदिन एक अभ्यास होता है जो मुझे ताओ ते चिंग की इस कविता की याद दिलाते है और मैं इसे बिल्कुल अभी करने के लिए आपको प्रोत्साहित करता हूं। अपने पैरों को एक साथ जोड़ करके खड़े होइए, अपने हाथों को अपने सर से ऊंचा उठाइए और खींचकर जितना अधिक लम्बा करना सम्भव हो, कीजिए। अब 60 सेकण्ड के लिए खिंचे रहते हुए दाहिनी ओर उतना अधिक झुकिए (मुड़िए) जितना अधिक सम्भव हो। अब वापस सीधे हो जाइए और अपनी बाई ओर यही कीजिए। इस सब कुछ के दौरान स्वयं को नम्य, लचीले, और ताओ के साथ एकत्व में झुकने में समर्थ के तौर पर देखिए।

सत्तहत्तरवी कविता

स्वर्ग का मार्ग (तरीका)। है इन्द्रधनुष के चित्रांकन जैसा
ऊंचा है नीचा किया हुआ,। नीचा है उठाया हुआ।
जब यह है अतिरिक्त, यह घटता है। जब यह है कम, यह बढ़ता है।
मनुष्यता का ताओ है इसका उलट।
यह अपर्याप्तता घटाता है अतिरिक्त में वृद्धि के लिए।
यह नंगा कर देता है जरूरतमन्द को उनकी सेवा के लिए जिनके पास है बहुत अधिक।
केवल वह जिसके पास है ताओ, वह करता है भेंट अपना अतिरिक्त दूसरो को।
कौन व्यक्ति है जिसके पास है जरूरत से ज्यादा
और देता है वह उसे संसार को? केवल ताओ का व्यक्ति।
मालिक देना रख सकता है बरकरार। क्योंकि नहीं है कोई अन्त उसकी सम्पदा का।
वह कार्य करता है बिना अपवाद के।
सफल होता है बिना श्रेय लिए।
वह नहीं सोचता कि वह है बेहतर।
किसी और से

अतिरिक्त को अर्पित करने के जरिए जीना

यदि आप स्वर्ग के तरीकों को एक दूरी से देखें तो आप पाएंगे कि प्रकृति पूर्ण है। अदृश्य तौर पर एक दिव्यसन्तुलन कायम रखते हुए ताओ कार्यरत है। उदाहरण के तौर पर जब मैं सेडोना, आरीजोना में था, तो मैंने शानदार रैड रॉक पहाड़ों के विस्तृत घास के मैदान में जंगली क्षेत्रों की यात्रा की। हाल ही में लगी आग, जिसने बहुत से वृक्षों को नष्ट कर वन को दशमांश कर दिया था, पर मेरे विलाप कर चुकने के बाद, मेरे मार्गदर्शक ने मुझे समझाया कि कैसे यह प्रकृति का कार्यरत रहना था। उसने समझाया कि लाखों वर्षों से ''जब वन बहुत अधिक घने हो जाते हैं तो प्रकृति की बिजली कौंधती है और वनों को विरल कर देती है।'' इस तरह की घटना के बिना वृक्ष अपनी स्वयं की अधिकता के कारण दम घुटने का शिकार हो जाएंगे। हमारा ग्रह ऐसे कार्य करता है।

जबकि सूखा, बाढ़, तूफान, चक्रवात, और अतिवृष्टि जैसी प्राकृतिक घटनाओं के समय ये विनाशकारी लग सकते हैं लेकिन वस्तुतः ये सन्तुलन बरकरार रख रहे होते हैं। यह तितलियों, हंसों के झुण्डों के जीवनों वृक्ष या सांभर व हिरणों तथा भैसों के आश्रय स्थलों के बारे में भी साफ है। मृत्यु का खेल अतिरिक्त से निपटने की प्रकृति की व्यवस्था को स्थापित करता है। और इससे सहमत होते हुए ताओ कहते हैं कि, ''जब यह अतिरिक्त है तो यह घटाता है। जब यह कम है तो यह बढ़ाता है।'' प्रकृति को निहारो, लाओ त्जू कहते हैं, यदि कमी (अभाव) मौजूद है तो उसे घटाना जारी मत रखो जिसकी आपूर्ति पहले से ही कम है।

इन अन्तिम कविताओं में दिए गए सन्देश ताओ के साथ एकरूपता में रहने के द्वारा जनता पर शासन करने से सम्बन्धित हैं। लाओ त्जू राजनैतिक सत्ता की हैसियत

में रहने वाले उन लोगों पर ताना मारते हुए प्रतीत होते हैं जो स्वयं को वह अधिकाधिक प्रदान करने के लिए जिसकी उन्हें आवश्यकता नहीं है, जरूरत मन्द लोगों से अधिकाधिक वसूली करते हैं। आज की दुनिया में इस चलन के सबूत हम हजारों तरीकों में देख सकते हैं लेकिन खासतौर से कानून बनाने वालों द्वारा स्वयं के लाभ के लिए सभी अन्य दूसरों द्वारा भुगतान करने के पक्ष में मत देने में देखा जा सकता है। वे स्वयं को 95 प्रतिशत सेवानिवृत्ति एक मुश्त धन, पूरे जीवन के लिए स्वास्थ्य बीमा, मोटर कारें, सार्वजनिक भूमि पर निजी गाड़ियां खड़ी करने की जगहें, और प्रथम श्रेणी में (अब वातानुकूलित शयन यान और वायुयान) मुफ्त यात्रा सुविधाएं प्रदान करते हैं और यहां तक कि जरूरतमन्द की चमड़ी उतार लेते हैं और उनकी सेवा करते हैं जिनके पास बहुत अधिक है। और उन देशों में जहां भुखमरी चरम पर है, खाद्यान्न और अनिवार्य आवश्यकता की अन्य वस्तुओं की विशाल मात्रा को बन्दरगाहों पर पड़े हुए रह जाना कोई असामान्य बात नहीं है जबकि लोग अपर्याप्त पोषण से मर जाते हैं। ऐसा इसलिए है क्योंकि सरकारी प्रतिनिधि सोचते हैं कि वे इस पर से ऊपर हैं।

ताओ ते चिंग की 77वीं कविता अतिरिक्त के बारे में हमें यह सुझाव देती है कि हम उसे उस अभाव को कम करने के लिए पुनः चलन में डाल सकते हैं जो संसार में अन्य जगहों पर मौजूद है। लाओ त्जू आपसे और मुझसे इस कविता के प्रज्ञान को, यह देखने के जरिए, कि जो हमारे पास है लेकिन जिसकी हमें आवश्यकता नहीं है, वह हमारे लिए 'ताओ का व्यक्ति' होने के एक अवसर की तरह है, अपने निजी जीवनों में लागू करने के लिए कहते हैं। लाओ त्जू हमारी सरकार, राजनैतिक नेताओं, या उद्योग प्रमुखों से नहीं बल्कि व्यक्तिगत तौर पर हमसे कह रहे हैं कि, "किस व्यक्ति के पास जरूरत से ज्यादा है और वह उसे संसार को देता है?" इसका जवाब है, "केवल ताओ के स्त्री या पुरुष।" जब हम पर्याप्त संख्या में होंगे तो एक प्रचुर संचय होगा जिससे हम ताओ केन्द्रित लोग शासन करने के लिए उभरेंगे। तब हम इस कविता में प्रस्तावित जीने के तरीके को स्थापित करेंगे।

धन या सम्पत्तियों की 'अतिरिक्तता' को समझना स्पष्ट तौर पर आसान है लेकिन यह शब्द वस्तुतः और अधिक का प्रतिनिधित्व करता है। उदाहरण के तौर पर आप यहां आनन्द की अतिरिक्तता महसूस करते हैं जो आप स्वयं को और अपने परिवार को भेंट कर सकते हैं। फिर यहां बौद्धिक शूरता, प्रतिभा, संवेदना, स्वास्थ्य, शक्ति और दयालुता की अधिकता है जिसे आप संसार के साथ बांट सकते हैं। जब कभी भी आप प्रसन्नता, अधिकता, शैक्षणिक अवसरों, पूर्ण स्वास्थ्य या चित्त में शान्ति में अभाव देखते हैं तो वहां अपनी अतिरिक्तता उपलब्ध कराइए। लाओ त्जू आपसे यह देखने का आग्रह करते हैं कि क्या कम है और और अधिक संग्रह करने वाला होने के बजाय उसको

बढ़ाने का यन्त्र होने पर जोर देते हैं। अधिकाधिक बटोरने वाला एकत्व को उपेक्षित और विभाजित करता है जो कि जीवन का सब कुछ है। होने के इन नए तरीकों पर अमल कीजिए जो ताओ के मार्ग के साथ कहीं अधिक समरूप हैं–

अतिरिक्त को घटाइए

जो कुछ आपके जीवन में अधिकता में है उसे घटाइए और फिर इसे वहां भेंट कर दीजिए जहां इसका इस्तेमाल हो सकता है। अपने सामान से शुरू कीजिए। कपड़े, फर्नीचर, औजार, यन्त्र, रेडियो, कैमरा, या कोई भी और चीज जो आपके पास फालतू है। इसे बेचिए मत, इसके बजाय इसे दे दीजिए (यदि आप ऐसा करने का भार वहन कर सकते हों तो)। कल्याणकारी कार्य के लिए पहचाने जाने की इच्छा मत रखिए। केवल अपने अतिरिक्त को घटाते रहने के जरिए ताओ के साथ एकरूपता में व्यवहार कीजिए। तब स्वास्थ्य, आनन्द, दयालुता, प्रेम और आन्तरिक शान्ति की अपनी अस्पृश्य प्रचुरता के बारे में सोचिए और इन शानदार अनुभूतियों को उन्हें भेंट करने के रास्ते तलाशिए जो आपके अनुदान से लाभान्वित होंगे।

वृद्धि करने का यन्त्र होइए

ठीक वैसे, जैसे प्रकृति संसार के लिए आवश्यक चक्रीय सन्तुलन को बरकरार बनाए रखकर शून्यों को भरती है, आप जहां भी अभाव पाते हैं वहां वृद्धि करने का एक यन्त्र होइए। अपनी आय का एक हिस्सा कभी को हल्का करने में प्रयोग होने के लिए समर्पित करने के द्वारा देने का अभ्यास कीजिए, क्योंकि जैसा कि लाओ त्जू चिन्हित करते हैं कि, "मालिक (ईश्वर) देना बरकरार रख सकता है क्योंकि उसकी सम्पदा का कोई अन्त नहीं है।" यदि आप उनको धन भेंट नहीं कर सकते जो कम भाग्यशाली हैं तो उनके भले के लिए मौन प्रार्थना कीजिए। जब आप एक एम्बूलेन्स कार (आपात चिकित्सा वाहन) या पुलिस कार का सायरन सुनते हैं तो एक प्रार्थना समर्पित कीजिए। दूसरे लोगों के जीवन में खाली जगहों को धन, वस्तुओं या दयालुता करुणा (सहानुभूति), आनन्द और क्षमा करने के रूप में प्रेमपूर्ण ऊर्जा से भरने के लिए अवसरों की तलाश कीजिए।

अब ताओ कीजिए

एक दिन तय कीजिए जब आप, यह सुनिश्चित होते हुए कि आप किसी चीज को छोड़ रहे हैं जो कही और काम की है अपने अतिरिक्त में से कुछ से छुटकारा पाने

का निश्चय करें। ऐसी चीजों को अपने चारों ओर देखिए जिनकी आपको जरूरत नहीं है या जिन्हें आप प्रयोग नहीं करते। उदाहरण के तौर पर, मैंने केवल क्षण भर के लिए अपने लेखन कार्य से नजरें उठायी और कुछ वैधानिक पैडों, तीन डी. वी. डी., और एक टोस्टर को चिन्हित किया जिन्हें मैंने 6 महीनों से इस्तेमाल नहीं किया था। यदि आप अपने कमरे का ठीक अभी निरीक्षण कर सकते हैं जब आप इन शब्दों को पढ़ रहे हैं तो मैं आशान्वित हूं कि आप ऐसी चीजों को देखेंगे जिनको आसानी से अतिक्ति के तौर श्रेणीबद्ध कर सकते हैं। अतः अपनी कुछ अधिकता को परिभ्रमण में रखने के लिए एक समय तय कीजिए। नजरें दौड़ाने की प्रक्रिया में आप कुछ ऐसी चीजों को भी चुन और बाद में छोड़ सकते हैं, जिनका आज स्वागत किया जाएगा। ताओ के मनुष्य या स्त्री होइए।

अठत्तरवीं कविता

कुछ नहीं है इस संसार में कोमल।
और अशक्त जल से अधिक।
लेकिन कठोर, अनम्य पर आक्रमण करने के लिए।
कुछ भी इसे पछाड़ नहीं सकता।
यहां कुछ भी नहीं है इसके जैसा।
कमजोर पराजित करता है मजबूत को।
कोमल पछाड़ देता है कठोर को।
सम्पूर्ण संसार में, कोई नहीं है ऐसा, जो नहीं जानता यह।
लेकिन नहीं कर सकता कोई हासिल महारत इसके अमल में।
इसलिए परम ज्ञानी रहता है परम शान्त, दुःख के बीच में।
बुराई नहीं जा सकती उसके हृदय में,।
क्योंकि उसने छोड़ दिया है मदद करना।
वह है लोगों की महानतम सहायता।
सच्चे शब्द दिखते हैं विरोधाभासी।

जल जैसे जीना

ताओ ते चिंग की 81 कविताओं पर शोध, अध्ययन करने और उन्हें अमल करने के दौरान मैं ऐसे बहुतेरे उद्धरणों द्वारा मार खाया हूं जो लाओ त्ज़ू ने सागर, वर्षा, कोहरा, धुन्ध, बर्फ और नदियों तथा जल प्रवाहों आदि उसके विभिन्न रूपों के तौर पर जल को प्रयोग करते हुए प्रस्तुत किए हैं। यह आदरणीय परम ज्ञानी समस्त प्रकृति में अपनी आध्यात्मिक शक्ति प्राप्त करते हुए दिखलायी पड़ते हैं लेकिन जल और जिस तरह यह हमारे जीवनों में भूमिका अदा करता है, उसके प्रति उनके हृदय में निश्चित ही विशेष सम्मान रहा होगा। ताओ ते चिंग में आद्योपान्त "जल जैसा होना" का दोहराया जाना दिखलायी पड़ता है। यह तत्व संसार की किसी भी अन्य चीज की तुलना में ताओ जैसा होने के अधिक करीब है इसलिए महान मार्ग की शिक्षा प्रदान करने के लिए यह एकदम उपयुक्त प्रतीक है।

जल हमारे लिए उतना ही रहस्यमय है जितना कि ताओ। जब आप नदी के अंदर पहुंचते हैं और इसको (जल को) कसकर निचोड़ने का प्रयास करते हैं तो इसे पूरी तरह खो देने के परिणाम पर पहुंचते हैं। जब तक आप इसे पकड़ना बन्द नहीं करते और विरोधभासी तौर पर अपने हाथों को सामान्य और इसके साथ एक नहीं हो जाने देते तब तक जल पकड़ में नहीं आने वाला है। लाओ त्ज़ू इस तत्व के समस्त न जाने जा सकने वाले और रहस्यमय तरीकों से प्रतिस्पर्धा करने की सलाह देते हैं चाहे यह उसके विपरीत दिखलायी पड़ता हो जो आपकी बुद्धिमत्तता और अनुकूलता (जैसा है, उससे अनुकूलता) आपसे कह रही है।

लाओ बारम्बार तीन विषयों का प्रयोग करते हैं जो इस पुस्तक में आद्योपान्त दिखलायी पड़ते हैं। ये जल के वास्तविक चरित्र हैं :

1. अपने जीवने के अड़ियलपन को लचीलेपन से बदलिए। कड़ापन और

अड़ियलपन, कोमल चीजों के सतत प्रयोग के द्वारा जीते जाते हैं जैसे कि जल को निर्मल प्रवाह या उसका बूंद-बूंद टपकना। अतः दृढ़तापूर्वक सज्जन और आत्मसमर्पण के इच्छुक होइए और तीखे तथा अशमनीय के प्रतिरोध को घटते जाते देखते रहिए।

वर्षों से मेरे परिवार के सदस्यों में से एक महिला सदस्य, जो नशीले पदार्थों का सेवन करने के जरिए स्वंय को अपने रिश्तों को नुकसान पहुंचाने पर आमादा थी, मेरी प्रेमपूर्ण लेकिन दृढ़ अनुक्रिया द्वारा पकड़ ली गयी। धीरे-धीरे एक अन्तराल के बाद, उसकी कठोरता विनम्र लेकिन दृढ़ संकल्पित दयालुता, स्वीकार्यता और प्रेम के सामने घटना प्रारम्भ हो गयी। यह समय-समय पर हतोत्साहित करने वाला हो सकता है, लेकिन जैसा कि इस कविता में लाओ त्जू चिन्हित करते हैं, कि हमें निश्चय ही जल की तरह कार्य करना चाहिए और कोमल रवैया अपनाना चाहिए, क्योंकि, ''सख्त न झुकने वाले पर हमला करने के लिए, कुछ भी इससे अच्छा नहीं हो सकता''।

2. जल कोई ऐसी चीज दिखता है जिसे आप आसानी से पराजित कर सकते हैं। बहरहाल, यह इतना लचीला है कि एक बार जब आप इसे जोर से धकेलते हैं तो यह समस्त मजबूत चीजों के नीचे अपना स्तर तलाश लेगा और धैर्यपूर्वक वहां प्रवेश कर जाएगा। जहां कोई ठोस इसकी आरामगाह को अवरुद्ध नहीं कर सकता। अवरोध खड़े कीजिए, राजदरबारों का निर्माण कीजिए और हर चीज को जल अवरोधित बनाइए, तो भी पर्याप्त कालखण्ड में, जल के लचीलेपन (तरलता) का गुण विजयी हो जाएगा। ''अशक्त, सशक्त को पराजित करता है'' यह आपके लिए एक शक्तिशाली सन्देश है। विनम्रता में स्वयं को नीचे रखने और अशक्त दिखने की चाह रखते हुए लेकिन यह जानते हुए कि आप ताओ के साथ एकरूप हैं, लचीले बने रहने को याद रखिए। लाओ त्जू आपसे उस परम ज्ञानी जैसा होने पर जोर देते हैं जो ''दुखः के मध्य में शान्त'' बरकरार बना रहता है, और फिर बुराई आपके हृदय में प्रवेश करने में समर्थ नहीं होगी।

3. जल इतना कोमल है कि इसे न तो नुकसान पहुंचाया जा सकता है, न क्षतिग्रस्त किया जा सकता है और न ही नष्ट किया जा सकता है। यह केवल बार-बार इस्तेमाल होते रहने के लिए अपने स्रोत के पास वापस लौट आता है। इसको तब तक उबालिए जब तक कि यह गायब न हो जाए, और फिर इसके वाष्प कण वातावरण में प्रवेश कर जाते हैं, अन्ततोगत्वा वापस होने के लिए। इसको पीजिए, और आपके शरीर को पोषण करने के बाद यह वापस, आ जाता है। इसे प्रदूषित कीजिए और पर्याप्त समय के अन्तराल के बाद यह दुबारा शुद्धिकृत होने के लिए वापस आ जाएगा। यह सब सम्पन्न होता है तत्व की चंचल कोमलता के कारण।

जब आप कोमल रहते हैं और कठोर पर विजय प्राप्त कर लेते हैं तो आप भी अटूट हो जाएंगे (43 वीं कविता को फिर से पढ़िए)। स्वर्ग के अन्तर्गत जल से अधिक

कोमल कुछ नहीं है और तो भी यहां ऐसा कुछ नहीं है जो कठोर पर विजय प्राप्त करने के लिए इससे बढ़ कर हो। "अपने कोमल स्वभाव में रहिए" इस कथन में प्राप्त करने के लिए बहुत अधिक ज्ञान मौजूद है। जब आप यह प्रदर्शित करने पर आमादा हों कि आप कितने अधिक कठोर हो सकते हैं, तो अपने को तुरन्त रोकिए। कठोरता से नियन्त्रित करने के बजाय धैर्य पूर्वक प्रयास कीजिए। अपने सहज सज्जन स्व पर विश्वास कीजिए।

मैं मैरी ओलिवर की सुन्दर कविता "वाइल्ड गीस" को बहुत पसन्द करता हूं जिसमें वह इसके बारे में बात करती हैः

तुमको अच्छा नहीं होना है। तुमको अपने घुटनों के बल नहीं चलना है।

सैकड़ों मील रेगिस्तान से होकर पश्चाताप करते हुए।

तुम्हें केवल अपने-अपने शरीर के कोमल पशु को करने देना है,। प्यार, जिसे वह प्यार करता है।

मुझे बताओ निराशा के बारे में, अपनी और मैं बताऊंगी तुम्हें अपनी। इस दौरान संसार चलता रहता है।

इस दौरान सूर्य और वर्षा के स्वच्छ कण विचरण कर रहे हैं प्राकृतिक भूदृश्यों पर आर-पार।

घास के मैदानों और गहरे वृक्षों पर।

इस दौरान जंगली हंस, स्वच्छ नीली वायु में बहुत ऊंचे। लौट रहे हैं घर फिर से।

चाहे जो हो तुम, चाहे जितने हो अकेले,। संसार भेंट करता है स्वयं को तुम्हारी कल्पना। पुकारता है तुम्हें जंगली हंस की तरह, कर्कश और उत्तेजित।

बारम्बार घोषित करता तुम्हारा स्थान,।

चीजों के परिवार करता तुम्हारा स्थान,

चीजों के परिवार में।

अपने 2500 वर्ष प्राचीन परिप्रेक्ष्य से लाओ त्जू आपको स्मरण कराते हैं कि प्रकृति, विशेषकर जल से, आपको कितना सीखना है और इन विचारों को व्यवहार में उतारने पर जोर देते हैंः

शक्ति बनाम शक्तिहीनता को देखने के अपने दृष्टिकोण को बदलिए

देखिए कि अडियलपन, कठोरता, शक्तिशाली होना, सुनिश्चितता और दबंगपन किसी भी तरह से शक्ति के गुण नहीं हैं। वस्तुतः ये गुण आपको कोमलता, जिसे आपने अशक्तता कहा था के द्वारा शमित और पराजित होने की ओर ले जाएगी। इस सब को देखने के अपने तरीके को बदलिए और अपने संसार परिवर्तन को देखते रहिए।

जब आप उनकी सराहना करना और उनसे प्रतिस्पर्धा करना प्रारम्भ करते हैं जो अशक्त व नम्र रहते हैं, तो आप, ताओ के एक व्यक्ति के तौर पर अपने स्व में सच्ची शक्ति को देखेंगे। हस्तक्षेप करना और सहायता करना छोड़ दीजिए, और इसकी जगह जल की तरह प्रवाहित होने को पसन्द कीजिए मृदुलता, कोमलता और बिना जबरदस्ती हस्तक्षेप के, जहां कहीं आपकी आवश्यकता है।

कोमल जल की तरह होइए

अपने शक्तिशालीपन से हावी होने का प्रयास करने के बजाय जल की तरह, जहां से प्रवेश मिले वहां से सब जगह प्रवाहित होइए। विपरीत धारणाओं के प्रति अधिक सहिष्णु होने के जरिए अपनी कठोरता को नरम कीजिए। कम दखलअन्दाजी कीजिए और निर्देशित करने व कहने के लिए सुनने को उपस्थापित कीजिए। जब कोई आपको अपना दृष्टिकोण प्रस्तुत करे तो कुछ इस तरह से अपनी अनुक्रिया व्यक्त कीजिए कि, ‘‘मैंने पहले कभी इस पर विचार नहीं किया, धन्यवाद। मैं इस पर विचार करूंगा।’’

अब ताओ कीजिए

आज एक ध्यान कीजिए जिसमें आप स्वंय को जल के समान गुण रखने वाला के तौर पर चित्रित कीजिए। अपने कोमल, अशक्त, नम्य, तरल स्व को उन स्थानों पर प्रवेश करने दीजिए जहां आप पहले ठोस और कठोर होने के अपने झुकाव के कारण बहिष्कृत कर दिए गए थे। जिनके साथ आप झगड़ा महसूस करते है उनके जीवनों में कोमलता के साथ प्रवाहित होइए। सम्भवतः पहली बार यह देखते हुए कि वे क्या अनुभव कर रहे हैं; उनके निजी आन्तरिक स्वों में प्रविष्ट होते हुए स्वयं को चित्रित कीजिए। कोमलता पूर्वक व्यवहार करने वाले जल जैसी स्वयं की इस छवि को बनाए रखिए और देखिए कि कैसे आपके सम्बन्ध बदलते हैं।

उन्यासीवी कविता

एक तीखी कलह के बाद, कुछ नाराजगी बनी रहती है।
कोई इसके बारे में क्या कर सकता है?
सन्तुष्ट होना उससे जो है तुम्हारे पास।
है हमेशा सर्वोत्तम अन्त में।
किसी को उठाना ही होगा जोखिम, अपकार के बदले दयालुता लौटाने का।
या शत्रुता कभी नहीं वापस होगी मित्रता की ओर। इसलिए समझदार सदैव देते हैं
बिना कृतज्ञता की आशा के।
कोई जो है सच्चे सदाचार के साथ।
सदैव तलाशता है मार्ग देने का।
कोई जिसमें अभाव है सदाचार का।
सदैव तलाशता है मार्ग पाने का।
देने वाले के पास आती है जीवन की परिपूर्णता।
लेने वाले के पास केवल एक खाली हाथ।

बिना नाराजगियों के जीना

इस कविता में, जो मेरे लिए व्यक्तिगत तौर पर बहुत मददगार रही है, आप से उन नाराजगियों को पकड़े रहने की आपकी प्रवृत्ति को बदलने को कहा जा रहा है, जो मतभेद या बाकायदा कलह के परिणाम स्वरूप उत्पन्न होती हैं। अब, एक झगड़े के बाद क्या है जो खीझ और गुस्से को उत्पन्न करता है? इसका सामान्य जवाब एक धोबी की सूची की तरह होगा जो इस बात के सहित कि, ''जब मेरी बेटी या सास या भूतपूर्व पति, या अधिकारी, या अन्य कोई इस तरह बात करेगा या करेगी तो मुझे विचलित होने का अधिकार है,'' दूसरा व्यक्ति क्यों गलत था और उन्होंने कैसे अतार्किक और बिना किसी कारण के ऐसा व्यवहार किया जैसी बातों का विस्तृत विवरण प्रस्तुत करेगी। लेकिन यदि आप ताओ पूर्ण जीवन जीने में रुचि रखते हैं तो यह बहुत जरूरी है कि आप इस तरह की सोच उलट दें।

नाराजगियां एक तकरार में दूसरे पक्ष के व्यवहार से नहीं आती हैं। न ही वे बरकरार रहती और विकसित होती हैं क्योंकि आप दयालुता, प्रेम, और वास्तविक क्षमा भेंट करने के जरिए उस कलह को समाप्त करने के अनिच्छुक हैं। लाओ त्जू कहते हैं कि, ''किसी न किसी को तो घाव के बदले दयालुता वापस करने का जोखिम निश्चय ही उठाना पड़ेगा, या फिर शत्रुता कभी भी मित्रता की ओर वापस नहीं लौटेगी।'' अतः जब चीखने-चिल्लाने, ठहाका लगाने और धमकाने के सभी शब्द बोले जा चुके हैं, तो शान्ति का समय आ गया है। ध्यान रखिए कि कोई भी तूफान सदा बरकरार नहीं रहता और यह कि सदैव इसके अन्दर शान्ति के बीज मौजूद रहते हैं। यहां पर एक समय शत्रुता के लिए है और एक समय शान्ति के लिए है।

जैसे ही झगड़े का तूफान शान्त होता है, आपको सही होने के लिए अपने अहम् की जरूरतों की उपेक्षा करने का कोई रास्ता निश्चय ही निकालना चाहिए। यह अपने

क्रोध को जाने देने के द्वारा अपनी दयालुता को बढ़ाने का समय है। यह समाप्त हो गया है, अतः अपने को और दूसरे व्यक्ति को अपनी क्षमा-शीलता भेंट कीजिए और अपनी नाराजगी को बिखर जाने के लिए प्रोत्साहित कीजिए। ऐसा होने के बजाय जो कुछ ''पाने'' की तलाश में रहता है, उस भाव से जिसका लाओ त्जू ने इस कविता में वर्णन किया है, वह होइए जो 'देने' के रास्ते तलाशता है।

मैं इस गहन-गम्भीर कविता में मौजूद प्रज्ञान पर आधारित एक बड़ा प्रतिष्ठान चलाता हूं। मेरी कम्पनी पूरी तरह देने के बारे में है, अतः उत्पाद की बिक्री को लेकर यदि कोई मतभेद उत्पन्न होता है तो मेरे सहायक जानते हैं कि दूसरी पार्टी को वह प्राप्त हो जाए, जो वह चाहते हैं। यदि कोई किसी चीज को करने में सक्षम नहीं है तो मैं इसे छोड़ देता हूं। मैं अपनी वार्ताओं की रिकार्डिंग की अनुमति प्रदान करता हूं और बदले में कुछ नहीं मांगता। मैं छायाचित्रों (फोटोग्राफ्स्), हस्ताक्षरों (ओटोग्राफ्स) या अन्य किसी भी चीज के लिए हमेशा अपना समय देता हूं। केवल तब को छोड़कर जब मुझे वायुयान पकड़ना हो, मैं प्रेक्षागार छोड़ने वाला सबसे अन्तिम व्यक्ति होता हूं और जो कोई भी मुझसे मिलना चाहता है, मैं उससे बात करने का इच्छुक रहता हूं। यह बस देने के बारे में और जो मेरे लिए कार्य करते हैं, वो यह जानते हैं और इन सिद्धान्तों के द्वारा जीते हैं।

यह बहुत समय पहले की बात नहीं है, जब मैंने अपने प्रतिष्ठान के बाहर के एक व्यक्ति से मेरी व्याख्यान माला यात्रा का हिस्सा बनने के लिए कहा, तो मेरी मुलाकात एक व्यक्ति से हुई जो जबरदस्त प्रतिभा का धनी एक संगीतकार और मनोरंजनकर्ता था लेकिन तो भी अभाव ग्रस्त जीवन जी रहा था। उसकी जबरदस्त प्रतिभा के बावजूद प्रचुरता उसके जीवन में प्रवाहित नहीं हो रही थी। अपनी कुछ व्याख्यान तिथियों के बाद मैंने ध्यान दिया कि उसका रुझान देने वाले के बजाय लेने वाले का है। उन सब को छोड़कर, जो उनको सेवाए प्रदान करने के लिए कार्यरत थे जो व्याख्यान सुनने आते थे, वह वहां पर ज्यादा से ज्यादा पैसा बनाने के तरीके ख़ोजता रहता था।

मैंने इस बारे में, कि भेंट करने के बजाय मुनाफाखोरी की उसकी कोशिश उसके जीवन में प्रचुरता के प्रवाह बाधित कर रही है, उससे लम्बी बातचीत की और उस प्रज्ञान में विश्वास करने के लिए प्रोत्साहित किया जो लाओ त्जू ने प्रदान किया है। यहां बात यह है कि बिना नाराजगी के एक यात्रा पर हम दोनों के एक साथ आगे बढ़ने के लिए हमारे लिए यह एक अवसर था।

किसी अन्य के रुख की परवाह किए बगैर यदि आप ''सच्चे सदाचार'' के साथ जीते हैं तो आप 'देने' का रास्ता खोजेंगे। यह सत्य ताओ के साथ पूरी तरह समरूप है। आखिरकार, जीवन का सृजनकर्ता सदैव प्रदान करता है, कभी भी लेता नहीं है।

अतः न्यूनता (कमी) और नाराजगी के बारे में अपने सोचने के तरीके को बदलिए और ईमानदारी से इस प्रश्न को महसूस करना प्रारम्भ कीजिए कि 'कैसे मैं सेवा करूं?' यह जगत अनुक्रिया करता हुआ प्रतीत होगा, आखिरकार तुमने इसे पा लिया। तुम मेरी तरह कार्य कर रहे हो। मैं उस प्रवाह का तुम्हारे जीवन में आते रहना इस तरह से बरकरार बनाए रखूंगा कि वह तुम्हें और आनन्दित कर देगा। जैसा कि लाओ त्जू कहते हैं कि 'देने वालों के पास जीवन की परिपूर्णता आती है। लेने वालों के पास केवल खाली हाथ।'

79 वीं कविता के प्रज्ञान को आपकी वास्तविकता बनाने के लिए जो करने को लाओ त्जू आपको प्रोत्साहित करते हैं वह यहां प्रस्तुत हैः

चाहे जो मामला हो, प्रेम पर समाप्त करिए

एक विवाद या बड़े झगड़े के समापन पर स्वयं को चित्रित कीजिए। खुन्नसी गुस्से, बदला या चोट पहुंचाने के पुराने तौर-तरीकों से प्रतिक्रिया करने के बजाय स्वयं की दयालुता, प्रेम और क्षमाशीलता प्रस्तुत करने वाले के तौर पर कल्पना कीजिए। आपकी इस समय जारी किसी नाराजगी को इन 'सच्चे सद्भाव' के विचारों को भेजने के जरिए यह बिल्कुल अभी कीजिए। भविष्य में सम्भावित किसी तकरार के लिए इसे अपनी मानक अनुक्रिया बनाइएः चाहे जो मामला हो, मैं प्रेम पर समाप्त करता हूं।

देने का अभ्यास कीजिए

कहासुनी या असहमतियों के बीच में झगड़े से बाहर निकलते हुए 'लेने' के बजाय 'देने' का अभ्यास कीजिए। नीचा दिखाने के बजाय दयालुता भेंट करने या किसी को गलत साबित करने के बजाय उसके सम्मान का संकेत करने के द्वारा ताओ सम्पदा या सच्चे सदाचार को भेंट कीजिए। देने प्रदान करने में अहम् को पीछे छोड़ देना शामिल है। जबकि यह विरुद्ध और अनादरपूर्ण होने के जरिए यह अपनी उच्चता प्रदर्शित और प्राप्त करना चाहता है, आपकी ताओ प्रकृति शान्ति को प्राप्त करना और एकरूपता में जीना चाहती है। यदि आप इस पद्धति का प्रयोग करें तो आप अपने झगड़ने के समय को लगभग शून्य कर सकते हैं।

अब ताओ कीजिए

संत फ्रांसिस की प्रार्थना से लिए गए निम्नांकित शब्दों को मौनपूर्वक दोहराइए कि, "वहां जहां अपकार है, मुझे लाने दो क्षमा।" एक क्षमाशीलता प्रदान करने वाला

होइए जैसी कि वह शिक्षा देते हैं कि, घृणा की जगह प्रेम, अन्धकार की जगह प्रकाश, और अपकार की जगह क्षमा लाओ।'' इन शब्दों को प्रतिदिन पढ़िए क्योंकि ये आपके अहम् की मांगों से उबरने और 'जीवन की परिपूर्णता' को जानने में सहायता प्रदान करेंगे।

अस्सीवीं कविता

कल्पना करो कम आबादी वाले एक छोटे से देश की।
हथियार हैं उनके पास और वो नहीं करते उनको प्रयोग।
वे उठाते हैं आनन्द अपने हाथों के श्रम का।
और नहीं करते समय बरबाद, खोजने में मेहनत बचाने वाली मशीनें।
वे मृत्यु को लेते हैं गम्भीरता से और नहीं जाते दूर यात्रा पर।
क्योंकि वो दिल से चाहते हैं अपने घरों को।
नहीं है यात्रा में उनकी रुचि।
यद्यपि उनके पास हैं नावें और सवारी वाहन।
कोई नहीं करता उनका प्रयोग।
वे सन्तुष्ट हैं, स्वास्थ्यप्रद भोजन से।
खुश हैं उपयोगी वस्त्रों से।
सन्तुष्ट हैं सुविधाजनक घरों से।
और रक्षक हैं अपनी जीवन पद्धति के।
यद्यपि वे रहते हैं अपने पड़ोसियों की नजर में।
और कांव-कांव करते कौऐ तथा भौंकते हुए कुत्ते।
सुने जा सकते हैं पूरे रास्ते में।
वे छोड़ते हैं एक दूसरे को शान्ति में।
जबकि वे बूढ़े होते हैं और मर जाते हैं।

अपने स्वयं के कल्पना लोक को जीना

अन्तिम से पहले वाली ताओ ते चिंग की इस कविता को अवश्य ही "Kiss" (किस) शीर्षक दिया जाना चाहिए था। इसका अर्थ है "keep it simple stupid" (इसको सरल रखो, मूर्ख)। यहां लाओ त्ज़ू एक ऐसे आदर्श समाज को एक मुद्दा बनाते है जहां झगड़े की कोई समस्या नहीं है, प्रकृति के साथ एकरूपता पर अमल होता है और अस्त्र-शस्त्र मौजूद हो सकते हैं लेकिन उनका कभी प्रयोग नहीं होता है। प्राचीन चीनी महागुरू यह कहते हुए प्रतीत होते हैं कि प्रौद्योगिकीय साज-सामान और तड़क-भड़क वाले वाहनों के पीछे भागने से प्रकृति के निकट रहना और जीवन के मूल में आनन्द लेना कहीं अधिक सन्तोषजनक है। वह पाठकों को जमीन से जुड़े रहने अपने हाथ से काम करने और पड़ोसी गांवों से प्रतिस्पर्धा न करने की सलाह देते हैं।

जबकि यह स्पष्ट है कि पिछले 2500 वर्षो में संसार नाटकीय तौर पर बदल गया है, इस अस्सीवीं कविता में भेंट की गयी सलाह 21 वीं सदी और उससे परे के लिए प्रज्ञान प्रस्तुत करती है। एक ऐसे संसार की कल्पना कीजिए जहां हथियार पुराने जमाने के चिन्ह हैं और एक मूर्खतापूर्ण हिंसक इतिहास को जनता को समझाने तथा सचेत करने के लिए अभिलेखागार में प्रदर्शित किए गए हैं। आप मनुष्य होने के दृष्टिकोण से इस ग्रह पर प्रदर्शित हुए झगड़ों (टकरावों) को देख पाते जैसे कि इसी शरीर में रहने वाले, इसी पर और एक दूसरे पर पूरी तरह निर्भर नन्हें जीवाणु इस सब के बावजूद एक दूसरे की हत्या कर रहे हैं और एक तरह से अपने मेजबान को क्षतिग्रस्त कर रहे हैं। युद्ध केवल अविचारित विनाशकारी दिखलायी पड़ते।

जब हम उन टकरावों की ओर देखते हैं, जो पूरे इतिहास के दौरान हुए, तो हम कुछ कर तो नहीं सकते लेकिन दिखते हैं कि पहले जमाने और आधुनिक समय में घृणा

और शत्रुताओं का कोई मतलब नहीं निकलता है। क्यों नहीं लोग जमीन को मिल बांट लेते (या सकते) और शान्तिपूर्वक साथ-साथ रहते। ऐसा क्या बहुत महत्वपूर्ण दिखता है कि जिसको लेकर एक दूसरे की हत्या करना जरूरी है? यहां तक कि एकदम अभी हाल के समय के दौरान, वे व्यक्ति जो इतनी घृणा के पात्र थे कि हमने उनका दशमांश करने (उनका समूल नाश) का प्रयाास किया, वे हमारे साथी बन गए। तो यह सब हिंसा हत्या किसलिए थी। हमने जीवन प्रदाता ताओ के साथ एकरूपता में जीना क्यों नहीं सीखा। इन सवालों के जवाब स्वाभाविक तौर पर जटिल हैं, लेकिन, दुर्भाग्यवश इनके पूछे जाने की जरूरत बरकरार बनी हुई है।

यह कविता अपने कल्पना लोक को जीने के आपके द्वारा किए गए प्रयास को नकारती नहीं है। इसके बजाय यह आपको घृणा, हत्या, युद्ध के पापी चक्र से बच निकलने और हिंसा के अगले चक्र के विस्फोटित होने के पहले परवर्ती सहयोग का प्रस्ताव करती है। आप सरलता पूर्वक जीने को चुन करके और किसी पर विजय प्राप्त करने की जरूरत पर प्रयास कम करने के जरिए शान्तिपूर्ण अस्तित्व के मूल की ओर वापस लौट सकते है। जब आप और अधिक युद्ध मशीनों को उत्पन्न करने की ओर झुकाव देखते हैं तो इसके बजाय उन उम्मीदवारों को मत प्रदान कीजिए जो टकराव को सुलझाने के लिए शान्तिपूर्ण तरीकों का समर्थन करते हैं।

आपकी निजी पसन्दें भी आपको ताओ की शान्त प्रकृति के साथ समरूप करती हैं। आप इस समय की कुछ या यहां तक कि समस्त प्रौद्योगिकीय के बिना ऐसा करना चुन सकते हैं। आप हाथ से लिखने को चुन सकते हैं और अपने स्रोत के साथ अपना जुड़ाव महसूस कर सकते हैं क्योंकि शब्द आपके हृदय से होकर कागज पर बहते हैं। आप जितना अक्सर सम्भव हो उतना वाहन चला कर जाने के बजाय पैदल चलने को चुन सकते हैं। आप बिना कम्प्यूटर के संख्याओं की गणना करने को चुन सकते हैं और अपने सम्पर्कों का निजीकरण करने के एक तरीके के तौर पर फोन नम्बरों को याद रख सकते हैं। आप मशीनों का प्रयोग करने के बदले में, कसरत करने के लिए, तैरने या साइकिल चलाने को पसन्द कर सकते हैं।

यहां ऐसे बहुत से श्रम बचाने वाले उपकरण और युक्तियां हैं जिनके बार में लाओ त्जू ने शायद कभी स्वप्न भी न देखा हो, आप अपनी दिनचर्या के सरलीकरण के एक अंग के तौर पर उन्हें हटा सकते हैं। प्रतीकात्मक तौर पर उस जमीन के साथ, जिसके बारे में इस कविता में लाओ त्जू कहते हैं, निकटतापूर्वक जुड़े बने रहने के अपने तरीके के तौर पर ईमेल या संगीत को डाउन लोड न किया जाना हो सकता है। दूसरे शब्दों में, आधुनिक जगत जानकारी और प्रौद्योगिकीय के जरिए जो प्रस्तुत कर रहा है, उसे आप जान सकते हैं जबकि ठीक इसी समय अपने जीवन के उन क्षेत्रों के बारे

में सजग होने की आवश्यकता है, जहां आप चीजों को बुनियादी बनाए रखना चाहते हैं। स्वीकार कीजिए कि जब आप सूचना के अति बोझ, बहुत अधिक गेजटस् या अति जटिलता से त्रस्त होते हैं और प्राकृतिक वातावरण की ओर मुड़ते हैं तो जितना भी समय आप इसके लिए चुनते हैं, यह आपको आनन्दित करता है।

लाओ त्ज़ू आपके ताओ जुड़ाव की चेतना को उन्नत करने के एक तरीके के तौर पर आपको सरल होने के लिए प्रोत्साहित करते दिखते हैं। अपने आधुनिक जीवन के बारे में आपके सोचने के तरीके को बदलने के लिए इन नए तरीकों और व्यवहारों को प्रयोग करके देखिए। आप वस्तुतः उस जीवन को बदल सकते हैः जो आप जी रहे हैं।

आमूल सराहना का अभ्यास कीजिए

जिन चीजों को आप यूं ही सुनिश्चित मानते है, उनमें आनन्दपूर्वक शामिल होने का अभ्यास करना प्रारम्भ कीजिए। यहां आपके घर, बगीचे, भोजन, कपड़े, पारिवारिक सदस्य, और मित्रों जैसी सुविधाए हैं जिनको, बिना कभी उनकी सराहना किए हुए, रोज अनुभव करते हैं। उन पर ध्यान देने को चुनिए। धन्यवाद ज्ञापन और प्रेमपूर्ण सराहना के द्वारा बदलाव लाइये। उन बहुत सी सरल सम्पदाओं, जो आपका जीवन संवारती है, के प्रति आदर युक्त भय से घर के पास और अधिक समय दीजिए।

अपने सब ओर स्वर्ग देखिए

अपने इस विश्वास को बदलिए कि एक परिपूर्ण जीवन के लिए आपको अवश्य ही यात्राएं करनी चाहिएं, वैश्विक होना चाहिए और दूरस्थ जगहों और मनुष्यों का अनुभव होना चाहिए। वस्तुतः आप उसी गली में, उसे बिना कभी छोड़े हुए जीवन भर रह सकते हैं और ताओ के परमानन्द को जान सकते हैं। वाल्टायर के द्वारा भेंट किए गए विचार को मस्तिष्क में रखिए कि "स्वर्ग वहां है जहां मैं हूं।" यदि आप उन्हीं लोगों के साथ, उन्हीं चित्रों के साथ, और उसी फर्नीचर के साथ आप अपने घर पर हैं तो उसे अपना स्वर्ग बनाइए। सरलता में आनन्द और सान्त्वना प्राप्त कीजिए। आपके पास क्या है, आप कहां रहतेः और आप कौन हैः इस सब में आनन्द देखने अपने दृष्टिकोण को बदलिए। ताओ को हर क्यूबिक इंच जगह में महसूस करने के द्वारा अपने कल्पना लोक को विकसित कीजिए।

अब ताओ कीजिए

एक दिन भोजन को समर्पित कीजिए। उस रहस्यपूर्ण बुद्धिमत्तता को सराहिए

जिसने आपके स्वास्थ्य और आनन्द के लिए उस भोजन का सृजन किया और इसके प्रति समस्त जुड़ाव के साथ एक प्रार्थना कीजिए। खरीददारी के लिए किराने की दुकान जाना, खाना पकाना, एक रात्रिकालीन भोजन की योजना बनाना, रेस्टोरेन्ट (भोजनालय) में भोजन करना, स्वल्पाहार करना, या सिनेमा देखते समय पापकार्न खाना उस जुड़ाव को सचेतन तौर पर खोजने के केवल कुछ अवसर हैं। और अपने स्वयं के स्वप्न लोक में होते हुए इन भोजन सम्बन्धों को अनन्त ताओ चक्र के एक अंग के तौर पर देखिए।

इक्यासीवी कविता

सच्चे शब्द सुन्दर नहीं हैं।
सुन्दर शब्द सच्चे नहीं हैं।
अच्छे मनुष्य बहस नहीं करते।
करते हैं जो बहस नहीं हैं अच्छे।
सदाचार है जिनमें नहीं देखते वो गलतियों की ओर।
जो तलाशते हैं गलतियां नहीं है सदाचार उनमें।
ज्ञानी नहीं संचयित करते हैं कोई चीज।
लेकिन देते हैं सब कुछ दूसरों को।
जितना अधिक होता है, उससे अधिक देते हैं।
स्वर्ग-अच्छा करता है सबके लिए।
बुरा न करते हुए किसी का।
ज्ञानी अनुसरण करते हैं इसका।
सबसे अच्छे के लिए कार्य करते हुए।
और करते हुए विरोध कोई नहीं से स्वयं का।

अम्बार लगाने के बिना जीना

ताओ ते चिंग की यह अन्तिम कविता विचारों के इस सम्पूर्ण संग्रह का समापन सन्देश उपलब्ध कराती हैः आप 'कुछ-नहीं-पन' (अस्तित्वहीनता) से आए। आपकी उत्पत्ति के स्थान के पास कोई चीजें नहीं थी। आपकी वापसी की जगह नहीं चीजों में से एक है। इसलिए लाओ त्जू आपको और अधिक मालमत्ता इक्ट्ठा करने को अपने सच्चे तत्व का आनन्द उठाने से स्थानापन्न करने के लिए आमन्त्रित कर रहे हैं। ठीक वैसे जैसे अपनी आकार विहीनता में कुछ नहीं शुद्ध ताओ है, वास्तविक आप हैं वह आकार विहीनता... अतः आप हैं ताओ।

ताओ ते चिंग आपको होने के एक ऐसे तरीके की ओर आकर्षित करने का प्रयास करते हैं जो न होने पन को ताओ के तौर पर स्वीकार करता है। आप इसे होने का ताओ अनुभूत मार्ग (तरीका) कह सकते हैं। इस अन्तिम निबन्ध में मैंने यह प्रस्तावित करना पसन्द किया है कि आप बिना अम्बार लगाए जीने के जरिए अपने न होने (अनस्तित्व), ताओ स्व का आकलन करें। इसका अर्थ है ज्यादा देना, कम बहस करना, और 10,000 चीजों के संसार में हर चीज के साथ अपने लगाव को छोड़ देना। अन्ततोगत्वा, इस तरह जीने का अर्थ है अपने जीवन और शरीर के प्रति अपने लगाव को जाने देना। लेकिन आप इसका ठीक अभी अभ्यास कर सकते हैं जबकि आप अभी इस संसार में जी रहे हैं।

सन्त जॉन आफ क्रास आपके जीवन को इस तरीके से देखने के बारे में कहते हैः

सब में सन्तोष पहुंचने के लिए। चाहो कुछ नहीं में इसका अधिकार।
सब कुछ प्राप्त कर लेने के लिए। चाहो कुछ नहीं की प्राप्ति।
सब कुछ हो जाने के लिए। चाहो होना कुछ नहीं।

सब कुछ का ज्ञान प्राप्त कर लेने के लिए। चाहो कुछ नहीं का ज्ञान।

'कुछ नहीं पन' का यह समस्त प्रज्ञान प्राचीन आध्यात्मिक सन्त लाओ त्ज़ू की भेंटो से निकलता है जो चाहते हैं कि हम 'नहीं-चीज-पन' के असंग्रहणीय स्थान को जानने के जरिए 'होने' की अनुकम्पा का अनुभव करें।

चीजों के बिना एक संसार की कल्पना करना कठिन है तो भी ताओ ते चिंग की इस अन्तिम कविता में लाओ त्ज़ू आपको ऐसी जगह से हो कर गुजारते हैं जैसा कि वह संसार दिखेगा। आपको सुन्दर शब्दों की आवश्यकता नहीं है क्योंकि वहां आपको वर्णन करने के लिए 'कुछ नहीं' है। वहां बहस मुबाहसे के लिए 'कुछ नहीं' है। क्योंकि वहां झगड़ने के लिए एकत्रित किए गए अम्बार नहीं हैं। वहां गलतियां निकालना या आरोप लगाना नहीं है, क्योंकि वह सब जो अस्तित्व में है, वह ताओ की अप्रगट सामर्थ्य है। और अन्त में, वहां बटोरने, संग्रह करने या अम्बार लगाने के लिए कुछ नहीं है जो आपको रचनात्मकता पूर्वक देने और सहायता करने की अवस्था में छोड़ देता है। लाओ त्ज़ू कहते हैं कि "Heaven does good" (स्वर्ग अच्छा करता है), और Good एक पर्यायवाची है God के लिए, जो कि ठीक वैसा है जैसा ताओ।

इस टुकड़े में मेइस्टर इक्रवर्ट God और Tao शब्दों की पारस्परिक परिवर्तन शीलता को व्याख्यायित करते हैः

ईश्वर एक़ अस्तित्व है अस्तित्व से परे। ओर एक 'कुछ नहीं पन', अस्तित्व से परे।

ईश्वर कुछ नहीं है। कोई चीज नहीं। ईश्वर 'कुछ नहीं पन' है। और फिर भी ईश्वर है कोई चीज।

सहनशील और विस्मयजनक ताओ ते चिंग की इस अन्तिम कविता में आपको वह सब करने के लिए प्रोत्साहित किया गया है जो, जब तक आप यहां आकार में है, स्वर्ग का अनुसरण करते हुए कर सकते हैं।

लाओ त्ज़ू के इन सुझावों को लागू करके देखिए क्योंकि आपने अपने विचारों को और अन्ततोगत्वा अपने जीवन।

जैसा कि आप अपने विचारों और अन्ततोगत्वा अपने जीवन को बदलते है, सदा के लिए, लाओ त्ज़ू के इन सुझावों को प्रयोग करके देखिएः

सही होने के लिए अंक बटोरना छोड़ दीजिए

वाद-विवाद करने की अपनी प्रवृति को जाने दीजिए और इसको किसी ऐसे को अनुमति प्रदान करने की इच्छा से बदलिए जिसके साथ सही होने को लेकर आपकी असहमति है। दूसरे व्यक्ति को कुछ इस तरह कहने के जरिए अपने झगड़ालू तरीके

को समाप्त कीजिए कि, "आप उसके बारे में सही हैं : और मैं आपका दृष्टिकोण सुनना पसन्द करता हूं।" यह वाद-विवाद को समाप्त कर देता है और उसी समय आरोप लगाने और गलतियां तलाशने को भी दूर कर देता है। ताओ आधारित इस कथन का प्रयोग करने के जरिए सही होने की अहम् की जरूरत को बदलिए, "आप उस बारे में सही हैं।" यह आपके जीवन को बहुत अधिक शान्ति पूर्ण बनाएगा।

स्वयं को शून्य या 'नहीं-कोई चीज-पन' तक नीचे घटाइए

अपने शरीर और अपनी धन-दौलत का निरीक्षण कीजिए और तब फिर उनको परिवर्तनीय संसार के सन्दर्भ में रख दीजिए। महात्मा गांधी के इस कथन को दिमाग में रखिए कि, "यदि तुम सत्य के वक्षस्थल पर तैरना चाहते हो तो तुम्हे निश्चय ही स्वयं को शून्य तक घटाना होगा।" अतः नहीं कोई चीज-पन या शून्य से, यह देखते हुए कि चीजों के संसार में आप क्या संचित करते हैं एक निरीक्षक होइए। इस परिप्रेक्ष्य से आप यह पाएंगे कि एक ऐसे संसार में कभी भी कुछ भी सच्चे अर्थों में वास्तविक नहीं हो सकता है। जब कभी आप अपनी प्राप्तियों या अपने दृष्टिकोण के प्रति जुड़ाव महसूस करें तो इस क्रिया को प्रयोग करें।

डी.एच. लारेन्स इस विचार को नाटकीय ढंग से पकड़ते हैं:

क्या आप इच्छुक हैं सोखकर फेंक दिए जाने।
रगड़ कर मिटा दिए जाने, रद्द कर दिए जाने।
कुछ नहीं बना दिए जाने के लिए?
क्या आप इच्छुक हैं बनाए जाने को कुछ नहीं?
विस्मृति में डुबाए गए?
यदि नहीं, तो आप वास्तव में नहीं बदलेंगे कभी।

अब एक बार फिर इस पुस्तक के शीर्षक, "अपने विचारों को बदलो, अपने जीवन को बदलो : ताओ का जीवन्त प्रज्ञान" पर एक उड़ती हुई दृष्टि डालिए। परिवर्तित होने के इच्छुक होइए।

अब ताओ कीजिए

मैं आपको लाओ त्जू के ताओ ते चिंगः ए न्यू ट्रान्सलेशन (ताओ ते चिंगः एक नया अनुवाद) के इन शब्दों के साथ छोड़ता हूं, जो साम हामिल के द्वारा अनुवाद किए गए थे। यहां अन्तिम कविता प्रस्तुत है:

ज्ञानी संग्रह नहीं करता,

और उसके द्वारा अर्पित करता है।

जितना अधिक वह जीता है दूसरों के लिए। महान होता है उतना उसका जीवन।

जितना अधिक वह देता है दूसरों को।

उतनी सम्पन्न होती है उसकी अधिकता।

इन शब्दों को अपने हाथ से नकल करें, उन्हें पढ़ें और प्रतिदिन कम से कम एक बार उन पर अमल करें। आप 10,000 चीजों के इस संसार में अपने जीवन में ताओ के प्रवाह से उर्जावान हो जाऐंगे।

नमस्ते

डा. वायेने डब्लू डा'यर

उपसंहार

कैसे इन 81 कविताओं ने अनपेक्षापूर्वक शक्ति और इस प्राचीन शास्त्रीय ग्रन्थ में मौजूद व्यापक प्रज्ञान से सम्बन्धित भय और अविश्वास की मेरी व्यक्तिगत भावना को बढ़ा दिया, इसको आपसे बांटते हुए एक निजी टिप्पणी पर मैं इस एक वर्ष लम्बे प्रोजेक्ट को पूर्ण करता हूं।

इस पुस्तक के प्रारम्भ में दिए गए उद्धरण को पुनः पढ़िए जो कि कन्फ्यूसियस से सम्बन्धित है।

प्राचीन कथा यह है कि यह महाज्ञानी लाओ त्ज़ू से इतना प्रभावित था कि सदाचार और नियमों पर विचार-विमर्श करने के लिए उसने उन्हें ढूंढ निकाला जो कि कन्फ्यूसियस दर्शन का मुख्य केन्द्र था लेकिन लाओ त्ज़ू द्वारा पाखण्ड और बेतुकी बात समझा जाता है। लाओ त्ज़ू से मुलाकात के बाद कन्फ्यूसियस ने अपने शिष्यों से कहा कि वह व्यक्ति स्वयं कन्फ्यूसियस के सहित, अधिकांश लोगों की समझ से परे रहस्यमय शक्तियों से युक्त एक ड्रैगन (एक काल्पनिक अजगर जैसी आकृति जिसके पर उगे हुए हैं और जो आग उगलता है), एक सन्त (परम ज्ञानी) था।

इन 81 लघु निबन्धों को लिखने के पूरे समय के दौरान मैंने लाओ त्ज़ू के प्रति एक लगभग अप्रगट आकर्षण महसूस किया। प्रारम्भिक कविताओं में, मैंने उनको हम सब को यह सलाह भेंट करते हुए महान शिक्षक के तौर पर सोचा कि प्राचीन चीनी परिप्रेक्ष्य से उनके प्रज्ञान को हमारे आधुनिक संसार में कैसे लागू किया जाय। जैसे-जैसे समय बीता और मैं उनकी शिक्षाओं में और अधिक तल्लीन हुआ, मैंने यह महसूस करना प्रारम्भ कर दिया कि लाओ त्ज़ू सीधे मुझसे बात कर रहे हैं... और फिर मेरे द्वारा आपसे और यहां तक कि आने वाली पीढ़ियों से भी। मैंने कई बार ऐसा महसूस किया जैसे कि लाओ त्ज़ू व्यग्रतापूर्वक कह रहे हैं कि हमें इन महत्वपूर्ण सन्देशों को प्राप्त करना

है या सभ्य समाज के तौर पर नष्ट हो जाना है। जब यह पुस्तक प्रगट हुई, तो कई अवसरों पर मैं उनकी उपस्थिति तक महसूस कर सका था।

जब मैंने इस पाण्डुलिपि को लिखना पूर्ण किया तो मुझे उन ड्रेगेन जैसे गुणों को अनुभव करने को न टाला जा सकने वाला और कष्टपूर्ण अवसर प्राप्त हुआ जिन्होंने कन्फ्यूसियस को प्रभावित किया था। ताओ ते चिंग के जरिए लाओ त्जू से मुझे जो प्रारम्भ में एक हल न किया जा सकने वाला संकट प्रतीत हुआ था उसके सहित, दिक् और काल की हवाओं और बादलों का सामना करने के मार्ग में अन्तर्दृष्टि प्रदान की।

जब मैंने Change your thoughts-change your life (अपने विचारों को बदलो-अपने जीवन को बदलो) के अन्तिम सम्पादित प्रारूप को दुबारा पढ़ा तो मैंने महसूस किया कि मुझे मेरे जीवन की सम्भवतः सबसे बड़ी निजी चुनौती भेंट की गयी थी। मैंने उसे लेकर स्वयं को अन्दर गहराई तक आहत महसूस किया जो अक्सर मनुष्यों को झगड़ों में फंसा देती है। मैं उस पर आक्रोषित महसूस करता हूं जो लोगों को स्वयं को शिकार के तौर पर सोचने देता है और अन्ततोगत्वा युद्ध की अतियों की ओर ले जाता है जिनके बारे में आद्योपान्त ताओ ते चिंग में चर्चा की गयी है। मेरे विचारों ने इससे संघर्ष किया कि कैसे लाओ त्जू कभी शत्रु न होने की बात कर सकते हैं। जिससे होकर मैं गुजर रहा था, उसके समक्ष किसी के लिए भी शान्त बने रहना और उसके अपने प्रेम और अच्छाई के स्रोत के साथ जुड़ा हुआ महसूस करना निश्चय ही असम्भव रहा होता। इस दुर्भाग्य में क्या सौभाग्य छुपा हो सकता था जो बिना किसी उपयुक्त कारण के और पता नहीं कहां से प्रगट हुआ प्रतीत हुआ? क्या मैं अब "बुरे व्यक्तियों" के शिक्षक के तौर पर पहचाना जाने वाला था? जैसे-जैसे मैं एक-एक कविता को पढ़ता गया मेरे अन्दर सवाल दर सवाल उभरते गए।

तब यह महसूस होना प्रारम्भ हुआ जैसे कि पढ़ने के समय मेरे चेहरे को जलाते हुए लाओ त्जू का ड्रैगन जैसा चरित्र प्रगट हुआ। यह लगभग ऐसा था। जैसे कि उन्होंने सीधे मुझसे यह शब्द कहे–

तो तुम यह सोचते हो कि तुमने महान मार्ग पर महारत हासिल कर ली है क्योंकि इन 81 कविताओं को पढ़ने और भाषान्तरित करने पर तुमने एक वर्ष खर्च किया है। ताओ पर अपनी महारत तलाशने का यहां एक अवसर है। यहां कुछ असम्भावित है जो तुम्हें आध्यात्मिक तौर पर, भौतिक तौर पर, बौद्धिक तौर पर और भावनात्मक तौर पर ऊपर से नीचे (सर के बल) और अन्दर से बाहर मोड़ देने की क्षमता रखता है। वह सब लागू करो जो मैंने तुम्हें सिखाया है। जानो कि यह सब सम्पूर्ण है। और सबसे महत्वपूर्ण यह कि करो कुछ नहीं। ताओ के गुप्त सदाचार को जियो। यदि तुम किसी युद्ध में घसीटा गया महसूस करते हो तो किसी को भी शत्रु मानने से इनकार कर दो।

कोई प्रतिशोध नहीं और निश्चय ही कोई निर्णय नहीं। जब तुम, जिसे हल न किए जा सकने वाले के तौर पर सोचते हो उसके सामने सबको प्रेम करने वाली, सब कुछ जानने वाली ताओ की परिपूर्णता में केन्द्रित बने हुए हो, तब इसे करो। तभी तुम स्वयं को ताओ का आदमी कहलाने के लायक होंगे।

मैंने यह महसूस करना प्रारम्भ किया कि लाओ त्ज़ू अपनी ड्रैगन अग्नि से मुझ में ऊर्जा भर रहे हैं क्योंकि प्रत्येक कविता, जब मैंने उसे पुनः पढ़ा तो उस समय वह ठीक वही थी, जिसकी मुझे आवश्यकता थी। जो पहले इतना निराशाजनक और बर्बाद कर देने वाला दिखा था वह मेरा अन्तिम उद्देश्य बन गया, उस सबके लिए आनन्दपूर्वक और गहरे आभार प्रदर्शन के साथ जीना जो ताओ मेरे लिए लाते हैं। जब आप इस पुस्तक को बन्द करने वाले हैं तो मेरी यह कामना है कि आप भी ताओ के इस महान प्रज्ञान को लागू करने में समर्थ होंगे ताकि आप और अधिक कठिन घड़ियों में अपने विचारों को बदल सकें और इसी के साथ-साथ परिवर्तित होती अपनी जिन्दगी का आनन्द उठा सकें। हो सकता है कि मैं एक ताओ महारथी न होऊं लेकिन मैं एक ताओ का व्यक्ति हूं। बहरहाल, ताओ ते चिंग के ये शब्द 25 शताब्दियों के पहले लिखे गए थे और स्थापित हुए थे। इनको आपके लिए स्पष्ट करने में मदद करने के लिए कहे जाने को लेकर मैं सम्मानित महसूस करता हूं। मैं शान्त हूं।

धन्यवाद, लाओ त्ज़ू!

अभिस्वीकृतियां

मैं निम्नलिखित दस पुस्तकों के अनुवादकों और लेखकों के प्रति आभार प्रदर्शित करता हूं—

1. द एसेन्सेशियल ताओः ऐन इनीसियेशन इन्टू द हार्ट आफ ताओइज्म थ्रू द आथेन्टिक ताओ ते चिंग एण्ड द इनर टीचिंग्स आफ झुआंग त्जू, थामस क्लेअरी द्वारा अनूदित और प्रस्तुत।
2. द इलस्ट्रेटेड ताओ ते चिंगः ए न्यू ट्रान्सलेशन विद कमेन्ट्री, स्टेफेन होड्ज द्वारा।
3. ताओ ते चिंग, बाई लाओ त्सूः जिया-फू-फेंग और जान इंग्लिश द्वारा अनूदित।
4. ताओ ते चिंगः द डिफिनिटिव एडीशन बाई लाओ त्जूः जोनाथन स्टार द्वारा अनुवाद और टीका।
5. ताओ ते चिंगः ए न्यू इंग्लिश वरजन, स्टेफन मिचेल द्वारा
6. ताओ ते चिंगः ए न्यू ट्रान्सलेशन, लाओ त्जू द्वारा; डेरेग ब्रेस और लेओन वाइजोर द्वारा अनूदित।
7. ताओ ते चिंगः ए न्यू ट्रांसलेशन बाई लाओ त्जू; साम हामिल द्वारा अनूदित।
8. ताओ ते चिंग बाई लाओ त्जू; जॉन सी.एच. व्हू द्वारा अनूदित।
9. ए वारियर ब्लेन्डस विद लाइफः ए मॉडर्न ताओ, मीचेल ला टोरा द्वारा।
10. द वे ऑफ लाइफ एकार्डिंग टू लाओ त्जू, विट्टनर बायनेर द्वारा अनूदित।